● 本书系教育部人文社会科学研究规划基金项目成果（13YJA751008）

《郭沫若全集》

集外散佚诗词考释

丁茂远　编著

ZHEJIANG UNIVERSITY PRESS
浙江大学出版社

序

王锦厚

　　茂远兄素来喜爱古典诗词,并有深厚的修养。他对现代作家,特别是郭沫若、茅盾等所写的旧体诗词尤有独钟。先后参加了中国现代文学名家诗词系列丛书的编著,出版过《茅盾诗词解析》、《中国现当代著名人士对联赏析辞典》;又应邀参加《郭沫若全集》文学编诗歌部分的注释工作;参与《郭沫若全集》编注期间,开始留心郭沫若集外旧体诗词的搜集工作,锲而不舍,经过三十年的努力,终于成就了这部多达近700首《〈郭沫若全集〉集外散佚诗词考释》,列入国家教育部人文社会科学研究项目,并由浙江大学出版社正式出版。

　　茂远兄来信,要我为他写一篇序文。我哪敢应承呢?他又写信说:"你正在主编《郭沫若学刊》,且为郭沫若诗文研究方面的专家,理应承担。"并寄来一些相关资料。盛情难却,考虑再三,只好勉力为之。但不能叫做序言,只不过是一点读后感,算是对茂远兄研究工作的支持。

　　我总感觉到,郭沫若旧体诗词的成就被人们大大忽视了。毫不夸张地说,旧体诗词不但是他整个文学创作极其重要的组成部分,而且也是极有创造性的部分。20世纪50年代初,晓冈(金祖同)就曾将其编辑的《郭沫若、鲁迅、刘大白、郁达夫四大家诗词钞》印制出版。该书编选得如何?暂且不论,但将这四位作家的旧体诗贯以"大家"的头衔编辑出版,算是现代文学史上的首例。我们也无意对这四大家的旧体诗词作比较!如果就数量而言,郭沫若则远远超过鲁迅、刘大白、郁达夫了。至于题材的广泛,体裁的齐备,风格的多样,现代作家中恐怕难以有人能望其项背!非常遗憾的是,郭沫若还有大量的旧体诗词未能编辑成册,也未能收入《郭沫若全集》。这些未入集的诗词和已编入全集的诗词一样,有匆匆命意、率尔应酬之作,也有精心着意之作。它们,对郭沫若研究很有价值;或者可以捕捉作者的真实感情,窥探当时的内心世界,或者可以作为时代风貌、人文习俗的镜子,或者可以作艺术探索的教材……一句话:可以作为自传,也可以作为诗史。

　　郭沫若旧体诗词的成就实在不容忽视,这些成就的取得是极不容易的。诚

前　　言

　　郭沫若是继鲁迅之后，我国现代文化思想战线又一面光辉的旗帜。他在文学、史学、考古学、古文字学等诸多方面均曾有过杰出的贡献。就文学艺术领域而言，无论诗歌、散文、小说、话剧创作，还是文艺理论建设，无不取得令人瞩目的成就。20 世纪 80 年代陆续出版的多卷本《郭沫若全集》就是有力的明证。这一煌煌巨著包括文学编二十卷、史学编八卷、考古编十卷，已从总体上反映了郭沫若一生文学创作与学术研究的成果。

　　郭沫若的诗歌创作，从五四新文化运动中开一代诗风的《女神》，到此后各个历史时期为数众多的诗词，他所写作的新诗与旧体诗词，在我国现代文学发展的历史上有着颇为重要的地位，因此被人誉为我国"现代诗坛泰斗"是当之无愧的。长期以来对于郭沫若的诗歌创作，学术界既从总体上给予很高的评价，同时也确认其瑕瑜互见，并客观地指出某些方面的不足。评论界对此也曾褒贬不一有所争议，甚至存在基本否定的观点。这些否定的意见大体集中在两个方面：一是量多质次，参差不齐；二是趋炎附势，晚节不终。笔者并不完全赞同上述观点，却又从中看到某些合理的成分，甚至可以说是从一个不同的侧面抓住了郭沫若诗歌创作的软肋。只是问题在于缺少一点辩证分析，存在以偏概全的弊端。笔者多年研读郭沫若一生所作数以千计的诗词，深感参差不齐是不争的事实，而量多却未必质次。郭沫若在《读了"孩子的诗"》一文后确曾说过："老郭不算老，诗多好的少。"（见 1958 年 12 月 20 日《人民日报》）这是诗人自己谦虚的说法。平心而论，郭沫若作为一位社会活动家与热情洋溢的诗人，写过不少配合时势与交际应酬之作，往往即兴吟咏、敷衍成篇，难免有失水准。我们同时还应看到，诗人长期投身革命洪流，人生经历丰富，各个历史时期均曾留下不少感时述怀，借景抒情的篇章。如何看待这一参差不齐的创作现象？看来还得一分为二，如果从中精选三分之一，编成一本《郭沫若诗词选》，自当有其供人文学阅读与艺术鉴赏的价值。至于更加容易为人诟病的"趋时附势，晚节不终"，笔者以为郭沫若不少诗作趋时附势者有之，而言其晚节不终则未免言过其实。郭沫若的诗歌创作，诚如林林在《做党的喇叭》一文中所说：郭老一生甘做"党的喇

1

叭",具有"党喇叭精神"。(见《人民文学》1978 年第 8 期)这实际上正是郭沫若文学创作观点上的误区。而这又与我党各个历史时期所执行的路线有关。新中国成立以前的大革命时期、流亡日本十年、抗日战争时期创作情况较好,新中国成立以后则逐步越来越受到党内"左"的路线的影响。尤其到了"文化大革命"时期,诗人出于对毛泽东主席的个人崇拜和对周恩来总理的绝对信任,竟然写了不少肯定和歌颂"文化大革命"的诗词,这正成了有人责其"晚节不终"的主要依据。我们认为,这是一种颇为复杂的文学现象,必须结合特定社会背景与作者自身处境加以理解。这里既有诗人自身思想认识的局限,也是特定历史时期的产物。关于这一问题,拙作《论郭沫若"文革"期间诗词创作——兼议对其晚年的评价》,对此有较为详细的评述。如何具体评价郭沫若诗词创作?作为本书前言不便展开更多论述,笔者特附录过去所写的三篇论文,即《论郭沫若诗词创作》、《羡君风格独嶕峣——读郭沫若流亡日本十年的诗词》、《论郭沫若"文革"期间诗词创作——兼议对其晚年的评价》,谨供研究参考。

现在回到何以选择《〈郭沫若全集〉集外散佚诗词考释》这一课题?20 世纪 80 年代,人民文学出版社陆续出版多卷本《郭沫若全集》,其中文学编一至五卷收录郭沫若一生的诗歌创作。当时,笔者有幸应"郭沫若全集编辑出版委员会"之约,参与诗词部分的校注工作。但在进行此项工作过程中,发现还有不少诗词散佚在外。此后多年,一直在从事中国现当代文学教学与研究工作之余,多方搜集郭沫若旧体诗词,越发感到《全集》不全。今据笔者统计,《全集》文学编收录旧体诗词约 1100 首,却仍有近 700 首没有入集。这样的严重缺失不能不说是一个实际存在的问题。《全集》如此不全,实属一大憾事。

之所以出现上述问题,看来出于下列四个方面的原因:第一,早年诗作(作者逝世后在遗物中发现)与历年为周围亲友或单位题写的诗词,没有正式发表,后经他人编选(如《郭沫若少年诗稿》)或在有关回忆与介绍文章中公之于世。这些均未编入《全集》。郭沫若作为现代著名诗人和书法家,社会活动与日常交游极为广泛,这一部分没有及时发表而散佚在外的诗词,为数是不少的。第二,部分诗词虽已公开发表,但在作者编集出版时,出于一时疏忽或阅后不甚满意而没有收入自己的诗集。因《全集》根据作者已有诗集汇总,故这一部分没有编入。第三,少数诗词由于政治原因,如肯定和歌颂"文化大革命",郭沫若著作编辑出版委员会考虑政治影响而没有编入。第四,某些诗词出现在作者其他文体著述,如散文、小说、剧本或考古文献中。这些在《郭沫若全集》相关部分均可找到,但毕竟是附在其他文体之中而成为另类著作的组成部分,仍应作为郭沫若旧体诗词纳入文学编的范围。

本书在辑录郭沫若集外散佚诗词时遵循的基本思路是求真、求全。首先是求真,亦即真实可靠信而有征。主要做了两方面的工作:一是注意从公开出版物中搜集,不论是各地报刊,还是图书资料,均以正式出版与公开发表为准。二是对于这些集外散佚诗词加以甄别,即有关图书资料和报刊文章中提供的材料必须可信,方可确认为郭沫若所写的旧体诗词。笔者曾据有关图书资料提供的线索,言及1962年2月24日《羊城晚报》载有《从化温泉三首》,后经查阅方知作者并非郭沫若而是"长江"。作为集外散佚诗词还得防止并非"集外"与重复入选。有时报刊上著文标明为"郭沫若佚诗",实际在《郭沫若全集》相关部分可以找到,这就并非"集外佚诗"。还有郭沫若作为著名诗人和书法家,周围友人索求墨宝者甚众,作者往往同一首诗前后为多人题写,编者稍一不慎就会重复入选。除了求真之外,其次是求全。笔者在本书编写过程中力求广泛而全面地搜集与整理,以尽可能弥补《全集》不全的缺憾。在这近700首集外散佚诗词中,确有不少文情并茂的佳作,但也不乏率尔操觚的应景之作,甚至出现内容有误的败笔。这些在"大跃进"年代已时有所见,到了"文化大革命"期间则更为突出。我们的想法是,为反映郭沫若一生诗词创作的全貌,对于这些集外散佚诗词本书还是不加遴选原文照录为宜。当然,个别如《庆祝无产阶级文化大革命十周年》(水调歌头)不宜收入本书,只有从略。某些诗词尽管内容有误或有失水准,毕竟属于特定历史时期与特定社会条件的产物。这样也许可以从另一层面有助于我们了解诗人生活创作的道路,有助于我们了解特定历史时代的社会风貌。我们不必固守"为尊者讳"的成规,相信读者自会做出正确的判断。当然,今后如果再出新版《郭沫若全集》,或旧版《郭沫若全集》的补遗,适当筛选,即删除个别不宜入选的诗词还是必要的。

本书取名《〈郭沫若全集〉集外散佚诗词考释》而非"辑释"或"注释",意图强调在考订与注释两方面多下功夫。所谓考订,就是首先弄清每首诗词的"本事",包括写作年代、诗词出处、写作缘起以及有关背景材料,亦即真正把握诗词的来龙去脉。此事对于不少已有或详或略的文字介绍与背景资料均属容易解决外,还有部分只有出处而无相关说明的集外散佚诗词则难度较大。我们只有根据诗词内容本身与有关点滴材料,扩大阅读范围,寻找相关资料,力求弄清诗词写作缘起与写作背景。我们对于某些诗词已有的背景资料亦需执善而从,同样需要加以考订。仅就写作时间而言,有些诗词或作者本人记忆有误,或他人回忆并不准确,同样要求根据相关材料加以更正。笔者曾专门写过一篇《郭沫若部分诗词创作年月考》,其中就记述了不少发现有误而加以考订的实例。至于写作缘起与背景材料,有关图书资料与报刊文章介绍也会出现失误,我们在编写过程中亦尽量加以考订。这是一项非常重要的工作,只有弄清诗词写作"本事",才能进而为诗词注释打下坚实的基础。

众所周知,旧体诗词写作固然困难,解读亦复不易。这就要求在弄清诗词"本事"的基础上,下大力气做好文字注释工作。我们已在三个方面加以努力:一是扫清文字障碍。这是解读旧体诗词的第一步,必须搞清诗词字词句的含义。对于生僻或关键词语、成语典故、相关人事故实一一加以注释,进而串联起来,概括诗的含义,目的在于让读者初步看懂诗词的内容。二是力求落到实处。旧体诗词常用文言词语与成语典故,这就要求查阅各类工具书或有关资料,从而做出较为准确的诠释。笔者在编注过程中发现,有时"古典"通过查阅工具书尚能解决,倒是有些"近典"反而难办。特别是涉及与作者人生经历有关的人事故实,往往有其特定的时代内涵或带有私人密码的性质,这得结合作者所处时代与人生经历,从中找到开启"近典"的钥匙。旧体诗词注释切忌避难就易浅尝辄止,考释必须落到实处,方能让人看懂。笔者有时虽已尽力,仍有个别难解之处,只有实事求是存疑,有待继续查考。三是释文做到简明扼要。作为诗词考释,只对写作缘起、生僻词语、成语典故、人事故实做出必要的诠释,只求能让读者看懂即可。因为考释不同于评述与赏析,无须对诗词思想与艺术加以鉴赏,即使稍有评述文字,亦在诠释过程中点到为止。

这篇"前言"实际带有诠释书名题义的性质,意在突出三个相互关联的层面:一是对《郭沫若全集》诗词部分进行简单介绍与评述;二是介绍"集外散佚诗词"的自身定位与搜集过程;三是明晰"考释"文字写作的体例与追求的目标。此书工程浩大,限于笔者自身的精力与学力,能否实现上述愿望尚无把握。愿作引玉之砖,以求识者教正。

最后需要郑重说明,此书虽经笔者近三十年的收集、整理与编写而成,今天得以正式出版问世,还应感谢诸多方面的帮助与支持。执其要者有:一是不少已出版的图书与报刊资料,如《郭沫若少年诗稿》、《东风第一枝》、《郭沫若旧体诗词系年注释》等,为我们提供了部分集外散佚诗词的出处与诠释。这些除在相关部分已作说明外,仍应再次表示由衷的谢意。二是承蒙国家教育部能将此书列入人文社会科学研究项目,并给予规划基金,得以促成此书正式出版。三是感谢原四川大学出版社社长、现《郭沫若学刊》主编王锦厚教授,能在百忙中为本书撰写序言,给予很大鼓励与帮助。四是感谢浙江大学出版社有关领导与责任编辑,为此书列入出版计划与编辑审定做了大量的工作。凡此,对于所有帮助与支持本书编写出版的单位与个人,一并表示诚挚的谢意。

丁茂远

2014 年 5 月于浙江大学人文学院

目录 Contents

上编　新中国成立前

目录

下编　新中国成立后

附录：论文选刊

上编　新中国成立前

村居即景①

闲居无所事,散步宅前田。②
屋角炊烟起,山腰宿雾眠。③
牧童横竹笛,村媪卖花钿。④
野鸟相呼急,双双浴水边。⑤

【注释】

①此诗写于1904年前后,为目前所见的最早诗作。据郭沫若大侄女回忆:他在沙湾故里家塾"绥山馆"读书期间,有一天带着弟妹侄女们到屋后的一条小沟里钓鱼。因目睹乡村的美丽景色,顿生诗意,吟成此诗。初收《郭沫若少年诗稿》,四川人民出版社1979年出版。今据近年出版的郭沫若《敝帚集与游学家书》,此诗写作时间应为1907年春。今后修订再版时再作更正。

②这两句是说,闲居在村中没有什么事情,就到住宅前面的田野里去散步。

③炊烟,烧饭冒出的烟。诗句意谓,只见炊烟从屋角升起,宿雾一夜不散,眠于山腰。

④村媪(ǎo),农村妇女。花钿(diàn),古代妇女首饰,即花钗。诗句意谓,牧童骑在牛背上横吹手中的竹笛,乡村小路上的妇女在卖各种小首饰。

⑤这两句是说,野鸟在相互着急地呼唤,而且双双沐浴在水边。

早　起①

早起临轩满望愁,小园寒雀声啁啾。②
无端一夜风和雪,忍使蛾眉白了头。③

【注释】

①此诗写于1904年间。当时下了一场大雪,郭沫若早起凭栏远眺,即兴赋诗。既写出了眼前隆冬景色,也抒发了少年惆怅情怀。初收《郭沫若少年诗稿》。

②轩,堂之前沿,外围以栏。一般指有窗的长廊。啁啾(zhōu qiū),象声词,形容鸟叫的声音。诗句意谓,早起来到长窗前眺望满怀忧愁,小园中的鸟雀在寒风中发出叫声。

③无端,无缘无故。蛾眉,即峨眉山,两山相对如蛾眉,故名。通称峨眉山。诗句意谓,无缘无故地出现一夜的风和雪,竟然忍心使郁郁葱葱的峨眉山都白了头,即为白雪所覆盖。

正月四日茶天岗扫墓中途遇雨口占一律①

风雨飘然至,行人畏不前。②
轻裘频觉重,熟路且疑延。③
山影素凝雾,苔痕碧入烟。④
蓬松头上发,渗透已如毡。⑤

【注释】

①此诗写于 1905 年 2 月 7 日,即阴历正月初四。茶天岗,地名,离沙湾镇十五里。口占,写诗不打草稿随口吟成。农历正月初四,作者随家人去茶天岗扫墓,途中遇雨即兴吟成一首五言律诗。初收《郭沫若少年诗稿》。据郭沫若《敝帚集与游学家书》,此诗作于 1910 年度。

②飘然,迅捷貌。李白《古风》之七:"举首远望之,飘然若流星。"诗句意谓,一场风雨迅疾而至,行人全都畏惧不前。

③轻裘,又轻又暖的皮衣。频,即频频,屡次,连续不断。疑延,怀疑延长了。诗句意谓,轻暖的皮衣因雨淋湿让人频频感觉变重,原来走过的熟路也怀疑是否延长。

④这两句是说,雨中山影白茫茫的像凝聚的雾气,雨水落在碧绿的苔痕上像腾起了烟雾。

⑤毡,即毡子,用兽毛压成的像厚呢子或粗毯子似的东西。诗句意谓,本来头上蓬松的头发,经雨水渗透已如毡子一样。

苏溪弄筏口占①

临溪方小筏,游戏学提孩。②
剪浪极洄沂,披襟恣荡推。③
风生荇菜末,水激鹁鸂媒。④
此地存苏迹,可曾载酒来。⑤

【注释】

①此诗写于 1906 年初夏。郭沫若当时在乐山高等小学堂读书。诗中记述了作者在苏溪弄筏嬉戏的欢乐情景。苏溪,即苏稽河。苏稽镇距作者家乡沙湾五十里,相传唐代苏颋被贬曾在此稽留。一说苏轼曾在此读书。初收《郭沫若少年诗稿》。

②方,依托,占有。《诗·召南·鹊巢》:"维鹊有巢,维鸠方之。"传:"方,有之也。"提孩,即孩提,谓幼儿。诗句意谓,到溪边占有小小的木筏,学着做儿时的游戏。

③剪浪,斩浪,如劈风斩浪。披襟,敞开衣襟,多喻舒畅心怀。洄沂(shù),即沂洄,沂同"溯",逆流而上曰沂洄。《诗·秦风·蒹葭》:"溯洄从之,道阻且长。"恣,放纵,听任。荡漾,推动。诗句意谓,斩开波浪迎着逆流而上,我敞开衣襟听任木筏随波荡漾。

④荇菜,一种水生植物,茎叶嫩时可食。《诗·周南·关雎》:"参差荇菜,左右流之。"宋玉《风赋》:"风生于地,起于青蘋之末。"鹁(bó),指鹁鸪。鸂(xī),指鸂鶒,古书上指像鸳鸯的一种水鸟。媒,谋合二姓以成婚曰媒,这里引申为一对对。诗句意谓,凉风生于荇菜之末,溪水激起的波浪涌向一对对水鸟。

⑤苏迹,指苏颋(或苏轼)的遗迹。诗句意谓,此地尚存苏颋(或苏轼)的遗迹,未知他们可曾载酒来游?

题《王制讲义》(二首)①

—

经传分明杂注疏,②外王内圣赖谁传?③

微言已绝无踪影,大义犹存在简篇。④

二

不为骊珠混鱼目,⑤何教桀犬吠尧天?⑥
而今云翳驱除尽,皎日当空世灿然。⑦

【注释】

①这二首诗写于1906年。录自《敝帚集与游学家书》。王制讲义,《王制》为《礼记》篇名,汉文帝命博士诸生杂采六经古制,比较系统地记述有关封国、爵禄、朝觐、丧祭、巡狩、刑政、学校等典章制度。内容同真实的商周礼制不尽相符,与《周礼》亦多不合,今文经学家每据以排抵古文经学。乐山县立小学堂经学教师帅平均是清末著名今文经学家廖平的学生,他的《王制讲义》课程按照其师廖平观点讲授,因能深入浅出,深受学生欢迎。郭沫若时在该校读书,听帅平均讲《王制讲义》后有感而作此诗。

②《王制讲义》按廖平讲授方式将难以卒读的《礼记·王制》分成经、传、注、笺四项,以为经是孔子的微言,传是孔门的大义,注笺是后儒的附说,从而经传分明杂以注疏,显得条理清楚,可以让人读懂。

③外王内圣,通作"内圣外王",初见于《庄子·天下篇》。后世皆视为儒家"治世"的一贯主张,谓高尚的道德修养蓄于内则为"圣功",施于外则为"王政"。诗句意谓,这种内圣外王之道依靠谁来传承?

④简篇,篇亦竹简,古时文字著之于篇,后亦称首尾完整的文字为篇。此指《礼记·王制》。"大义"即廖平对孔子微言大义所阐述的内容,亦即"内圣外王"之学。诗句意谓,孔子的微言亦已断绝且无踪影,其微言大义仍保存在廖平著述之中。

⑤骊珠混鱼目,由成语"鱼目混珠"化出。骊珠,一种名贵的珍珠,相传出自骊龙颔下,故名。典出《庄子·列御寇》:"千金之珠,必承九重之渊,而骊龙颔下。"诗句意谓,不使珍珠混于鱼目之中。

⑥桀犬吠尧天,由"桀犬吠尧"化出,语见《汉书·邹阳传》:"则桀之犬可使吠尧。"谓夏桀(古代暴君)所养之犬可使吠尧(圣君),比喻坏人的爪牙攻击好人。尧天,指古代圣君唐尧之世。诗句意谓,何以教桀犬去吠尧天?

⑦云翳(yì),指遮蔽日月的阴云。皎日,明亮的太阳。灿然,形容鲜明光亮。诗句意谓,廖平及其弟子对于《礼记·王制》的著述,清除了云翳,使儒家经典中被遮蔽的托古改制思想像旭日当空一样,照亮了世界。

跋《王制讲义》①

博士非无述,传经夹注疏。②
先生真有力,大作继程朱。③

【注释】

①此诗写于1906年。录自《敝帚集与游学家书》。跋,文体一种,一般写在诗文后面,用

以说明写作经过或评介内容。郭沫若对于帅平均所授《王制讲义》课程已题二诗于前,仍感意犹未尽,今又补跋于后,直接表达对于廖平、帅平均的敬仰以及《王制讲义》对自己的深刻影响。

②博士,为古代学官。战国时有博士,秦汉相承,诸子、诗赋、术数、方技,都立博士。至汉武帝时改五经博士,专掌经学教授。博士弟子的传经活动使衰微的儒学重新兴盛,并发展成为汉代经学。诗句意谓,汉代五经博士对于今文经学并非没有著述,只不过是夹杂在传经与注疏之中而已。

③先生,指廖平(兼及弟子帅平均)。大作,指《王制讲义》。廖平(1852—1932),字季平,四川井研人。近代今文经学家,主张用礼制来区分今古文经学,今文经学主《王制》,古文经学主《周礼》。廖平今文经学观点,通过托古改制思想为资产阶级变法维新提供理论根据。程朱,即宋代经学家程颐、程颢与朱熹。他们继承发展儒学传统,开创"程朱理学"新学派。诗句意谓,先生的学术思想真有说服力,大作是继程朱礼学之后对孔子儒学传统的又一继承和发展。

月　下①

天边悬明镜,照我遗我像。②

像不在镜中,但映青苔上。③

【注释】

①此诗写于 1906 年。录自《敝帚集与游学家书》。编者附有说明:"此诗写作时间标明'六月十四日'为'废历',相当于公历 8 月 3 日。'废历',即夏历,亦称旧历、农历、阴历。中华民国自 1912 年 1 月 1 日起改用公元纪年。说明该写作时间非 1906 年所写,而是辛亥革命以后或 20 世纪 40 年代初辑录《敝帚集》时所注"。看来编者只说对了一半,因为原诗已有题注:"一九〇六年,废历六月十四日夜作。"可见作者题注实为"20 世纪 40 年代初辑录《敝帚集》时所注。"至于编者认为"说明该写作时间非 1906 年所写"则明显欠妥。作者既然"于旧纸堆中搜得旧诗七首",包括《月下》在内,定为 1906 年是不会错的。1906 年应为农历丙午年,作者如果具体写为"废历丙午年六月十四日夜作",就不会产生歧义了。

②明镜,代指月亮。像,影像、影子。诗句意谓,天边悬挂着一轮有如明镜一样的月亮,照在我的身上遗留下我的影子。

③青苔,指在阴湿的地方生长的绿色苔藓植物。诗句意谓,我的影像不在天边的明镜(月亮)之中,而是映在地面的青苔之上。

晨发嘉州返乡舟中赋此①

睡起忽闻欸乃声,惟看两岸芦花行。②

岭头日出红绡裹,江面烟浮白练横。③

远树芃芃疑路断,家山隐隐向舟迎。④

可怜还是故乡水,呜咽诉余久别情。⑤

①此诗写于 1907 年夏。郭沫若当时已由乐山高等小学堂毕业,乘舟返乡度假,在船中吟成此诗。嘉州,即今之乐山市,县城距沙湾镇约七十五里。初收《郭沫若少年诗稿》。据郭沫若《敝帚集与游学家书》,此诗作于 1910 年夏。

②欸(ǎi)乃,象声词,指摇橹声。诗句意谓,睡觉起来忽然听到摇橹的声音,只见两岸芦花好像在行走一般。

③红绡,红色薄绸,此指艳丽的阳光。白练,洁白的熟绢,古人常用以形容江水。南朝齐谢朓《晚登三山还望京邑》:"余霞散成绮,澄江静如练。"诗句意谓,太阳出来整个山头好像裹着一层薄薄的红绡;江面烟雾飘浮犹如横着一条白练。

④毶毶(sān),毛发或枝条细长貌。唐孟浩然《高阳池》:"绿岸毶毶杨柳垂。"诗句意谓,远树密集如毛发好像遮断了前进的道路,家乡的山隐隐约约好像向船迎来。

⑤呜咽,形容低微的若断若续的流水声。诗句意谓,最可怜的还是家乡水仿佛呜咽着向我诉说久别的情怀。

夜泊嘉州作①

乘风剪浪下嘉州,暮鼓声声出雉楼。②
隐约云痕峨岭暗,浮沉天影沫江流。③
两三渔火疑星落,千百帆樯戴月收。④
借此扁舟宜载酒,明朝当作凌云游。⑤

【注释】

①此诗写于 1907 年秋,郭沫若在家乡度完暑假后,乘船回乐山入嘉定府中学堂。夜泊嘉州,有感于眼前所见景物,即兴写成此诗。初收《郭沫若少年诗稿》。据郭沫若《敝帚集与游学家书》,1910 年暑假由成都回沙湾,船到嘉州靠岸夜泊。

②雉楼,即雉堞,此指嘉州城楼。诗句意谓,乘风破浪直下嘉州,只闻暮鼓声声从城楼上传出。

③云痕,云雾。峨岭,即峨眉山。沫江,即沫水,又名大渡河,至乐山县境汇入岷江。诗句意谓,在云雾中隐约可见有点暗淡的峨眉山,天的倒影浮沉于沫江流水之中。

④渔火,渔船上的灯火。帆樯,樯为船上挂帆的桅杆,此指帆船。戴月,在月光下。诗句意谓,两三点渔火疑是天上星星落在水上一般,千百条船只在月光下纷纷落下布帆停泊江上。

⑤凌云,山名,在乐山县城的附近。苏轼《送张嘉州》:"少年不愿万户侯,亦不愿识韩荆州;颇愿身为汉嘉守,载酒时作凌云游。"现在凌云山大佛寺旁石壁上,还刻有"苏东坡载酒时游处"的字迹。诗句意谓,借取这条小船宜载有美酒,明朝当去凌云山游览一番。

九月九日赏菊咏怀①

茱萸新插罢,归独醉余酤。②
逸性怀陶隐,狂歌和狗屠。③

黄花荒径满，青眼故人殊。④

高格自矜赏，何须蜂蝶谀。⑤

【注释】

①此诗写于1907年10月15日，即农历九月初九重阳节。作者当时从乐山高等小学堂以优异成绩考入嘉定府中学堂。入学之后深感失望，当过县官的校长无办学知识，所聘的教习大多不学无术，学生学不到东西。作者重阳赏菊归来，产生了对陶渊明崇高品格的追慕，同时以菊花的高格自喻，以表达他对当时旧教育制度的不满与愤慨。初收《郭沫若少年诗稿》。

②茱萸，植物名，生于山谷，其味香烈。古代风俗，阴历九月九日重阳节佩戴茱萸，以驱邪避灾。酤，同"沽"，买酒。诗句意谓，刚插好了茱萸，独自回来把剩下来的酒喝完。

③逸性，超逸豪放的心情。陶隐，即陶潜，字渊明，东晋大诗人。曾为彭泽令，因不愿"为五斗米折腰"而辞官归隐，性嗜酒，爱菊花，世称靖节先生。狗屠，以屠狗为业的人。《史记·刺客列传》记载，战国时荆轲来到燕国，常与狗屠及高渐离等人饮酒于燕市。酒酣，高渐离击筑荆轲相和而歌。诗句意谓，满怀逸性而想起了古代隐逸诗人陶渊明，放声高歌与市井慷慨之士相和。

④黄花，即菊花。青眼，晋代阮籍能为青白眼，见礼俗之士，以白眼对之，见自己所投契的人则青眼对之。殊，断绝。诗句意谓，菊花开满了荒芜的小路，与自己相投契的友人也断绝了来往。

⑤自矜赏，自我矜持与欣赏。谀(yú)，谄媚，奉承。诗句意谓，菊花对于自己的高尚风格矜持而欣赏，何须蜜蜂、蝴蝶来谄媚奉承呢？

咏佛手柑①

嫩黄阶畔一株斜，香薷微薰透碧纱。②

掌是仙人承醴露，手经天女散琼葩。③

摩肩隔石穿耆阇，含笑拈花入梵家。④

霜叶经秋颜更绿，岁寒松柏莫须夸。⑤

【注释】

①此诗写于1908年秋。郭沫若当时患严重伤寒带病回家。经母亲煎汤熬药悉心照料，约一月病愈。当佛手柑香透后园之际，想到母亲一生饱经风霜，虔诚吃斋念佛，于是通过对佛手柑的吟咏，对母亲唱出了深情的赞歌。初收《郭沫若少年诗稿》。

②香薷，香味。王丘《咏史》："兰露滋香薷，松风鸣佩环。"碧纱，指帐子或纱窗。诗句意谓，一株斜立阶前的小树上，挂着嫩黄的佛手柑，香气微微透过纱窗传入房中。

③醴露，甘露。《史记·武帝纪》载：汉武帝迷信神仙，在长安作柏梁、铜柱、承露之属，仙人以掌擎盘，接受甘露，认为服之可延年益寿。琼葩(pā)，即琼花。佛教故事中有天女散花的传说，详见《维摩诘经》。诗句意谓，佛手柑像仙人手掌一样承受着甘露，又像天上的仙女手中在散花。

④耆阇(qí dū)，佛教传说中的仙山。《佛国记》："阿育王弟得罗汉道，常住耆阇崛山……

以乐山静,不肯受请。"含笑拈花,见《传灯录》:"世尊在灵山会上,拈花示众,是时众皆默然,惟迦叶尊者破颜微笑。"诗句意谓,佛手柑一个挨着一个像是要穿过山墙进屋一样,又似拈着鲜花走进了佛家。

⑤岁寒松柏,《论语·子罕》:"岁寒然后知松柏之后凋也。"诗句意谓,佛手柑的叶子深秋经霜更绿,不要再去夸耐寒的松柏了。

咏 蜡 梅①

疑是浮屠丈六身,风飘片片黄金鳞。②
天香薰入游蜂梦,真蜡未同野马尘。③
瘦削只缘冰镂骨,孤高宜借月传神。④
羞从脂粉增颜色,磬口檀心自可人。⑤

【注释】

①此诗写于1909年冬。当时,作者在沙湾家里度寒假,时值后园蜡梅盛开,香气袭人,引发诗兴,遂成此作。初收《郭沫若少年诗稿》。

②浮屠,佛,梵语音译。《后汉书·楚王英传》:"晚节更喜黄老,学为浮屠,斋戒祭祀。"注:"浮屠,佛也,西域天竺国有佛道焉。"丈六身,以人身八尺,佛倍之而为丈六。诗句意谓,蜡梅树疑是我佛丈六金身,纷纷飘落的蜡梅花好像一片片黄金鳞。

③天香,指蜡梅具有特异的香味。游蜂,蜜蜂中的雄蜂不事工作,故名游蜂。真蜡,蜡梅色黄如蜡,故名真蜡。野马尘,指浮游的云气。《庄子·逍遥游》:"野马也,尘埃也。"成玄英疏:"青春之时,阳气发动,遥望薮泽之中,犹如奔马,故谓之野马也。"诗句意谓,蜡梅特有的香气好像薰入游蜂的梦境,其身上有如真蜡一般有光泽,没有暗淡得像是染上浮游的云气。

④镂,雕刻。孤高,高傲孤僻的性格。诗句意谓,蜡梅的瘦削只因似被冰霜雕刻过,孤高的风骨借着月光的照耀更加传神。

⑤磬口,蜡梅的佳种,花开如磬。檀心,浅绛色的花心。苏轼《蜡梅诗》:"玉蕊檀心两奇绝。"可人,即可人心意,使人满意。诗句意谓,羞于涂脂抹粉来增加美丽的色彩,蜡梅花开如磬花心似檀,定会让人满意。

泛 舟 谣①

泛泛水中流,迢迢江上舟。
长风鼓波澜,助之万里游。②
回首面崇岗,掩泪泣其俦。
森森千万章,老死守故邱。③
或为风雨剥,腐蚀偃岩陬。
或为社上栎,匠石不回头。④
纵若上古椿,八千岁为秋。

眼界如井蛙,多寿徒多愁。⑤

【注释】

①此诗写于1910年2月。作者和五哥同路去省城就学。该诗为从沙湾到乐山舟中所作,充分表达了出外求学的强烈愿望。初收《郭沫若少年诗稿》。

②泛泛,漂浮貌。《楚辞·卜居》:"将泛泛若水中之凫,与波上下,偷以全吾躯乎?"迢迢(tiáo),遥远貌。《古诗十九首》:"迢迢牵牛星,皎皎河汉女。"诗句意谓,远处江面上一条船在水中漂流,长夜里鼓起波澜,帮助这艘船作万里之游。

③崇岗,高峻的山冈。俦,朋俦,同类。森森,繁密茂盛貌。千万章,千万棵。《史记·货殖列传》:"山居千章之材。"故邱,故乡。杜甫《解闷十二首》之二:"每见秋风忆故邱。"诗句意谓,作者回首高峻的山冈,而对它的同类不禁掩面而泣,这些山冈上有千万棵大树,直至老死还守着故乡。

④偃,偃卧,倒在地上。陬(zòu),角落。社上栎,指郊外社上栎树,均系无用之材。《庄子·人间世》:"匠石之齐,至乎曲辕,见栎社树,其大蔽牛,絜之百围,匠石不顾曰:'是不材之木也,无所可用,故能若是之寿。'"诗句意谓,有的树木为风雨所剥蚀,倒卧在山崖的角落里,有的像是社上栎,大而无用,匠人也不肯回头看它。

⑤上古椿,传说中一种长寿的树木。《庄子·逍遥游》:"上古有大椿者,以八千岁为春,以八千岁为秋。"井蛙,井底之蛙,因其坐井观天,比喻眼光狭小。愁,此字原稿缺失,由编者拟订补上。诗句意谓,即使像上古的椿树,以八千年为秋,其眼界也只能是坐井观天的青蛙,活得越长,忧愁越多。

澡室狂吟①

忆昔我佛初生时,二龙挟水浴其身。
一冷一暖沫流轮,剩下汪洋二池水,
释家传道齿生津。②我今来此事澡浴,
管疑二龙为盥沃。冷暖自任水调和,
水声涓涓出金玉。③我已久存厌世心,
每思涤虑脱尘俗。头上头发如沙弥,
人是如来古金粟。④

【注释】

①此诗写于1910年春。当时作者插入成都高等分设学堂丙班。"这里根本没有学到什么","游山玩水,吃酒赋诗的名士习气愈来愈深。""对人性的恶浊而我恨之深深。"在成都商业场隔壁的昌福馆内有一浴室,名为双龙池,有次郭沫若在澡浴时吟成此诗。作者采用"狂吟"的形式,发泄对当时腐败社会的强烈不满。初收《郭沫若少年诗稿》。

②我佛,指释迦牟尼。《释迦谱》中"树下诞生"、"九龙灌浴"篇载:摩耶圣母怀孕将十月,垂欲生时,引诸彩女游岚毗尼园。园中有一大树,名波罗义,柔软低垂,夫人即举右手攀彼树枝,遂生太子,向于母前,无人扶持,即行四方,各七步。地忽自然涌出二池,一冷一暖清净香

水；又虚空中，九龙吐水浴太子身。时周昭王二十四年，甲寅岁四月八日。诗句意谓，忆起昔日释迦牟尼初生之时，有二龙喷水为他浴身，一冷一暖轮流替换，此后剩下二池汪洋清水。佛家传道此事时嘴里说出唾液，亦即津津乐道。

③管疑，包管生疑惑，一定觉得。盥（guàn）沃，《左传·僖公二十三年》："奉匜沃盥。"疏："盥，澡手也。""沃者，自上而浇曰沃，手受之而下流于槃为盥。"金玉，喻有贵重之意。诗句意谓，我今天到这里来洗澡，包管有两条龙在为我浇水，要冷要暖自有水来自动调节，涓涓水流之声发出金玉之音。

④沙弥，佛教谓男子出家初受十戒者为沙弥。后一般称童僧为小沙弥。如来，佛教名词，为释迦牟尼十种称号之一。金粟，佛名，即维摩诘大士。《发迹经》："净名大士是往古金粟如来。"诗句意谓，我已久有厌世之心，每每想到要洗涤俗念尘思。现在头上头发像个小沙弥，人是古代金粟如来的化身。

落　红①

春阴浓处好句留，万点飞花锁院幽。②
影乱紫蘋翻落面，身随粉蝶度墙头。③
因风红到垂杨路，贴地芳凝碧草洲。④
怕见涂泥污艳质，呼童净扫垒香邱。⑤

【注释】

①此诗写于1910年暮春。作者出于对成都高等分设学堂教育的不满，常去望江楼、武侯祠、浣花溪、工部草堂等处游览。此诗通过对暮春景物的描绘，表达自己面对落红无数而托志惜春的感情。初收《郭沫若少年诗稿》。

②句留，即羁留、逗留。句，通"勾"。白居易《春题湖上》："未能抛得杭州去，一半句留是此湖。"幽，幽暗、幽静。诗句意谓，春天林阴浓密的地方最适合人们逗留，纷纷落花笼罩庭院，显得特别幽静。

③紫蘋，即紫青浮萍。蘋，疑为菭。菭（tái），亦作"苔"，水衣。诗句意谓，落花的身影与紫萍相混，并在水衣上翻腾，有的还跟随粉蝶飞过墙头。

④红、芳，这里分别以花的颜色与香味喻花。洲，水中陆地。诗句意谓，落花因风飞到垂杨的路上，贴在地面又凝聚碧草如茵的沙洲。

⑤涂泥，路上的泥土。香邱，即香丘、香坟。诗句意谓，怕见路上泥淖污染落花美好的品质，呼唤童儿打扫干净，垒起一座香坟。

三月十四日暮同友人游怡园作①

风信连番葱兴奢，不教容易度春华。②
香车宝马繁华梦，金谷平泉富贵家。③
蹴踘场中花影乱，秋千架畔夕阳斜。④

人生到处须行乐,沽酒临邛莫用赊。⑤

【注释】

①此诗写于 1910 年三月十四日。作者与友人同游成都怡园,即兴赋诗。诗中既描绘了游园盛况,也流露出少年诗人当时的矛盾心情。初收《郭沫若少年诗稿》。

②风信,亦称季候风。不同的季节有不同的风,因而可知某一季节的到来,故称"风信"。陆游《游前山》:"屐声惊雉起,风信报梅开。"兴奢,犹兴酣,言兴致浓厚。春华,指明媚的春光。诗句意谓,连番的花信风引起了我浓厚的兴致,不能让大好春光轻易地度过。

③香车宝马,游人所乘华贵的车马。金谷,即西晋石崇在洛阳修筑的金谷园。平泉,庄名,在洛阳之南,周围四十里,为李德裕的别墅。诗句意谓,不少人乘着香车宝马做着繁华的梦,幻想成为金谷平泉富贵之家。

④蹴踘,亦作蹴鞠,古代的一种踢球运动,类似现在踢足球。陆游《山南行》:"地近函秦气俗豪,秋千蹴踘分朋曹。"花影,指穿花衣的仕女。秋千,即荡秋千,我国传统的体育游戏。诗句意谓,踢球的场子里人影杂乱,秋千架旁夕阳已西斜了。

⑤临邛,今四川省邛崃市。相传司马相如与卓文君在临邛酤酒,文君当垆。赊(shē),欠账。诗句意谓,人生在世应该到处行乐,纵情饮酒且买酒不用赊账。

商业场竹枝词①三首

一

蝉鬓疏松刻意修,商业场中结队游。②
无怪蜂狂蝶更浪,牡丹开到美人头。③

二

楼前梭线路难通,龙马高车走不穷。④
铁笛一声飞过了,大家争看电灯红。⑤

三

新藤小轿碧纱帏,坦道行来快如飞。⑥
里面看人明了否,何缘花貌总依稀。⑦

【注释】

①这三首诗写于 1910 年初夏。竹枝词,乐府"近代曲"名,本巴渝(今四川东部)一带民歌。唐代诗人刘禹锡根据民歌改作新词,歌咏三峡风光和男女恋情,却也曲折流露遭受贬谪后的心情。此后各代诗人写《竹枝词》的甚多,也多咏当地风俗和男女爱情。辛亥革命前夕,中国社会处于剧变之中,由于帝国主义大量资本输入,商业经济出现表面繁荣。郭沫若初到成都,就以轻松幽默的笔调,采用"竹枝词"这种喜闻乐见的艺术形式,描绘了成都商业场中令人眼花缭乱的景象。初收《郭沫若少年诗稿》。

②蝉鬓,古代妇女的一种发型。《烟花记》:"魏宫人莫琼树创蝉鬓,缥缈如蝉翼。"诗意

谓,姑娘们头上疏松的蝉鬓经过刻意修饰,她们在街市中结伴游逛。

③蜂狂蝶更浪,即狂蜂浪蝶,喻轻薄少年。诗句意谓,难怪那些轻薄少年像蜜蜂蝴蝶那样,你看牡丹花已经开到美人头上了。

④龙马,骏马。李煜《望江南》:"车如流水马如龙,花月正春风。"诗句意谓,楼前马路上行人好像穿梭一样,互相拥挤很难通行,还有不少骏马和高车走也走不完。

⑤铁笛,指电厂的鸣笛。诗句意谓,只听汽笛一声,车子飞也似的开过去了,大家争着去看街上电灯发出一片红光。

⑥碧纱帏,用碧纱做的帐幕,此指轿帘。诗句意谓,挂着碧纱帷帐的新藤小轿,在平坦的道路上快如飞。

⑦花貌,如花容貌,形容女子美丽动人。诗句意谓,你从里面看人清楚么? 为什么从外面看来轿里美女的容貌总是隐约不清?

秋　绪①

秋风凛烈秋雨霖,郁郁独坐万象哭。②
手翻南华信口读,神游青衣江上屋。③
忆我前日出嘉州,田中禾黍方油油。④
彼时犹夏今已秋,草垒如山堆在畴。⑤
锦江日夜付东流,江边红树绕江楼。⑥
江流永以无回期,寒暑代谢天地移。⑦
人生一世无自立,令人叹息长掩泣。⑧

【注释】

①此诗写于1910年秋。录自《敝帚集与游学家书》。当时,作者在成都已插入四川省城高等学堂分设中学堂丙班,但对所学课程并不满意。此诗与《泛舟谣》恰好是1910年春赴成都就学与就读一学期后思想情绪发生变化的真实写照。二者时序不同,心绪各异。前者是初春,情绪昂扬;后者是深秋,情绪略带消沉。此与成都分设中学堂不能满足作者求新求知欲望有关。

②凛(lǐn)烈,寒冷强烈。霖,久雨。《左传·隐公九年》:"凡雨,自三日以往曰霖。"郁郁,忧伤、烦闷的样子。万象,宇宙间的一切事物或现象。诗句意谓,秋风凛烈,秋雨霖霖,我忧伤独坐面对人间万象而哭泣。

③南华,《南华经》的简称,即《庄子》。神游,精神或梦魂往游。青衣江,大渡河支流,在四川省中部。诗句意谓,手翻《庄子》信口诵读,已神游青衣江上当年住过的小屋。

④嘉州,亦称嘉定,即今之乐山。禾黍,皆系粮食作物。这里似指普通的水稻和糯稻。诗句意谓,想起我日前离开嘉州,田中水稻还是一片绿油油的。

⑤彼时,那时。草垒,草垛。畴,田亩,已耕作的田地。诗句意谓,那时还是夏季今已秋天,草垛堆积如山在田头。

⑥锦江,为岷江分支之一,在四川成都南,又名流江、汶江,俗称府河。相传蜀人织锦濯

于其中则锦色鲜艳,濯于他处则暗淡,故名锦江。红树,即红木,亦称胭脂树。多年生落叶小乔木或灌木,秋季开花,花粉红色,种子红色。江楼,即望江楼,在成都东门外锦江边,作者常去游览。诗句意谓,锦江日夜向东流去,锦江边上红树环绕着望江楼。

⑦永,永远、深长。《诗·卫风·木瓜》:"匪报也,永以为好也。"寒暑,冬气与暑气。《易·系辞》:"日月运行,一寒一暑。"代谢,更选,交替。诗句意谓,江水东流永无回期,寒暑交替天地转移。

⑧自立,谓以自己的力量有所建树。掩泣,掩面而泣。诗句意谓,人生一世若不能以自己的力量有所建树,则令人叹息且经常掩面而泣。

寄吴君尚之①二首

一

光阴容易叹蹉跎,况是客中恨里过。②
人到无聊诗兴断,交成莫逆泪痕多。③
相逢锦里悲萍梗,欲划龟山缺斧柯。④
一着铸成天大错,心如磨蚁总无何。⑤

二

翻云覆雨喻交游,杜老新诗几度讴。⑥
好酒于今知贾祸,多言自古易遭尤。⑦
嘤嘤怕听春禽啭,负负徒呼狂雨愁。⑧
莫笑瞿公门有雀,世人半似沐冠猴。⑨

【注释】

①这两首诗写于1910年间。吴君尚之,即吴尚之,四川乐山人。1906年春,他与郭沫若一起考入乐山高等小学堂,入学后便结成了莫逆之交。1910年间,郭沫若在成都与小学时期的挚友相遇,即作此二诗寄赠。初收《郭沫若少年诗稿》。

②蹉跎(cuō tuó),虚度光阴,时间白白过去。李颀《送魏万之京》:"莫见长安行乐处,空令岁月易蹉跎。"诗句意谓,可叹光阴很容易白白地过去,何况是在客中离愁别恨里度过。

③莫逆,语出《庄子·大宗师》:"……三人相视而笑,莫逆于心,遂相与为友。"后因称心意相通友谊深厚为莫逆之交。诗句意谓,人到无聊的时候诗兴就会中断,成了莫逆之交会因相互思念而泪痕颇多。

④锦里,指成都。《华阳国志》:"锦江织锦濯其中,则鲜明,故名曰锦里。"萍梗,浮萍与断梗随风飘荡,比喻行踪不定。划,通铲,铲掉。龟山,山名,具体所指不详。斧柯,语出《诗·小雅·伐柯》:"伐柯伐柯,匪斧不克。"毛传:"柯,斧柄也。"诗句意谓,在成都相逢各自悲叹行踪的漂泊不定,要削去龟山则缺少斧头,意即高山阻隔难以相见。

⑤磨蚁,言如蚁之旋磨。《晋书·天文志上》:"譬之于蚁行磨石之上,磨左旋而蚁右去,磨急而蚁迟,故不得不随磨而左迴焉。"诗句意谓,由于一着不慎造成了天大的错误,成了跟

随磨盘旋转的蚂蚁,心里总是无可奈何。

⑥翻云覆雨,比喻反复无常。杜甫《贫交行》:"翻手作云覆手雨,纷纷轻薄何须数!"杜老,即唐代大诗人杜甫。讴,吟诵。诗句意谓,杜甫用以比喻交游的"翻手作云覆手雨"的诗句,已经吟诵好几遍了。

⑦贾祸,自取其祸。遭尤,遭到怨尤,谓容易得罪人。诗句意谓,于今知道好酒之人容易惹祸,自古以来言多必失会得罪人。

⑧嘤嘤(yīng),鸟叫声,喻人之求友。《诗·小雅·伐木》:"伐木丁丁,鸟鸣嘤嘤……嘤其鸣矣,求其友声。"负负,谓非常惭愧。《后汉书·张步传》:"步曰:'负负无可言者。'"李贤注:"负,愧也。"诗句意谓,怕听春天鸟儿求友的鸣声,徒喊惭愧亦难解狂风暴雨般的忧愁。

⑨翟公门有雀,典出《汉书·汲黯郑当时传》:"下邽翟公作廷尉时,宾客盈门;罢官以后,门庭冷落,可以罗雀。后复官,宾客又欲前往,翟公在门外写了:'一死一生,乃知交情;一贫一富,乃知交态;一贵一贱,交情乃见。'"沐冠猴,即成语"沐猴而冠"。沐猴,猕猴。谓猕猴戴上帽子,喻人虚有其表。《史记·项羽本纪》:"人言楚人沐猴而冠耳,果然。"诗句因押"尤"韵,故倒装为"沐冠猴"。诗句意谓,莫笑翟公当年门可罗雀,世上多半都像戴着帽子的猕猴,言外之意自己与吴君的友谊是真挚的。

和李大感怀①二首

一

玉肩斜倚轻轻觑,腮畔潺沄界泪痕。②
微啭莺声时蹙额,半迴星眼欲勾魂。③
潮晕频添无限媚,宿酲未解有余麐。④
情天碧海苍茫甚,独坐无言深闭门。⑤

二

高唐梦转星初落,彳亍迴廊苦自怜。⑥
一夜相思深透骨,百年长恨弗飞仙。⑦
合骓未遇黄衫客,知己难忘白乐天。⑧
读罢新诗瞠目视,娱情聊向酒家眠。⑨

【注释】

①这两首诗写于1910年冬。李大,即李鹄人,四川乐山牛华溪人。他是郭沫若在嘉定府中学堂的同学,因在家中兄弟间排行老大,故称李大。李大曾作感怀诗二首,郭沫若依韵奉和。作者在描绘封建礼教束缚下青年妇女幽怨情怀的同时,抒发了自己向往自由幸福的思想感情。初收《郭沫若少年诗稿》。

②玉肩,肌肤莹润如玉的肩臂。觑(qù),窥探。潺沄(chán yún),潺潺,水徐流貌;沄沄水急流貌;二者均为水流貌。诗句意谓,青年女子斜倚玉肩轻轻窥视,腮边挂着一道道泪痕。

③啭,鸟鸣宛转。蹙额,犹皱眉,愁闷貌。迴,通"回",转动。星眼,亦称星眸,形容女性

眼睛明亮美丽。诗句意谓,微吐黄莺鸣啭的声音而又时时皱着眉头,明亮美丽的眼波转动意欲勾人魂魄。

④潮,潮红。宿醒(chéng),隔夜酒醉未醒。麛(nún),香气。诗句意谓,脸上阵阵红晕频添无限妩媚,隔夜的酒意还未消除余香尚在。

⑤情天,李商隐《金铜仙人辞汉歌》:"衰兰送客咸阳道,天若有情天亦老。"后因称情爱之境为情天。李商隐《嫦娥》:"嫦娥应悔偷灵药,碧海青天夜夜心。"苍茫,旷远迷茫貌。诗句意谓,爱情如碧绿的大海一般旷远迷茫,还是一个人关着门默默无言坐在房中。

⑥高唐,楚台观名,在云梦泽中。高唐梦,指男女幽会。宋玉《高唐赋》:"昔者先王尝游高唐,怠而昼寝,梦见一妇人曰:'妾巫山之女也,为高唐之客,闻君游高唐,愿荐枕席。'王因幸之。"彳亍(chì chù),小步行走,左步为彳,右步为亍,合则为行。诗句意谓,高唐梦醒天色初亮,我在回廊上小步徘徊顾影自怜。

⑦百年长恨弗飞仙,白居易《长恨歌》,写唐明皇杨贵妃爱情悲剧。杨贵妃马嵬坡死后飞仙升天,唐明皇命方士寻找。诗句意谓,害了一夜深入骨髓的相思,而今百年长恨但不能像杨贵妃那样飞仙升天。

⑧合骊,两性结合,骊同"欢"。黄衫客,唐代传奇中的侠客。《霍小玉传》载,大历年间名妓霍小玉,与陇西李益有盟约,后被抛弃。小玉忧愤而病,忽有黄衫豪士挟持李益到来,小玉见李益后悲痛地死去。白乐天,即唐代大诗人白居易。诗句意谓,只恨没有遇见黄衫豪士这样的人促使我们结合在一起,也没有遇到白乐天这样的知己。

⑨新诗,指李大作品。瞠(chēng)目视,瞠着眼睛看。酒家眠,写放不羁的性格。杜甫《饮中八仙歌》:"李白一斗诗百篇,长安市上酒家眠。天子呼来不上船,自称臣是酒中仙。"诗句意谓,读罢你的新诗深感"瞠若乎后矣",我们还是到酒家一醉方休聊以娱情罢。

有　怀①

百般幽恨向谁诉,仔细思量意若棼。②
蝶入梦魂飞栩栩,犬疑形影吠狺狺。③
屏亭欲受鸳鸯枕,薄幸难亲蛱蝶裙。④
情田可许侬耕否,欲将心事一咨君。⑤

【注释】

①此诗写于 1910 年冬,诗中表现作者初入成都时的纷乱心情,反映少年诗人对恋爱自由的追求以及对封建礼教的叛逆。初收《郭沫若少年诗稿》。

②幽恨,潜藏在心底的怨恨。棼(fén),纷乱。诗句意谓,内心深处怀有怨恨能向谁去诉说呢?仔细想想思绪又非常纷乱。

③栩栩(xǔ),生动活泼的样子。《庄子·齐物论》:"昔者,庄周梦为蝴蝶,栩栩然,蝴蝶也。"狺狺(yín),犬吠声。《潜夫论·贤难》:"一犬吠形,百犬吠声。"宋玉《九辨》:"猛犬狺狺而迎吠兮,关梁闭而不通。"诗句意谓,梦中化为蝴蝶栩栩而飞,狗见形影起疑而狂吠不止。

④屏亭,即娉婷,姿态美好。白居易《昭君怨》:"明妃风貌最娉婷。"亦指美女。鸳鸯枕,

绣着鸳鸯的枕头。鸳鸯,鸟名,雄曰鸳,雌曰鸯。常偶居不离,后因比喻夫妇。薄幸,犹言薄情,负心。蛱蝶裙,绣着蝴蝶的裙子。诗句意谓,娉婷女子愿接受爱情意欲共枕而眠,薄情男子却不能和她亲近。

⑤情田,爱情的田地。侬,我。咨,询问。诗句意谓,爱情的田地是否允许我来耕耘(即可否与你恋爱)?我要将心里的事向你咨询。

咏秋海棠①

啼红满颊生潮晕,猩点罗衿泪似烟。②
斜倚砌栏无限恨,慵开倦眼未应眠。③
玉环赐浴承恩后,飞燕凝神欲舞前。④
鹈鴂无端鸣太早,绿珠楼坠影蹁跹。⑤

【注释】

①此诗写于1910年冬。秋海棠,多年生草本,秋季开花,花浅红色,雌雄同株。常植于庭院之中,可供观赏。作者通过对秋海棠的描绘托物咏怀,表现了对封建势力压迫下中国妇女的深切同情和关怀。初收《郭沫若少年诗稿》。

②猩点,像猩猩的血一样鲜艳的红色斑点。诗句意谓,秋海棠的花像因悲啼而满颊生出红晕的少女,又像穿着被猩猩的血点染过的罗衣眼中含着似烟雾一般的泪水。

③砌栏,玉石砌成的栏杆。诗句意谓,斜倚玉石砌成的栏杆心怀无限恨意,懒得睁开没有睡醒的眼睛。

④玉环,即杨贵妃,小字玉环。为唐玄宗爱妃。白居易《长恨歌》:"春寒赐浴华清池,温泉水滑洗凝脂。侍儿扶起娇无力,始是新承恩泽时。"飞燕,汉成帝宫人赵飞燕,幼习歌舞,体态轻盈,号曰飞燕。始为婕妤,宠冠后宫。后被立为皇后,受宠十余年。诗句意谓,海棠花娇媚无力,好像杨玉环浴后受到唐玄宗的恩遇,而其轻盈的姿态好像赵飞燕刚要起舞的时候。

⑤鹈鴂,鸟名,即子规、杜鹃。屈原《离骚》:"恐鹈鴂之先鸣兮,使夫百草为之不芳。"古人认为,鹈鴂一鸣,百花凋谢。绿珠,晋代石崇爱妾。孙秀慕其美色而求之,石崇不许。孙秀矫诏捕石崇,绿珠为此坠楼而死。诗句意谓,杜鹃无端地叫得太早了,让海棠花很快凋谢。她的凋谢就像绿珠坠楼一般身影飘然而下。

舟中闻雁哭吴君耦逖①八首

一

衡阳归雁至,江头吊故人。②
英魂游泽国,壮志没江滨。③
鹤唳悲风夕,猿号细雨晨。④
长沙无限慨,痛哭屈灵均。⑤

【注释】

①这一组诗写于1911年底。吴耦逊,为作者同学,乐山牛华溪人。因有留学日本的愿望,自名耦逊太郎。1911年去湖南避难,因父亲病危,由湘返川途中,因船只失事遇难。1911年底,郭沫若从成都高等分设学堂回乐山,在乘舟途中听到大雁的啼声,想到了在湖南遇难的挚友,怀着深沉悲痛写下这一组诗。初收《郭沫若少年诗稿》。

②衡阳,地名,在今湖南省内。县南有回雁峰,居衡山七十二峰之首。相传雁飞不过衡阳,至回雁峰即回。诗句意谓,飞到衡阳雁回来了,我在江头凭吊去而不归的友人。

③泽国,水乡。湖南古有云梦泽,楚襄王曾游此地。诗句意谓,友人的灵魂去游湖南水乡,而他的壮志却永远留在江滨。

④鹤唳(lì),鹤鸣。《晋书·谢玄传》:"淝水之战后,符坚余众弃甲宵遁,闻风声鹤唳,皆以为王师。"猿号,猿猴的号叫。《水经注》:"(三峡一带)每至晴初霜旦,林寒涧肃,常有高猿长啸,属引凄异,空谷传响,哀啭久绝。"诗句意谓,白鹤晚上在风中悲鸣,猿猴在细雨濛濛的早晨哀号。

⑤长沙,指汉代文学家贾谊,官至太中大夫、长沙王太傅,世称"贾长沙"。因仕途失意,一次渡湘水,作赋以吊屈原。卒年三十三岁。屈灵均,即楚国三闾大夫屈原,主张联齐抗秦、举贤任能,曾受怀王重视。后遭谗被逐,自沉汨罗江而死。诗句意谓,作者自比贾谊怀有无限感慨,又以屈原比吴君耦逊表示为之痛哭。

二

山壑武陵美,桃源可避兵。①
阳关三叠泪,千里一舟行。②
孤灯游子梦,明月故人情。③
契阔终长古,庚庚玉柱横。④

【注释】

①山壑(hè),山谷。武陵,地名,在湖南。陶渊明《桃花源记》:"晋太元中,武陵人捕鱼为业,缘溪行,忘路之远近,忽逢桃花林。""自云先世避秦时乱,率妻子邑人来此绝境,不复出焉,遂与外人间隔。"诗句意谓,山林以湖南武陵为最美,那里有桃花源可以躲避兵灾。

②阳关,曲名,为送别时所唱。本唐代王维《送元二使之安西》:"渭城朝雨浥轻尘,客舍青青柳色新。劝君更尽一杯酒,西出阳关无故人。"三叠,旧传至"阳关"句反复歌唱,故称"阳关三叠"。诗句意谓,当时含泪唱着送别的歌曲,你乘船去千里之外的湖南。

③游子,离家远游的人。诗句意谓,面对孤灯便会梦到他乡游子,每见明月便会怀念故人。

④契阔,分别。曹操《短歌行》:"契阔谈宴,心念旧恩。"终长古,即终古,永久。庚庚,横貌。玉柱,额上突起之筋肉。相传隋文帝额上有玉柱入顶,目光外射。诗句意谓,你我将永久分别了,但你英俊的容貌永远显现在我的眼前。

三

蜀道传光复,豺狼庆划除。①

思亲常陟屺，望子定依庐。②

西服更新式，东来返故居。③

谁期风浪恶，掩泪泣枯鱼。④

【注释】

①蜀道，自秦（陕西）入蜀（四川）的道路。此指四川境内。李白《蜀道难》："蜀道之难，难于上青天。"豺狼，指清朝统治者。划除，即铲除。诗句意谓，四川已传来光复的消息，人们在庆贺清朝统治者已被铲除。

②陟屺，指思念母亲。《诗·魏风·陟岵》："陟彼屺兮，瞻望母兮。"依庐，亦作倚闾。《国策·齐策六》："王孙贾年十五，事闵王，王出走，失王之处。其母曰：'女（汝）朝出而晚来，则吾倚门而望；女（汝）暮出而不还，则吾倚闾而望。'"诗句意谓，你在外乡常常思念母亲，母亲也在盼望儿子归来。

③这两句是说，西服又换了新的样式，你从东面回到故乡来住吧！

④枯鱼，鱼干。《庄子·外物》："吾得斗升之水可活耳，君乃言此，曾不知早索我于枯鱼之肆。"汉代古诗："枯鱼过河泣，何时悔复及？"诗句意谓，谁料到风浪如此险恶，我竟掩泪来泣枯鱼，亦即洒泪祭吊友人。

四

何事阳侯怒，噩音千里传。①

鲛人珠有泪，精卫恨难填。②

子诞半年甫，椿残三日先。③

伤心古无此，天道太茫然。④

【注释】

①阳侯，古代传说中的水神。《淮南子·览冥训》："武王伐纣，渡于孟津，阳侯之波，逆流而击。"高诱注："阳侯，陵阳谷侯也。其国近水，溺水而死。其神能为大波，有所伤害，因谓之阳侯之波。"噩音，即噩耗，人死的消息。诗句意谓，水神何以发怒掀起波涛，你溺水而死的消息从千里之外传来。

②鲛（jiāo）人，传说中的人鱼。晋张华《博物志》："南海水有鲛人，水居如鱼，不废织绩，其眼能泣珠。""鲛人，从水中出，寓人家积日，卖绡将去，从主人索一器，泣而成珠满盘，以与主人。"精卫，据《山海经·北山经》载，神话中的鸟名。相传为炎帝之女，因游东海溺死，其魂化为精卫，常衔西山木石，以填东海。诗句意谓，鲛人落泪成珠，精卫深恨难填。

③甫，才，方。椿，指父亲。古代称父亲为椿庭，称母亲为萱堂，因以椿萱为父母的代称。诗句意谓，吴君儿子生下才半年，父亲三日前已病故。

④天道，自然的规律。《荀子·天论》："天有常道焉，地有常数矣。"古人认为天道是支配人类命运的天神意志。诗句意谓，自古没有如此伤心的事，天道实在太令人失望了。

五

杵臼交君久，依依赠缟情。①
临丧惭范式，抚孽愧程婴。②
郢技今停斫，俞琴久禁鸣。③
书田如浩海，谁与耦而耕？④

【注释】

①杵臼（jiù），古代舂谷的工具。《后汉书·吴祐传》："公沙穆东游太学，无资粮，乃变服客佣，为祐赁舂。祐与语，大惊，遂共定交于杵臼之间。"后称交朋友不嫌贫贱为杵臼交。赠缟，赠送缟带，指深厚的友情。《左传·襄公二十九年》："（吴公子札）聘于郑，见子产如旧相识，与之缟带，子产献纻衣焉。"后因"缟纻"或"赠缟"喻友谊深厚。诗句意谓，与君杵臼（贫贱）之交已久，有着依依不舍的深厚友情。

②临丧，亲临丧葬，哭吊死者。范式，东汉金乡人。少时游太学，与张劭为友。临别时范式相约过两年登门拜望张劭父亲，并共同商定了日期。届时张杀鸡煮饭等待，范式果然按期到来。后来范式梦见张劭说他已死，即着素服赶去，终于参加会葬。孽，指遗孤。程婴，据《史记·赵世家》载，春秋时晋国程婴与赵朔为友，司寇屠岸贾攻杀赵朔，并灭其族。赵朔妻生一遗腹子，屠岸贾索之甚急。程婴与公孙杵臼合谋，让公孙杵臼抱一他人孩子藏在山中，称是赵氏孤儿，被屠岸贾搜去杀死。真正的赵氏孤儿却由程婴掩护下来，在山中潜伏了十五年，长大成人，终于报了家仇恢复赵业。诗句意谓，我因不能像范式那样奔丧而感到惭愧，自己也不能帮吴君抚养遗孤。

③郢（yǐng）技，指郢人高超的技艺。《庄子·徐无鬼》："郢人垩漫其鼻端，若蝇翼，使匠人斫之。匠人运斤成风，听而斫之，尽垩而鼻不伤，郢人立不失容。"后以诗文就正于人，也叫"郢斫"。斫，砍削。俞琴，指善于鼓琴的俞伯牙，春秋时楚人，与钟子期为挚友。《列子·汤问》："伯牙鼓琴，志在登高山，钟子期曰：'善哉，峨峨兮若泰山。'志在流水，钟子期曰：'洋洋兮若江河。'"后称挚友为知音。诗句意谓，再没有朋友帮我改正诗文了，从此将长久地失去知音。

④书田，古人以耕喻读，故谓书为书田。耦而耕，耦通"偶"，两人各持一耜，并肩而耕。《论语·微子》："长沮桀溺耦而耕。"诗句意谓，书籍如浩瀚的大海，谁与一起攻读呢？

六

求死终难死，逃生总不生。①
股肱悲子折，肝胆向谁倾？②
酒社无英敌，诗坛少定评。③
小儿真梦梦，寿促谁能争？④

【注释】

①这两句是说，求死的人结果死不了，逃生的人总是没有活下来。

②股肱(gōng),原喻帝王左右辅佐得力的臣子。《左传·昭公九年》:"君之卿佐,是谓股肱。"此处指亲如手足的好友。肝胆,喻真诚的心意。《史记·淮阴侯列传》:"臣愿破腹心,输肝胆,效愚计。"诗句意谓,我悲叹你的夭折使我失去了挚友,今后我的心意向谁去倾诉?

③酒社,指结社饮酒。诗坛,诗会。欧阳修《答梅圣俞》:"文会忝予盟,诗坛推子将。"诗句意谓,今后酒社再也没有酒量大的敌手,诗坛也没有人能作定评了。

④"小儿"二句,典出《列子·汤问》之《两小儿辩日》。两小儿辩论太阳何时大、何时小,各执一词,孔子亦不能决。梦梦,模糊,懵懂。寿促,寿命短促。诗句意谓,世间万物即使像孔夫子那样的智者亦非事事皆知,何况小儿人生短促,又岂能争得清楚?

七

智者多夭折,从来已若斯。①
颜回夭丧早,贾谊夕虚迟。②
莫唱公无渡,未伸渔父词。③
招魂归不得,挥涕诵君诗。④

【注释】

①夭折,短命,早死。诗句意谓,聪明的人大多短命,从来都是如此。

②颜回,春秋时鲁国人,孔子学生。他天资聪颖,贫居陋巷,箪食瓢饮,不改其乐,年三十二而卒,故曰:"夭丧早。"夕虚迟,一年的最后一季为"岁之夕",可喻人生晚年。晚年虚迟,喻人寿命不长。贾谊三十三岁而死。诗句意谓,颜回早年丧命,贾谊也寿命不长。

③公无渡,即《公无渡河》,一名《箜篌引》,属古乐府相和歌。相传朝鲜津卒霍里子高晨起撑船,有一白首狂夫,披发提壶,乱流而渡,其妻随而止之不及,遂堕河而死。于是援箜篌而鼓之,作了《公无渡河》曲,曲终亦投河而死。子高回家将这事告诉了妻子丽玉。丽玉对他们很同情,乃引箜篌而写其声,名曰《箜篌引》。渔父词,即《渔父》,屈原的作品。详见《史记·屈原贾谊列传》。诗句意谓,不要唱悲哀的《公无渡河》,尚未将你的感情申述在屈原《渔父》一样的作品中。

④招魂,古丧礼,谓人刚死时招回其灵魂。见《礼记·丧大纪》。诗句意谓,我虽在招魂但你的灵魂已回不来了,我在挥泪诵读你的诗作。

八

呕心吟楚些,引领望南荆。①
悠悠生死别,栩栩梦魂萦。②
诗尽愁无语,潮流恨有声。③
投诸江水去,好句可能赓?④

【注释】

①呕心,形容竭尽心力。楚些,指《楚辞》。《楚辞》招魂句尾,皆用"些"字为语助。南荆,

荆为古代楚国的别称,因其原来建国于荆山一带。这里指湖南。诗句意谓,我费尽心血为你招魂,情意殷切地望着湖南相传出事的地方。

②悠悠,遥远,长久。萦,萦绕。诗句意谓,我们虽然遥遥地生死相别,然而在梦中常见到你那栩栩如生的英魂。

③这两句是说,我诗写好以后愁苦无语,思潮像流水一样寄托着我的怨恨。

④投诸,投到。诸,"之于"的合称。赓,赓和,连续。诗句意谓,把我的诗篇投到江水中去,你的灵魂能否再用好句赓续我的诗呢?

舟中偶成①三首

一

阿耶提耳语,远行宜慎哉。②
方舟虚自好,欹器满斯摧。③
愁锁蒲编钥,悲缘桑落媒。④
书绅长警惕,瞬睫敢离怀!⑤

【注释】

①这三首诗写于1912年3月。郭沫若在当年阴历正月二十日,从沙湾赴成都的舟中,有感于父母与自己的离愁别绪偶成三律。初收《郭沫若少年诗稿》。

②阿耶,耶与"爷"通,即父亲。《木兰辞》:"军书十二卷,卷卷有爷名。"提耳,形容长者的谆谆教诲。诗句意谓,临别时父亲反复叮咛,远行务必谨慎小心。

③方舟,即船。《庄子·山木》:"方舟而济于河,有虚船来触舟,虽有偏心之人不怒。……人能虚己以游世,其孰能害之?"欹(qī)器,容易倾倒的容器。《家语》:"孔子观于周庙,有欹器焉。使子路取水试之,满则覆,中则正,虚则欹。"诗句意谓,要像空船(虚舟)那样虚心,而器皿盛得太满就会倾覆。

④蒲编,即编蒲,指书籍。《汉书·路温舒传》:"父使牧羊,舒取泽中蒲,截以为牒,编用写书。"桑落,酒名。《霏雪录》载:河东桑落坊有井,每至桑落时,取水酿酒甚美,故名桑落酒。诗句意谓,要把忧愁锁在书籍中间,而悲伤的情绪是因为饮酒引起的。

⑤书绅,绅为腰带。《论语·卫灵公》:"子张书诸绅。"子张把孔子的"言忠信,信笃敬"的教诲写在腰带上,旧时因称记下重要的赠言为书绅。诗句意谓,要把父亲的教诲铭记在心,一刻也不能忘记。

一①

老母心悲切,送儿直上舟。②
泪枯惟拭眼,席挂未回头。③
风笛声声恨,啼猿处处愁。④
难忘江畔语,休作异邦游!⑤

【注释】

①这首诗曾录入《十字架》,载 1924 年《创造周报》第 47 号。后又录入《黑猫》,字句有所
更动。收入《潮汐集》时,题为《休作异邦游》。

②这两句是说,老母心里悲悲切切,一直把儿子送上船。

③席挂,犹挂席,即挂起船帆。诗句意谓,母亲泪水哭干还在不断拭眼,直到亦已张帆开
船都没有回头。

④风笛,风中的汽笛。啼猿,四川古来多猿,山中常有高猿长啸。《水经注》:"巴东三峡
巫峡长,猿鸣三声泪沾裳。"诗句意谓,风笛声声似在抒发离乡的怨恨,山中猿啼处处引人
哀愁。

⑤异邦,外国。诗句意谓,难忘母亲在江边的话,不要到外国去游学。

三

呜咽东流水,江头泣送行。①

帆圆离恨满,柁转别愁萦。②

对酒怀难畅,思家梦不成。③

遥怜闺阁里,屈指计舟程。④

【注释】

①呜咽,形容低微而若断若续的水声,亦用以形容低声哭泣。蔡琰《悲愤诗》:"观者皆欷
歔,行路亦呜咽。"诗句意谓,呜咽东流的江水,好像在哭泣着为我送行。

②柁,同"舵"。诗句意谓,鼓满了风的船帆好像装满离恨,船舵转动似也萦绕着别愁。

③这两句是说,现在有酒也难畅怀,思念家乡难眠连梦也做不成。

④闺阁里,指原配夫人张琼华,多年独守闺阁。原稿缺少一字,原无"里",由编者据诗意
添补。诗句意谓,遥想此刻闺阁里的张氏,正在扳着手指计算舟程。

咏 绣 毬①

玲珑一簇锦成堆,团团圆影费心裁。②

天荪欲为抛毬戏,特命花神绣得来。③

【注释】

①此诗写于 1912 年夏。当时,辛亥革命取得胜利,南京临时政府成立,宣告了清王朝统
治的结束。作者在春游公园的时候,目睹人民群众尽情地欢乐,遂作此诗以表达内心的喜
悦。绣毬,即绣球花。作为观赏植物,夏季开花,成球形,萼片初为淡红色,后变蓝色,颇为美
丽。初收《郭沫若少年诗稿》。

②玲珑,形容绣球花的精致与美观。簇(cù),一丛、一团。团圞(luán),亦作团栾,圆貌。
谢灵运《登永嘉绿嶂山》:"团栾润霜质。"心裁,心中的设计筹划,如别出心裁。诗句意谓,绣
球花玲珑一簇好似锦绣堆成,而其团栾优美的影像可谓别出心裁。

③天荪,即天孙,织女星。织女为民间神话巧于织造的仙女,且为天帝之孙。唐彦谦《七夕》:"而予愿乞天孙巧,五色纫针补衮衣。"毬,"球"的异体字。花神,传说中司花之神。诗句意谓,天上织女要作抛球的游戏,才特地命令花神绣出来的。

咏 牡 丹①

绝代豪华富贵身,艳色娇姿自可人。②
花国于今非帝制,花王名号应图新。③

【注释】

①此诗写于1912年初夏。牡丹,落叶小灌木,初夏开花。花单生,大型,白、红或紫色,为著名观赏植物,人称花中之王。作者通过对牡丹花的歌咏,热情赞颂辛亥革命推翻清朝结束帝制,表达了诗人向往民主共和,要求富国强兵的愿望。初收《郭沫若少年诗稿》。

②富贵身,牡丹亦称富贵花。周敦颐《爱莲说》:"牡丹,花之富贵者也。"可人,可人意,使人满意。诗句意谓,牡丹花豪华富贵盖世无双,艳丽的颜色和娇媚的姿态,看了让人感到满意。

③花国,指中国。花王,指牡丹。欧阳修《牡丹记》:"钱思公尝曰:人谓牡丹花王,今姚黄直可为王,而魏紫乃后也。"诗句意谓,生长牡丹的国家已废除帝制,花王的名号也应该革新了。

述怀 和周二之作三首①

一

岱宗不云高,渤澥终犹浅。②
寸心不自持,浩气相旋转。③

二

练就坚铁心,灼热终不冷。④
我亦无特操,行同身外影。⑤

三

彭祖寿如天,殇子寿终老。⑥
弘道斯足荣,何用泣秋草。⑦

【注释】

①这三首诗写于1912年秋。周二,为郭沫若在成都府中学堂时的同学。郭沫若当时看到周二的诗,和了这三首。初收《郭沫若少年诗稿》。

②岱宗,即泰山。泰山为五岳之宗,故称岱宗。渤澥(xiè),即渤海。诗句意谓,泰山不算高,渤海也还浅。诗句借以突出人的志向。

③寸心，方寸之心。杜甫《偶题》：“文章千古事，得失寸心知。”浩气，浩然之气。《孟子·公孙丑》：“吾善养吾浩然之气。……其为气也，至大至刚，以直养而无害，则塞于天地之间。”诗句意谓，内心十分激动，无法克制自己，一股浩然之气在胸中盘旋。

④这两句是说，练就一副坚如钢铁的心肠，始终保持着火热的激情。

⑤特操，独特的节操。诗句意谓，我也没有什么独特的节操，但我的行为与身外的影子一样，亦即言行一致。有随机而行、随遇而安之意。

⑥彭祖，传说中的上古老人，活了八百岁。旧时以彭祖为长寿的象征。夭（yāo），夭折。殇子，未成年而死的人。《庄子·齐物论》：“天下莫大于秋毫之末，而泰山为小；莫寿乎殇子，而彭祖为夭。天地与我并生，而万物与我为一。”诗句意谓，活了八百岁的彭祖就像夭折一般，而早死的殇子也等于终老天年。意为活得长与活得短不算什么问题，主要看你活得有没有意义。

⑦弘道，即弘扬天道，以身殉道的意思。泣秋草，指为人命短浅如秋草一样而悲泣。《古诗十九首》：“伤彼蕙兰花，含英扬光辉。过时而不采，将随秋草萎。”诗句意谓，能够弘扬真理便是人生光荣，无须为人命短浅如秋草而悲泣。

和王大九日登城之作原韵①二首

一

烽火连西北，登埤动客心。②
茱萸山插少，荆棘路埋深。③
惊见归飞雁，愁听断续砧。④
一声河满子，泪落不成吟。⑤

二

铁马关山远，铜驼棘尚深。⑥
登高频极目，俯首更伤心。⑦
乱际惊听角，凄迥不闻砧。⑧
故园菊应好，难得旧时吟。⑨

【注释】

①这两首诗写于1912年10月。王大，即王维新，号伯恒，乐山牟子场人，为郭沫若在乐山高等小学堂同学。1912年9月，郭沫若在成都府中学堂读书时，与王大一起登城。王大作诗二首，郭沫若依原韵而和之。当时，北洋军阀袁世凯窃取中华民国临时大总统的职位，北方边境又遭蒙军侵扰，人民仍处水深火热之中。郭沫若借和王大登城之作，倾诉了面对内忧外患而忧国忧民的思想感情。初收《郭沫若少年诗稿》。

②烽火，指边警。古代边境有敌人入侵，即在高台上烧柴或狼粪以报警。此指战争。埤（pí），矮墙。城墙高的称垣，低的称埤。诗句意谓，战争的烽火连续出现在北方，而今登城就触动游客之心。

③茱萸，植物名。古代重阳节有“插茱萸”的习俗。诗句意谓，插山茱萸的人现在少了

（喻缺少兄弟般的友人），而荆棘将道路埋得很深。

④砧(zhēn)，捣衣石。李煜《捣练子令》："深院静，小庭空，断续寒砧断续风。"诗句意谓，雁从北方归来，使人见了心惊；听到断断续续的捣衣声，让人心里发愁。

⑤河满子，古代曲名，一作何满子。张佑《何满子》："一曲何满子，双泪落君前。"诗句意谓，唱了一声《何满子》，不禁伤心落泪泣不成声。

⑥铁马，装有铁甲的战马。此指战争。铜驼，铜铸的骆驼。古代置于宫门外。《晋书·索靖传》："靖有先识远量，知天下将乱，指洛阳宫门铜驼，叹曰：'会见汝在荆棘中耳。'"旧时借"铜驼荆棘"以形容亡国后的残破景象。诗句意谓，战争虽远在关塞之外，而铜驼荆棘尚深，亦即面临亡国的危险。

⑦极目，指远望。诗句意谓，登上高处频频极目远望，而低头沉思更觉伤心。

⑧角，号角，古代军中的乐器。凄迥，凄凉遥远。诗句意谓，在乱世听到军号就会心惊，而今一片凄凉，连捣衣声都听不到。

⑨故园，故乡。诗句意谓，故乡的菊花应开得好，今天难得像以前那样来吟咏菊花了。

感　时①八首

一

苦恨年年病作家，韶光催促鬓双华。②
异乡滋味尝将尽，诗酒生涯兴未赊。③
五色陆离翻汉帜，数声隐约响悲笳。④
频来感触兴衰事，极目中原泪似麻。⑤

【注释】

①这八首诗写于1912年冬。当时，郭沫若于成都中学堂毕业，考入成都高等学校理科，寒假留校未归。在此期间，曾作七律《感时》八首，寄与同学李鹄人。诗中揭露腐败的政局，感叹面临新的民族危机，从而发出拯救国家与民族的呼声。初收《郭沫若少年诗稿》。

②病作家，以病作家，时常生病。韶光，美好时光，常指春光。诗句意谓，痛苦而悔恨年年生病，韶光已逝催人双鬓已生白发。

③赊(shē)，宽缓，满足。诗句意谓，异乡的滋味已经尝够了，诗兴和酒兴尚未得到满足。

④五色，即五色旗。当时中华民国国旗，以红、黄、蓝、白、黑五色代表"五旗共和"。陆离，参差而有光辉貌。笳，古代管乐器。诗句意谓，五色旗在风中飘扬，隐隐约约听到悲凉的笳声。

⑤这两句是说，近来常常为国家的兴衰引起感触，远望中原地区不觉泪下如麻。

二

群鹜趋逐势纷纭，肝胆竟同楚越分。①
煮豆燃萁惟有泣，吠尧桀犬厌闻狺。②

阋墙长用相鸣鼓，边地于今已动鼖。③
敢是瓜分非惨祸，波兰遗事不堪愍。④

【注释】

①群鹜，一群鸭，指当时相互角逐的集团或势力。成语有"趋之若鹜"。肝胆，比喻关系密切。《庄子·德充符》："自其异者视之，肝胆楚越也。"诗句意谓，像一群鸭子一样乱纷纷地互相角逐，本应肝胆相照的革命党人，也会变得像楚国和越国那样敌对。

②煮豆燃萁，相传三国时魏文帝想害死胞弟，限其七步成诗，否则诛杀。曹植未及七步，口占一诗："煮豆燃豆萁，豆在釜中泣。本是同根生，相煎何太急！"后遂以"煮豆燃萁"比喻兄弟之间自相残杀。吠尧桀犬，桀为夏代最末一个君主，相传是个暴君；尧为传说中古代圣君。邹阳《狱中上梁王书》："桀之犬，可使吠尧。"言各为其主也。猏(yín)，犬吠声。诗句意谓，面对这种自相残杀的事情唯有哭泣，对那种一心为其主子效劳的走狗，我感到厌恶它的叫声。

③阋(xī)墙，争吵不睦。《诗·小雅·棠棣》："兄弟阋于墙，外御其务(侮)。"相鸣鼓，指互相攻击。《论语·先进》："小子鸣鼓而攻之可也。"鼖(fén)，大鼓，古代军中所用。《周礼·地官·鼓人》："以鼖鼓鼓军事。"言为擂鼓催战。诗句意谓，自己内部互相攻击，于今边地已发生了战争。

④波兰遗事，指18世纪末俄、普、奥三次瓜分波兰并使其灭亡，直到第一次世界大战后才得以复国。愍(yìn)，悲痛。诗句意谓，难道瓜分领土不是惨祸，波兰遭到灭亡的往事不值得让人悲痛？

三

冠盖嵯峨满玉京，一般年少尽知名。①
经营人爵羊头烂，罗掘民膏鼠角生。②
腾说曹邱三寸舌，争传娄护五侯鲭。③
鼎镬覆公终折足，滥竽还自误齐民。④

【注释】

①冠盖，旧指仕宦的冠服和车盖，也用作仕宦的代称。班固《西都赋》："冠盖如云，七相五公。"嵯峨，高峻的样子。玉京，道教称天帝所居之处。李白《庐山谣》："遥见仙人云彩里，手把芙蓉朝玉京。"这里指帝都、京城。诗句意谓，京城里到处都是峨冠高车的官僚，一般少年一下子也成了知名人物。

②人爵，指做官的爵位，古代有公侯伯子男五等。《孟子·告子》："仁义忠信，乐善不倦，天爵也；公卿大夫，此人爵也。"羊头烂，形容滥封官爵。《后汉书·刘圣公传》："其所授官爵，皆群小贾竖，或有膳夫庖人。长安为之语曰：'灶下养，中郎将；烂羊胃，骑都尉；烂羊头，关内侯。'"罗掘，用网捕麻雀，挖掘鼠洞找粮食，谓用尽一切办法搜刮人民的财物。鼠角，《诗·召南·行露》："谁谓雀无角，何以穿我屋？""谁谓鼠无牙，何以穿我墉？"陈奂传疏："鼠、雀，喻强暴之男也；穿屋、穿墉，喻无礼也。"后因以鼠牙雀角为强暴侵凌，引起争讼之辞。诗句意谓，不管什么人都在那里钻营做官，千方百计榨取人民血汗，以强凌弱无所不用其极。

③腾说，许多人争着说。曹邱，复姓，楚国的辩士。三寸舌，形容能言善辩。娄护，汉成帝时人，充当食客，能言善辩。五侯鲭，汉成帝母舅王谭、王根、王立、王商、王逢时同日封侯。《西京杂记》："五侯不相能，宾客不得来往，娄护丰辨，传食五侯间，各得其欢心，竞致奇膳，护乃合以为鲭，世称五侯鲭，以为奇味焉。"鲭（qīng），为肉和鱼同烧的杂烩。诗句意谓，大家都在以三寸不烂之舌自吹自擂，还有的人对于权势豪门无耻地阿谀逢迎。

④鼎𬭩，鼎与𬭩，古代器具，有足曰鼎，无足曰𬭩。《周易·系辞下》："《易》：'鼎折足，复公悚，其形渥，凶。'"言鼎足断了，鼎里的食物翻掉。滥竽，滥竽充数，指无其才而居其位。齐民，指平民。诗句意谓，没有真才实学的人当权，怎能胜任政事，定会倾覆国家，贻误民众。

四

> 劫燧初经尚未苏，丛祠夜火复鸣狐。①
> 奔林战象衡驰突，窜穴阵蛇恣毒痡。②
> 极望疮痍千井满，不闻号泣一家无。③
> 司戎毕竟司何事，双方罪恶讵胜诛。④

【注释】

①劫燧，即烽燧，古代边防的报警信号。苏，复苏，苏醒。可引申为困顿后得到休息。丛祠，荒祠。《史记·陈涉世家》："又间令吴广之次所旁丛祠中，夜篝火，狐鸣呼曰：'大楚兴，陈胜王！'卒皆夜惊恐。"诗句意谓，初经战争灾难，人民尚未复苏；而今军阀割据称王，新的战争又在发动。

②衡，通横，横行无忌。痡（pú），疾病，人疲不能行走之病。奔林战象、窜穴阵蛇，描述斗争疯狂激烈的情况。诗句意谓，战争犹如毒蛇猛兽，横冲直撞，肆意残害人民。

③疮痍，指战争创伤。井，古制八家为井。引申为乡里、村落。千井，指千村万落。诗句意谓，极目望去社会上到处是战争创伤，没有一家不在哭泣。

④司戎，指总管军政的人。《新唐书·百官制》："龙朔二年，改兵部为司戎。"讵胜诛，犹罪不容诛。诗句意谓，那些掌握兵权的将领们究竟在管什么事情，交战双方均罪不容诛。

五

> 五族共和岂易哉，百年根蒂费深培。①
> 理财已少计然术，和狄偏无魏绛才。②
> 西北旧藩行瓯脱，中央深咎弗咄摧。③
> 请看肉食公余后，尚向花丛醉酒杯。④

【注释】

①五族，指汉满蒙回藏五个民族。根蒂，犹根基。诗句意谓，五族共和岂是容易得来，培植百年根基费了大力。

②计然，春秋越人，姓辛名研，博学多才，善于计算。范蠡以他为师，富至百万。和狄，与

外族言和。魏绛，即魏庄子，春秋晋大夫。绛因言和戎五利，晋乃使绛与山戎为盟。晋无边患，得以集中力量恢复霸业。此句意谓，理财既没有计然那样的本领，外交方面更没有魏绛那样的才能。

③瓯脱，匈奴语称边境守望或屯戍之处为瓯脱。《史记·匈奴列传》："东胡与匈奴间，中有弃地莫居千余里，各居其边为瓯脱。"后遂谓边境弃地为瓯脱。旧藩，旧日的藩属。弗虺摧，虺(huǐ)，小蛇。《国语·吴语》载："春秋时吴王夫差胜越，将许越和，申胥谏曰：为虺弗摧，为蛇将若何？"意谓小蛇不打，长大即不可制。诗句意谓，西北的旧日藩属在边界上驻军时欲侵扰，不乘敌人弱小时去消灭它，这是中央的罪责。

④肉食，指职高禄厚的官吏。《左传·庄公十年》："肉食者鄙，未能远谋。"诗句意谓，请看那些享受高官厚禄的官僚们，公余之暇还在花天酒地罪生梦死。

六

藏卫喧腾独立声，斯人决计徂西征。①
豪华定远居投笔，俊逸终军直请缨。②
羽檄飞驰千万急，蛮腰纤细十分轻。③
寨中欢乐知何似，留滞安阳楚将营。④

【注释】

①斯人，指尹昌衡，时任四川总督。徂(cú)，往。藏卫，指西藏。

②定远，即班超。东汉名将，少有大志。尝投笔叹曰："大丈夫当立功异域，安能久事笔砚间乎？"后因出使和平定西域有功，封定远侯。终军，西汉时济南人，博辩能文，十八岁为博士弟子，迁谏议大夫。后向武帝提出："愿授长缨，必羁南越王而致之阙下。"诗句意谓，豪华的定远侯居然投笔，俊逸的终军直接请缨。这显然是对尹昌衡之流的讽刺。

③羽檄，一种紧急的军事文书。于檄上插鸟羽，欲其急行如飞，因称羽书。蛮腰，即小蛮腰。小蛮，唐时歌伎，善舞。白居易诗："杨柳小蛮腰。"诗句意谓，军情已经万分火急，而军营中还过着轻歌曼舞的生活。

④寨，扎寨，防卫所用的木栅，引申为军营。安阳，地名，今山东曹县东有安阳城，即楚怀王将宋义留兵处。诗句意谓，军营中欢乐达到何种程度？他们还停滞在中途按兵不动。

七

兔走乌飞又一年，武昌旧事已如烟。①
眈眈群虎犹环视，炎炎醒狮尚倒悬。②
承认问题穿眼望，破除均势在眉燃。③
不见朔方今日事，俄人竟乃着先鞭。④

【注释】

①兔走乌飞，一作乌飞兔走，形容时间过得很快。韩琮《克愁》："金乌长飞玉兔走，青鬓

长青古无有。"武昌旧事,指武昌起义。1911 年 10 月 10 日,革命党人在武昌发动起义,首先取得胜利,各地纷纷响应。次年 1 月,成立中华民国临时政府,推举孙中山为临时大总统。由于资产阶级的软弱性和妥协性,政权又落到了以袁世凯为首的北洋军阀手中,中国仍处于半封建半殖民地社会。诗句意谓,时间极快又是一年过去,辛亥革命已成旧事如同过眼云烟。

②群虎,指帝国主义列强。醒狮,指辛亥革命后的中国,以前西方称中国为睡狮。倒悬,形容环境极为困苦,似人被倒挂着一样。诗句意谓,帝国主义列强还在虎视眈眈地环绕着我们,新生的国家还处在危急困苦之中。

③承认问题,指辛亥革命后的中华民国临时政府有待国际承认。均势,双方或多方势均力敌的形势,此指军阀割据的局面。诗句意谓,对于国际承认问题正望眼欲穿,而破除军阀分裂割据的局面又迫在眉睫。

④朔方,北方。着先鞭,走在前头。《晋书·祖逖传》:"刘琨与祖逖为友,闻逖被用,与亲故书曰:'吾枕戈待旦,志枭逆虏,常恐祖生先吾着鞭。'"诗句意谓,不见北方边地今日很不安宁,俄国竟然已抢先动手。

八

抽绎俄蒙协约词,我心如醉复如痴。①
追念极边思缅越,难忘近世失高丽。②
覆车俱在宁仍蹈,殷鉴犹悬敢受欺?③
伤心国势飘摇甚,中流砥柱仗阿谁?④

【注释】

①抽绎,抽丝,引申为推究事理。俄蒙协约,1912 年 11 月 3 日,俄蒙之间订立协约。诗句意谓,细细研究"俄蒙协约"中的词句,我的心情非常沉重。

②缅越,即缅甸、越南。近世,指中日甲午战争时期。高丽,朝鲜。诗句意谓,难忘割地求和的屈辱史实。

③覆车,翻车,此指失败的教训。《汉书·贾谊传》:"前车覆,后车戒。"殷鉴,指可作借鉴的往事。《诗·大雅·荡》:"殷鉴不远,在夏后之世。"原谓殷人灭夏,殷的子孙应以夏的灭亡为鉴戒。诗句意谓,我们难道还要重蹈覆辙走失败的老路吗?往事像镜子一样悬在那里,岂敢再受欺凌?

④飘摇,指动荡不安。中流砥柱,砥柱原为河南三门峡东一座石山,屹立于黄河激流之中。后用以比喻能担当重任支撑危局的人。诗句意谓,如今国势动荡不安,依靠谁来担当重任支撑危局?

感李大和鄙作《感时八章》赋诗以赠之①

腹果长才岂患贫,谪仙裁调本无伦。②
皇荂俚曲劳君和,白雪阳春不自珍。③
击缺唾壶吟好句,愿挑诗钵逐清尘。④

仙舟往事今如昨,兰蕙相悬愧我生。⑤

【注释】

①此诗写于1912年底。李大,即李鹄人,作者同学。当时,曾赋《感时八章》寄李鹄人,李即依韵奉和。作者读和作后深有所感,再次写诗相赠。初收《郭沫若少年诗稿》。

②腹果,即果腹,吃饱肚子。《庄子·逍遥游》:"适莽苍者,二飡而返,腹犹果然。"长才,指优秀的才能。谪仙,誉人之词,似仙人贬居人间。李白《对酒忆贺监》:"长安一相见,呼我谪仙人。"谪仙,本指李白,此指李鹄人。裁,通"才"。裁调,才调,才情。诗句意谓,你有满腹才华岂患贫穷,像李白一样的才情本是无与伦比的。

③皇荂(fū),《庄子·天地》:"大声不入于里耳,折扬皇荂,则嗑然而笑。"折扬、皇荂,皆古俗曲。白雪阳春,即阳春白雪,古代高雅的曲调。典出宋玉《对楚王问》。诗句意谓,我那粗俗的作品劳你来唱和,以那么高雅的作品与我唱和。

④击缺唾壶,典出《晋书·王敦传》:王敦饮酒之后,常咏曹操乐府诗:"老骥伏枥,志在千里。烈士暮年,壮心不已。"边吟边用如意(一种柄端作手指形的搔杖)敲打唾壶击拍,以致唾壶打缺。诗钵,古代文人刻烛击钵的一种游戏,后演变为诗钟。清尘,原指足下的灰尘,引申为追随学习。诗句意谓,我在击缺唾壶吟诵你的好诗,愿意追随左右互相唱和。

⑤仙舟,原为船的美称,这里意指同游。《后汉书·郭太传》:"林宗(郭太字)唯与李膺同舟而济,众宾望之以为神仙焉。"兰蕙,春兰与蕙草,均为香草,却有高低之别。黄庭坚《书幽芳亭记》:"兰蕙之才德不同,……盖兰似君子,蕙似士大夫,大概山林中十蕙而一兰也。"诗中以兰喻李大,以蕙喻己。诗句意谓,作者以李郭往事为喻表示希望保持友谊,我的水平和你相差很远不禁感到惭愧。

代友人答舅氏劝阻留学之作①次原韵

拂霄振逸翮,国基伤未坚。②
胡马骈西北,郑羊势见牵。③
巢破无完卵,编声非弱弦。④
愿我学归来,仍见国旗鲜。⑤
鞠躬甘尽瘁,老隐钓鱼竿。⑥
丈人期我意,感慕实无边。⑦

【注释】

①此诗写于1912年间。系代朋友回答其舅劝阻留学的诗,因其舅先有诗劝阻朋友,故按原韵。郭沫若早有出国留学的愿望。1905年春,长兄郭开文赴日本留学,乐山与他同去的有十余人。他也想叫郭沫若同去,因父母不允而未能如愿。郭沫若深深意识到"国家积弱,振刷需材",一心想到国外去留学。此诗不仅代表友人申述了要求出国留学的观点,而且阐明自己对当时国势的见解。初收《郭沫若少年诗稿》。

②霄,霄汉,天际。翮(hé),羽根,鸟的翅膀。《尔雅》:"羽本谓之翮。"诗句意谓,振翅高飞直上云霄(此指出国留学),因为国家的根基受伤还不坚固。

③胡马,北方胡人的马。骈,并立,二马并行。骈西北,战马在西北并驰。此指1912年8月蒙军袭击北方边境。郑,古国名,郑武公时建都河南新郑。郑羊与胡马对应,此指河南一带。诗句意谓,蒙军侵犯我北方边境,中原形势必然受到影响。

④破巢无完卵,即覆巢之下,焉有完卵,比喻整体覆灭个人不能幸存。编声,指编磬的声音。古代以十六枚小磬编为一组,磬的大小相同而厚薄不一,按厚薄分出声音的清浊,由许多磬编在一起则可发出宏大的声音。诗句意谓,国家遭殃个人无法幸免,许多磬编在一起并非弱弦,就能发出宏大声音,意为团结就有力量。

⑤这两句是说,我愿留学归来,仍能见到国旗有着鲜明的颜色。

⑥鞠躬甘尽瘁,语出诸葛亮《后出师表》:"鞠躬尽瘁,死而后已。"谓尽力于国事。诗句意谓,我不辞劳苦贡献出自己的一切,把钓鱼竿长期隐藏起来,意即不再隐逸,参加现实斗争。

⑦丈人,对长者的敬称。杜甫《奉征韦左丞丈二十二韵》:"丈人请静听,贱子请具陈。"这里是对舅氏的敬称。诗句意谓,您老人家寄望于我的一片心意,实在感激仰慕不尽。

锦里逢毛大醉后口号①叠韵三首

一

乌兔追随几隔年,依稀往事已如烟。②
灯前共话巴山雨,总觉罗浮别有天。③

二

秋月春风不计年,等闲诗酒醉霞烟。④
那堪乱后重相见,怕听悲笳入暮天。⑤

三

屈指韶华二十年,茫茫心绪总如烟。⑥
故人相对无长物,一弹剑铗一呼天。⑦

【注释】

①这三首诗写于1912年底。毛大,即毛常典,字慎吾,乐山牟子场人。兄弟间排行老大,故称毛大。1912年底,郭沫若在成都(锦里)与原在乐山高等小学堂的同学毛大相逢,二人灯前对酒,促膝谈心,醉后赋诗四首。现经查阅,只存三首。初收《郭沫若少年诗稿》。

②乌兔,指太阳和月亮。传说太阳中有三足乌,所以称太阳为金乌;月亮中有兔,故称月亮为玉兔。乌兔追随,形容时间飞逝。诗句意谓,时光飞逝几已隔年,往事依稀已如云烟。

③巴山雨,李商隐《夜雨寄北》:"何当共剪西窗烛,却话巴山夜雨时。"罗浮,原指粤中名山,为道教第七洞天。此处罗浮借指四川峨眉山。诗句意谓,灯前谈起往事,总觉家乡峨眉山实在别有洞天。

④秋月春风,指光阴。白居易《琵琶行》:"今年欢笑复明年,秋月春风等闲度。"霞烟,通作烟霞,指山水。醉烟霞,指飘然物外的隐居生活。诗句意谓,让光阴不计时间地度过,随随便便饮酒赋诗游山玩水。

⑤悲筎,悲凉的筎声。诗句意谓,哪能禁得住乱后重逢的悲哀,傍晚悲凉的筎声更叫人怕听。

⑥韶华,韶光,光阴。二十年,作者当时已二十岁。茫茫,空虚辽阔貌。白居易《长恨歌》:"上穷碧落下黄泉,两处茫茫皆不见。"诗句意谓,屈指算来已过二十年时光,总觉得自己的心情像烟雾一样渺茫。

⑦长物,余物。《晋书·王恭传》:"恭曰:'我平生无长物。'"这里指造诣和成就。一弹剑铗,谓敲击剑柄作节拍。《国策·齐策》:"冯谖弹铗歌曰:'长铗归来乎?食无鱼。'"诗句意谓,与老朋友相见别无长物,唯有弹一次剑柄呼一次天,意即自己穷愁潦倒。

寄先夫愚①八首

一

云天极望断飞鸿,一样情怀两地同。②
美见鸣禽春啭树,怕闻唳鹤夜悲风。③
垩泥畴昔劳斤运,璞玉何时待石攻。④
领略风尘饶有味,敢将心事寄诗筒。⑤

【注释】

①这一组诗写于1912年底。先夫愚,字玉泽,乐山市人,家住城区演武街。他是郭沫若在乐山高等小学堂时的同学,后终生在家乡从事教育工作。1912年底,作者曾将当时感伤时事抑郁难平的心情化为文字,赋诗八首,寄赠在乐山的同窗挚友先夫愚。初收《郭沫若少年诗稿》。

②飞鸿,鸿雁传书。《汉书·苏武传》中有"雁足传书"的故事。诗句意谓,望断云天并无鸿雁传书,这样盼望书信的心情两地是一样的。

③鸣禽,指画眉、黄莺、百灵等善于鸣啭的鸟类。啭,鸟鸣之声宛转。唳鹤,即鹤唳,鹤鸣。王充《论衡·变动》:"夜及半而鹤唳。"诗句意谓,喜见春天的鸟儿在树间鸣啭,怕听白鹤在夜间遇风悲鸣。

④畴昔,往昔,往日。畴为语助词。斤运,即运斤,谓以诗文就正于人。璞玉,玉在石中为璞,也指未经雕琢的玉。诗句意谓,往日蒙你修改诗文,现在还有像璞玉一样的作品等你斧正。

⑤风尘,风起尘扬,天地浑浊,喻世俗的扰攘。高适《封丘作》:"乍可狂歌草泽中,宁堪作吏风尘下。"诗筒,盛诗之竹筒。据《唐语林》:"白居易为杭州刺史,与吴兴守钱徽、吴郡守李穰酬唱,多以竹筒盛诗往来,谓之'诗筒'"。诗句意谓,领略社会人情世态饶有兴味,敢将自己心事写成诗寄给你。

二

柳风梅雨遍天涯,惆怅流年客思奢。①
空有郫筒聊贳酒,愧无彩笔可生花。②

蜉蝣鼓翼难摇树,蛮触称兵尚斗蜗。③

混入污泥沙不染,蓬心总觉赖依麻。④

【注释】

①柳风,春天的风。梅雨,春末夏初,由于冷暖空气长期交接,时值梅子成熟,因称梅雨。贺铸《横塘路》:"试问闲愁都几许,一川烟草,满城飞絮,梅子黄时雨。"流年,易逝的年华。奢,过多,奢望。诗句意谓,春风梅雨遍布天下,客居异乡常为年华易逝而惆怅。

②郫(pí)筒,酒名。杜甫《将赴成都草堂途中有作先寄严郑公》:"酒忆郫筒不用酤。"仇兆鳌注引《华阳风俗录》:"郫县有郫筒池,池旁有大竹。郫人郘其节,倾春酿于筒,苞以藕丝,蔽以蕉叶,信宿,香达于林外,然后断之以献,俗号郫筒酒。"赊(shì),赊欠,延期付款。彩笔,《南史·江淹传》载,江淹尝宿于冶亭,梦一丈夫,自称郭璞,曰:"吾有彩笔在卿处多年,可以见还。"淹乃探怀中,得五色笔以授之。尔后为诗文绝无佳句,时人谓之江郎才尽。生花,王仁裕《开元天宝遗事》:"李太白少时梦所用之笔头上生花,是后天才瞻逸,名闻天下。"诗句意谓,空有郫县的竹筒,聊以用来赊酒,并为自己没有才华而感到惭愧。

③蜉蝣,亦名渠略,似甲虫,甲下有翅,能飞。夏日阵雨而出,朝生而暮死。《诗·曹风·蜉蝣》:"蜉蝣之翼,采采衣服。"韩愈《调张籍》:"蚍蜉撼大树,可笑不自量。"蛮触,蜗牛头上的触角,后称因细故而引起的争端为蛮触之争。《庄子·则阳》:"有国于蜗之左角者曰蛮氏,国于蜗之右角者曰触氏,争地而战,伏尸数万。称兵,举兵。诗句意谓,蜉蝣鼓起双翅也难摇动大树,有的人像蛮触之争一样,为了一点私利自相残杀。

④"混入"二句,《大戴礼记》卷五:"蓬生麻中,不扶自直,白沙在泥,与之俱黑。"《史记·三王世家》褚少孙引此文后说:"土地教化,使之然也。言习于善则善,习于恶则恶。"诗句意谓,我虽处于恶浊的环境,但有像你这样的朋友,我是不会受到污染的。

三

杯酒难将块磊浇,鸢漂凤泊大萧条。①

屈原已作怀沙赋,沈炯传来独酌谣。②

呦呦野鹿思芹草,处处哀鸿怨黍苗。③

久欲息燕眉岭去,新诗好续浙江潮。④

【注释】

①块垒,指胸中郁结不平之气。《世说新语·任诞》:"阮籍胸中块垒,故须酒浇之。"言以酒消愁。鸢漂凤泊,古诗文中常以鸢凤喻夫妻,俗谓夫妇离散为鸢漂凤泊。此指人民夫妻离散流离失所。诗句意谓,饮酒也难清除胸中不平之气,广大人民流离失所景象多么凄凉。

②怀沙赋,屈原被楚襄王放逐于沅湘之间,理想不能实现,乃作《怀沙》,后自投汨罗江而死。沈炯,南朝陈武康人,颇有文才,为时所重。仕梁,为西魏所掳,授代同三司,以母老思归,常闭门却扫,有文章随即毁弃。《独酌谣》盖系沈炯传至江东之作。诗句意谓,屈原因理想不能实现而赋《怀沙》,沈炯因客居异地不愿与人往来而传来《独酌谣》。

③呦呦鹿鸣,《诗·小雅·鹿鸣》:"呦呦鹿鸣,食野之芹。我有嘉宾,鼓瑟鼓琴。"思芹草,

喻思念嘉宾。哀鸿,喻流离失所的灾民。《诗·小雅·鸿雁》:"鸿雁于飞,哀民嗷嗷。"朱熹集注:"旧说周室中衰,万民离散……而作此诗。"怨黍苗,《诗·王风·黍离》:"彼黍离离,彼稷之苗,行迈靡靡,中心摇摇。"朱熹集传:"大夫行役至于宗周,过故宗庙宫室,尽为禾黍,闵周室之颠覆,彷徨不忍去。"诗句意谓,我很思念自己之好友,流离失所的灾民怨恨战争带来的灾难。

④息燕,即燕息,犹燕居,闲居。眉岭,即峨眉山,近作者故乡。浙江潮,原指钱塘江潮。这里借用骆宾王诗句:"楼观沧海日,门对浙江潮。"希望可以写出像唐代诗人那样的诗句。诗句意谓,我本欲回家闲居,但心潮难平仍想写出激情澎湃的新诗。

四

无端忽听杜鹃啼,雨滴蕉窗风色凄。①
渤澥汪洋输恨浅,昆仑耸峙与愁齐。②
呼天不语频搔首,经国无人怕噬脐。③
获教英才良乐事,他年蒸蔚救黔黎。④

【注释】

①这两句是说,无端地听到杜鹃悲苦的啼声,更哪堪雨打窗外芭蕉风色凄凄,让人分外难受。

②渤澥,即渤海。昆仑,即昆仑山。诗句意谓,渤海虽深,但仇恨更深;昆仑虽高,但忧愁亦高。

③搔首,言以手搔发,而有所思。《诗·邶风·静女》:"爱而不见,搔首踟蹰。"经国,治理国家。噬脐,言后悔不及。扬雄《太玄赋》:"若噬脐之不及。"诗句意谓,叫天不应只有频频挠头,治理国家无人只怕灾难到来悔之不及。

④蒸蔚,云蒸霞蔚,喻其绚丽繁盛。这里指人才众多。黔黎,黔首与黎民的合称,指百姓。诗句意谓,能够教育英才,确实是件乐事,愿能培养众多人才拯救百姓。

五

屈指归期怕有期,年来已是惯流离。①
岂忘故友欢新遇,实少长才答旧知。②
对榻当年谈剑夕,出囊今日脱锥时。③
蒙泉剥果增多福,笑倒迂儒章句师。④

【注释】

①屈指,扳着手指计算。诗句意谓,屈指算着回家日期又怕此日到来,近年已习惯于过流离在外的生活。

②谓并非因为有了新朋友就忘记了老朋友,而是因为缺少长才可以告慰昔日友人。

③对榻,对坐,对卧。谈剑,典出《庄子·杂篇·说剑》,通过庄子与赵文王说剑,暗寓治国处世之道。脱锥,典出《史记·平原君虞卿列传》:"夫贤士之处世也,譬若锥之处囊中,

……乃脱颖而出，非特其未见而已。"言锥处囊中脱颖而出，喻有才能的人总会崭露头角。诗句意谓，我们当年曾在一个晚上对榻谈剑，今天是你脱颖而出施展才能的时候了。

④蒙泉，地名。《方舆胜览》谓在永嘉城内，今汲以酿酒。又荆门军城西蒙山南有蒙泉，水溢时世传出玉。章句师，对迂腐小儒的贬称。《汉书·夏侯胜传》："建所谓章句小儒，破碎大道。"是说他抱住一经只知分析章节句读，而不能遍读群书以举大义。诗句意谓，身居蒙泉享受果熟的喜悦增添幸福，岂不笑倒了那些寻章摘句的迂腐儒生。

六

礼乐诗书选将才，英雄能事贵兼该。①
谈经此日挥陈腐，习射遗风有劫灰。②
我愿欣能杯化羽，人言厌听釜鸣雷。③
任他震地波涛险，自有渔人坐钓台。④

【注释】

①该，通"赅"，齐备。诗句意谓，以礼乐诗书来选将才，英雄能事贵在博学且能文武兼备。

②挥陈腐，挥去陈腐的内容。李白《嘲鲁儒》："鲁叟谈五经，白发死章句。向以经济策，茫如堕烟雾。"习射，自古提倡流传不绝，故称"遗风"。劫灰，佛教所谓"劫火"之余灰，后指战争废墟。诗句意谓，谈论五经应当剔除陈腐的糟粕，由于各地军阀混战处处留有战后废墟。

③杯化羽，典出《旧唐书·鲁公权传》，原意指物件被劫，这里是在讽刺成都到处抢劫的军队。釜鸣雷，屈原《卜居》："黄钟毁弃，瓦釜雷鸣。谗人高张，贤士无名。"李周翰注："瓦釜，喻庸下之人；雷鸣者，惊众也。"常用以喻庸人居于高位。诗句意谓，我希望自己财物也不翼而飞，人们无不厌听瓦釜雷鸣，亦即反对庸人窃居高位。

④这两句意同民间谚语："任凭风浪起，稳坐钓鱼台。"

七

久欲奋飞万里游，茫茫大愿总难售。①
藏身有意成三窟，励节无心事五楼。②
未得嘤呦娴鹔舌，那能徼倖点人头。③
轰诗凯奏君休诮，名在孙山深处求。④

【注释】

①奋飞，鸟振翅高飞。售，达到，实现。诗句意谓，久欲振翅高飞到万里之外留学，可是这一理想总难实现。

②三窟，狡猾的兔子有三个洞穴，比喻藏身的地方很多，便于逃避灾难。《战国策·齐策四》：冯谖对孟尝君说："狡兔有三窟，仅得免其死耳。今君有一窟，未得高枕而卧也，请为君复凿二窟。"五楼，即公孙五楼，按《晋书·载记》：慕容超时，公孙五楼任侍中、尚书、领左卫将

《郭沫若全集》集外散佚诗词考释

军,总揽朝政。时人遂言:"欲得侯,事五楼。"诗句意谓,我情愿多找些退路把自己掩藏起来,以砥砺志节,无心取悦像公孙五楼那样的权贵。

③嘤,鸟鸣声。呦,鹿鸣声。鹬(yù),水鸟名,常栖水田中,捕食小鱼、昆虫。点人头,《侯鲭录》载,欧阳修主持贡举考试时,常觉后有一朱衣人,只是朱衣人点头的,文章便入选。始疑为侍吏,但回头则不见其人。诗句意谓,不能像鸟儿那样取悦于人,哪能侥幸得到别人赏识,意为不指望高中。

④轰诗,犹言轰饮高歌,许多人在一起哄闹唱诗,也可叫"轰诗"。名在孙山,亦作名落孙山,喻考试不中。范公偁《过庭录》:"吴人孙山,滑稽才子也。赴举他郡,乡人托以子偕往。乡人子失意,山缀榜末,先归。乡人问其子得失,山曰:'解名尽处是孙山,贤郎更在孙山外。'"诗句意谓,这样的轰诗你看了不要讥笑,我的名字当在孙山尽处,亦即不愿被当权者选中。

八

凄风飒飒屡浸帘,摩遍新牙万轴签。①
聊借巴讴摅郁抑,敢矜诗律斗铿严。②
别来狂态殊无减,但觉愁思次第添。③
我有唾壶挥剑好,鸾笺写断笔头尖。④

【注释】

①飒飒,风声。浸,浸入。牙签,供检索藏书用的标签。《旧唐书·经籍志》以甲乙丙丁四部书,各为一库;经库用红牙签,史库用绿牙签,子库用碧牙签,集库用白牙签,以示区别。韩愈《送诸葛觉往随州读书》:"邺侯家多书,插架三万轴。——悬牙签,新若手未触。"诗句意谓,一阵阵冷风不断吹进门帘,翻遍了所藏千万卷书籍。

②巴讴,指四川本地歌谣。摅(shū),抒发,舒展。诗律,诗歌的格律。铿严,铿锵而又严谨,指音响响亮和谐。诗句意谓,聊借本地粗犷的歌谣来抒发胸中的郁闷,岂敢以严谨诗词格律自夸。

③次第,进展之词,犹言接着,转眼。诗句意谓,自从别后我狂放不羁的性格态度一点未变,只觉得忧愁在不断地增添。

④唾壶,承唾之器。《世说新语·豪爽门》:"王处仲每酒后辄咏:'老骥伏枥,志在千里。烈士暮年,壮心不已。'以如意打唾壶,壶口尽缺。"挥剑,形容英武之气和豪壮之志。李白《古风》之三:"挥剑决浮云,诸侯尽西来。"唾壶、挥剑,都是借以抒发胸中的郁勃之气。鸾笺,旧时蜀地生产的精美的纸,供题诗作文用。诗句意谓,我要像击缺唾壶与挥舞宝剑那样来抒发自己的豪情,大笔一挥让彩笺和笔尖可以一起断掉。

无　题①

欲把清流葬浊流,党人碑勒澄千秋。②
驴鸣狗吠争相诮,螳黯蝉痴漫不忧。③
胜国衣冠惊老大,汉家车马病轻浮。④

穿篱已自招群盗,屋社由来岂用求。⑤

【注释】

①此诗写于1912年底。无题,亦称无题诗,诗人作诗别有寄托,不愿标明事题,故意用无题名篇,遂有无题诗之一格。作者感时伤世,为当时各地军阀内争与列强意欲瓜分中国的混乱局势的真实写照。初收《郭沫若少年诗稿》。

②清流,旧时用以指负有时望的清高的士大夫。《新五代史·李振传》:"振尝举进士咸通乾符中,连不中,尤愤唐公卿,及裴枢等七人赐死白马驿。振谓太祖曰:'此辈尝自言清流,可投之河,使为浊流也。'"党人,旧指政治上结为朋党的人。此指革命党人。《后汉书·党锢传序》:"二家宾客相互讥揣,遂各树朋徒,渐成尤隙。由是甘陵有南北部。党人之议,至此始矣。"碑勒,石上镌刻文字,以期永久留存。诗句意谓,尽管反动统治者诬蔑和镇压革命党人,但他们的名字犹如刻在党人碑上,千秋而后自会澄清。

③驴鸣狗吠,嘲笑诗文写得不好。唐张鹭《朝野金载》:"温子升作《韩陵山寺碑》,庾信读而写其本,南人问信曰:'北方文士若何?'信曰:'唯有韩陵山一片石堪共语,……自余驴鸣犬吠,聒耳而已。'"相诮,互相讥笑。螳黯蝉痴,言螳螂和蝉黯昧痴愚,比喻目光短浅,一心谋害别人,而不知后面有人暗中算计自己。诗句意谓,那些人像驴鸣狗吠那样相互讥笑,又像螳螂和蝉那样愚蠢,只顾眼前利益而不顾后患。

④胜国,《国社士师》:"若祭胜国之社稷,则为之尸。"故后朝谓前朝,常称胜国。衣冠,指上层官宦。汉家车马,指辛亥革命后的中华民国。病,担忧,苦患。诗句意谓,前朝(清朝)的统治者妄自尊大使人吃惊,而其自身国势孱弱使人担忧。

⑤穿篱,谓篱笆有洞。韩愈《题于宾客庄》:"蔷薇蘸水笋穿篱。"屋社,《礼记·郊特牲》:"是故丧国之社屋之,不受天阳也。"孔颖达疏:"丧国社者,谓周立殷社也,立以为戒……故屋隔之,令不受天之阳也。"后因以"屋社"为王朝倾覆的代称。诗句意谓,由于疏于防范,已经招来帝国主义强盗,这样下去亡国的命运不招自来。

无　题①（五首）

一

贺兰山外动妖氛,漠北洮南作战云。②
夜舞剑光挥白雪,时期颈血染沙殷。③
筹边岂仗和戎策,报国须传净虏勋。④
已见请缨争击房,何如议论徒纷纷。⑤

【注释】

①这五首诗写于1912年底。郭沫若时在成都读书,组诗写在作文手稿上。《无题》是编注者加的。作者目睹辛亥革命后四川政局,诗中充满着对腐败政治的愤慨和为祖国命运前途的担忧。初收《郭沫若少年诗稿》。

②贺兰山,在今宁夏回族自治区和内蒙古自治区接界处,海拔两千至两千五百米。漠北,大漠之北,在今蒙古人民共和国。洮南,地名,在今内蒙古洮尔河之南。诗句意谓,贺兰

山外的侵略势力已在活动,漠北洮南笼罩着战云。

③挥,似应作"辉"。时期,时刻期望。殷,殷红色。诗句意谓,夜间起来舞剑,剑光映照着白雪,时刻期望着为保卫祖国而血染沙场。

④筹边,筹划边疆防务。和戎,称汉族和少数民族结盟友好为"和戎"。《左传·襄公四年》:"无终子嘉父,使孟乐如晋,因魏庄子纳虎豹之皮,以请和诸戎。"净虏,消灭侵略者。诗句意谓,筹划边疆防务要有正确的外交政策,只有消灭侵略者才能保卫国家。

⑤请缨,典出《汉书·终军传》,后谓自请从军击敌曰"请缨"。诗句意谓,已经看到许多志士主动要求参军抗敌,为什么还有人在议论纷纷。

二

江湖水涨急流滞,倒挽狂澜终觉难。①
篝火殷燃狐啸地,总戎无事虱生鞍。②
貌矜任侠仇孤独,粉饰太平怀晏安。③
肃杀金风犹未起,嗟哉时局令心寒。④

【注释】

①滞,阻滞,挡住。倒挽狂澜,语见韩愈《进学解》:"障百川而东之,回狂澜于既倒。"谓以巨大的力量挽救扭转险恶的局势。诗句意谓,江湖之水猛涨挡住了奔腾而来的急流,要想挽救危局实在困难。

②篝火狐啸,典出《史记·陈涉世家》:"又间令吴广之次所旁丛祠中,夜篝火,狐鸣呼曰:'大楚兴,陈涉王!'卒皆夜惊恐。"总戎,主管军事最高长官,犹主将。诗句意谓,而今内忧外患战争烽起,主将都怠于职守,以致马鞍上生了虱子。

③任侠,旧称仗恃己力以助弱小者的人或行为为"任侠"。晏安,闲散懒惰,贪图安乐。诗句意谓,貌似矜持任侠,实际却与孤独之人为敌,那些人往往粉饰太平贪图安乐。

④肃杀,严酷萧瑟的样子。《汉书·礼乐志》:"秋气肃杀。"金风,秋风。古代以阴阳五行解释季节演变,秋属"金",因称秋风为金风。嗟哉,感叹声。诗句意谓,严酷的秋风尚未起,唉!这样的时局真叫人心寒啊!

三

甲保街头夜鼓鼙,满城烟火月轮西。①
兵骄将悍杜陵泪,象走蛇奔庾信悽。②
社鼠缘经成市虎,惩羹敢不慎吹齑。③
茫茫大祸知何日,深夜牙牌费卜稽。④

【注释】

①鼓鼙,军中的大鼓和小鼓,用以指挥军事。白居易《长恨歌》:"渔阳鼙鼓动地来,惊破霓裳羽衣曲。"诗句意谓,保长甲长夜里在街头敲着军鼓,一轮明月西斜,满城都是烟火。此

指成都兵变之后的战乱景象。

②杜陵,杜甫曾居杜陵,因自称杜陵布衣。他在安禄山攻陷长安时,曾作《哀江头》,写当时的战乱情景。其中有句:"少陵野老吞声哭,春日潜行曲江曲。"象走蛇奔,形容互相残杀战况激烈。庾信,北周文学家,曾作《哀江南赋》。他在晚年抒写悲愤叙述丧乱的诗往往沉痛凄凉。诗句意谓,士兵骄横、将军凶悍,使杜甫看了伤心落泪;兵荒马乱、局势动荡,使庾信感到凄怆。

③社鼠,土地庙里的老鼠,比喻倚势为奸的坏人。《晏子春秋》:"社鼠者,不可薰,不可灌。"言倚仗神庙的不可侵犯保全自己。市虎,《战国策·魏策》:"夫市之无虎明矣,然而三人言以成虎。"比喻说假话的人多了,会使人信以为真。惩羹、吹齑,屈原《惜诵》:"惩热羹而吹齑兮,何不变此志也?"谓人被羹汤烫过嘴,后虽吃冷的齑菜汤也要吹一下。比喻过分的惊恐或戒备。齑(jī),切碎的菜。陆游《秋兴》:"惩羹吹齑岂其非,亡羊补牢理所宜。"诗句意谓,一群社鼠缘何成了市虎,从前吃了亏现在难道还不谨慎一些?

④牙牌,以象牙为牌,共三十二张,创自宋司马光,高宗颁行天下。古人欲知事之吉凶,多用牙牌占卜稽考。诗句意谓,茫茫大祸不知何日降临,我常深夜不眠用牙牌占卜吉凶。

四

汉祖虚传三侯歌,嗟无猛士奈如何?①
淮阴约作陈豨质,天下倒挥黥布戈。②
鹿逐长才思屡试,狗烹奇祸惨经过。③
目今年昔多惆怅,会见都门棘铜驼。④

【注释】

①三侯,即三兮,兮与侯古通。三侯歌,即《大风歌》,因歌有三个兮。《史记·高祖本纪》:"酒酣,高祖击筑,自为歌诗曰:'大风起兮云飞扬,威加海内兮归故乡,安得猛士兮守四方。'"诗句意谓,汉高祖空自流传下一首《大风歌》,可手下没有猛士怎么办?这里是在讽刺没有兵力的革命党人。

②淮阴,淮阴侯韩信,汉初开国功臣,先后被封为齐王、楚王。高祖闻其谋反,用陈平计,伪游云梦,实欲袭之。信主动谒见,赦为淮阴侯。由此心生怨望,使陈豨举兵反,自己称病不从,欲夜袭吕后、太子。事泄,被吕后诓至长乐宫,杀之,夷三族。陈豨,曾任赵相国,封阳夏侯。与王黄等勾结匈奴发动武装叛乱,高祖十二年冬战败被杀。质,盟约。《左传·召公二十年》:"黄池之役,先主与吴王有质。"黥布,即英布。微贱时因受黥刑(脸上刺字),故称黥布。陈胜起义时,他率众叛秦,从项梁、项羽,西入咸阳,封为九江王。后倒戈降汉击楚,参加垓下之战,封为淮南王。待韩信、彭越被诛,布心恐惧,又挥戈反汉,后败逃至江南,被长沙王诱杀。诗句意谓,淮阴侯与陈豨有约作盟先后被诛,天下都像黥布一样倒戈叛乱了。

③鹿逐,即逐鹿,喻群雄并起,争夺天下。狗烹,喻事成之后杀戮功臣。《史记·淮阴侯列传》:"狡兔死,良狗烹;高鸟尽,良弓藏;敌国破,谋臣亡。"诗句意谓,那些以战争为能事的人常常要发动战争,历史上残杀功臣有着惨痛的历史教训。

④牟,通"眸",看。铜,原稿缺字,校添。棘铜驼,即荆棘里的铜驼。古代常以喻亡国后的残破景象。诗句意谓,看看古往今来的历史,感到十分惆怅,恐怕将会看到国破家亡的一天。

五

不怨萑苻转怨兵，曾经弓弹听弦惊。①
多多益善谁能得，日日添骄势甚横。②
乡校官衙纷捣毁，壶浆箪食畏争迎。③
还怜帷幄纡筹者，惩令欲行不敢行。④

【注释】

①萑(huán)苻，即萑蒲，借以指匪盗。《左传·昭公二十年》："郑国多盗，取人于萑苻之泽。"萑苻为野草丛密的水泽，故常为盗匪聚藏之处。听弦惊，《国策·楚策四》："伤弓之鸟，闻弦音烈而高飞。"诗句意谓，不怨恨盗匪反而怨恨军队，人经过祸患变得胆怯。

②多多益善，《史记·淮阴侯列传》："上问曰：'如我能将几何？'信曰：'不过十万。'上曰：'于君何如？'曰：'臣多多益善耳。'"诗句意谓，谁都想扩充兵力，但又怎能得到，他们一天天变得骄横了。

③壶浆箪食，箪(dān)，古代盛饭用的竹筒。《孟子·梁惠王》："箪食壶浆，以迎王师。"谓踊跃犒劳军队。诗句意谓，乡村学校和官府衙门纷纷被捣毁，人民都害怕慰劳这些军队。

④帷幄纡筹者，指制订战略、掌握军权的长官。《史记·高祖本纪》："夫运筹帷幄之中，决胜千里之外，吾不如子房。"诗句意谓，还可怜那些掌握军权的人，惩戒的命令欲实行又不敢实行。

游古佛洞①

寺枕山腰俯瞰河，层楼叠嶂两巍峨。
年年漂泊锦官道，四载于今七度过。
穷愁减却登临兴，冷落寒山空照影。②
晨醉江楼棹歌发，醒时夕阳挂西岭。
山寺飞将入眼来，兴机触发心花开。
醉眼欲穷天下势，揽衣直上最高台。③
人生及时行乐耳，长此郁抑何为哉。
步趋寺首无应门，檐瓦半垂欲飞堕。
大叫狂生郭八来，但听山壑呼长诺。④
小径迷离草欲封，阶前横过一沟水。
湛然涵碧悄无声，水禽飞掠人间去。
徐徐缓步殿阶上，神物奇古穷殊相。⑤
就中或坐或复卧，释道分庭礼相抗。
蝙蝠白昼也欺人，盘空呜呜学鬼声。

寒气冷然沁肝膈，忘却世间炎热情。⑥

扶梯更上一层楼，俯视不敢久低头。

楼高岁久动欲活，一步一歌如乘舟。

我心颇厌人间世，用敢临危登绝地。⑦

人生一死等鸿毛，蛇跗蜩翼何以异。

得升绝顶如飞仙，晚山苍茫竖晚烟。

拂寻古洞复不得，兴尽悲来催上船。⑧

【注释】

①此诗写于1913年夏，附有跋语："古佛洞在蓉城东约百里所。楼阁高耸，枕山面河，舟中遥望，形构奇古。俗传系鲁公输班所建，不甚荒诞。癸丑夏日，予偕砚鱼、莘荪、鹤樵等同舟南下，行作归计。溽暑如蒸，金石欲流，新暨骨折，苦不可耐。日晡，舟行过此，为舟子怂恿，言寺中景物，颇有可观，逐次泊焉。同人中以予兴独豪，蹑屐牵衣，飘然自上。楼基尽削岩而成，割石磴作梯级，构自古拙。维岁久木蠹，几难乘人。且距地颇高，危险殆不可名状。登舟赋此长句，以纪其事。"见《郭沫若早年作品三篇》，载《新文学史料》1982年第4期。

②瞰(kàn)，俯视。叠嶂，重叠的山峰。巍峨，形容山或建筑物的高大。锦官道，锦官城的道路。锦官城，故址在今四川成都市南，三国蜀汉时管理织锦之官住此，故名。后又用作成都别称。登临，登山临水。诗句意谓，古佛洞寺庙楼阁高耸，枕在山腰俯视大河，层层高楼与重重山峰两者都很高大。我已多年漂泊在成都的道路上，四年中至今已有七次经过。因为穷愁而减却了登山临水的兴致，因而冷落寒山空照山寺的身影。

③江楼，即望江楼，在成都东门外锦江边。棹歌，即船歌，船工行船时所唱的歌。西岭，泛指岷山，在成都西，终年积雪。杜甫《绝句》："窗含西岭千秋雪，门泊东吴万里船。"兴(xìng)机，因偶然有所感受而发生的意趣。诗句意谓，清晨在江楼醉酒之后乘上船夫唱着船歌的小船出发，一觉睡醒时夕阳已挂在西岭之上。山中寺庙飞入我的眼帘，因偶然独发的兴致而心花怒放。我以朦胧醉眼大有欲穷天下之势，揽住衣衫直上古佛洞的最高台。

④耳，表语气，用同"矣"。哉，表示疑问语气。步趋，行走。郭八，即郭沫若自己，因其排行第八。山壑，山林沟壑。长诺，此指山谷间长长的回声。诗句意谓，人生应当及时行乐，长此心情抑郁何必呢？行至寺前无人应门，屋檐瓦片半垂好像要飞落的样子。我此时大叫狂生郭八来了，但听得山林沟壑都与呼声相应承。

⑤迷离，模糊不明。湛然，澄清。涵碧，滋润碧绿。神物，指神像与佛龛之类。殊相，不同的相貌。穷，极尽。诗句意谓，小路模糊不明几乎被草封住，阶前横过一沟清水。此水澄清滋润碧绿悄无声息，水禽从中飞掠而去。我慢慢步至殿阶之上，只见神物稀奇高古尽显不同的相貌。

⑥释，释教。佛教在中国的别称，意即释迦牟尼所创立的宗教。分庭礼相抗，即分庭抗礼。原指宾客和主人分别站在庭院的两旁，相互行礼，以示平等相待不相上下。沁，渗入。肝膈，犹肺腑。诗句意谓，这些神物就中或坐或卧，而且佛教与道教平起平坐不相上下。这里的蝙蝠白昼也来欺人，空中盘旋发出呜呜学鬼叫的声音。此间寒气冷然渗入心肺，让人忘掉世间还有炎热的情状。

⑦歌，歌咏、歌吟。此指楼梯晃动发出的声音如唱歌一样。人间世，人间、世间。诗句意谓，

扶着梯子更上一层楼,向下面看不敢长时间低头。楼高且年代久远已摇动欲活,登楼一步一歌(发出晃动之声)如乘船一样。我心颇为厌倦生活于人世之间,哪敢再用它面临危险而登绝地。

⑧蛇蚹,亦作蛇蚹,蛇腹下代足爬行的横鳞。《庄子·齐物论》:"吾待蛇蚹蜩翼邪?"蜩(tiáo),蝉的别名。拂寻,拂衣寻找。诗句意谓,人生一死等同于鸿毛,与蛇蚹蝉翼有什么不同。得以升上绝顶如飞仙一样,晚山苍茫之中升起傍晚的烟雾。拂衣寻找古洞仍不得,深感兴尽愁来船工催着上船。

镜浦①三首

一

镜浦平如镜,波舟荡月明。②
遥将一樽酒,载向岛前倾。③

二

飞来何处峰? 海上布艨艟。④
地形同渤海,心事系辽东。⑤

三

白日照天地,秋声入早潮。⑥
披襟临海立,相对富峰高。⑦

【注释】

①这三首诗写于1914年夏秋之间。同年6月底,郭沫若在日本经过半年努力,考入东京第一高等学校预备班医科,是当年最快入官费学校的留学生之一。录取后,就以官费立刻到房州的北条洗海水浴,在那里过了两个月的海岸生活。这一期间写成小诗三首,后录入己作散文《自然底追怀》,载1934年3月4日上海《时事新报·星期学灯》第70期。

②镜浦,即日本房州北条的镜之浦。这里地处海滨,水平如镜,为游览胜地。诗句意谓,镜浦平得像一面镜子,我与友人于明月之夜在水波中荡着小舟。

③樽,盛酒器。倾,倒出,倾杯。诗句意谓,远远地将一尊酒,载到小岛尽头与友人倾杯!

④艨艟,古代的战船。《旧五代史·贺环传》:"以艨艟战舰扼其中流。"诗句意谓,从何处飞来的山峰,海上布满如小山一般的战舰。

⑤辽东,指辽东半岛,在今辽宁省东南部,伸出于渤海黄海之间。诗句意谓,这一带的地形很像中国的渤海,心里就系挂着辽东半岛。作者看到日本战舰集结待命,产生对即将爆发战争的预感。

⑥秋声,秋天西风起,草木零落,多肃杀之声,曰秋声。诗句意谓,白日照着大地,秋风声融入早晨的潮声。

⑦披襟,敞开胸前的衣襟,富峰,指富士山。诗句意谓,我敞开衣襟,立在海边,遥望着对岸高高的富士山。

落 叶 语①

晨兴理花径，把帚立阶隅。骚骚风过处，落木声如呼：②"在昔春夏交，骄阳力可虞。于时啮臂出，阴翳怜清腴。③何当秋节至，哀我根本枯。④誓将此寸躯，化作泥与涂。泥涂岂空化，还以沃根株。⑤君岂无根生，我复当何辜！如何夺我志，空令填沟渠。"⑥草木有苦心，世人知也无？⑦

【注释】

①此诗写于 1914 年秋。郭沫若 1915 年 7 月在给父母亲的信中曾说："去秋曾赋《落叶语》一章，今天录呈膝下，语意均肤浅，令元弟讲解，当能办到也。……（原诗略）。括弧中即托为落叶者也。"当时，郭沫若已考入东京第一高等学校预科，补习日语以及基础数学、理化等课，规定学习一年，为进入本科作准备。这首古体诗借为落叶作不平之语以抒怀明志。详见唐明中、黄高斌编注《樱花书简》一书，四川人民出版社 1981 年 8 月出版。

②花径，此指园中小路。阶隅，台阶边沿。骚骚，风声。张衡《思玄赋》："寒风凄其永至兮，拂穹岫之骚骚。"吕向注："骚骚，风声。"诗句意谓，早晨起来清理园中小径，拿着扫帚立于阶前，骚骚凉风过处，落叶声音如同在呼唤。

③虞，猜想、意料。《左传·僖公四年》："不虞君子涉吾地也，何故？"啮（niè），咬。啮臂，指叶子破枝而出。阴翳（yì），暗中遮蔽。清腴（yú），清纯丰美。诗句意谓，在过去的春夏之交，骄阳之力可以意料，当时则破枝而出，暗中遮蔽着怜惜自己的清纯丰美。

④这两句是说，何以当秋天季节到来的时候，可怜我从根本处开始枯萎。

⑤泥涂，和着水的土，如烂泥、泥淖。涂，泥。《书·禹贡》："厥土惟涂泥。"沃，润泽、丰美。诗句意谓，发誓要将自己的小小身躯，化作可供施肥的泥土。泥土岂是空化，还可以让树木的根株长得更好。

⑥辜，罪。《韩非子·说疑》："赏无功之臣，罪不辜之民，非所谓明也。"沟渠，供灌溉或排水用的水道，一般灌溉用为渠，排水用的为沟。诗句意谓，你难道是吾根所生，我又当有何罪？如何夺我志向，空自让我去填沟渠。亦即没有化作泥土。

⑦这两句是说，草木也有苦心，世人知道了吗？

七 律①

哀的美顿书已西，冲冠有怒与天齐。②
问谁牧马侵长塞，我欲屠蛟上大堤。③
此日九天成醉梦，当头一棒破痴迷。④
男儿投笔寻常事，归作沙场一片泥。⑤

【注释】

①此诗写于 1915 年 5 月。七律，七言律诗的简称。每首八句，对于用韵、对仗、平仄都

《郭沫若全集》集外散佚诗词考释

有严格的要求。因其讲究格律，因称律诗。作者在《创造十年》中说："我初来日本的第二年，日本提出了二十一条逼着中国承认。我在那年五月七日的一天跟着几位同学也曾回过上海一次。那里我做过这样一首律诗：……"1915 年 5 月 7 日，获悉日本向北洋军阀政府下了最后通牒。郭沫若十分愤怒，即与几位同学作为留学生代表，连夜回国抗议，以图拯救。但到上海得知，袁世凯很快就屈服于日本了。于是在上海客栈里待了三天，只得又返回日本。此诗后录入己作《创造十年》。

②哀的美顿书，即最后通牒。在国际谈判中，最后提出的条件如被对方拒绝，谈判即告终止，邦交因之破裂，可能继以军事行动。1915 年 1 月 18 日，日本帝国主义利用第一次世界大战之机，向袁世凯政府提出旨在独占全中国的《二十一条》。5 月 7 日，日本提出最后通牒，限中国四十八小时内答复。冲冠有怒，形容盛怒之状。《史记·蔺相如列传》："却立倚柱，怒发上冲冠。"诗句意谓，日本的最后通牒已经向西递交给中国政府了，让人怒发冲冠高与天齐，亦即愤怒之极。

③牧马，指外族侵略。贾谊《过秦论》："乃使蒙恬北筑长城而守樊篱，却匈奴七百余里，胡人不敢南下而牧马。"长塞，漫长的边塞。屠蛟，杀蛟。相传晋代周处曾到长桥下杀蛟。这里指海上来的敌人。上大堤，指回上海，踏上祖国大陆。诗句意谓，这里用反问语气说日本帝国主义将对中国边疆发动侵略战争，我想回到祖国杀敌。

④九天，即九重，喻当时的北京政府。当头一棒，亦作当头棒喝。原为佛家语，相传临济向黄檗问什么是佛法的真谛，黄檗即举棒打他。问三次打三次，终于参悟。后遂以此作警醒痴愚的用语。诗句意谓，现在政府依然醉生梦死，要给当局当头棒喝，不应对帝国主义存在幻想。

⑤投笔，即投笔从戎，为东汉班超故事，此指文人从军。诗句意谓，男儿从军报国本是寻常的事情，应该归国去和侵略者决一死战。

晚　　眺①

暮鼓东皋寺，鸣筝何处家？②

天涯看落日，乡思寄横霞。③

【注释】

①此诗写于 1915 年秋。郭沫若时在冈山，曾作五绝《晚眺》，借以抒发思念祖国的感情。眺（tiào），向远处望。后录入己作《自然底追怀》。

②暮鼓，日暮时的鼓声。寺庙中用晨钟暮鼓以报时。东皋寺，在日本冈山第六高等学校附近的东山。筝，拨弦乐器。因战国时已流行秦地，故又名"秦筝"。诗句意谓，东皋寺已传日暮鼓声，这时何处又响起了筝声？

③天涯，作者身在日本，实为天涯游子。寄横霞，落日西沉，霞横西天。作者西望故乡，故言"寄横霞"。诗句意谓，身在天涯西望落日，不禁把一腔乡思寄托给横在西天的晚霞。

月　　下①

月下剖瓜仁，口中送我餐。②

自从别离后，相见月团圞③

【注释】

①此诗写于1915年。郭沫若时在冈山第六高等学校读书，曾作旧体诗《月下》，描写男女之间的爱情。后录入《离沪之前》，载1933年11月《现代》月刊第4卷第4期。

②这两句是说，她在月下剖着瓜子仁，含在口中送给我吃。

③团圞(luán)，亦作"团栾"，圆貌，为对月亮的形容词。谢灵运《登永嘉绿嶂山》："澹潋结寒姿，团栾润霜质。"亦用以象征团聚。诗句意谓，自从和你离别以后，直到今天月亮圆的时候才又和你相见。

蔗 红 词①

红甘蔗，蔗甘红，水万重兮山万重。②忆昔醉蒙眬，旅邸凄凉一枕空。③卿来端的似飞鸿，乳我蔗汁口之中，生意始融融。④

那夕起头从，才将命脉两相通。⑤难忘枕畔语从容：从今爱我比前浓。⑥红甘蔗，蔗甘红，水万重兮山万重。⑦

【注释】

①此诗写于1915年。郭沫若在《离沪之前》日记中说："与前诗(《月下》)约略同时，题名《蔗红词》。"诗中描写了男女之间真挚的爱情，后录入《离沪之前》。

②蔗甘红，甘蔗既甜又红。兮(xī)，语助词，相当于现代汉语中的"啊"或"呀"。诗句意谓，红甘蔗，甜又红，水万重啊山万重。

③蒙眬，模糊不清貌。旅邸，旅舍，旅馆。诗句意谓，想起从前酒喝醉时糊里糊涂，在旅馆里一个人孤枕而眠多么凄凉。

④卿，旧时对所爱女性的称谓。端的，真个，的确。飞鸿，飞着的大雁，借以形容青年女性姿态的轻盈美丽。乳我，犹喂我。融融，和畅，和美快乐。诗句意谓，你飘然而来确实像只轻盈的飞雁，你用甘蔗汁喂我，我才感到舒服畅快，逐渐有了生意。

⑤起头从，即从那晚起头，因押韵而倒装。命脉，人生的血脉，为生命所系，故称命脉。这里指思想感情和命运。诗句意谓，从那晚开始，我们两人的感情更加密切了，好似血脉相连一般。

⑥从容，舒徐和缓的样子。诗句意谓，难忘你在枕畔慢声细语地对我讲，从今天开始比从前更加爱我了。

⑦"红甘蔗"三句，这里采用复沓手法，重复开篇诗句。

一位木谣①

一位木，叶常青，千岁万岁春复春。②青铜柯，坚铁心，一为王笏重千金。③富贵寿考无与伦，万里一枝寿吾亲。④一枝都百叶，叶叶寄儿心。⑤

①此诗写于1916年2月。同年2月19日,郭沫若给父母信,附日本植物一位木一枝,并赋诗一首,为父祝寿。信中指出:"校中讲植物学,讲到松柏科,其中有名一位木者,木质甚坚致,叶则长青,昔时多以制笏(朝片),故有一位之名;爱摘一枝寄归,以为吾亲寿。木名一位,取其贵也;其叶长青,喻吾亲寿如东海,长春不老。远物将意,望吾父母笑赐一览也。并制一位木谣一首如左:……"详见《樱花书简》,四川人民出版社1981年8月版。

②这三句是说,一位木,树叶长青,千年万年永葆青春。

③柯,树木枝干。笏(hù),即朝笏,古时大臣朝见时手中所执狭长的板子,以为指画或记事之用。诗句意谓,一位木像青铜一样的枝干,像铁一样坚硬的质地,一做朝笏则重于千金。

④寿考,犹高寿。《诗·大雅·棫朴》:"周王寿考,遐不作人。"朱熹集传:"文王九十七岁乃终,故言寿考。"诗句意谓,富贵与高寿均无与伦比,从万里之外寄上一枝以为亲人祝寿。

⑤这两句是说,一枝都有百叶,每片叶子都寄托着儿的心意。

吊朱舜水墓①

一碣立孤冢,枫林照眼新。②
千秋遗恨在,空效哭秦人。③

【注释】

①此诗写于1916年夏。朱舜水(1600—1662),名之瑜,浙江余姚人。明清之际学者。明亡后,曾欲据舟山抗清,又奔走于日本、安南等地,以图复明。失败后避居日本,在日讲学二十余年,深受日本人民尊敬与欢迎。日本稻叶岩结编其所作为《朱舜水全集》。1916年夏,郭沫若因"跟着研究王阳明的学说,对于他的同乡朱舜水的事迹自然也就注意了起来"。于是,利用暑假从冈山回到东京一高校园里去凭吊朱舜水墓。此诗后录入散文《自然底追怀》。

②碣,圆顶的碑石。冢(zhǒng),隆起的坟墓。诗句意谓,一块圆顶石碑立于孤坟之上,一片枫林照耀在坟墓周围。

③哭秦人,用申包胥哭秦廷的故事。春秋时,吴国伍子胥率兵攻占楚国郢都,楚臣申包胥到秦国求援。秦王最初不答应,申包胥在秦廷痛哭七日,不食不饮,头发尽白,终于感动秦王出兵,拯救了楚国。(见《左传·定公五年》)诗句意谓,朱舜水终于没有请求到援兵,实现"反清复明"的愿望,空自学习申包胥哭秦廷,留下了千古遗恨。

游 操 山①二首

一②

血霞泛太空,浩气荡肺腑。③
放声歌我歌,振衣而乱舞。④

二⑤

怪石疑群虎,深松竞奇古。⑥

我来立其间，日落山含斧。⑦

　　血霞泛太空，浩气荡肝腑。

　　放声歌我歌，振衣而乱舞。⑧

　　舞罢迫下山，新月云中吐。⑨

【注释】

①这两首诗写于1916年10月。操山，在日本冈山第六高等学校附近，风景颇为优美。

②1916年10月，郭沫若在上课之余，常于黄昏时分独自漫游操山，"置身在这伟大的时空间"，招致"汹涌澎湃的灵感"，曾作旧体诗一首。后录入散文《自然底追怀》，手迹见《郭沫若遗墨》，河北人民出版社1980年出版。

③血霞，血色的霞光，即红霞。泛，浮行，飘浮。浩气，犹言正气。《孟子·公孙丑》："吾善养吾浩然之气。"诗句意谓，血色的霞光浮游于太空之中，一股浩然正气荡涤着自己的肝腑。

④振衣，抖擞衣襟。《楚辞·渔父》："新沐者必弹冠，新浴者必振衣。"诗句意谓，我放声唱我所作之歌，还抖擞衣服而狂乱地跳舞。

⑤第二首诗据郭沫若回忆说：一天黄昏，去校园后的操山散步，在薄暗的夜色中，独自绕山道漫行。山顶上巨石嶙峋，千姿百态。这时，太阳正西坠，殷红的晚霞弥漫天边。自己的灵感被这瑰丽的晚景打动，信口吟出了这首诗。后录入《自然底追怀》。

⑥疑，疑似，将石头看作虎。典出《汉书·李广传》，相传李广为右北平太守，一次出猎，见草中石头怀疑是老虎，用箭射去，中石没矢。诗句意谓，山顶上的怪石好似一群猛虎，深山里的松树一棵比一棵奇古。

⑦山含斧，因斧头刃口作半圆形，故云。诗句意谓，我站在它的中间，只见将落的太阳犹如远山含着一柄斧头。

⑧这四句注释见前，看来整首诗是在这一基础上的扩展。

⑨这两句是说，因天色已晚舞罢被迫下山，只见一弯新月从云层中吐出。

咏博多湾①

　　博多湾水碧琉璃，白帆片片随风飞。②

　　愿作舟中人，载酒醉明晖。③

【注释】

①此诗写于1918年间。郭沫若当时住在博多湾旁，面海而居，天天看到博多湾的景色。这首诗写出了"博多湾平日的明朗与静稳"。后录入散文《自然底追怀》。

②碧琉璃，青色如玉的有光宝石。唐代称为玻璃，宋元以来称为宝石。这里意在比喻水的清澈透明。诗句意谓，博多湾的海水像碧绿的宝石，只见片片白帆随风而飞。

③明晖，指月色。诗句意谓，愿做船上人，装着酒在明亮的月光下尽兴喝醉。

九月廿七日戊午岁^①

寒服满衣橱,久藏已足需。^②
他乡如有问,一体无寒肤。^③

【注释】

①此诗写于 1918 年 9 月。录自《郭沫若佚文选刊》,载《郭沫若学刊》1987 年第 1 期。戊午岁,农历戊午年即公历 1918 年。选刊除手抄原文外,没有任何文字说明。根据正文诗意表明,当为告知家乡亲人,寒衣已经备足,无需亲友担心。

②寒服,即寒衣,御寒的衣服。诗句意谓,冬天御寒的衣服已放满衣橱,久藏已足以满足需要。

③他乡,异乡,此指故乡。寒肤,寒冷的皮肤。诗句意谓,他乡之人如果问起,可以告诉他们整个身体没有冻冷的肌肤。

自　　题^①

少年自负气如虹,生长天高地厚中。^②
欲向鹏程羊角去,愧无毛羽待长风。^③

【注释】

①此诗写于 1918 年。录自《郭沫若佚文选刊》,载《郭沫若学刊》1987 年第 1 期。郭沫若时在日本九州帝国大学医科读书。写诗名曰"自题",意在抒发自己的怀抱。

②气如虹,形容气势壮盛有如天上彩虹。《礼记·聘义》:"气如白虹,天也。"天高地厚,语见《荀子·劝学》:"故不登高山,不知天之高也;不临深溪,不知地之厚也。"后多以"天高地厚"比喻事物的复杂和艰巨。诗句意谓,作者少年自负气贯长虹,生长在复杂和艰巨的社会环境之中。

③鹏程,比喻前程远大,如鹏程万里。羊角,指曲而上升的旋风。《庄子·逍遥游》:"有鸟焉,其名为鹏,背若泰山,翼若垂天之云,抟扶摇羊角而上者九万里。"释文:"司马(彪)云风曲而上行如羊角。"诗句意谓,欲向万里鹏程乘羊角之风而去,愧无毛羽而有待长风。

游太宰府 二首^①

其一

艳说菅公不世才,梅花词调费安排。^②
溪山尽足供吟啸,犹有清凉秋意催。^③

其二

正逢新雨我重来,群鸽迎人诉苦哀。^④
似道斯人今已渺,铜骑清泪滴苍苔。^⑤

①这两首诗分别写于1918年秋天和冬天。太宰府,在日本福冈的博多近处,既为菅原道真的谪居所,又是观赏梅花的名胜地。1918年秋冬之间,郭沫若曾两次游览太宰府,并作七绝《游太宰府》《再游太宰府》二首以纪感受。后均录入散文《自然底追怀》。

②菅(jiān)公,即菅原道真(845—903),曾为日本首相,谪居太宰府时有汉诗与和歌等遣怀之作。和歌《咏梅》在日本最为有名,故作者称之为"不世才"。不世才,不是每代都有的才华,犹言非凡。梅花词调,即指《咏梅》。诗句意谓,人们夸说菅原具有非凡的才华,和歌《咏梅》是煞费苦心写出来的。

③吟啸,吟咏与歌啸。诗句意谓,山山水水尽足供你欣赏吟咏,还有清凉的秋意在催生你的诗情。

④这两句是说,正逢新近下雨我又重来,一群鸽子迎着客人诉说痛苦和哀伤。

⑤斯人,此人,指菅原。铜骑,即太宰府里的铜马。诗句意谓,鸽子好像在向人诉说菅原这个人现在已经远离我们,只见雨水从青铜马首滴下,好像是它的眼泪洒在青苔上一样。

谢 芳 邻①二首

一

邻家春饼正声喧,到处盈门挂草縺。②
童稚街头喜相告,明朝转眼是新年。③

二

多情最是邻家子,送来米饼若干枚。④
堪供"杂煮"过新岁,豆饭明朝不用炊。⑤

【注释】

①这两首诗写于1919年1月。作者写出日本过年时的习俗及邻居对于自家的多情盛意。诗见《樱花书简》。

②作者在给父母信中指出:"日人过年,家家都春饼。饼即年糕。不用磨,用臼舂。不包不裹,不放糖。食时先用火烤。烤后和以砂糖或洗沙。不然则用豆油汤煮,更下些小菜。如此名为'杂煮'。颇有肉汤元之味。男最喜吃。春饼是一门生意,有春饼的匠人。主家于数日前定请。匠人来时,三五成队,自抬锅灶甑桶臼杵。挨门挨户,下灶开火。随煮随舂。舂时口里唱歌。一唱数和,殊觉闹热。日人过年,不贴门钱,不贴对子,门前两旁,竖立松竹,大约是取长青之意。门上挂草縺(帘)。千金万吊,意不可解。"

③童稚,儿童,小朋友。诗句意谓,儿童街头喜相传告,明朝就是新年。

④作者在给父母信中指出:"今年只因搬家事忙,春饼匠人先未定请。生意太旺,忙不过了。竟揠不到男名下来,到底没有春成。幸亏近处有一家小菜店子,是男时常照顾的。日本商人对于顾主,到了年末,多而不少总要送点东西。此店主人于除日便送男米饼三十多个,大有小儿时得吃油炒枕头粑之乐。又,日人每逢节日生辰,总要煮红豆饭以志喜也。有

了这三十多个粑,不煮红豆饭,也可过年了。"

⑤杂煮,年糕的一种吃法。炊,烧火做饭。诗句意谓,有了邻居送的三十枚米饼,已经可供"杂煮"过年,连红豆饭也不用烧了。

七绝^①二首

一

戏与子和相笑约,明朝雪里要行军。^②
劝君早起休贪睡,先发制人古所云。^③

二

准备明朝"攻击"忙,借来名片十余张。^④
上书汤武先锋队,到处逢迎要酒浆。^⑤

【注释】

①这两首诗写于1919年1月。七绝,七言绝句的简称。每首四句,讲究平仄、粘对和押韵,属于格律诗的范畴。作者生动叙写新年同学之间的活动。诗见《樱花书简》。

②子和,姓夏名禹鼎,浙江宁波人,为郭沫若在九州帝国大学要好的同班同学。诗句意谓,郭沫若笑着与他相约,明天出去拜年。夏问:"假如正月初一下雪怎么办?"郭便说:"雪里也要行军。"

③先发制人,原为先动手能控制对方,后亦指先主动进攻打败对方。诗句意谓,希望早上起来不要贪睡,正如古人所说应当先发制人。

④作者在给父母亲信中指出:"同人中新编出一个拜年的名词,叫作'攻击'。攻击云者,譬如军队出征,到了一处,便要吃喝也。""拜年要用名片,但是男的片子通用完了。于是在夏君处借了十多张来,写了些先锋队字样。到了元旦这日,男同夏君一起,真正到做了先锋队,攻击一家吃了些年糕。但是后来男却被他们攻击,同学中六人,昨晚在家中吃了晚饭才散。"

⑤汤武,商汤和周武王。《易·革》:"汤武革命,顺乎天而应乎人。"酒浆,酒水,酒与饮料。诗句意谓,在名片上写着汤武革命先锋队,所到之处要人逢迎准备酒饭。

新年纪实^①

身居海外偷寻乐,心实依然念故乡。^②
想到家中鸡与肉,口水流来万丈长。^③

【注释】

①此诗写于1919年1月。录自《樱花书简》。据王继权等人编注《郭沫若旧体诗词系年注释》一书介绍:《春节纪实》共三首,其中第一首"除夕都门去国年",即《十里松原》的第二首;第二首"寄身天地太朦胧",即《十里松原》的第三首。我们基于上述情况认为,只有尚未编入《潮汐集》的第三首,可以作为佚诗处理。此诗因与《谢芳邻》二首、《七绝二首》同时出现

在1919年1月2日作者给父母的信中,且内容均与过年有关,所以有人主张应五首合并,总题为《新年杂咏五首》。此说可以参考。

②海外,即国外,此指日本。古代传说我国四周有海环绕,故称国境以内为海内,国境以外为海外。诗句意谓,身居海外暗自寻乐,而内心依然思念故乡。

③这两句是说,想到家中的鸡与肉,口水流下来有万丈长。作者自解自嘲,表达思乡心情。

怨 日 行①三首

一

炎阳何杲杲,晒我山头苗。②
土崩苗已死,炎阳心正骄。③

二

安得后羿弓,射汝落海涛。④
安得鲁阳戈,挥汝下山椒。⑤

三

羿弓鲁戈不可求,泪流成血洒山丘。⑥
长昼漫漫何时夜? 长恨漫漫何时休?⑦

【注释】

①这三首诗写于1919年春。作者在自传《创造十年》中说:"绵延了五年的世界大战告了终结,从正月起,在巴黎正开着分赃的和平会议。因而'山东问题'又闹得甚嚣尘上来了。"于是利用1913年除夕从北京到日本时乘火车经过朝鲜的一段经历,写了一篇小说《牧羊哀话》。作者"借朝鲜为舞台,把排日的感情移到了朝鲜人的心里"。小说篇末《怨日行》,大韩遗民闵崇华挥汗书"。也是用朝鲜人民的名义。诗中所说的"日",是用以象征日本帝国主义,借对这个"日"的诅咒,表达作者痛恨日本帝国主义的感情。行,即歌行,乐府诗的一种体裁。小说《牧羊哀话》,载1919年11月北京《新中国》第1卷第7期。

②杲杲(gǎo),明亮貌。诗句意谓,火热的太阳何以如此明亮,正晒着我山头的禾苗。

③崩,破裂、倒塌。炎阳,形容太阳酷热。骄,骄傲、自豪。诗句意谓,泥土干裂禾苗已死,炎热的太阳心里正自豪哩!

④后羿,古代神话传说,尧之时,十日并出,焦禾稼,杀草木,而民无所食。尧乃使羿射落九日,万民皆喜。见《淮南子·本经训》。诗句意谓,怎能得到后羿的弓箭,把你射进大海的浪涛里!

⑤鲁阳,古代神话中的人物。《淮南子·览冥训》:"鲁阳公与韩构难,战酣,日暮,援戈而挥之,日为之返三舍。"山椒,即山顶。诗句意谓,怎能得到鲁阳公的长戈,把你从山顶上挥下来。

⑥这两句是说,后羿弓和鲁阳公的戈都无处可求,我的眼泪流成了血洒在山丘。

⑦长昼,漫长的白天。诗句意谓,漫长的白天,什么时候炎阳才会下山去,我绵绵不绝的仇恨什么时候才到尽头?

少年忧患①

少年忧患深沧海，血浪排胸泪欲流。②
万事请从隗始耳，神州是我我神州。③

【注释】

①此诗写于1919年夏。附于《抵制日货之究竟》文末作为结语，载1919年10月上海《黑潮》第1卷第2期，署名"夏社"。诗句表现对祖国母亲的赤子之情和同帝国主义斗争到底的坚强决心。

②排胸，撞击胸膛。诗句意谓，少年心中忧虑深于沧海，奔腾着的血浪撞击着胸膛，眼泪将要流出。

③隗(kuí)，即郭隗，战国时燕人。燕昭王欲报齐仇，拟招徕人才，向他问计。他说："请先自隗始！"于是昭王便给他修建宫室，敬以为师。又筑黄金台，置金台上，招天下贤士。剧辛、邹衍、乐毅等络绎而至，使燕国很快强大起来。耳，语助词，犹"啊"。作者也姓郭，故以郭隗自喻。神州，指中国。诗句意谓，万事请从重用我开始，祖国就是我，我也属于祖国。

送吴碧柳赴长沙①

洞庭古胜地，屈子诗中王。②
遗响久已绝，滔滔天下狂。③
愿君此远举，努力轶前骧。④
苍生莫辜负，也莫负衡湘。⑤

【注释】

①此诗写于1920年秋。吴碧柳(1896—1932)，名芳吉，别号白屋书生，四川江津人。为四川有名的诗人，与郭沫若早年曾是要好的朋友。他一生以"三日不书民疾苦，文章辜负苍生多"为座右铭，写作许多爱国忧民的进步诗篇，有《白屋吴生诗集》传世。1920年秋，吴碧柳应约去长沙明德学校任教并编《湘君》季刊，郭沫若得悉后即赠诗送别。诗见邓颖《郭沫若与吴芳吉》一文，载《沫水》1982年第2期。

②洞庭，即洞庭湖，在湖北省北部、长江南岸，为我国第二大淡水湖。屈子，即古代伟大诗人屈原。诗句意谓，洞庭湖为我国名胜之地，屈原是我国诗中之王。

③遗响，遗留下来洪亮的声音。滔滔，盛多、普遍。诗句意谓，屈原遗留下来的声音亦已断绝，天下多少人为之轻狂。

④远举，远行。前骧(xiāng)，前面奔驰的骏马。诗句意谓，愿你此次远行，努力超过前贤(前面奔驰的骏马)。

⑤苍生，老百姓。衡湘，衡山与湘水，代指湖南。诗句意谓，希望友人既莫辜负天下苍生，也莫辜负此行的湖南。

别母已三载①

别母已三载，母去永不归。
阿侬姐与弟，愿随阿母来。②

春桃花两枝，分插母墓旁。
桃枝花谢时，姐弟知何往？③

不愿久偷生，但愿轰烈死。
愿将一己命，救彼苍生起！④

苍生久涂炭，十室无一完。
既遭屠戮苦，又有饥馑患。⑤

饥馑匪自天，屠戮咎由人。
富者余粮肉，强者斗私兵。⑥

侬欲均贫富，侬欲茹强权。
愿为施瘟使，除彼害群遍！⑦

【注释】

①此诗写于 1920 年 9 月。取自当时所作诗剧《棠棣之花》，发表于 1920 年 10 月 10 日上海《时事新报·学灯增刊》，曾收入 1921 年上海泰东书局初版的诗集《女神》。它是 1941 年重新整理的同名五幕史剧第一幕的前身，明显具有独幕剧的性质。可以参阅该剧作者的《附白》。此诗为剧中人物聂嫈立倚母亲墓旁一株白杨树下所唱的歌词。

②阿侬，即我，古代吴人的自称。姐，指聂嫈。弟，指聂政。聂政为战国韩人。韩烈侯时，严仲子与相国侠累争权积怨，求聂政代为报仇。他初因母在不从，母亲死后遂独自闯入相府刺死侠累，然后自杀。韩国暴尸悬赏捉拿同伙，其姐聂嫈冒死前往，伏尸而哭，死于弟旁。事见《史记·刺客列传》。诗句意谓，与母亲诀别已有三年，母亲逝去永不回来。我们姐弟二人，愿意跟随母亲一起走。

③这几句是说，将春天开放的两枝桃花，分别插在母亲坟墓的两旁。等到桃花凋谢的时候，不知姐弟二人去往何方？

④偷生，苟且求生。《国语·晋语八》："畜其心而知其欲恶，人孰偷生。"苍生，老百姓。诗句意谓，不愿长久苟且求生在人间，但愿轰轰烈烈地死去。愿将自己的一条生命，去救那些苦难的百姓。

⑤涂炭，泥沼和炭火。形容极其困苦的境地。《尚书·仲虺之诰》："有夏昏德，民坠涂

炭。"屠戮(lù),屠杀。饥馑(jǐn),灾荒。《尔雅·释天》:"谷不熟为饥,蔬不熟为馑。"诗句意谓,老百姓长久处于极其困苦的境地,十家之中没有一家完好无损。他们既遭受屠杀的痛苦,又碰上灾荒的年月。

⑥匪,通"非"。咎(jiù),追究罪过。粮肉,通"粱肉",指精美的膳食。《汉书·食货志》:"衣必文采,食必粱肉。"私兵,私人掌握的军队。指诸侯。诗句意谓,这些灾荒不是来自上天,如追究罪过责任在人。富有的人积余了大量的精美食品,强横者为了一己私欲在打仗。

⑦均贫富,让贫富不要过于悬殊。茹(rú),本谓"吃",这里有铲除之意。施,施行、散布。遍,一次为一遍,从头到尾经历一次。诗句意谓,我想实行均贫富,我想铲除人间的强权,甚至愿意做个散布瘟疫的使者,把那些害群之马从头到尾都除掉。

明月何皎皎①

明月何皎皎,白杨声萧萧。②
阿侬姐与弟,离别在今宵。③

今宵离别后,相会不可期。
多看姐两眼,多听姐歌词。④

汪汪泪湖水,映出四轮月。⑤
俄顷即无疆,月轮永不灭。⑥

姐愿化月魂,幽光永照弟。
何处是姐家?将回何处去?⑦

【注释】

①此诗写于1920年9月。同样取自当时所作独幕剧《棠棣之花》。这是聂嫈送别其弟聂政前往濮阳行刺侠累的唱词。

②皎皎(jiǎo),洁白。《诗·小雅·白驹》:"皎皎白驹,食我幼苗。"萧萧,象声词,风声。《史记·荆轲列传》:"风萧萧兮易水寒,壮士一去兮不复还。"诗句意谓,天上的明月多么洁白,白杨树发出萧萧的风声。

③今宵,今天的夜晚。诗句意谓,我们姐弟二人,今天晚上就要离别。

④未可期,未可预期。诗句意谓,今晚分手以后,不知何时才能相会。多看姐两眼,多听姐姐歌中的唱词吧!

⑤泪湖水,泪如湖水,形容眼中泪水多得像湖泊。四轮月,四轮明月,指姐弟俩的四只眼睛。诗句意谓,姐弟眼泪汪汪有如湖水,映出了四只月亮般眼中的瞳仁。

⑥俄顷,顷刻、一会儿。无疆,无限,没有止境。诗句意谓,顷刻就是无限,月亮般的眼神是永远不会泯灭的。这里形容深情告别瞬间留下永久的印象。

⑦月魂,疑为"月魄"之误。习惯上以日为阳,日魂;以月为阴,故称月魄。这样可与下句

"幽光"相对应。月魄,指月亮初升或始缺时不明亮的部分,也泛指月亮。诗句意谓,姐愿化为天上的月亮,发出幽光永远照在弟弟的身旁。何处才是姐姐的家,姐姐将到何处去?这是对于弟弟因夜已深请她回去的回答。

纪事杂诗^①四首

一

博多湾上负儿行,耳畔风声并海声。^②
落落深松如鬼物,失巢稚鸟咽悲鸣。^③

二

昂头我向群星笑,群星应笑我无能。^④
去国八年前此夕,犹自悽惶海外身。^⑤

三

海外栖迟又一年,苍茫往事已如烟。^⑥
壶中未满神山药,赢得妻儿作挂牵。^⑦

四

欲上崆峒访广成,欲上长城吊始皇。^⑧
寸心骋逐时空外,人生到底为谁忙?^⑨

【注释】

①这组诗写于1921年间。录自作者自传体小说《圣者》,发表于1924年3月上海《创造周报》第42号。作品以人物之口吟成《纪事杂诗》六首。这一组诗与1918年12月所写《十里松原》四首有着颇为密切的关系,而且明显是从后者化出。其中,第四、第六首与《十里松原》第三、第四首只是诗的一二句倒置。其实大同小异。其余四首均有较大差异。《纪事杂诗》第一、第二首由《十里松原》第一首一分为二化出。第三首与《十里松原》第二首虽有一定联系却文意均改动较多。只有《纪事杂诗》第五首过去未出现过。因此,作为集外佚诗我们只录其中四首。

②这两句是说,在博多湾背着孩子行走,耳边响着阵阵风声与海浪的声音。

③落落,稀疏貌。孙绰《游天台山赋》:"荫落落之长松。"鬼物,即鬼,鬼怪。咽(yè),声音因阻塞而低沉。诗句意谓,十里松原深处稀疏的松树如同鬼怪一样,失去鸟巢的小鸟在幽咽悲鸣。

④这两句是说,仰起头来我向着群星在笑,天上群星应笑我无能。

⑤去国八年,指离开祖国已有八年。悽惶,亦作"凄惶",悲伤恐惧。诗句意谓,离开祖国已有八年,至今仍处凄惶之中在海外安身。

⑥栖迟,停留。诗句意谓,在海外停留又过了一年,茫茫往事已如轻烟一样过去。

⑦"壶中"句,典出《后汉书·费长房传》。东汉方士费长房为市掾时,市上有一老翁卖药,悬一壶于肆头,市罢,即跳入壶中,人称"壶公"。费长房随从入山,举仙未成辞归,能医众

病。诗句意谓,我在海外壶中没有装满神山的仙药(指成仙),却赢得家中老婆孩子的牵挂(指拖累)。

⑧崆峒,即崆峒山,在甘肃省平凉市西。广成,即广成子,传说黄帝时人,居崆峒山中。李白《古风》之二十五:"归来广成子,去入无穷门。"始皇,即秦始皇,曾修筑万里长城。诗句意谓,我想上崆峒山去拜访广成子,想登上长城去凭吊秦始皇。

⑨寸心,犹言区区之心。骋(chěng)逐,驰骋追逐。诗句意谓,我的方寸之心亦已驰骋追逐于时空之外,试问人生到底在为谁忙?

笙歌漾天宇①

地上夜深时,月中朝日起。②
天鸡叫遥空,笙歌漾天宇。③

天宇色青青,星星次第明。④
姐妹月中人,云彩衣上生。⑤

【注释】

①此诗写于1922年4月2日。取自作者当时所作童话诗剧《广寒宫》。该剧描绘月宫中众嫦娥随张果老读书,并由月中桂树引出牛郎与织女的故事。《笙歌漾天宇》原女声合唱的歌词,写出月中姐妹在美丽夜空嬉戏的情景。

②朝日,早晨的太阳。诗句意谓,在地上夜深的时刻,月宫中已升起了早晨的太阳。

③天鸡,神话中天上的鸡。晋郭璞《玄中记》:"桃都山有大树曰桃都,枝相去三千里,上有天鸡。日出照木,天鸡即鸣,天下鸡皆鸣。"笙歌,笙为管乐器。此指乐声与歌声。诗句意谓,天鸡在遥远的空中啼叫,音乐和歌声在天空中荡漾。

④次第,一个挨一个地。诗句意谓,天空呈现青青的颜色,星星一个挨一个地明亮起来。

⑤姐妹,月宫中众嫦娥姐妹们。诗句意谓,月宫中的姐妹们,因翩翩起舞衣服上生出了云彩。

牛郎织女之歌①

天河涓涓水在流,怨她织女恋牵牛。②
为多一片殷勤意,惹得香花失故丘。③

天河涓涓水在流,隔河织女恋牵牛。④
可怜身无双飞翼,可怜水上无行舟。⑤

可怜水上无行舟,窈窕心中生暗愁。⑥
愁到清辉减颜色,愁如流水之悠悠。⑦

愁如流水之悠悠，悠悠此恨何时休？⑧
织就绢丝三百两，织成鸦鹊十三头。⑨

织成鸦鹊十三头，放入尘寰大九州。⑩
采来地上之香木，采来天上效绸缪。⑪

采来天上效绸缪，天河之上鹊桥浮。⑫
桥头牛女私相会，桥下涓涓水在流。⑬

【注释】

①此诗写于1922年4月2日。取自作者当时所作童话诗剧《广寒宫》。由月中桂树引出牛郎织女的神话故事。相传织女为天帝孙女，常年织造云锦，自嫁与牛郎后，织乃中断。天帝大怒，责令与牛郎分离，只准每年七夕相会一次。届时喜鹊在银河上搭桥，让织女渡河，与牛郎相会。剧中《牛郎织女之歌》在神话故事基础上又有所发挥。1942年2月，作者又将这一组诗作为《虎符》第四幕中侯女与朱女的唱词，文字上作了较大的改动。

②天河，即天上银河，实为晴朗夜空中显现的云状光带。涓涓，细水慢流貌。诗句意谓，天河之水涓涓细流，怨她织女在眷恋着牵牛。

③殷勤，热情周到，恳切深厚。故丘，故土、旧居。诗句意谓，为多一片深厚的情义，才惹得那些香花离开了故土。

④这两句是说，天河之水在涓涓细流，隔河的织女在恋着牵牛。

⑤双飞翼，即一双翅膀。语见李商隐《无题》："身无彩凤双飞翼，心有灵犀一点通。"诗句意谓，可怜身上没有一双能飞的翅膀，可怜水上没有通行的船只。

⑥窈窕，（女子）文静而美好，亦可代指美女。诗句意谓，可怜水上没有可以通行的舟船，美女心中暗暗地发愁。

⑦清辉，清亮的光辉，常指月亮。悠悠，遥远，无穷尽。唐崔颢《黄鹤楼》："黄鹤一去不复返，白云千载空悠悠。"诗句意谓，愁到月光都减去颜色，愁如流水那样悠长。

⑧恨，怨恨、悔恨。休，停止、罢休。诗句意谓，心中忧愁如流水那样悠长，这么悠长的怨恨何时才能休止。

⑨鸦鹊，乌鸦与喜鹊。诗句意谓，织成绢丝三百两，织成鸦鹊十三只。

⑩尘寰(huán)，即尘世，人间。九州，传说中国中原上古行政区划，常用以泛指全中国。诗句意谓，织成鸦鹊十三只，放入人世间广大的土地上。

⑪香木，有香气的木头。绸缪(chóu móu)，《诗·唐风》篇名，此诗是写新婚夫妇的喜悦，绸缪本指情意缠绵，可引申为新婚。诗句意谓，鸦鹊采来地上的香木，来到天上让新人享受新婚的幸福。

⑫效绸缪，为新人效劳。鹊桥，鸦鹊采来香木搭成一座桥。诗句意谓，群鹊采木来天上为新人效劳，天河之上浮起了一座鹊桥。

⑬牛女，即牛郎织女。诗句意谓，桥头牛郎织女私自相会，桥下天河之水在细细慢流。

《郭沫若全集》集外散佚诗词考释

张果老歌①

张果老,逗人笑！眉长长过眼,背驼高过脑。②目眇耳又聋,胡须嘴下翘。③黄风帽儿红耳绊,身上穿件黄棉袄。④

黄棉袄,短又小。身长不过膝,袖长长过爪。⑤一对鸭儿鞋,一双黄腿套。⑥弓起背儿走起来,就像一个猴儿跳。⑦

【注释】

①此诗写于1922年4月2日。取自童话诗剧《广寒宫》。张果老,为神话传说中的八仙之一。剧中让他在月宫中担任众嫦娥的先生。这是一个饶有风趣滑稽可笑的人物形象。《广寒宫》作为童话诗剧已收入诗集《星空》,且编入《郭沫若全集》文学编第一卷。但剧中插入的几首诗,同插入其他散文、小说、剧本一样,仍拟作为集外散佚诗词处理。

②这几句是说,张果老真逗人笑,眉毛长得盖住了眼睛,背部驼得高过头脑。

③眇(miǎo),一只眼睛瞎。诗句意谓,一只眼睛瞎,耳朵又聋掉,嘴下胡须往上翘。

④绊(bàn),约束、牵制。此指帽子上用以固定的带子。诗句意谓,头上戴着一顶红色带子系住的黄风帽,身上穿了一件黄棉袄。

⑤爪,手脚指甲的通称。诗句意谓,黄棉袄,又短又小,棉衣下摆长度不超过膝盖,而袖子却超过手指。

⑥鸭儿鞋,同鸭儿一样扁平的鞋。诗句意谓,脚上一双鸭儿鞋,加上一双黄色腿套。

⑦这两句是说,弓起背儿走动起来,就像一只跳来跳去的猴子一样。

川上江纪行二十韵①

解脱衣履,仰卧大石,
水声琮琮,青天一碧。②
头上骄阳,曝我过炽,
妻戴儿衣,女古埃及。③
涉足入水,凉意彻骨,
倒卧水中,冷不可敌。④
妻儿与我,石上追逐,
如此乐土,悔来未速。⑤
溪边有柿,金黄已熟,
攀折一枝,涩不可食。⑥
缅怀柳州,愚溪古迹,
如在当年,与之面瞩。⑦
山水惠人,原无厚薄,

柳州被谪,未为非福。⑧

我若有资,买山筑屋,

长老此间,不念尘浊。⑨

奈何秋老,子多树弱,

枝已萎垂,叶将腐落。⑩

烈烈阳威,猛不可避,

乐意难淳,水声转咽。⑪

【注释】

①此诗写于1924年10月1日。这一天清晨,郭沫若带着妻儿到川上江小副川游览。作者自注曰:"游小副川回路中作此。"诗中描写了沿途风景、妻儿状态以及作者自己欢乐的心情。在诗的结尾,也流露出淡淡的哀愁。首见小说《行路难》,载1925年4月10日、25日《东方杂志》第22卷第7、8号。

②履,鞋子。瑽瑽(cōng),本指鸣玉声,这里形容水声。诗句意谓,脱掉衣服和鞋子,仰卧在磐石上,耳边水声瑽瑽,眼前青天一碧。

③骄阳,炎热的阳光。曝(pào),晒。埃及,非洲国家。居民多为阿拉伯人,古代埃及妇女头上常缠布为冠。诗句意谓,头上炎热的太阳,晒得我发烫;妻子头上顶着儿子的绒衣,好像是古埃及妇女。

④彻骨,渗透到骨头里。诗句意谓,赤脚下水,凉意渗透到骨髓;倒卧在水中,冷得不可抵挡。

⑤乐土,安乐的地方。诗句意谓,妻儿与我在石头上追逐嬉戏,这样安乐的地方后悔来得太迟了。

⑥这几句是说,小溪边有柿树,柿子金黄已经熟了;攀折一枝采摘,味道苦涩还不能吃。

⑦柳州,即唐代文学家柳宗元,贞元进士,曾任柳州刺史,故称柳柳州,散文、诗歌均多佳作。曾作《愚溪诗序》,写愚溪曰:"盖其流甚下,不可以灌溉;又峻急多砥石,大舟不可入也。"瞩(zhǔ),瞩目,注视。诗句意谓,怀念遥远时代的柳宗元,尤其是他笔下的愚溪古迹;要是生在当年,可以与他一起探视。

⑧被谪,指被贬官谪居。诗句意谓,山水赐予人的,本来就不分厚薄;柳宗元谪居永州,未必不是一种福气。

⑨资,财物、钱财。尘浊,指污浊的尘世。当年柳宗元曾把愚溪上的小丘、愚泉买下,作者故有此说。诗句意谓,我若是有钱,就买下此山并筑起房屋;一辈子住在那里,把污浊的尘世统统丢在脑后。

⑩秋老,秋天已老,指晚秋。作者自叹年华易逝。萎垂,枯萎下垂。诗句意谓,这里以"柿"自喻,无奈秋光已老,而且子多树弱,树枝多已萎缩下垂,叶子也要腐烂飘落了。

⑪淳,淳厚、醇和。转咽,转为呜咽,意犹哀伤。诗句意谓,炎热的太阳威力,猛而不可回避;欢乐的心意难以保持醇和;听到呜咽的水声不禁感到有些哀伤了。

日之夕矣①

日之夕矣，新月在天，
抱我幼子，步至溪边。②
溪边有石，临彼深潭，
水中倒映，隔岸高山。③
高山蓊郁，深潭碧青，
静坐危石，隐听湍鸣。④
湍鸣浩浩，天地森寥，
瞑目凝想，造化盈消。⑤
造物造余，每多忧悸，
得兹静乐，不薄余锡。⑥
俄而妻至，二子追逐，
子指乱石，定名欧非。⑦
欧非不远，世界如拳，
仰见荧惑，出自山巅。⑧
山巅有树，影已零乱，
妻曰遄归，子曰渐缓。⑨
缓亦无从，遄亦无庸，
如彼星月，羁旅太空。⑩

【注释】

①此诗写于1924年10月3日。作者在日记中说："晚饭后抱佛儿至渡头，坐石听水。未几，晓芙偕和博二儿来，二儿在石上追逐，指石之大者为非洲、为美国、为中华，石碛在小儿心中变成一幅世界。夜入浴，吃烧栗数粒，草《日之夕矣》一诗。"此诗已录入《行路难》，发表于上海《东方杂志》1925年4月第22卷第8号。

②日之夕矣，天已晚了。《诗·王风·君子于役》："日之夕矣，羊牛下来。"诗句意谓，天已晚了，一弯新月高挂在天，抱着我的幼子走到溪边。

③临，挨着，靠近。深潭，深的水潭。诗句意谓，溪边有石头，临近那个深的水潭，隔岸有座高山，倒映在潭水之中。

④蓊郁，茂盛貌。左思《蜀都赋》："松柏蓊郁于山峰。"湍（tuān），急流的水。诗句意谓，高山上树木葱茏，深潭里水色碧青，我静坐在高高的石头上，隐隐地听着急流之水的响声。

⑤森，"渺"的异体字。森寥，悠远寂寥。造化，指自然界的创造力。盈消，犹盈虚，盈亏。指自然界的满和损、进和退、增和减的变化规律。诗句意谓，溪中的急流水势浩大，天地旷远而又寂寥，这时我闭目凝神，想着自然界的盈消变化。

⑥造物，犹造化，亦指自然界的创造化育。忧悸，忧虑和惊悸。兹，这个。锡，犹赐。诗句意

谓,大自然造化了我,每每有很多忧愁和惊悸,如今得到这静中的乐趣,也算是对我赏赐不薄了。

⑦俄儿,一会儿。欧非,欧洲和非洲。诗句意谓,一会儿妻子来了,两个孩子追随其后,孩子们指着乱石,定名为欧洲和非洲。

⑧荧惑,指火星。由于火星呈红色,荧荧如火,亮度常有变化,而且在空中运行,有时从西向东,有时从东向西,容易让人迷惑,所以古代称之为"荧惑"。诗句意谓,欧洲和非洲相距不远,世界只像拳头那样大,抬头看见火星,从对面山顶上出来。

⑨遄(chuán)归,速归,快点回家。诗句意谓,山顶上的树影已经凌乱,妻子讲快回家,孩子说慢慢来。

⑩无庸,不需要。羁旅,作客他乡。《左传·庄公二十二年》:"羁旅之臣。"杜预注:"羁,寄也;旅,客也。"诗句意谓,慢也无法慢,快也不需要,月亮和星星还像旅客一样寄居在太空里。

春　桃①

春桃一片花如海,千树万树迎风开。②

花从树上纷纷下,人从花底双双来。③

人来花里花可知?花落舟中人欲痴。④

不愿辞花咏言归,愿为花下春流水。⑤

【注释】

①此诗写于1925年6月。取自当时所作历史剧《聂嫈》。该剧共二幕,描写战国时代聂嫈和聂政姐弟深厚感情,尤其是一心支持弟弟的正义行为,最后不惜牺牲自己生命盗走因刺杀韩相侠累而身亡的聂政尸体的感人事迹。《春桃》为《聂嫈》第一幕《濮阳桥畔》里众人合唱的歌词。此剧由光华书局1925年9月出版单行本。

②千树万树,语见岑参《白雪歌送武判官归京》:"忽如一夜春风来,千树万树梨花开。"诗句意谓,春日桃林一片桃花犹如花的海洋,千株万株桃花正迎风盛开。

③这两句是说,桃花花瓣纷纷从树上落下,人从花底双双对对地走来。

④痴,痴呆,痴情。诗句意谓,人来到花里花儿可知道?桃花落在舟中却使游人如醉如痴。

⑤咏,曼声长吟,歌唱。言,助词,无义。《诗·周南·葛覃》:"言告师氏,言告言归。"诗句意谓,不愿辞别桃花唱着回去,宁愿化为春天桃花树下的流水。

侬冷如春冰①

侬冷如春冰,郎暖如春风,②

冰入春风怀,化为春水溶。③

水涨泛桃花,郎浮水上舟,④

鼓浪翻郎舟,郎死侬心头。⑤

【注释】

①此诗写于1925年6月。取自当时所作历史剧《聂嫈》第一幕《濮阳桥畔》,即后来的五

幕历史剧《棠棣之花》第四幕《濮阳桥畔》。原为幕后伴唱的歌词,意在表现男女之间的爱情。

②侬,即我,多用于旧诗文。李白《秋浦歌》:"寄言向东水,汝意忆侬不?"郎,旧时女子对所爱男子的昵称。诗句意谓,我冷得像春天的冰块一样,你却像春风一样温暖。

③这两句是说,冰块投入春风的怀中,很快溶化为春水。

④泛桃花,水中泛起桃花。春日桃花盛开落入河中随水漂流。杜甫《南征》:"春岸桃花水,云帆枫树林。"诗句意谓,河中春水上涨泛起瓣瓣桃花,情郎乘船在水上飘荡。

⑤鼓浪,掀起波浪。诗句意谓,我真想掀起波浪让你的小船翻掉,这样情郎永远死在我的心头。这似乎是情到浓时的一种极端的想法。

侬本枝头露①

侬本枝头露,君是春之阳。②
君辉照侬身,身入白云乡,
魂绕君之旁。③

君是春之阳,侬本枝头露。④
君辉不见假,侬泪无干处,
身随野草腐。⑤

【注释】

①此诗写于 1925 年 6 月。取自当时所作历史剧《聂嫈》第一幕《濮阳桥畔》。原为幕后伴唱的歌词,意在表现男女之间的相爱与失恋两种不同的情状。

②这两句是说,我本是树枝上的露水,郎才是春天的太阳。

③白云乡,传说为仙人所居之地。唐刘禹锡《送深法师游南岳》:"师在白云乡,名登善法堂。"诗句意谓,您的光辉照在我的身上,我身子就进入了白云乡,而灵魂始终围绕在您的身旁。这里以露水蒸发为喻,表达爱情的坚贞。

④这两句是说,您是春天的太阳,我本枝头上的露水。

⑤不见假,不肯给与。假,给予。《汉书·龚遂传》:"遂乃开仓廪,假贫民,选用良吏,尉安牧养焉。"注:"假为给与。"诗句意谓,您的光辉不肯给予,我的泪水就没有干的时候,只好身随野草一起腐烂。

薄花生树①

薄花生树,双鹤高飞。②
眷怀伊人,我心伤悲。③
双鹤高飞,薄花生树。④
不见伊人,我悲谁诉?⑤

【注释】

①此诗写于1925年6月。取自当时所作历史剧《聂嫈》第一幕《濮阳桥畔》。原为闭幕时合唱的歌词，表现不见情人之后的悲伤感情。

②薄，草木繁茂。《说文·艸部》："薄，林薄也。"刘注曰："薄，不入之丛也。"林木相迫不可入曰薄。诗句意谓，茂密的花开在树上，一对白鹤高飞在天。

③眷怀，眷顾怀念。伊人，此人，意中所指的那个人。诗句意谓，因为眷顾怀念心中那个人，我心中为之悲伤。

④这两句是说，双鹤高飞在天，繁花开在树上。

⑤这两句是说，不见心中想念的那个人，我心中的悲伤向谁去倾诉？

豫让歌①

在昔有豫让，乃是义侠儿。②
初事范中行，其名无所知；
去而事智伯，智伯国士之。③
智伯伐赵襄，三家分其地，
赵襄漆智头，用以为饮器。④

豫让逃山中，报仇思所从，
变名为刑人，入宫涂厕中。⑤
赵襄如厕时，不觉心中动，
执问涂厕人，豫让乃自供：
欲报智伯仇，故变名为佣。⑥

左右闻让言，皆曰斩杀之，
赵襄曰义人，吾谨回避耳。⑦
豫让复漆身，吞炭为乞儿。
行乞见其妻，其妻不能知；
行乞见其友，其友乃悲啼。⑧

友曰豫让乎，胡为残汝身？
以汝之才智，委质为赵臣，
赵襄必信汝，何事不能成？⑨
让已不能言，只是泪纵横，
途上书五字：不能怀二心！⑩

襄子临当出,骑过邯郸桥,

乞儿出桥头,对马挥长刀。⑪

马惊襄子笑,此必涂厕獠。

执之果豫让,襄子怒为消,

不忍杀君身,君义以云高。⑫

豫让自斫指,血书在桥头:

愿斩君之衣,以报智伯仇。⑬

襄子下马来,脱衣授其手,

豫让斫其衣,还刀自刎头。⑭

士为知己死,义气耿千秋。⑮

【注释】

①此诗写于 1925 年 6 月。取自当时所作历史剧《聂嫈》第一幕《濮阳桥畔》。原为盲叟之女玉儿在濮阳桥头酒家门前所唱的一首歌曲。这是一首叙事长诗,具体描述一位古代义士豫让为智瑶向赵襄子报仇的曲折过程。

②豫让,春秋末战国初刺客。初为晋卿智瑶的家臣。赵襄子与韩魏灭智氏,豫让则千方百计为智瑶报仇。谋刺不成,自刎而死。见《史记·刺客列传》。诗句意谓,从前有个豫让,乃是行侠仗义的人。

③范中行,《史记·刺客列传》:"豫让者,晋人也,故尝事范氏及中行,而无所知名。"索隐:"《左传》:'范氏,中行文子荀寅也。自荀林父将中行后,因以官为氏。'"智伯,即晋卿智瑶。国士,旧称杰出的人物。《国策·赵策》:"智伯以国士遇臣,臣故国士报之。"诗句意谓,豫让开始为范中行做事,名字无人知晓;后离开去给智伯做事,智伯把他作为杰出人物对待。

④赵襄,即赵襄子。《史记·刺客列传》:"及智伯伐赵襄子,赵襄子与韩魏合谋灭智伯,灭智伯之后而三分其地。"漆其头,《史记·刺客列传》:"赵襄子最怨智伯,漆其头以为饮器。"诗句意谓,智伯讨伐赵襄子,赵襄子联合韩魏灭智伯,三家分了他的土地。赵襄子把智伯的头颅油漆起来,拿来作为饮酒的器具。

⑤刑人,受过刑的人。入宫,进入赵襄子的宫中。涂厕,粉刷厕所。《史记·刺客列传》:"乃变名姓为刑人,入宫涂厕,中挟匕首,欲以刺襄子。"诗句意谓,豫让逃到山中,仍在想办法报仇。后来改换名姓扮成受过刑的人,进入赵襄中的宫中去粉刷厕所。

⑥如厕,上厕所。佣,佣工。《史记·刺客列传》:"襄子如厕,心动。执问涂厕之刑人,则豫让,内持刀兵,曰:'欲为智伯报仇。'"诗句意谓,赵襄子上厕所时,不觉心中惊动。于是抓起粉刷厕所的人询问,豫让便自己供认,要为智伯报仇,所以改名换姓来做佣工。

⑦左右,指赵襄子身旁侍候的人。《史记·刺客列传》:"左右欲诛之。襄子曰:'彼义人也,吾谨避之耳。'"诗句意谓,赵襄子身边的人听到豫让所说的话,都说杀死他。赵襄子却说他是个有义气的人,我今后小心回避就是了。

⑧复漆身,又把身体油漆起来。吞炭,吞下木炭变作哑巴。诗句意谓,豫让又把自己身

体油漆起来,并吞下木炭变作哑巴去做乞丐。讨饭时遇到妻子,妻子不认识他;讨饭时遇到朋友,朋友发觉后便悲伤地哭起来。

⑨乎,表示疑问或反诘的语气。残汝身,残害你的身体。委质,《史记·刺客列传》:"其友为泣曰:以汝之才,委质而臣事襄子,襄子必近幸之。"委质,含臣服、归顺的意思。诗句意谓,朋友说你是豫让吗,何以摧残自己的身体? 以你的才能和智慧,如果归顺为赵的臣子,赵襄子一定会信任你,那时什么事情办不成啊?

⑩泪纵横,形容泪流满面的样子。途上,路上。诗句意谓,豫让已不能说话,只是泪流满面。他在路上写了五个字:不能怀二心。

⑪临当,正当。邯郸,赵国都城,故址在今河北省邯郸市。诗句意谓,赵襄子正当出门的时候,骑马经过邯郸桥,豫让所扮的乞丐突然出现在桥头,对着马挥起长刀。

⑫獠(liáo),古代骂人的话。诗句意谓,当时马惊了一下,而赵襄子却笑了,说此人一定是粉刷厕所的傢伙。抓起来果然是豫让,襄子怒气反而消了。我不忍心杀你,你的义气已经说得上很高了。

⑬斫(zhuó),本义为大锄,引申为砍、斩。诗句意谓,豫让自己砍下手指,用血书写在桥头:要求用刀砍你的衣服,借以报智伯的仇。

⑭授其手,送到他的手中。还刀,回刀。刎(wěn),割颈。诗句意谓,襄子下马后,脱下衣服递在他的手中。豫让砍了赵襄子的衣服,回过刀来割下自己的头。

⑮士为知己死。士为古代对男子的美称,也指有才识的人。谓士人愿为深知自己的人去死。耿,通"炯",光明。义气,指主持公道的气概或忠于朋友、兄弟的感情。诗句意谓,士为知己者死,义气光照千秋。

题刘海粟山水画①

艺术叛徒胆量大,别开蹊径作奇画。②
落笔如翻扬子江,兴来往往欺造化。③
此图九溪十八涧,溪涧何如此峻险?④
鞭策山岳入胸怀,奔来腕下听驱遣。⑤
石涛老人知此应一笑,笑说吾道不孤了。⑥

【注释】

①此诗写于 1926 年 3 月。刘海粟,现代著名画家。绘画技法,融汇中西,在国内外画坛享有很高声誉。他还是我国现代美术教育家,曾参与创办我国第一所美术学校——上海美专。1926 年 3 月 18 日,郭沫若离开上海赴广州就任广东大学(今中山大学)文学院院长。临行之前,曾在上海为刘海粟的山水画题了一首七言诗。已收 1927 年上海出版的《海粟近作》画册。另见绍龙《胸中激浪笔底波澜——忆郭老对美术事业的关怀》,载《美术》1978 年第 4 期。

②艺术叛徒,当时刘海粟在上海美术教育课堂上首先使用人体模特,因此遭到封建势力的围攻,地方军阀孙传芳下令取缔,刘海粟置之不理,竟然遭到通缉。在此情况下某女校校长便指刘海粟为"艺术叛徒"。蹊径,小路。别开蹊径,犹别开生面,别出心裁。诗句意谓,这

位"艺术叛徒"胆子真大,能另辟一条新的路子作奇特的画。

③欺造化,压倒造化,即超越自然。诗句意谓,作泼墨山水时,落笔如翻腾的扬子江水,其画作比自然还美。

④九溪十八涧,原为杭州西湖名胜,在西湖西面群山之中。九溪是从杨梅岭下来的九条主要山溪,十八涧是指九溪之外山泉。它们合流后注入钱塘江。这里是指刘海粟画中的山水。诗句意谓,这幅画里有九溪十八涧,可现实中的九溪十八涧哪有如此险峻?

⑤鞭策,驱使,督促。诗句意谓,先把现实中的山水吸收到胸襟中来,以后又挥洒自如地倾泻在笔下。

⑥石涛老人,即原济,清初著名画家。广西全州人,晚年定居扬州,卖画为生,擅长山水。所画山水,讲求独创,构图善于变化,笔墨恣肆,意境苍茫新颖,人称"大江以南,当推石涛第一",对于后世中国画影响极大。诗句意谓,石涛老人看到这幅画料应会心一笑,笑着说我的画道不再孤独了。

无　题①

夜雨落临川,军书汗马还;②
一声传令笛,铁甲满关山。③

【注释】

①此诗写于1927年8月8日。当时,"八一"南昌起义军决定南征广州。南征途中开始比较顺利。1927年8月8日,军次临川,作者怀着喜悦兴奋心情作五绝一首。后曾书赠王震,诗见1979年7月人民出版社出版、萧克主编《南昌起义》第五章"千里转战";又见1982年3月上海人民出版社出版、张侠《南昌起义研究》第六章"南征"。该诗收入《韩山革命歌谣集》时,第二句改为"将军匹马还",第四句改为"铁骑满江山"。我们仍取前者,似更符合当时的特定情境。

②临川,县名,在江西省东北部,抚河中游,浙赣铁路支线经过境内。军书,军事文书。汗马,本指战马疾驰而出汗,亦喻征战的劳苦,因称战功为汗马之劳。诗句意谓,夜里阵雨落在临川,载有军中文书的战马奔驰而来。

③传令笛,军中用以传令的笛声。传令一般皆用军号,这里用笛似在表达喜悦的心情。铁甲,铁制铠甲,古代作战人与马均佩铁甲。这里代指我军全副武装的部队。关山,泛指关隘山川。诗句意谓,一声传令笛发出,则铁骑布满山川,亦即遍地都是我军的部队。

题《金文丛考》①

大夫去楚,香草美人。②
公子囚秦,说难孤愤。③
我遘其厄,愧无其文。④
爱将金玉,自励坚贞。⑤

【注释】

①此诗写于 1932 年 5 月,为自著《金文丛考》一书而题。《金文丛考》系郭沫若流亡日本期间所著研究古代青铜器铭文的著作,收录《两周金文辞大系》之外的金文研究著述十一篇。1932 年 5 月亲自抄写集成四册。同年 8 月由日本东京文求堂书店根据作者手迹影印出版。作者正潜心于研究我国古代社会和古代文字,因而针对当时社会现实与我国学术界的状况,特在该书扉页用古文字写了这首表明心志而又别具一格的四言诗。此事详见人民出版社 1954 年出版的《金文丛考》一书的《重印弁言》。

②"大夫"二句,这里用了有关屈原的历史典故。楚国三闾大夫屈原主张举贤授能、联齐抗秦,竟遭谗被逐离开楚都,长期流浪于沅湘流域。所作《离骚》《九章》等诗篇,常以香草美人以喻志士贤人高尚纯洁的品格或寄寓自身理想的人物,曲折表达个人的政治理想和不幸遭遇。

③"公子"二句,亦用有关韩非的历史典故。战国末期韩非出身于韩国贵族,竭力主张变法图强,未被韩王采用。所著《孤愤》《说难》等十余万言,受到秦王重视,被邀出使秦国,后遭李斯等人陷害,自杀于秦狱中。诗中巧妙运用这两个历史人物的典故,既有对于我国古代伟大诗人、思想家未能实现自己政治理想而只能从事诗文创作的赞叹与惋惜,亦属借古喻今、夫子自道,曲折反映自身亡命海外潜心著述的艰难处境。

④遘(gòu),遇,遭遇。诗句意谓,我亦遇到很大的危难(既遭国民党政府通缉而流亡海外,又在日本便衣警察、宪兵控制之下生活),却深感惭愧未能写出屈原、韩非那样的诗文。

⑤爰(yuán),乃,于是。《诗·魏风·硕鼠》:"乐土乐土,爰得我所。"金玉,原为珍宝的通称,此指殷周时代青铜器。诗句意谓,现在只有通过研究铸刻在殷周青铜器上具有文物与史料价值古文字的铭文,借以激励自己保持坚贞的品格。

画　意①

危崖枕清流,奇松卧云岫。②
飞泉响宫商,凉风生襟袖。③
炎暑失其威,溪山归我有。④
相对素心人,神游话悠久。⑤

【注释】

①此诗写于 1932 年 10 月初。郭沫若当时曾给田中庆太郎写过一首题为《画意》的五律。此诗意趣与《自然底追怀》文意十分相近,而又颇有几分王维诗的味道。田中阅后也感觉到并指出了这一点。郭沫若回信中却强调:"摩诘我非真",不久还用"王假维"作为署名。可见作者虽喜欢王维的诗却并无出世思想。此诗录自《郭沫若致文求堂书简》,文物出版社 1997 年出版。

②云岫(xiù),充满云雾的山谷。诗句意谓,危崖枕于清流之上,奇松仰卧于充满云雾的山谷中。

③宫商,为我国五声音阶的组成部分,这里代指乐声。诗句意谓,山间飞泉发出音乐般的响声,阵阵凉风吹入人的衣领和袖口。

④这两句是说,炎热的夏天也失去了威风,此处溪流山谷似已归我所有。

⑤相对,两相对应,相向。素心,心地纯朴。陶渊明《移居》:"闻多素心人,乐与数晨夕。"神游,神交。南朝梁江淹《自序传》:"所与神游者唯陈留袁叔明而已。"诗句意谓,与心地纯朴的人两相对应,因系神交对话可以悠久。

七　律①

江亭寂立水天秋,万顷苍茫一望收。②
地似潇湘惊肃爽,人疑帝子剧风流。③
寻仙应着谢公屐,载酒偏宜苏子舟。④
如此山川供啸傲,鐻工尽足藐王侯。⑤

【注释】

①此诗写于 1932 年 10 月 30 日。七律,七言律诗的简称。郭沫若为题赠日本友人田中庆太郎而作。现已编入日本汎极东物产株式会社 1987 年编印的《日中友好的先驱者〈文求堂〉主人田中庆太郎书简集》。诗句显得典雅含蓄。郭沫若当时住在距离东京不远的市川乡下须和田。寓所位于真间山下、江户川畔,此地山明水秀景色宜人。作者面对住地附近的眼前景物,即景生情,浮想联翩,借以抒发天涯游子思念祖国的情怀。

②江亭,即位于江户川畔供游人休憩的亭子。诗句意谓,作者于凉秋季节独自立于江亭之上,只见江户川上水天一色,极目远处万顷苍茫一望即可收入眼底。

③潇湘,湘江的别称。因湘水清且深得名。帝子,皇帝的儿女。《楚辞·九歌·湘夫人》:"帝子降兮北渚。"王逸注:"帝子,谓尧女也。"湘夫人为传说中的湘水之神。诗句意谓,作者深感眼前景物颇似湖南湘江,一经秋雨之后分外凉爽,置身其中仿佛自己也成了古代传说中的帝子那样倜傥风流。

④谢公屐(jī),一种底有钉的木鞋。南朝宋谢灵运登山常着有齿木屐,上山去其前齿,下山则去其后齿。苏子舟,苏东坡所乘的小船。苏东坡《前赤壁赋》:"壬戌之秋,七月既望,苏子与客泛舟游于赤壁之下。"诗句意谓,作者自然想到我国古代诗人谢灵运和苏东坡,登山寻仙应着谢公屐,载酒出游偏宜苏子舟。

⑤啸傲,谓言动自在,无拘无束。陶渊明《饮酒》:"啸傲东轩下,聊復得此生。"鐻(jù),乐器,钟属。《史记·太史公自序》:"销锋铸鐻。"诗句意谓,面对如此山川,足以啸傲其间,就连我这个普通的文化人,也足以藐视王侯了。作者身处逆境之中,依然充满革命乐观主义的精神,并在诗中自然流露思念故国的情怀。

赠田中庆太郎①

南公君勿假,摩诘我非真。②
虽无竹里馆,有月待幽人。③

【注释】

①此诗写于 1932 年 10 月。在《日中友好的先驱者〈文求堂〉主人田中庆太郎书简集》一书中,收录了郭沫若 1932 年 10 月 7 日致田中庆太郎的信。信中写道:"子祥尊兄,示悉。原稿已改好,直寄开明矣。礼拜日当扫榻敬待,左赋一绝催妆……"田中庆太郎(1880—1951),字子祥,日本京都人。东京外语大学中国语学科毕业后,曾一度在我国北京学习汉籍。继任文求堂书店主人后,毕生从事日中文化交流。当年郭沫若不少研究古代文字的著作,都是经由文求堂承印面世的。二人在古籍整理与出版过程中,建立了颇为深厚的友谊。这首附在信中的五言绝句,意在约请友人光临。言辞恳切而又不失幽默情趣,一片友情溢于字里行间。

②南公,指上海泰东书局老板赵南公。他在 20 世纪 20 年代对于创造社出版文艺刊物给予大力支持。这里是以南公喻指田中庆太郎。"摩诘"为唐代著名诗人。王维字摩诘,官至尚书右丞,长期过着亦官亦隐的生活。作者声称自己在现实生活中并非像王维那样的归隐山林之人。诗句意谓,你像赵南公不假,我却并非真的王摩诘。

③竹里馆,为王维终南山下辋川别业里的一个幽静的处所。诗句意谓,我的住处虽无竹里馆那样的雅致,仍愿在乡间月下接待你这位隐逸民间识见超群的友人。此诗似于表述真情之中,隐约透露这位"王假维"当时不得已而幽居乡间仍在渴望投入祖国现实斗争的心境。

狂　　歌①

秋空澄碧晓岚吹,②
果木凋零落叶飘。③

【注释】

①此诗写于 1932 年秋。录自《郭沫若致文求堂书简》。信中附有说明:"即吟尊夫人和歌,兴味益然。小生亦步《岚之歌》韵,赋狂歌一首。生平首次聊博一笑。"和歌为日本诗歌一种体式。短歌每首五句,呈五七五七七句式。作者用《岚之歌》韵,写成和歌结尾两句,题为《狂歌》,意即狂夫之歌,属自谦之词。

②澄碧,澄清蔚蓝。岚(lán),山中的雾气。诗句意谓,秋日天空澄清蔚蓝,清晨山中雾气在吹拂林木。

③凋零,凋谢零落。果木,结果可食的树木。诗句意谓,果树凋零落叶飘飞。

赠董作宾①

清江使者出安阳,七十二钻礼成章。②
赖君新有余且网,令人长忆静观堂。③

【注释】

①此诗写于 1932 年冬。录自《郭沫若生平文献史料考辨》。诗有落款:"彦堂先生以素缣摹录殷墟陶文惠赠赋此以报,郭沫若书于江户川畔。"董作宾,我国现代甲骨文研究专家,被学界誉为"甲骨四堂"之一,即罗雪堂(振玉)、王观堂(国维)、董彦堂(作宾)、郭鼎堂(沫

若）。1932年冬，郭沫若编成《卜辞通纂》，请董作宾为他寻一殷墟陶器上的刻文。董用素缣摹录了殷墟陶文并寄到日本。郭沫若感激之余以诗相赠。

②清江使，典出《庄子·外物》记宋元君事：宋元君半夜见有披头散发之人在门旁窥视，自称为清江使，出使河伯居所，被渔夫余且所捉。元君醒来，派人占卜，知是一神龟。于是让人传渔夫余且来见，宋元君询问，知其网捕一只白龟。遂命人杀白龟，以龟板作占卜用，占卜数十次（七十二钻），所做推断无一失误。后即以"清江使"喻龟，"七十二钻"言以龟板占卜事。清江使者出安阳，指安阳殷墟出土的甲骨文。王国维是甲骨文研究的开拓者，"礼成章"当指王国维《殷礼征文》，以此喻甲骨文研究之成果。

③新有余且网，喻董作宾多次参与殷墟科学发掘，并摹录发表《新获卜辞写本》，好比余且网捕到大白龟。作者因推崇王国维甲骨文研究，故结句为"令人长忆静观堂"。静观堂，王国维字静安，号观堂。

无题①二首

一②

短别日三五，萦思岁万千。③
清辉如满月，长恨若新弦。④
相见一回后，损增一样添。⑤

【注释】

①这两首诗写于1933年2月。附在2月18日致田中庆太郎信中，现已编入《日中友好的先驱者〈文求堂〉主人田中庆太郎书简集》。该书附有郭沫若书信与题诗的手迹。

②这首五言小诗采用颇为夸张的语言，表达了挚友之间平日想念与见面时异常亲密的感情。

③日三五，为倒装句，即三五日。萦思，萦绕思念，极其牵挂。诗句意谓，短短分别了三五日，竟然达到萦思万千的程度。

④清辉，指月光。弦，阴历初七、初八，月亮缺上半，叫上弦；二十二、二十三，月亮缺下半，叫下弦。新弦，指弦月，即弯弯的月亮。诗句以月为喻，相见时因喜悦而面有清辉犹如满月，几日不见只因不见而面若新弦。因为弦月如钩，颇似人在哭伤着脸时的愁苦形状。

⑤损增，失去的和得到的。流，流动，流转。诗句意谓，相见一回之后，刚见面又要分手，依然忧喜交集。这种幽默诙谐的文字，大体于纪实之中又极夸张。既能反映中日两国学者之间的友谊，亦使小诗充满乐观幽默的情趣。

二①

相对一尊酒，难浇万斛愁。②
乍惊清貌损，顿感泪痕幽。③
举世谁青眼，吾生憾白头。④
人归江上路，冰雪满汀洲。⑤

【注释】

①郭沫若于前一日往访田中,二人对酒而坐,相谈竟日。他回家时已是清晨,但思绪中仍萦绕着二人谈话的情景,于是写下这首小诗,并寄给田中夫妇。诗中充分流露流亡异国他乡漂泊与孤独的感觉。录自《郭沫若致文求堂书简》。

②尊,酒器。杜甫《怀李白》:"何时一尊酒,重与细论文。"斛(hú),量器名,亦容量单位,古代以十斗为一斛。万斛,极言其多。诗句意谓,即使对着眼前一尊美酒,亦难解心中万斛忧愁。作者当时流亡海外,政治上既受日本政府迫害,时时遭到警察与宪兵骚扰;经济上又颇为艰窘,只能依靠写作养活六口之家。身居海外,报国无门,能不"牢愁如海"?

③诗句意谓,乍然惊异于自己的面孔变得清瘦,顿觉眼中呈现不少的泪痕。貌,原作古体字"皃",郭平英《〈郭沫若遗墨〉中的伕作及其他》,将"皃"辨识为"狟",载四川大学《郭沫若研究专刊》第三辑。狟是兽名,即幼小的貉,放在这里似难说通。

④青眼,典出《晋书·阮籍传》,后以青眼表示对人的赏识与喜爱。诗句意谓,举世谁能对我真正理解和赏识呢?让人感到遗憾的是自己头发也已花白,而这也正是"难浇万斛愁"的缘由。

⑤江上,指江户川。汀洲,水中的平地。诗句意谓,我沿着江边的道路回去,只见一片冰雪覆盖着的水中的平地。作者当时住在江户川畔的一所农舍,因此诗句既有写实成分,而又寓情于景,归途一片冰雪,仍须艰难行进。

打 油 诗① 二首

一

峖斋夫子剧能谈,口角流沫东西南。②
姻缘虽是前生定,说破全凭舌寸三。③

二

舌底无端恼御察,红线良缘是解消。④
如此老人充月下,人间何处赋桃夭。⑤

【注释】

①此诗写于 1933 年 3 月。打油诗,诗体的一种。唐人有张打油作《雪》诗:"江山一笼统,井上黑窟隆。黄狗身上白,白狗身上肿。"后因称采用俚语、诙谐通俗的诗为打油诗。1933 年 3 月,郭沫若与田中庆太郎随着交往的加深,二人常以随意轻松的方式往来,有次曾以戏谑的口吻,为田中一次失败的月老经历写了一首幽默诙谐的打油诗。诗见《郭沫若致文求堂书简》,诗题亦作《为舌祸问题嘲峖老》,原诗附有跋语:"第二首尾句'赋桃夭'三字改为'有黑猫',更觉道地,特嫌过于男性中心耳,三月十三日,蒙俱生吟草。"

②峖(yán)斋夫子,即田中,因书斋名峖斋,故称峖斋夫子。诗句意谓,田中夫子很能谈,口角流出唾沫说着东西南,就是找不着北。

③舌寸三,即三寸不烂之舌。诗句意谓,姻缘虽是前生注定,仍全凭三寸不烂之舌说破。

④寮,小屋。御寮,御用小屋,对友人住处的戏称。无端,无缘无故。红线,红丝线,比喻姻缘。诗句意谓,因舌底无缘无故乱说而在家中让人气恼,牵红线的良缘于是解消。

⑤老人充月下,即充作月下老人。桃夭,《诗·周南》篇名,诗以桃花盛开为喻,赞美男女及时嫁娶,以首句"桃之夭夭"名篇。诗句意谓,如此充作月下老人,人间何处会赋《桃夭》篇,即何处能有男女青年办喜事。

濡水南来千里长①

濡水南来千里长,卢龙东走塞云黄。②
毫端怪底风云满,望断鸿图写故乡。③

【注释】

①此诗写于1933年春。手迹见《星星》1984年第5期。该刊同期发表叶簇《祖国情深,风云满纸——关于郭老的一首佚诗》,对于此诗有详细记述,可以参阅。1933年春,日寇继攻占山海关之后,大举进攻长城各要口,妄图一举攻下华北。3月11日,我驻喜峰口二十九军官兵奋起反击,迅将来犯之敌逐出口外。长城抗战胜利捷报传遍全国,各界人士大为振奋。郭沫若虽身在异邦,亦为之欢欣鼓舞,特作七绝一首。

②濡水,古水名,即今之滦河。上源出丰宁县,绕经内蒙古折向东南,穿过燕山山地,流入渤海,全长877公里。另据《水经注》载:"濡水东南径卢龙塞。塞道至无终县东出,度濡水,向林澜泾(即今喜峰口),东至青陉(即今冷口),卢龙之险,峻坂萦折,故有九峥之名。"可见濡水与卢龙古塞均位于河北省喜峰口附近。塞云黄,指长城一带充满战火硝烟。诗句意谓,在古代华北平原通向东北边陲的交通要冲——卢龙塞道由西向东(此地濡水南来,卢龙东走),由于日寇大举进攻长城各要口而烽烟四起。

③毫端,即笔端,毫为毛笔。怪底,奇异手稿。底为草稿、底稿。鸿图,即雁阵。诗句意谓,笔端令人惊异地出现满纸风云,抬头望断天上雁阵而写故乡。作者心驰神往,情不自禁,只是依然亡命海外而不能直接投入抗日救亡的斗争。对于祖国的一片深情,只有付与西北飞去的雁群以带给故乡的人民。

书为尾藤光之介①

神龟七二钻,殷礼四千年。②
没道名山事,劳君制副墨。③

【注释】

①此诗写于1933年初夏。录自《郭沫若生平文献史料考辨》。诗有落款:"癸酉初夏《卜辞通纂》印成题赠尾藤君清玩,郭沫若书于江户川畔之鸿台。"作者之所以题赠,因文求堂主人田中庆太郎言尾藤光之介为《卜辞通纂》印行甚为出力,故赋此以报。

②神龟七二钻,典出《庄子·外物》。"七十二钻"言用龟板占卜事。殷礼,王国维著有《殷礼征文》,即通过甲骨文研究殷商时代的礼仪。殷商时代至今已有四千年。

③道,思想、学说。这里似指殷商的礼仪。名山事,语见《汉书·司马迁传》:"仆诚已著此书,藏之名山,传之其人,通邑大都。"后以"名山事业"借指著作之事。副墨,指文字。语出《庄子·大宗师》:"南伯子葵曰:'子独恶乎闻之?'曰:'闻诸副墨之子。'"庄子认为,道术是主,文字是副,而文字是用翰墨写的,所以称文字为副墨。诗句意谓,亦已掩没的殷礼研究著述,劳你用文字印成传世。

题扇①五首

一

君情如火蒸,妾有冰雪肌。②
请君一摇曳,凉意满阶墀。③

二

行乐须及时,春花无长好。④
努力扇阳和,莫恐秋风早。⑤

三

君喜白雪姬,妾爱黑人种,⑥
黑人居炎方,常得蒙恩宠。⑦

四

长夏安见久,始终无百日。⑧
嗟尔寒暑计,堕落何太疾。⑨

五

热意无几时,须臾即抛弃。⑩
等待秋风来,飞到南洋去。⑪

【注释】

①这一组诗写于1933年夏天。关于诗的写作背景与搜集经过,可参阅拙作《关于郭沫若〈题扇五首〉的说明》,载《郭沫若学刊》2000年第1期。日本学者菊地三郎在《郭沫若先生流亡十年拾零》(载《郭沫若研究》第二辑,文化艺术出版社1986年版)一文中,谈到日本东京《郭沫若文库》中有一本《塞外诗集》第二辑,"内容反映了三十年代初期,当日本对中国统治加强的时候,散居在关内外的日本人、作为战争的一分子,对自身的反省、怀疑、焦躁、不安和自嘲的情绪。""这本诗集的卷末有郭沫若先生亲笔写的五首五言诗。"该文进而引出其中的第四、第五首,并作具体的诠释。笔者后经日本东京外国语大学一位同行专家介绍,转请日本亚非图书馆馆长禹矢文夫协助,寄来了包括郭沫若《题扇五首》手迹,以及《塞外诗集》第二辑的有关资料的复印件。经仔细阅览后方知,这一组诗与《塞外诗集》无关,只是利用该书空白处写下为友人题扇的诗稿。诗稿分别写在三处,看来两处是初稿,完整的一处是定稿。组

诗选择了一个特定的角度,即均以折扇口吻陈述。

②爇(ruò),点燃、焚烧。妾,旧时妇人自称的谦辞。诗句意谓,你的热情如火一样燃烧,我(扇子自称)却有冰雪的肌肤。

③摇曳(yè),摇荡、摆荡。阶墀(chí),台阶。诗句意谓,请你将我摇荡,凉风就会充满整个台阶。扇子在我手中摇动,阵阵清风徐来,自当凉爽宜人。

④行乐,消遣娱乐、游戏取乐。诗句意谓,折扇劝告主人,人生行乐必须及时,就连春日花朵亦无长好之时。

⑤阳和,原指春天的暖气,此指清新的空气。诗句意谓,应努力扇出阳和之气,不要希望秋天来得过早。这里是希望主人抓紧享受折扇带来的一片清凉世界。

⑥姬,古时对妇女的美称,也用为美女之称。白雪姬,即皮肤像白雪一样的美人。诗句意谓,你喜欢白雪一样肌肤的美人,我却爱上了黑色人种。

⑦炎方,南方炎热之地。诗句意谓,因为黑人居住在非常炎热的地方。我(扇子)将常常得到主人的宠爱。扇子并不嫌贫爱富,而是希望能得到赏识它的人所重视。

⑧安,疑问代词,表示反问,犹怎么、哪里。诗句意谓,长夏哪里见长,前后不过百日。折扇在替自己的命运担忧。

⑨嗟(jiē),叹息、嗟叹。寒暑计,即寒暑表、温度计。堕落,下落、脱落。诗句意谓,让人嗟叹的是,你这个温度计温度下落何以这么快啊,因为这将使折扇失去自身应有的作用。

⑩须臾,片刻、极短的时间。诗句意谓,火热的夏天匆匆过去,很快就将把我抛弃。

⑪南洋,即东南亚地区。诗句意谓,等到秋风到来的时候,你就要飞到南洋去了。笔者在拙作《羡君风格独嶕峣——读郭沫若流亡日本十年的诗词》(载《郭沫若学刊》1996年第2期)一文中,仍沿袭菊地三郎的解析,曾释为:"这里充分反映了作者渴望投入祖国抗日救亡斗争的决心。当时仍遭国民党政府通缉,直接回国投身抗战尚无可能,因此设想不如到华侨相当集中的南洋去,可以向爱国侨胞进行抗日宣传。"近期阅读有关材料方知,当时郭沫若拟去南洋,并非为了投身抗日救亡,而是有位南洋华侨主动表示,愿意资助郭沫若游历欧洲,询问他的意见。郭沫若复信表示同意,亦曾打算先去南洋会见这位华侨,再作下一步安排。此事终未成功。"等待秋风来,飞到南洋去。"实为复信之后的期待。此事详见殷塵(即金祖同)的《郭沫若回国秘记》。看来此说较为可信。

偶成①二首

一

小庭寂寂无人至,款款蜻蜓作对飞;②
芍药开残还自谢,荼蘼如醉为伊谁。③

二

阳光疑雾复疑烟,桃叶因风舞自怜;④
柔管闲临古树赋,牢愁如海亦连天。⑤

【注释】

①这两首诗写于 1933 年 5 月。据《日中友好的先驱者〈文求堂〉主人田中庆太郎书简集》载,郭沫若于 1933 年 5 月 30 日致田中庆太郎信中写道:"《通纂》再勘误已校好,当无再定正之处矣。土居香国门下故芝斋女史著《九华仙馆诗草》(大正七年出版)有法购求否? 其诗甚清隽,斯文中人远非所及。今日无聊,偶成二绝,录供一粲:……"我们从中可以看出,作者当时因《卜辞通纂》再勘误已校好,稍有闲暇,偶成二绝,录请友人阅正。这种偶有所感的即兴之作,往往于写景述怀之中寓有深意,需要联系作者身世际遇加以理解。

②小庭,指作者亡命日本期间曾住在市川须和田乡间一所农舍中小小的庭院。款款,徐缓的样子。杜甫《曲江》:"穿花蛱蝶深深见,点水蜻蜓款款飞。"诗句意谓,这里门庭冷落无人来访,显得分外幽静;院中蜻蜓成双作对款款飞舞。

③芍药,多年生草本,初夏开花,与牡丹相似,大而美丽。荼蘼(tú mí),落叶灌木,初夏开花,可供观赏。诗句意谓,芍药花期过去也自凋谢,而园中荼蘼满枝如醉开放又是为了谁呢? 诗中通过庭院风光的描绘,似亦透露主人客居异地的孤寂心境。

④桃叶,院中桃树之叶。这里既属写实,似亦与晋代大书法家王献之《桃叶歌》典故有关。诗句意谓,时值春夏之交,天气阴晴无定,阳光如烟似雾,院中桃叶因风摇曳,似在飞舞亦自让人怜爱。

⑤柔管,亦作柔翰,毛笔。晋左思《咏史》:"弱冠弄柔翰,卓著观群书。"临,对着书画摩仿学习,如临摹、临写。枯树赋,这里似指研究古代社会和古代文字,带有典故"古树生华"的含义。牢愁,愁闷。诗句意谓,虽常握笔抽闲临写"古树赋"(研究中国古代社会和古代文字),仍然"牢愁如海亦连天",亦即充满难以排解的忧愁。作者亡命海外,牢愁如海,忧心国事,渴望直接投入祖国抗日救亡的现实斗争。

浪花望海①

举世浮沉浑似海,②
了无风处浪头高。③

【注释】

①此诗写于 1934 年 8 月 6 日。浪花,即浪花村,日本千叶县面临太平洋的一个小村。当时,郭沫若和安娜夫人带孩子在这里住了十日,每天都到海边经受海水浴的锻炼。据《浪花十日》记载,有一次在海边游泳时,想到古人所述"无风不起浪",于是突然间头脑里浮现出两句诗样的文字,就是这首具有哲理意味的小诗。首见散文《浪花十日》,载 1935 年 7 月《文学》月刊第 5 卷第 1 期。

②举世,整个人世间。浮沉,比喻事物的兴盛与衰败,人生的得意与失意。浑,简直,完全。诗句意谓,人生社会的种种兴衰得失,简直就像眼前的大海一样。

③了无,全无,完全没有。诗句意谓,即使在完全无风的情况下,也能出现很高的浪头,成了无风亦起浪。

咏　鸡①

笼中一天地,天地一鸡笼。②

饮啄随吾分，调和赖此躬。③

高飞何足美，巧语徒兴戎。④

默默还默默，幽期与道通。⑤

【注释】

①此诗写于 1934—1935 年间。录自龚明德《1937 年 11 月上旬在沪三天记事》，《郭沫若学刊》2012 年第 2 期。1937 年 11 月 5 日，郭沫若在上海锦江饭店宴请沈尹默夫妇和张凤举夫妇。席间应沈尹默夫人褚保权要求，题诗写成横幅，并附跋语："旧作《咏鸡》书奉保权女士。"今据蔡震《郭沫若生平文献史料考辨》一书所言："《题鸡笼图》作于 1934 年至 1935 年间。""这是郭沫若为傅抱石画《鸡笼图》所题的，形象地道出了他对流亡生活的整体心理感受。"

②"笼中"二句，鸡处笼中自成一小天地，而人间天地实为一大鸡笼。作者以鸡处笼中自喻，实为当时海外流亡生活的写照。

③饮啄（zhuó），鸟类之饮水啄食，借喻安居乐业生活闲适。分，自分，甘愿。调和，和合、协调。躬，自身。诗句意谓，一饮一啄随我自分，五味调和有赖自身。

④巧语，指古代诗文中常以凤凰、黄鹄、苍鹰与鸡相比，言其不能高飞。兴戎，挑衅，引起争端或战争。诗句意谓，高飞何足羡慕，种种巧语徒然引起争端。就作者而言，似为徒然兴起从戎之念。

⑤默默，静寂、无声无息。幽期，幽隐的期约，亦指男女间的秘密约会。道，规律、事理。诗句意谓，笼中之鸡默然无声，等待幽期密约与自然之道相通。隐喻作者默默等待时机，实现幽期密约与道相通。

自绘花卉题赠京华堂主人①

不用九畹滋，无须百亩树；②

有此一茎香，诗心自清素。③

【注释】

①此诗写于 1935 年春天。附有跋语："乙亥春日作此并题，郭沫若。""我不能画，京华堂主人定要叫我画，作此以献奇丑。千秋万岁，只此一张。哈哈。"农历"乙亥"即公历 1935 年。京华堂主人，即小原荣次郎。他在东京日本桥开了一家店叫京华堂，经售中国出产的兰花，与郭沫若常有交往。郭沫若在 1935 年春天，曾应小原荣次郎要求，画了一幅花卉并在上面题诗。诗与画均见《郭沫若题画诗存》，山西教育出版社 1997 年 11 月出版。

②"不用"二句，屈原《离骚》诗中有句："余既滋兰之九畹兮，又树蕙之百亩。"畹，计量单位，三十亩为一畹。诗中"九畹""百亩"并不表示确数，只是说好多块土地。这里明显反其意而用之。滋，指栽培。树，作"动词"用，即种植。诗句意谓，我们用不着栽培九畹田地兰花，也无须种植百亩的蕙草。

③茎，量词，指长条形的东西。香，芳香，香花。诗心，诗人之心，富于诗意的胸怀。清素，清新素雅。诗句意谓，我们面前有此一株芳香的兰花，诗心自会产生清闲素雅的感觉。

这是诗人当时隐居日本乡间潜心著述书斋生活的写照。

题傅抱石画《苍山渊深》赠吴履逊①

银河倒泻自天来，入木秋深叶未摧。②
独对苍山看不厌，渊深默默走惊雷。③

【注释】

①此诗写于 1935 年间。落款有："题赠履逊同志清玩，蜀南郭沫若。"画左下有傅抱石题记："乙亥正月抱石制于江户。"画右上有吴履逊附记："老友称同志于余，不苟同尔，今为共党我仍本初衷。"题诗与画均见《郭沫若题画诗存》，山西教育出版社 1997 年出版。由此可见，这幅《苍山渊深》为傅抱石在日本所画，郭沫若题诗并转赠吴履逊。题诗明显寓有深意。让人深信"渊默而雷声"。作者 1936 年 11 月还将此诗题赠日本友人增田涉。据增田涉所言："有一次文求堂的老板田中庆太郎带着他和郭沫若到一家'天麸罗'店去吃饭，酒后郭老微醺，应他的请求奋笔疾书，写了上述七绝。"详见刘德有《随郭沫若战后访日》，辽宁人民出版社 1988 年版。诗句稍有差异，今录于下："银河倒泻自天来，入木秋声叶半催。独对寒山转苍翠，渊深默默走惊雷。"

②银河，又名天河，即当晴朗的夜晚在天空中看到的那条银状的光带。用天文望远镜观测可看出银河是由大量恒星所组成。秋声，秋天风起处，草木零落，多肃杀之声。宋代欧阳修有名篇《秋声赋》。诗句意谓，眼前大雨仿佛银河倒泻自天而来，秋风阵阵摧动树木而松叶未被摧落。这就构成一幅秋风萧瑟秋雨袭人的深秋景象。

③苍山，青山。渊深默默，深沉静默。《庄子·在宥》："尸居而龙见，渊默而雷声。"惊雷，让人震惊的雷声。诗句意谓，作者独对青山相看不厌，且在深沉静默之中可以听到让人震惊的雷声。作者由眼前自然景物的描绘转入内心感情的抒发，我们联系当时社会现实，自能领会"走惊雷"的含义。可与鲁迅《无题》诗中名句"心事浩茫连广宇，于无声处听惊雷"并读，二者有异曲同工之妙。

替杜鹃解嘲二首①

一

故园今是昨朝非，于虎之吲政渐稀。②
若问缘何犹作客，只因欲劝率滨归。③

二

非关多事若依依，有史以来皆乱离。④
亏得年年啼血遍，人间今见赤城归。⑤

【注释】

①这两首诗写于 1935 年春。录自《郭沫若生平文献史料考辨》。郭沫若有件书法作品，

先录王国维的两首绝句,并有一段评述文字。全文为:"王静安有嘲杜鹃二绝云……乃其壮年所作,饶有意趣。然为杜鹃者,亦宜有以自解,爰步其原韵,替杜鹃解嘲。"作者遂以杜鹃——即蜀王杜宇所化杜鹃——的口吻,步王国维诗原韵,写成《替杜鹃解嘲》二首。诗后附有一段跋语:"乙亥春,与子骏及其夫人同客江户。一日,子骏招饮。其夫人手制川菜饱我口腹,更侑以醪糟大曲、腊肉香肠,几疑身在锦江边也。子骏夫人索书,归寓即草此以报。诗怪字怪笔秃纸劣墨尤坏,可称五绝。沫若题。"这就大体可以看出这幅书法作品的来龙去脉。

②故园,故国、故乡。哿(gě),似为"苛"之笔误(或苛之异体?)。于虎之苛,语出《礼记·檀弓下》:"苛政猛于虎也。"即如猛虎一样的苛政。诗句意谓,故国今是昨非(即政局有所变化),如虎一样的苛政已渐稀少。

③率滨,即率土之滨,犹言四海之内。语出《诗·小雅·北山》:"率土之滨,莫非王臣。"诗句意谓,若问缘何还在他乡作客,只因欲劝家人从四海之内归去。这里似言尚有家室之累。

④依依,恋恋不舍。诗句意谓,对于故国苦苦依恋非关多事,而是有史以来皆有乱离的缘故。

⑤啼血,形容杜鹃啼声的悲苦。《本草纲目》引陈藏器之《本草拾遗》:"人言此鸟(杜鹃)啼至血出方止。"赤城,山名,即四川青城山。诗句意谓,正是因为杜鹃"年年啼血遍",人间今见自蜀山青城归去。这里既言蜀帝杜宇啼血望乡,亦表自身思乡之意。

同赋失恃之痛①

三年之前余失恃,三年之后君丧母。②
中岁大哀一时来,世上已无干净土。③
有母身未可许人,无母身成自由主。④
何时握手话巴山,与君重振旧旗鼓。⑤

【注释】

①此诗写于 1935 年。录自《郭沫若书法集》。诗有落款:"与泽民兄自香港一别瞬已八年,顷忽接彭母何太夫人行述,始知泽民与余同赋失恃之痛,爰书此致哀。沫若。"失恃之痛,即失母之痛。"恃"为母之代称。语出《诗·小雅·蓼莪》:"无父何怙,无母何恃!"后因用"怙恃"为父母的代称。

②谓三年之前我失去了母亲,三年之后你(即彭泽民)又丧失了母亲。

③中岁,犹中年,四十左右的年纪。干净土,未遭敌人蹂躏的土地。《宋史·汪立信传》记载:宋度宗咸淳十年,元兵深入宋地,当时的沿江置制使、江淮招讨使汪立信,至建康募兵,以援江上各郡,他对贾似道说:"今江南无一寸干净地,某去寻一片赵家地上死,第要死得分明尔!"诗句意谓,人到中年大的悲哀袭来,深感世上已无干净的土地。此指日寇侵华,已丧失东北、华北大片国土。

④谓有母自身未可应许他人,无母则身成自由主宰的人。

⑤话巴山,由李商隐《夜雨寄北》诗句"何当共剪西窗烛,却话巴山夜雨时"化出,即何时能以相遇共话故乡夜雨之事。诗句意谓,何时能在四川故乡握手,与你重振旧日的旗鼓。此指当年共同参与南昌起义,亦即继续从事反帝反封建的斗争。

赠陈铭德邓季惺夫妇①

呢喃剪新谱,青翠滴清音。②
对此欣欣意,如窥造化心。③

【注释】

①此诗写于 1936 年春。当时,陈铭德作为新民报社社长偕夫人邓季惺赴东京考察日本报业时,特以四川同乡身份,专程前往市川市和田町拜访了郭沫若。郭沫若热情接待,并在临别时赠了这首七绝。见王锦厚、伍如伦《郭沫若旧体诗词赏析》,巴蜀书社 1988 年出版。

②呢喃,燕鸣声。也用以形容声音很低。谱,谱写。原指记载事物类别和系统的书,后因引申为谱系、谱曲、谱写。清音,清亮的声音。晋左思《招隐诗》:"非必丝与竹,山水有清音。"诗句意谓,燕语呢喃清脆悦耳,使人倍感亲切;春风似剪,巧手裁制,将给人间谱写新的篇章。春至人间处处漾起新绿,青翠欲滴,恰似点点下落的流水。诗的起句即点明客人来访的时间,描绘自然界春天的美好风光。

③造化,指自然的创造化育。杜甫《望岳》:"造化钟神秀,阴阳割昏晓。"诗句意谓,作者面对自然界春天一派欣欣向荣的景象,与客居异国欣逢故乡友人的光临,怎能不感到无限欣喜快慰! 我们仿佛看到,无论自然还是人事均属造化使然,有着变化的依据和人生的机缘。这里由写景转入抒情,此中"欣欣""造化"语义双关,由此入手方能领略诗中无穷韵味。

赞挽鲁迅先生①

平生功业尤拉化,②
旷代文章数阿 Q。③

【注释】

①这副诗联写于 1936 年 10 月。鲁迅(1881—1936),原名周树人,浙江绍兴人。现代伟大的文学家、思想家。著有小说、杂文集多种。1936 年 10 月 19 日逝世于上海。郭沫若在日本惊闻噩耗,当即写了挽联与悼念文章。他还代表质文社写了《赞挽鲁迅先生》,落款为"鲁迅导师千古,质文社同人哀挽。"手迹载同年 11 月《质文》第 2 卷第 2 期。

②拉化,即拉丁化。诗句意谓,鲁迅平素的功业尤其突出地表现在文字拉丁化方面。

③旷代,犹绝代,当代无人能比。阿 Q,即鲁迅著名中篇小说《阿 Q 正传》,为我国现代文学史上最杰出的作品之一。诗句意谓,当代无与伦比的文章要数《阿 Q 正传》。

自题铜像①

巧薄天工,化我为铜。②
影未尝动,瞑绝时空。③

【注释】

①此诗写于 1936 年间。诗后附有"林谦兄为余作此肖像时年四十五岁,沫若"字样。林谦三为日本著名艺术家,擅长雕刻。1936 年间,为答谢郭沫若亲自翻译并介绍出版他的专著《隋唐燕乐调研究》而为友人制作半身铜像。郭沫若则在铜像背面自题小诗刻于其上。有关此事详细经过,参见菊地三郎《郭沫若先生流亡十年拾零》,载《郭沫若研究》第 2 集。

②薄,迫近。李密《陈情表》:"日薄西山,气息奄奄。"诗句意谓,友人以巧夺天工的精湛技艺,将我化为一座铜像。

③瞑,通"眠",小睡,假寐。《庄子·德充符》:"倚树而吟,据槁梧而瞑。"郭象注:"坐则据梧而睡。"诗句意谓,因其"化我为铜",现在连影子都未尝动过,所以只好超绝时空进入睡眠状态,亦即保持沉默。正如林谦三致菊地三郎信中所说:"正是这座铜像,表现出敢于在敌对国面前保持沉默,并曾在四十多年前侵略中国的日本和被侵略的中国之间生活过的一个爱国者、爱民者的姿态。"我们反复吟咏不难感到作者无限悲愤痛苦之情溢于字里间,而返国投身抗战之志亦深含其中。

七绝①二首

一②

海上争传火凤声,樱花树下啭春莺。③
归时为向人邦道,旧日鲂鱼尾尚赪。④

一⑤

老去无诗苦百思,窗前空负碧桃枝。⑥
编将隐恨成桑户,坐见春风入棘篱。⑦

【注释】

①这两首七绝写于 1937 年春。七绝,七言绝句的简称。这两首诗分别题赠凤子与吴汶。凤子于 1936 年复旦大学中文系毕业后,担任上海《女子月刊》主编,并与复旦毕业同学组织戏剧工作社。次年春天应留东剧人协会邀请,赴日本演出曹禺剧作《日出》。当时曾与吴汶一起去市川和田町拜访郭沫若,呈上出国前夕阿英托交的一封报告国内情况的密信。郭沫若阅后异常兴奋,坚留她们吃饭,临别时各赠七绝一首。此事详见凤子《雨中千叶——访郭老故居》,载 1981 年 8 月 16 日《光明日报》。

②第一首题赠凤子。

③海上,即上海,为当时诗文中常见的用法。火凤,火中再生的凤凰,借以赞美这位年轻的女演员。凤子在读书期间,就是复旦剧社的主要成员,曾因主演曹禺名剧《雷雨》而轰动上海。啭,鸟鸣宛转。诗句意谓,昔日上海争传火中凤凰的声音,而今在日本樱花树下却轻声慢语,犹如春日黄莺鸣啭。

④人邦,即邦人、国人。赪(chēng),赤色。鲂鱼尾尚赪,典出《诗·周南·汝坟》:"鲂鱼赪尾,王室如燬。"毛传:"赪,赤也,鱼劳则尾赤。"后以"赪尾"指忧劳。诗句意谓,你回去以后可以告诉国人,我还像过去一样在为国忧劳,似亦暗含仍保持革命者鲜红的本色。

⑤第二首题赠吴汶，为感时述怀之作。

⑥碧桃，桃树的变种，春季开花，花有重瓣，白色或粉红色，可供观赏。诗句意谓，我伫立窗前，面对盛开的碧桃因"老去无枝"而苦苦思索，岂不有负这大好春光。作者从友人密信中得知，国内政局发生急遽变化，继"西安事变"之后，我党建立抗日民族统一战线的主张越来越深入人心，国共合作的革命统一战线正初步形成。因而在兴奋之余，面对自己依然流亡海外的现实处境怎能不产生深沉的感慨。

⑦桑户，古隐士名。《庄子·大宗师》："子桑户、孟子反、子琴张三人相与为友。"户，也作扈。棘篱，荆棘编成的篱笆。诗句意谓，我满怀隐恨而成流亡海外的隐逸之士，成日坐见春风吹入由荆棘编成的篱笆。作者身居海外已经十年，多么迫切希望早日回国直接参加抗日救亡的斗争。就在这首感时述怀的七绝中，不也明显流露出急欲"投笔从戎"的真实心境！

赠封禾子女士①

生赋文姬道蕴才，霓裳一曲入蓬莱。②

非关逸兴随儿戏，欲起燎原一死灰。③

【注释】

①此诗发表于 1937 年 6 月 6 日《国民公报·星期增刊》。封禾子，原名封季壬，笔名凤子、禾子。我国现代著名戏剧家。20 世纪 30 年代在上海主演曹禺名剧《日出》获得很大成功，不久被邀赴日本演出，蜚声东瀛。1937 年春曾与留日同学一起拜访郭沫若，郭以七绝二首为赠。《赠封禾子女士》当为凤子归国前，郭沫若为祝贺她在日本演出成功，再次题诗以作纪念。此诗高度评价封禾子的艺术才能及其演出活动所发挥的作用。

②文姬，即蔡文姬，汉末女诗人，博学多才，善通音律。相传《胡笳十八拍》为其所作。道蕴，即谢道蕴，东晋女诗人，聪慧有才辩，世称"柳絮才"。霓裳一曲，即霓裳羽衣曲，为唐宫廷乐舞，著名法曲。其舞乐和服饰都着力描绘虚无缥缈的仙境和仙女形象。蓬莱，古代传说中的海中仙山，这里代指日本。诗句意谓，封禾子生来赋有蔡文姬、谢道蕴的艺术才华，并将霓裳一曲(此指曹禺名剧《日出》)引入日本。

③逸兴，超逸豪放的意兴。死灰，语出《庄子·知北游》："心若死灰。"谓心境苦寂不动，用以喻人毫无生气极端消沉。诗句意谓，封禾子投身进步戏剧运动并非一时高兴和儿戏，而是要唤醒广大人民群众的觉悟(亦即死灰复燃)，让革命之火形成燎原之势。

题　兰①

菉葹盈室艾盈腰，谁为金漳谱寂寥。②

九畹既滋百亩树，美君风格独嶕峣。③

【注释】

①此诗写于 1937 年初夏。原诗手迹附有跋语："小原荣次郎君作兰华谱索题赋此以应，丁丑新夏，郭沫若。"小原荣次郎，为日本东京文华堂主人，经营中国文玩、兰花，还在上野公

园附近购置一座兰圃,专门培植兰花。他还经常举办兰花展览会,出版兰花杂志。他曾翻译中国兰花典籍,并自撰《兰华谱》。郭沫若流亡日本期间得到过他的帮助,故应友人要求,为其所撰《兰华谱》题诗。有关此诗可参阅陈梦雄《鲁迅和郭沫若书赠日本友人的题兰绝句》,载《破与立》1979 年第 1 期。

②菉葹盈室,语出《离骚》:"资菉葹以盈室兮,判独离而不服。"菉与葹均被视为恶草。艾盈腰,语出屈原《离骚》:"户服艾以盈要(通"腰")兮,谓幽兰其不可佩。"艾,野草名,有怪味。金漳,指兰花。宋代赵时庚撰《金漳兰谱》,专讲兰花的品质高下和栽培方法。诗中遂以"金漳"代指兰花。诗句意谓,将菉、葹之类的恶草堆满了房间,将具有怪味的艾草挂在了腰间,在这样恶劣的社会环境下,谁为处于寂寞之中的兰花作谱呢?

③"九畹"句,语出屈原《离骚》:"余既滋兰之九畹兮,又树蕙之百亩。"古代诗人常以兰蕙比喻君子贤人。嶕峣,高耸貌。原指山的高峻,亦喻人之高尚品格。诗句意谓,小原荣次郎即滋兰九畹,又树蕙百亩。(意在肯定其经营、培植与宣传兰花的种种盛举。)因此,我很羡慕友人这种热心栽培与宣传兰花并为之作谱的高尚风格,尤其是当时恶劣的社会环境里,更显得独树一帜卓尔不群。

此诗可与鲁迅 1931 年 2 月为小原荣次郎所作诗句并读。鲁迅诗为:"椒焚桂折佳人老,独托幽岩展素心。岂惜芳馨遗远者,故乡如醉有荆榛。"两首七言绝句同写于 20 世纪 30 年代,同样题赠一位日本友人,同为深沉含蓄的咏兰佳作。难怪小原荣次郎奉为至宝,常将我国现代两位文坛巨匠书写的条幅悬于文华堂中或兰花展销会上。这已成为中日两国文坛与艺苑的一段佳话。

读河上肇"手札"有感①

斗争场里一残兵,不堪荆棘莽纵横。②
长水高山增景慕,前人多曾仰先生。③

【注释】

①此诗写于 1937 年 6 月。录自《郭沫若生平文献史料考辩》。河上肇(1879—1946),日本京都帝国大学经济学教授、马克思主义研究先驱者。1932 年加入日本共产党,不久被捕入狱,服刑五年。1937 年 6 月出狱,发表狱中所写"手札",其中说道:"自己是斗争场里一名残废兵士,年老力衰,实不能胜荆棘之路矣。"此系对于狱中受到折磨的愤激之言!郭沫若读后感慨不已,写成此诗。

②莽,草莽,丛生的草木。诗句意谓,河上肇声言,自己是斗争场里一名残废的兵士,不堪荆棘丛生草莽纵横之路。这里转述含有惋惜之意。

③长水高山,通作"山高水长",像山一样高耸,水一样长流。喻人品格高洁、声名久远流传。范仲淹《桐庐郡严先生祠堂记》:"云山苍苍,江水泱泱;先生之风,山高水长。"诗句意谓,先生之风山高水长,让我更增景慕之情,前人亦多曾敬仰先生。

题《石墨留真》册①

十载曾耽此,今观若隔生。②

还将吉乐意,共与砺坚贞。③

【注释】

①此诗写于 1937 年 7 月下旬。最初连同《偶成》以《诗二章》为题发表于 1938 年 7 月 1 日出版由巴金主编的《烽火》第 17 期上,并有如下说明:"遁迹海外十年,曾为吉金乐石之研讨,一旦归来,浑如隔世。沫若附志。"这是作者为友人《石墨留真》题写的一首言志述怀的五言绝句。

②十载,指作者在日本流亡的十年。耽,沉迷,特别爱好。隔生,犹隔世。诗句意谓,流亡日本十年曾沉迷于古代社会与古代文字研究,而今日回国投身抗战看到此册自然产生恍如隔世之感。

③吉乐,即吉金乐石。吉金,鼎彝等古器物,古以祭祀为吉祀,故称铜铸之祭器为吉金。乐石,指可做乐器的石料,后亦泛指碑碣。诗句意谓,还将当年吉金乐石之意,共与磨砺坚贞的意志。此指当年"吉金乐石之研讨"并非意志消沉,而是在特殊的环境下所从事的特殊的斗争,作者以此与友人共勉。

嘉兴访张向华①

十年海外赋流离,烟雨楼头访旧知。②
莽莽神州正鼎沸,万民翘首望铁师。③

【注释】

①此诗写于 1937 年 8 月。录自《郭沫若学刊》2016 年第 3 期。原诗附有跋语:"嘉兴访张向华,口占一绝,即题《北伐》卷首赠之。郭沫若。"张向华,即抗日将领张发奎。当时正在浦东指挥沪浙地区前线的军事。他曾由嘉兴驻地到上海看望回国投身抗战的郭沫若,并约友人去游南湖。同年 8 月 12 日,郭沫若应约赴嘉兴,一起游湖喝茶,并题诗留念。

②赋。可作两种解释:一是铺叙、陈述。《左传·僖公二十七年》:"赋纳以言。"二是不歌而诵。苏轼《前赤壁赋》:"横槊赋诗。"后多称作诗为赋诗。流离,流落,转徙离散。烟雨楼,为嘉兴南湖的著名景点。诗句意谓,我在赋诗陈述海外十年的流亡生活,今来嘉兴烟雨楼楼头访问旧日相识的张向华。

③莽莽,形容原野辽阔,无边无际。鼎沸,形容喧闹、混乱,如人声鼎沸。铁师,钢铁之师,此指淞沪前线的抗日军队。诗句意谓,辽阔无际的中国大地正面临日寇侵略,一片混乱,广大人民翘首仰望抗日之师保卫中国的领土。

观画题诗①

大夫二十九,盘居若虬龙。②
劈石风生寒,当头石怒吼。③
狡者存天子,珠椟难脱手。④
既得办学资,骊颔仍依旧。⑤

更有大赚头,胜事长不朽。⑥

【注释】

①此诗写于 1937 年 8 月。当时,郭沫若观刘海粟临摹的《倪黄墨松》长卷及其题跋,赞赏不已,即题此诗。后载 1941 年 10 月 17 日新加坡《星洲日报·晨星副刊》。1936 年 7 月,上海美术专科学校校长刘海粟因办学经费困难,将珍藏多年的《黄石斋松石图卷》卖出,并临写一幅,上有题记云:"旧藏黄忠端公真迹墨松都二十九,极盘龙虬舞之势,笔力跌宕,于风烟无人之境,疏淡高洁,旁无此品,卷末有倪鸿宝长跋二,诚国中仅有之黄倪神品,为余生平极爱珍物。……中心恻恻,痛惜不已。乃竭一日精力临之。"1937 年 8 月,郭沫若曾在刘海粟《临黄石斋松石图卷》上题诗,谓先生以护校而割爱,固至可惜,然其事可风,亦艺林一段胜事。

②大夫,即五大夫,松的别名。典出《史记·秦始皇纪》二八年:"(始皇)乃遂上泰山,立石,封,祠祀。下,风雨暴至,休于树下,因封其树为五大夫。"因始皇所封的树是松树,后来就以五大夫为松的别名。虬龙,龙的一种。宋黄伯思《东观余论上记石经与今文不同》:"此石刻在洛阳,本在洛阳宫前御史台中,年久摧散,路人好事者,时时得之,皆骐骥一毛,虬龙片甲。"诗句意谓,画上墨松计二十九株古松,盘曲而居犹如虬龙。

③怒吼,猛兽发威吼叫,比喻发出雄壮的声音。诗句意谓,这幅《松石图卷》,松间风可劈石让人产生寒意,当头之石亦迎风发出怒吼的声音。

④狡者,狡与"姣"、"佼"通,指美好的人。古有"狡童"、"狡僮"之说。天子,指存天阁主人刘海粟。珠椟(dú),珍珠藏椟中。独孤郁《上权侍郎书》:"有照乘之珠而密椟之。"诗句意谓,狡者(美好的人),存天阁的主人,珠藏椟(木匣)中不忍脱手,遂用一天时间临摹下来。

⑤骊额,骊为古代寓言中的骊龙,传说额下有珠。《庄子·列御寇》:"夫千金之珠,必在九重之渊而骊龙额下。"后以探骊得珠喻人抓住要领深得精髓。诗句意谓,这样既得到了办学经费,而骊龙额下之珠仍在,即留下《松石图卷》临本!

⑥胜事,美好的事情。王维《终南别业》:"兴来多独往,胜事空自知。"不朽,永不磨灭。诗句意谓,此举更有大的赚头,这样美好的事情自当永不磨灭,即被人们长久颂扬。

题刘海粟《夏山欲雨图》①

山水在性,天才赋官。②
自然心随物已远,意到笔之先。③
尺幅罗千里,寸晖引万年。④
此中饶逸趣,言外谁可传?⑤

【注释】

①此诗写于 1937 年 8 月。附有跋语:"一九三七年八月客寓沪上,日日在飞机炸弹声中过生活。一日海粟携此画来,顿感坐游之乐,爱题此数语。郭沫若。"刘海粟为我国现代著名画家。诗画均见《郭沫若题画诗存》。

②性,事物的本质特点,此指灵性。赋,不歌而诵。《左传·隐公元年》:"公入而赋。"诗句意谓,山水在有灵性,天才往往赋官。

③意到笔之先,即意在笔先,谓写字、绘画、作诗方先构思成熟,然后下笔。诗句意谓,心随自然而物已远,绘画作文意到应在下笔之先。

④尺幅罗千里,即尺幅千里。谓小幅的画中,展示广阔的空间,表达深远的意境。晖,日光。诗句意谓,尺幅可以罗致千里,寸晖可以引出万年。

⑤饶,富裕、丰富。逸趣,安逸和乐趣。诗句意谓,此中有着安逸和乐趣,言外之意谁可言传?

书赠董竹君①

患难一饭值千金,而今四海正陆沉。②
今有英雄起巾帼,"娜拉"行踪素所钦。③

【注释】

①此诗写于1937年9月。董竹君,是位具有传奇色彩的女性。她十二岁时因家境贫寒被卖身青楼。后遇四川辛亥革命时期风云人物夏之时(字亮工),一见钟情结为伉俪。20世纪30年代,成为上海锦江饭店创办人。1937年7月底,郭沫若从日本回国参加抗战,住在上海高乃依路捷克人开办的公寓里。董竹君担心有人暗害,为了保证饮食安全,每日三餐特地派锦江饭店可靠员工送去,为此送了一个半月。郭沫若十分感激,特地写诗表示感谢。此事详见李景文《郭沫若的一首佚诗》,载《郭沫若学刊》2003年第1期。

②陆沉,喻国土沉沦。《晋书·桓温传》:"与诸僚属登平乘楼,眺瞩中原,慨然曰:'遂使神州陆沉,百年丘墟,王夷甫(衍)诸人不得不任其责!'"诗句意谓,人处患难之际一饭可值千金,而今四海正处神州陆沉的局面。

③巾帼,原指古代妇女的头巾和发饰,后作为妇女的代称。娜拉,为挪威易卜生话剧《玩偶之家》中的主人公。她因不满自身所处玩偶地位毅然离家出走,从而提出妇女追求自身解放的问题。诗句意谓,今天在我面前出现了一位巾帼英雄,而"娜拉"追求妇女解放的行踪素来为人所钦佩。诗中对于这位具有传奇色彩的女性给予很高的评价。

赠夏国瑷①

善将妙手谱清音,海外曾听一曲琴。②
今日悲秋甚寥落,哪堪儿女化商参。③

【注释】

①此诗写于1937年秋。诗后附有跋语:"国瑷今夏曾东渡,访余于须和田之寓庐,就四女淑子钢琴抚奏一曲,及今思之,殊有难言之隐痛。"夏国瑷是夏之时与董竹君的女儿。1937年6月底赴日曾去拜访郭沫若,郭沫若热情接待并详细了解其父母的情况。同年秋天在上海又一次相遇,为她题诗一首并书成挂轴相赠。详见蔡震《为董竹君母女题诗》,载《郭沫若学刊》2012年第4期。

②一曲琴,作者忆及夏国瑷访须和田寓所的温馨往事。当时,郭沫若四女淑子正在学习

弹奏钢琴,夏国瑗即兴抚琴弹奏一曲。诗中称赞客人善将自己一双妙手谱出清亮的声音。让我在海外曾经听到一曲美妙的琴声。

③悲秋,谓对秋景而伤感。语出宋玉《九辩》:"悲哉秋之为气也。"寥落,寂寞、冷落。商参(shēn),商、参二星此出则彼没两不相见,因此喻人分离不得相见。杜甫《赠卫八处士》:"人生不相见,动如参与商。"作者何以今日悲秋甚感寥落?因有"难言之隐痛",亦即为投身抗战而毅然只身返国。与妻子儿女就像天上参商二星一样,彼此远隔不得相见。

题黄定慧所作《山涧独钓图》①

山静如僧水不波,扁舟独钓意逶迤。②
非关逸兴矜高洁,出世渔竿入世戈。③

【注释】

①此诗写于 1937 年 10 月 7 日。附有跋语:"倭寇猖獗,国步阽危,普天共愤,举国同仇。定慧女士作此画图将以售款捐助军费,自言学画从来不卖钱,今朝自作救亡图画。既飘逸意足立廉,爱兼刺取,赋题此绝。民国廿六年国庆前三日。郭沫若。"黄定慧,原名黄慕兰,早年参加北伐与南昌起义,就在那时与郭沫若相识。抗战爆发后在上海任国际救济会第一收容所总干事,曾多次与郭沫若同上前线慰劳抗日将士。她早年学过诗词绘画,郭沫若曾多次为她画作题诗。1937 年 10 月 7 日,有感于黄定慧《山涧独钓图》将以销款捐助军费,为题七绝一首。诗见龚济民《读〈郭沫若全集〉札记》,载《中国现代文学研究丛刊》1986 年第 1 期。

②扁舟,小船。逶迤,斜行,曲折前进。诗句意谓,山如入定老僧一般安静,水不扬波,有人扁舟独钓竟随山涧曲折前行。

③逸兴,超逸豪放的意兴。矜,自以为贤能。出世,佛教名词,多指脱离世间束缚,即脱离人世。入世,投身到社会里。戈,古代兵器。诗句意谓,并非事关意兴超逸豪迈而自夸高洁,而是出世则钓鱼入世则操戈。

题黄定慧所作《山居图》①

临波处,有人家,古木森森山径斜。②
对此无端归心动,只因磅礴似三巴。③

【注释】

①此诗写于 1937 年 10 月。原有跋语:"民廿六年十月客居沪上,日日在敌机大炮中讨生活,骤对此种图画,不觉迢远。所谓坐游,盖如此耳。郭沫若。"发表于同年 10 月 30 日上海《战时文学》周刊 1 卷 1 号,题为《近作两首——题黄定慧所作〈山居图〉》。另一首五言律诗已改为《题山水画小帧》,收入《潮汐集》。这里不再作为佚诗收录。详见龚济民《读〈郭沫若全集〉札记》,载《中国现代文学研究丛刊》1986 年第 1 期。

②森森,繁密貌。诗句意谓,临水之处住有人家,古树繁密之处山径曲折。

③磅礴,气势盛大。三巴,东汉末益州牧刘璋分巴郡为永宁、固陵、垦三郡,后又改为巴、

巴东、巴西三郡,称为三巴。相当于今四川嘉陵江和綦江流域以东的大部。诗句意谓,对着画面让我无端动了归心,只因气势磅礴很像四川三巴。

肖像自赞①

这便是我,出一刹那;②
艺术之力,千古不磨。③

【注释】

①此诗写于1937年10月。当时,郁风(郁达夫之女)与《救亡日报》记者一起访问郭沫若,一面谈话,一面画了一幅速写像。郭沫若欣然握笔在上面题字。落款为:"廿六年十月,沫若自赞。"这幅画像与题词均印在同年11月1日上海抗战出版部版《在轰炸中来去》的扉页上。此事详见郁风《千古不磨——记郭老的一幅速写像》,载1978年6月20日《文汇报》。

②刹那,原为佛教名词,意为最短暂的时间,后亦用作日常口语。诗句意谓,啊,这便是我(指郭沫若速写像),竟然出于一刹那的时间。

③才,才能,亦指有才能的人。千古不磨,谓流传千秋万代也不会磨灭。诗句意谓,出于具有艺术才能之人手笔,自古流传千秋万代也不会磨灭,亦即人与画作均将永远流传。

赠尤青将军①

报国精忠古岳飞,满江红浪翻罗诗。②
一心运用君诚妙,狂寇已如累卵危。③

【注释】

①此诗写于1937年10月。附有跋语:"廿六年十月廿五日访尤青将军于嘉定军次,寿昌即席吟唱,余亦效颦,工拙在所不计也,郭沫若。"当日,郭沫若与田汉、夏衍同往嘉定访罗卓英将军(即尤青),称赞罗不仅是位优秀的军事家,而且是位诗人。田汉当即赋诗一首:"敌机镇日绕城飞,虎帐新成破阵诗。十万战儿齐肉搏,东南此战决安危。"郭沫若步韵奉和,罗卓英亦随其后。诗为:"民族高潮已怒飞,应将热血写征诗。管他倭寇来多少,杀个光儿国不危。"诗后跋语:"战场欢叙,田汉先生写诗,沫若先生和作,余亦为此。罗卓英。廿六、十、廿五。"同年10月30日,上海《救亡日报》曾将三人诗作手迹制版发表,同时刊发田汉《新战线巡历》一文。

②精忠,形容赤诚的忠心。据《宋史·岳飞传》载,宋代岳飞与金人相拒,屡战皆捷。绍兴三年高宗亲书"精忠岳飞"四字,制旗以给飞。翻,按照旧曲谱制作新词。唐刘禹锡《杨柳枝》:"请君莫奏前朝曲,听唱新翻杨柳词。"诗句意谓,报国一片忠心古有民族英雄岳飞,而今黄浦江上满江红浪谱写罗卓英将军新的诗篇。

③一心运用,既指运用古人"报国精忠"之心,亦指专心运用军事作战韬略。累卵危,即累卵之危,谓堆积起来的鸡蛋很容易打破,比喻极其危险。《后汉书·陈寔传》:"若欲徒万乘以自安,将有累卵之危,峥嵘之险。"诗句意谓,若论一心运用罗卓英将军诚然精妙,狂妄的日

寇已如累卵之危。

悼郝军长①

一死真如泰山重,襄阳明令出元戎。②
并闻面谕传优渥,既得成仁又建功。③

【注释】

①此诗写于1937年10月26日。郝军长,即郝梦龄(1898—1937),字锡九,河北藁城人。国民政府军第九军军长。1935年调往贵阳修筑川黔、川滇公路。1937年抗日战争爆发后由贵阳率部北上,奔赴石家庄前线抗日。同年10月参加太原保卫战,16日亲临大白水前线指挥作战英勇牺牲。同年10月30日上海《救亡日报》曾出追悼特刊,郭沫若亲题"郝梦龄军长追悼特刊"刊名,并将这首七绝手迹制版。

②泰山重,司马迁《史记·报任卿书》:"人固有一死,死或重于泰山,或轻于鸿毛也。"谓人死得有意义。襄阳,在湖北省北部,即今之襄樊市,自古以来均为军事重镇。元戎,主将、主帅。韩愈《徐泗豪三州节度掌书记厅石记》:"元戎整齐三军之士,统理所部之甿,以镇守邦国。"这里襄阳明令出自军中主将,当指郝军长的上级,具体何人不详。

③面谕,当面训示。旧时对别人的一种谦辞。优渥,原指雨水充足。《诗·小雅·信南山》:"益之以霢霂,既优既渥,既霑既足,生我百谷。"后来泛称丰厚优裕为优渥。成仁,语出《论语·卫灵公》:"志士仁人,无求生以害仁,有杀身以成仁。"后谓为维护正义而献出生命。诗句意谓,并且听到当面训示以传达军中主将的特别关怀,而今你既遂了奔赴抗日前线杀身成仁的宏愿又为国家建了功勋。

和沈尹默①

面条要板板,冷水再冲冲。
玉箸拈之碧,椒油拌以红。②
命长增口福,运大足心雄。③
省得聪明误,盲聋备一躬。④

【注释】

①此诗写于1937年11月8日。录自龚明德《1937年11月上旬三天记事》,载《郭沫若学刊》2012年第2期。郭沫若附有跋语:"十一月五日与尹默保权、风举夫妇共饮于锦江,尹默答余冲字韵诗,即席步韵成一即事之作。余才短,未能立即唱和,归后始得此,今日复应尹默招,地同人同,尹默复有良纸佳笔,因书出之,奉尹默先生。郭沫若,廿六年十一月八日于锦江。"日前,沈尹默"席间因嗫语成打油诗,和其(郭沫若)种字韵一首。"诗为"今年交大运,喜气又冲冲。一夜头仍黑,千杯脸不红。畏汤差怯懦,嗜面却英雄。耳目成同志,聪明各在躬。"

②板板,乖戾,不正常。《诗·大雅·板》:"上帝板板,下民卒瘅。"传:"板板,反也。"玉箸,玉制的筷子。诗句既写实又有打油诗的谐趣。友人喜面食,因言面条要求特别,再用冷

水冲冲,碧玉制成的筷子拈面也会带绿,辣椒油拌后则一片红色。

③"命长"二句,谓人的寿命长久可增口福,交上大运足以令人心气雄壮。

④盲聋,此指沈尹默"病目甚剧",而郭沫若素患耳聋。躬,身体、自身。诗句意谓,我们省得被聪明所误,或盲或聋备于一身。

席间题诗①二首

一

多鱼又画鱼,今日鱼何多。②
贯者为杨柳,要问鱼如何。③

二

鱼是鲂与鲤,捉之竟成双。④
呼童且烹鬻,沽酒醉重阳。⑤

【注释】

①这两首诗写于 1937 年 11 月 8 日。录自龚明德《1937 年 11 月上旬三日记事》,《郭沫若学刊》2012 年第 2 期。原诗附有跋语:"嗑得已有几分醉意,糊里糊涂成此一问一答之诗,实无大道理,要请尹默、迈士恕罪。沫若再涂。"

②画鱼,指画家沈迈士席间所画《双鱼图》。诗句意谓,桌上本已有鱼而又画鱼,今日的鱼何其多。

③"贯者"二句,此指画上双鱼为杨柳枝条贯穿,要问鱼将如何。

④鲂与鲤,即鲂鱼和鲤鱼,捉之竟然成双,点明《双鱼图》画意。

⑤鬻,此系笔误,应为"鬻"(zhǔ),即古"煮"字。《周礼·天官·盐人》:"凡齋事,鬻盐以待戒令。"沽酒,买酒。诗句意谓,呼唤小童且将双鱼烹煮,再去买酒以求重阳一醉方休。

遥寄安娜①

相隔仅差三日路,居然浑如万重天。②
怜卿无故遭笞挞,愧我违情绝救援。③
虽得一身离虎穴,奈何六口委骊渊。④
两全家国殊难事,此恨当教万世绵。⑤

【注释】

①此诗写于 1937 年 11 月。据阿英《关于郭沫若夫人》一文介绍:"去年十一月十九日晨,余至兄高恩路寓所,入室即见面窗独坐,若有重忧。既见余,乃告以东京有人寄书来,谓夫人因彼逃脱曾被逮月余,饱受鞭笞之苦。诸儿在乡,时遭无赖袭击。出信为余译读,声若颤,泪亦盈眶。余讷于言,无以慰,相对默默者良久。翌晨再往,则见已成七律一章,书成立轴,余就视之,转濡犹未干也,诗云:……"此诗首见 1937 年 11 月 19 日上海《文汇报》,收入

《抗战中的郭沫若》，广州战时出版社 1938 年出版。

②三日路，当时上海至日本需三日路程。万重天，形容相隔极远。诗句意谓，两地相隔仅三日路程，而今居然像万重天一般。

③卿，古时夫妻或好友之间表示亲爱的称呼。此指安娜，即佐藤富子。笞（chī）挞，鞭打。违情，犹违心，并非出于本心，有力不从心之意。诗句意谓，可怜你无故遭受鞭打，而我感到惭愧的是力不从心不能给予救援。

④虎穴，比喻危险的境地。六口，指安娜夫人和五个孩子。骊渊，骊龙潜居的深渊，犹言龙潭，亦喻危险的境地。诗句意谓，我虽得以一人离开虎穴，奈何尚有六口委弃在龙潭之中。

⑤绵，延续，连续不断。诗句意谓，家国两全实属难事，这种憾恨当让万世绵延，亦即永存于世。

赠金素琴[①]

渔夫重恨不胜瞋，罪怨由来是贫贱。[②]
莫道逢场徒作戏，表情亏损女儿身。[③]

【注释】

①此诗写于 1937 年 11 月。金素琴，为著名京剧演员。上海沦陷后仍演出欧阳予倩的《梁红玉》。1943 年因不满日寇逼迫离开上海赴桂林，田汉有诗赠之。1937 年 11 月 24 日，郭沫若与欧阳予倩往上海卡登剧院，观看欧阳予倩根据《打渔杀家》改编的《渔夫恨》。见主演金素琴"表演过真，竟致中场晕倒"，即于次日凌晨"诗以道之"，题于长幅上送给金素琴。详见盛仰红《郭沫若与改良平剧》，1984 年 4 月 21 日《文汇报》。

②瞋（chēn），睁大眼睛瞪人。罪，归罪，犯法。诗句意谓，渔夫的重重仇恨让人不胜愤怒，这种谴责与怨愤是因为劳动人民处于贫贱地位引起的。

③这两句是说，不要说演员徒然逢场作戏，表演过真已亏损了女儿家的身体。

题"广州市第一次展览会"画册专刊[①]

购读此书者，应知战士寒。[②]
无衣三复后，务使积如山。[③]

【注释】

①此诗写于 1937 年 12 月 24 日。当时，郭沫若为帮助抗日将士募捐义卖的"广州市第一次展览会"画册专刊题五绝一首。手迹见伍千里编上海良友图书馆印刷公所印《广州市第一次展览会》画册。

②此书，指"广州市第一次展览会"画册。诗句意谓，购买阅读这本画册的人，应知前方战士仍处于寒冷之中。

③"三复"句，《诗·秦风·无衣》分为三章，谓反复诵读《无衣》之后。诗句意谓，这次再三反复战士无衣之后，务使所募寒衣能够堆积如山。

题吴履逊画《无根兰》①

此画有道理,颇似大涤子。②
可惜没有根,花叶会枯死。③

【注释】

①此诗写于1937年12月。吴履逊为我国现代著名画家。1937年岁末在广州所作"无根兰",图右下有一附记:"沫若哥写字后,忽发画兰兴,虽属破题儿第一遭,亦颇有画意。余亦写意蠢动,遂夺笔画此幅,立群妹索留,与沫若哥成对,即以赠之。"郭沫若在画上题诗后亦作说明:"履逊画此叫我题,因而口占此数语,沫若。"诗与画均见《郭沫若题画诗存》。1938年8月4日成都《新民报》发表慎光《郭沫若的皮箱子》一文,文中提及此画却误为于立群所作。应以《郭沫若题画诗存》为准。

②大涤子,即清初著名画家石涛,自号大涤子,苦瓜和尚。擅画山水,主张画山水者应"脱胎于山水","搜尽奇峰打草稿",进而"法自我立"。诗句意谓,此画有着很深道理,而且颇有点近于大涤子的风格。

③这两句是说,只是可惜没有生根,上面的花与叶子理应枯死,实即任何花草离开土壤就会枯死。人也同样如此,如不在群众中生根,就会一事无成。

题自画秋兰①

画兰似茅花似稻,画成相对发一笑。②
三闾大夫不须愁,虫臂鼠肝等人脑。③
鸡类鹜,虎类狗,看来倒正好。④
万化原一如,如此方夺造化妙。⑤

【注释】

①此诗写于1937年12月底。落款为:"画兰后偶感书付立群。郭沫若。"1937年岁末,郭沫若在广州忽发画兰雅兴,画成即兴题诗。诗画均见《郭沫若题画诗存》。

②茅,草名,即白茅。诗句意谓,我画秋兰却像茅草其花像稻,画成自己也与之相对发出一笑。

③三闾大夫,即古代伟大诗人、楚国三闾大夫屈原。他在《离骚》中有这样的诗句:"兰芷变而不芳兮,荃蕙化而为茅。"虫臂鼠肝,语出《庄子·大宗师》:"以汝为鼠肝乎?以汝为虫臂乎?"虫臂鼠肝,均为极微小的东西。以人之大,亦可以化为虫臂鼠肝。比喻随缘而化,并无常则。元好问《食榆荚》:"鼠肝虫臂万化途,神奇腐朽相推迁。"诗句意谓,三闾大夫可以不用发愁,虫臂鼠肝也会等同人脑一样。

④鹜(wù),即家鸭。古亦泛指野鸭。虎类狗,民间俗语有画虎不成反类狗。诗句意谓,鸡类鸭,虎类狗,看来倒正好。此系自嘲自解之词。

⑤一如,如同一样。造化,创造化育。诗句意谓,万般变化原来如同一样,如此方夺造化之妙。

满 江 红①

怒气冲天,推窗望,战云变色。②伏牖下,一腔孤愤,奋飞无翼。③大好山河拼焦土,几多膏血任饕餮。④莫昏昏,犹在睡乡中,嗟何及?⑤

庚子耻,犹未雪,卢沟辱,何时灭?⑥恨老天沉醉,平津陷敌;壮志饥餐鹰虎肉,笑谈渴饮倭奴血。⑦待明朝,重整金瓯,完无缺。⑧

【注释】

①此词写于 1938 年 1 月。满江红,词牌名,双调九十三字。前阕四仄韵,四十七字。后阕五仄韵,四十六字。一般例用入声韵,音节高亢,感情激越,适于抒发激越豪壮之情。这首《满江红》是作者对岳飞词的改作,既沿用岳飞《满江红》的音韵,又根据抗日战争的新形势,改变原词的特定内容。作者借此集中反映回国后一段时间的悲愤心情。词题亦作《卢沟闻警》。此词首见 1938 年 2 月汉口战时文化出版社《抗战诗选》,亦见南村《郭沫若之满江红词》,载 1938 年 3 月 3 日成都《新新小报》。

②怒气冲天,怒气直冲天际,形容愤怒的情绪极大。词句意谓,我正怒气冲天,推窗远望,只见战争已使风云变色。

③牖(yǒu)下,窗户下。孤愤,耿直孤行,愤世嫉俗。词句意谓,而今伏于窗下,有着一腔孤愤,想奋起飞翔而又无羽翼。

④膏血,民众膏血,比喻民众耗费精血所积累的财富。饕餮(tāo tiè),传说中一种贪食的恶兽,比喻贪婪凶恶的人。词句意谓,大好河山已拼为焦土,多少民众积累的财富任凭贪婪凶恶的敌人享受。

⑤这里是说,不要昏昏然仍处在睡乡之中,将来嗟叹就来不及了。

⑥庚子,指 1900 年(光绪廿六年,庚子年)八国联军攻占北京,强迫清政府于次年订立"辛丑和约",赔款四亿五千万两。卢沟,即 1937 年 7 月卢沟桥事变,日本正式发动侵华战争。词句意谓,庚子赔款之耻,犹未洗雪;卢沟桥事变的屈辱,何时能灭?

⑦倭奴,对日本侵略者的蔑称。词句意谓,恨老天沉醉不醒,以致让北平、天津陷于敌手。现立下壮志饥餐鹰虎之肉,笑谈中渴饮倭奴之血,以此表示对敌人侵略罪行的极度憎恨。

⑧金瓯,盛酒器,亦喻疆土完固。《南史·朱异传》:"我国家犹若金瓯,无一伤缺。"词句意谓,等到明天,重新整理金瓯,务必完整无缺。结句"重整"与"金瓯"之间似缺一字,待考。

赠某女士①

邂逅在武汉,聚首一天半。②
两情慨以慷,相期赴国难。③
倏忽赋骊驹,君行我失伴。④
剩有蜡梅花,余香犹未散。⑤

①此诗写于 1938 年 1 月。当时,郭沫若由广州到达武汉,与某女士邂逅相遇,并以此诗相赠。见田汉《迎沫若》,收《抗战中的郭沫若》,广州战时出版社 1938 年出版。

②邂逅(xiè hòu),不期而遇。《诗·郑风·野有蔓草》:"邂逅相遇,知我愿兮。"诗句意谓,在武汉与你不期而遇,相聚只有一天半时间。

③慨以慷,即慷慨,为慷慨一词的间隔用法。曹操《短歌行》:"慨当以慷,幽思难忘。"诗句意谓,二人情绪都慷慨激昂,相互期盼着共赴国难。

④倏(shū)忽,忽然,转眼之间。骊驹,古代客人告别时唱的诗篇。《汉书·王式传》:"谓歌吹诸生曰:'歌《骊驹》。'"后因称告别的歌为"骊歌"。诗句意谓,忽然又要告别,你走了我则少了一个同伴。

⑤蜡梅花,蜡梅为著名的观赏植物,冬季开花,芳香扑鼻。诗句意谓,只剩下蜡梅花,余香还没有散去,谓人去香在留下美好印象。

题《五光图》①

将军主任何辉煌,仿佛当年克武昌。②
十载风流云散后,惟余棍子五条光。③

【注释】

①此诗写于 1938 年 1 月。五光图,1938 年 1 月,郭沫若在武汉与参加北伐的叶挺、陈铭枢、黄琪翔、张发奎等四人一起合影,风趣地题为《五光图》,并系七绝一首。此诗首见田汉《迎沫若》,收《抗战中的郭沫若》,广州战时出版社 1938 年出版。

②将军主任,指五人在北伐时期均居很高的身份地位。叶挺北伐时任国民革命军第四军独立团团长,在武昌附近汀泗桥与贺胜桥两次战役中,一举击溃吴佩孚的主力,获得了"北伐名将"的声誉。陈铭枢在北伐时任国民革命军第十一军军长兼武汉卫戍司令。郭沫若在北伐时任国民革命军总政治部副主任。诗句意谓,这些将军和主任多么辉煌,好像当年北伐攻克武昌一样。

③风流云散,像风一样流动,像云一样飘散。棍子五条光,指五条光棍。诗句意谓,经过十年风流云散之后,如今只剩下五条光棍。

送别郭翼之①

山河破碎无须忧,收复南京赖我俦。②
此去江南风景好,相逢应得在扬州。③

【注释】

①此诗写于 1938 年 3 月。郭沫若为率部赴前线杀敌的川军将领郭翼之题赠七绝一首,充分表达作者收复失地的决心和革命乐观主义精神。诗载 1938 年 3 月 16 日成都《新民报》,该报题为《郭沫若题诗送别郭翼之》。

②俦(chóu)，伴侣，同辈。我俦，即我辈。诗句意谓，而今山河破碎无须忧愁，收复首都南京正依赖我辈。

③扬州，在江苏省中部，长江北岸，大运河经此。隋、唐以来，已成南北交通的枢纽和商业繁华的都市。李白《送孟浩然之广陵》："故人西辞黄鹤楼，烟花三月下扬州。"诗句意谓，此去江南风景正好，下次相逢应该是在扬州。

赠重庆《新民报》①

一别夔门廿五年，鸟惊花泣恨频添。②

寄言巴渝诸友好，复兴责任在双肩。③

【注释】

①此诗写于 1938 年春，落款有："一九三八年春书赠铭德与季惺。沫若。"新民报，1929年在南京创刊，1937 年 12 月迁往重庆，因称重庆《新民报》。1938 年春，《新民报》社长陈铭德由重庆到武汉采购新闻纸，特地拜访郭沫若。郭沫若关心已赴重庆朋友，当场题诗抒发抗敌救国的壮志豪情，以与友人共勉。详见《郭沫若在武汉的一首诗》，1985 年 11 月 27 日《长江日报》。

②夔(kuí)门，指四川奉节以东瞿塘峡，因地当川东门户，故称夔门。廿五年，作者 1913年离开四川，至今已有廿五年。鸟惊花泣，杜甫《春望》："感时花溅泪，恨别鸟惊心。"诗句意谓，我离开四川已有廿五年，而今随着日寇侵略的加深，常常见花落泪闻鸟惊心，仇恨在不断增添。

③巴渝，古称巴郡、渝州，均指四川重庆一带。诗句意谓，请你传话给重庆的诸位友好，复兴中华的责任落在大家的肩上。

弹八百壮士大鼓词①

枯肠搜索费沉吟，响遏行云弹雨音。②

词与健儿同壮烈，自拟身亦在枪林。③

【注释】

①此诗写于 1938 年 5 月。诗有副题："书付潜修。"八百壮士，指 1937 年"八一三"淞沪抗战中坚守上海苏州河边"四行仓库"的八百名抗日官兵。大鼓词，北方曲艺，有京韵大鼓、梅花大鼓数种。潜修，即姚潜修，曾留学日本，时为《救亡日报》工作人员。此诗首见 1938 年 5 月 8 日广州《救亡日报》。

②枯肠搜索，通作"搜索枯肠"，从枯竭的思路中反复思索，形容冥思苦想的神态。沉吟，沉思吟味。响遏(è)行云，形容美妙的歌曲，其声能遏止行云。弹雨音，枪林弹雨的声音。诗句意谓，我颇费脑筋地冥思苦想沉思吟味，终于形成有如枪林弹雨声音能响遏行云的歌曲。

③健儿，指八百壮士。拟，比拟，类似。枪林，喻战场。诗句意谓，京韵大鼓的鼓词与八百健儿的行为同样的壮烈，自身似亦在枪林弹雨之中，实即听了大鼓词，恍如置身战场。

书为于立群[1]

今凭骚客证前因，玉骨珊珊迥出尘。[2]

自有素心堪鉴赏，常将清梦寄湘滨。[3]

【注释】

①此诗写于 1938 年 5 月。录自《郭沫若书法集》。诗有跋语："立群购此扇页，既已要我画兰，又要叫我题诗，两者都不佳妙。廿七年五月时居武昌东湖畔。沫若。"当时，作者曾在夫人于立群所购扇页上既画兰又题诗。

②骚客，"骚人墨客"的略语，一般指风雅文人。《宣和画谱·宋迪》："性嗜画，好作山水，或因览物得意，或因写物创意，而运思高妙，如骚人墨客登高临赋。"前因，犹前缘，佛家谓前定的缘分。玉骨，以玉为骨，言其隽爽高洁。珊珊(shān)，形容衣裾玉佩发出的声音。宋玉《神女赋》："动雾縠以徐步兮，拂墀声之珊珊。"迥(jiǒng)，远。诗句意谓，今凭文雅之士的诗画可证前定的因缘，冰肌玉骨珊珊而来，迥然有超尘脱俗之态。这里借画中的兰花，喻眼前具有兰花品格的人。

③素心，心地纯洁。陶渊明《移居》："闻多素心人，乐与数晨夕。"鉴赏，鉴别和欣赏。湘滨，湘水之滨。诗句意谓，自有一片素心可供鉴赏，常将清和之梦寄与湘水之滨，因湘水之滨遍植兰花之故。

去国十年[1]

十年去国曾浮海，半载村居颇爱山。[2]

室有藏书供獭祭，胸无杂念等鸥闲。[3]

【注释】

①此诗写于 1938 年间。录自《郭沫若书法集》。诗有落款："世璟先生属，郭沫若。"世璟先生，生平不详。手迹现存南京博物馆。

②去国十年，指 1928 年大革命失败后至 1937 年流亡日本十年。浮海，语见《论语·公冶长》："道不行，乘桴浮于海。"半载村居，指赴武汉后身居东湖畔珞珈山的一段生活。诗句意谓，当年曾浮海东渡流亡日本十年，而今赋闲半年村居却颇爱看山。

③獭祭，獭捕鱼陈列水边，犹如祭祀，称为獭祭鱼。《礼·月令》："(孟春之月)鱼上冰，獭祭鱼，鸿雁来。"后因称罗列典故堆砌成文为獭祭鱼。鸥闲，像鸥鸟一样悠闲自在。诗句意谓，室中藏书颇多可供獭祭，胸无杂念如同水边的鸥鸟一样悠闲。这里反映作者急欲投身抗日救亡而又难于发挥作用的苦闷心情。

题自画扇面赠唐棣华[1]

兰蕙化为茅，本是寻常事。[2]

寄语芳心者，应使茅为蕙。③

【注释】

①此诗写于 1938 年夏。当时，唐棣华即将离开武汉，郭沫若赠送折扇一把，还自画扇面，并在上面题诗。折扇另一面录司空图《诗品》一则，且附题识："廿七年盛夏倭寇进迫武汉，棣华将赴蜀，书此以为纪念。沫若。"诗与画均见《郭沫若题画诗存》。

②兰蕙，兰与蕙均为香草。茅，茅草。屈原《离骚》："时缤纷而变易兮，又何可以淹留！""兰芷变而不芳兮，荃蕙化而为茅。"兰蕙本为香草却变成了茅草，指一些最初表现尚好的人在时局混乱动荡的年代也会中途变节。诗句意谓，在现实生活中，一些本来还好的人身处乱世也会中途变节，这是很平常的事情。

③寄语，传话。芳心，美好心肠，贤德之心。诗句意谓，传话给具有贤德之心的人，应使茅草仍化为蕙草。这里似指仍需挽救那些一时失足的人。

赞楚剧演员①

一夕三军唱楚歌，霸王垓下叹奈何。②
艺事从此浑无敌，铜琶铁板胜干戈。③

【注释】

①此诗写于 1938 年 8 月。当时，郭沫若看到武汉楚剧正锐意改革，以民间地方戏曲热情为抗战服务，非常高兴。他特意书了一帧条幅给江汉著名楚剧演员沈云陔，高度评价楚剧在抗战救国中的宣传作用，赞美了民间艺人的爱国主义精神。详见章绍嗣《遗墨长留天地间——郭沫若抗战时期在武汉的题词》，载《郭沫若学刊》1996 年第 2 期。

②三军，旧时军队的统称。楚歌，楚人之歌。霸王，即西楚霸王项羽。垓下，古地名，在今安徽省灵璧县南沱河北岸。公元前 202 年，汉、楚两军在此决战，项羽军被击溃于此。项羽被围垓下，听到四面皆楚歌，以为汉军已得楚地，因突围南走，至乌江自刎而死。诗句意谓，一天晚上三军皆唱楚地之歌，项羽被围垓下自叹无可奈何！

③浑，简直。杜甫《春望》："白头搔更短，浑欲不胜簪。""铜琶铁板"形容豪放激越的文辞。诗句意谓，艺术事业从此简直天下无敌，抱铜琵琶执铁绰板胜于手持兵器。这里是在突出文化战线和文艺工作的重要。

沙场征战苦①

五人生命寄一螺，怪事今宵意外多。②
漫道沙场征战苦，老爷车子费张罗。③

【注释】

①此诗写于 1938 年 9 月。当时，郭沫若曾参加武汉三镇组织的慰问团，慰问前线抗日将士。9 月 15 日，在往湖北咸宁的途中常遇空袭，汽车又接连发生故障，感而赋此。此诗首见《抗战回忆录》，上海群益出版社 1949 年出版。后编入《郭沫若文集》时改题为《洪波曲》。

②一螺，一颗螺丝钉。9月15日晚间，汽车在咸宁时，先是轮胎漏气，抛锚约一小时，换胎后不久又抛锚，乃左侧前轮脱去了螺丝钉，急忙加以补救，勉强渡过了难关，故云"五人生命寄一螺"。诗句意谓，同车五人的生命寄予一枚小小的螺丝钉，今晚怪事出乎意外地多。

③老爷车子，形容经常会坏的车子。张罗，原指张开罗网捕鸟，亦谓料理、筹划。元好问《骤雨打新荷》曲："穷途前定，何用苦张罗。"后泛指料理事务为"张罗"。诗句意谓，不要说战场上打仗苦，这部老爷车子亦颇费张罗，亦即常需花费精力修理。

铁佛寺小卧有感①

铁佛披金色相黄，纪元宝庆未能详。②
戏从爻卦征休咎，聊以残飧润肺肠。③
鸡脍应输萝菔味，契斯难敌豉乳香。④
鄴侯藏轴称三万，此地空余一废堂。⑤

【注释】

①此诗写于1938年11月底。诗前有序："民国廿七年十一月长沙大火后赴南岳参加政工会议，一日与恩来君山二君同登衡山，行至铁佛寺，在寺前曾小卧片时作此。书附琼华，郭沫若。"1938年11月底，郭沫若参加蒋介石召集的国民党高级将领政工会议。会后曾与周恩来、贺衷寒登衡山游览，在铁佛寺前小卧而作此诗。1939年春回乡探亲，曾将此诗书赠原配夫人张琼华。原件存乐山文管所。详见万恭寿《郭沫若与原配夫人张琼华》，载《名人传记》×年×期。

②披，原为披盖或搭在肩背上。这里指镀金。色相，佛教名词，指一切事物的形状外貌。纪元，纪年的开始。诗句意谓，寺中铁佛身上披金色相金黄，以宝庆作为纪元未能弄清是历史上什么年代。

③爻(yáo)，组成八卦的长短横道，"—"为阳爻，"--"为阴爻。八卦的每个卦都有三个爻。休咎，吉凶。《书·洪范》有休征、咎征，即吉兆、凶兆。飧(sūn)，晚餐，引申为熟食。诗句意谓，我戏从爻卦来卜吉凶祸福，聊以残余食品来充饥肠。

④鸡脍(kuài)，切细的鸡肉。萝菔，即萝卜。契斯，一种西式点心。豉(shì)乳，豆豉与腐乳。诗句意谓，切细的鸡块应输萝卜的味道，西式点心难比我们的豆豉和腐乳香。

⑤鄴侯，唐代大臣李泌，官至宰相，封鄴侯。衡山铁佛寺附近有鄴侯读书室。轴，古代装成卷轴形的书。韩愈《送诸葛觉往随州读书》："鄴侯家多书，插架三万轴。"诗句意谓，当年鄴侯李泌藏书有三万轴，而今此处空余一废弃的遗迹。

重游乐山草堂寺①

依然落落一庸才，廿六年后始归来。②
何处海棠香讯在，草堂寺内几徘徊。③

①此诗写于 1939 年春。郭沫若于同年二月底至三月十日告假两周回乐山沙湾探望父亲。此次探亲期间,在重游乐山北门外草堂寺时作七绝一首。回重庆后曾写成条幅送三厅同事张肩重。诗见张肩重《在郭老周围的日子里》,载 1980 年 11 月《四川大学学报丛刊》第8 辑。

②落落,孤独貌。晋左思《咏史》:"落落穷巷士,抱影守空庐。"廿六年,作者自 1913 年离开乐山,转道北京赴日本留学,离乡已廿六年。诗句意谓,我依旧是一个孤独无依的庸才,廿六年之后才回到了故乡。

③海棠香讯,乐山古称嘉州,旧日府署城北为海棠山麓,有海棠香国之称。徘徊,来回行走。诗句意谓,何处尚有海棠飘香的信息,我在草堂寺内几度徘徊。

题《梅花图》①

十年海外幸归还,小妹索诗思私艰。②
端是子由身手好,一枝春色在人间。③

【注释】

①此诗写于 1939 年 2 月。当年 2 月下旬,郭沫若回乡探亲,给七妹婉秋(郭葆贞)在翊昌(郭开运)的一幅梅花水墨画上题七绝一首。据郭婉秋之子胡星南说明:几次搬家丢失原物,1962 年母亲口述记录,记录稿由郭平英保存。详见《郭沫若赠郭婉秋诗一首》,载《郭沫若学会会刊》第一集(1982 年 12 月)。

②十年海外,指 1928 年至 1937 年日本流亡十年。私艰,谓父母亲之丧。郭沫若 1939 年回乡时,其母已于 1932 年 3 月病故,其时流亡日本,未能奔丧。诗句意谓,在海外流亡十年幸能归还,小妹向我索诗想起母亲之死未能奔丧。

③端,端的,果然。子由,即苏轼之弟苏辙,字子由,北宋散文家,唐宋八大家之一。这里暗指作者之弟翊昌。一枝春色,指翊昌所绘《梅花图》,诗句意谓,端的子由身手很好,一枝春色(梅花)来到人间。

题《菊花图》①

傲霜劲骨不知秋,参破人间万古愁。②
寄语故园花正好,锦城有客尚勾留。③

【注释】

①此诗写于 1939 年 3 月。诗有跋语:"离乡廿六年逾,经历万险,复得生还。骨肉多由远道来集,独翠缮二侄奉职锦城,未得一面。叙弟画此寄之,因题数语。民国廿八年三月二日,沫若。"1939 年 2 月 25 日,郭沫若返抵乐山沙湾,在家住了十余日。老母已逝,衰父尚存。因二侄女郭翠缮仍在成都,让九弟开运画了一幅菊花,自题七绝,以作纪念。《菊花图》现藏乐山市文管所。详见毛西旁《郭沫若八图题诗及其背景材料》,《沙湾文史》第 4 期。

②傲霜,傲视寒霜,菊花亦称"傲霜枝"。参破,参悟看破。诗句意谓,菊花具有傲霜劲骨而不知秋天到来,已经参悟看破人间万古愁。

③故园,家园、故乡。杜甫《复愁》:"万国尚防寇,故园今若何?"锦城,旧时四川成都的别称。诗句意谓,寄语亲人现在故乡的花事正好,而成都有客(指二伩女翠缮)尚在勾留。

题《蕉叶梅枝图》①

蕉叶配梅枝,此画颇珍奇。

梅枝风格似阿父,蕉叶令我思先慈。②

先慈昔病晕,蕉子传可医。

曾与五哥同计议,蕉花一朵窃自天后祠。③

归来献母母心悲,倍受阿父笞。

只今阿母已逝父已衰,不觉眼泪滋。④

幸有兄弟姐妹妯娌均能尽孝道,仅我乃是不孝儿。

但愿早日能解甲,长此不相离。⑤

【注释】

①此诗写于1939年3月。《蕉叶梅枝图》乃郭开运为其四姐郭麟贞所绘。此画已失,题诗据郭沫若三伩女郭琴轩回忆录出。另据毛西旁《郭沫若八图题诗及其背景材料》(载《沙湾文史》第4期)一文言及,在郭沫若的手迹中,曾发现这样一则文稿:"今日乃阿父八旬有六之寿辰。其前夕,翊昌弟为麟贞四姐画此立轴,梅花两枝配以芭蕉两叶,不得昌弟画此是何意。然余见此则思及父母。盖梅花寓有祝寿意也。母当年病重,须服芭蕉子,曾与翊新五哥从天后宫中盗取芭蕉花一朵,归以与母,乃备受笞楚。此犹历历如昨日事,而今父衰母逝,橙坞大哥亦早归道山。"看来,这是郭沫若为画轴题词的跋语草稿,写于其父生辰时,即1939年3月9日。由此可知,此图绘于3月8日。

②阿父,即父亲,阿作助词,用在称呼的前头。先慈,对于已经去世母亲的尊称。诗句意谓,蕉叶配上梅枝,此画颇为珍奇。梅枝风格像父亲,蕉叶让我思念已逝的母亲。

③病晕,即患有头晕的病。诗句意谓,母亲昔日患有眩晕的病,相传芭蕉子可以医治,我曾与五哥一同商议,后从天后宫窃得芭蕉花一朵。

④笞(chī),用鞭、杖或竹板子打。滋,增添、加多。《孟子·公孙丑上》:"若是,则弟子之感滋甚。"诗句意谓,我们回来献给母亲,母亲心悲,因此倍受父亲的鞭打。如今母亲已逝老父已衰,不觉眼泪增多。

⑤妯娌,哥哥和弟弟的妻子的合称。解甲,脱掉盔甲,离队回乡。诗句意谓,幸有兄弟姐妹妯娌均能在家尽孝道,只有我乃是一个不孝子。但愿早日能以解甲归田,长此与家人不相分离。

题《桂花图》①

天香闻十里,皓月最相宜。②

剪伐休辞苦,风高人自知。③

【注释】

①此诗写于 1939 年 3 月。原有款识:"翙昌季弟为蓉芳三俖媳画此轴,特题数语以补白。沫若。"写作时间原署"1939 年夏历春正"。《桂花图》现藏乐山市文物管理所。详见冯乐堂、谭崇明《郭老故乡访问记》,载常德师专《教学与研究》1981 年第 4 期。

②天香,特异的香味。唐宋之问《灵隐寺》:"桂子月中落,天香云外飘。"皓月,明月,明亮的月。诗句意谓,桂花特异的香味远闻十里之外,此时仰望天上明月最为相宜。

③剪伐,亦作"翦伐"。语出《诗·召南·甘棠》:"蔽芾甘棠,勿翦勿伐。"朱熹注:"翦,翦其枝叶也;伐,伐其条干也。"风高,即高风,高尚的品格。诗句意谓,为桂花剪伐枝条休辞辛苦,桂花高尚的品格人应自知。

赠伍柳村①

刚而读书,柔而读史。②
仁者乐山,智者乐水。③

【注释】

①此诗写于 1939 年 3 月。当时,郭沫若曾告假两周回乡探望生病的父亲,又从沙湾到峨眉为亡母扫墓。他在县城魏厚培(郭培谦岳父)家住了三天。魏特地请来在家休假的四川大学教师伍柳村陪他游览峨眉山。临别应这位热心导游要求,书赠这幅以四言诗形式写成的联语。详见骆坤洪等《郭沫若峨眉三日记》,载《乐山地方志通讯》1987 年第 1 期。

②刚,指刚日,犹单日。古代以干支纪日,凡天干在甲、丙、戊、寅、壬五日居奇位,属阳刚,称刚日。《礼记·曲礼上》:"外事以刚日,内事以柔日。"梁启超《湖南时务学堂学约》:"穷理之功课,每刚日诸生在堂上读书。"柔,指柔日,犹双日。凡天干在乙、丁、巳、辛、癸五日居偶数,属阴柔。而,作语助,表承递,为与下联"者"字对应。这里作者采用我国传统的说法,意在劝人刚日读书,柔日读史。

③"仁者"二句,语出《论语·雍也》:"子曰:'知者乐水,仁者乐山。'"朱熹注:"知者达于事理,而周流无滞,有似于水,故乐水。仁者安于义理,而厚重不迁,有似于山,故乐山。"这里"知"与"智"通。乐,喜好。后转成语"乐山乐水",比喻各自爱好不同。此诗实与古人"读万卷书、行万里路"之意相近。

初用寺字韵书怀①

秀弓寺射弓巳寺,尝从猎碣考奇字。②
先锋后劲复中权,宋拓良与今石异。③
排除万难归峨岷,立言未减当年閟。④
东书不观事奔奏,深知野性实难驯。⑤
海外漂流十二载,沟壑随缘元尚在。⑥

耻食周粟入西山，誓不帝秦蹈东海。⑦

犹然俯首拜公卿，只为神州锋镝惊。⑧

豹死留皮供践踏，谁顾区区身后名。⑨

【注释】

①此诗写于 1939 年 4 月。录自《郭沫若书法集》，四川辞书出版社 1999 年出版。这本书法集刊有郭沫若 1940 年 1 月在重庆书赠于立群卷轴上的《寺字韵诗七首》。其中第三首题为《登乌尤寺》，已收入《潮汐集》；第四首题为《苏子楼》，见张肩重《在郭老周围的日子里》，载 1980 年 1 月《四川大学学报丛刊》第 8 辑。其余五首均为首次公之于世。关于"用寺字韵"，郭沫若在编订《潮汐集》时曾为《登乌尤山》一诗作注："当年重庆诗人盛行用寺字韵叠相唱和，成为风气。余亦偶为之，今仅存此一首。"实际用寺字韵书怀不止一首，据蔡震《郭沫若用寺字韵诗作考》（载《郭沫若学刊》2011 年第 3 期）一文，用寺字韵写诗当有十三首之多。

②秀弓寺射，出自《石鼓文·田车》"宫车其写，秀弓寺射"句。这是《石鼓文》中第七石的刻辞，郭沫若谓："此石叙猎之方盛。""猎碣"是石鼓文的另一称谓。诗句"尝从猎碣考奇字"，所咏即作者流亡日本期间对石鼓文进行研究的往事。

③"先锋"二句，言自己 1933 年写成《石鼓文研究》，总觉尚缺几个重要拓本。1936 年从日本收藏家河井荃庐处借阅明代锡山安国所藏《石鼓文》的三种最善拓本，即"先锋"本、"后劲"本、"中权"本，得以最后完成《石鼓文研究》的书稿。作者感叹北宋拓本确与"今石异"。

④峨岷，亦作"岷峨"，岷山北支，其南为峨眉山，因称峨眉为岷峨。立言，创立学说。訚（yín），即訚訚，急切争辩貌。《盐铁论·国病》："诸生訚訚争盐铁，亦非为己也。"诗句意谓，我排除万难从日本归来回到四川，在立言方面未减当年急切争辩的习惯。

⑤东书不观，似从"东观"一词化出，东观为汉代宫中藏书的地方。奔奏，亦作"奔凑"，从各方奔来聚合一起。此指停止研究工作为国事奔走，深知自己"野性"（实为勇于斗争）实难驯服。驯，马顺服。《淮南子·说林训》："马先驯而后求良。"引申为顺服的通称。

⑥十二载，实为十年。沟壑，溪谷山沟。《孟子·万章下》："志士不忘在沟壑。"元，人头。《左传·僖公三十三年》："（先轸）免胄入狄师，死焉；狄人归其元，面如生。"诗句意谓，我在海外流亡十年，只好"沟壑随缘"，所幸人头尚在。

⑦"耻食"二句，这里用了周代伯夷、叔齐耻食周粟而饿死首阳山与战国齐人鲁仲连蹈东海而义不帝秦两个典故，借以喻其自身亡命海外的生活经历。

⑧公卿，原指三公九卿，后泛指朝廷中的高级官员。锋镝，犹言弓箭，泛指兵器，可引申为战争。此指作者归国以后出任军事委员会政治部第三厅厅长，曾经受到非议，有人说他"犹然俯首事公卿"。作者借诗句明志，表示只因我国神州大地陷入战争烽火之中必须投身抗战。

⑨豹死留皮，比喻留美名于后世。《新五代史·王彦章传》："（彦章）常为俚语谓人曰：'豹死留皮，人死留名。'"区区，自称的谦辞。诗句意谓，豹死留皮供人随意践踏，谁能顾及自我身后之名。此系激愤之词。

再用寺字韵书怀①

绥山之麓福安寺，中有明碑安磐字。②

碑言古镇号南林，旧隶峨眉县亦异。③

叔平夫子来涪岷，相与辩之言訚訚。④

南疑楠省邑境革，合乎故训殊难驯。⑤

抗战以来逾二载，剩有蜀山犹健在。⑥

四方豪俊会风云，一时文藻壮山海。⑦

刻章戏署南林卿，见者为之心目惊。⑧

实则卿乡原不二，思源只记故乡名。⑨

【注释】

①此诗写于1939年4、5月间。录自《郭沫若书法集》，四川辞书出版社1999年出版。

②福安寺，又名茶土寺，位于峨眉山第二峰绥山脚下，距沙湾古镇南一公里左右。寺中原有一座石碑，为明末乡贤安磐书刻的《福安寺记》。

③南林，古代镇名。诗句意谓，安磐所刻明碑言及乐山沙湾古镇号曰南林，旧时隶属峨眉县亦让人称异。

④叔平夫子，即马衡，字叔平。涪（fú）岷，涪江与岷江，均在四川境内。訚訚，语见《论语·乡党》："与上大夫言，訚訚如也。"朱熹注："和悦而诤也。"当时，故宫博物院院长马叔平来到四川，并在巴县、乐山、峨眉等地考察。郭沫若与之相见后曾就安磐碑记拓本中的文字"相与辩之"。

⑤邑，泛指一般城市，旧时县的别称。驯，通"训"，即古训字，有训故解释之意。殊难驯，此指南林究竟隶属峨眉还是乐山殊难解说。作者认为，"南"是由"楠"字省去"木"旁，"邑境革"是指南林古镇先属峨眉后归乐山。据《峨眉县志》，今属乐山的沙湾镇，明代崇祯十七年之前曾归峨眉县管辖。

⑥蜀山，蜀地的山。诗句意谓，抗战以来已超过两年，而今只剩有蜀地的山还健在。实谓大片国土沦亡，只能偏安西南一隅。

⑦会风云，即风云会，好的际遇。三国魏吴质《答魏太子书》："臣幸得下愚之才，值风云之会。"文藻，文章辞采。明刘基《天寿节登槃翠轩》："诸公俱俊髦，文藻压班祢。"诗句意谓，四方英俊豪杰之士值风云之会，一时文章辞采仍可壮观山海。郭沫若时任军委政治部第三厅厅长，虽处蜀地对于抗战仍有信心。

⑧南林卿，此指作者曾戏署（自号）南林卿，并且刻成图章，当时见者在心目中均为之惊异。

⑨卿，古时高级官员。郭沫若时任政治部三厅中将厅长。因此戏署"南林卿"。思源，即饮水思源，指不忘本。诗句意谓，实则卿家并无二处，因其饮水思源只有记下故乡南林的名字。作者故乡乐山沙湾古称"南林"。

为《救亡日报》响应义卖作①

纾难家宜毁，临危命可捐。②

苟能明大义，何用惜金钱。③

①此诗写于 1939 年 5 月。手迹上有落款:"救亡日报社参加义卖题此声援。沫若。"救亡日报,1937 年 10 月创办于上海,郭沫若为社长,夏衍任总编辑。同年 11 月初因上海沦陷停办。1938 年 1 月在广州复刊,10 月广州沦陷,夏衍等辗转到达桂林。1939 年元旦《救亡日报》又在桂林复刊。同年 5 月该报发起义卖支援抗战救亡活动。当时,郭沫若在重庆也挥笔题诗声援。此诗初收《邕漓行》,广西人民出版社 1965 年出版。

②纾难,解除困难。《左传·庄公三十年》:"斗谷於菟为令尹,自毁其家,以纾楚国之难。"后以"毁家纾难"称不惜捐弃家产以解救国难的行为。诗句意谓,为解除困难可以倾尽家产,国家面临危险可以献出生命。

③苟能,假如能够。明大义,明白抗日救亡的道理。诗句意谓,假如能够深明大义,何必再吝惜金钱。

雄鹄衔枝来①

雄鹄衔枝来,雌鹄啄泥归。②
巢成不生子,大义当乖离。③
江汉水之大,鹄身鸟之微。④
更无相逢日,且可绕树相随飞。⑤

【注释】

①此诗写于 1939 年夏。录自《郭沫若书法集》。诗有跋语:"己卯长夏书此,耀卿先生属,郭沫若。"农历己卯为公历 1939 年。因耀卿先生的生平事迹及与作者关系不详,对于此诗写作缘起与诗的寓意亦有待查考。原诗无题,今依惯例以首句为题。

②鹄(hú),即天鹅,似雁而大,颈长,羽毛纯白,飞翔甚高。《汉书》师古曰:"鹄,水鸟也,其鸣声鹄鹄云。"群栖于湖泊沼泽地带。冬季见于我国长江以南各地,春季迁往北方繁殖。啄(zhuó),鸟用嘴取食。诗句意谓,雄鹄衔着树枝来,雌鹄用嘴取泥归,亦即雌雄二鸟共筑爱巢。

③大义,要义、要旨。语见《汉书·艺文志》:"仲尼没而微言绝,七十子丧而大义乖。"乖离,背离、抵触。诗句意谓,鸟巢筑成而不生子,实于大义当有所背离。

④江汉,指长江与汉水。诗句意谓,长江与汉水水势之大,鹄身作为鸟类实在微小。

⑤"更无"二句,谓此去更无相逢之日,且可绕着树木相随飞行。

苏 子 楼①

苏子楼临大佛寺,壁间犹列东坡字。②
洗砚池中草离离,墨鱼仍自传珍异。③
秀挺峨眉锦濯岷,近乎仁智神殊闻。④
勇哉南来大渡河,蛟龙出没不可驯。⑤

一别重来三十载，石佛崔嵬依然在。⑥
感此人工并化工，蔚成苏子才如海。⑦
不遇蔡京与惠卿，亮节何由令世惊。⑧
薰莸自古难同器，赢得千秋万岁名。⑨

【注释】

①此诗写于1939年9月。苏子楼，在四川省乐山县城东凌云山上，有明代修建的东坡读书楼。楼下墙壁上有苏东坡的梅菊石刻，以及苏东坡戴笠着屐石刻像等。楼前有洗墨池，相传苏东坡读书时，曾在此洗墨。1939年9月，郭沫若回乡为父亲料理丧事，曾重登嘉州城外凌云山。此诗发表于《新蜀报·蜀道难》第28期，题作《六用寺字韵题嘉定苏子楼》。另见四川辞书出版社1999年出版的《郭沫若书法集》，此诗应为《寺字韵诗七首》中的第四首。

②大佛寺，即乐山乌尤寺，在乌尤山山顶。诗句意谓，苏子楼临近大佛寺，壁间仍留有苏东坡的字画。

③草离离，草长得很茂密。白居易《赋得古原草送别》："离离原上草，一岁一枯荣。""墨鱼"句，据郭沫若书赠张肩重时跋语所言："有洗砚池，东坡先生洗砚处也。岸下水成深渊，有鱼纯黑名曰墨鱼。俗间谓有饮过东坡先生之墨水而致黑者。传说固无据而亦有雅意。"诗句意谓，洗砚池里长出茂密的青草，民间仍然流传关于墨鱼的珍异的传说。

④锦濯岷，形容岷江之水清澈，相传古人在岷江支流锦江洗濯织锦，则锦色鲜明艳丽。神殊闻，使人感到神奇特异的传闻。诗句意谓，秀丽挺拔的峨眉山，清澈可以濯锦的岷江，近乎仁者智者的要求而流传神奇特异的传闻。神殊闻，末字似应作"闻"，待考。因其他几首"寺字韵书怀"，诗中这里均用"闻"字结尾。

⑤大渡河，岷江最大的支流，在四川省西部。蛟龙，即蛟，因形似传说中的龙，故名。哉，表示感叹语气。诗句意谓，勇猛啊，由南而来的大渡河，似有蛟龙出没而不可驯服。

⑥三十载，作者在乐山读书时曾游此地，至今已有三十年。石佛，指凌云山依崖凿成的大佛。崔嵬（wéi），高貌。诗句意谓，此处一别重来已有三十年，石佛高峻依然存在。

⑦化工，造化为工，即自然界的创造力。蔚，文采华美。《易·革》："君子豹变，其文蔚也。"诗句意谓，深感这是人工和自然的伟大创造，更叹苏子（东坡）文采华美诗才如海。

⑧蔡京与惠卿，即蔡京与吕惠卿，均为北宋朝廷大臣，苏东坡受到他们的排挤打击。亮节，坚贞高尚的节操。诗句意谓，不遇蔡京与吕惠卿的排挤打击，苏东坡的亮节高风何以令世人震惊。

⑨薰莸，语见《左传·襄公十年》："一薰一莸，十年尚犹有臭。"杜预注："薰，香草；莸，臭草。十年犹臭，言香易消，恶难除。"《孔子家语·致思》："薰莸不同器而藏。"诗句意谓，香草和臭草自古以来难放在一个容器里，而苏东坡赢得了千年万载的美名。

挽王礼锡①

海外归来一放翁，欣然执笔事从戎。②
平生肝胆留天地，旷代文章震聩聋。③

志在求仁仁自得，才堪率众众金同。④

湘江此日新传捷，誓扫倭奴以报功。⑤

【注释】

①此诗写于 1939 年 10 月。王礼锡(1901—1939)，江西省安福县人。现代爱国诗人、作家、翻译家。1927 年毅然脱离国民党，主编《读书杂志》，开展中国社会史论战，遭国民党政府通缉。1933 年被迫流亡欧洲，从事著述。抗战爆发后冲破重重阻力，1938 年底回到重庆，参加全国文艺界抗敌协会，并被选为理事。1939 年经周恩来推荐担任作家战地访问团团长，奔赴抗日前线。同年 8 月在战地访问途中病逝洛阳。10 月 8 日，重庆各界举行追悼大会，会上冯玉祥、于右任、郭沫若等送了挽联和挽诗。详见王逸《郭老悼念王礼锡的挽诗》，载 1988 年 8 月《郭沫若研究》一辑。

②放翁，即南宋爱国诗人陆游，字放翁，这里喻王礼锡。从戎，即从军。诗句意谓，这位像南宋陆放翁一样的爱国诗人刚从海外归来，即欣然在执笔(从事文化工作)的同时，还事从戎(奔赴抗日前线从事战地访问)。

③肝胆，比喻真诚的心意，如肝胆照人。旷代，绝代，世所未有。震聩聋，意即振聋发聩。聩，耳聋。使聋子能听到声音，比喻唤醒糊涂麻木的人。诗句意谓，逝者平生肝胆照其人品事业留于天地之间。逝者一生的绝代文章能起到振聋发聩的作用。

④求仁仁自得，即求仁得仁。语出《论语·述而》："求仁而得仁，又何怨？"谓理想和愿望都已实现，即如愿以偿。金同，全都认同。《书·大禹谟》："佥谋金同。"诗句意谓，逝者报效祖国的志向得以实现，而其才华足以领导众人，并且得到大家的认同。

⑤湘江新捷，指 1939 年 10 月初湘北我军反攻大捷，连克平江、湘阴等地。倭奴，对日本侵略者的蔑称。诗句意谓，湖南湘江此日新传捷报，广大抗日军民誓扫倭奴，亦即消灭日寇以祭奠逝者。

题《荷花图》①

槛外亭亭出玉荷，污泥不染影婆娑。②

万般险境都经过，方信人间乐事多。③

【注释】

①此诗写于 1939 年 10 月。郭开文长女郭琦根据回忆，在《八爸给我的题诗》一文中说："1939 年祖父逝世了，他回家料理丧事，我才见到他。""五叔给我们三姐妹画了荷花、菊花、兰草花三幅，八爸都亲笔题了诗。"详见郭琦《八爸给我的题诗》，载 1982 年 5 月《四川大学学报丛刊》第十三辑。

②槛，窗户下或长廊旁的栏杆。亭亭，耸立，高远。曹丕《杂诗》："西北有浮云，亭亭如车盖。"婆娑，舞蹈。《诗·陈风·东门之枌》："子仲之子，婆娑其下。"毛传："婆娑，舞也。"诗句意谓，栏杆外的水面上耸立着光洁如玉的荷花，荷花出淤泥而不染身影晃动如起舞一样。

③这两句是说，人生中万般艰险的境遇都经历过，才会相信人间乐事还是多的。

题《兰草花图》①

琼蕊芳肤九畹径，兰香飞韵有余馨。②

情知纫佩殊萧艾，不向人间诉不平。③

【注释】

①此诗写于 1939 年 10 月。这是郭沫若在郭开运为三侄女郭瑛（琴轩）所绘的《兰草花图》上的题诗，时在 1939 年初秋。详见郭琦《八爸给我的题诗》，载 1982 年 5 月《四川大学学报丛刊》第十三辑。

②琼蕊，如玉之花，珍美之花。芳肤，芳香之肤。九畹，屈原《离骚》："余既滋兰之九畹兮，又树蕙之百亩。"王逸注："十二亩为畹。"径，小路。飞韵，飞扬的神韵。馨，芳香，特指散布很远的香气。诗句意谓，兰草花珍美之花芳香之体遍植九畹之田间小径，兰草花飞扬的神韵仍有着特殊的芳香。

③纫佩，屈原《离骚》："纫秋兰以为佩。"纫，连缀；佩，佩饰。萧艾，野蒿，臭草。比喻不肖。屈原《离骚》："何昔日之芳草兮，今直为萧艾也。"诗句意谓，我情知连缀兰花为佩饰不同于野蒿，即使不为人所理解也不向人间去诉说不平。

五用寺字韵书怀①

无边浩劫及祠寺，机阵横空作雁字。②

由来倭寇恣暴残，非我族类其心异。③

国都播迁入蜀岷，至今和战交争闾。④

憨者逋逃黠诡随，欲驱豪杰化柔驯。⑤

岳坟沦陷近三载，会之铁像应仍在。⑥

素审敌仇似海深，近知奸恶深于海。⑦

南都北阙伪公卿，婢膝奴颜宠若惊。⑧

何时聚敛九州铁，铸像一一书其名。⑨

【注释】

①此诗写于 1939 年 10 月。录自《郭沫若书法集》，四川辞书出版社 1999 年出版。

②作雁字，日寇飞机横空成阵作雁字形。诗句描写日本侵略者轰炸重庆的情景，尤其是 1939 年 5 月 3 日、4 日，连续两天轰炸重庆市区，且大量投掷燃烧弹，这场浩劫使不少祠寺，包括罗汉寺、长安寺亦毁于大火之中。

③倭寇，日本侵略者。族类，谓同族之人。诗句意谓，日寇恣肆残暴，非我同族之人，其心必异。

④播迁，流亡迁徙。蜀岷，蜀地岷江流域，此指成都。闾，急切争辩。诗句意谓，由于重庆迭遭日本飞机轰炸，国府文物西迁至成都，国民党内部主战还是主和交相争辩。

⑤憨（hān）者，痴呆的人。逋逃，指逃亡的罪人。诡随，放肆谲诈。《诗·大雅·民劳》：

"无纵诡随，以谨无良。"驱，驱使，逼迫。这里是指汪精卫一伙由重庆经昆明逃往越南河内亦已叛国投敌，这伙愚蠢逃亡的罪人狡黠诡诈，他们还想为主子驱使豪杰之士化为柔顺驯服，亦即跟随他们降日。

⑥岳坟，在杭州栖霞岭下，祭祀宋代抗金民族英雄岳飞。会，为"桧"的假借字，指南宋奸相秦桧。诗句意谓，杭州沦陷已近三年，秦桧等人的铁像应仍在。岳飞墓前跪有秦桧、王氏、张俊、万俟卨四个罪人的铁铸像。

⑦审，审悉，知道。奸恶，指汪精卫之流汉奸卖国贼。诗句意谓，素来知道对于敌人的仇恨像海一样深，近知对于汉奸卖国贼的仇恨比海还深。

⑧"南都"二句，此指 1939 年 9 月，汪精卫由沪赴宁，与北平的临时政府主席王世敏、南京伪维新政府主席梁鸿志会晤协商，达成在南京成立伪中央政府的协议，并确定平、沪、宁三地人员组成名单。这些来自南北伪政权的官员（公卿）一个个奴颜婢膝受宠若惊。

⑨聚敛，聚集搜刮。九州，泛指全国。诗句意谓，何时能收集全国各地的废铁，铸成汉奸卖国贼的铁像并一一写上他们的名字。

六用寺字韵书怀①

厅务闲闲等萧寺，偶提笔墨画竹字。②
非关工作不需人，受限只因党派异。③
殊途同归愧沱岷，权将默默易闁闁。④
百炼钢成绕指柔，鸿鹄狎之如婺驯。⑤
中原板荡载复载，阋墙兄弟今仍在。⑥
才闻敌破五台山，又报南侵入北海。⑦
应战仓惶召六卿，邕宁一失众心惊。⑧
竟教民妇犹资敌，练民空自有其名。⑨

【注释】

①此诗写于 1939 年 11 月底。录自《郭沫若书法集》，四川辞书出版社 1999 年出版。

②萧寺，佛寺。李贺《马诗》："萧寺驮经马，元从竺国来。"诗句意谓，作者主持的军委政治部第三厅厅务清闲等同于佛寺一样，因此偶然想到提起笔墨画竹写字。

③"非关"二句，当时，汪精卫亦已叛国投敌，蒋介石政权的抗战活动正在向着相反的方向转化，暗中积极策划掀起反共高潮。他们不再需要三厅宣传抗日，而是视为异党加以种种限制。

④殊途同归，比喻用不同的方式方法达到同一个目标。沱岷，沱江与岷江，均在四川中部。闁闁，急切争辩。诗句意谓，而今殊途同归深感有愧沱岷，权且将以沉默代替急切争辩。

⑤百炼钢成绕指柔，语见晋代刘琨《寄赠别驾卢谌》："何意百炼钢，化为绕指柔。"意在喻英雄失志俯仰由人。亦有柔顺之意。鸿鹄，鸟名，因其飞得很高，常用来比喻志气远大的人。《史记·陈涉世家》："陈涉太息曰：'嗟乎，燕雀安知鸿鹄之志哉？'"婺（wù），应为"鹜"，即家鸭。狎（xiá），狎玩。诗句意谓，百炼钢化为绕指柔，鸿鹄因被狎玩如同家鸭一样驯服。此系

反语与愤激之词。

⑥板荡，《诗·大雅》有《板》《荡》二篇，皆咏周厉王无道。后用以指政局混乱，社会动荡。阋（xì）墙，《诗·小雅·常棣》："兄弟阋于墙，外御其务（侮）。"谓兄弟相争于内，引申为内部相争。载，犹年，如一年半载。诗句意谓，中原大地动荡不宁，国共两党内部相争至今仍在。

⑦"才闻"二句，谓才闻日本军队攻破山西五台山，又报日寇南侵已在广西北海登陆。

⑧六卿，古代统军执政之官。《书·甘誓》："大战于甘，乃召六卿。"邕（yōng）宁，旧县名，在广西南部，即今之南宁市。1939年11月24日，南宁失陷。诗句意谓，日寇大举南侵，国民党当局急召军政要员仓皇应战，而今南宁一失众人为之心惊。

⑨资，资送，以财物相送。练民，训练民众。诗句意谓，竟让民间妇女犹去资送敌人（即遭受日寇蹂躏），平日所言训练民众空自有名无实。

七用寺字韵书怀①

麓有温泉山有寺，缙云氏犹遗姓字。②
相传旧有相思竹，寺号相思尤足异。③
峻崇不敌峨与岷，石像古远香色阆。④
四天王像余半身，背负龙子驯乎驯。⑤
罗汉摩崖不计载，仅存十五尊犹在。⑥
中无伏虎与降龙，余一浑如泥入海。⑦
秋初往访谢公卿，批萝戴网见之惊。⑧
山崩石坠像颠倒，刻者永远佚其名。⑨

【注释】

①此诗写于1939年12月间。录自《郭沫若书法集》，四川辞书出版社1999年出版。

②缙云，指重庆旅游胜地缙云山。山麓有温泉，即北碚温泉；山上有古寺，即缙云寺。"氏犹遗姓字"，此语不解何意，待考。

③"相传"二句，缙云山上缙云寺，始建于南朝。因山中有相思岩、相思竹、相思鸟之故，唐宣宗曾赐书"相思寺"的匾额，所以后亦称缙云寺为相思寺。联中因言寺号相思犹让人惊异。

④峻、崇，均指山的高大，如崇山峻岭。阆，阆阆，香气盛烈。司马相如《长门赋》："桂树交而相纷兮，芳酷烈之阆阆。"诗句意谓，缙云山的高大不如峨眉山与岷山，而山上石像古远花树色彩香气浓烈。

⑤四天王像，佛教用语，俗称四大金刚。此指缙云寺所存古物中有出土的石刻天王半身像，相传为梁或北周时所刻。石像虽余半身，仍见背负龙子显得非常温顺。

⑥罗汉，佛教名词，上座部佛教（小乘）所理想的最高果位。佛教寺院常有十八罗汉和五百罗汉塑像。摩崖，在山崖石壁上所刻的铭功记事的文字叫摩崖。此指缙云山上摩崖石刻与罗汉塑像已经不知经过了多少年，而今十八罗汉仅存下十五尊。

⑦浑（hún），简直。泥入海，即泥牛入海，比喻一去不返杳无消息。此指十八罗汉中没有伏虎罗汉和降龙罗汉，还有一尊简直如同泥牛入海不见踪影。

⑧公卿，原泛指朝廷中的高级官员，此指友人卢子英，时在国民政府任职。作者为了答谢卢子英而于初秋往访作缙云山之游。批萝戴网，似从成语"披星戴月"化出，谓在游览时遇有空袭警报而去防空洞中躲避，让人见之心惊。

⑨"山崩"二句，谓遭日机轰炸山崩石坠佛像颠倒，因其毁坏古代刻者自当永佚姓名，以致无人知晓。

题先兄橙坞先生诗文手稿①

连床风雨忆幽燕，踵涉东瀛廿有年。②
粗得裁成蒙策后，愧无点滴报生前。③
雄才拓落劳宾戏，至性情文轶述阡。④
手把遗篇思近事，一回雒诵一潸然。⑤

【注释】

①此诗写于1939年12月。当时，郭沫若在乐山沙湾家中料理父亲丧事，大体告一段落。在返回重庆前夕，曾在长兄橙坞先生所作诗文手稿上题了一首七律。诗有跋语："长兄橙坞先生乙巳负笈日本时，有留别嫂氏诗五绝，嫂氏装制成册，嘱为题识。捧读再四，思今感昔，不知涕之所从，率成一律，惜不得起伯氏于九泉为斧正耳。廿八年夏历十月二十二日，先兄逝世后第四诞冥之辰。"诗见王锦厚、伍加伦《郭沫若是怎样走上文学道路的》，载1979年《四川大学学报丛刊》第二辑。橙坞，即大哥郭开文（1878—1936），早年考入成都东文学堂，后留学日本。辛亥革命时回到四川，先后任四川军政府交通部长，川边驻京代表等职。郭沫若回忆青少年时代曾说："除父母和沈先生以外，大哥是影响我最深的一个人。""我到后来多少有点成就，完全是我长兄赐与我的。"

②连床风雨，亦作"对床风雨"，在风雨之夜，两人坐床或卧床谈心。一般谓亲友久别相聚倾心交谈。此指1913年12月，郭沫若曾和大哥寄居在北方一位同乡家里。幽燕，指今河北北部及辽宁一带。唐以前称幽州，战国时属燕国。东瀛，原谓东海，此指日本。诗句意谓，忆起当年在幽燕地区与长兄短期相聚的日子，相继东渡日本也有二十多年了。

③裁成，剪裁成就。《汉书·律历志上》："立人之道曰仁与义，在天成象，在地成形，后以裁成天地之道，辅相天地之宜，以左右民。"策后，策励于后。诗句意谓，而今事业粗有所成全靠长兄策励于后，让我惭愧的是未能在长兄生前争取点滴报恩的机会。

④雄才，非常之才。拓落，即落拓，穷困失意，景况零落。宾戏，东汉班固所撰文名。固自以与父彪两世皆有才术，而位不过郎。感东方朔、扬雄所作，仿之撰《宾戏》以自遣。阡，墓道、坟墓。述阡，指汇述逝者功德的墓表。轶，超越。劳，劳神、费神。诗句意谓，具有非常才能的都执困失落劳神去写《宾戏》之类的文章，感情真挚的文章（此指《祭母文》）超出一般的墓表。

⑤遗篇，指长兄留下的诗文。雒（luò）诵，即洛诵，反复背诵。《庄子·大宗师》："闻诸副墨之子，副墨之子闻诸洛诵之孙。"成玄英疏："临本谓之副墨，背文谓之洛诵。"潸（shān）然，泪流貌。诗句意谓，手捧长兄诗文稿想起近来的事，每读一遍都会潸然泪下。

叠用寺字韵赠别西北摄影队二首①

一

纯阳洞外喇嘛寺，一塔嶙峋列梵字。②
电影制片厂其邻，精神时代全相异。③
初由武汉迁入岷，斩山刊崖声阗阗。④
防空洞深营三窟，敌机虽暴如鸦驯。⑤
惨淡经营几二载，辛劳换得巍峨在。⑥
列宿明迷光丽天，方人聚集江湖海。⑦
感心最是梦莲卿，寄子远举俗尘惊。⑧
欲把风尘写塞上，艺功当与佛齐名。⑨

二

远征将访百灵寺，帜题西北影队字。⑩
于时凛冽届隆冬，雪地冰天风俗异。⑪
艺界勇者辞涪泯，抗战建艺气殊阗。⑫
不入虎穴焉得子，岂得甘心羊兔驯？⑬
此去凌寒将半载，不教耳鼻徒健在。⑭
若无伟绩震寰区，抚抱坚冰眠潮海。⑮
众情慷慨迈苏卿，我亦瞠然自叹惊。⑯
三唱诸君万万岁，千秋青史垂芳名。⑰

【注释】

①这两首诗写于1939年12月。录自1941年1月31日出版的上海《电影周刊》。西北摄影队，中国电影制片厂为赴西北拍摄《塞上风云》外景而组成的摄影队。1940年1月5日，该队40余人，由电影导演应云卫率领，从重庆出发前往西北。西北摄影队出发前夕，郭沫若重叠使用寺字韵写诗二首"赋此志感，兼以赠别"。

②纯阳洞，地名待查。喇嘛，即喇嘛教，为佛教的一支。嶙峋，山崖突兀貌。梵，梵文的省称。诗句意谓，纯阳洞外喇嘛教的寺庙，一座列有梵文文字的高塔耸立上面。

③谓电影制片厂成了喇嘛寺的邻居，二者精神与时代全然不同。

④岷，长江上游泯江，在四川中部。刊，砍，削。斩山刊崖，意同披荆斩棘，比喻创业过程中克服重重困难。阗阗，香气盛貌。司马相如《长门赋》："桂树交而相纷兮，芳酷烈之阗阗。"诗句意谓，你们初由武汉迁入四川，艰苦创业声名远闻。

⑤三窟，即狡兔三窟，比喻藏身处多。此指中国电影制片厂在防空洞深处继续工作，敌机上空盘旋，虽然残暴也像乌鸦一样被驯服。

⑥惨淡经营，苦心经营。几二载，几近两年。巍峨，高大雄伟貌。此指辛勤工作换得巨

大成就。

⑦列宿,谓二十八宿。《史记·天官书》:"天则有列宿,地则有州城。"明媚,意同明媚,光净美好。丽,附着。《易·离》:"日月丽乎天。"引申为射着。方人,原指评论他人的短长,这里似为"方家"之意,即精于某种学术或技艺之人。诗句意谓,天上列宿明媚光辉丽天,而今方家聚集来自五湖四海。

⑧梦莲,西北摄影队中的女演员。卿,长辈对晚辈或朋友之间的爱称。远举,远行。诗句意谓,最让人感动于心的是梦莲女士,寄养孩子自己远行更让尘俗之人吃惊。

⑨风尘,比喻战乱。杜甫《赠别贺兰铦》:"国步初反正,乾坤尚风尘。"诗句意谓,欲将塞上战乱景象写进作品,艺术之功当与佛齐名。

⑩百灵寺,即百灵庙,在内蒙乌兰察布盟阴山北麓。诗句意谓,你们此次远征将访百灵庙,旗帜上大书西北摄影队的字样。

⑪凛冽(lǐn liè),刺骨的寒冷。诗句意谓,此时北风凛冽已届隆冬季节,塞外冰天雪地风俗与南方有异。

⑫涪(fú)泯,泯江与涪江均为长江、嘉陵江的支流,代指四川中部。阗,香气盛貌。诗句意谓,文艺界骨干告别四川,为了抗战与建设艺术显得气势非凡。

⑬不入虎穴焉得子,比喻不亲历艰险就不能取得成功。诗句意谓,不入虎穴焉得虎子,岂得让它像羊、兔一样被驯服?

⑭凌寒,冒着严寒。诗句意谓,此去冒着严寒将要半年,不教耳朵鼻子徒然健在,亦即耳鼻冻坏也在所不惜。

⑮寰(huán)区,犹寰宇,指天下。瀚海,汉代北方海名。诗句意谓,若无伟大的业绩震惊天下,愿抚抱坚固的冰块睡在瀚海之上。

⑯苏卿,即汉代苏武,字子卿。奉命赴匈奴被扣,曾在北海边放羊,十九年坚持不屈。瞠(chēng)然,瞠着眼睛看的样子。诗句意谓,众人情绪慷慨昂扬超过汉代苏武,我也张目直视自感惊叹不已。

⑰唱,高呼,如唱名。千秋,千年。青史,古代在竹简上记事,故称史书为"青史"。芳名,美好的名字。诗句意谓,三呼诸君万万岁,千年史书必将流传你们的美名。

十二用寺字韵书怀①

从寸之声是为寺,于文当即古持字。②
秦刻用之以为持,鼋钟有例亦不异。③
石鼓于今已入岷,无咎先生言闹闹。④
花岗之石趺坐锐,质坚量重难调驯。⑤
一鼓费一卡车载,纩裹网维箱底在。⑥
初移宝鸡后峨眉,暴寇无由攘过海。⑦
星之景兮云之卿,视此奇迹不足惊。⑧
扶持神物走天下,宇宙恢恢乘大名。⑨

【注释】

①此诗写于1940年1月7日。录自蔡震《郭沫若用寺字韵诗作考》,载《郭沫若学刊》2011年第3期。原诗手迹上有"书奉无咎先生教正"字样,无咎为故宫博物院院长马衡的号。

②"从寸"二句,诗句从石鼓文切入,说寺字韵的"寺"字,在周代于文就是"持"的通假字。

③作者原注"黿公铿钟有分器是寸语。"黿(zhū),古"蛛"字。诗句意谓,不仅秦刻的石鼓文这样用,东周黿公铿钟上铭文"分器为寺"也不例外,这个"寺"字就是"持"。

④石鼓,即石鼓文,中国现存最早的刻石文字。在十块鼓形的石上,每块各刻四言诗一首,内容歌咏秦国君游猎情况,因也称"猎碣"。所刻书体,为秦始皇统一文字前的大篆,即籀文。历来对其书法评价很高。岷,岷江。闿闿,说话和悦而能明辨是非之貌。诗句意谓,石鼓于今已入四川峨眉,马衡先生言之和悦而能明辨。

⑤跗(fū)坐,双足交叠而坐。锐,物上小下大曰锐。诗句意谓,石鼓系花岗之石呈上小下大状跗坐,因质地坚硬且量又重很难加以调驯。

⑥纩(kuàng)裹网维,用丝棉絮包裹并用粗绳捆成网状。诗句意谓,一块石鼓就费一辆卡车装载,为防止损坏,先糊之以纸,再裹以棉絮,缠以麻绳,外复以木箱装之。

⑦"初移"二句,指石鼓文物西迁路线,先迁陕西宝鸡,二迁汉中,三迁成都,四迁峨眉。1939年6月终于到达四川峨眉,因此残暴的日寇无由攘夺过海,即未被敌人抢走。

⑧星之景兮,即景星,也称瑞星、德星。云之卿兮,即卿云,祥瑞的云。奇迹,指石鼓文物经蜀道西迁,历经艰难险阻,创造人间奇迹。诗句意谓,天边出现了景星卿云的祥瑞气象,当你看到石鼓文物西迁这一奇迹之后就不会感到惊讶了。

⑨神物,指我国故宫文物。恢恢,宽阔广大貌。《老子》:"天网恢恢,疏而不失。"诗句意在颂扬故宫护宝主人,谓马衡扶持故宫文物行走天下,而今宇宙恢恢乘势播扬你的大名。

题《文学月报》①

> 毋愁寇已深,有旅众如林。②
> 横扫期无敌,雕龙万古心。③

【注释】

①此诗写于1940年1月。1月24日,《文学月报》在重庆国泰饭店举行了在渝作家招待会,郭沫若、老舍、阳翰笙等六十余位作家出席。郭沫若还在签名轴上题七言绝句一首。手迹载同年2月15日重庆《文学月报》第1卷第2期。可参阅罗荪《〈文学月报〉创刊的二三事》,见《三联书店成立三十周年纪念集》。

②毋(wú),通"无"。《史记·酷吏列传》:"郡中毋声。"旅,古以有士卒五百人为一旅。《左传·襄公元年》:"夏少康有田一成,有众一旅。"后用作军队单位的编制名称。诗句意谓,不要发愁敌寇亦已深入,我们尚有一旅之师,其众如林。

③横扫,为横扫千军的缩语,即从东到西扫除一切敌人。雕龙,战国时齐人邹衍"言天事",善闳辩,邹奭"采邹衍之术以纪文"。齐人因称邹衍为"谈天衍",邹奭为"雕龙奭"。见《孟子荀卿列传》。裴骃集解引刘向《别录》:"邹奭修衍之文,饰若雕镂龙文,故曰'雕龙'。"因用以指善于撰写文章。万古,千年万古,极言长久。诗句意谓,横扫千军以期无敌于天下,这

是当前文艺工作者万古之心。

题永寿冢刻石①

嘉陵江间波长涌,永寿四年作此冢。②
文字奇古足惊悚,商子拓之自蛮洞。③
实非蛮洞乃丘壑,垄中惜已无遗俑。④
此拓当重如珪珙,蜀道僻远真懵懂。⑤
纪元已改犹承奉,刘平国碑同一踵。⑥

【注释】

①此诗写于1940年1月。录自《郭沫若全集》考古编第十卷。附有跋语:"桓帝永寿四年六月四日改元延熹,此后十三日。刘平国碑有永寿四年八月朔,则更后五十余日。因地僻远,改元之诏未能到达也。锡永拓此见惠,题此以纪之。廿九年元月,沫若。"拓本右侧附有商承祚(锡永)题跋。永寿冢,即汉永寿年间的坟墓。我国现代历史学家商承祚(锡永)见此汉墓刻石,即将拓本送郭沫若,郭即为此题诗。

②嘉陵江,为长江上游支流,在重庆汇入长江。永寿,汉桓帝年号。冢(zhǒng),坟墓。诗句意谓,嘉陵江间波浪长涌,汉桓帝永寿四年作此坟墓。

③惊悚,惊慌恐惧。商子,即商承祚。子为古代对男子的美称或尊称。蛮洞,蛮荒之地的洞穴。诗句意谓,刻石文字奇古足以让人惊恐,商承祚拓此石刻来自偏远荒僻之地的洞穴。

④丘壑,深山幽谷,常指隐居的地方。垄,指坟墓。俑,古代陪葬用的偶人。一般系木制或陶制,也有石刻。诗句意谓,实非蛮洞,乃是坟墓,可惜墓中已无遗下的俑人。

⑤珪珙(guī gǒng),名贵的玉器。珪为大臣朝会所执的玉器。珙为大璧。懵(měng)懂,亦作蒙懂,糊涂。道,汉代在少数民族聚居的地区设置的县称道。诗句意谓,这份拓本贵重有如名贵的玉器,四川少数民族聚居地区偏僻荒远的人真糊涂。

⑥纪元已改,指汉桓帝永寿四年已改元延熹。承奉,承旨奉行。刘平国碑,刘平国为汉桓帝龟兹左将军。碑文有"永寿四年八月甲戌朔"。踵,追逐,追随。《左传·昭公二十四年》:"吴踵楚。"引申为继承、因袭。诗句意谓,纪元已改还在奉行,刘平国碑同样因袭了这一错误。

联　句①

莫道流离苦(老舍),天涯一客孤(郭沫若)。②
举杯祝远道(昆仑),万里四行书(施谊)。③

【注释】

①此诗成于1940年3月。联句,旧时作诗方式之一。两人或多人共同作诗相联成篇。过去多用于上层饮宴或朋友间应酬。1940年3月,在中苏友协一次文艺界集会上,郭沫若与

老舍等人联句寄赠郁达夫,还在诗下附一短简:"达夫,诗上虽说你孤,其实你并不孤。今天在座的,都在思念你,全中国的青年朋友,都在思念你。你知道张资平的消息么? 他竟糊涂到底了,可叹!"郁达夫收到后非常感动,曾作《文人》一文刊于《星洲日报》。详见郁风《三叔达夫》,载《新文学史料》1980 年第 1 期。

②老舍,现代著名作家。当时为中华文艺界抗敌协会实际负责人。流离,由于灾荒或战乱而流转离散。一客孤,谓一位孤客,或一位客人孤单。诗句意谓,莫道流落异乡之苦,天涯有一位孤单的客人。此指抗战期间郁达夫流亡海外,在南洋从事抗日救亡。

③昆仑,即王昆仑,抗战时期从事抗日反蒋的统一战线工作。施谊,当时颇有影响的爱国民主人士。四行书,指四人联句。诗句意谓,我们举杯祝福远道的朋友,而今相距万里奉上四行手书。

缙云山纪游①

豪气千盅酒,锦心一弹花。②
缙云存古寺,曾与共饮茶。③

【注释】

①此诗写于 1940 年 4 月。有一天,郭沫若、田汉约正在重庆北温泉养病的赵清阁同游缙云山,一起品尝缙云寺太虚法师献上的带有甜味的山茶。下山后,郭沫若特地作一首五言绝句并写成条幅,落款为"清阁女士,双正,郭沫若"。原件为赵清阁收藏。诗见《郭沫若旧体诗词系年注释》上册,黑龙江人民出版社 1982 年出版。

②锦心,语见唐柳宗元《乞巧文》:"骈四俪六,锦心绣口。"后用以状诗文之巧和措辞之丽。弹花,为赵清阁负责编的以宣传抗日为主要内容的文学月刊。诗句意谓,赵清阁充满豪气可以饮酒千盅,以其锦心绣口编辑了一本《弹花》杂志。

③缙云,山名,在重庆市北碚,气势雄伟,风光秀丽,有"小峨眉"之称。甘茶,缙云山上出产的茶,因有甜味,故名。诗句意谓,缙云山上有座古寺,曾经与你一起喝过太虚法师献上的甜茶。

题富贵砖四帧①

之一②

富贵如可求,尼叟愿执鞭。③
今吾从所好,乃得汉时砖。④
上有富贵字,古意何娟娟。⑤
文采朴以殊,委宛似流泉。⑥
相见仅斯须,邈矣二千年。⑦
贞寿逾金石,清风拂徽弦。⑧
皓月来窥窗,拓书人未眠。⑨
嘉陵江上路,蔼蔼竖苍烟。⑩

【注释】

①这一组诗写于 1940 年 5 月 10 日,取自《郭沫若题画诗存》。附有题记:"廿九年四月与延光四年砖同时出土于江北董家碛。"落款均为:"廿九年五月十日,沫若。"据作者在《关于发现汉墓的经过》一文中说:"就在二十一号的傍晚,有农人在'第四墓'东北的一个小丘上发掘出一个墓址。这一次所掘出来的砖,竟成了压轴戏。砖有两种:一种两端有公母榫,中有'富贵'二字;一种为长方形,一端有'延光四年七月造作牢坚谨'等字样。这样便把汉砖汉墓问题完全解决了。"同年 5 月 10 日,郭沫若在四份富贵砖拓本上题了四首五言诗。已编入《郭沫若全集》考古编第十卷。

②据常任侠《永念考古学家郭沫若先生》一文记载,此诗成于"除土翻砖,进入墓室"的劳作休息时,见《题富贵砖》之一眉注。

③尼叟,亦作"尼父",指孔子(名丘,字仲尼)。叟,年老的男人。执鞭,为人驾驭马车,意谓给他人服役。《论语·述而》:"富而可求也,虽执鞭之士,吾亦为之。"诗句意谓,富贵如果可以求得的话,孔子也愿意为人驾驭马车。

④从所好,从其所好。诗句意谓,而今我也有了追求富贵的愿望,于是得到了汉代的富贵砖。

⑤娟娟,美好貌。诗句意谓,砖上刻有"富贵"二字,古代的意韵何其美好。

⑥委宛,通作"委婉",曲折婉转。诗句意谓,书法的文采既朴实而又有特殊之处,婉转曲折好像流动的泉水一样。

⑦斯须,犹言"须臾",一会儿工夫。逷,远。《书·牧》:"逷矣西土之人。"诗句意谓,我们看到此砖仅一会儿工夫,然而它的历史悠久,距今已有两千年了。

⑧贞寿,贞石长寿。富贵砖上刻字,自当期以久远。徽弦,乐器上用以发声的丝线,此指琴弦。徽,琴徽,系弦之绳。金石,《吕氏春秋·求人》:"故功绩铭乎金石。"高诱注:"金,钟鼎也;石,丰碑也。"诗句意谓,长寿超过了钟鼎碑石,清风吹拂着琴弦。

⑨皓月,明月。拓(tà),用纸摹印金石器物上的文字、花纹。诗句意谓,明月来窥探窗户,拓书人还没有睡呢!

⑩蔼蔼,暗淡貌。司马相如《长门赋》:"望中庭之蔼蔼兮,若季秋之降霜。"竖,直立。苍烟,灰白色的烟雾。诗句意谓,嘉陵江边的路上仍很暗淡,仿佛立起灰白色的烟雾。

之二①

延光二千载,瞬息视电鞭。②
人事两寂寞,空余圹与砖。③
重堂叹深邃,结构何联娟。④
上规疑碧落,下矩体黄泉。⑤
但期坚且美,无复计华年。⑥
富贵江上波,巧奇琴外弦。⑦
一旦遘知音,仿佛启冬眠。⑧
影来入我斋,壁上生云烟。⑨

①此诗写于1940年5月10日。取自《郭沫若题画诗存》,亦见《郭沫若全集》考古编第十卷。值得我们注意的是,这一首与《题延光四年砖》之一文字处理完全相同。考古编原文上有眉注:"五月十二日题于《延光四年砖》者,'但期'易为'但求'。"

②延光,汉安帝年号。瞬息,一转眼一呼吸之间,谓时间极短。电鞭,闪电如鞭子一样。诗句意谓,东汉延光年间距今已有两千年,瞬息之间让人视同电鞭一样。

③圹(kuàng),墓穴。《礼记·檀弓下》:"吊于葬者必执引,若从柩,及圹,皆执绋。"诗句意谓,此间人与事两相寂寞,空余墓与砖。

④重(chóng)堂,本指楼。《后汉书·樊宏传》:"所起庐舍,皆有重堂高阁。"此指汉墓。深邃,屋宇深广。联娟,微曲貌。曹植《洛神赋》:"云髻峨峨,修眉联娟。"诗句意谓,墓穴让人叹其深广,结构何以像眉那样微曲。

⑤上规,上面圆弧形。碧落,犹言碧空、天空。下矩,下面方形。黄泉,指地下。白居易《长恨歌》:"上穷碧落下黄泉,两处茫茫皆不见。"诗句意谓,上面圆形疑代表天空,下面方形则体现地下。

⑥期,希望。华年,少年。诗句意谓,但只希望既坚且美,不用计较青春年华。

⑦琴外弦,琴弦之外,即弦外之音。诗句意谓,富贵如江上烟波,巧奇似弦外之音。

⑧遘(gòu),遇、遭遇。启冬眠,意同启蛰,冬天蛰伏的虫类开始活动起来。诗句意谓,一旦遇到知音,仿佛从冬眠中出土一样。

⑨影,指影印的拓片。云烟,杜甫《饮中八仙歌》:"张旭三杯草圣传,脱帽露顶王公前,挥毫落纸如云烟。"喻运笔挥洒自如。诗句意谓,拓本影印来到我的书斋,壁上我挥毫落纸如生云烟。

之三①

有弓不着箭,有马不加鞭。②
步廊舒新郁,瞥见陇头砖。③
幽光难可没,苔藓碧娟娟。④
抉之以轻吕,涤之以流泉。⑤
喜语呈富贵,造作延光年。⑥
谅彼埋幽者,曾奏鸳鸯弦。⑦
一朝成永诀,千载就长眠。⑧
手执淡芭菇,袅袅一茎烟。⑨

①此诗写于1940年5月10日。取自《郭沫若题画诗存》,亦见《郭沫若全集》考古编第十卷。同样值得注意的是,《郭沫若题画诗存》还有一首《题昌利砖》与《题富贵砖之三》文字大同小异。该诗附有跋语:"廿九年四月七日偕立群往游嘉陵江北岸,于农家墙次见此砖。其后二周日,附近有延光四年砖出土,知必上下年代物也。五月十二日晨,沫若题。"看来是同一首先后题于不同的拓本上。

②着，放置。诗句意谓，有弓不放箭，有马不加鞭。

③步屧(xiè)，散步。屧，木板拖鞋。瞥，眼光掠过，匆匆一看。诗句意谓，我们散步以舒展新近郁闷的心情，眼光匆匆看到了墙头砖。

④没，湮没、消失。娟娟，美好貌。诗句意谓，幽幽之光难以湮没，上有苔藓显出好看的绿色。

⑤抉，挖出、撬开。轻吕，剑名。《逸周书·克殷》："乃剋射之，三发而后下车，而击之所轻吕，斩之以黄越。"诗句意谓，用铁剑去挖出，并在流动的泉水中洗涤。

⑥喜语，吉祥的话。诗句意谓，砖上喜语呈现富贵二字，造作则在东汉延光年间。

⑦幽，旧指阴间、地下，即幽冥。鸳鸯，指配偶。诗句意谓，谅这位埋于地下者，曾有人奏着失去配偶的弦乐。

⑧永诀，永远诀别。诗句意谓，一朝成为永别，千年来就此长眠。

⑨淡芭菇，烟草。英语 tabaco 的音译，属于外来语。袅袅，形容烟的缭绕上升。茎，犹言根。杜甫《乐游园歌》："数茎白发那抛得？"诗句意谓，手里拿着香烟，一根香烟的烟雾在缭绕上升。

之四①

我辈如盗窃，甘受台舆鞭。②
何如二千人，睽睽睹此砖。③
竹庐结新构，中有一婵娟。④
自言喜我诗，饮我甘露泉。⑤
枕边抛北伐，腾之以幼年。⑥
坐看鼓瑟琴，试解湘妃弦。⑦
相逢拼一醉，竟夕冢中眠。⑧
从知玉有恨，日暖袅晴烟。⑨

【注释】

①此诗写于 1940 年 5 月 10 日。取自《郭沫若题画诗存》，亦见《郭沫若全集》考古编第十卷。就其内容明显有感而发。作者在《关于发现汉墓的经过》一文中说："今天，见报载有'中央社讯'一则，言据古物保管委员会负责人谈称：'此次发掘与规定手续不合。……已由该会函请江北县政府查明保护；一面函郭沫若等暂停发掘，并查询经过详情'云云。阅后不胜诧异。"郭沫若作为考古学家，又是文化工作委员会负责人，而且考古委员会负责人马衡亦参与汉墓试掘，怎么会成为非法活动？这是国民党政府有意阻挠汉墓试掘工作并借此攻击郭沫若。这一题诗即针对上述事件而言。

②台舆，亦作"舆台"。古代分人为十等，舆为第六等，台为第十等。舆台指地位低微的人。诗句意谓，我辈如参与盗窃，甘愿受到像对待地位低下的人一样的鞭打。

③睽睽(kuí)，张目注视貌，如众目睽睽。诗句意谓，何以如此有两千人参观试掘成果展览会，众目睽睽看见此砖。

④竹庐,即竹屋,用毛竹造的房子。婵娟,美好貌,此指美女。构,房屋、屋宇。晋陆云《祖考颂》:"公堂峻趾,华构重屋。"诗句意谓,新屋结竹为庐,中有一位美人。

⑤甘露,甜美的露水。诗句意谓,美人自言喜欢我的诗,还让我饮像甘露一样的泉水。

⑥北伐,指作者自传《北伐途次》,上海北雁出版社1937年出版。媵(yìng),陪送。屈原《九歌·河伯》:"波滔滔兮来迎,鱼隣隣兮媵予。"幼年,指作者自传《幼年时代》,上海光华书局1933年出版。诗句意谓,枕边露出一本《北伐途次》,陪伴的还有一本《幼年时代》。

⑦瑟琴,即琴瑟,两种乐器名,亦可比喻友情。湘妃,即娥皇女英,传说二女死后成为湘水之神。诗句意谓,坐看鼓奏琴瑟两种乐器,试解湘妃含泪的琴弦。

⑧竟夕,整个晚上。冢,坟墓。诗句意谓,相逢拼上一醉,整晚墓中安眠。

⑨袅晴烟,晴天的烟雾袅袅上升。诗句意谓,从此知道埋玉有恨,风和日暖晴朗的天空烟雾袅袅上升。

再叠前韵简方湖①

先生俊逸性,让我着先鞭。②
一纸求题咏,真诚引玉砖。③
诗心清以越,字体秀而娟。④
岂期在城市,胜彼栖林泉。⑤
方知宅心泰,应宜延寿年。⑥
目叹断飞鸿,依然手挥弦。⑦
天地一大墓,京垓人正眠。⑧
梦中相搏击,万里互云烟。⑨

【注释】

①此诗写于1940年5月。取自《郭沫若全集》考古编第十卷。此诗上有题注:"此诗录自常任侠《永念考古学家郭沫若先生》一文(《考古》1983年第6期)。文中云其所拓'延光四年砖'拓本上郭老题'延光二千载'诗。汪辟疆(方湖)步韵题诗该拓本。诗寄郭老,郭老酬以《再叠前韵简方湖》诗。"再叠前韵,指方湖就郭老《题延光四年砖》鞭字韵和了一首,现在郭老依前再和,因称"再叠前韵"。方湖即现代历史学家汪辟疆,郭老寄书简于他。

②俊,才智过人的人。逸性,超逸豪放的意兴。先鞭,《晋书·刘琨传》:"与范阳祖逖为友,闻逖被用,与亲故书曰:'吾枕戈待旦,志枭逆虏,尝恐祖生先吾着鞭。'"表示先一着或占先着。诗句意谓,先生才智过人有着超逸豪放的意兴,让我先走一步。

③引玉砖,即抛砖引玉,典出《五灯会元》卷四,后常用为以自己的意见或文字引出别人的高见或佳作的谦辞。诗句意谓,你以一纸求我题咏,我则真诚抛出引玉之砖。

④诗心,诗人之心。娟,美好。诗句意谓,你的诗人之心清静以超越,字体则清秀而美好。

⑤岂,犹言宁,难道。楼,同"栖",泛指居住、停留,如栖身之所。林泉,山林泉石胜境,也指退隐之地。诗句意谓,宁可希望留在城市,胜于他人隐居山林。

⑥宅心，居心、存心。如宅心仁厚。泰，平安。如国泰民安。诗句意谓，可知宅心安泰，应宜益寿延年。

⑦飞鸿，指鸿雁。旧谓鸿雁可以传书。诗句意谓，眼前可叹已断传书的鸿雁，手中依然挥动着琴弦。

⑧京，京城、国都。垓（gāi），极远的地方。诗句意谓，天地是一个大的坟墓，京都和极远之人正在安眠。

⑨云烟，比喻容易消失的事物，如过眼云烟。诗句意谓，人们在梦中互相搏击，万里之内相互烟消云散。

题大实有余砖①三首

之一②

大实期有余，白马珊瑚鞭。③
文绣席林巏，视之等瓦砖。④
系马合欢树，相对坐婵娟。⑤
珍馐食拟玉，新绿醴如泉。⑥
嘉会难再得，韶华能几年。⑦
婆娑醉起舞，侑以朱丝弦。⑧
天地为枕衾，舞罢即长眠。⑨
一眠二千载，悠悠江上烟。⑩

【注释】

①这三首诗写于 1940 年 5 月中旬。取自《郭沫若全集》考古编第十卷。前有小序："一九四〇年五月十日，余与吕霞光、杨仲子及法国领事 Jank Lévé Ten 数君同往香国寺。于田间邱垅头觅得此砖。吕君携之归，拭视始知有文字及鱼形文，盖取大实有余之意也。实字颇似富字，又颇疑为富贵二字之合文。顾释为实字，亦自可通。今往霞光处拓得二纸，因成一诗录之于后。"

②此诗写于 1940 年 5 月 13 日。落款为："五月十三日八用鞭字韵，沫若自题。"

③实，财富、财物。《礼记·表记》："其君子尊仁畏义，耻费轻实。"注："实，财货也。"珊瑚鞭，像珊瑚一样华美的鞭子。诗句意谓，大的财富以期有余，骑乘白马且用像珊瑚一样的鞭子。

④文绣，绣有彩色花纹的丝织品或衣服。席，席位。巏（wēi），即巏㠜，盘曲不平貌。诗句意谓，将绣有彩色花纹的丝织品作为席位铺于林间盘曲不平的地上，视之等同普通瓦砖一样。

⑤合欢树，指双干并列的树。婵娟，指美女。诗句意谓，将马系于合欢树下，有位美人与他相对而坐。

⑥珍馐（xiū），同"珍羞"，珍贵的食物。拟，比拟、类似。醴，甜酒。《诗·小雅·吉日》："以御宾客，且以酌醴。"诗句意谓，珍贵的食物类似于玉的价值，嫩绿色的甜酒如同泉水一样。

⑦嘉会,欢乐的宴会。韶华,美好的时光。诗句意谓,欢乐的宴会实难再得,人生美好的时光能有几年。

⑧婆娑,盘旋、徘徊,亦指舞蹈。侑(yòu),辅助。《诗·小雅·楚茨》:"以为酒食,以享以祀,以妥以侑,以介景福。"注:"侑,劝也。"朱丝弦,染成朱红色的琴瑟弦。诗句意谓,醉后婆娑起舞,辅以染成红色琴弦弹奏的音乐。

⑨枕衾,枕头被子。诗句意谓,以天地作为枕头和被子,舞完就长眠。

⑩悠悠,悠闲自在。诗句意谓,一睡就是二千年,悠悠然如江上云烟。

之二①

大实期有余,勿再着尸鞭。②
古人长已矣,慷慨遗此砖。③
不知是俊彦,抑或系琼娟。④
安能际今日,再得起重泉。⑤
国家离浩劫,抗战已三年。⑥
时惊铁鸟弹,未废杏坛弦。⑦
雄狮狂怒吼,无复长睡眠。⑧
伫见乾坤定,正气扫狼烟。⑨

【注释】

①此诗写于1940年5月14日。落款为:"十四日晨九用鞭字韵,近日热不可耐,清晨已有暑意矣。"作者在写完《题大实有余砖》之一时就指出:"题毕意有未尽,续成一章以广之。"

②着尸鞭,着手鞭尸。诗句意谓,大的财富以期有余,不要再着手鞭尸。

③已矣,过去了、消失了。诗句意谓,古人已经长久消失了,还慷慨地留下这些砖。

④俊彦,才智过人之士。琼娟,指美女。诗句意谓,不知是俊杰之士,抑或美好婵娟。

⑤际,到,接近。重泉,犹黄泉,指地下。诗句意谓,何以能到今日,再次得以起于地下。

⑥离,通罹,谓遭遇不幸之事。洗劫,指日本帝国主义发动侵华战争。诗句意谓,国家遭遇到了一场浩劫,我国人民抗战已有三年。

⑦铁鸟,指飞机。杏坛,相传为孔子讲学处,后亦泛指授徒讲学的地方。诗句意谓,时时受到日寇飞机炸弹的惊扰,仍没有废止教坛的弦歌之声。

⑧雄狮,喻中国抗日军民。诗句意谓,雄壮的狮子在发狂怒吼,不再像过去长久的睡眠。

⑨伫(zhù),久立而等待。狼烟,烽火,古代边塞烧狼粪以报警,故名。诗句意谓,我们在长久等待天下安定,以人间正气扫除战争的烽烟。

之三①

我游香国寺,偶往执教鞭。②
肩舆所过处,错落见残砖。③

未遇明且逸，莫辨媸与娟。④

或则砌畦浍，或则堕溷泉。⑤

固自涅不缁，坚贞绝岁年。⑥

巴人下里歌，岂和阳春弦。⑦

凤与鸡同栖，玉共石长眠。⑧

无怪子去陈，七日绝炊烟。⑨

【注释】

①此诗取自《郭沫若全集》考古编第十卷。前有小序："香国寺之有汉墓发现，实五月六日事。当日商船学校招余前往讲演，途中所见，有诗纪之。事在此砖发现之前，七用鞭字韵者。"落款为："佩珊三妹其保存之，沫若。"按作者的夫人于立群，名佩珊，以字行。此诗于同年8月12日还题于"延光四年砖"拓本上，字句稍有更易。

②香国寺，重庆嘉陵江北岸的一座寺庙。教鞭，教师上课指示板书、图片用的棍儿。诗句意谓，我去游览香国寺，偶尔往附近学校去讲课。

③肩舆，用人力抬杠的代步工具，四川人俗称为滑竿。错落，交错纷杂。诗句意谓，我乘着滑竿所过之处，交错纷杂地看到残破的砖头。

④逸，隐逸、散佚。媸(chī)，相貌丑陋。娟，美好貌。诗句意谓，未遇显明或者隐逸，不辨丑与美。

⑤畦(qí)，田畦、田陇。浍(kuài)，田间水沟。溷(hùn)泉，浑浊的水。诗句意谓，或则砌田陇水沟，或则堕入浑浊水中。

⑥固，本来、诚然。涅不缁，语出《论语·阳货》："不曰白乎，涅而不缁？"何晏集解："至白者，染至于涅而不黑？"涅，礬石，古代用作黑色染料。缁，黑色。绝，超过、越过。诗句意谓，本来自己涅而不缁，保持坚贞穿越岁岁年年。

⑦巴人下里，即下里巴人。古代楚国民间歌曲，当时认为是流俗的音乐。后用来泛指通俗的文艺作品。阳春，即阳春白雪，古代楚国歌曲名，当时认为是高雅的音乐。诗句意谓，下里巴人之歌，岂能去和阳春白雪的音乐？

⑧栖，同"栖"，栖息、居住。诗句意谓，凤凰与鸡同时栖息在一起，美玉与石头共同长眠。

⑨子去陈，据《孔子家语·在厄》记载，孔子师徒离开陈国经蔡国去楚，在蔡被困七日，缺粮几乎致死，后经楚国边防军解救得以解危。炊烟，烧饭的烟火。诗句意谓，无怪当年孔子去到陈地，七天断绝了炊烟。

题延光砖①五首

一

春色招人事远游，汉砖历历见墙头。②

农人只解围风雨，谁肯临池学沐猴？③

二

剔苔刮垢识延光，入土于今千载强。④

造作牢坚良不易，难禁骨白与尘黄。⑤

三

汉时此冢属官家，知事参军抑馆娃。⑥

宝剑已残琴已烂，空留坚甓向谁夸！⑦

四

甓上犹余汉代钱，牢坚何补一牛眠？⑧

荷锄惆怅人归去，蔼蔼江头起暮烟。⑨

五

安帝南巡已道亡，汉家年号仍延光。⑩

傥来富贵终何有？化作民田艺稻粱。⑪

【注释】

①这一组诗写于1940年5月17日。初收《潮汐集》(作家出版社1959年出版)，后编入《郭沫若全集》考古编第十卷。因未入《郭沫若全集》文学编，故仍作佚诗收录。诗有附记："一九四三年四月二十一日在嘉陵江北岸发现汉墓。砖头有'延光四年七月造作，牢坚谨'十一字。东汉安帝延光四年乃公元一二五年。安帝于当年三月已死，此犹记七月，盖顺帝于次年始改元为'永建'。"这里"一九四三年"乃"一九四〇年"之误，应予订正。

②事远游，从事远游。历历，分明可数。诗句意谓，迷人春色促使我到嘉陵江北岸一带远游，只见汉砖分明显现在农家的墙头。

③圉(yǔ)，通"御"。《墨子·节用上》："冬以圉寒，夏以圉暑。"临池，原指学习书法，此指读书学习文化。沐猴，即猕猴。《史记·项羽本纪》："人言楚人沐猴而冠耳，果然。"猕猴戴帽，虚有其表。诗句意谓，农民只晓得以砖砌墙抵御风雨，谁肯读书摆出一副文人的样子？

④苔，青苔。垢，污垢。诗句意谓，剔除青苔刮尽污垢认出了"延光"的字样，原来汉砖入土已有千年以上。

⑤造作牢坚，造作之人牢坚。难禁，难以制止。诗句意谓，造作之人牢坚很不容易，仍难以制止被埋葬的人成为白骨与黄土。

⑥冢，坟墓。官家，公家，朝廷。参军，官名。东汉末参军事之名，即参谋军务，简称参军。馆娃，原指宫妃，此指做官人家女眷。诗句意谓，这座汉墓是属于官家的，不知这里埋葬的是参军一类官员还是他们的女眷。

⑦坚甓(pì)，指汉砖。《诗·陈风·防有鹊巢》："中唐有甓。"马瑞良通释："甓为砖。"诗句意谓，墓中宝剑已残琴已烂，空留一堆汉砖向谁夸耀！

⑧汉代钱，指汉墓中发现的五铢钱。牢坚，汉代工匠名。一牛眠，即牛眠地。《晋书·周光传》："初，陶侃微时，丁艰，将葬，家中忽失牛而不知所在。遇一老父，谓曰：'前岗见一牛眠山圩中，其地若葬，位极人臣矣。'"后世谓人葬于牛眠地，子孙可以富贵。诗句意谓，砖上还剩有汉代的五铢钱，牢坚何能补救牛眠之地？实即造者已无人知晓。

⑨荷锄，扛着锄头。惆怅，因失意而哀伤、懊恼。蔼蔼，暗淡貌。诗句意谓，发掘到傍晚

才扛起锄头,怀着感伤的心情归去,只见嘉陵江上暮色中腾起阵阵迷蒙的烟雾。

⑩安帝,即东汉皇帝刘祜,公元 107 年至 125 年在位。南巡,采用舜南巡苍梧的故事。相传舜南巡,崩于苍梧之野。典出《礼记·檀弓》。此处借指安帝死亡。年号仍延光,安帝死于延光四年三月,汉砖却有"延光四年七月"字样,可见顺帝即位是于第二年才改元为"永建"。诗句意谓,安帝已于四年三月辞世,可是直至七月汉朝的年号仍叫延光。

⑪傥(tǎng)来,即傥来物,谓偶然而来、不意而得之物。《庄子·缮性》:"物之傥来,寄者也。"成玄英疏:"傥者,意外忽来者耳。"艺,种植。诗句意谓,意外得来的富贵到最后还有什么,变成一片民田种植稻粱。

游缙云山寺①

无边法海本汪洋,贝叶群经灿烂装。②
警报忽传成底事,顿教白日暗无光。③

【注释】

①此诗写于 1940 年 7 月 31 日。缙云山寺,在重庆市北碚区,即缙云山上的缙云寺。该寺始建于南北朝宋景平元年,后几经扩建,清顺治元年毁于兵火。现有庙宇为康熙二十二年重建。由缙云寺攀登六百八十级石梯可到峰顶太虚台。在台上观日出,蔚为奇观。1940 年 7 月 31 日上午,郭沫若陪同法国总领事杨克列维奇夫妇游缙云山。中午在缙云寺饮茶休息。太虚法师捧出诗册,请郭沫若题诗。此时正遇空袭警报,进防空洞躲避。敌机轰炸北碚,从山顶上飞过。警报解除后回到汉藏教理院,写了这首七绝。详见李萱华《缙云题诗》,载《沫水》1982 年第 4 期。

②法海,佛法如同大海一样。汪洋,水宽广无边无际的样子。如一片汪洋。贝叶,印度贝多罗树的叶子,用水沤后可以代纸,古代印度人多用以写佛经,后因称佛经为"贝叶经"。《大慈恩寺三藏法师传》:"丁卯,法师方操贝叶,开演梵文。"诗句意谓,佛法如海本无边际一片汪洋,一批贝叶经装潢多么灿烂。

③警报,指日机空袭的警报。底事,何事、何以。白居易《放言》之一:"朝真暮伪何人辨,古往今来底事无。"诗句意谓,忽然传来警报成何事,顿时能教白日暗淡无光。

勉三厅同志①

大河前横,流水今日。②
生气远出,明月雪时。③

【注释】

①此诗写于 1940 年秋。当时,国民党反动当局正策划第二次反共高潮,竟限令政治部第三厅全体人员必须加入国民党,否则即作自动离厅论处。郭沫若当即表示反对,并指出:"入党不入党,抗日是一样的;在厅不在厅,革命是一样的。"在他的带领下,三厅同志集体辞职,不少人想奔赴延安。蒋介石很怕这些人如去延安,国内外影响不好,因而决定成立文化

工作委员会，仍由郭沫若主持。这一联语式的小诗，即为郭沫若题赠当时即将离厅赴延安的同志们。详见丁正献《昙华永念》，载《东海》1979年第8期。

②大河，指嘉陵江，长江上游支流，在重庆郊外汇入长江。诗句意谓，今日形势如横在我们面前的大河，水流奔腾向前不可阻挡。

③生气，指生命活力。明月雪时，化用南朝诗人谢灵运《岁暮》诗中："明月照积雪，朔风劲且哀"的诗意。诗句意谓，生气勃勃的革命者将要远行，天上明月在雪夜中仍发出皎洁的光辉。

题《签名轴》①

四百余宾聚一堂，水银灯柱竞辉煌。②
慰劳血战三杯酒，鼓舞心头万烛光。③
笔剑无分同敌忾，胆肝相对共筹量。④
醉余豪兴传歌曲，声浪如涛日绕梁。⑤

【注释】

①此诗写于1940年12月21日。同年11月1日文化工作委员会在重庆天官府正式成立。11月7日举行盛大招待晚会，宾主共四百余人。周恩来、郭沫若、冯玉祥、于右任、张治中、孙科、沈钧儒等出席。全体来宾签名在两张宣纸上。12月21日，郭沫若兴来又赋七律一首，并加说明，与签名轴裱在一起。诗后跋语为："晚会来宾签名者四百余人，宾主相洽，极一时之盛。酒后寿昌、老舍、浅哉、彦祥诸兄先后曼声作歌，佐以话剧和电影，直至夜阑始散。至今思之，犹有余兴，因赋七律。十二月二十一日郭沫若题。"此事详见《珍贵文物签名轴失而复得》，载1983年7月18日《光明日报》。

②水银灯，当时重庆电力不足，多用一种在水银蒸汽中放电发光的灯。诗句意谓，四百多位来宾欢聚一堂，水银灯柱亦竞相显得耀眼辉煌。

③血战，与敌英勇战斗血战到底。烛光，指物体发光强度的单位。诗句意谓，这次招待晚会意在慰劳在抗战救亡中与敌英勇战斗的文化战士，而与会的文化人亦受到鼓舞，仿佛有万支烛光照耀心头。

④笔剑，笔与剑，此指文化战线与军事战线两条战线的斗争。同敌忾（kài），即同仇敌忾，谓全体一致痛恨与打击敌人。筹量，筹划商量。诗句意谓，文武两条战线团结起来，一致对付敌人，希望与会者肝胆相照，共同商量打击日寇的策略。

⑤绕梁，即余音绕梁。晋张华《博物志》第五卷："过雍门，鬻歌假食而去，余响绕梁，三日不绝。"形容曲调优美动听，余味无穷。诗句意谓，不少文化人酒醉之余充满豪兴登台高歌，以致声浪如同涛水高亢回旋经久不息，令人长久难忘。

题辞岁晚会①

旋转乾坤又一年，冲涛破浪似行船。②
蒙庄犹自齐生死，善牧羊群重后鞭。③

①此诗写于 1940 年 12 月 31 日。落款为："廿九岁暮书怀,郭沫若。"这一天,文化工作委员会举行辞岁晚会,郭沫若即兴挥毫,用大字行书题七绝一首。诗见翁植耘《文化堡垒》一书中《在反动堡垒里的斗争》,重庆出版社 1982 年出版。

②旋转乾坤,亦作旋乾转坤,把天地旋转过来,比喻扭转大局,使局面为之一变。诗句意谓,为了扭转危局又斗争了一年,我们冲破惊涛骇浪如同行船一样。

③蒙庄,即庄子。因庄子为宋国蒙人,故称。齐生死,为《庄子·齐物论》中的命题,认为任何事物本无确定的是非标准,反对认识的片面性,却倒向了相对主义。后鞭,与先鞭相对,谓后来着鞭。诗句意谓,古代庄子犹自议论生死相对的问题,真正善于牧羊的人不会急于着鞭,即到关键时刻再用。

敬吊寒冰先生①

战时文摘传,大笔信如椽。②
磊落余肝胆,鼓吹动地天。③
成仁何所怨,遗惠正无边。④
黄桷春风至,桃花四灿然。⑤

【注释】

①此诗写于 1940 年间。录自《郭沫若学刊》2008 年第 3 期。孙寒冰(1903—1940),复旦大学毕业后赴美国华盛顿大学留学。1927 年回国后任复旦大学教授。1937 年 1 月,由他主编的《文摘》创刊号出版,深受读者欢迎。抗战爆发后改为《文摘战时专刊》。1940 年 5 月 27 日,因飞机轰炸重庆不幸遇难。郭沫若写了《敬吊寒冰先生》,发表于 1941 年 3 月 16 日《国民公报》。

②大笔如椽,典出《晋书·王珣传》:"珣梦人以大笔如椽与之,既觉语人曰:'此当有大手笔事。'俄而帝崩,哀册、谥议,皆珣所草。"后用"如椽大笔"喻人写作才能。诗句意谓,战时文摘广泛流传,方信编者大笔如椽。

③余,饶足。肝胆,喻豪情壮志。陆游《诗酒》:"齿发益衰谢,肝胆犹轮囷。"鼓吹,宣扬、宣传。诗句意谓,为人光明磊落饶有豪情壮志,宣扬团结抗战感动天地。

④成仁,为维护正义而献出生命。何所怨,语出《论语·述而》:"求仁而得仁,又何怨?"诗句意谓,逝者舍生取义求仁得仁又有何怨,遗留恩惠于民间正无边际。

⑤黄桷(jué),指重庆北碚黄桷镇。灿然,光彩耀眼的样子。诗句意谓,黄桷春风到处,桃花四处灿然开放。

题 画 诗①

江南一叶奇冤史,万众皆先天下忧。②
眼泪揩干还苦笑,暂忘家难赋同仇。③

【注释】

①此诗写于 1941 年 1 月 20 日,郭沫若为版画家丁正献木刻新作《为江南死国难者志哀》题七绝一首。丁正献《忆郭老田汉二三事》(载《新文学史料》1982 年第 4 期)一文中说:"1941 年 1 月,我听到皖南事变的消息后,刻了一幅《为江南死国难者志哀》的木刻,是刻一群工人看到这个消息后的悲愤情绪。一天上午……郭老拿起一张刚印好的木刻凝视了一回,就拿起笔在这张木刻的纸边上题了上面这首诗。"

②江南一叶,指在江南地区坚持抗日卓著勋劳而在皖南事变中被俘的新四军军长叶挺将军。此句化用当时周恩来所写四言诗:"千古奇冤,江南一叶。"诗句意谓,江南一叶(代指皖南事变)构成历史上的千古奇冤,而今千万民众都在先天下之忧而忧。

③赋,赋诗,作诗。同仇,同心协力对付敌人。《诗·秦风·无衣》:"修我戈矛,与子同仇。"诗句意谓,共产党人和广大革命人民眼泪揩干还要苦笑,暂时忘掉家难而共同对付日本侵略者。这里体现了对皖南事变既指出为亲者痛仇者快而又顾全大局的精神。

诗寿冯将军六十大庆①

巍然砥柱立中流,既倒狂澜赖挽收。②
今日盛名传妇孺,当年雄略震非欧。③
将军基督人称圣,丘八诗章石点头。④
气塞苍溟歌盛壮,定期花甲庆重周。⑤

【注释】

①此诗写于 1941 年 1 月。冯玉祥(1882—1948),字焕章,安徽巢县人。北洋军阀时期曾任师长、督军。1924 年发动北京政变,任国民军总司令。1926 年 9 月响应国民革命军北伐,以后历任国民政府第二集团军总司令、军政部长、军事委员会副委员长。抗日战争期间,拥护我党抗日民族统一战线政策,反对蒋介石消极抗日的方针。1941 年 1 月,为庆贺冯玉祥将军六十寿辰,郭沫若赋七律一首。发表于同年 1 月 13 日重庆《新华日报》。编者有附注:"去年冯寿,郭事后得知,赋诗为寿。"按冯玉祥生于 1882 年,1941 年为六十虚岁。"去年冯寿"实为误记。

②砥柱立中流,即成语中流砥柱。像砥柱一样屹立于黄河激流之中,比喻坚强的能起支柱作用的人或集体。"既倒"句,意同成语"力挽狂澜"。韩愈《进学解》:"障百川而东之,回狂澜于既倒。"比喻能挽回险恶的局面。诗句意谓,你像巍然屹立于黄河中流的砥柱,既倒狂澜有赖你去挽回收拾。

③妇孺,妇女和儿童。雄略,雄才大略。诗句意谓,今天你的大名已经传于妇孺之口,当年你的雄才震惊了非洲和欧洲。

④基督,即基督教,与佛教、伊斯兰教并称世界三大宗教。丘八,即兵,冯玉祥自称丘八诗人。石点头,晋代《莲社高贤传·道生法师》:"师被摈南还,入虎丘山,聚石为徒,讲涅槃经,群石皆为点头。"后谓讲道理说服力大,感染力强为"石点头"。诗句意谓,冯将军信奉基督人称圣徒,所作"丘八诗章"能使顽石点头。

⑤气，正气、浩然之气。苍溟，本指青苍的大海，也指天地之间。花甲，指六十花甲子，后称年满六十岁为花甲之年。重周，重来一周，即活一百二十岁。诗句意谓，一股浩然之气充塞于天地之间且发出雄壮的歌声，定可预期花甲之年重来一周，即可活到一百二十岁。

题赠陈叔谅先生①

银烛渐烧残，幽光明欲灭。②
开门见天心，含笑悄相悦。③
耳塞了无闻，得非万籁寂。④
凉风侵客肌，应有秋虫泣。⑤

【注释】

①此诗写于1941年2月。陈叔谅为陈布雷胞弟，时任蒋介石侍从室机要秘书。陈布雷与郭沫若早有交往，因而其弟与郭沫若亦相互认识。陈叔谅便通过当时在文工会工作的外甥翁植耘向郭沫若索题，郭便"录旧作"《夜会散后》相赠。《夜会散后》写于1940年8月，原诗为："银烛烧渐短，残灯明欲灭。开帘见天星，含笑悄相悦。万籁了无声，不闻秋虫唧。凉风侵客肌，回念阵前铁。"两相对照，改动甚多，名为"旧作"，实属新作。录自《郭沫若书法集》，四川辞书出版社1999年出版。手迹落款有："叔谅先生属，卅年二月录旧作，郭沫若。"

②银烛，喻明亮的灯光。唐王维《早朝》："银烛已成行，金门俨驺驭。"诗句意谓，银烛已渐烧残，幽幽烛光虽明欲灭。

③天心，古代天文学家称北极星为天心。《后汉书·郎𫖮传》："北极亦为大辰。"李贤注引李巡曰："北极，天心也。"诗句意谓，开门出去就看见天上的北极星，含着微笑悄悄感到喜悦。

④了，全然。归有光《水利后论》："求所谓安亭江者，了不可见。"万籁寂，即万籁俱寂，谓一点声音都没有，形容环境十分安静。诗句意谓，双耳被塞全然无闻，难道真的一点声音都没有么？

⑤秋虫，秋日多虫，入夜辄鸣。杜甫《除架》："秋虫声不去，暮雀意何如。"诗句意谓，凉风侵人肌肤的时候，应有秋虫在悲鸣！此诗明显具有象征意义。原作《夜会散后》，描写夜深会散之后的情景。作者有感于秋风的到来，不禁怀念前方抗日的将士。改作《题赠陈叔谅先生》，时值震惊中外的皖南事变之后，似有新的寓意。我们不妨结合诗中描绘的特定情境，尤其是结句"应有秋虫泣"一语加以体味。

题六骏图①五首

一

八骏周游乐未央，穆王遗事费平章。②
健强不息能骑射，胜似儿皇作虎伥。③

二

无怪名马号白蹢，飞奔浑似不沾泥。④

抚膺徒自思神骏，日暮空中闻鼓鼙。⑤

三

此是太宗拳毛䯄，凛然屹立生风沙。⑥
非关皮肉坚于铁，战士轻生马自嘉。⑦

四

传闻此马号乌骓，负箭满身犹急驰。⑧
慷慨项王施首后，不知遗革裹谁尸？⑨

五

万矢纵教穿我皮，日行千里不为奇。⑩
冲锋陷阵寻常事，李广无人剧可悲。⑪

【注释】

①这一组诗写于 1941 年 3 月 6 日。郭沫若在重庆家中为田汉饯行，送他乘舟东下赴桂林。因受田汉嘱托，为其留下的《六骏图》拓本题七绝六首。附有简短说明："寿昌得此六骏图拓本嘱为题识，考穆王相传虽荒淫无度，但其八骏周游之概，实一快事。后之为人君者求其能骑马射箭已不可多得矣！"此诗载同年 10 月 10 日桂林《戏剧春秋》月刊一卷五期。其中第六首："南山昨日事春游，……"已收入《郭沫若全集》文学编第二卷《汐集》，题为《送田寿昌赴桂林》。这里不再作为"集外佚诗"。

②八骏，传说中周穆王的八匹名马。未央，未尽。《诗·小雅·庭燎》："庭如何其？夜未央。"穆王，即周穆王，周昭王之子。他西击犬戎，东征徐戎。后世传说他曾周游天下。《穆天子传》即写他乘八骏西行见西王母的故事。平章，商量处理。诗句意谓，骑着八匹名马周游天下其乐未尽，周穆王遗留下来的事迹颇费评议。即相传虽荒淫无度，但也并非无能之辈。

③儿皇，即儿皇帝。后晋石敬瑭为诌媚契丹统治者耶律德光，尊其为父，自称儿皇帝。后引申指傀儡政权的统治者。作虎伥（chāng），即为虎作伥，传说被老虎吃掉的人，其鬼为伥，诱人以供虎食。因以"为虎作伥"比喻做敌人的帮凶。诗句意谓，周穆王强健不息能骑马射箭，总胜过那些儿皇帝去为虎作伥。

④白蹄（tí），古代名马，出处不详。蹄，古"蹄"字。晋郭璞《水马赞》："马实龙精，爱出水类。渥洼之骏，是勒是蹄。"诗句意谓，无怪这匹名马号曰白蹄，飞奔起来简直像不沾泥一样。

⑤抚膺，捶胸，表示慨叹、怅恨。晋张华《杂诗》："永思虑崇替，慨然独抚膺。"鼓鼙（pí），大鼓和小鼓，进军时以励战士，借指军事。诗句意谓，捶胸慨叹徒自在思神马，傍晚空中听到战鼓之声。

⑥拳毛䯄（guā），唐太宗所乘六骏之一。凛然，严厉貌，形容令人敬畏的神态。诗句意谓，这是唐太宗所乘的名马拳毛䯄，凛然屹立即生起风沙。

⑦轻生，轻弃生命，此指不怕死。诗句意谓，并非关系到皮肉坚于铁，战士只要不怕死其马自然好。

⑧乌骓（zhuī），古代名马，传为项羽所用。《史记·项羽本纪》："骏马名骓，常骑之，于是

项王乃悲歌慷慨:'力拔山兮气盖世,时不利兮骓不逝。'"诗句意谓,听说此马号为乌骓,虽然全身负箭犹能快速奔驰。

⑨施首,意即施身、舍身,此指项羽自刎身亡。遗革裹谁尸,化用"马革裹尸"的成语。诗句意谓,项王悲歌慷慨自刎以后,不知乌骓遗革裹了谁的尸体?

⑩作者自注:"此马名什赤伐,未详骑者为谁,负矢空驰,殊足引人起寂寞之感也。寿昌以为如何?"诗句意谓,纵让万枝弓箭射穿我的皮,依然日行千里不足为奇。

⑪李广,西汉名将。曾任右北平太守,匈奴数年不敢攻扰,称之为"飞将军"。诗句意谓,冲锋陷阵为平常之事,李广镇守而无人敢犯很可悲哀,即虽系名马却无由冲锋陷阵。

读酬罗诗灯下率成三绝寄孝威①

一

人称三杰罗斯福,邱吉尔同斯太林。②
能集众思广众益,武侯遗训耿而今。③

二

希墨允推今桀纣,居然一对大魔王。④
英雄崇拜徒然尔,欲得降魔贵自强。⑤

三

茫茫四野弥黮暗,历历群星丽九天。⑥
映雪终嫌光太远,照书还喜一灯妍。⑦

【注释】

①这三首诗写于 1941 年间。录自《太平洋鼓吹集》,桂林拔提书店 1943 年 12 月出版。孝威,即陈孝威,曾在香港创办《天文台》半月刊,1941 年 12 月太平洋战争时停刊。他在太平洋战争前半年,曾致书美国总统罗斯福,呼吁支持中国抗战。信中附有自己献诗和杨云史和诗。稍后他又广泛征集海内外知名人士的和诗。历时七月,得诗 363 首,编成《太平洋鼓吹集》。郭沫若亦应约写成三首绝句。题中"读酬罗诗",即读陈孝威献给罗斯福的诗。

②三杰,指美国总统罗斯福、英国首相邱吉尔、苏联人民委员会主席斯太林(通译为斯大林),在第二次世界反法西斯战争中人称"三杰"。

③武侯遗训,指诸葛亮《教与军师长史参军掾属》所言:"夫参署者,集众思,广忠益也。"后以"集思广益"为集中众人的智慧、博采有益的意见。耿,通"炯",光明。诗句意谓,诸葛武侯集思广益的遗训光照至今。

④希墨,即德国与意大利法西斯头子希特勒与墨索里尼。桀纣,指我国古代暴君夏桀与商纣。诗句意谓,希特勒与墨索里尼诚然可推今之夏桀与商纣,居然是一对大魔王。

⑤徒然,枉然,不起作用。尔,表语气,用同"矣"。诗句意谓,对于世界三杰英雄崇拜亦属枉然,要想降服魔王还得贵在自强,即依靠自己的力量打败日本侵略者。

⑥弥,遍、满。黮暗,语见《庄子·齐物论》,谓昏暗、不明。丽,附着。《易·离》:"日月丽

乎天,百谷草木丽乎土。"九天,即天、天空。诗句意谓,茫茫四野弥漫着一片昏暗,历历群星附着在九天之上。

⑦映雪,即映雪读书,为古代贫而好学的故事。妍,美好。诗句意谓,映雪读书终嫌其光太远,我还是喜欢一盏美好的油灯。作者挑灯夜读,不想舍近求远寻求其他光亮,与陈孝威希求美国总统援助想法有异。需要指出的是,第三首当时还曾题赠日本友人绿川英子,因其题诗对象不同而旨趣有异,故同时并存。

赠 友 人①

百万雄兵一卷诗,指挥若定两死之。②
鞭龙急起兴霖雨,天下苍生望有为。③

【注释】

①此诗写于 1941 年 6 月。录自《郭沫若书法集》。诗有落款:"民纪卅年六月录近作以应忍安先生属,郭沫若。"关于忍安先生,生平事迹不详。录近作,根据诗的内容,应为题赠军界且喜写诗的友人。原诗无题,暂名《赠友人》。

②雄兵,雄壮威武的士兵。指挥若定,指挥作战极有把握,好像胜利已成定局一样。死,形容极、甚。如笑死了,高兴死了。之,代词,指指挥若定。诗句意谓,指挥百万雄兵与写作一卷诗词,两者都能指挥若定而且稳操胜券。

③鞭,鞭打、鞭策。龙,古代传说中一种能兴云播雨的神异动物。霖雨,甘霖。《书·说命上》:"若岁大旱,用汝作霖雨。"苍生,指百姓、众民。诗句意谓,鞭策龙神急起兴作霖雨,天下苍生望你有所作为。实谓希望军界友人能在抗战建国中发挥重要作用。

庆祝焕章先生六十大寿①

大树遗风在,劳谦一伟兵。②
普天能矍铄,四海庆耆英。③
战阵雄弢略,骚坛溢颂声。④
乾坤今板荡,不坠赖支撑。⑤
心广涵春海,雍容积圣功。⑥
危言轻叔世,太朴似童蒙。⑦
食饮箪瓢乐,戎衣大布缝。⑧
滔滔天下是,诚悦拜斯翁。⑨

【注释】

①此诗写于 1941 年 11 月。焕章先生,即国民党抗日爱国将领冯玉祥。郭沫若为贺冯玉祥六十大寿赋诗一首。1941 年 11 月 14 日,重庆《新华日报》开辟"庆祝焕章先生六十大寿专栏"。该栏同时刊有毛泽东、林伯渠、吴玉章、陈绍禹、秦邦宪等人的贺电,朱德、董必武、周恩来、叶剑英、黄炎培的贺诗贺词。

②大树遗风，典出《后汉书·冯异传》："诸将争功，异常屏处大树下，军中号为'大树将军'。"后用指不居功自傲的将领。劳谦，勤劳谦逊。诗句意谓，大树将军从不居功自傲的遗风仍在，实为勤劳谦逊的一名伟大军人。

③矍铄，形容老人精神健旺。《后汉书·马援传》："帝笑曰：'矍铄者，是翁也。'"耆（qí）英，年高优异的人。诗句意谓，普天之下都在庆祝这位精神健旺、年高优异的老人。

④弢略，同韬略。《六韬》、《三略》原为古代兵书。后称用兵谋略为韬略。骚坛，唐杜牧《雪晴访赵嘏街西所居三韵》："命代风骚将，谁登李杜坛。"后因称诗界为骚坛。诗句意谓，你在战场是位以韬略称雄的将军，你在诗坛上是位颂声溢耳的诗人。

⑤板荡，《诗·大雅》有《板》《荡》二篇，讽刺周厉王无道败坏国家。后因以板荡指政局变乱或社会动荡不安。诗句意谓，而今天下动荡不安，老天没有坠落全靠你支撑着。

⑥圣功，至高无上的功业德行，后多用以称颂皇帝的套语。诗句意谓，你心胸宽广能包容大海，态度雍庸积累着至高无上的功绩德业。

⑦危言，直言。《后汉书·党锢传序》："又渤海公族进阶，扶风魏齐卿，并危言深论，不隐豪强。"注："危言，谓不畏危难而直言也。"叔世，衰乱的时代。太朴，极其朴实。童蒙，无知的幼童。诗句意谓，敢于直言以轻薄这衰乱的时代，为人朴实像个天真的孩子。

⑧"食饮"句，《论语·雍也》："贤者回也，一箪食，一瓢饮，在陋巷，人不堪其忧，回也不改其乐。"谓用竹筒盛饭吃，用瓢舀水喝，也感到快乐。戎衣，军衣。诗句意谓，你以箪进食以瓢饮水仍感快乐，穿着大布制作的军衣保持艰苦朴素的作风。

⑨滔滔，盛多，普遍。《论语·微子》："滔滔者，天下皆是也，而谁以易之？"斯翁，这位老人。诗句意谓，天下普遍都是这样，大家心悦诚服礼拜这位老人。

题赠绿川英子①

茫茫四野弥黮暗，历历群星骊九天。②
映雪终嫌光太远，照书还喜一灯妍。③

【注释】

①此诗写于1941年11月。绿川英子（1912—1947），日本山梨县人。原名长谷川照子。1937年4月来中国与丈夫（留日学生刘仁）一起参加抗日斗争。她曾在武汉中央广播电台担任对日播音员，进行反战宣传，在日军士兵中产生较大影响。后来转移至重庆，又在当时《新华日报》、《解放日报》多次发表评论。后经叶籁士介绍在重庆参加文化工作委员会的工作，遂与郭沫若时有接触。1941年11月16日，郭沫若在一次庆祝茶会上，听绿川英子登台即席朗诵《一个暴风雨时代的诗人》，高兴之余题赠七绝一首，写在绿川英子从日本带来的一块红色绢帕上。原件已由绿川英子子女刘星、刘晓兰捐赠佳木斯文化馆。此诗详见龚佩康《照书还喜一灯妍——郭沫若同志与绿川英子二三事》，载1979年6月17日《四川日报》。

②弥，遍、满。黮（dàn）暗，语见《庄子·齐物论》："我与若不能相知也，则人固受其黮暗，吾谁使正之？"陆德明释引李颐曰："黮暗，不明貌。"历历，分明可数。历历群星，喻进步文化人。骊，并列。汉张衡《西京赋》："骊驾四鹿，芝盖九葩。"注："骊，犹罗列并驾之也。"九天，中央和八方，亦指高空。诗句意谓，茫茫四野弥漫着一片阴暗，而历历群星并列于九天之上。

③映雪,即映雪读书,为古代贫而好学的故事。《尚友录》卷四:"孙康者,京兆人,性敏好学,家贫无油,于冬月尝映雪读书。"妍,美好。一灯妍,喻绿川英子。诗句意谓,映雪读书终嫌其光太远,人们还是喜欢一盏美好的明灯。

步畏垒先生原韵^①四首

一

茅塞深深未易开,何知渊默听惊雷。^②

知非知命浑无似,幸有春风天际来。^③

二

欲求无愧怕临文,学习难能过右军。^④

樗栎散材绳墨外,只堪酒战策功勋。^⑤

三

自幸黔头尚未丝,期能寡过趁良时。^⑥

饭蔬饮水遗规在,三绝韦编爻象词。^⑦

四

高山长水仰清风,翊赞精诚天地通。^⑧

湖海当年豪气在,如椽大笔走蛇龙。^⑨

【注释】

①这四首诗写于1941年11月23日。畏垒先生,即陈布雷,字畏垒,浙江慈溪人。曾任蒋介石侍从室二处主任、国民党中央宣传部副部长、中央政治会议秘书长等职。1941年11月16日,郭沫若五十寿辰,重庆文化界发起大规模庆祝活动。陈布雷欣然应允作为发起人之一,并连发贺信与贺诗以表示敬意。贺诗为四首七绝:"渑渑奔流一派开,少年挥笔动风雷;低徊海澨高吟日,犹似秋潮万马来。""搜奇甲骨著高文,籀史重征张一军;伤别伤春成绝业,论才已过杜司勋。""刻骨辛酸藕断丝,国门归棹恰当时;九州无限抛雏恨,唱彻千古堕泪词。""长空雁阵振秋风,相惜文心脉脉通;巫岫云开新国运,祝君彩笔老犹龙。"郭沫若在纪念活动后,对陈布雷贺诗特别注意,遂即挥笔复信和诗,声称:"敬用原韵,勉成俚句以见志,良知邯郸学步,徒贻笑于大方,特亦不能自已耳。"诗载1941年11月28日重庆《大公报》,题为《奉酬畏垒先生步原韵》。信见植耘《郭沫若与陈布雷》,《战地》1980年第4期。

②茅塞,语出《孟子·尽心下》:"山径之蹊间,介然用之而成路,为间不用,则茅塞之矣;今茅塞子之心矣。"后以"茅塞"比喻人的思路闭塞或愚昧不懂事。渊默,深沉静默。《庄子·在宥》:"尸居而龙见,渊默而雷声。"诗句意谓,我思路闭塞很深未易开窍,何以知道于无声处而听到雷声。

③知非,《淮南子·原道训》:"故蘧伯玉年五十,而知有四十九年非。"后人因谓五十岁为知非之年。知命,《论语·为政》:"五十而知天命。"后因以"知命"为五十岁的代词。无似,自

谦之词,犹言不肖。诗句意谓,年已五十而简直不肖,幸有春风从天际吹来。

④临文,当写文章之时,王羲之《兰亭集序》:"每览昔人兴感一契,未尝不临文嗟悼,不能喻之于怀。"右军,即晋代书法家王羲之,官至右军将军。诗句意谓,欲求无愧而怕临帖写字,学习亦难超过王右军。

⑤樗栎(chū lì),均为不材之木,后喻无用之才。绳墨,木匠画直线用的工具。《庄子·逍遥游》:"吾有大树,人谓之樗,其大本拥肿而不中绳墨。"策,古代考试以问题书之于策,令应举者作答,称为"策问",也简称策。诗句意谓,我本无用之才而不中绳墨,只堪饮酒遑能以策功勋。

⑥黔头,即黔首,战国及秦代时百姓的称谓。《说文解字》卷十上:"秦谓民黔首,黑色也。"寡过,少点过失。诗句意谓,自幸头发尚黑没有变白,还在期望少点过失以趁良好时机。

⑦饭蔬饮水,语见《论语·述而》:"饭蔬食饮水,曲肱而枕之,乐亦在其中矣。"三绝韦编,古时无纸,以竹简书写,用皮绳缀,故曰韦编。《史记·孔子世家》:"读《易》,韦编三绝,曰:'假我数年,若是,我于《易》则彬彬矣。'"后遂以"韦编三绝"形容读书勤奋、刻苦治学的精神。爻(yáo)象,《易》以六爻相交成象,爻象即卦所表示的形象。然后通过想象推论人事的变化。诗句意谓,饭蔬饮水早有圣人遗留下的规范,我们读《易》,亦当韦编三绝以解爻象之词。

⑧高山长水,亦作"山高水长",喻人品节操高洁影响深远。清风,旧时常以清风明月喻高人雅士。翊(yì)赞,辅佐赞助。诗句意谓,我很仰慕这位人品高洁的高人雅士,而且对上峰辅佐赞助一片精诚可通天地。

⑨湖海,即湖海之士。语见《三国志·魏·陈登传》:"后许汜与刘备并在,荆州牧刘表坐,表与备共论天下人,汜曰:'陈元龙湖海之士,豪气未除。'"如椽大笔,典出《晋书·王珣传》,谓像屋椽一样的大笔,比喻作者杰出的写作才能。走蛇龙,即笔走龙蛇,笔一挥动就能呈现出龙蛇舞动的神态。比喻书法笔势矫健生动。诗句意谓,当年湖海之士的豪气仍在,挥动如椽之笔有如龙蛇飞动,可谓大家手笔。

题伍蠡甫先生山田图①

乐园随地是,莫用天外求。②
薄田三两顷,衣食足无忧。③
种树可成荫,通泉以作流。④
碧箬胜荷叶,大木蔽崇楼。⑤
春来百鸟鸣,翠盖何清幽。⑥
寒生叶尽落,解脱万木愁。⑦
繁华与寂灭,自我为春秋。⑧
静中有生意,动中有静休。⑨
亦内即亦外,亦刚即亦柔。⑩
万物备于我,谁谓等浮鸥。⑪

【注释】

①此诗写于1941年11月。伍蠡甫,我国现代著名画家、美学家,当时任复旦大学文学

院院长。为支援抗日前线,曾举办个人画展,《山田图》为其中一幅。郭沫若欣然为此图题诗。此诗首见同年11月29日重庆《新蜀报·蜀道》538期。

②乐园,基督教指天堂,也指伊甸园。通常亦用以指生活愉快安适的地方。

③薄田,贫瘠的田。顷,计量土地面积的单位,一百亩为一顷。诗句意谓,只要能有两三顷薄田,衣食丰足即可无忧。

④荫,指树荫。诗句意谓,种上树可形成树荫,疏通泉水以成溪流。

⑤箬(ruò),箬竹的叶子。叶子宽而大,可以编制器物或竹笠,还可以包粽子。崇楼,高楼。诗句意谓,碧绿的箬叶胜过荷叶,高大的树可以藐视高楼。

⑥翠盖,树木枝叶茂密如华盖。诗句意谓,春天到来百鸟和鸣,绿树成荫何其清幽。

⑦这两句是说,寒天到了树叶落尽,仿佛给万木解脱了忧愁。

⑧寂灭,寂寞灭迹。春秋,岁月、四季,岁有四季而以春秋代表之。诗句意谓,春日的繁华与深秋的寂灭,春秋更替为自然界本身的时序变化。

⑨这两句是说,在静止中包含着生机,在运动中亦有着寂静休止。

⑩这两句是说,按照唯物辩证的观点,内与外、刚与柔都是相对的,而且可以互相转化。

⑪"万物"句,语出《孟子·尽心》:"万物皆备于我矣。反身而诚,乐莫大焉!"万物,指宇宙间一切事物。备于我,我所具备,亦谓我所掌握。浮鸥,浮游的水鸟。诗句意谓,世间万物皆为我所掌握,谁说人只等同于水上飞鸟呢?

风 火 蛾①

余所追求者,竟为汝所戕。②
誓当扑灭汝,恨汝太辉煌。③

只怪扑灯蛾,焉能怪得我?④
伊亦有眼睛,当知我是火。⑤

明知君是火,甘向火怀裁。⑥
躯壳成焦炭,寸心始可灰。⑦

【注释】

①此诗写于1941年12月。取自作者当时所写五幕史剧《棠棣之花》第二幕《濮阳桥畔》。为一群游女载歌载舞所唱。第一节演唱者扮"风"的角色,第二节演唱者扮"火"的角色,第三节演唱者扮"蛾"的角色。全诗采用隐喻手法表现对爱情的热烈追求。

②戕(qiāng),杀害、残害。诗句意谓,(以风的口吻)我所追求的人(指蛾),竟然为你所杀害。

③这两句是说,我发誓要扑灭你(指火),可恨你太辉煌了。

④扑灯蛾,飞蛾喜光,见灯会扑上去,故名。诗句意谓,(以火的口吻)只怪扑灯蛾自己,怎能怪得到我?

⑤伊，彼、他。白话文运动初期作"她"字用。这里指飞蛾。诗句意谓，她也有眼睛，应当知道我是火。

⑥君，你，指火。诗句意谓，(以蛾的口吻)我明知道你是火，甘愿栽进火的怀抱中。

⑦躯壳，身躯、身体。寸心，犹心。心位于胸中方寸之地，故称寸心。诗句意谓，只有当躯体烧成焦炭以后，这颗心才会化为灰。这里喻指对爱情的忠贞不渝。

赠 侠 农①

村居闲适惯，沽酒为驱寒。

呼童携素琴，提壶相往还。②

有酒且饮酒，有山还看山。

林梢栖宿露，流水响潺潺。③

此道竟何似，悠悠天地宽。④

【注释】

①此诗写于1941年间。侠农，原名秦奉春，字侠农。当时为文工会二组成员，从事绘画、摄影，与郭沫若接触较多。他还在赖家桥办小农场，郭沫若亲题水牛山、银杏亭。每到夏季，郭沫若到赖家桥小住从事著述，曾为题写诗词条幅。此诗首见彭放《访文工会成员秦奉春先生》，载《郭沫若研究》第4集。

②素琴，不加装饰的琴。沽酒，买酒。诗句意谓，乡村居住养成闲适的习惯，买酒是为了驱寒。呼唤童子携上不加装饰的琴，提着酒壶跟着来回。

③栖，栖息，停留。潺潺(chán)，象声词，溪水、泉水流动的声音。诗句意谓，有酒且喝酒，有山还看山，树梢上还停留着隔夜的露水，山间流水发出潺潺的响声。

④道，思想主张，此指想法。诗句意谓，这样的想法竟何其相似，心中悠悠然则天地自宽。这里反映作者向往乡居生活。

信陵君与如姬①

信陵公子，如姬夫人，耿烈呀太阳，皎洁呀太阴。②

铁锤一击，匕首三寸，舍生而取义，杀身以成仁。③

生者不死，死者永生，该做就快做，把人当成人。④

千古并耀，万古流芬，大公呀无私，仁至呀义尽。⑤

【注释】

①此诗写于1942年2月。取自作者当时所作五幕史剧《虎符》，为该剧结尾群众在如姬墓前的合唱。作者在《写作缘起》中指出："二月十日，在傍晚将第四幕完成，决定名为《虎符》，副题为《信陵君与如姬》。全剧结尾一歌，于火盆之畔，用脚自敲拍子而成，实一主题歌也。"

②信陵君，即战国时魏公子无忌，魏安釐王之弟，封信陵君。战国四公子之一，门下有食

客三千。他在魏安厘王二十年设法窃得兵符，击杀将军晋鄙，夺取兵权，救赵胜秦。五幕史剧《虎符》即根据信陵君"窃符救赵"故事写成。如姬夫人，魏安厘王宠妃。其父为人所杀，欲求报仇，三年而未能得，信陵君遣刺客代她报仇。秦国伐赵，信陵君欲救赵，请她窃取发兵的虎符。如姬夫人既为报恩，亦为支持信陵君反对不义战争，帮助窃得虎符夺取晋鄙兵权。后得以击败秦兵，解了赵围。耿烈，光明。太阴，月球的旧称。诗句意谓，信陵公子，如姬夫人，光明呀太阳，皎洁呀月亮。

③铁锤一击，指力士朱亥，随信陵君前往晋鄙军营，因晋鄙不从虎符号令，一锤将之击毙。匕首三寸，指如姬夫人窃符之后用匕首自刎身亡。舍生而取义，《孟子·告子上》："生，亦我所欲也；义，亦我所欲也；二者不可得兼，舍身而取义者也。"杀身成仁，《论语·卫灵公》："志士仁人，无求生以害仁，有杀身以成仁。"后以取义、成仁为实现崇高理想或正义事业而牺牲生命。诗句意谓，力士朱亥铁锤一击，如姬夫人匕首自刎，均为取义、成仁而献出自己的生命。

④这里是说，生者不死（指信陵君），死者永生（指如姬、侯嬴），任何事情该做就快做，把人当成人。（这两句系作者得意之笔！）

⑤万古流芬，通作"万古流芳"，谓好名声万古流传。仁至义尽，仁爱和正义的行为到了头，表示对人的善意帮助、容忍已到最大限度。诗句意谓，信陵公子和如姬夫人千秋一并闪耀，美好名声永远流传，他们大公无私，仁至义尽。

赠董作宾①

卜辞屡载正尸方，帝乙帝辛费考量。②
万蝔千牛推索遍，独君功力迈观堂。③

【注释】

①此诗写于1942年春。录自《郭沫若研究年鉴2010》，见谢保成《"神交"到"握手言欢"》。当时，董作宾从中央研究院历史语言研究所驻地四川南溪李庄赴重庆参加中央研究院院务会议，其间与郭沫若第一次见面。郭沫若遂以此诗相赠。董作宾在《跋鼎堂赠绝句》中言："卅一年春，访沫若于渝，十载神交，握手言欢。"

②卜辞，即甲骨文。商代王室崇尚迷信，常用龟甲兽骨占卜吉凶，并在其上铭刻占卜的事情和占卜的结果。甲骨上的文字，大都是占卜之辞，因称卜辞。"正尸方"与"帝乙帝辛"均为甲骨上的刻辞。诗句意谓，甲骨文上屡次载有"正尸方"的字样，至于"帝乙帝辛"为谁仍费考量。

③蝔（zuī），亦作"觜"，一种龟名。《尔雅·释鱼》"灵龟"晋郭璞注："涪陵郡出大龟，甲可以卜，缘中文似瑇瑁，俗呼为灵龟，即今觜蝔龟，一名灵龟，能鸣。"牛，即牛骨。万蝔千牛，意指大量刻有卜辞的甲骨。诗句意谓，大量刻有卜辞的甲骨推索已遍，独有你（董作宾）的功力已经超过了观堂（王国维）。此指董作宾主持安阳殷墟发掘，发现大量骨甲文字，发表《新获卜辞写本》，郭沫若赞其"足为考古学上之新纪元"。

题《剑阁图》①

绝地通天阁道雄，至今人感武侯功。②

山灵点点酬知己，云白峰青一望中。③

【注释】

①此诗写于 1942 年 2 月。落款为："一峰先生画此剑阁图嘱题，民纪卅一年春初，蜀南郭沫若。"《剑阁图》为现代著名书画家吴一峰所绘工笔重彩画。当时吴一峰画作等着郭沫若题诗后要进行展览，郭沫若随即致函"大画已题就，奉上乞查收"。此事详见刘欣与江功举主编、张启政与刘欣校注的《一峰草堂师友书札》，文物出版社 2006 年 10 月出版。

②阁道，即栈道。在今四川剑阁县东北大剑山、小剑山之间，相传为诸葛亮所修筑，是川陕间的主要通道，军事戍守要地。武侯，即蜀汉丞相诸葛亮，曾被封为武乡侯，因称诸葛武侯。诗句意谓，剑阁绝地通天下称雄，至今人都感念诸葛亮武侯的功劳。

③知己，指《剑阁图》作者吴一峰。诗句意谓，阁道山灵绝地通天在酬谢知己（《剑阁图》的作者），栈道旁白云青峰都在一望之中。

题冯玉祥先生画①

有马借人乘，有驴独自坐。②骑去看梅花，板桥容易过。骑去上战场，枪炮容易躲。③何必如龙始足豪，须知马大人显小，其进锐者其退速，何如进退如一慢慢跑。④视死能如归，看花上阵两都好。⑤

【注释】

①此诗写于 1942 年 5 月。当时，冯玉祥将军为柳亚子先生之子柳非杞作一《骑驴图》，并作题记："许多人们好乘马，唯有此翁爱骑驴。只要铲走日本鬼，无论如何皆欢喜。"郭沫若见后，题此诗，并有跋语："焕章先生以名将而善诗画，诗是妇孺皆知，而画却不轻易动笔，然其画之超脱，实有飘飘欲仙之意，观此为非杞先生所图可知也。"此诗发表时列于冯玉祥《为柳非杞先生作骑驴图并题》之后，题作《郭沫若先生题诗》，载 1942 年 5 月 11 日《新华日报》。

②这两句赞《骑驴图》作者，有马借给别人去骑，而有驴却独自去坐。

③这四句极言骑驴的好处：骑着驴子去看梅花，驴子身小体轻，板桥容易通过；骑着驴子去上战场，因其目标较小，枪炮容易躲过。

④龙，高大的马。《周礼·夏官·廋人》："马八尺以上为龙。"后遂衍生出龙马、龙马精神等词语。锐，迅猛、急速。《孟子·尽心》："其进锐者其退速。"诗句意谓，为什么要像龙马那样才足以自豪，须知马大了人就显得小，前进迅猛者后退也快，还不如进退都一样慢慢地跑。

⑤视死能如归，即成语视死如归，把死看作归家，意为不怕死。诗句意谓，骑驴能够不怕死亡，所以无论看花还是上阵两者都好。

荆轲刺秦之歌①

荆轲慷慨别燕丹，歌声变徵入云端。②
送者人皆白衣冠，将军首级血未干。③
将军者谁於期樊，督亢地图封在函。④

西入咸阳叩秦关,为民除害下龙潭。⑤

秦王宫殿何森严,执戟郎中数且千。⑥
舞阳色变不敢前,荆轲谈笑秦王欢。⑦
秦王教取地图看,披图图穷匕首见。⑧
衣袖被执遁无缘,性命已在瞬息间。⑨

秦王至此殊可怜,泣对壮士求一言。⑩
"欲召姬人鼓琴弦,听琴而死死亦甘。"⑪
姬人鼓琴歌声乱,可裂而绝罗縠单。⑫
可超而越屏风浅,可负而拔鹿卢剑。⑬

秦王奋袖袖乃断,超越屏风负长剑。⑭
荆轲逐王铜柱间,掷以匕首伤耳畔。⑮
中入铜柱火星溅,手无寸铁遭剑砍。⑯
天地为之色渗淡,杲日当空白虹贯。⑰

【注释】

①此诗写于1942年6月。取自当时所作五幕史剧《高渐离》的第一幕,为剧中人怀贞夫人所唱,高渐离击筑而和。作者以叙事诗的形式描述了荆轲刺秦王的全过程。第一节写易水送别,第二节写殿前献图,第三节写秦王求饶,第四节写荆轲行刺不成而壮烈牺牲。荆轲,战国末年刺客。好读书击剑,与燕之狗屠高渐离友善,日饮于燕市,燕之太子丹使其刺秦王。荆轲请以樊於期的人头和督亢的地图入秦。临行时饯于燕水之滨,皆白衣冠,高渐离击筑,荆轲相和而歌:"风萧萧兮易水寒,壮士一去兮不复还。"至秦献图于秦王,图穷而匕首现,行刺未成遂被杀。燕丹,即燕太子丹,曾在秦国作人质,后逃归。因患秦军入境,燕王喜二十八年,荆轲受命入秦刺秦王,燕丹于易水送行。次年秦军破燕,他逃奔辽东,被燕王喜斩首献给秦国。

②徵(zhǐ),古代五音之一。变徵,比徵低半音。诗句意谓,荆轲慷慨悲歌告别燕太子丹,歌声变成徵音高入云端。

③白衣冠,白衣白帽,古代丧服。诗句意谓,送行的人都穿着白衣白帽,将军刚被割下的人头还是血淋淋的。

④於期樊,既樊於期,战国末年人,本为秦将,逃至燕国,秦王以"金千斤,邑万家"购此人。荆轲入秦前请求以樊於期的人头和督亢地图奉献秦王。督亢,古地名,当时为燕国著名的富饶地区。函,即匣子,盒子。诗句意谓,将军是谁啊?是樊於期,督亢地图亦封在盒子里。

⑤咸阳,秦时都城,在今陕西省咸阳市东北二十里。秦始皇统一六国后,迁天下富豪十二万户于咸阳,大造宫殿,规模扩大。秦亡时被项羽焚毁。秦关,秦国的城门。龙潭,喻险恶的境地。诗句意谓,荆轲西入咸阳叩开秦国的城门,他为民除害深入龙潭虎穴。

⑥森严,整伤而严肃。执戟郎中,秦汉时官名,掌管执戟侍从,宿卫诸省殿门,犹今之侍

卫队。且,犹近。诗句意谓,秦王的宫殿门禁森严,担任侍卫的执戟郎中将近千人。

⑦舞阳,即秦舞阳,荆轲的随从。诗句意谓,秦舞阳吓得脸色大变不敢向前,而荆轲却谈笑风生,秦王感到欢欣。

⑧匕首,短剑,头似匕,故名。见,同"现"。图穷匕首见,地图展完后现出匕首。诗句意谓,秦王教取地图来看,随着地图打开现出了匕首。

⑨遁无缘,无法逃走。诗句意谓,秦王的衣袖被荆轲抓住而无法逃脱,他的性命就在一转眼之间。

⑩这两句是说,秦王到了此时显得非常可怜,哭着对壮士要求让他讲一句话。

⑪姬人,妾。《燕丹子》下:"(秦王)召姬人鼓琴。"诗句意谓,想叫侍妾来弹琴,让我听琴而死死亦甘心。

⑫罗縠(hú)单,单薄的罗縠。罗与縠均为丝织品。《燕丹子》下:"罗縠单衣,可掣而绝。"诗句意谓,姬人弹起琴来而歌声很乱,这时可把秦王身上单薄的罗縠衣袖撕下来。

⑬屏风,室内挡风或作为障蔽的用具。《燕丹子》下:"八大屏风,可超而越。"鹿卢剑,古代剑柄用玉制的鹿卢形为装饰品,故称鹿卢剑。诗句意谓,这时可以超越浅浅的屏风,可以拔出腰间的鹿卢剑。

⑭负长剑,指秦王身背长剑。《史记·刺客列传》:"秦王方环柱,卒惶急,不知所为,左右乃曰:'王负剑,负剑!'"诗句意谓,秦王用力甩动衣服衣袖便断了,他身背长剑跳过屏风。

⑮铜柱,宫殿中的铜柱。诗句意谓,荆轲在宫中铜柱之间追逐秦王,掷出手中的匕首而刺伤秦王的耳朵边。

⑯这两句是说,匕首却击中了铜柱而溅出火星,荆轲终于手无寸铁被剑砍死了。

⑰杲(gǎo)日,明亮的太阳。白虹,即日光透过云层中之冰晶时,经折射而形成的光圈。古人迷信,认为人间如有极不平常的事件发生,天上就有白虹贯日的征兆。《史记·鲁仲连邹阳列传》:"昔者荆轲慕燕丹之义,白虹贯日,太子畏之。"诗句意谓,天地被荆轲的壮烈行为所感动而变得颜色惨淡,杲日当空而出现白虹贯日的天象。这组唱词每节末句之后,均有伴唱:"风萧萧兮易水寒,壮士一去兮不复还。"最后一节句末重唱三遍,然后歌唱与筑声戛然终止。

白 渠 水①

白渠水,何清粼。秋风吹槐槐叶落,又何人,扫为薪?②
槐叶尽,秋风停。往日歌声无寻处,春来时,草又生。③
燕子回,蝉声起。蝉蜕依然槐树根,又何人,拾将去?④
槐树老,其情哀,茫茫天地一枯骸,慈母心,未可灰。⑤
赤子泪,慈母心,纵随槐叶化为尘,空明里,有清音。⑥

【注释】

①此诗写于1942年6月。取自作者当时所作五幕史剧《高渐离》的第四幕。高渐离将许多铅条藏在筑里,准备明天到秦王赏雪的便殿上去刺杀他。临行之前,来到怀贞夫人住处,颇为激动地唱了这首歌。白渠,似指白沟,因其在燕地。此渠自督亢泽南岸,泄泽水注拒

马河,即今河北新城城东自北而南的白沟河。据郭沫若《日记》:"6月14日,午后,抱世英(刚满半岁)在手。一面吟哦,一面草成《白渠水歌》,情调颇适,大可作为《高渐离》之主题歌也。"此诗曾单独抽出发表于1942年8月12日成都《诗星》第3卷第1期。

②清粼(lín),清澈貌。薪,柴火,作燃料的木柴。诗句意谓,白渠之水多么清澈,秋风把槐树树叶吹落在地,又有谁来把它扫去当柴烧?

③这几句是说,槐树叶子落尽了,秋风也停了,以前的歌声再也无处去寻找,等到春天来到,青草又生出来了。

④蝉,又名知了。蝉蜕(tuì),蝉衣,即蝉所蜕之壳,可入药。诗句意谓,燕子回来了,知了开始叫了,蝉衣仍旧留在槐树根下,又有谁来将它拾去?

⑤茫茫,旷远辽阔貌。《敕勒歌》:"天苍苍,野茫茫,风吹草低见牛羊。"枯骸,即枯骨。灰,消失。陆游《舟中偶书》:"四方本是丈夫事,白首自怜心未灰。"诗句意谓,槐树老了,其情可哀,已成茫茫天地中的一具枯骸,然而慈母的心是不会泯灭的。

⑥赤子,初生的婴儿。空明,透明清澈,此指天空。苏轼《海市》:"东方云海空复空,群仙出没空明中。"清音,清幽的声音。诗句意谓,赤子泪,慈母心,纵使跟槐叶一起化为尘土,但在明澈的天空里,还有着他们清幽的声音。

咏　　猫①

英雄下狱本寻常,猫兮归来自四方。②
安得自由猫世界,英雄亦免受琅珰。③

【注释】

①此诗写于1942年6月25日。郭沫若为田仲济杂文集《情虚集》作序,因集中有《猫》一文,联系到自己所作《猫之归去来》,在序文结尾戏作打油诗一首。此诗意在诅咒人之残酷。"我为了猫,实在感觉着一部分人毕竟是最可怕的动物。英雄下狱寻常事耳。于是有诗为证:……"详见《〈情虚集〉序》,《郭沫若集外序跋集》,四川人民出版社1982年出版。

②英雄下狱,田仲济杂文《猫》中写道:"这是一位盖世的英雄,倘被下在大狱里,也必失掉了用武之地。"显然以物喻人,寓意可知。兮,古代诗辞赋中的语助,相当于现代汉语中的"啊"。诗句意谓,英雄下狱本属寻常,猫啊归来来自四方。

③安,谁,如何。琅珰,亦作琅当,锁。《汉书·王莽传》:"以铁锁琅当其颈。"颜师古注:"琅当,长锁也,若今之禁系人锁也。"这里借指囚禁。诗句意谓,如何得以让猫的世界能有自由,英雄亦能免受囚禁之苦。

题汉新丰瓦琢砚①

完璞未雕时,玉人抱之泣。②
一旦化神奇,龙蛇破封蛰。③
纵令摧毁之,一字一珠粒。④

媚俗何为者，哲人安所习。⑤

【注释】

①此诗写于1942年7月。原诗有跋："白瑜寻新丰瓦琢砚题奉，卅一年六月，郭沫若。"1940年间，陕西省西乡县小学教师李白瑜觅得汉长安新丰宫的瓦一块，遂制成砚台，并在背面刻了铭文："阿房片瓦不值钱，抱残守缺三千年，白瑜得之作砚田。"后由其友人刘若水带到重庆，又由刘转赠郭沫若。郭为此题诗一首。原件现存陕西省西乡县文化馆。详见葛尘《郭沫若题汉瓦琢砚手迹》，载《文物天地》1981年第1期。

②璞，未经雕琢加工的玉石。玉人，琢玉工人。《孟子·梁惠王上》："今日璞玉于此，虽万镒，必使玉人雕琢之。"玉人抱之泣，典出《韩非子·和氏》，卞和为春秋楚人，相传他发现了一块玉璞，先后献给楚厉王、武王，都被认为欺诈，以致断去双足。等到楚文王即位，卞和又抱璞哭于荆山下，文王使人破璞加工，果得宝玉，称为和氏璧。诗句意谓，完整玉璞未经雕琢之时，玉人卞和抱之哭泣。

③龙蛇，龙和蛇。蛰，动物冬眠时潜伏在土中或洞穴中不食不动的状态。《易·系辞下》："龙蛇之蛰，以存身也。"诗句意谓，一旦化为神奇，犹如龙蛇破除封蛰，亦即从冬眠中苏醒。此指完璞化为宝玉。

④字，生育。《元史·世祖纪》："敕禽兽孕字时无敢猎。"诗句意谓，纵使令人摧毁它，一次孕育就有一粒珠宝。

⑤媚俗，取悦于世俗。即迎合世俗潮流。哲人，指识见超越寻常的人。习，习惯、习气。如习以为常，积习难改。诗句意谓，取悦于世俗何以如此，明智的人岂能养成这样的习气。这里似在讥讽玉人何必如此媚俗，即几次三番迎合君王。

祝寿诗①四首

一

由来哲士多贤母，未有佳儿不爱娘。②
五载烽烟成间阻，三春寸草共晖光。③

二

算来瞬息即中秋，海屋添踌五十筹。④
将母未遑王事息，月华远照蜀西楼。⑤

三

王母康强母氏慈，介眉安得有新诗。⑥
弟兄姐妹皆分袂，南北东西共一卮。⑦

四

鲰生自愧不能文，椽笔扶持赖斯君。⑧
对此红罗增忐忑，凭将桂蕊寄清芬。⑨

【注释】

①这一组诗写于1942年夏。当时,郭沫若为他的秘书翁植耘母亲陈若希五十寿辰写了四首祝寿诗。陈若希系陈布雷胞妹。诗后附有跋语:"植耘兄与余共事数载,此奉来函,告以今岁中秋后二日为萱堂陈老夫人若希女史五旬大寿,附寄红缎一幅,嘱余题咏,情辞恳切,沁人肝肺。因不揣无文,略刺取原意赋成四绝,以为寿母寿。民纪卅一年夏,郭沫若。"诗载1985年3月1日《上海政协报》。

②哲士,才能识见卓越异常之士。诗句意谓,向来才能识见卓越的人多有贤母,没有好的儿子不爱自己的亲娘。

③烽烟,古代烽火狼烟均为报警的信号,此指战争。"三春"句,由古诗《游子吟》中"谁言寸草心,报得三春晖"诗句化出,言子女的心与母亲的爱共放光辉。诗句意谓,五年抗日战争造成间断阻隔,而子女的心与父母亲的爱仍然共放光辉。

④瞬息,一转眼一呼吸之间,谓时间短促。"海屋"句,意同"海屋添筹",典出苏轼《东坡志林·三老人》。原意为长寿,后用为祝寿之词。跻(jī),登,升。添跻五十筹,即添升到五十寿算。诗句意谓,算来转眼之间就到中秋,敬祝你的母亲已到五十寿辰。

⑤将母,奉养母亲。未遑,无暇,没有闲暇。《诗·小雅·四牡》:"不遑将父。"月华,月光,月色。西楼,本为辽地名,这里蜀地西楼当为母亲居住的地方。诗句意谓,无暇奉养母亲而息于国事,月光远远地照耀着蜀地的西楼。

⑥王母,祖母。《尔雅·释亲》:"父之妣为王母。"介眉,即介寿。《诗·豳风·七月》:"八月剥枣,十月获稻,为此春酒,以介眉寿。"后称祝寿为"介寿"或"介眉"。安,乃,于是。诗句意谓,祖母康强母亲慈爱,为她老人家祝寿于是得有新诗。

⑦分袂(mèi),犹分手,离别。卮(zhī),古代盛酒的器皿。诗句意谓,兄弟姐妹皆分散各地,只能南北东西共饮卮酒为母祝寿。

⑧鲰(zōu)生,犹小生,自称的谦辞。《西厢记》第四本第一折:"叹鲰生不才,谢多娇错爱。"椽笔,典出《晋书·王珣传》,后常以如椽大笔称颂他人的文字。斯君,此君,指翁植耘。诗句意谓,本人自愧不能为文,大笔扶持还得有赖于翁君。

⑨红罗,即翁植耘寄来的一幅红缎。忐忑(tǎn tè),心神不定。桂蕊,即桂花。清芬,犹清香,亦喻德行高洁之人。诗句意谓,我对此一幅红缎内心忐忑不安,只能先送上桂花以寄清芬,亦即送给德行高洁的人。

题《恩海集》四首①

一

中年哀感废蓼莪,罔极亲恩似海波。②
读罢述卅三叹息,遍地棘荆多龃龉。③

二

托摩颊臂明肥瘠,贤母伤心目已盲。④
最是弥留思子语,裂人心肝荡人肠。⑤

三

茫茫浩劫实空前，满地胡尘已五年。⑥
欲得报恩归不得，由来忠孝两难全。⑦

四

君子吃亏方可做，小人毒恶猛于蛇。⑧
且将心力酬国家，秉母遗训莫管他。⑨

【注释】

①这四首诗写于 1942 年 10 月。录自《郭沫若研究年鉴 2012》所载陈俐、王海涛《移孝作忠与儒学兴起》一文。诗有跋语："读罢寰九所述胡母宋太夫人行状，率成四绝，兼以劝慰寰九。古人云：君子要常常吃亏方才做得，方今国难当前，节哀顺变，尤应有以自广，私人仇怨，可暂时付诸东流水也。民纪三十一年十月十五日，郭沫若呈稿。"胡仁宇，字寰九，四川乐山人。为郭沫若同乡，曾任军委政治部秘书。1941 年 7 月母亲病逝未能奔丧。次年 7 月母亲逝世周年，编成《恩海集》一书，遍请重庆文化界名人题词。郭沫若应约题诗。

②蓼莪，《诗·小雅》篇名。《小序》谓此诗为孝子追念父母而作，后因以蓼莪指对亡亲的悼念。废蓼莪，典出《晋书·王仪传》，三国魏末王仪为司马昭所杀，代子衰弘义死非命，终身不仕。每读《诗·蓼莪》篇至"哀哀父母，生我劬劳"，辄痛哭不止，力人为之废《蓼莪》而不讲。罔报，古时特指父母对子女的恩德，以为深厚无穷。《诗·小雅·蓼莪》："父兮生我，母兮鞠我，……欲报之德，昊天罔报。"诗句意谓，中年哀感之报出现古人废讲《诗·小雅·蓼莪》篇，亲恩深厚无穷有似大海波涛。

③述阡，即阡表，墓碑。欧阳修葬父母于永丰泷冈，作《泷冈阡表》。龃龉（jǔ jī），此词自创，意犹龃龉，喻意见不合，互相矛盾。诗句意谓，读罢墓表再三叹息，而今遍地荆棘矛盾重重。

④瘠（jí），瘦，与"肥"相对。诗句意谓，托住面颊抚摩手臂可明肥瘦，贤母因为伤心眼已瞎。

⑤谓最是弥留之际思念儿子的话语，撕裂人的肝肺，荡涤人的心肠。

⑥茫茫，辽阔，深远，没有边际。浩劫，大灾难。如空前浩劫。胡尘，胡人兵马扬起的烟尘，此指日寇进攻。诗句意谓，巨大灾难实属空前，满地胡尘（日寇侵华）已有五年。

⑦欲得报恩，指回乡为母亲治丧。实因战事欲归不得，自古忠孝难以两全。

⑧谓君子吃亏方才做得，而小人毒恶有如蛇蝎。

⑨酬，酬谢，偿还。他，指刁难自己的小人。诗句意谓，且将自己心力报效国家，秉承母亲遗训不要管他。亦即"私人仇怨，暂时付诸东流水也"。

亚宁盛意①

亚宁盛意至可感，助我完成孔雀胆。②
来件珍藏在玉函，传之百世足可览。③

①此诗写于 1942 年 10 月 21 日。亚宁,即扬亚宁,云南剑川人,做过《云南日报》的记者,生平仰慕鲁迅和郭沫若。郭沫若在《〈孔雀胆〉资料汇辑》一文中说:"亚宁先生我还没有和他见过面。当我把《孔雀胆》写完的时候,……不久便接连接到他的四封航快信,……不仅为我把梁王妃的名字,把通济桥的废址,通通考查了出来,而且还提供了许多地方风物,使我的剧本得到分外的充实。……我昨天把亚宁来件订成了一个小册子,信笔在卷头题了一首诗。"《〈孔雀胆〉资料汇辑》初收 1948 年 2 月上海群益出版社出版的《孔雀胆》。

②盛意,盛情厚意。孔雀胆,郭沫若当时所作四幕六场历史剧。剧本描写了云南梁王公主阿盖与段功的爱情悲剧。诗句意谓,亚宁的盛情厚意至为令人感动,帮助我完成了历史剧《孔雀胆》的创作。

③玉函,玉制书套。晋王嘉《拾遗记》三:"佐老子撰《道德经》,垂十万言,写以玉牒,纺以金绳,贮以玉函。"诗句意谓,我把你的来件珍藏在玉制的书套内,好让它传之百世还足以观览。

题王晖石棺青龙图①

芦山城东四五里,乡人发得汉墓址。②
墓铭简短记故人,王晖昭伯上计史。③
建安十六岁辛卯,九月下旬秋亦老。④
翌载林钟辰甲戌,长随落日入荒草。⑤
虎龙矫矫挟棺走,龟蛇纠缪尾与首。⑥
地底潜行二千年,忽尔飞来入我手。⑦
诚哉艺术万千秋,相逢幸有车瘦舟。⑧
能起死人肉白骨,作者之名乃未留。⑨
曾读雅州樊敏碑,碑乃建安十年造。⑩
石工堂堂列姓名,曰惟刘盛字息懆。⑪
为时相隔仅七载,况于芦山同健在。⑫
想此当亦刘家龙,惘然对之增感慨。⑬
西蜀由来多名工,芦山僻邑竟尔雄。⑭
奈何此日苍茫甚,山川萧条人物空。⑮

【注释】

①此诗写于 1942 年 12 月 15 日。取自《郭沫若全集》考古编第十卷。附有跋语:"车君瘦舟拓赠并腠以函,云为写飞将军乐以琴小传,十一月曾去西康芦山乐氏故里一行,于县东门外四五里许,得见乡人无意中发掘出建安十七年上计史王晖之石棺。棺之两旁有浮雕为飞龙飞虎,两端亦有龟蛇相缠之浮雕及王晖之简短墓志。雕工精细,甚有艺术价值。因于灯下题此长句,计建安十七年距今已千七百三十一年矣。与樊敏碑同出芦山,相隔仅七年,疑此

亦石工刘盛所刻也。民纪卅一年十二月十五日,郭沫若题。"作者之前收入《潮汐集》时题为《咏王晖石棺》,字句稍有差异。现据作者在石棺左侧青龙图拓本上手迹为准。

②芦山,县名,旧属西康,今属四川,位于青衣江上游。诗句意谓,芦山县城东四五里的地方当地农民发掘出汉墓的遗址。

③墓铭,即墓志铭,记载逝者生平事迹的文字,刻在石头上埋入坟墓里。王晖,字昭伯,汉代建安年间曾任上计史,卒于建安十七年九月。诗句意谓,墓铭简短记载已故之人的生平,上写"王晖昭伯上计史"。

④秋亦老,秋已晚。诗句意谓,建安十六年岁在辛卯,九月下旬秋已深了。

⑤翌(yì)载,明年、第二年,即建安十七年。林钟,古乐十二律之一。《礼记·月令》季夏之月:"其音徵,律中林钟。"辰甲戌,时辰为甲戌。入荒草,谓埋葬。诗句意谓,第二年的六月甲戌,永远跟着落日埋入荒草之中。

⑥矫矫,武勇貌。《诗·鲁颂·泮水》:"矫矫虎臣,在泮献馘。"缪(liáo),同"缭",缠绕。纠缪,纠结缠绕。诗句意谓,白虎青龙勇武地挟持着棺木行走,龟和蛇则首尾纠结缠绕在一起。

⑦潜行,深藏在地底行走。诗句意谓,虎龙与龟蛇已在地底潜行两千年,忽然飞来落入我的手中。

⑧诚哉,表示感叹的赞词,诚然如此,果真这样。诗句意谓,果真如此呀,艺术珍品足以流传千古,能够与它相逢幸有车瘦舟相助。

⑨起死人,即起死回生,使死人复生。肉白骨,使白骨重新长起肌肉。这里形容当年石工作为艺术创造者的作用。《国语·吴语》:"系起死人而肉白骨也。"诗句意谓,能使死人复生与使白骨长肉,这样技艺高超的作者名字却没有留下。

⑩雅州,古州名,因境内雅安山得名,治所在今四川省雅安县。诗句意谓,曾经读雅州樊敏的碑文,此碑乃建安十年所造。

⑪作者自注:"《巴县志》载巴郡太守樊敏碑文,款题'建安十年六月上旬造,名工刘盛息懆书。'"诗句意谓,樊敏碑上石工把自己的姓名堂堂正正写在上面,说是刘盛字息懆。

⑫相隔仅七载,樊敏碑文与王晖石棺制作相差七年。诗句意谓,为时相隔仅有七年,二者石棺况于芦山同样健在。

⑬惘然,失意貌,不知所以。诗句意谓,猜想此龙也是出于刘家石工之手,面对这个问题心中不禁迷惘而增加感慨。

⑭西蜀,指四川。尔,如此。诗句意谓,四川西部从来就有很多有名的工匠,芦山虽属偏僻之地竟然如此称雄。

⑮苍茫,旷远迷茫貌。萧条,寂静冷落,毫无生气。诗句意谓,怎么今日此地却十分苍茫,山川寂寥人物已空,亦即再也没有这样的名工巧匠。

题王晖石棺玄武像①

龟长于蛇古有说,祇今思之意惘然。②
二物同心剧相爱,绸缪不解二千年。③

憎到极端爱到底，总以全力相盘旋。④

曾见罗丹接吻像，男女相拥何缠绵！⑤

巨人米克郎吉乐，壁画犹传创世编。⑥

视此均觉力不逮，目目相向入神玄。⑦

龟如泰岳镇大地，蛇如长虹扛九天。⑧

天地氤氲实如此，太极图像殊可怜。⑨

爬虫时代久寂寞，忽见飞龙今在田。⑩

谁氏之子像帝先，徒劳仰慕空云烟。⑪

【注释】

①此诗写于 1942 年 12 月 15 日。取自《郭沫若全集》考古编第十卷。曾收入 1959 年作家出版社出版的《潮汐集》，字句稍有差异。现据作者在王晖石棺后端玄武图拓本上手迹为准。

②祇（zhī），"只"的繁体字。诗句意谓，龟长于蛇古代已有此说，只是今天思之仍感意犹惘然。

③剧，甚、剧烈。绸缪（móu），犹缠绵，谓情意深厚。诗句意谓，二物（龟与蛇）同心甚为相爱，缠绵不解已有两千年。

④盘旋，周旋进退。收入《潮汐集》时为"周旋"。诗句意谓，憎恨到了极端或是爱到了底，总是会以全力相互周旋。

⑤罗丹，《潮汐集》有作者自注："罗丹（Auguste Rodin，1840—1917），近代法国名雕刻家。"诗句意谓，曾见罗丹的接吻画像，男女相拥何等缠绵！

⑥米克郎吉乐，《潮汐集》有作者自注："米克郎杰罗（手迹中译作米克郎吉乐）（Buanarrat Michelamgelo，1475—1564），文艺复兴期中意大利的大雕刻家、画家、建筑师。"创世编，指在西斯廷教堂八百平方米的天花板上，连续工作四年，独立完成了《创世纪》巨型天顶画。诗句意谓，又见米克郎吉乐，犹传《创世纪》巨型壁画。

⑦逮，及、到。神玄，神奇玄妙。诗句意谓，看到这些总觉力所不及，二目相向而视进入神奇微妙之境。

⑧泰岳，指泰山，因泰山又称东岳泰山之故。长虹，即虹霓，其形长亘于天，故名。诗句意谓，龟如东岳泰山镇住大地，蛇如长虹扛起青天。

⑨氤氲（yīn yūn），指天地阴阳之气的聚合。《易·系辞下》："天地纲缊，万物化醇。"释文："纲，本又作氤；缊，本又作氲。"太极图像，北宋周敦颐著《太极图说》，全文仅二百五十余字，是为他所绘太极图的说明。兼采《易》和道家思想，提出一个以"太极"为中心的世界创成说。诗句意谓，天地阴阳之气聚合实为如此，光靠所绘太极图像加以解说太可怜了。

⑩爬虫时代，指原始时代。飞龙，《易·乾》："飞龙在天。"诗句意谓，时代久已寂寞（距今很遥远），忽见飞龙今从田野发掘出来了。

⑪帝先，为帝之先，即最早的帝王。云烟，云气烟雾。诗句意谓，谁氏之子为最早的帝王，实为虚无缥缈的云气烟雾，只是徒然有劳仰慕而已。

赞与石居①

盘盘大石固可赞,一拳之小亦可观。②与石居者与善游,其性既刚且能柔,柔能为民役,刚能反寇仇。③先生之风,超绝时空,何用补之,以召童蒙。④

【注释】

①此诗写于 1942 年间。首见沈叔羊《爱国老人沈钧儒》,浙江人民出版社 1982 年出版。他在该书中专门有一节《父亲为什么喜欢石头?》文中指出:"父亲的书斋,自铭为'与石居',……郭沫若先生在下面题了几句赞:……""他的书斋里,除了放满书的书架以外,还有几个书架摆的不是书,而是许多大大小小的石头。""工作之外有闲暇的时间,就摩挲玩弄,乐此不疲。"

②盘盘大石,即磐石,巨石。诗句意谓,巨大的石头固然可赞,像拳头那么小的同样可以观赏。

③游,交游,来往。民役,民众的仆役。寇仇,犹仇敌。《孟子·离娄下》:"君之视臣如土芥,则臣视君如寇仇。"诗句意谓,与石居者实即与善来往,其人格必然既刚且又能柔。柔能成为民众的仆役,刚能反对人民的仇敌。

④风,风采,作风。召,感召。童蒙,童幼无知,愚蒙。诗句意谓,先生的风采,超绝于一切时间和空间。如何用他来有所补益,以感召愚蒙的人。

赠 于 伶①

大明英烈见传奇,②长夜行人路不迷。③
春雨江南三七度,④如花溅泪发新枝。⑤

【注释】

①此诗写于 1943 年 2 月 22 日。当时,剧作家于伶在重庆过三十七岁生日。夏衍、胡绳等四人联句为于伶祝寿,诗为:"长夜行人三十七,如花溅泪几吞声。杏花春雨江南日,英烈传奇说大明。"他们请郭沫若将此诗写一个斗方,郭写后觉得情绪有些低沉,表现出来的是一种"亡国之音",与联句人、受诗人的精神以及时代的要求都极不相称。于是立即挥毫另写一方,诗中同样包含于伶四个剧本的名字。当时曾以《写诗与改诗》为题,发表于 1943 年 2 月 26 日《新华日报》,后改题《人做诗与诗做人》,收 1947 年 12 月上海出版的《沸羹集》。

②传奇,小说体裁之一,以其情节多奇特与神异,故名。此指于伶剧本《大明英烈传》。

③"长夜"句,此指于伶剧本《长夜行》。

④三七度,指三十七岁生日。春雨江南,指于伶剧本《杏花春雨江南》。

⑤如花溅泪,指于伶剧本《花溅泪》。原诗"几吞声"过于消沉;"发新枝"则积极向上。

题《金刚桥畔》①

一道蜿蜒破天险,复兴国难见民劳。②

山川到处增颜色,莫道英雄始是豪。③

【注释】

①此诗写于1943年2月。附有作者志:"文元同志画歌乐山下金刚桥畔之实境,足征抗建中民众生活。"文元,即张文元,现代国画家。1943年在重庆举办第一次个人国画展览,郭沫若参观画展,并为国画《金刚桥畔》题诗。作者盛赞画家采用国画表现抗建(即抗战与建国)实境之创新精神。详见李斌《郭沫若三首题画诗》,载《郭沫若学刊》2012年第4期。

②蜿蜒,原指蛇类曲折爬行,亦可作为曲折延伸貌。复兴,衰落后再兴盛起来。民劳,人民的劳力,民众的辛劳。诗句意谓,一道蜿蜒曲折的长桥(金刚桥)破除了重庆嘉陵江上的天险(亦即天堑变成了通途),复兴文化解除国难足见人民的辛劳。

③豪,豪杰,才能杰出的人。作者即景抒情,谓眼前的长桥与辛劳的人群为祖国山河到处增添了亮色,不要说只有英雄才是杰出的人物,须知人民大众同样也是今天的英雄豪杰。

题《丰乐图》①

农村生活原邦本,人民劳止竹森森;②
尽他寂寞无相问,辛尔春牛共一岑。③

【注释】

①此诗写于1943年2月。附有作者志:"文元同志画此农家风物索题。"张文元国画多以四川风物为背景,表现"抗战后方动态"。《丰乐图》即为此次重庆画展中六十余幅作品之一。详见李斌《郭沫若三首题画诗》,载《郭沫若学刊》2012年第4期。

②邦本,邦指国家,我国向有"民为邦本"的传统观念。劳止,意同"劳逸",即劳作与栖息。森森,繁密貌。杜甫《蜀相》:"锦官城外柏森森。"诗句意谓,我国向来以农立国,农村生活实为立国之本,人民大众劳动与休息在竹林茂密的地方。

③尔,通"耳",表语气,用同"矣"。岑(cén),小而高的山。诗句意谓,尽管他很寂寞不用相问,辛尔可与春牛做伴,共同栖息在一座小山上。诗句意在显示人们尽管生活在最为艰难的抗战后期,依然坚忍淡定,有着乐观精神。

贺友人结婚①

新约期成日,法西扫荡年。②
青庐寄三八,红紫竞万千。③
雁戈文林秀,鸡鸣巾帼贤。④
相知复相爱,永结同心圆。⑤

【注释】

①此诗写于1943年3月8日。题诗手迹上有:"学武先生、芙英女士结婚纪念,郭沫若题。一九四三年三月八日,群益出版社敬贺。"这首五言律诗以群益出版社的名义,贺该社会计朱芙英与文林出版社经理方学武新婚之喜。手迹载1984年2月23日《解放日报》。

②新约,新的婚约。法西,即法西斯,此指日本法西斯强盗。诗句意谓,两位新人婚约期成之日,正是日本法西斯强盗在我国各地扫荡之年。

③青庐,青布搭成的棚。古代举行婚礼时用。寄,付托、依附。诗句意谓,婚礼放在三月八日,鲜花万紫千红竞相开放。

④雁弋,似为"雁弋"之误。弋,用生丝做绳系在箭上射鸟叫作弋。雁弋,即弋雁,射雁。鸡鸣,《诗·郑风》篇名。"雁弋"与"鸡鸣"同出一典,语见《诗·郑风·女曰鸡鸣》:"女曰:'鸡鸣。'士曰:'昧旦。''子兴视夜,明星有烂。''将翱将翔,弋凫与雁。'"全篇以对话形式,写妻子于鸡鸣叫早,一再催丈夫起身。丈夫则言天已亮了,我要去射凫雁了。巾帼,古代妇女的头巾和发饰,后作为妇女的代称。诗句意谓,丈夫早起射雁堪称文林之秀,妻子鸡鸣叫早实为女中贤者。

⑤这两句是说,二位新人由相知到相爱,永结同心幸福圆满。

贺友人结婚①

人生能得几中秋,况拟荷蕖庆并头。②
璧合珠联花上锦,千金刻一月当楼。③
风尘海内琴筝在,岁月窗前松柏遒。④
从此绵绵瓜瓞好,金刚村里祝丰收。⑤

【注释】

①此诗写于 1943 年 9 月 14 日。附有跋语:"先君嘉锡,乐山县人,余之胞同乡也。抗战以还,共事数载,人至纯洁而富于责任心。今岁中秋与李女士蓝漪结婚陪都郊外之金刚村。李女士酆都县人也,亦余中苏文化协会之同事。二友志同道合,相爱多年,今成室家,由余证合,庆何为之。"当时,郭沫若亲自为文化工作委员会第一组成员先嘉锡和中苏文化协会李蓝漪担任证婚人,还写一首七言律诗表示祝贺。此事详见翁植耘《郭沫若亲笔写的一份婚礼仪式》,载《郭沫若学刊》1991 年第 4 期。

②荷蕖,即荷,亦名芙蕖,均指荷花。生浅水中,夏季开花,可供观赏。果实曰莲,地下茎曰藕,皆可食用。并头,指并头莲。陈淏子《花镜》:"(并头莲)红白俱有,一干两花。"因用以比喻好夫妻。诗句意谓,人生能得几个中秋,况且打算庆祝一对新人有如荷花并蒂莲,成为一对好夫妻。

③璧合珠联,即珠联璧合,谓串在一起的珍珠和合在一块的璧玉,比喻杰出的人才和美好的事物集聚在一起。花上锦,即锦上添花,在织锦上再绣上花,比喻美好的事物更加美好。千金刻一,即千金一刻。诗句意谓,两位新人结合真是珠联璧合锦上添花,而今千金一刻月已登楼。

④风尘,比喻战乱。杜甫《赠别贺兰铦》:"国步初返正,乾坤尚风尘。"琴筝,琴与筝,两种乐器名,意同琴瑟,比喻友情或爱情。遒(qiú),强劲。诗句意谓,海内尚有战乱而年轻人爱情还在,今后岁月当像窗前松柏那样强劲。

⑤瓜瓞(dié),《诗·大雅·绵》:"绵绵瓜瓞,民之初生,自土沮漆。"瓞(dié),小瓜。谓周

的祖先像瓜瓞的岁岁相继一样,后传到太王才奠定了王业的基础。后因用为祝颂子孙昌盛之词。金刚村,为三厅、文工会职员自行设计建造的宿舍,在三塘院子后面。诗句意谓,祝愿绵绵瓜瓞子孙昌盛,金刚村里庆祝丰收。

书赠骆香楼①

累累石榴子,如君子独多。②
尚祝真如石,精晶永不磨。③

【注释】

①此诗写于1943年10月。落款为:"一九四三年十月一日文化工作委员会成立纪念三周年书赠湘楼同志。郭沫若"骆湘楼(1901—1950),浙江诸暨人。1924年加入中国共产党,1938年参加郭沫若领导的政治部第三厅,1940年秋转入文工会,一直担任文书事务工作。郭沫若在纪念活动聚会中亲题五言诗一首,载《郭沫若学刊》1993年第2期。

②累累,多,重叠、接连成串貌。诗句意谓,多而连接在一起的石榴子,如你一样其子独多。骆香楼有多个子女,故有此戏言。

③石,玉石。精晶,精粹晶莹。诗句意谓,还祝他们真如玉石一样,精粹晶莹永不磨灭。这是对于友人子女的美好祝愿。

赠石啸冲①

跋蹰营四海,倚马万千言。②
风霜时凛冽,肝胆仍纯温。③

【注释】

①此诗写于1943年10月1日。郭沫若为纪念文化工作委员会成立三周年,中午与会中同人聚餐,然后请大家在赖家桥黄桷树下的茶棚里吃茶,彼此谈得很兴奋。当时曾为会中同人石啸冲题五绝一首,诗载1986年5月《四川大学学报丛刊》三十一辑。

②跋蹰(bá chú),跋马踟蹰,勒马回头来回走动,谓处于进退两难中。四海,古以中国四境有海环绕,四海犹言天下,指全中国。倚马,语见李白《与韩荆州书》:"请日试万言,倚马可待。"喻文思敏捷。诗句意谓,进退两难之际在各地经营管理,且才思敏捷下笔千言。赞其会管理有文才。

③凛冽,刺骨的寒冷。肝胆,喻真心诚意。纯温,纯厚温良。诗句意谓,外界风霜凛冽之时,仍能肝胆照人保持纯温。

咏　兰①

香本无心发,何须喻作王?②
花真能解语,必道愧难当。③

①此诗写于 1943 年间。据赵清阁所作说明："我很喜爱他的书法,我请他写过扇面、册页,还为我题过画;特别是他的一笔行书小字,清秀极了。我视为精品。""以上三首,(咏梅、咏兰)是写在扇面上的。"郭沫若为赵清阁所题《咏梅》二首已收入《潮汐集》,而《咏兰》虽亦收入《潮汐集》,已改为五律,文字差异较大,这首五绝作为异体应作佚诗看待。诗见赵清阁《忆文学大师郭沫若》,载《新文学史料》1989 年第 3 期。

②喻作王,古人称兰花为王者香。相传东汉蔡邕所作《琴操·猗兰操》曾言:"(孔子)自卫反鲁,过隐谷之中见芬兰独茂,喟然叹曰:'夫兰当为王者香。'"诗句意谓,兰花香本无心而发,何须喻作王者?

③解语,理解、懂得此语。这里暗用"解语花"的典故。诗句意谓,兰花真能理解此语,必然会说自愧难当。

题《葵菊图》①

不因能傲霜,秋葵亦可仰。②
我非陶渊明,安能作欣赏。③
幼时亦能画,至今手犹痒。④
欲得芥子园,恢复吾伎俩。⑤

【注释】

①此诗写于 1943 年 12 月。诗后有跋:"可源得舨弟此画,闻求之三年。回思幼时,余亦能画,因为题此。三十二年十二月二十七日,郭沫若。"张可源为郭开文次女郭瑜的儿子,1943 年在重庆大学读书时,将此画从乐山带到重庆,请郭沫若在画上题了这首五律。详见毛西旁《郭沫若八图题诗及其背景材料》,载《沙湾文史》第 4 期。

②秋葵,俗称"羊角豆",一年生草本。春季播种,夏季至霜降采收,果实可食。诗句意谓,不是因为能傲视霜雪,秋葵亦可仰慕。

③陶渊明,东晋大诗人,咏菊诗篇甚多。诗句意谓,我可不是陶渊明,哪里能作欣赏。

④手犹痒,手还有点发痒,谓想画几笔。诗句意谓,我小的时候也能画,至今还有点手痒,亦即想再拿起画笔。

⑤芥子园,即《芥子园画谱》。该书较为系统地介绍中国画的基本技法,故在旧时甚为风行。诗句意谓,很想得到《芥子园画谱》,以恢复我的绘画伎俩。

题《苍松图》①

魄力虽云弱,古干尚槎枒。②
百年不改色,胜彼桃李花。③
珊瑚交枝柯,人生同野马。④
我思峨眉山,安能至其下。⑤

【注释】

①此诗写于 1943 年 12 月 27 日。诗有跋语："画乃叔弟为可源所作,其章则橙哥所刻,对此有难言之追念。三十二年十二月,郭沫若。"郭沫若当时在重庆家中,为其长兄之外孙张可源从故乡带来的《苍松图》题了这首五言诗。因见画上橙哥所刻印章,睹物思人,故有"难言之追念"。此画已由张可源送乐山市文管所珍藏。详见毛西旁《郭沫若八图题诗及其背景材料》,载《沙湾文史》第 4 期。

②古干,古老的树干。槎枒(chá yā),同"杈丫",树枝纵横杂出。诗句意谓,画上苍松魄力虽说弱了点,但古老的树干上枝条尚纵横杂出,即生命力依然很强。

③彼,他、那。诗句意谓,苍松百年仍不改色,胜过那鲜艳一时的桃李之花。

④珊瑚,热带海中的腔肠动物,骨骼相连,形如树枝,故又名珊瑚树。枝柯,树木旁出的枝条。《晋书·石崇传》:"武帝每助恺,尝以珊瑚赐之,高二尺许,枝柯扶疏,世所罕比。"野马,产于北方的一种野生的马。诗句意谓,像珊瑚树那样枝格交错,人生有如北方稀有的野生之马。

⑤峨眉山,在四川省峨眉县西南,有山峰相对如蛾眉,故名,诗句意谓,我很思念峨眉山,如何能回到山下。这里一语双关,人树合一,均望置身峨眉山下,借以表达对故乡及亲人的思念。

题逍遥伉俪纪念集①

圣人四十已不惑,欧谚言从四十始。②
天鹏今日兼有之,表里通澈乘风起。③
重天健翮逍遥游,况有孟光共白头。④
文辞华汉震山岳,笔削严谨成春秋。⑤
慧福双修道已闻,即不百年亦何忧。⑥
丈夫忧先天下耳,须更甍瓻之子如公侯。⑦
凤凰鸣矣朝阳升,为人当争第一流。⑧

【注释】

①此诗写于 1943 年间。逍遥,即黄天鹏,广东普宁人。别号天庐主人、逍遥居士。1927 年创办《新闻学刊》,抗战期间编辑多种刊物宣传抗日。1943 年,正好四十岁,又是结婚十周年。按西习俗,十年为"锡婚"。亲朋好友把他们的诗文汇成一本纪念册,并于当年出版。国民政府主席林森为之题名《逍遥伉俪纪念集》。当时不少知名人士题诗或撰文,郭沫若亦写了一首应酬和赞扬的诗。诗见 1945 年 10 月《南风》杂志第 1 卷第 6 期,题为《鼎堂近作——逍遥伉俪纪念集》。另见《郭沫若学刊》2010 年第 2 期。

②不惑,《论语·为政》:"四十而不惑。"后用作四十岁的代称。诗句意谓,圣人言四十已为不惑之年,欧洲谚语则言人从四十岁会有新的开始。

③乘风,凭着风力。张孝祥《满江红·和庞佑父》:"我欲乘风去,击楫誓中流。"诗句意谓,天鹏今日兼而有之,表里通澈可以乘风而起。

④重(chóng)天,即九重天。健翮(hè),强健的翅羽,此指翅羽有力可以高飞的大鸟。孟

光,东汉梁鸿之妻,每食举案齐眉,已成贤妻典范。诗句意谓,你像翅羽有力的大鸟可在九重天上作逍遥游,何况还有像孟光一样的贤妻与你白头偕老。

⑤华汉,光辉汉学。笔削,古代无纸,书写在竹简或木札上,遇有讹误,则刀削去并用笔改正之,后世因称修改文字为笔削。《史记·孔子世家》:"至于为《春秋》,笔则笔,削则削,子夏之徒不能赞一词。"诗句意谓,文辞光耀汉学可震山岳,平日下笔严谨可成春秋。

⑥道已闻,即闻道。《论语·里仁》:"子曰:'朝闻道,夕死可矣。'"诗句意谓,你能智慧与幸福双修且已闻道,即使不能人生百年又有何忧?

⑦甕牖,简陋的窗户。语出《淮南子·原道训》:"蓬户甕牖。"高诱注:"编蓬为户,以破甕蔽牖。"即以破甕做窗户,因以指贫穷人家。甕(wèng),"瓮"的异体字,一种陶制的盛器。牖(yǒu),窗。更,更替、调换。公侯,古代爵位名,即公爵、侯爵。诗句意谓,大丈夫应先忧天下,须让贫穷人家更替成公侯之家一样。

⑧"凤鸣"句,语见《诗·大雅·卷阿》:"凤凰鸣矣,于彼高岗;梧桐生矣,于彼朝阳。"后因以"凤鸣朝阳"比喻高才逢良时。诗句意谓,现在凤凰和鸣朝阳已升,为人应争世上一流。

题 特 园①

嘉陵江头有一叟,银髯长可一尺九。
其氏为鲜其名英,全力为民事奔走。②
以国为家家为国,家集人民之战友。
反对封建反法西,打倒独裁打走狗。③
有堂专为民主开,有酒专为民主寿。
如今民主现曙光,民主之家永不朽。④

【注释】

①此诗写于 1943 年间。据作者在《民主运动中的二三事》一文中说:"同在上清寺,有鲜特生的公馆,名叫'特园',民主人士也经常在那儿聚会。1945 年的下半年以来,竟成为民主同盟的大本营,民盟主席张澜就是住在那儿的。'特园'很宽大,位于嘉陵江南岸,眺望甚佳。这儿后来由大家赠与了'民主之家'的徽号,是我写的字,还题了一首诗上去。"此文收《沫若文集》第十三卷。诗又见鲜继根《敬爱的周总理在重庆"特园"》,载 1979 年 1 月 14 日香港《大公报》。

②嘉陵江,长江上游支流,在四川省东部,到重庆入长江。髯,两颊上的长须。诗句意谓,重庆嘉陵江头有位老人,银色的胡须长达一尺九寸。他的姓名叫鲜英,平时全力为民主事业奔走。

③这几句是说,此人以国为家家亦为国,家里经常聚集一批人民的战友。大家一起反对封建反对法西斯,打倒独裁打击走狗。

④堂,正房,如堂屋、厅堂。寿,祝寿。旧时常以祝寿名义向人敬酒或赠送礼物,称"为寿"。诗句意谓,鲜英家有厅堂专为民主而开,有酒专为民主上寿。如今民主已见胜利的曙光,特园作为民主之家将永远不朽。

《郭沫若全集》集外散佚诗词考释

题李可染画赠阳翰笙①

主人不饮酒,孤坐葫芦下。②
面前陈设者,谅是一瓶茶。③
有茶亦可饮,客至休咨嗟。④
莫道世皆醉,醒者亦有涯。⑤

【注释】

①此诗写于1943年间。附有跋语:"翰兄不饮酒,未知有此意乎? 郭沫若。"李可染,我国现代著名画家,长期从事美术教育工作。新中国成立后曾任中国美术家协会副主席。李可染画左下方有附记:"翰笙先生法正,癸未可染写。"阳翰笙,我国现代著名剧作家。早年参加八一南昌起义。抗战时期任军委政治部主任秘书,文化工作委员会副主任。当时,李可染作画,郭沫若题诗,赠给阳翰笙。诗画均见《郭沫若题画诗存》。

②主人,既指画中人物,兼言受赠者阳翰笙。葫芦,植物名,夏秋开花,果实因品种不同而形式各异。有作药用或食用的,有作盛器水瓢,或作玩具的。诗句意谓,主人不会喝酒,独坐在葫芦架下。

③陈设,陈列、摆设。诗句意谓,面前所摆设的,谅必是一瓶茶水。

④咨嗟,叹息、赞叹。诗句意谓,有茶也可以喝,客人到了不要叹息。

⑤有涯,有限、有止境。《庄子·养生主》:"吾生也有涯,而知也无涯。"诗句意谓,不要说世人皆醉,而真正醒者也是有限的。

题关良画《寥寥几笔》①

寥寥几笔,虎步鹰瞵。②
呼之欲出,如闻大钧。③

【注释】

①此诗写于20世纪40年代前期。落款为:"关良兄善以管笔画戏剧人物,妙能传神,洵可谓别开生面。郭沫若题。"关良,笔名良公,广东番禺人。现代著名画家。早年参加北伐战争,后长期从事美术教育工作。诗与画均见《郭沫若题画诗存》。

②寥寥,稀少、孤单。如寥寥无几。虎步,形容举动的威武。鹰瞵(lìn),如老鹰目光锐利地看人或物。虎步鹰瞵,行步如虎,视物如鹰,用以喻勇士的威武凶猛。诗句意谓,只用寥寥几笔,就能画出人物威武凶猛之状。

③呼之欲出,一召唤他就要出来,形容人物画像非常逼真。大钧,古乐中的大调。《国语·周语下》:"大钧有镈无钟。"注:"大调,宫商也。"诗句意谓,笔下人物呼之欲出,如闻古代大钧的音乐。

西　　行①

西行背夕阳,一步一回顾。②

晚山空翠微,迷却上山路。③

【注释】

①此诗写于 20 世纪 40 年代前期。录自《郭沫若书法集》。此诗落款:"天鸣先生属,郭沫若。"有关天鸣先生与诗的写作缘起,因无第一手资料,只能就全诗内容加以推测。似为题赠内地入蜀友人而作,意在表现退守西南一隅抗战前途堪忧。

②西行,似指内地入蜀,包括两湖、两广进入四川均需西行。诗句意谓,西行之人本应面对夕阳,而今往往背对,因其一步一回顾,仍在想着沦陷地区。

③翠微,指青翠掩映的山腰深处。李白《下终南山过斛斯山人宿置酒》:"却顾所来径,苍苍横翠微。"诗句意谓,晚山空旷进入青翠掩映的山腰深处,却迷失了上山的道路。

书为郭劳为①

一夕秋风至,虚室顿生凉。②
茶铛溢余韵,灯油分外光。③
虫声既促织,亦促读书忙。④

【注释】

①此诗写于 20 世纪 40 年代前期。录自《郭沫若书法集》。诗有落款:"劳为宗兄,郭沫若。"郭劳为系作者远房亲属,应其要求题诗,其余生平事迹不详。

②一夕,一个夜晚。虚室,空室。陶渊明《归田园居》:"户庭无尘杂,虚室有余闲。"诗句意谓,一夜秋风吹来,身居空室顿生凉意。

③铛,金属,温器。如茶铛、酒铛。溢,水满外流。韵,古作"均",和谐的声音。余韵,指乐曲结束后仍留下的声音。诗句意谓,茶铛水满溢出和谐悦耳的声音,灯油尚满灯光显得分外明亮。

④促织,蟋蟀的别名。《尔雅·释虫》:"蟋蟀,蛬。"郭璞注:"今促织也。"促,催促,推动。诗句意谓,蟋蟀的虫鸣声既促人耕织,亦促自己忙于读书。这里运用谐音,"促织"含有双义。

题世界邮票社①

云游四海,泽及万邦。②
裘成集腋,文物之光。③

【注释】

①此诗写于 20 世纪 40 年代前期。录自《郭沫若书法集》。诗有落款:"题世界邮票社,为郁中先生,郭沫若。"题诗具体时间、地点及郁中先生生平均有待查考。手迹存北京荣宝斋。

②云游,原指僧道到处漫游,行踪飘忽,有如行云。四海,古以中国四境有海环绕,犹言天下。万邦,万国。邦为古代诸侯封国之称,后泛指国家。诗句意谓,邮票可以云游四海,通邮恩泽及于万邦。

③裘成集腋，即成语"集腋成裘"，谓聚积多块狐狸腋下的毛皮，就能缝制成一件皮衣。比喻积少成多。文物，指历代遗留下来在文化发展史上有价值的东西。诗句意谓，世界邮票社汇集世界各国邮票(集腋成裘)，尽显"文物之光"，让具有文史价值的邮票大放光彩。

赠糜文焕①

亭亭最是公孙树，挺立乾坤亿万年。②

云去云来随落拓，当头几见月中天。③

【注释】

①此诗写于1944年间。糜文焕，为我国现代美术装帧与印刷出版家。长期从事新闻出版事业。曾在香港主办《上海画报》。1943年因日寇占领香港辗转到达重庆，任大东书局出版科科长、印刷厂厂长。一次与郭沫若同在一位朋友家作客，请求墨宝，作者应约题诗。详见济民《新发现郭沫若的一首七绝》，载1987年9月18日《人民政协报》。

②亭亭，耸立。公孙树，即银杏，亦称白果树。为落叶乔木，寿命极长，可达千余年。乾坤，象征天地，如扭转乾坤。诗句意谓，高高耸立最是银杏树，挺立在天地之间亿万年。这显然是一种夸张的说法。

③落拓，放浪不羁。《隋书·杨素传》："素少落拓，有大志，不拘小节。"中天，天空。古史亦称尧舜时为中天之世，犹言盛世。诗句意谓，银杏随着云去云来放浪不羁，当头几见月在中天，实谓虽然长寿，几见太平盛世。

题仕女图①

帝子依稀泪却无，女儿偏爱在诗书。②

闲来偶傍幽篁坐，一片清新入画图。③

果然有笔可生花，桃李春风是一家。④

借问东皇能醉否？天涯底事泛流霞。⑤

【注释】

①此诗写于1944年2月。据赵清阁所作说明："这首诗是郭老题咏我画的一小帧白描仕女图，图上画一丽人，倚竹独坐抢笔沉思，身后有桃树一枝，花开甚茂。"诗见赵清阁《忆文学大师郭沫若》，载《新文学史料》1989年第3期。

②帝子，语见屈原《九歌·湘夫人》："帝子降兮北渚，目眇眇兮愁予。"此指尧女娥皇、女英。这里帝子喻画中仕女。诗句意谓，仿佛像是帝子而泪却无，当今女儿偏爱在于诗书。

③傍(bàng)，依傍，临近。幽篁，深邃幽静的竹林。唐王维《竹里馆》："独坐幽篁里，弹琴复长啸。"诗句意谓，闲来偶然依傍竹林小坐，眼前一片清新进入画图。

④笔可生花，典出李白"梦笔生花"，谓人有生花妙笔，画中桃李与春风成为一家。

⑤东皇，神名，亦称东方青帝，司春之神。天涯，天的边际，指极远的地方。泛，飘浮。流霞，飘动的红色云彩，亦指美酒。诗句意谓，借问司春之神能否喝醉，天边何以飘浮着红色的云霞？

贺友人订婚①

三十三年二月二,二美璧合大欢喜。②
芙英仿佛我女儿,子农当然是老弟。③
三年相爱志不移,金石之坚差可拟。④
春催万物入新生,桃花李花将绽蕊。
会看仙乐动天街,角徵由来善调理。⑤
创造当年曾共社,人说异军苍头起。
摧枯拉朽叱风云,封建孽余咸披靡。⑥
今日文工尚偏促,新人对对如堡垒。
相期合力斩轴心,风雨鸡鸣殊未已。⑦
向来甘受后群鞭,谁谓鼎堂衰老矣!⑧

【注释】

①此诗写于1944年2月。当时,郭沫若为文工会成员郭芙英与潘子农订婚赋七言诗一首。诗载同年2月6日《新民报晚刊》。手迹见《群众论丛》1981年第3期。

②璧合,即合璧。圆形有孔的玉叫璧。半圆形的叫半璧。两个半璧合成一个圆形叫合璧。比喻两种或几种事物结合在一起。诗句意谓,一九四四年二月二日,二美结合在一起皆大欢喜。

③芙英,郭芙英时在文工会任职,且与郭沫若子女汉英、庶英、平英均为"英"字排行,故视为侄女。子农,潘子农作为文学青年,做过创造社出版部的股东,在重庆也曾一起合作,编辑《戏剧月报》,担任《屈原》顾问,故视为"老弟"。诗句意谓,芙英仿佛是我女儿,子农当然是我老弟。

④这两句是说,二人三年相爱矢志不移,用金石一样坚固差不多可以比拟。

⑤绽蕊,绽放花蕊。天街,京城中的街道。重庆当时为陪都,故有此说。角徵,我国五声音阶由宫商角徵羽五个音级组成。诗句意谓,春天在催万物进入新生,桃花李花均将绽开花蕊。会看到仙乐轰动重庆街头,五个音级音乐中的音阶向来需擅于调理。

⑥苍头,即苍头军,秦末农民起义军之一。陈胜被害后,苍头异军突起,重建"张楚政权"。摧枯拉朽,摧折枯的草和腐朽的树木,比喻非常容易地摧毁腐朽势力。叱风云,叱咤风云,一声怒喝使风云为之变色,形容声势很大可以左右局势。披靡,形容军队溃败,不能立足。诗句意谓,我与潘子农当年曾在创造社共事。因其年轻有为人说堪称苍头异军突起。我们在战斗中摧枯拉朽叱咤风云,封建余孽全都望风披靡。

⑦偏促,狭小,如居处偏促。堡垒,军事上防守用的坚固的建筑物。亦可用以比喻难以攻破的事物。轴心,指轴心国。即德、日、意法西斯强盗。风雨鸡鸣,《诗·郑风·风雨》:"风雨如晦,鸡鸣不已。"风雨交加天色昏暗的早晨,雄鸡啼叫不已。比喻在黑暗社会里也不乏有识之士。诗句意谓,今日文工会地方尚感偏促,新人一对对如同堡垒一样。这一期间我们合力斩除轴心国法西斯势力,而今正风雨如晦、鸡鸣不已。

⑧鼎堂,即郭沫若,为其常用名。诗句意谓,向来甘愿受到后生群体的鞭策,谁说郭鼎堂已经衰老了啊?!

题王晖棺右侧白虎图①

虎视眈眈欲逐逐,奇哉龙身而环腹。②
四足箕张双翼舒,断尾如鞭意可续。③
高人赠我自西康,云是螭龙而无角。④
旁征博引及高樊,说颇苦心可商榷。⑤
图本拓自王晖棺,位在棺右至确凿。⑥
棺后玄鸟棺左龙,此非山君其何属?⑦
自来附翼有飞虎,取与龙配故蟠揠。⑧
虽无朱雀在前和,童子开门目有瞩。⑨
魂随朱雀已飞翔,未偕龙虎同一鑿。⑩
寄语任君莫多疑,君之功高已绝卓。⑪
奇图空前得再世,不让武梁擅其独。⑫
龙蛇龟虎聚一堂,顿觉风云卷大陆。⑬

【注释】

①此诗写于1944年2月27日。取自《郭沫若全集》考古编第十卷。附有题记:"王晖棺上浮雕,前既得其前和、左侧、后端三拓本,今复得右侧图片。其像为虎而有翼,尾部为盗棺者所凿断。"此诗最初见于《蜩螗集》,上海群益出版社1948年出版。当时题为《题王晖棺刻画》,文字存在不少差异。后据作者手迹编入考古编第十卷。

②眈眈,专心注视的样子。逐逐,急于得到的样子。《易·颐》:"虎视眈眈,其欲逐逐。"环,泛指圆形之物。诗句意谓,老虎专心注视着猎物必欲得之,新奇啊,此物龙身而圆腹。

③箕,扬米去糠的器具,即簸箕。四足箕张,四足如箕张开。诗句意谓,白虎四足如箕张开,一双翅膀也伸展,尾巴已断仍如鞭子一样意似可以续上。

④高人,指提供王晖棺刻石拓本的车瘦舟。螭(chī)龙,传说中无角的龙。屈原《九章·涉江》:"驾青虬兮骖白螭,吾与重华游兮瑶之圃。"古代常雕刻其形,作为器物的装饰。诗句意谓,高人车瘦舟赠我此图来自西康地区,说是螭龙而无角。

⑤旁征博引,指讲话或写文章时引用很多材料作为依据和例证。高樊,作者自注:"高指雅安姚桥出土建安十四年《高颐阙》,樊指《樊敏碑》。"商榷,商讨、斟酌。诗句意谓,引用很多材料以至及于《高颐阙》与《樊敏碑》,此说实费苦心但仍可以商讨。

⑥既,已经、已然。诗句意谓,白虎图本子拓自王晖石棺,位置在棺的右侧已经确凿。

⑦玄鸟,似为"玄武"之误,玄武为中国古代神话中的北方之神。后为道教信奉。同青龙、白虎、朱雀合称四方四神。它的形象为龟或蛇合体。山君,老虎。旧以虎为山兽之长,故名。《说文·虎部》:"虎,山兽之君。"诗句意谓,棺的后面是玄鸟,棺的左边是青龙,这个不是白虎它能属于什么呢?

⑧翼,翅膀。蟠攫,蟠曲攫取,即像龙一样盘曲与像鸟一样抓取。诗句意谓,来自附带翅膀的飞虎,因其取与龙配所以蟠伏攫取。

⑨和,棺材两头的板,前和,棺材前头的板。瞩,注视、瞩目。童子,指前和有石人图像。作者自注:"东汉晚期至宋元,墓及宗教建筑数见启门状之妇女像。此童子之发髻、衣带亦应是妇女装束。"诗句意谓,虽然没有朱雀在棺的前面,但童子(石人)开门目光有所注视。

⑩龙虎,指石棺后端的白虎图。诗句意谓,墓主之魂已随朱雀一起高飞,而未与龙虎同一洞窟。

⑪寄语,传话。任君,作者考古界的友人。绝卓,即卓绝,超过一般无可比拟。诗句意谓,传话任君不要多疑,你的功劳之高已经十分卓越。

⑫武梁,作者有注:"武梁指山东省嘉祥县东汉晚武梁祠画像。"擅,据有。《国策·秦策二》:"且昔者中山之地,方五百里,赵独擅之。"诗句意谓,空前奇图得再传于世,不让武梁祠画像独自占有声名。

⑬风云,常用以喻人的际遇,如风云际会。诗句意谓,如今龙蛇龟虎聚于一堂,顿时让人觉得风云际会席卷整个大陆,此指产生影响之大。

赠梁寒操①

欣闻入海掣长鲸,五月南征万里行。②
羽扇风高今汉相,铙吹声壮旧城边。③
朱波自昔为兄弟,铜柱他年认姓名。④
何必黄龙才痛饮,凭将肝胆共杯倾。⑤

【注释】

①此诗写于 1944 年 5 月。梁寒操(1899—1975),号均默,生于广东三水。历任国民党中央党部书记长、桂林行营政治部主任、军委政治部副部长、国民党中央宣传部长。1944 年 5 月,郭沫若闻梁寒操将随远征军往缅甸抗击日本侵略军时,为壮行色而题赠七律一首。此诗因系附在给张可廷(治中)信中,原诗题为《送君默南征兼呈可廷》,载 1984 年 6 月 9 日《团结报》。

②长鲸,即鲸鱼,因其身巨长,故名。南征,即随远征军赴缅甸作战。诗句意谓,欣闻友人将入海掣服长鲸,五月参与南征将万里行军。

③羽扇,用羽毛做成的扇子。风高,即高风,高尚的品格操守。汉相,指蜀汉丞相诸葛亮。铙(náo)吹,军乐,即铙歌,为鼓吹乐的一部,用以激励士气。诗句意谓,诸葛亮手执羽扇指挥军事,梁寒操亦手执羽扇风格高尚成为今日汉相,军乐声势豪壮在旧日边城。

④朱波,骠国古称朱波,自号突罗或阇婆,在今缅甸境内。这里代指缅甸。铜柱,《后汉书·马援传》:"援到交趾,立铜柱,为汉之极界也。"诗句意谓,缅甸自古为兄弟之国,他年铜柱记功自能认出远征有功者的名字。

⑤黄龙,府名,治所在今吉林农安县。南宋岳飞曾谓:"直捣黄龙府,与诸君痛饮尔。"杯倾,即倾杯,干杯。肝胆,比喻真诚的心意。诗句意谓,何必直捣黄龙(取得最后胜利)以后共

饮,凭将一片赤诚我们共同干杯。

赠商承祚①

含咀殷周,睟盼秦汉。②
陶铸尧舜,笔削春秋。③

【注释】

①此诗写于1944年5月。商承祚(1902—1992),字锡永,广东番禺人。早年从罗振玉研习甲骨文、金文,后入清华研究院。历任清华大学、北京大学、京陵大学、中山大学教授。专长历史学、古文字学,亦擅书法。抗战时期在重庆,郭沫若与商承祚时相过从,讨论学术问题。1944年5月,题赠联语式小诗一首。诗见商承祚《追忆往事如晤故人》,载《郭沫若研究》第二集,文化艺术出版社1986年出版。

②含咀,即含英咀华,把花朵放在嘴里慢慢咀嚼。比喻细细琢磨欣赏诗文的精华。殷周,指上古商和周两个朝代。睟盼,占察、窥伺。秦汉,指中古秦和汉两个朝代。诗句意谓,友人细细琢磨殷周青铜器铭文,同时还在窥察秦篆和汉隶等古文字体。

③陶铸,本指烧制陶器与铸造金属器物,亦喻造就培育。《庄子·逍遥游》:"是其尘垢粃糠,将犹陶铸尧舜者也,就肯以物为本!"尧舜,唐尧和虞舜,古代传说中的两位"圣君"。笔削,古代无纸,书写于竹简木札上,遇有讹误,则以刀削去并用笔改正。后世因称修改文字为笔削。《史记·孔子世家》:"至于为《春秋》,笔则笔,削则削,子夏之徒不能赞一辞。"《春秋》,儒家经典之一,编年体春秋史。诗句意谓,友人史学研究,是在追寻古人,陶铸尧舜;效法孔子,笔削春秋。

题天发神谶碑①

孙家四世霸江东,虐政居然与帝通。②
神谶发余天亦笑,人皮剥尽气如虹。③
凤凰甘露真儿戏,辛癸雄风苦醉翁。④
剩有太平文字在,炳烺万古泣雕虫。⑤

【注释】

①此诗写于1944年5月4日。取自1959年作家出版社出版的《潮汐集》,后《郭沫若全集》考古编第十卷亦据此编入。作者自注:"天发神谶碑即吴主孙皓天玺纪功碑。碑已折为三段,文字不全。"神谶(chèn),神的预言,以隐语来预言吉凶得失谓之谶。

②孙家四世,指三国时东吴孙权称帝后,传至孙亮、孙休、孙皓,历经四世。诗句意谓,孙家四世称霸江东,暴虐的政权居然与帝业相通。

③人皮剥尽,作者自注:"孙皓最暴虐无道,嗜杀成性。《三国志·吴志》载其'每宴会群臣,无不咸令沉醉,置黄门郎十人,特不与酒,侍立终日,为司过之吏。宴罢之后,各奏其阙失。……大者即加威刑,小者辄以为之罪。……或剥人皮,或凿人之眼。'"气如虹,本指豪气

如虹,此指气焰嚣张。诗句意谓,神谶发完连上天亦感到可笑,把人皮剥尽气焰多么嚣张。

④凤凰甘露,作者自注:"凤凰、甘露皆孙皓年号。"辛癸,指古代殷纣与夏桀两个暴君。作者自注:"殷纣王名受辛,夏桀王名履癸。"雄风,雄劲的风,此指威风。醉翁,指沉醉的群臣。诗句意谓,孙皓把杀人当成儿戏,像当年殷纣、夏桀一样的威风,可害了让他灌醉的群臣。

⑤炳烺(lǎng),亦作"炳炳烺烺",指文章的辞采声韵,柳宗元《答韦中立论师道书》:"乃知文者以明道,是故不苟为炳炳烺烺,务采色夸声音而为能也。"泣,低声哭。雕虫,虫指鸟虫书,西汉儿童必学的秦书八体之一。雕虫喻微不足道的技能。扬雄《法言·吾子》:"或问:'吾子少而好赋?'曰:'童子雕虫篆刻。'俄而曰:'壮夫不为也。'"诗句意谓,碑上还剩有歌功颂德的文字存在,想以辞采声韵取胜而流传万古,只能是向隅而泣的雕虫小技。

题新莽权衡①二首

其一

秦皇冀传万代,新莽亦希亿年。②
均属昙花一现,人间空剩衡权。③

其二

自昔视民如水,王朝兴覆如波。④
亿年空余文字,万古不改江河。⑤

【注释】

①此诗写于1944年5月21日。取自1959年作家出版社出版的《潮汐集》,后亦据此编入《郭沫若全集》考古编第十卷。新莽,汉代王莽废汉自立,改国号曰"新",史称新莽。王莽篡位期间,土地皆称王田,烟酒铁盐皆由官营,法令苛细,赋役繁重,阶级矛盾激化,终于爆发了全国性农民大起义。赤眉、绿林等农民起义军攻入长安,杀死王莽。详见《汉书·王莽传》。权衡,衡量物体轻重之具。权,秤锤;衡,秤杆。

②秦皇,即秦始皇。他想让秦王朝留传万世,结果至二世而亡。诗句意谓,秦始皇希望传至万代,新莽也希望延续亿年。

③昙(tán)花一现,昙花开后短时即谢。《妙法莲华经·方便品第二》:"佛告舍利佛,如是妙法。诸佛如来,时乃说之。如优昙钵华,时一现耳。"后以昙花一现比喻事物一出现就很快消失。衡权,即权衡。诗句意谓,秦皇与新莽均属昙花一现,人间只留下一杆秤。

④视民如水,唐初开国功臣魏征,多次劝太宗以隋亡为鉴,指出君好比舟,民好比水,"水能载舟,亦能覆舟"。诗句意谓,自古以来把民看成是水,而历代王朝兴衰更替就像水上波浪一样。

⑤江河,犹江山、山河。《晋书·王导传》:"周颙中座而叹曰:'风景不殊,举目有江河之异。'"诗句意谓,亿年空自留下记载历史的文字,而自然山河却万古不改,即与世长存。

题彝器图像拓本^①四首

其一

拓本精工胜画图,轻于蝉翼韵如酥。^②

前人误释盨为簋,误簋为敦理实疏。^③

其二

爵戈并列意深长,盉甗同登大雅堂。^④

天鼋征见轩辕古,主人趣味不寻常。^⑤

其三

六舟逝后技犹薪,残缺转添艺味真。^⑥

一纸每逾金石寿,八千年内尚未春。^⑦

其四

王氏释盉意可寻,以浆和酒劝花斟。^⑧

于今上户犹知此,大曲调橙味更深。^⑨

【注释】

①这一组诗写于 1944 年。录自 1959 年作家出版社出版的《潮汐集》,后据此编入《郭沫若全集》考古编第十卷。彝(yí)器,古代宗庙常用的礼器的总名,如钟、鼎、樽、罍之类。《左传·襄公十九年》:"取其所得以为彝器。"郭沫若对于殷代甲骨文和殷、周两代青铜器铭文均有深入的研究。这一组诗也反映了他研究青铜彝器的一些见解。

②轻于蝉翼,指拓本中黑色淡而匀净的蝉翼拓或蝉衣拓。酥,牛羊乳制成的食品,即酥油。诗句意谓,精工制作的拓本胜于画图,黑色淡而匀净,韵味似酥油一般醇厚。

③盨(xǔ),古代食器,青铜制,用以盛食物。簋(guǐ),古代祭祀宴享时盛黍稷的器皿。其初用瓦,后多用铜制。敦,古代盛黍稷,上下合成圆球形,青铜制,流行于战国时期。诗句意谓,前人误将盨解释为簋,而将簋误为敦于理却过于粗疏。

④爵,古代酒器,青铜制,用以温酒和盛酒。戈,我国青铜器时代的主要兵器。盉(hé),古代酒器,青铜制。用以温酒或调和酒水以节制浓淡。甗(yǎn),古代炊器,以青铜或陶制成。分两层,上可蒸,下可煮。诗句意谓,饮酒用的爵与打仗用的戈并列实在意味深长,调酒用的盉与作为炊器的甗同登大雅之堂,即一起在厅中展出。

⑤天鼋(yuán),星次名。《国语·周下》:"星在天鼋。"注:"天鼋,次名。一曰玄枵,从须女八度至危十五度为天鼋。"此处似指图像。轩辕,即黄帝。《史记·五帝本纪》:"黄帝者,少典之子,姓公孙,名曰轩辕。"诗句意谓,天鼋图像象征着轩辕黄帝古老的历史,可见收藏主人的趣味不同寻常。

⑥六舟,作者自注:"六舟乃近代僧人,精于拓出全器图像。"薪,薪火相传。技犹薪,即技术犹有薪传之人。诗句意谓,精于本的六舟死后技术仍留传下来,古器虽有残缺转而艺味更真。

⑦八千年，典出《庄子·逍遥游》："上古有大椿者，以八千岁为春，以八千岁为秋。"诗句意谓，一纸拓片的寿命往往超过金石，对它来说八千年内尚未为一个春天。

⑧王氏，作者自注："王国维有《说盉》一文，言盉乃和酒之器。"王国维为我国近代著名学者。生前为清华研究院教授，曾从事古代器物、文字的研究，尤致力于甲骨文、金文和汉简的考释。寻，使用。《左传·僖公五年》："三年将寻师焉。"杜预注："寻，用也。"诗句意谓，王国维解释盉的说法可以采用，乃是以水和酒斟入爵中再劝人饮酒。

⑨上户，作者自注："善饮酒者为上户，反之，不善饮者为下户。"诗句意谓，至今会喝酒的人还晓得和酒而饮，用大曲酒调以橙汁其味更深。

题迎潮图①

七年不见海，胸中生尘埃；②
对此亦足解饥渴，仿佛登上琅玡台。③
岸有石兮石有松，鹤相和兮雌与雄；④
欲衔九日出天外，憾作铁隼难为功。⑤
长江大河日夕通，水不西归人未东；⑥
安能一击摇海岳，横空高撞自由钟。⑦
归去来，中国风！⑧

【注释】

①此诗写于1944年10月。当时，郭沫若为友人所画《迎潮图》题诗，发表于重庆《经纬副刊》第1卷第2期（同年11月1日出版）。诗句紧扣《迎潮图》的画意，抒发作者渴望迎潮而忧国忧民的感情。诗情画意，二者交融。

②七年，作者于1937年10月离开上海在武汉、重庆投身抗战已有七年。诗句意谓，至今已有七年未见大海，以致胸中都生起了尘埃。

③琅玡台，在山东诸城琅玡山上。秦始皇二十八年，筑观台以望东海，建碑颂德。诗句意谓，而今对着这幅迎潮图亦足以解除饥渴，仿佛登上了可以观海的琅玡台一样。

④兮(xī)，古代诗辞赋中的语助，相当于现代汉语中的"啊"。和(hè)，应和。《易·中孚》："鸣鹤在阴，其子和之。"诗句意谓，岸边有石啊石上有松，鹤鸣之声相和啊有雌与雄。

⑤九日，古代神话，谓天有十日，九日居大树的下枝，一日居上枝，尧使后羿射去九日。铁隼(sǔn)，猛禽。隼也叫"鹘"，一种凶猛的鸟。作，兴起。《易·乾》："圣人作而万物睹。"释文："马融作起。"诗句意谓，鹤欲衔九日于天外，遗憾的是兴起铁隼（猛禽）而难以为功，即难以实现上述目的。

⑥大河，古指黄河，后亦泛指大的河流。诗句意谓，长江、黄河日夕通畅，河水向东奔流不能西归而人却未能东去，亦即时刻都想返回东方。

⑦安能，何能，如何能。海岳，指四海五岳。《新唐书·车服志》："毳冕者，祭海岳之服也。"横空，横亘空中。诗句意谓，如何能以一击摇动四海五岳，当空撞击自由钟而发出惊天动地的声音。

⑧归去来,辞赋篇名,陶渊明作,表现辞官归隐的闲适心情。风,风气,作风。诗句意谓,早日辞官归隐田园,这就是中国人的风气。

挽沈振黄①

民主前途,欲明还暗。②
我兄高义,虽死犹生。③

【注释】

①此诗写于1945年4月。沈振黄(1912—1944),浙江嘉兴人。为青年美术家,曾任上海开明书店美术编辑。抗战时期在柳州第四战区司令部任职。1944年11月,日寇进攻柳州。在撤退途中有一老妇要求上车,他主动让出座位,自己爬上车顶,汽车行至拐弯处,不幸坠地身亡。次年4月,开明书店、三联书店在重庆举行沈振黄追悼会,郭沫若致悼词,并献上这副四言诗式挽联。见曲树程、杨芝明《郭沫若楹联辑注》,山东教育出版社1983年出版。

②这里是说,我国和平民主前途,欲现光明还很黑暗,亦即处于黎明前的黑暗时期。这是抗战胜利前夕国内政局的真实写照。

③高义,行为高尚正义。诗句意谓,我兄舍己为人的高尚行为,而今虽死犹生,永远活在人们心中。

赠潘子农①

爱日永晖春永在,熏风催送百花开。②
爱情也似为文镜,点染经心赖剪裁。③

【注释】

①此诗写于1945年5月。潘子农在创造社后期就与郭沫若有所接触,抗战期间在重庆亦时有交往,被郭视为"小弟"。1945年5月,潘子农与郭芙英结婚时,郭沫若莅临主婚,并题七绝一首制成精致小轴以示祝贺。详见潘子农《郭老墨迹何处寻》,载1991年5月20日《文学报》。

②爱日,生物赖阳光以滋生,因称太阳为爱日。熏风,和暖的南风,春风。诗句意谓,太阳永放光辉春天长在,和暖的春风摧送百花盛开。

③文镜,以文为镜。点染,绘画时点缀景物和着色,也比喻修饰文字。剪裁,比喻做文章对材料的取舍安排。诗句意谓,爱情也像为文且应以文为镜,需要经心点染而且有赖于很好剪裁。这是主婚人对于新人语重心长的叮咛。

打油诗①一首

人言此地德黑兰,在我浑如是庐山。②
玫瑰花开六月寒,归来当使酒瓶干。③

①此诗写于 1945 年 6 月。6 月 21 日,郭沫若赴苏联参加苏联科学院成立二百二十周年纪念会途中,经过德黑兰,我国驻伊朗大使李铁铮邀请到别墅共用午餐。大使夫人系当年政治部旧同事,且很能喝酒。郭沫若盛情难却,喝了几种洋酒,已有八分醉意。大使女儿要求题诗,乘兴写了一首打油诗。详见《苏联纪行·日记·六月二十一日》。

②德黑兰,伊朗首都,西南亚最大城市。诗句意谓,人家说此地是德黑兰,在我感觉到简直就是我国的庐山。

③六月寒,六月已进入夏季,当因醉酒而感到有点寒意。诗句意谓,别墅园中玫瑰盛开,时已六月我却有点寒意,回去当把瓶中的酒喝干。这是一首酒后写成的别具一格的打油诗。

候车念立群①

送郎送到九龙坡,郎将飞往莫斯科,
我欲相抱奈人多。②
适彼乐土爰得所,纵不归来亦较可,
可怜留下一个我。③
握手告别说什么,只道少饮莫蹉跎,
牙关紧咬舌头锁。④
铁门掩闭一刹那,风起扬砂机如梭,
纵欲攀缘可奈何?⑤
天有云兮云有波,山有树兮树有柯,
我如木鸡回旧窠。⑥
忽闻儿女语咿哦,要我飞去寻爹爹,
顿都眼泪自滂沱。⑦

【注释】

①此诗写于 1945 年 8 月。据作者《苏联纪行·日记·八月八日》记载:"昨夜在图拉车站等车的时候,想起了立群在九龙坡飞机场上送行时的情形,又回味到了她在信上给我的一些话,有点民谣式的情绪在回旋,直到今天清早,在火车里勉强做成了一首诗。"

②九龙坡,即重庆九龙坡机场。郭沫若应邀赴莫斯科参加苏联科学院成立二百二十周年纪念活动。诗句意谓,(以于立群口吻)送郎送到九龙坡飞机场,郎将飞往莫斯科,我想与他拥抱无奈人多。

③乐土,安乐的地方。爰(yuán),乃,于是。《诗·魏风·硕鼠》:"逝将去女,适彼乐土。乐土乐土,爰得我所。"诗句意谓,你将适彼乐土于是得所,即不再归来亦属较可,只是可怜只剩下我一个人。

④蹉跎,时间白白过去,虚度光阴。诗句意谓,挥手告别说了什么,只说少喝酒莫虚度光阴,而且牙关紧咬舌头锁牢,亦即少讲话防失言。

⑤机如梭，飞机很多迅速起飞如穿梭一般。诗句意谓，飞机关上铁门的一刹那，起飞之后风起砂扬迅速升空，纵使想攀缘上去又有什么办法？

⑥柯，树枝。兮，古代诗辞赋中的语助，相当于现代汉语中的"啊"。木鸡，比喻呆笨，如呆若木鸡。归寰，这里指家。诗句意谓，天上有云云有波浪，山上有树树有枝条，我如木鸡一样回到了家。

⑦呀哦！儿童学语且惊讶之声。滂沱，原为大雨貌，也用来形容泪下如雨。诗句意谓，忽听到儿女呀哦之声，要我乘飞机去找爹爹，顿时教我独自泪如雨下。

贺徐悲鸿廖静文婚礼①

嘉陵江水碧于茶，松竹青青胜似花。②
别是一番新气象，磐溪风月画人家。③

【注释】

①此诗写于1945年秋。徐悲鸿(1895—1954)，江苏宜兴人。现代著名画家。少时刻苦学画，后留学法国。擅长油画、国画，尤精素描。画能融合中西技法，尤以画马驰名中外。抗日战争期间屡有画作在国外展售，得款救济国内难民，并积极参加民主运动。1945年秋，与廖静文结婚，在重庆中苏文化协会举行婚礼。郭沫若与沈钧儒证婚。郭沫若还写了一首七言绝句表示祝贺。详见廖静文《往事依依——忆徐悲鸿》，载《收获》1982年第4期。

②嘉陵江，长江上游支流，经重庆流入长江。诗句意谓，嘉陵江水一片碧绿胜于绿茶，周围苍松翠竹胜似鲜花。

③磐溪，在重庆嘉陵江北岸，徐悲鸿当时在此居住。风月，既指美好景色，亦喻男女情爱。诗句意谓，二人结婚之后别有一番新的气象，磐溪清风明月融入画人之家。

为"文协"联谊晚会题诗①

今夕复何夕，文林盛会开。②
烛光鸡尾酒，月影凤头钗。③
香华随风举，词华逐电来。④
宵深人不觉，清话共徘徊。⑤

【注释】

①此诗写于1945年10月21日。当日，郭沫若往张家花园，出席中华全国文艺界抗敌协会为改名中华全国文艺界协会而举行的会员联欢晚会。到会的有周恩来、叶圣陶、巴金、老舍等人。老舍为主席。会上，郭沫若将老舍的两句诗联成五律，载1945年10月22日重庆《新华日报》。

②文林，犹文苑，文艺界。诗句意谓，今夕又是何夕，文艺界召开盛大的晚会。

③鸡尾酒，由两种以上的酒配合而成，或以鲜果汁渗入酒中制成。盛行于欧美，在这种酒会上客人一般都站着饮用，并备有点心。凤头钗，原指古代妇女饰有凤凰的金钗，此指到

会女士华丽的头饰。诗句意谓,在烛光之下人们喝着鸡尾酒,月影映照着女士们华丽的头饰。

④香华,华通"花",谓花的香气。举,起飞。《吕氏春秋·论威》:"兔起凫举。"词华,犹词采,指经过修饰的华丽词语。诗句意谓,花香随风飞散,华丽词语如逐电而来,亦即发言者文思迅疾妙语不断。

⑤清话,清谈。徘徊(pái huái),来回地行走。诗句意谓,不知不觉到了深夜,人们还在一边来回走动一边交谈。

题《华西晚报·元旦增刊》①

五年振笔争民主,人识华西有烛龙。②
今日九阴犹惨淡,相期努力破鸿蒙。③

【注释】

①此诗写于1945年12月20日,载1946年1月1日《华西晚报·元旦增刊》。《华西晚报》为大后方成都地区宣传抗日、民主的舆论阵地。1941年4月创刊,初为同人刊物,后由中国民主同盟主席张澜任董事长。该报实际是由中共南方局、中共四川省委领导下的报纸。为了反对国民党反动当局撕毁"双十协定"妄图发动内战的阴谋,决定出版1946年"元旦增刊",约请各界知名人士题诗作文。这首七言绝句就是郭沫若应约写成的。

②五年,指1941年4月创刊到作者题诗,已将近五个年头。烛龙,神名,典出《山海经·大荒北经》:"西北海之外,赤水之北,有章尾山,有神人面蛇身而赤,直目正乘,其瞑乃晦,其视乃明,……是烛九阴,是谓烛龙。"这里用以比喻《华西晚报》。诗句意谓,五年以来为争民主而奋笔直书,因此人识华西有份烛照人间的晚报。

③九阴,阴暗之地。柳宗元《天对》:"九阴极冥,厥朔以炳。"鸿蒙,指宇宙形成前的混沌状态。诗句意谓,今日阴暗之地一片惨淡景象,人们需要相互勉励共同努力,冲破黎明前的黑暗,争取光明的未来。

题敦煌画展①

余久梦敦煌,今日得相见。②
三百又五窟,瞬息游览遍。③
笑彼马迭斯,蓝本学未全。④
新奇矜独创,赫赫盛名传。⑤
嗟我后来人,焉能不自勉?

【注释】

①此诗写于1945年间。当时,敦煌研究所徐悲鸿等人带着敦煌石窟十余幅壁画摹本,在重庆七星岗中苏友好协会公开展出。周恩来、董必武、郭沫若等亲临参观。参观后,郭沫若题写此诗,并发表在当时的重庆《新华日报》上。

②敦煌，在甘肃省西部，此指敦煌石窟。包括古代隶属敦煌境内的莫高窟、西千佛洞、榆林窟和水峡口小千佛洞。一般主要指莫高窟，这里保存有 4 世纪至 14 世纪遗留下来的壁画、雕塑等艺术珍品。诗句意谓，我早就在梦中思念敦煌，今日得以相见（指参观敦煌画展）。

③瞬息，一眨眼一呼吸的短时间。诗句意谓，敦煌三百零五窟，很快游览了一遍。

④马迭斯，法国画家。后期受印象派影响，并吸取波斯绘画、东方艺术的表现手法，形成"综合的单纯化"画风。蓝本，创作所根据的底本。诗句意谓，可笑那个法国画家马迭斯，连蓝本都没有学得周全，意指敦煌绘画艺术比他高超得多。

⑤矜，崇尚。《汉书·地理志下》："故至今其士多好经术，矜功名，舒缓阔达而足智。"诗句意谓，艺术创作崇尚新奇独创，赫赫盛名广泛流传。

⑥嗟，感叹词。诗句意谓，我们这些后辈，怎能不以此自我勉励呢！

书赠《新民报》①

昨夜三斤酒，今朝醉未休。②
高歌怀远志，屹立挽狂流。③
知命须澄澈，新民贵自由。④
魔高庸一丈，更上万层楼。⑤

【注释】

①此诗写于 1946 年春。新民报，1929 年 9 月在南京创刊。曾先后出南京、重庆、成都、上海、北平等版，有日刊和晚刊。抗日战争后期倾向进步。1946 年春，鉴于蒋介石撕毁政协协议，加紧压迫进步舆论，又适值《新民报》社长陈铭德五十寿辰，郭沫若书赠五律一首，以示祝贺与勖勉。诗见陈铭德、邓季惺《新民报三十年》，载 1976 年 6 月中华书局版《文史资料选辑》总第六十三辑。

②"昨夜"二句，这里记述与陈铭德二人曾彻夜痛饮，昨夜喝了三斤酒，今天仍醉意未消。

③狂流，汹涌的激流。诗句意谓，高歌声中胸怀远大的志向，屹立于劲力挽狂流。

④知命，《论语·为政》："五十而知天命。"后人因以知命为五十岁的代词。澄澈，清澈，水清见底。新民，一语双关。既取《大学章向》"大学之道，在明明德，在新民，在止于至善"原意，又指《新民报》。诗句意谓，已达知命之年自须澄澈，新民贵在力争自由。

⑤庸，或许，大概。诗句意谓，魔高或许有一丈，我们则更上万层高楼。

题陈白尘《升官图》①

一边大打一边谈，满地烽烟北至南。②
已是山残兼水剩，居然暮四又朝三。③
惊呼黄浦鱼登陆，漫道殷时女变男。④
不信人民终可侮，盘肠一战我犹堪。⑤

①此诗写于1946年5月。诗有跋语:"在百货业职工会演讲毕,走访于伶兄,见寿昌写看《升官图》诗,戏步原韵。一九四六年五月廿六日,郭沫若。"当时,郭沫若由重庆到达上海后不久,曾去看望于伶。在于伶家中看到田汉(寿昌)所写为《升官图》题诗的条幅,遂即引发诗兴,戏步原韵和了一首。《升官图》是现代著名剧作家陈白尘的代表作,一部揭露国民党统治区官场腐败的讽刺喜剧,堪称戏剧舞台上的"官场现形记"。郭沫若题诗意在借题发挥,反对国民党反动当局发动反共反人民的内战。诗见萧斌如《又聆新曲到江南——记郭沫若田汉为陈白尘〈升官图〉题诗》,载《郭沫若学刊》2001年第1期。

②烽烟,古代边防报警的两种信号。有敌来犯,昼则燔烟,夜则举火,亦称烽火狼烟。诗句意谓,蒋介石在假和谈的幌子下,内战烽烟从北到南,大肆进攻我解放区。

③山残兼水剩,由成语"残山剩水"化出。此指由于日寇侵华,已使国土沦丧山河破碎。暮四又朝三,从成语"朝三暮四"化出,语见《庄子·齐物论》,比喻变化不定反复无常。这里是在斥责国民党反动当局。

④黄浦,指上海境内的黄浦江。殷,朝代名,即上古殷商时代。诗句似与《升官图》内容有关,具体寓意待考。

⑤盘肠一战,形容拼死作战。相传唐将罗成与敌奋战,腹破肠出,重新盘绕,继续作战。诗句意谓,不要以为人民可以欺侮,拼死一战还是可以的。

诗 一 首①

适从山里来,上海今依旧。②
喧嚣声震耳,内战复何有?③
可怜满街人,茫如丧家狗。④

【注释】

①此诗写于1946年5月13日。当时,郭沫若返回上海不久,即与田汉等友人在三和楼聚会。他还即席吟成此诗,记述新到上海的观感。此诗发表于同年5月14日《文汇报》,题为《郭沫若先生近作》。

②山里来,即由重庆来,重庆为山城,故云。诗句意谓,刚从山城重庆来,上海今天还是老样子。

③喧嚣,喧哗,嘈杂的声音。诗句意谓,一片喧哗嘈杂的声音振人耳膜,在这些人的心里哪里还有什么内战。

④丧家狗,比喻无所归依。《史记·孔子世家》:"孔子适郑,与弟子相失,孔子独立郭东门。郑人或谓子贡曰:'东门有人……累累如丧家之狗。'"诗句意谓,可怜满街的人,茫茫然好像丧家之犬。

题戈湘岚骏马图①

风尘踏破谁知己,赋性由来是不羁。②

独立苍茫思颇牧，欲从长塞试霜蹄。③

【注释】

①此诗写于 1946 年立夏。戈湘岚为扬州现代著名画家，尤以画马著称。郭沫若当年称颂"湘岚先生今之曹霸也，所画名贵一时"。1946 年立夏日在重庆为戈湘岚骏马图题七绝一首。图和诗真迹现存扬州市政协。详见王寿林《诗人郭沫若在江苏》，载《郭沫若学刊》1993 年第 3 期。

②风尘，风起尘扬，天地浑浊，因以喻世俗的扰攘。赋性，天赋本性。羁（jī），羁绊、束缚，牵制。诗句意谓，踏破人间风尘谁是知己，骏马本性从来都是不受羁绊。

③苍茫，旷远无边貌。颇牧，战国时期赵国廉颇、李牧皆著战功，称名将。后因以颇牧为大将的通称。长塞，边远要塞。霜蹄，经霜的铁蹄。诗句意谓，独立于茫茫原野而思战将，想要从边远要塞一试经霜的铁蹄，骏马急欲奔驰投入战斗。

题上海群益出版社①

文化之田，深耕易耨。②
文化之粮，必熟必精。③
为益人群，不负此生。④

【注释】

①此诗写于 1946 年 7 月。群益出版社，1942 年 8 月成立。文化工作委员会担负领导工作的阳翰笙、冯乃超参与筹建和资金筹集，以个人名义入股，郭沫若和夫人率先集资。由郭沫若的侄儿郭宗益和文化工作委员会主任秘书担任经理。社名是由两位创办人于立群、郭宗益名字中各取一字，立意为有益人群服务大众。抗战时期出版了不少进步书刊。新中国成立后与海燕书店、大孚出版公司合并为上海新文艺出版社。1946 年 7 月，郭沫若被举为群益出版社新成立的董事会董事长，当时在上海曾为该社题写四言诗一首。详见吉少甫《回忆郭老和群益出版社》，载 1980 年 4 月上海《文艺论丛》第十辑。

②耨（nòu），除草。《孟子·梁惠王上》："深耕易耨。"诗句意谓，文化的田，需要深耕易于除草。

③这两句是说，文化的食粮，必须成熟，必须精细。

④这两句是说，为了有益于人群，当不负此生。

疾风知劲草①

疾风知劲草，岁寒见后凋。②
根气构盘错，梁木庶可遭。③
驾言期骏骥，岂畏路途遥。④
临歧何所赠，陈言当宝刀。⑤

①此诗写于 1946 年 11 月 19 日。11 月 15 日,蒋介石一手包办召开"国民大会"。11 月 19 日,周恩来、李维汉为抗议国民党反动当局严重破坏和平谈判的罪行,决定飞返延安。郭沫若在他们离开南京时,写诗赠别。详见许涤新《疾风知劲草——悼郭沫若同志》,载 1978 年 6 月 22 日《人民日报》。

②"疾风"句,语出《后汉书·王霸传》:"光武谓霸曰:'颍川从我者皆逝,而子独留。努力,疾风知劲草!'"比喻节操坚定,经得起考验。"岁寒"句,语出《论语·子罕》:"岁寒,然后知松柏之后凋也。"诗句意谓,遇到大风方见有强劲的草,到了严寒方知松柏坚贞。

③根气,亦称气根,由茎部发生暴露在空气中的不定根,常青藤、石斛、吊兰等均有气根。盘错,盘根错节,喻有深厚的群众基础。诗句意谓,你们犹如大树盘根错节,用作梁木庶几可以遇上。

④驾,发语词。《诗·邶风·泉水》:"驾言出游,以写我忧。"迢(tiáo)遥,远貌。王夫之《祓禊赋》:"思芳春兮迢遥,谁与娱兮今朝?"诗句意谓,希望你们骑上骏马,哪怕什么路途遥远。

⑤临歧,犹临别,分别时一般在歧路口,故云。诗句意谓,临别时用什么相赠呢?还是几句老话,权当一把宝刀。

送茅盾即席赋诗①

不辞美酒几倾杯,顿觉心头带怒开。②

今日天涯人尽醉,澄清总得赖奇才。③

【注释】

①此诗写于 1946 年 11 月。抗日战争胜利后,茅盾夫妇应苏联对外文化协会邀请,赴苏参观访问。这在当时文化界引起很大的轰动,不少单位与个人均以饯行名义宴请,且在席间饮酒赋诗,因亦留下不少为茅盾送行的诗篇。1946 年 11 月 25 日,应苏联驻沪领事海林之邀,郭沫若出席为茅盾夫妇赴苏游历而举行的宴会。席间,黎照寰赋诗一首,郭沫若即步原韵和了一首,诗载同年 11 月 28 日上海《立报》,又载 12 月 2 日重庆《新华日报》,题为《送茅盾夫妇出国》。

②这两句是说,从不推辞手中美酒已经多次干杯,顿觉心头虽仍带怒此时已经开怀。

③天涯,犹天边,形容极远的地方。澄清,指澄清宇内消除战争。诗句意谓,今日与将赴天涯的人尽情一醉,要想澄清宇内总得倚赖奇才。

步夷初先生韵送雁冰兄游苏①二首

一

乘桴海外沈夫子,我亦无心效屈原。②

更使九州成一统,普天耕者有田园。③

二

遍地狂澜卷血花,何堪大盗入吾家。④

明年鸿雁来宾日，司马司徒应去华。⑤

【注释】

①这两首诗写于 1946 年 11 月下旬或 12 月初。夷初先生，即马叙伦，字夷初，浙江余杭人。早年加入同盟会。曾任清华大学、北京大学教授。做过北洋政府、国民党政府教育部次长。抗战时期从事抗日反蒋活动，后发起组织中国民主促进会。茅盾赴苏前夕，马叙伦曾在一次为其饯行的宴会上，即席写成七绝二首。原诗题为《送雁冰先生赴苏联讲艺》。郭沫若当即步韵奉和。马叙伦和郭沫若诗，首见丁茂远《郭沫若送茅盾游苏组诗考释》，载《郭沫若学刊》1997 年第 2 期。

②乘桴海外，语出《论语·公冶长》："道不行，乘桴浮于海。"桴为小筏子，此指友人乘船游历海外。沈夫子，茅盾原名沈德鸿，字雁冰，诗中因称"沈夫子"。无心效屈原，郭沫若对于我国古代诗人屈原颇有研究，时人因以"今屈原"称之。这里是指作者既赞赏屈原敢于坚持自己联合抗秦的主张而且长期进行斗争，却又无心仿效屈原后来不得已而离开楚国都城，只是做个流落民间的行吟诗人。诗句意谓，你去海外参观访问，我亦无心仿效屈原"行吟泽畔"。

③耕者有田园，即耕者有其田。1924 年孙中山改组国民党，重新解释三民主义，将其作为实现"平均地权"的口号。还进一步提出："农民之缺乏土地沦为佃户者，国家当给以土地。"希望实现"耕者有其田"。诗句意谓，更使国家尽快得到统一，让普天下农民都有田园。

④遍地狂澜，指国民党反动当局在 1946 年 7 月发动全面内战。大盗，指支持国民党发动内战的美帝国主义者。同年九月上海人民曾发起"美军退出中国"运动，后影响全国。诗句意谓，而今国民党发动全面内战，中华大地再次卷起狂澜和血花，哪堪忍受美帝国主义强盗闯入我们国家。

⑤鸿雁，一语双关，既指大雁本身，又在兼指友人。茅盾原名沈德鸿，字雁冰。来宾，来做宾客，引申为从别处来到。司马司徒，指当时来华假调停真纵容的帝国主义分子。司马指美国政府派来进行国共两方"军事调处"的马歇尔元帅。司徒则指美国驻华大使司徒雷登。诗句意谓，明年友人从远地归来之日，司马司徒之流应已离开中华大地。

送 行 诗①

乘风万里廓心胸，祖国灵魂待铸中。②
明年鸿雁来宾日，预卜九州已大同。③

【注释】

①此诗写于 1946 年 12 月 5 日。这一天，茅盾夫妇乘"斯摩尔尼克"号轮船离开上海。郭沫若、叶圣陶、郑振铎、戈宝权等几十位友人到码头送行。郭沫若代表全体送行者写成《临别赠言》，由于立群当场朗诵。后仍感意犹未尽，又在一本小册子上书赠送别诗一首。赠言及诗均载同年 12 月 6 日上海《文汇报》和《文艺春秋》第 3 卷第 6 期"欢送茅盾先生出国小辑"内。郭沫若后对这首送别诗深感"仓卒得句，意不甚洽"，便于 12 月 21 日在原有七绝基础上改成七律，题为《送茅盾赴苏联》，收入 1948 年上海群益出版社出版的《蜩螗集》。

②廓(kuò)，开拓，扩展。诗句意谓，万里乘风飞行(坐飞机)可以开阔自己的心胸，祖国

灵魂尚有待铸造之中。

③来宾,语出《礼记·月令》:"(季秋之月)鸿雁来宾。"鸿雁,比喻宾客。后因称远方来附的客人为来宾。大同,语出《礼记·礼运》,实为儒家宣扬的理想社会。诗句意谓,明年雁冰先生归来之日,预测全国已经大同,即已成为和平民主的国家。看来,这也许正是作者"仓卒得句,意不甚洽"之处吧!

为《捉鬼传》赋诗①

钟馗捉鬼被鬼捉,观者欢娱作者哭,
中有眼泪一万斛。②非欲衣冠媚世俗,
欲使世上绝鬼蜮。③

【注释】

①此诗写于 1946 年 12 月 8 日。当天晚上,郭沫若在上海兰心戏院观看吴祖光新编剧本《捉鬼传》的演出,"深受感发"。看完戏与演员们一起吃夜宵,并即席赋诗一首。1947 年元旦,吴祖光登门拜访时,郭沫若将此诗念给他听,并书条幅赠之。详见吴祖光《郭老为〈捉鬼传〉赋诗》,载 1979 年《文教资料简报》总 96 期。

②钟馗(kuí),古代传说中人物。据沈括《梦溪笔谈》记载,相传唐明皇于病中梦见一大鬼捉一小鬼啖之。上问之,自称名钟馗,生前曾应武举未中,死后决心消灭天下妖孽。明皇醒后,命画工吴道子绘成图像。《捉鬼传》即据此敷衍而成,并赋予一定现实意义。一万斛(hú),极言眼泪之多,谓作者别有伤心之处。诗句意谓,钟馗捉鬼反被鬼捉,观众看了高兴作者却很伤心,眼中有泪多达一万斛。

③鬼蜮,《诗·小雅·何人斯》:"为鬼为蜮,则不可得。"后以鬼蜮比喻用心险恶、暗中伤人的人。诗句意谓,不是为了让大鬼穿戴衣冠以迎合世俗,而是为了消灭人世间的鬼蜮。

寿衡山先生①

忧先天下数谁真,南极巍然一老人。②
规矩不逾犹赤子,尊尊今夕复亲亲。③

【注释】

①此诗写于 1946 年 12 月。衡山先生,即沈钧儒(1875—1963),号衡山,生于江苏苏州。光绪进士,同盟会员。中国民主同盟和人民救国会主要领导人。新中国成立后曾任全国人大常委会副委员长、全国政协副主席。1946 年 12 月 17 日,沈钧儒七十三岁生日。郭沫若、柳亚子、史良、许广平等人举办祝寿晚宴,郭沫若席间赋七绝一首。诗见同年 12 月 18 日上海《联合日报》晚刊。

②南极,星名。《史记·天官书》:"狼比地有大星,曰南极老人。"杜甫《赠韩谏议》:"周南留滞古所惜,南极老人应寿昌。"诗句意谓,能够做到先天下之忧而忧数谁最真诚呢?一位南极寿星巍然出现在我们面前。

③赤子,初生的婴儿,亦指纯洁善良如初生的婴儿。《孟子·离娄下》:"大人者,不失其赤子之心者也。"规矩不逾,《论语·为政》:"七十而从心所欲,不逾矩。"此指寿翁已七十以上高龄。尊尊,尊敬长者。亲亲,关爱亲人。诗句意谓,七十老人犹有赤子之心,这位尊敬的长者今晚复又成为可亲的亲人。

寿彭泽民①

天遗一老寿中华,南海春生万姓家。②
一别十年无限意,迎风遥献一杯茶。③

【注释】

①此诗写于1947年春。录自《郭沫若书法集》。彭泽民(1877—1956),广东四会人。老同盟会员。曾任国民党第二届中央执行委员兼海外部长。1927年8月参加南昌起义,为革命委员会委员。后从事爱国民主运动。新中国成立后任中央人民政府委员、人大常委会委员、农工中央副主席。1947年春,彭泽民七十周岁,郭沫若写诗致贺。

②一老,指有德行的老人。《诗·小雅·十月之交》:"不愁遗一老,俾守我王。"南海,寿翁为广东南海地区人。诗句意谓,老天留下一位有德行的老人寿我中华,惠及南海地区,春生万姓人家。

③一别十年,指抗战初期相遇,至今已有十年。诗句意谓,我们已一别十年,留下无限的情意,而今迎着春风遥献一杯祝寿的香茶。

为《新华日报》九周年题词①

人民之命,主义之光。②
宇宙可显,新华无疆。③

【注释】

①此诗写于1947年1月。新华日报,中国共产党在抗日战争时期和第三次国内革命战争初期在国民党统治区公开出版的机关报。1938年1月11日在汉口创刊,同年10月25日迁重庆,出至1947年2月28日被国民党政府封闭。1947年1月,郭沫若应约为《新华日报》九周年题词,手迹载1947年1月11日《新华日报》。

②命,生命、命运。光,光辉、光荣。诗句意谓,人民的生命,主义的光辉。

③显,显扬。新华,一语双关,既指《新华日报》,亦指新的中华。疆,极限,止境。无疆,无限,没有穷尽。诗句意谓,宇宙可以显扬,新华前程无限。

代圣人答圣人颂①八首

一②

当代扬雄愧有归,圣吾岂敢是耶非?③

难忘"善后"开鸿运,"威武英明"段合肥。④

【注释】

①这一组诗作于 1947 年 1 月。郭沫若于 1 月 24 日作《续〈狐狸篇〉》,系与《评论报》十三期上万古江的《狐狸篇》相呼应,和万君原韵成《代圣人答圣人颂》八首、《傅贤达诸像赞》四首、《丧心吟》四首,而集为本篇,篇首有短序,前八首有短跋。文中以"狐"比胡适,以"狸"比傅斯年。该文就这一组诗有所说明:"代圣人立言,决非易事。然因圣人近校阅《水经注》版本甚勤,似无暇作答,故不佞冒充代表,代作答辩。言责自负。"诗载 1947 年 2 月 8 日上海《评论报》周刊第十三期,署名牛何之。尚可参阅陈福康《关于郭沫若的一篇佚文》,载《社会科学研究》1981 年第 6 期。

②诗有附注:"博士当年曾参加段祺瑞所召集之'善后会议',并为文称颂段为'威武英明',万君原颂为之揭发。然段祺瑞曾收今之当局为门生,似仍不失为'威武英明'者也。"

③扬雄,字子云,西汉文学家、语言学家。汉成帝时为给事黄门郎。王莽时校书天禄阁,官为大夫。曾作《剧秦美新》以谀莽。"当代扬雄"为讽刺胡适之语。诗句意谓,当代扬雄有所归附,对于圣人我岂敢是耶非耶?

④善后,指 1925 年 2 月皖系军阀段祺瑞召开的善后会议,有各省军阀代表及政客百余人参加,因全国人民强烈反对,于同年 4 月瓦解。鸿运,亦作红运,好运气。段合肥,即段祺瑞。段为合肥人,因称"段合肥"。胡适在参加善后会议时为文称颂其"威武英明"。诗句意谓,(胡适)难忘参加善后会议而开了好运,所以称颂"威武"的段合肥。

二①

檐前今复把头低,况复洋人有品题。②
"历史偶然"成附凤,"解嘲"其实错重提。③

【注释】

①诗有附注:"国民党召开'国民大会',胡适以'社会贤达'名义,被指明为代表,并荣膺主席团之一人。开始讨论'宪草'时,适胡轮值主席,国民党总裁以'宪草'一部授其手。会后胡对新闻记者以'历史的偶然'自解,实则此等小节无须乎趋步扬雄学作'解嘲'也。"

②品题,评论人物,定其高下。诗句意谓,今天在檐前复又把头低下,况且洋人已有品评。此指胡适在洋人吹捧下作为社会贤达参加 1947 年国民党召开的"国民大会"。

③附凤,即攀龙附凤,比喻依附有声望地位的人物得以高升。诗句意谓,"历史的偶然"成依附权势,而"解嘲"错在趋步扬雄旧事重提。

三①

肠脑未肥颇自伤,装聋卖哑复何妨?②
"美钞积蓄"非无谓,准备分崩再出洋。③

【注释】

①诗有附注："博士自言曾'幸在美国讲中国古史,有美钞积蓄'。然平心论之,较之四大家之脑满肠肥者毕竟小巫见大巫。初归国时不言同事,托患肠胃病者,非不欲言,实亦有所不敢耳。"

②肠脑未肥,由"脑满肠肥"一语转化而来。装聋卖哑,通作"装聋作哑",指故意不予理睬或置身事外。诗句意谓,曾因未能脑满肠肥颇为自我伤感,实在装聋作哑又有何妨?

③分崩,形容国家或集团分裂瓦解。诗句意谓,有"美钞积蓄"并非无所谓,而是准备国家分崩离析再去出洋。

四①

那管人民喜怒哀,一家国大一党开。②

吾亦"能收能发"者,收来主席发横财。③

【注释】

①诗有附注："一党'国大',嘘闹喧哗,四十余日,费国帑一百余亿,通过一家'宪法'一部,胡适称颂'国民党伟大,能发能收'。细加体会,似颇有'夫子自道'之意。"

②国大,指1947年国民党一党召开的国民大会。诗句意谓,哪管人民的喜怒与哀伤,一家国民大会一党召开。

③主席,胡适当时以社会贤达身份参加国民大会,且作为主席团成员之一。诗句意谓,我也是"能收能发"者,收来作为主席可以大发横财。

五①

美国精虫至可尊,女儿何故不欢迎?②

驻军撤退休"联想",努力优生汝后生。③

六

肤黄鼻塌乏雄姿,"欧化全盘"正合时。④

"尝试成功"原自馈,吾妻将复不吾欺。⑤

七

万一螽斯庆有身,将来长大学旁行。⑥

杜威胡适范登堡,买办班头数大亨。⑦

【注释】

①这三首有附注："去岁十一月二十四日北平美军当街强奸北大女生沈某,全国学生激于义愤,罢课游行抗议,要求美军撤退回国。胡适本北大校长,认为此事仅系法律问题,学生行动未免过分,且言撤退美军事休作联想。世人对胡多作非难。然胡语尚属有所顾忌,如使尽情言之,则彼固主张'全盘欧化'者,未始将以此种暴行为优生学之实验也。博士尝云'成

上编　新中国成立前

功自古在尝试',博士如系女身,安思其不自行'尝试'耶?"

②精虫,即精子,人或动植物的雄性生殖细胞。诗句意谓,美国人的精虫至可尊贵,女儿何故并不欢迎?此系讽刺语。

③后生,子孙,后代。诗句意谓,按照胡适所言,要求美军撤退休作"联想",还是优化生育你的后代。

④这两句是说,中国人皮肤黄鼻子塌缺乏雄姿,现在"全盘欧化"正合时宜。

⑤馈,赠送。诗句意谓,"尝试成功"一语本属送给自己,亦即自己化为女身自行"尝试",这样自己老婆就不会欺骗自己了。

⑥螽(zhōng)斯,《诗·周南·螽斯》:"螽斯羽,诜诜兮。宜尔子孙,振振兮。"螽斯作为一种昆虫,产子极多,因言"宜尔子孙"。旁行,普遍运行。《汉书·地理志序》:"昔在黄帝,作舟车以济不通,旁行天下。"颜师古注:"旁行,谓四出而行之。"有身,怀孕。《诗·大雅·大明》:"大任有身。"诗句意谓,万一庆有螽斯那样的身孕,将来长大着普遍运行。

⑦杜威,美国唯心主义哲学家,实用主义者。胡适,我国现代著名学者,曾留学美国,宣扬杜威实用主义哲学。范登堡,美国人,时任共和党参议员,主张对华援助,支持蒋介石发动内战。买办,殖民地半殖民地国家中,替外国资本家在本国市场上服务的中间人或经济人。班头,头目,首领。大亨,旧时称某一地方或某一行业有势力的人。诗句意谓,杜威、胡适、范登堡,他们堪称买办里的首领与大亨。

八①

"哲史大纲"秽有形,操觚率尔浪成名。②
"说儒"胡说哀"玄鸟",巧令逢迎幸尚精。③

【注释】

①诗有附注:"博士早年成《中国哲学史大纲上卷》,率尔操觚,浪得大名,其中错误百出,幼稚不堪,盖已自惭形秽,故久无续篇之作。其后成《说儒》,以孔子和耶稣相比,而以商颂玄鸟为预言诗,遭郭鼎堂氏驳斥,至体无完肤,而博士亦哑口无言,盖已然认错误,暗自哀悔也。博士一才士,说儒谈史,实非所长,然彼亦自有其精到处。如巧言令色,逢迎权势,而又能俨然保持其学者身份,当代似尚无出其右者。"

②哲史大纲,指胡适早年所写《中国哲学史大纲》上卷。率尔操觚(gū),语见陆机《文赋》:"或操觚以率尔。"觚为古代用来书写的木简。谓轻率拿过木简就写,形容未经认真思考写作草率。诗句意谓,胡适《中国哲学史大纲》错误百出自惭形秽,未免轻率写作浪得虚名。

③这两句是说,胡适《说儒》一文胡说《玄鸟》而让人感到悲哀,只是巧言令色逢迎权势尚有精到之处。

傅贤达诸像赞①四首

一

未死已先朽,可憎面目垢。②

献媚甘自剖，不待人来诱。③

二

心理丢脑后，马槽占已久。④
摆尾复摇首，好个看家狗。⑤

三

血压高慢走，插科柳莲柳。⑥
伸手烟与酒，粉面夹二丑。⑦

四

"圣人"师而友，狐狸一帮口。⑧
薄人躬自厚，说我丑就丑。⑨

【注释】

①这一组诗写于 1947 年 1 月。郭沫若于 1 月 24 日作《续〈狐狸篇〉》，文中以"狐"比胡适，以"狸"比傅斯年，且作比较指出："博士一才士，说儒谈史，实非所长，然彼亦自有其精到处。如巧言令色、逢迎权势，而又能保持其学者身份，当代似尚无出其右者。即以其高足傅斯年而论，虽亦亦步亦趋，其品格殊自卑下。傅斯年——当今东方朔耳，帮闲之相过于露骨。胡与傅之分在一狐一狸，狐身轻俏而情态狡猾，狸身卑促而面目可憎，此其大较也。"《傅贤达诸像赞》就是对于傅斯年这位社会贤达诸般影像加以"礼赞"。

②可憎面目，即面目可憎，形容人的容貌让人厌恶。诗句意谓，人还未死已先腐朽，让人憎恶的容貌充满污垢。

③自剖，似暗用"剖腹藏珠"的典故。《资治通鉴·唐纪·太宗贞观元年》："上谓侍臣曰：'吾闻西域贾胡得美珠，剖身而藏之，有诸？'侍臣曰：'有之。'"比喻为物伤身轻重倒置。诗句意谓，为了向上献媚甘愿自己剖身，而且不待别人来引诱。

④这两句是说，一切人的心理丢在脑后，因在马槽里占据已久。

⑤摆尾复摇首，即摇头摆尾。诗句意谓，摇头又摆尾，好个看家狗。

⑥插科，戏曲、曲艺演员在表演中插入引人发笑的动作。柳莲柳，似从成语"柳腰莲脸"衍化而来，本谓女子有柳条一样的腰肢和像莲花一样的脸庞。"柳莲柳"则为插科打诨之词。诗句意谓，血压高了慢慢走，插科打诨柳莲柳。

⑦粉面，即油头粉面，形容打扮得妖冶轻浮。夹，混杂、夹杂。丑，传统戏曲角色行当，由于在鼻梁上抹一小块白粉而俗称"小花脸"，多演奸诈恶悭吝卑鄙的人物。二，次，与主相对。诗句意谓，伸手就要烟与酒，油头粉面还夹杂着个次于胡适的二丑。

⑧圣人，指胡适。狐狸，指胡适与傅斯年。帮口，旧时地方上或行业中借同乡或其他关系结合起来的小集团。诗句意谓，胡适这位"圣人"对于傅斯年来说，既是老师又是朋友，不过这两人属于同一个帮口。

⑨躬，自身，亲自。诗句意谓，对人刻薄对己宽厚，人家说我丑我就丑。

丧 心 吟^①四首

一

自诩雄文赛马班，反苏亲美两三番。^②
山姆叔叔如逢难，忙把大连问题喧。^③

二

江湖口诀一开缄，历史语言两不惭。^④
你说我能成学阀，我将骂你赤老三。^⑤

三

圣人贤达两交欢，民意由来受强奸。^⑥
"中国不能无国际"，美军行乐又何关？^⑦

四

红帽迎头大胆安，管他奚若与张澜。^⑧
高谈民主皆奸宄，应把集中营放宽。^⑨

【注释】

①这一组诗写于1947年1月。郭沫若于1月24日作《续〈狐狸篇〉》，文中以"狐"比胡适，以"狸"比傅斯年，且以《代圣人答圣人颂》八首、《傅贤达诸像赞》四首、《丧心吟》四首集为本篇。丧心吟，似仿《梁甫吟》、《秦妇吟》等古诗名篇，意谓为丧心的人吟咏（作诗）。

②自诩，自己夸耀自己。马班，指司马迁和班固。雄文，有才气有魄力的文章。诗句意谓，自夸已作雄文赛过历史上的司马迁和班固，两番三次反对苏联并亲近美国。

③山姆叔叔，即山姆大叔，美国的绰号。大连问题，1898年为帝俄强租，日俄战争后为日本侵占。1945年抗战胜利后收复。胡适借以攻击苏联。诗句意谓，美国如果逢到难处，忙把大连问题提出喧闹一番。

④缄（jiān），封、闭。如缄口、缄默。诗句意谓，走江湖的口诀一旦开封，历史、语言两门学问均能大言不惭。

⑤学阀，由军阀、财阀等词化出，指在学术界拥有特殊权势自成派系的人物。赤老三，赤佬、瘪三，均为上海骂人的话。诗句意谓，你说我能成为学阀，我骂你是赤佬瘪三。

⑥圣人贤达，指胡适与傅斯年。交欢，结好，谓相交而得其欢心。民意从来受强奸，即强奸民意，反动统治者硬把自己的意见说成民众的意见。诗句意谓，一圣一贤互相交好，反动统治者由来都在强奸民意。

⑦国际，指由帝国主义操纵的国际联盟。诗句意谓，中国不能没有国际联盟，与美军行乐（街头强奸妇女）又有何关。

⑧红帽，指给人戴上一项亲苏、亲共的红帽子。奚若与张澜，即当时颇有影响的爱国民主人士张奚若与张澜。诗句意谓，赤化亲共的红帽子大胆地迎头给你按上，管他是张奚若与

张澜。

⑨奸宄，奸诈异端，指犯法作乱的人。集中营，反动派用来残杀革命者、战俘、劳动人民的场所。诗句意谓，凡是高谈民主都是犯法作乱的人，应把集中营放宽，即把上述人员都关进去。

题钱瘦铁《观瀑图》①

倒泻银河落九天，雷声万壑绝隳喧。②
一壶独酌空明里，意入黄唐太极先。③

【注释】

①此诗写于1947年2月。诗有落款："丁亥初春钱瘦铁作画嘱题，乐山郭沫若。"钱瘦铁（1897—1967），名厓，江苏无锡人。为我国现代在书法、金石与绘画上有卓越成就的人文画家。早年曾任上海美专教授，长期从事中日书画交流。1937年夏曾协助郭沫若从日本秘密归国，并因此入狱四年，后二人常有交往。1947年2月初，郭沫若看望钱瘦铁，钱出示山水中堂《观瀑图》，郭应其请求题七绝一首。因无印章，钱当场写就，由其侄钱大礼镌刊，用后即赠与郭沫若。诗见《郭沫若题画诗存》。

②壑（hè），山沟、山谷。隳（huī）喧，轰响声。诗句意谓，瀑布像银河倒泻从高空落下，雷声在万条山谷中都断绝了轰响之声，说明瀑布本身响声之大。

③空明，月光映照下的水，以其明澈如空，故称。黄唐，黄帝和唐尧。晋陶渊明《时运》："清琴在床，浊酒半壶，黄唐莫逮，慨独在余。"太极，中国哲学术语。《易·系辞上》："易有太极，是生两仪，两仪生四象，四象生八卦。"这里的太极是派生万物的本原。北宋邵雍认为"心为太极"（《仁学》）。诗句意谓，手持一壶美酒独酌在瀑布形成的水雾中，心意已先入黄帝唐尧的想象之中。

田寿昌先生五十大庆兼创作生活三十周年纪念①

肝胆照人，风声树世，威武不屈，贫贱难移。②人民之所爱戴，魍魉之所畏葸。③莎士比亚转生，关马郑白难比。④文章传海内，桃李遍天涯，春风穆若，百世无已。⑤

【注释】

①此诗写于1947年3月。田寿昌，即田汉（1898—1968），字寿昌，湖南长沙人。早年留学日本，与郭沫若等发起成立创造社。回国后参与创办南国剧社、南国艺术学院、南国电影剧社。新中国成立后历任中国戏剧家协会主席、中国文联副主席。1947年3月13日，上海文艺界集会祝贺田汉五十寿辰与创作生活三十周年，郭沫若与会即席赋诗，对他三十年来辛勤的创作生涯及对革命戏剧运动的贡献作了高度评价。诗见廖沫沙《〈田汉诗选〉序》，人民文学出版社1992年出版。

②肝胆照人，比喻以真诚待人。风声，名声。树世，树立于世。威武不屈，在权势武力的

压迫下不屈服,形容坚贞刚强。贫贱不移,虽贫穷低贱而不改变坚定的志向。诗句意谓,能以真诚待人,声名树立于世,不屈服于权势武力,虽处贫贱而不改变坚定的志向。

③魍魉,传说中的怪物。畏葸(xǐ),畏惧害怕而畏葸不前。诗句意谓,寿昌得人民之所爱戴,而让鬼怪之所畏惧。

④莎士比亚,为英国举世闻名的戏剧大师。现存剧本三十七种,对欧洲文学和戏剧的发展有重大影响。关马郑白,指我国元代四位著名的戏曲作家,即关汉卿、马致远、郑光祖、白朴。诗句意谓,田汉的戏剧创作,犹如莎士比亚转世,关汉卿、马致远、郑光祖、白朴难以相比。

⑤桃李,喻栽培的后辈和所教的弟子。穆若,如此温和美好。诗句意谓,文章流传于全国各地,门生弟子遍布天下,其人如春风如此美好,影响百世不会停止。

祝田汉五十寿辰①

卅年如手足,献纻在东倭。②
一觉君先我,相期席与歌。③
平生沥肝胆,世事苦蹉跎。④
命为生民立,还当战养和。⑤

【注释】

①此诗写于1947年3月。附有跋语:"寿昌(田汉字)今年五十,余已五十有六矣！回忆在博多(日本博多湾)相见时,曾以席勒、歌德相比拟,忽忽已三十年。幸彼此尚顽健,为民请命之意亦未衰竭。灯下成此,书以共勉,时一九四七年三月十二日寿昌五十初度之佳辰也。"当时,郭沫若为贺田汉五十寿辰,赋赠五律一首。手迹见《郭沫若遗墨》,河北人民出版社1980年出版。

②卅年,田汉1919年赴日本留学与郭沫若相识,至此已近三十年。献纻,乐府有《自纻歌》。《晋书·乐志》:"夜长未央歌自纻。"此处疑指献歌。东倭,东方倭国,此指日本。诗句意谓,三十年来如弟兄一样,相识且献歌是在日本。

③一觉,即先觉、大觉。席与歌,即席勒与歌德,均为世界著名诗人。诗句意谓,你的觉悟在我之先,我们曾以席勒与歌德相期许。

④沥肝胆,即披肝沥胆,谓露出肝胆,比喻竭尽忠诚或坦诚相见。蹉跎,指光阴虚度,或比喻失意。白居易《答故人》:"见我昔荣遇,念我今蹉跎。"诗句意谓,平生披肝沥胆真诚相待,可现实生活却使我们苦于失意。

⑤命,请命,请求保全生命或解除疾苦。养和,指保养身心。诗句意谓,我们既要为生民立命,还应在战斗中保养身心。

赠 黄 裳①

偶语诗书曾弃市,世间仍自有诗书。②

周厉当年流彘后,卫巫勋业复何如?③

【注释】

①此诗写于 1947 年 7 月。附有跋语:"卅六年七月偶成书赠,黄裳先生雅嘱,乐山郭沫若。"黄裳为现代作家、记者,当时任上海《文汇报》编辑,负责文教版和副刊。他曾组织发表了不少进步作家的诗文,报纸竟被国民党反动当局查封。郭沫若在《文汇报》被查封二日后,即以此诗题赠黄裳。详见黄裳《关于郭老的两件事》,载 1979 年 11 月北京《战地》增刊第六期。

②偶语,相对私语。《史记·秦始皇本纪》:"偶语诗者,弃市。"古代在闹市执行死刑,并将尸体暴露在街头,称为弃市。诗句意谓,秦始皇时代偶语诗书曾遭弃市的重刑,可是世间仍自有诗书的存在。

③周厉,即周厉王。任用卫巫"监谤者,以告,则杀之",结果国人皆"不敢言","道路以目"。三年后国人发难,周厉王逃至彘(今山西霍县),后死于彘(见《史记·周本纪》)。流彘(zhì),流亡彘地。诗句意谓,周厉王当年流彘地以后,试问卫巫监视迫害人民的"功业"又如何呢?诗中用秦始皇、周厉王钳制人民舆论终究失败的典故,抨击国民党反动派文化专制统治和政治高压政策,预示了这种倒行逆施必然破产的结局。

十载一来复①

十载一来复,于今又毁家。
毁家何为者,为建新中华。②
革新须革己,革己要牺牲。
多少英雄血,激荡石头城。③

【注释】

①此诗写于 1947 年 11 月。郭沫若在散文《十载一来复》中指出:"这一次我于十一月十四日离开上海,在动身的前一天写了几首诗,其中的一首是:'十载一来复,……'""我算是三次来过香港,恰巧是十年来一次;第一次是一九二七,第二次是一九三七,这一次是一九四七。""这一次,我也同样获得了再生之感。"诗即载入此文之中,发表于香港《野草文丛》第八集《春日》,香港野草出版社 1948 年出版。

②来复,往还,一去一来。《易·复》:"反复其道,七日来复,天行也。"注:"以天之行,反复不过七日。"毁家,自毁其家,抛弃家业。诗句意谓,十年一个往还,于今又抛弃了家业。毁家为了什么?为了建设新的中华。

③石头城,古城名,简称石城,故址在今江苏省南京市清凉山。本楚金陵城,东汉建安十七年孙权重筑改名。这里代指南京。诗句意谓,要想革新社会先须革己。革己就要有牺牲。而今多少英雄流血牺牲,形成革命风雷在激荡着蒋家王朝的大本营南京城。

为蔡贤初五七寿辰题诗①

岁次壬辰本属龙,忝在同庚君是兄。②

上编 新中国成立前

不愿在天愿在田，王土而今尽属农。③

【注释】

①此诗写于 1948 年 4 月。蔡贤初，即蔡廷锴（1892—1968），广东罗定人。曾任国民党
第十九路军副总指挥。1932 年 1 月，日军进攻上海，十九路军奋起抗战。后被调往福建和红
军作战，在中国共产党抗日政策影响下，与红军订立抗日反蒋协定。抗日战争时期，曾一度
任国民政府军第六集团军总司令，在两广指挥作战。1946 年在广州与李济深等组织中国国
民党民主促进会。新中国成立后，曾任全国政协副主席、国防委员会副主席。1948 年 4 月
27 日，蔡贤初五十七岁生日，郭沫若在签到题名红绢上题七绝一首。诗载同年 6 月 1 日香港
《自由》月刊新七号，题目为《为蔡贤初五七寿辰题诗》。

②次，等第，顺序。壬辰，即壬辰年，这一年出生的人属龙。忝（tiǎn），辱，有愧于。旧时
谦辞。诗句意谓，依照年岁顺序生在壬辰年均属龙，我忝在和你同年出生而你是兄。

③在天、在田，语见《易·乾》："飞龙在天，利见大人。""见龙在田，利见大人。"王土，
《诗·小雅·北山》："普天之下，莫非王土。"这里已有转义，指国土。诗句意谓，我们这些属
龙的人，不愿在天上，而愿在田间，因为而今国家土地已属于农民。

寿欧阳予倩先生①四首

一

蓬壶春柳尚青青，南极大星今更明。②
卅载孟旃垂耳顺，傭民依旧要先生。③

二

吃人礼教二千年，弱者之名剧可怜。④
妙笔生花翻旧案，娜拉先辈绩金莲。⑤

三

太平遗事费平章，革命潮流久断航。⑥
纵有狂流颂曾左，四方今唱李忠王。⑦

四

不媚大家不颂神，缪司专合为人民。⑧
荷锄归来随言后，努力同挖封建根。⑨

【注释】

①这四首诗写于 1948 年 5 月。附有跋语："予倩大兄努力剧运凡四十年，今垂耳顺矣，
旅港同仁献寿于太平山下，奉此小诗，以侑菊觞。一九四八年五月。"欧阳予倩（1889—
1962），湖南浏阳人。我国现代著名剧作家。一生创作电影、话剧、戏曲剧本二十余部。1948
年 5 月 16 日，香港文艺界召开庆贺欧阳予倩六十寿辰及参加戏剧工作四十周年纪念会。郭
沫若与会讲话，并献上《寿欧阳予倩先生》七绝四首。诗载 1948 年 5 月 17 日香港《华商报》。

②蓬壶,山名,即蓬莱。古代方士传说为仙人所居。南朝宋鲍照《舞鹤赋》:"指蓬壶而翻翰,望昆阁而扬音。"南极大星,《史记·天官书》:"狼比地有大星,曰南极老人。"杜甫《赠韩谏议》:"周南留滞古所惜,南极老人应寿昌。"诗句意谓,蓬莱仙岛杨柳青青,南极大星今天更明。这里以南极老人喻欧阳予倩。

③卌(xì),四十。孟旃(zhān),孟,勤勉努力;旃,之。垂,将近。如垂老、垂暮。耳顺,《论语·为政》:"六十而耳顺,七十而从心所欲,不逾矩。"后以"耳顺"为六十岁的代称。牖(yǒu)民,开通民智。《诗·大雅·板》:"天之牖民,如壎如篪。"传:"牖,道(导)也。"疏:"牖与诱古实通用,故以为导也。"诗句意谓,四十年勤勉努力已近六十,开通民智仍旧需要先生。

④弱者,指旧社会深受迫害的广大妇女。剧,甚,剧烈。诗句意谓,吃人的封建礼教统治了两千年,我国广大妇女背负弱者之名实在可怜。

⑤妙笔生花,典出五代王仁裕《开元天宝遗事·梦笔头生花》:"李太白少时,梦所用之笔头生花,后天才瞻逸,名闻天下。"后因以"生花妙笔"比喻杰出的写作才能。娜拉,挪威剧作家易卜生《玩偶之家》中的人物。金莲,即我国古代小说《水浒传》中人物潘金莲。诗句意谓,作者生花妙笔可翻历史旧案,潘金莲反对封建礼教的业绩堪称娜拉前辈。此指欧阳予倩曾作话剧《潘金莲》。

⑥平章,品评辨别明白。诗句意谓,太平遗事颇费品评,革命潮流久已断航。

⑦狂流,汹涌的潮流。曾左,指曾国藩、左宗棠,二人均为清朝末年湘军首领,镇压太平天国革命。诗句意谓,即使有汹涌的潮流颂扬曾国藩与左宗棠,而今四方仍在歌颂太平天国忠王李秀臣。此评欧阳予倩所作话剧《忠王李秀臣》。

⑧媚,谄媚,有意讨人喜欢。大家,旧指世家望族,亦指著名专家。缪司,希腊神话中的九位文艺和科学女神的通称。都是主神宙斯和记忆女神的女儿。这里是指文艺工作者。诗句意谓,不去讨好世家望族也不歌颂神仙,文艺工作者应当专心为人民服务。

⑨荷锄,扛着锄头。唐李绅《悯农》:"荷锄日当午,汗滴禾下土。"言,作语助。《左传·僖公九年》:"既盟之后,言归于好。"诗句意谓,扛着锄头归来跟随其后,努力一同挖掉封建主义的根子。

论诗文六绝①

其一②

载道之文未可非,要看所载道何归。③
果能载得民为贵,此道千秋不可违。④

【注释】

①这一组诗写于1948年9月3日。诗有小序:"应友人许昂若之请,作论诗文的七绝六首,声明这些诗'统括着我自己对于文艺的看法'。"可见这是了解作者文艺观点的重要作品,组诗载同年9月20日香港《公论》季刊第4期。

②作者自注:"古人言'文以载道',时贤一反旧说,力言'诗言志',对于载道之主张一概驳斥。但其实要看载者为何道,所言者为何志,不能一概相量也。"

③载道，宋周敦颐《通书·文辞》："文所以载道也。"谓文章是用来表达思想阐明道理的。过去载道，多指儒家思想。诗句意谓，"文以载道"不能一概否定，要看所载之道归宿何在。

④民为贵，《孟子·尽心》："民为贵，社稷次之，君为轻。"诗句意谓，如果真能载"民贵君轻"的道理，这样的道千秋万代不可违背。

其二①

莫谓无文行不远，行能最远厥为言。②

楚辞满纸辎轩语，历代何人胜屈原？③

【注释】

①作者自注："'言之无文，行而不远'，在前奉为金科玉律。细思言语为物，实较文章更为普遍。脱离语言的死文学，读者能有几人，传世能有几篇耶？"

②无文行不远，《左传·哀公二十五年》："孔子曰：志有之，言以足志，文以足言。不言，谁知其志？言之无文，行而不远。"厥，其，犹它。诗句意谓，不要说没有文采的文章就没有深远影响，影响最深远的文章应该是它的语言。

③楚辞，诗歌总集名，汉代刘向辑。收有战国楚人屈原、宋玉及汉代淮南小山、东方朔、王褒、刘向等人辞赋共十六篇。因都具有楚地的文学样式、方言声韵、风土色彩，故名《楚辞》。辎(yóu)轩，轻车。辎轩语，指异代方言。汉应劭《风俗通序》："周秦常以岁八月遣辎轩之使，求异代方言。"诗句意谓，《楚辞》满纸都是隔了几代的方言，试问历代以来何人胜过屈原？

其三①

文章专合为人民，秦汉而还已失真。②

不媚嘉禾媚蟊贼，可怜扬马等灰尘。③

【注释】

①作者自注："古代诗人多诉民间疾苦，且有采诗之官采取民间歌谣，以为施政准绳。秦汉以后，诗文为专对上层歌功颂德。如扬雄、司马相如等，今日究竟有何价值！"

②专合，应该。诗句意谓，文章应该为人民大众，秦汉以来已经失真，亦即只对上层歌功颂德。

③媚，喜爱。《诗·大雅·下武》："媚兹一人。"嘉禾，生长得特别苗壮的禾稻，古人视为瑞征。蟊贼，原为吃禾苗的两种害虫。《诗·小雅·大田》："及其蟊贼。"毛传："食根曰蟊，食节曰贼。"后常用以喻对人民或国家有害的人。扬马，指扬雄和司马相如。扬雄为西汉文学家，成帝时任给事黄门郎。王莽时校书天禄阁，官为大夫，曾作《剧秦美新》以谀莽。早年曾作辞赋多篇，后来主张一切言论应以"五经"为准则，鄙薄辞赋为"雕虫小技，壮夫不为"。司马相如为西汉辞赋家，所作《上林赋》、《子虚赋》，为武帝所赏识，其赋大都描写帝王游乐生活，铺张扬厉，富于文采。诗句意谓，扬马不是喜爱嘉禾而是喜爱蟊贼，可惜他们现在都像尘土一样。

其四①

元室文章百代雄,马关郑白不求工。②

只缘天子来殊域,笔墨无由媚上峰。③

【注释】

①作者自注:"元人杂剧在中国文学中为奇峰特起,因被迫只能以市井为对象,故多用市井俗语,而其妙在于此。明室代元而后,上层所需又使执笔者有歌功颂德之路可走,于是剧曲也变了质。"

②元室,即元朝。马关郑白,即马致远、关汉卿、郑光祖、白朴,为元代四大杂剧作家。诗句意谓,元代文章堪称百代之雄,马、关、郑、白这些剧作家只求内容充实不求形式技巧。

③殊域,异域,元朝皇帝为蒙古人,故云。上峰,上级,此指最高统治者。诗句意谓,只因为天子来自异域蒙古,所以文人手中的笔无由去取悦最高统治者。

其五①

辉煌形式出民间,四海咸知施耐庵。②

自有敦煌遗典现,变文之变青于蓝。③

【注释】

①作者自注:"《水浒传》殆传诵最广之作,施耐庵如在外国必当被尊如但丁或莎士比亚。敦煌石室所出遗物,有所谓变文者,即以白话演变佛典或民间故事,盖平话小说之滥觞也。"

②施耐庵,元末明初小说家,《水浒传》作者。《水浒》是在《宣和遗事》及有关话本故事的基础上再创作而成的,故曰"辉煌形式在民间"。诗句意谓,《水浒传》这样的辉煌巨著来源于民间话本故事,而今天下人都知道它的作者施耐庵。

③敦煌遗典,指敦煌石窟所收藏的古代文化艺术资料。变文,指敦煌变文,原为唐代说唱文学作品,简称"变"。清光绪年间才在敦煌石室中发现。近人所编《敦煌变文集》,辑录较为详备。青于蓝,《荀子·劝学》:"青,取之于蓝,而青于蓝。"后用以喻学生超过老师。诗句意谓,自有敦煌遗留下来的典范呈现,变文经过发展变化出现《水浒传》这样的小说,则又大大超过原来变文的水平。

其六①

迅翁晚上融欧化,一卷阿Q信足多。②

欲自骚坛寻后圣,于今当得数秧歌。③

【注释】

①作者自注:"鲁迅《阿Q正传》信是杰作,其妙处在能参用欧美作风而不脱离民众。近日则秧歌盛行,《白毛女》一作大受欢迎。源泉虽采自民间形式,然亦善能融欧化手法者也。"

②迅翁,对鲁迅的尊称。多,推崇,赞美。《汉书·灌夫传》:"士亦以此多之。"诗句意谓,

鲁迅在我国文坛虽然晚出而能融合西方文化,一卷《阿 Q 正传》实在值得称赞。

③骚坛,诗坛。李白《古风》:"正声何微茫,哀怨起骚人。"诗人被称为骚人,因称诗坛为骚坛。后圣,圣谓造诣至于极至,因指后起的杰作。秧歌,主要流行北方的一种民间舞蹈形式。1942 年以后,陕甘宁边区蓬勃兴起群众性的新秧歌运动。此处指配合舞蹈所唱的歌剧。诗句意谓,要从诗坛寻找杰作,于今应当首推像《白毛女》那样的秧歌基础上形成的剧作。

挽冯玉祥将军①

革命焉有血不流,人民冤债向谁收?②

不辞肝脑终涂地,乃絜妻孥远赴欧。③

假道未能归冀北,求仁有得在心头。④

功亏一篑吾知勉,魂绕中华日万周。⑤

【注释】

①此诗写于 1948 年 9 月。冯玉祥为国民党抗日爱国将领,曾任国民党第二集团军总司令、军政部长、国防委员会副委员长。抗战胜利后,与李济深等发起组织中国国民党革命委员会。1946 年出国考察水利。1948 年 7 月 31 日,冯玉祥一家从纽约乘轮船绕道欧洲回国参加新政治协商会议,不幸于 9 月 1 日轮船在黑海失火遇难。郭沫若惊闻噩耗,写了悼文《永远活在人民的心头》,此诗附在文中,载香港版《冯玉祥将军纪念册》。

②焉,疑问词,怎么,哪儿。诗句意谓,革命哪有不流血的,只是人民的冤债向谁去收呢?

③肝脑终涂地,即肝脑涂地,比喻竭尽忠诚,不惜牺牲生命。《汉书·苏武传》:"武父子之功德,皆为陛下所成就,位列将,爵通侯,兄弟亲近,常愿肝脑涂地。"妻孥(nú),妻子和儿女的通称。絜,携带。诗句意谓,不辞肝脑涂地,即不惜牺牲自己生命,于是携带妻子儿女远赴欧洲。

④假道,借路。冀北,冀州北部,代指中国北方。求仁有得,即求仁得仁。《论语·述而》:"求仁而得仁,又何怨?"后多用于适如心愿之意。诗句意谓,借道欧洲而未能回到祖国,但将求仁得仁存于心头。

⑤功亏一篑,语出《尚书·旅獒》:"为山九仞,功亏一篑。"比喻做一件事只差最后一点努力没有完成,多含惋惜之意。诗句意谓,而今功亏一篑我已知勉,逝者魂绕中华一日万周。谓逝者虽已辞世,依然魂系中华!

咏 金 鱼①

平生作金鱼,惯供人玩味。②

今昔变蛟龙,破空且飞去。③

【注释】

①此诗写于 1948 年 11 月 23 日。当日,郭沫若一行三十余人将乘海轮秘密离开香港,赴东北解放区。郭沫若和于立群傍晚临行前与冯裕芳告别。冯家有玻璃方柜养金鱼,触景生情,遂咏此诗。见《沫若佚诗廿五首》,载 1979 年 6 月 10 日《光明日报》。

②金鱼，系由鲫鱼衍化而成的观赏鱼类。玩味，原指反复地探索体味，此处意作玩赏。诗句意谓，我平生如同金鱼那样生活在没有自由的地方，只是供人玩赏而已。

③蛟龙，《三国志·吴志·周瑜传》："刘备以枭雄之姿，而有关羽、张飞熊虎之将，必非久屈为人用者。……恐蛟龙得云雨，终非池中物也。"后以此喻有才能的人获得施展的机会。诗句意谓，今天晚上我将变为蛟龙，且将腾空飞去。诗句充分表现北上之行的喜悦心情。

和 夷 老 二首①

其一

栖栖今圣者，万里赴鹏程。②
暂远天伦乐，期平路哭声。③
取材桴有所，浮海道将行。④
好勇情知过，能容瑟共鸣。⑤

其二

揽辔澄清志，才疏苦未酬。⑥
重遭党锢祸，终负少年头。⑦
北伐空投策，抗倭愧运筹。⑧
新民欣有庆，指顾定中州。⑨

【注释】

①这两首诗写于1948年11月26日。夷老，即马叙伦，字夷初。曾在北洋政府和国民政府任教育部次长。抗战期间从事抗日反蒋活动。这次和郭沫若等人一起从香港赴东北解放区。11月26日，马叙伦成诗二首示郭沫若，以其妻女未能同行为憾。当晚，郭即和之。诗见《沫若佚诗廿五首》，载1979年6月10日《光明日报》。

②栖栖，忙碌不安貌。圣者，道德极高的人。鹏程，比喻远大的前程，如鹏程万里。诗句意谓，今之圣者马叙伦显得忙碌不安，正在奔赴万里鹏程。

③路哭声，道路上的哭声，此指战争时期离乡背井之人道路上的哭声。诗句意谓，今天暂时远离与妻女相聚的天伦之乐，而是期望解救苦难之中的民众。

④桴(fú)，小筏子。《论语·公冶长》："道不行，乘桴浮于海。"诗句意谓，取材作筏有所，浮海吾道将行。这里一反上引文字之意。

⑤好勇，《论语·公冶长》："由也好勇过我。"又云子路"闻过则喜"。瑟，拨弦乐器，形似琴，且常与琴合奏。诗句意谓，有所作为的人能于知过，且能与人合作引起共鸣。

⑥揽辔，《后汉书·范滂传》："滂登车揽辔，慨然有澄清天下之志。"后以此表示具有刷新政治澄清天下的抱负。诗句意谓，我也曾有刷新政治澄清天下的志向，可惜才疏学浅苦于未能实现。

⑦党锢祸，东汉桓帝时，宦官专权，士大夫李膺等起而抨击。宦官乃言膺等与太学生结为朋党，诽谤朝廷，株连二百余人，禁锢终身。灵帝时膺等复启用，与大将军窦武谋诛宦官。

事败,膺等百余人皆被杀,且株连六七百人。史称党锢之祸。详见《后汉书·党锢传》。少年头,岳飞《满江红》:"莫等闲,白了少年头,空悲切。"诗句意谓,由于重遭党锢之祸,终于有负平生之志白了少年头。

⑧北伐,即北伐战争。投策,扬鞭。倭,古代对日本的称谓。诗句意谓,北伐战争空自策马扬鞭,抗日战争亦有愧于筹划。此系自谦之词。

⑨新民,语出《礼记·大学》:"大学之道,在明明德,在新民,在止于至善。"此处似有转义,实为新民主主义的略称。指顾,汉班固《东都赋》:"指顾倏忽,获车已实。"形容时间短暂。中州,一般指中原地区,亦可指全中国。诗句意谓,人们欣喜庆祝新民主主义革命取得胜利,指顾之间即可平定全国。

和丘映芙二首①

其一

解放高潮暨印尼,神州牛耳岂容辞?②
当年谈笑曾相许,共扫东南民族悲。③

其二

独夫罪恶岂胜诛? 载鬼一车豕负涂。④
献馘汤山先告墓:艰难建国暗中扶。⑤

【注释】

①这两首诗写于1948年11月29日。丘映芙,即丘哲(1885—1959),广东梅县人。早年参加同盟会,曾任农工民主党中央执委会常兼秘书长、民盟中央常委。新中国成立后任广东省副省长。1948年11月29日,这一天是邓择生遇难十七周年,北上同行者丘映芙成七绝二首以为纪念,郭沫若和之。诗见《沫若佚诗廿五首》,载1979年6月10日《光明日报》。

②暨,及,与,和。印尼,即印度尼西亚,原为荷属殖民地。1942年被日军占领。1945年日本投降后,8月17日宣布独立。荷兰殖民者发动两次殖民战争终遭失败,直到1950年成立统一的印度尼西亚共和国。神州,中国的别称。牛耳,古代诸侯。歃血为盟,割牛耳于盘,由主盟者执盘,因称主盟为"执牛耳",后泛指居领导地位者。诗句意谓,解放高潮及于印尼,亚洲地区民族解放运动应由中国主盟岂容推辞。

③相许,相互许诺。诗句意谓,作者当年曾和邓择生相约,要为亚洲各民族解放而共同奋斗。

④独夫,原谓残暴无道众叛亲离的君主,此指蒋介石。岂胜诛,犹罪不容诛。"载鬼"句,《易·睽》:"上九,睽孤,见豕负涂,载鬼一车。"朱熹注:"见豕负涂,见其污也;载鬼一车,以无为有也。"诗句意谓,蒋介石这个独夫民贼罪不容诛,他颠倒黑白,以无为有,极其污秽。

⑤献馘(guó),古代打仗时割取所杀敌人的左耳,以献上记功。《诗·鲁颂·泮水》:"矫矫虎臣,在泮献馘。"汤山,在南京市城东,邓择生墓在此。诗句意谓,等打败了蒋介石,一定到你墓前祭奠,今后艰难建国还望你地下有知暗中扶持。

送翦伯赞赴华北①

又是别中别，转觉更依依。②
中原树桃李，木铎振旌旗。③
瞬见干戈定，还看锤铚挥。④
天涯原咫尺，北砚共良时。⑤

【注释】

①此诗写于 1948 年 12 月 4 日。翦伯赞（1898—1968），湖南桃源人。著名历史学家。1926 年参加北伐军政治部工作。大革命失败后，开始研究中国社会和中国历史。1937 年加入中国共产党，后一直从事理论宣传工作。1948 年 12 月 4 日，郭沫若在大王爷岛与同行的连贯、宦乡、翦伯赞等人分手。见翦伯赞临别颇郁郁，遂作五律一首相赠。诗见《沫若佚诗廿五首》，载 1979 年 6 月 10 日《光明日报》。

②依依，恋恋不舍。诗句意谓，又到了分别的时候，转而觉得更加依依不舍。

③中原，一般是指今河南省一带，亦可泛指黄河中下游地区。桃李，指学生。白居易《春和令公绿绮堂种花诗》："令公桃李满天下，何用堂前更种花。"木铎，比喻宣传某种政教、学说的人。《论语·八佾》："天下之无道者久矣，天将以夫子为木铎。"诗句意谓，中原培植大批桃李，木铎挥动无数旌旗。此指友人学生众多，学术界影响很大。

④干戈，古代常用兵器，可以代指战争。锤铚，铁锤和镰刀。诗句意谓，战争就要结束了，今后还要挥动铁锤和镰刀，即进行工农业建设。

⑤天涯，天边。王勃《杜少府之任蜀州》："海内存知己，天涯若比邻。"咫尺，比喻距离很近。北砚，在北方以砚作田，即从事创作或研究工作。诗句意谓，我们现在分别，即使距离很远亦如近在咫尺，不久出现良时我们可以共同从事研究工作。

和阎宝航①

我来仿佛归故乡，此日中行亦自狂。②
五十七年徒碌碌，八千里路甚堂堂。③
于今北国成灵琐，从此中华绝帝王。④
君候老妻我候少，今宵一梦谅无妨。⑤

【注释】

①此诗写于 1948 年 12 月 6 日。阎宝航（1894—1968），辽宁海城人。1937 年加入中国共产党，从事党的地下工作和统战工作。东北解放后，曾任辽宁省人民政府主席。1948 年 12 月 6 日，郭沫若自丹东抵沈阳，住铁路宾馆。晚上，在住处与许广平等人谈话时，阎宝航来访以七律一首见示，众人即请郭沫若和之，遂赋一律。诗见《沫若佚诗廿五首》，载 1979 年 6 月 10 日《光明日报》。

②中行，旧谓行为合乎中道，无过无不及。《论语·子路》："不得中行而与之，必也狂狷

乎？狂者进取，狷者有所不为也。"诗句意谓，我来东北仿佛回到故乡，本来性情平和，而今亦欣喜若狂奋发进取。

③五十七年，郭沫若这一年五十七岁。八千里路，指北上之行。堂堂，原指军阵严整壮盛，后亦形容光明正大。诗句意谓，过去五十七年徒然忙忙碌碌，而今远道北上甚是光明正大。

④灵琐，神人所居的宫门阁。屈原《离骚》："欲少留此灵琐兮，日忽忽其将暮。"注："灵以喻君。琐，门镂也，文如连锁。楚王之省阁也。"诗句意谓，于今东北已成祖国的门户，从此中华再也不会有帝王了。

⑤君，对阎宝航的敬称。诗句意谓，你在等候妻子，我在等候孩子，今夜梦中与他们相见谅也无妨。

为刘澜波题手册四绝①

一

三十五年弹指过，鸭绿江头我再来。②
化作新人履新地，于今方觉眼才开。③

二

烟筒林立望安东，畅浴温泉跨五龙。④
东北人民新汗血，化将地狱作天宫。⑤

三

五年计划开鸿业，一片春光到海隅。⑥
沿路农家小儿女，穿红着绿甚欢娱。⑦

四

雄师百万入榆关，底定中原指顾间。⑧
它日重来观建设，齐声共唱凯歌还。⑨

【注释】

①这四首诗写于1948年12月8日。刘澜波(1904—1982)，辽宁凤城人。早年就读于北京大学。1928年加入中国共产党。1932年被调到东北工作。1937年后曾任安东省人民政府主席、省委书记、辽宁省人民政府主席、省委副书记。1948年12月8日，郭沫若题赠刘澜波七绝四首。诗见《沫若佚诗廿五首》，载1979年6月10日《光明日报》。

②三十五年，1913年底，郭沫若经东北转道朝鲜去日本留学，至今已三十五年。弹指，比喻时间短暂。鸭绿江，在东北边境，为中朝两国界河。诗句意谓，三十五年很快过去了，我再次来到鸭绿江边。

③新人，指获得了解放的自己。履，踩、走。诗句意谓，我今已化作新人踏上东北解放区的土地，于今才觉得眼界大开。

④安东，即今丹东市，在辽宁省东部。沈丹铁路终点，经鸭绿江大桥即与朝鲜新义州铁

路相连。五龙,指安东名胜五龙背温泉。诗句意谓,眺望那烟囱林立的安东市,还舒畅地跨上五龙,即在五龙背温泉沐浴。

⑤天宫,神话中天帝所居住的宫殿,也指神仙居处。这里作为"天堂"与"地狱"相对。诗句意谓,东北人民流血流汗,终将过去的"地狱"化为"天堂"。

⑥鸿业,鸿图大业。海隅,指沿海地区。诗句意谓,五年计划将开始建设新中国的伟大事业,一片美好春光来到了海边。

⑦这两句是说,只见沿途农家的孩子,穿红着绿甚是欢欣愉悦。

⑧榆关,即山海关,在河北省秦皇岛市。为万里长城起点,连接华北与东北地区,自古为交通要冲形势险要,有"天下第一关"之称。底定,犹平定。《南史·齐高帝纪》:"信宿之间,宣阳底定。"指顾,一指一瞥之间,形容时间短暂。诗句意谓,我中国人民解放军百万雄师进入山海关,将在短时间内平定中原,解放全中国。

⑨还,返回原来的地方。如还乡,还原。诗句意谓,我当它日重来观看东北社会主义建设,大家齐声共唱胜利凯歌返回原来的地方。

拟游子吟①

团团毛冷线,船头日夜编。
北行日以远,线编日以短。②
化作身上衣,冰雪失其寒。
乃知慈母心,胜彼春晖暖。③

【注释】

①此诗写于 1948 年 12 月。附有跋语:"广平日日为海婴织毛线衣,感而得此。'毛冷'乃英文 woolen 之对译,香港人习用之。"当时鲁迅夫人许广平带着儿子周海婴与郭沫若同船由香港赴沈阳。游子吟,乐府杂曲歌辞名。汉苏武诗:"幸有弦歌曲,可以喻中怀。请为游子吟,泠泠一何悲。"唐孟郊、顾况等《游子吟》本此。郭沫若仿作,因称《拟游子吟》。诗见《郭沫若北上佚诗五首》,载《郭沫若研究》第五集。

②毛冷线,即毛线。诗句意谓,取出一团团毛线,在船头上日夜编织。随着北上之行时日以远,而手上线编却日见缩短。亦即毛线日渐用完,毛衣快要织成。

③春晖,犹春光、春阳。孟郊《游子吟》:"谁言寸草心,报得三春晖。"后因以"春晖"比喻母爱。诗句意谓,母亲手中毛线化作儿子身上毛衣,让冰雪也失去了寒意。乃知天下慈母之心,胜过春日太阳的温暖。

和许昂若除夕口占①

豪饮狂欢老益妍,醉来扭舞似秋千。②
推翻历史五千载,迎接明朝全胜年。③

①此诗写于 1948 年 12 月。许昂若(1898—1960),名宝驹,浙江杭州人。曾任国民党革命委员会中央常委兼秘书长。1948 年 12 月,与郭沫若等人一同北上,除夕之际口占一绝,郭沫若当即依韵奉和。诗见《郭沫若北上佚诗五首》,载《郭沫若研究》第五集。

②妍,美好。诗句意谓,放开饮酒狂欢老来更加美好,醉后摇摆扭动跳舞好像打秋千一样。

③五千载,五千年。诗句意谓,推翻我国五千年封建社会的历史,大家一起迎接明天全胜之年。

丘映芙苦血压高诗以慰之用原韵①

血压过高何足惧,况君收缩力犹强。②
农工民主师斯列,纲领协商集杜房。③
好起伤痍登衽席,暂充鳏寡异衾床。④
新生为辟新天地,但得人安我自康。⑤

【注释】

①此诗写于 1948 年 12 月。1948 年 12 月,丘映芙在与郭沫若等人一同北上期间,因苦于血压高而作《血压复高怀念用儿赋一律》。郭沫若阅后"诗以慰之用原韵"。诗见《郭沫若北上佚诗五首》,载《郭沫若研究》第五集。

②收缩力,指心室收缩的能力。诗句意谓,血压过高不用怕,况且你的心室收缩能力还是很强的。

③斯列,指斯大林和列宁。杜房,即唐太宗时名相杜如晦、房玄龄。诗句意谓,农工民主党以列宁、斯大林为师,而今政治协商纲领需要集中杜如晦、房玄龄的智慧,亦即依靠爱国民主人士。

④伤痍,创伤。《史记·刘敬叔孙通列传》:"哭泣之声未绝,伤痍者未起。"衽席,朝堂宴享上所设的席位。《礼·坊记》:"衽席之上,让而坐下,民犹犯贵。"鳏(guān)寡,老年无偶的男女,引申为凡孤弱者之称。衾(qīn)床,被和床。诗句意谓,创伤养好之后登上宴席,暂时充作孤弱之人而换被床,即暂时离开原来的家庭。

⑤这两句是说,我们在为新生一代开辟新的天地,但求家人平安我自安康。

血压行·再慰映芙①

君苦血压高,我苦血压低。高低之相悬,百度尚有奇。②想见君心忧民切,而我颠顸无如之。③劝君多睡觉,尤宜寡所思。献身为三反,努力惜良时。④君不见鹤胫长,兔胫短,长者不可断,短者不必展。⑤一身之事,听其自然。人民解放不可缓。⑥

【注释】

①此诗写于 1948 年 12 月。血压行,行为乐府和古诗的一种体裁。如汉乐府有《长歌行》、《短歌行》,魏晋乐府有《燕歌行》、《从军行》,郭沫若今作《血压行》。再慰映芙,丘哲写了《余病血压郭沫若先生以诗见慰低减后作一绝谢之》。郭沫若见之甚喜,并作《再慰映芙》。诗见《郭沫若北上佚诗五首》,载《郭沫若研究》第五集。

②奇,异常,出人意外。诗句意谓,你苦血压高,我苦血压低。血压高低之相悬殊,还有出人意料者可达百度。

③颟顸(mān hān),糊涂,不明事理。诗句意谓,想见你是忧民心切,而我糊涂还没有到这种地步。

④三反,即反对帝国主义、反对封建主义、反对官僚资本主义。诗句意谓,劝你多睡觉,尤其宜于少有所思。我们都要为三反而献身,应当努力珍惜良好的时机。

⑤鹤胫(jìng)长、凫胫短,语出《庄子·骈拇》:"长者不为有余,短者不为不足。是故凫胫虽短,续之则忧,鹤胫虽长,断之则悲。"诗句意谓,你不见鹤的脚胫长,凫的脚胫短,但是长者不可折断,短者不必展长。

⑥这两句是说,我们一身之事,还是听其自然,人民解放事业则不可稍缓。

赠徐寿轩①

轮头北渡长江口,顿觉风平浪亦平。②
谅是鱼龙同解放,海洋深处颂光明。③

【注释】

①此诗写于 1949 年 1 月。徐寿轩,抗日战争期间从法国回来曾在郭沫若指导下工作。1949 年 1 月,郭沫若与徐寿轩久别重逢于沈阳,欣然题赠七绝一首。诗见徐寿轩《怀念郭老》一文,载《吉林文艺》1978 年第 8 期。

②这两句是说,轮船船头北行渡过长江口,顿时觉得海上风平浪亦平。实为反映进入解放区的欣喜。

③鱼龙,鱼和龙,比喻凡人与圣人。唐张志和《和渔父词》:"风搅长空浪搅风,鱼龙混杂一川中。"诗句意谓,谅是连鱼和龙都同庆解放,海洋深处亦在歌颂光明。诗句带有浪漫主义色彩,欢呼解放心情跃然纸上。

火 龙 吟①

我与将军都属龙,甘拜人民在下风。②
愿飞在天作霖雨,愿见在田利圃农。③
龙今仍是中国魂,龙今不是帝王虫。④
自古有言龙善变,摇身变作小儿童。⑤
学习学习再学习,为民服务今发蒙。⑥

金鳞银角耀光彩，柱石蟠作劳农宫。⑦

吐将热血成火焰，保持万古红旗红。⑧

【注释】

①此诗写于1949年1月4日。郭沫若以此题赠蔡廷锴将军。附有小序："贤初将军与余同生于壬辰而长余数月，旧言壬辰之岁为龙属，因成《火龙吟》以赠之，兼以互勉。"见《郭沫若北上佚诗五首》，载《郭沫若研究》第五集。

②属龙，生于1892年岁在壬辰，在十二生肖中属龙。诗句意谓，我与蔡贤初将军都属龙，而且都愿在人民面前甘拜下风，即甘愿为人民服务。

③在天与在田，语见《易·乾》："飞龙在天，利见大人。""见龙在田，利见大人。"见，通"现"，出现。圃，老圃，菜农。农，种庄稼的农民。《论语·子路》："樊迟请学稼，子曰：吾不如老农。请学为圃，曰：吾不如老圃。"诗句意谓，我们愿意飞到天上为苍生普降甘霖，愿出现在田中，做对农民有利的事情。

④这两句是说，今天的龙仍是中国魂的象征，再也不是代表封建帝王的一条虫。

⑤龙善变，指变色龙，实为蜥蜴类的一种，常变化皮肤的颜色，以适应周围环境保护自己。此处活用，借以自喻。诗句意谓，自古有种说法龙善于变化，我们不妨摇身变成小儿童。

⑥发蒙，旧时儿童初入学称开蒙，意谓年幼无知得到启发。诗句意谓，我们要像小学生一样，不断学习为人民服务的本领。

⑦金鳞银角，龙身上有金色龙鳞与银色的角。柱石蟠（pán），旧时房屋柱石常以蛟龙盘绕，故曰柱石蟠龙。诗句意谓，龙身金鳞银角闪耀着光彩，蟠在柱石之上，作为劳动人民的宫殿。

⑧这两句是说，忽从口中喷出热血化作火焰，永远保持像红旗一样鲜红的颜色。

寄立群①

漫道心何忍，皆缘意未伸。②

无由泄孤愤，自易见悁瞋。③

花好风多妒，云稠月更亲。④

难禁两行泪，涤荡去纤尘。⑤

【注释】

①此诗写于1949年1月21日。立群，即于立群（1916—1979），广西贺县人。著名书法家，郭沫若夫人。抗日战争和解放战争时，和郭沫若先后在重庆、上海、香港从事抗日救亡和民主运动。1949年1月21日，郭沫若作五律一首寄赠留在香港的于立群，抒发别后情怀。诗见《沫若佚诗廿五首》，载1979年6月1日《光明日报》。

②这两句是说，别以为我忍心离开，只是因为报国之意还未能实现。

③孤愤，耿直孤愤，愤世嫉俗。《史记·韩非子索隐》："孤愤，愤孤直不容于时也。"悁瞋（yuān chēn），忧愁愤怒。悁，忧愁。元代袁桷《观图书》："寸心独悲悁。"瞋，发怒时睁大眼睛。诗句意谓，无从发泄孤直不容于时的感情，自然易现忧愁与愤怒。

④稠,多,密。诗句意谓,花好风自多生嫉妒,云多遮月月亮更让人想亲近。

⑤涤荡,洗涤,清除。纤尘,细小的灰尘。诗句意谓,难禁两行泪水,愿能洗去纤尘。

题灯罩诗三首①

一

华灯明烨烨,对此忆司空。②
磨电传千户,流光烛万宫。③
若非劳力苦,何以济时穷?④
领导期坚决,红星万古红。⑤

二

一分潜势在,要发一分光。⑥
明暗随开阖,阴阳共弛张。⑦
能教城不夜,坐致福无量。⑧
功绩谁居者,电强人更强。⑨

三

窗前人独坐,夜境寂无哗。⑩
俯仰如神意,指挥若定夸。⑪
域中逃祸首,关外建红牙。⑫
已见春冰解,寒梅谅已花。⑬

【注释】

①这三首诗写于1949年1月22日。郭沫若上午作五律一首,晚上续作一首。夜间闻蒋介石下野,由李宗仁代,又作五律一首。均见《沫若佚诗廿五首》,载1979年6月10日《光明日报》。由辑录者题为《题灯罩诗三首》。

②华灯,光辉灿烂的灯。烨烨(yè),光芒闪烁的样子。司空,官名。西周始置,金文都作司工。春秋、战国时沿置。掌管工程。后世用作工部尚书的别称。此处用以指电力工程的建设者们。诗句意谓,电灯发出灿烂光辉,让人想到电力工程建设者们。

③磨电,水利磨成电力。万宫,即万家。古代宫为房屋的通称。《易·系辞下》:"上古穴居而野处,后世圣人易之以宫室。"秦汉以后则专指帝王所居的宫殿。诗句意谓,电力传遍千家万户,使大家都得到光明。

④济,救助。诗句意谓,若非电力工人辛勤劳动,何以能有电力使时光延长。

⑤这两句是说,只要领导坚决,革命红星必将万古长红。

⑥潜势,潜在力量。诗句意谓,只要有一分力,就要发一分光。

⑦开阖(hé),打开与关闭。弛张,比喻事业的废兴与处事的宽严。亦喻生活和工作要善于调节而有节奏地进行。诗句意谓,电灯可以随意开关,要明就明,要暗就暗,阴阳可以得到调节。

⑧这两句是说,它能教城市变成不夜城,使人们得到无限的幸福。

⑨居,当、占。诗句意谓,功绩谁占有呢?电的力量虽强,但人的力量更强。

⑩哗,喧哗。诗句意谓,深夜独坐窗前,周围一片沉寂,毫无喧哗之声。

⑪俯仰,犹瞬息,表示时间之短。诗句意谓,瞬息之间如有神助,应夸中枢指挥若定。

⑫祸首,指蒋介石。蒋在当时宣布下野,逃往奉化溪口。关外,指山海关以外东北地区。红牙,红色牙旗,古代大将所建,以象牙为饰的大旗。诗句意谓,域内已逃祸首(指蒋介石下野),关外却树起了红色军旗。

⑬寒梅,即蜡梅,冬季开花。诗句意谓,已经看到春冰溶解,蜡梅谅已开花了吧!谓旧世界亦已崩溃,新社会即将诞生。

题半身木偶像①

半身此木偶,爱汝有风神。②
相对如知己,无言悟往因。③
心高良已久,腰斩不须呻。④
刻者知谁氏,人间埋艺人。⑤

【注释】

①此诗写于 1949 年 1 月 22 日。郭沫若在沈阳作《题半身木偶像》以寄寓自己的人生感慨。见《沫若佚诗廿五首》,载 1979 年 6 月 10 日《光明日报》。

②风神,风采神韵。诗句意谓,这个木偶只有半身,爱你具有风采神韵。

③知己,谓彼此相知情谊深切的朋友。往因,前因、前缘。诗句意谓,我们相对如同知心朋友,在无言之中悟出前世因缘。

④腰斩,因系半身偶,形似腰斩。诗句意谓,心高气傲已有很久,经过腰斩却从未呻吟。

⑤埋,埋没。诗句意谓,这尊半身木偶刻者是谁呢?大概是被埋没在民间的艺人吧!

为周铁衡题印草第二集①

齐翁有入室,铁笔神可通。②
性逸业愈逸,我聋君亦聋。③
刀圭先后学,金石左右逢。④
嗜古有奇癖,无乃太相同。⑤

【注释】

①此诗写于 1949 年 1 月 25 日。周铁衡为辽宁省著名画家。他在金石书画和医学方面都有很深的造诣。在 1931 年旅居日本时就在西园寺家中与郭沫若相识,此后仍有交往。郭沫若特别欣赏他那古朴遒劲的篆刻,曾特地送去石料,请他刻了不少名章和闲章。1949 年 1 月 25 日,在沈阳应邀往周铁衡家中作客,为其印谱《后来居印草》题签了书名,并题五律一

首。诗见《沫若佚诗廿五首》,载 1979 年 6 月 10 日《光明日报》。

②齐翁,即齐白石,我国现代著名画家、篆刻家。入室,即入室弟子,谓能得名师学问或技艺真传的弟子。铁笔,刻印刀的别称。诗句意谓,齐白石有位入室弟子,周铁衡用起铁笔可以通神。

③逸,超越,超群。业,业务,指刻印技术。诗句意谓,你的品性超群刻印技术更是超群,我耳朵聋你的耳朵也聋。

④刀圭,古代量取药物的用具,也可借指药物。韩愈《送随州周员外》:"金丹别后知传得,乞取刀圭救病身。"金石,一般指古代钟鼎碑刻为金石。诗句意谓,你与我先后学过医学,而金石研究方面也能左右逢源。

⑤嗜古,即好古,此指爱好金石研究。奇癖,奇特的嗜好。诗句意谓,你喜爱金石之学这种奇特的嗜好,岂不是和我太相同了。

吊冯裕芳①

等是在疆场,一死正堂堂。
后有冯裕芳,前有冯玉祥。②
献身无保留,不用待协商。
历史开新页,领导要坚强。③
视死咸如归,百万若国殇。
何为学儿女,泪落沾襟裳。④
死贵得其时,二冯有耿光。
不忘人民者,人民永不忘。⑤

【注释】

①此诗写于 1949 年 1 月 29 日。冯裕芳生前为中国民主同盟中央委员、港九支部主任委员。与郭沫若等一起从香港北上,不幸于途中在沈阳病逝。郭沫若与蔡廷锴、沈钧儒、章伯钧、茅盾等参加冯裕芳入殓仪式。从殡仪馆归来,作五言古诗《吊冯裕芳》。诗见《沫若佚诗廿五首》,载 1979 年 6 月 10 日《光明日报》。

②堂堂,即堂堂正正,形容光明正大。冯玉祥为国民党抗日爱国将领,长期与中国共产党人合作。1948 年 9 月从美国纽约回国途中在黑海因轮船失火遇难。诗句意谓,等于是在战场,死得正正堂堂,前有冯玉祥将军,后有冯裕芳先生。

③协商,一语双关。既有共同商量以便取得一致意见原意,亦指即将召开的新政治协商会议。诗句意谓,逝者献身毫无保留,不用等待大家协商。历史已经掀开新的一页,领导要求大家必须坚强。

④视死咸如归,即视死如归,形容为了正义事业不惜牺牲生命。咸,都、皆。国殇,《楚辞·九歌》有《国殇》篇,为楚人祭祀为国牺牲战士的乐歌,后用以指为国捐躯的人。襟裳,即衣裳。诗句意谓,为了中国人民解放事业,百万人都视死如归不惜献出自己生命,我们何必要学小儿女样,眼泪落下沾湿衣裳。

⑤时,时宜。《孟子·万章下》："孔子,圣之时者也。"耿光,光明,光辉。诗句意谓,人死贵能得其时宜,二冯(冯玉祥与冯裕芳)均有光辉。他们不忘人民,人民也永远不会忘记他们。

为李初梨题画二首①

题芭蕉图②

挥毫窗下拂诗笺,得识西园信有缘。③
顽石嶙峋余鲠骨,新蕉孤寂扇轻烟。④
淋漓豪气氤氲里,落拓襟怀啸傲前。⑤
老夫心雄犹尚左,似无似有法先天。⑥

【注释】

①这两首诗写于1949年1月底。李初梨,四川江津人。早年毕业于日本东京帝国大学。1927年底回国,加入中国共产党,为创造社后期重要成员。1931年被反动派逮捕。1937年获释放后即赴延安,参加陕甘宁边区文协工作。1948年曾任中共东北局宣传部副部长。1949年1月底,为李初梨作《题画诗二首》。诗见《沫若佚诗廿五首》,载1979年6月10日《光明日报》。

②1月29日,为李初梨《题芭蕉图》,得七律一首。诗赞原画作者高凤翰。

③挥毫,运笔。诗笺,供题诗用的纸张。西园,即清代画家高凤翰,字西园。《芭蕉图》为其传世之作。诗句意谓,我在窗下挥笔题诗,能看到西园画作,的确很有缘分。

④顽石,指园中假山。嶙峋,形容山峰重叠高耸,亦喻做人刚直,如风骨嶙峋。鲠骨,鱼刺、鱼骨。如骨鲠在喉。孤洁,孤芳高洁,常用以比喻人品。诗句意谓,芭蕉图中顽石耸立似余鲠骨,新蕉孤洁扇动轻轻烟雾。这里既是对芭蕉图画面的描述,也是对画家人品的赞扬。

⑤氤氲(yīn yūn),形容烟气很盛。落拓,放荡不羁。啸傲,歌咏自得,形容旷达不受拘束。诗句意谓,酣畅淋漓的豪气在一片氤氲之中,放荡不羁的胸怀歌咏自得。通过画面描写,表现画家气概与胸怀。

⑥老夫,老人自称,此指画家高凤翰。尚左,崇尚左手。画家因患风痹,用左手作画,法先天,谓以自然为师。诗句意谓,高凤翰颇有雄心,犹用左手作画。其画不拘成法能以自然为师。

题梅花图①

出人意外者,辽沈竟无梅。②
冰雪显孤寂,玄鹤不来飞。③
谅非由地气,乃是乏栽培。④
一轴见横斜,仿佛乘风归。⑤
暗香浮复壁,秀韵溢重帏。⑥
窗外来明月,亦觉增光辉。⑦
含杯一问之,当不笑余醉。⑧

【注释】

①1 月 30 日，郭沫若又为李初梨《题梅花图》，得五言古诗一首。称赞梅花暗香浮动秀韵洋溢。诗见《沫若佚诗廿五首》，载 1979 年 6 月 10 日《光明日报》。

②辽沈，即辽宁沈阳。亦可泛指东北地区。诗句意谓，出人意料的是，东北地区竟无梅花。

③玄鹤，黑鹤。古代传说鹤千年化为苍，又千岁变为黑，谓之玄鹤。诗句意谓，这里冰天雪地显得孤寂，连黑鹤也没有飞来。

④这两句是说，东北没有梅花并非由于地气，而是没有栽种培植。

⑤一轴，指一幅装裱成卷轴形的字画。横斜，宋林逋《山园小梅》："疏影横斜水清浅，暗香浮动月黄昏。"后以"疏影横斜"作为梅花的代称。诗句意谓，看到眼前这幅画中的梅花，仿佛乘风飞去回到了南方。

⑥暗香，清幽的香气。代指梅花。复壁，即夹墙，因其中空，可以藏物或匿人。重帏，多重帷幕。诗句意谓，有了这幅梅花图，室内的复壁和多重帷幕都充满花的清幽的香气和清秀的韵味。

⑦这两句是说，窗外照进了明月，更觉增添了光辉。

⑧含杯，喝酒。诗句意谓，我举杯问窗前的明月，当不会笑我喝醉了吧！

为谭平山题画马①

不是玉花骢，民间一骏駥。②
羁衔咸解脱，独立啸春风。③
春风不相识，郊原且自闲。④
一朝奋逸足，踏破九州烟。⑤

【注释】

①此诗写于 1949 年 2 月 3 日。谭平山（1886—1956），广东高明人。早年加入同盟会，曾任国民党中央执行委员会常务委员、组织部长。大革命失败后，参加组织中国国民党行动委员会（农工民主党前身）。后长期反对蒋介石的独裁统治。1948 年参加组织中国国民党革命委员会。1949 年 2 月 3 日，郭沫若为此次北上同行的谭平山《春风得意》图题五律一首。诗见《沫若佚诗廿五首》，载 1979 年 6 月 10 日《光明日报》。

②玉花骢，毛色青白的良马，为新疆所产名马。骏駥（róng），高大的马。骏，良马。駥，身高八尺的马，雄性。诗句意谓，这不是一匹名贵的玉花骢，而是一匹来自民间的良马。

③羁，马络头。衔，横在马口中备抽勒的铁。啸，兽类长声吼叫。诗句意谓，此马羁勒全都脱尽，正独自在春风中长啸。

④郊原，郊外的原野。诗句意谓，春风并不认识它，它独自安闲地在郊外的原野上。

⑤逸足，捷足，快步。汉傅毅《舞赋》："良骏逸足，跄捍凌越。"诗句意谓，一朝奋起飞奔，踏破九州烟尘，亦即踏遍全中国。

龙凤喜瓶①

三龙水洗三凤瓶，龙凤齐飞入旧京。②

四海山呼三万岁,新春瑞庆属编氓。③

【注释】

①此诗写于 1949 年 2 月 5 日。当时,郭沫若在沈阳喜得三龙笔洗和三凤瓶,戏称之为"龙凤喜瓶",并作七绝一首系之。诗见《沫若佚诗廿五首》,载 1979 年 6 月 10 日《光明日报》。

②三龙水洗,即有三条龙的花纹图案的笔洗。笔洗是用陶瓷、石头或贝壳等制成的洗涮毛笔的文具。三凤瓶,即有三只凤凰的花纹图案的水瓶,也是供写字用的文具。旧京,指沈阳,清代称为盛京,故云。诗句意谓,三龙水洗与三凤瓶,而今龙凤齐飞进入沈阳旧京。

③山呼,旧时为民间对皇帝举行的祝颂仪式,叩头高呼万岁者三,叫作山呼。瑞庆,祥瑞与吉庆。编氓,编入户籍的普通人民。陆游《除直华文阁谢丞相启》:"幼生京洛,尚为全盛之编氓;长缀班联,曾是中兴之朝士。"诗句意谓,全中国都在三呼万岁,新春时庆祝胜利属于人民群众。

题 倭 画①

画上题诗非作俑,古有薛涛曾利用。②

画者倭人不必悲,当忆枝头宿鸾凤。③

心如不甘谓我狂,借尔摧残帝国梦。④

【注释】

①此诗写于 1949 年 2 月 10 日。落款为:"日寇败退,倭画贱如敝屣,题诗其上以补壁。己丑春节,郭沫若。"当时,郭沫若以一幅日本画作为诗笺,题七言古诗一首。诗见《沫若佚诗廿五首》,载 1979 年 6 月 10 日《光明日报》。手迹见《郭沫若题画诗存》。

②作俑,俑为古代用来陪葬的木制或泥制的偶人。作俑即制造殉葬的偶像。《孟子·梁惠王上》:"仲尼曰:'始作俑者,其无后乎?'"后谓创始为作俑,多用于贬义。薛涛,唐代女诗人。幼时随父入蜀,后为乐妓。能诗,时称女校书。曾居成都浣花溪,创制深红小笺写诗,人称"薛涛笺"。诗句意谓,画上题诗并非从我开始,古代的薛涛就曾用过。

③倭人,即日本人。鸾凤,鸾鸟和凤凰。鸾为凤凰之类的神鸟,常用以喻贤俊之士或美人。诗句意谓,该画日本作者不必悲伤,当会想起鸾凤宿于枝头的情景。

④尔,你,指日本画兼及作者。诗句意谓,你如心有不甘认为我狂,我正借你摧残建立大日本帝国的美梦。

赠中国医科大学①

一堂济济来多士,治病相期在救人。②

团结紧张良可训,仁慈谨慎必须真。③

幸逢历史翻身日,永续人民革命春。④

自古康强为国本,中华从此万年新。⑤

【注释】

①此诗写于1949年2月21日。当日,郭沫若在沈阳参观中国医科大学,题赠七言律诗一首。诗见《沫若佚诗廿五首》,载1979年6月10日《光明日报》。

②一堂济济,即济济一堂。济济,人多的样子。堂,大厅。形容许多人聚积在一起。多士,士子众多。《诗·大雅·文王》:"济济多士,文王以宁。"诗句意谓,众多知识分子(指医大师生)济济一堂,希望你们发扬治病救人的精神。

③团结紧张,延安抗日军政大学校训为:团结、紧张、严肃、活泼。训,典式、法则。《诗·大雅·烝民》:"古训是式,威仪是力。"仁慈,仁爱慈善。诗句意谓,团结紧张确可以为训,仁慈谨慎必须要真诚。

④永续,永远延续。诗句意谓,今天有幸欣逢历史上翻身的日子,应该永远延续广大人民革命的春天。

⑤康强,健康强壮。诗句意谓,自古以来人民康强为立国之本,中华民族从此万年都新,亦即永葆青春。

抵北平感怀①

多少人民血,换来此矜荣。②
思之泪欲堕,欢笑不成声。③

【注释】

①此诗写于1949年2月25日。郭沫若与李济深、沈钧儒、马叙伦等三十五人从沈阳乘车抵北平,途中成七绝一首。次日在北平欢迎会上的讲话中曾引用。诗载同年3月1日《人民日报》。另见《沫若佚诗廿五首》,载1979年6月10日《光明日报》。

②矜荣,庄重与荣光。诗句意谓,多少人民的鲜血,才换来这样的庄重与荣光。

③堕(duò),落、掉。诗句意谓,想到这里眼泪就要掉下,虽在欢笑却已泣不成声。这是喜极而泣!

题《樱花》①

姗姗倩影月迟迟,一曲如闻金缕衣。②
畅道只须花下死,死时尸上有花飞。③

【注释】

①此诗写于1949年2月底。《樱花》是一幅日本竖条画,画上樱花满目。郭沫若自注:"一九四九年春得此画于沈阳,伯赞兄好之,爱题数语奉赠,时同客北平。"诗见1978年11月《北京大学学报》第三期。

②姗姗,旧时形容女子走路缓慢从容的姿态。《汉书·外戚传》:"立而望之,偏何姗姗其来迟。"倩影,女子美丽的身影。此处指月亮。金缕衣,曲调名,亦作《金缕曲》。苏轼《台头寺送宋希元》:"日夜更歌金缕曲,他时莫忘角弓篇。"诗句意谓,天上月亮美丽的身影何以姗姗

来迟,好像听到了金缕衣优美乐曲的声音。

③诗句意谓,畅快地说,只要能在樱花树下死去,死时也会有花瓣在你尸体上飞舞。这里极写日本人月下赏樱如醉如痴的情景。

诗 二 首①

一

日日小南门外去,宋陶明植费摩挲。②
人生何乐能逾此,一唱阳关唤奈何。③

二

陶制观音釉底镶,灯前辨认夺晴明。④
元和识破成欢悦,从此朝朝共抱瓶。⑤

【注释】

①这两首诗写于1949年2月下旬。郭沫若为题赠李初梨夫妇而作。他在致二人信中说:"就像兄弟姐妹一样相处了两个月,在一生中实在留下了一段难忘的愉快的纪念。一朝话别,不免依依,我始终都在怀念着你们。""离沈阳时,在车上做了两首诗,我抄给你们,……"此信载《郭沫若研究》第四集。亦见《郭沫若书信集》上册。

②宋陶,宋代陶器。明植,明代户植。植,户植,谓门外闭,中立直木用以加锁。摩挲,抚摸。诗句意谓,每天都到小南门外去,购得宋陶明植不断用手抚摸,即爱不释手。

③阳关,即阳关三叠,又名《渭城曲》。唐王维《送元二使安西》:"渭城朝雨浥清尘,客舍青青柳色新。劝君更尽一杯酒,西出阳关无故人。"后入乐府,以为送别曲。诗句意谓,人生何种乐趣能够超过此事,只是一唱送别歌曲让人徒唤奈何。

④釉,覆盖在陶瓷表面的玻璃质薄层。晴明,清朗明亮。诗句意谓,陶器制成的观音像用釉镶作底色,晚上灯前辨认可以胜过白天的清朗明亮。

⑤元和,年号。东汉章帝与唐代宪宗均以元和为年号。瓶,净瓶。唐李华《东都圣善寺无畏三藏碑》:"观音大圣在日轮中,手执净瓶,注水地中。"诗句意谓,经仔细辨认竟然识破为汉唐时代的遗物从而更加欢悦,从此像观音大士一样每天抱着净瓶。

为东北烈士纪念馆题诗①

殷殷烈士血,煌煌革命花。②
红旗开展处,毅魄满中华。③

【注释】

①此诗写于1949年5月15日。诗前有小序:"一九四九年五月出席世界和平大会归国,谨为东北烈士纪念馆书。"5月15日下午,郭沫若在哈尔滨参谒东北烈士纪念馆。为该馆题五绝一首、七绝二首。其中有一首七绝《题哈尔滨烈士纪念馆》已收入《蜩螗集》,并编入《郭

沫若全集》文学编第二卷。此诗首见《学习与探索》1979 年第 1 期。

②殷殷，众多。《吕氏春秋·慎人》:"丈夫女子,振振殷殷,无不戴悦。"注:"振振殷殷,众友之盛。"诗句意谓,众多革命烈士的鲜血,催开了辉煌的革命之花。

③毅魄,坚毅的精神,亦指具有坚毅精神的人。诗句意谓,红旗展开之处,中华大地布满具有坚毅精神的人。

咏杨靖宇将军①

头颅可断腹可剖,烈忾难消志不磨。②
碧血青蒿两千古,于今赤旗满山河。③

【注释】

①此诗写于 1949 年 5 月 15 日。杨靖宇(1905—1940),河南确山人。1927 年加入中国共产党。1929 年到东北工作。1932 年任中共哈尔滨市委书记。1933 年起,历任东北人民革命军第一师师长兼政治委员、东北抗日联军第一军军长兼政治委员、第一路军总指挥兼政治委员和中共南满省委书记等职。在东北长期坚持抗日游击战争。1940 年 2 月在吉林与日军战斗中壮烈殉国。1949 年 5 月 15 日,郭沫若在东北烈士纪念馆曾书七绝《题杨靖宇将军》,手迹见 1979 年《学习与探索》第 1 期。

②烈忾(kài),强烈的愤怒。忾,愤怒。《左传·文公四年》:"诸侯敌王所忾而献其功。"诗句意谓,头可断腹可剖,而对敌人强烈的仇恨难消,战斗的意志永不磨灭。

③碧血,语出《庄子·外物》:"苌弘死于蜀,藏其血,三年而化为碧。"后常以"碧血"称颂为国死难的人。青蒿,二年生草本植物。因杨靖宇生前常以草根树皮充饥,故云。诗句意谓,烈士碧血与腹中青蒿两者均将千古不朽,而今红旗已布满祖国山河。

答 谢 老①

廿年分袂各东西,革命阵容无南北。②
追随但恨力不逮,成就于今一片白。③

【注释】

①此诗写于 1949 年 8 月。谢老,即谢觉哉(1884—1971),湖南宁乡人。1925 年加入中国共产党。曾任中华苏维埃中央政府秘书长、内务部人民委员、陕甘宁边区政府秘书长。新中国成立后,任内务部部长、最高人民法院院长、全国政协副主席。据《谢觉哉日记》,1949 年 8 月 8 日,下午在勤政殿开社科筹备会常委扩大会议,曾以一诗戏赠沫若:"初见郭老在长沙,再见郭老在华北。卅年战斗心越红,万里归来头未白。"沫若即以原韵作答。

②分袂,离别、分手。诗句意谓,二十年离别各奔东西,而投身革命阵营则无分南北。此指谢老随红军长征到达陕北,后长期在北方工作。郭沫若长期在南方工作。

③逮(dài),到、及。诗句意谓,我想追随你们却恨自己力所不及,于今所取得的成就还是一片空白。此系自谦之词,谓自己未能像谢老那些跟随红军北上,所以至今无所成就。

下编　新中国成立后

赠周而复^①

人海翻身日，宏涛天际来。^②
才欣克辽沈，又听下徐淮。^③
指顾中原定，绸缪新政开。^④
我今真解放，自愧乏长才。^⑤

【注释】

①此诗写于 1950 年春。周而复，现代著名作家。新中国成立初期任中共上海市委统战部副部长。当时赴京参加统战工作会议期间曾去拜访郭沫若。郭沫若欢叙新中国成立以来的感受并书赠五言律诗一首。详见周而复《缅怀郭老》一文，载《新文学史料》1980 年第 3 期。

②人海，形容人多，比喻人群、社会。宏涛，巨大的浪涛。诗句意谓，广大人民群众翻身之日，革命宏涛天际（边）滚滚而来。

③辽沈，指辽沈战役，1948 年 9 月 12 日至 11 月 2 日间，我东北野战军在辽宁本部和沈阳、长春地区对国民党军队进行的一次巨大的战役。此役共歼敌四十七万余人，解放东北全境。徐淮，指淮海战役，1948 年 11 月 6 日至 1949 年 1 月 10 日间，我华东野战军、中原野战军在以徐州为中心，东起海州，西迄商丘，北起临城，南达淮河的广大地区，对国民党军队进行的一次巨大的战役。此役歼敌五十五万余人，基本上解放了长江以北的华东、中原地区。诗句意谓，才为克服辽沈而欣喜，又听到攻下徐淮地区的喜讯。

④指顾，一指手、一回头的时间，极言时间的短暂。归有光《上总制书》："指顾之间，勇怯立异。"中原，此指黄河中下游地区。绸缪，指情意殷勤。《三国志·蜀·先主传》："先主至京见权，绸缪恩纪。"新政，即新政治协商会议。诗句意谓，指顾之间中原已定，情意殷勤全国新政治协商会议召开。

⑤长才，高才、英才。杜甫《述古》之三："经纶中兴业，何代无长才。"诗句意谓，我今获得真正解放，却又自愧缺乏长才。

赠刘肃曾^①

虢盘献公家，归诸天下有。^②
独乐易众乐，宝传永不朽。^③
省却常操心，为之几折首。^④
卓卓刘君名，诵传妇孺口。^⑤
可贺孰逾此，寿君一杯酒。^⑥

【注释】

①此诗写于 1950 年 3 月 6 日。同年 3 月 3 日，郭沫若往团城承光殿参观周代古铜器"虢季子白盘"特展，3 月 6 日，接见该盘的捐献者刘肃曾先生，对其保存国宝免遭日军和国民党搜劫，后又献给国家的爱国行动极其称勉，并亲笔题诗一首相赠。诗载 1950 年 3 月 10 日《人

民日报》。

②虢(guó)盘，即虢季子白盘，西周时代的青铜器。清道光年间出土于陕西宝鸡虢川司，上有铭文 111 字，记述虢季子白奉周王命征伐狎犹有功，受赏于周庙。为传世最大的西周时代的青铜器，现藏中国历史博物馆。诗句意谓，把虢季子白盘献给国家，归之于天下人所公有。

③独乐，谓一个人单独欣赏音乐。《孟子·梁惠王下》："独乐乐，与人乐乐，孰乐？"注："孟子复问王，独自作乐乐邪，与人共听其乐为乐邪？"诗句意谓，将独自欣赏换成众人共同欣赏，这样国宝传世将永远不朽。

④折首，低头，意近折腰，屈身事人。诗句意谓，这样可以省却经常操心，当年曾为之几经折首。

⑤卓卓，特出的样子。《世说新语·容止》："嵇延祖卓卓如野鹤之在鸡群。"妇孺，妇女和儿童。诗句意谓，刘君卓著的声名，将在妇孺口中传诵。

⑥孰，谁，哪个。寿，谓祝寿。旧时常借祝寿名义向人敬酒或赠送财物，称"为寿"。诗句意谓，可以祝贺的事情谁能超过这件呢！因此我敬刘君一杯酒。

题北京大学图书馆①

星火燎大原，滥觞成瀛海。②
红楼弦歌处，毛李笔砚在。③
力量看方生，勋勤垂后代。④
寿与人民齐，春风永不改。⑤

【注释】

①此诗写于 1950 年 5 月。录自《李大钊传》第 33 页，人民出版社 1979 年出版。当时北京大学文学院尚在沙滩红楼，为纪念李大钊和颂扬毛泽东，北大图书馆辟出专室，并请郭沫若题词，因成五律一首。

②"星火"句，即星火燎原，谓星星之火可以成为燎原之势。滥觞，语出《荀子·子道》："昔者江出于岷山，其始出也，其源可以滥觞。"此指江河发源之处水极少，只能浮起酒杯。后用以指事物的起源。瀛海，浩瀚的海洋。王充《论衡·谈天》："九州之外，更有瀛海。"诗句意谓，星星之火可以燎原，其源滥觞而成海洋。

③红楼，即北大红楼，北京大学图书馆所在地。弦歌，古诗皆可配琴、瑟等乐器，亦即伴琴瑟而歌，歌咏诵读，因称弦歌。后亦泛指学习、授业。毛李，指毛泽东、李大钊。早期共产党人李大钊于 1918 年 10 月至 1922 年曾任北京大学图书馆主任，其间毛泽东也曾一度任图书馆助理员，因二人一度在图书馆共事，诗中因言"毛李笔砚在"。诗句意谓，北京大学红楼师生弦歌诵读之处，当年毛泽东、李大钊用过的笔墨砚台还在。

④方生，初生，新生。勋勤，意同勋劳，即功勋劳绩，如卓著勋劳。诗句意谓，力量要有新生，勋劳传于后代。此指老一辈革命家把希望寄托在青年一代身上。

⑤齐，同样，一致。诗句意谓，将与人民同样长寿，人间春风永不改变。

题南昌八一纪念塔①

人民武力起洪都，屈折艰难史所无。②
二十二年垂大业，云霄万古看雄图。③

【注释】

①此诗写于1950年7月。当时，江西南昌将建八一纪念塔，有关部门约请郭沫若题词。郭沫若于1927年曾参加八一南昌起义，且任起义军政治部主任，遂欣然应约题诗。

②洪都，江西省旧南昌府（治所在今南昌市）的别称。因隋、唐、宋三代曾在此置洪州，又为东南都会而得名。唐王勃《滕王阁序》："南昌故郡，洪都新府。"屈折，弯曲，曲折。诗句意谓，人民武装力量起于南昌，当时斗争曲折艰难历史所无。

③垂，流传，留存。云霄万古，化用杜甫诗句"万古云霄一羽毛"，意谓独步云霄。雄图，宏伟的谋略。诗句意谓，南昌起义至今流传下来的伟大事业，可以看出当年我党组建自己军队的宏伟谋略独步云霄。

访问朝鲜①

浮碧楼头望大同，庶民今日有雄风。②
乙支文德精神在，胜利荣徽继往踪。③

【注释】

①此诗写于1950年8月14日。当时，郭沫若率中国人民代表团赴朝参加庆祝"八一五"解放五周年活动。8月14日晨六时，火车到达离平壤三十公里的安顺站。因六点以后便进入空袭期，必须等到天黑才能坐汽车继续前进。傍晚由安顺动身，到达平壤时天色已经黄昏。在浮碧楼外，收到欢迎献花，由于灯火管制甚严，只好在昏黑中用食，别有风趣，有诗一首为证："……"诗录入《访问朝鲜》一文，载1950年《人民文学》第2卷第6期。

②浮碧楼，指郭沫若当时住在大同江畔的浮碧楼。庶民，众民，旧指一般民众。诗句意谓，站在浮碧楼头望着大同江，今日普通民众显得多么威风。

③乙，同"一"。支，一本旁出，或一源分流曰支。乙支，即一支。文德，指以礼乐教化治理国家。荣徽，光荣的标志。往踪，往日的脚印。诗句意谓，同样一种以礼乐教化治理国家的精神还在（指中朝文化同源而出现分支），胜利的光荣标志将继承往日的足迹前进。

书应求者①

偶地安居，满庭芳草。②
观化知命，数点梅花。③

【注释】

①此诗写于1950年间。今据《郭沫若遗墨》一书收录。作者附言："此联乃一九五〇年

所书,联语系应求者所提示,写就未付。上联偶字疑是遇字之误。一九六六年春郭沫若补题。"郭沫若之女平英有所说明:"字现在家中,求者是谁不详。"这副联语实为四言小诗,故作佚诗看待。

②偶,遇、值。唐代诗人綦毋潜《春泛若耶溪》:"幽意无断绝,此去随所偶。"满庭芳草,宋代有词牌《满庭芳》,即采唐融诗"满庭芳草易黄昏"而得名。芳草,香草,常喻有德之人。宋刘敞《秦州玩芳亭记》:"自诗人比兴,皆以芳草嘉草,为君子美德。"诗句意谓,只求满庭芳草,即可遇地安居。

③观化知命,意即观察世事变化,知道如何把握人生的命运。命运,比喻发展变化的趋向。诗句意谓,为人乐天知命,面对数点梅花。诗中数点梅花与满庭芳草,皆赏心悦目之物,借以表现对偶地安居,观化知命的知足自乐的结果。

题何香凝《雪景》①

独钓寒溪水,冰雪暖于棉。②
借问何能尔,人民今是天。③

【注释】

①此诗写于 1951 年 3 月。何香凝(1878—1972),广东南海人。现代民主革命家,著名画家。新中国成立后,曾任政协全国委员会副主席、全国妇联名誉主席、民革中央主席、中国美术家协会主席等职。1951 年 3 月,郭沫若为何香凝所画《雪景》题五言绝句一首。手迹见1956 年人民美术出版社出版的《何香凝画集》。

②独钓,独自垂钓,即一个人在钓鱼。诗句意谓,一个人独自垂钓在寒冬的溪水之上,周围虽有冰雪,亦觉暖于棉花。

③尔,如此,这样。天,原指天帝,人们想象中万事万物的主宰者。这里是指新社会当家做主的人民。诗句意谓,借问何以能够如此,因为人民今天就是人间的主宰。

为《枫鸽》画题诗①

纵使天涯鹰隼多,不辞艰险颂平和。②
熏风一片欣欣意,万里浮云送凯歌。③

【注释】

①此诗写于 1951 年 5 月。当时,由全国民主妇女联合会、全国文学艺术界联合会、全国美术工作者协会、北京市文学艺术工作者联合会联合发起,举办了抗美援朝书画义卖展览会。何香凝、徐悲鸿合作了一幅《枫鸽》画,郭沫若欣然为此画题诗。此诗发表于 1951 年 5 月 22 日《文汇报》。

②鹰隼(sǔn),鹰和隼均为凶猛的鸟类,都捕食小鸟和别的小动物。亦用以比喻凶猛的人。平和,即和平,因押韵而倒置。诗句意谓,即使天边鹰隼很多,鸽群亦不避艰险歌颂和平。

③熏风,和风,指初夏时的东南风。白居易《首夏南池独酌》:"薰风自南至,吹我池上

林。"浮云,飘浮在空中的云。诗句意谓,和风过处,一片欣欣向荣的景象,空中万里浮云不断送来抗美援朝胜利的歌声。

为《梅兰竹菊》图题诗[①]

漫言统战最艰难,范例当从此画观。[②]

但得所能人各尽,何妨秋菊合春兰。[③]

【注释】

①此诗写于 1951 年 5 月。当时,全国文联等团体为了以实际行动支援抗美援朝,在首都北京举办了抗美援朝书画义卖展览会。汪慎生、胡佩衡、王雪涛三人合绘了一幅《梅兰竹菊》图,郭沫若为此画题了一首七言绝句。诗见 1951 年 5 月 22 日《文汇报》。

②漫言,漫为助词,有随意、任意、枉、徒然等义。漫言,即枉说、别说。统战,即统一战线,我国从新民主主义到社会主义革命阶段都在执行建立革命统一战线的政策。诗句意谓,不要随意就说建立统一战线是最艰难的事情,从这幅画就可以看出是个很好的范例。

③秋菊、春兰,《楚辞·九歌·礼魂》:"春兰兮秋菊,长无绝兮终古。"洪兴祖补注:"古语云,春兰秋菊,各一时之秀也。"比喻各擅其美。诗句意谓,人们只要各尽所能,则春兰秋菊又何妨合在一起。

题《鸡鸣》图[①]

叫得寒梅开,竹石共青翠。[②]

永远见晴明,不教风雨晦。[③]

【注释】

①此诗写于 1951 年 5 月。当时,何香凝、叶恭绰、胡佩衡三位书画名家,为首都抗美援朝书画义卖展览会联合创作了一幅《鸡鸣》图。画上合署"香凝画梅"、"恭绰补竹"、"佩衡写石"。郭沫若欣然为这幅画题了一首五言诗。诗画均见《郭沫若题画诗存》。

②青翠,均指青绿色。青绿,中国绘画中的石青与石绿,也指以这两种颜料为主色的着色方法。诗句意谓,拂晓鸡鸣,叫得寒梅开放;画上竹石,均以青绿着色。

③晴明,清朗明亮。风雨晦,即风雨如晦。《诗·郑风·风雨》:"风雨如晦,鸡鸣不已。"指风雨交加天色昏暗的早晨。诗句意谓,永远都能看到清朗明亮的天空,不教出现风雨交加天色昏暗的场面。

题武昌东湖九女墩[①]

东湖珞珈山,抗日初期我曾住。

当时何疏忽,未知九女之墩在何处。[②]

九女者谁乎?均是太平革命女志士。

姓名虽失传，碧血流天地。③

中国历史四千年，无名女英雄，为数何可算！

请以九女为代表，丰碑谐日月，辉煌在人间。④

旧地重游会有时，当来墩下献花圈。⑤

【注释】

①此诗写于1952年10月。九女墩，在武汉市武昌东湖长天楼北约一华里处。清道光年间，太平天国革命军曾攻克武昌。相传太平军夺取武昌城时，有九位妇女参加战斗。后来清军攻陷武昌，这九位女英雄壮烈牺牲。乡人将她们合葬于此，因不敢称为墓，故名九女墩，以免遭清军摧残。1952年10月，当地人民政府于九女墩前立纪念碑。董必武应约撰《九女墩碑记》并赋七绝四首，郭沫若写了这首杂言诗。

②抗日战争初期，郭沫若时任国民党军事委员会政治部第三厅厅长，曾住武昌东湖珞珈山。当时出于疏忽，未知九女墩在何处。

③九女者谁乎？谓九女之人是谁啊？碧血，典出《庄子·外物》，后常用以称颂为国死难的人。

④为数何可算，谓为数众多何以计算！丰碑，高大的碑。谐，合，协调。谓以九女为代表的无名女英雄，为她们所建立的丰碑可谐日月同辉。

⑤谓今后来武汉旧地重游之时，当来九女墩下献上花圈。

题杜甫草堂①

世上疮痍，诗中圣哲。②

民间疾苦，笔底波澜。③

【注释】

①此诗写于1953年4月。杜甫草堂，在四川省成都市西南郊浣花溪畔，为唐代大诗人杜甫流寓成都时的故居。内有工部祠、史诗堂等建筑，为全国重点文物保护单位。1953年4月，郭沫若为杜甫草堂写了一副采用四言诗形式的联语。后悬于史诗堂内。手迹载1962年4月11日《光明日报》。

②疮痍，创伤，比喻战乱之后的破败景象。圣哲，有超凡道德才智的人。诗句意谓，唐代经"安史之乱"以后，世上满目疮痍；杜甫感时伤世忧国忧民，堪称诗中圣哲之人。

③波澜，浪涛。杜甫《敬赠郑谏议十韵》："毫发无遗恨，波澜独老成。"后多用以比喻文章的浩瀚壮阔或思潮的起伏变化。诗句意谓，杜甫了解民间疾苦，写诗则感情充沛，笔下如波涛起伏。

回赠张元济①

计划盈三五，先生百岁人。②

夕阳无限好，一半胜全身。③

【注释】

①此诗写于 1954 年 5 月。张元济(1867—1959),字菊生,浙江海盐人。近代著名出版家。主持商务印书馆,曾校印百衲本《二十四史》、影印《四部丛刊》等古籍。1954 年 1 月,曾写《癸巳岁暮再告存》二首,排印后春节寄赠亲友。诗为:"微躯撑持又三年,弹指光阴境屡迁。为报亲朋勤问讯,夕阳江好尚依然。""预期计划盈三五,社会主义万般新。愿留老眼视新国,我倘能为百岁人。"同年 5 月 5 日,郭沫若写了回信:"菊笙先生:手示及告存均奉阅。计划盈三五,先生百岁人。夕阳无限好,一半胜全身。读告存诗后,集成四语。郭沫若五.五。"手迹见 1982 年 11 月 17 日《文汇报》。

②盈,通"赢",有余,多出。三五,指三个五年计划,亦即再活十五年。1953 年元旦,《人民日报》发表社论,宣布我国开始执行国家建设的第一个五年计划。诗句意谓,定可超过三个五年计划,先生成为百岁人。

③一半胜全身,一语双关,既指夕阳西下无限美好,亦指老人晚年更加幸福。诗句意谓,夕阳无限美好,一半胜过全身。

题郁曼陀画①

难弟难兄同殉国,春兰秋菊见精神。②
能埋无地天不死,终古馨香一片真。③

【注释】

①此诗写于 1954 年 5 月。郁曼陀(1884—1939),名华,浙江富阳人。郁达夫长兄。早年留学日本,回国后曾在京师高等审判厅、大理院任职。1932 年到上海任江苏高等法院第二分院刑庭庭长。1939 年 11 月,这位上海著名法官因拒绝与日伪合作,被汪伪 76 号特工总部暗杀。1954 年 5 月,郭沫若曾在何香凝 1935 年书赠郁曼陀的《春兰秋菊图》上题七绝一首。附有跋语:"曼陀先生达夫之长兄,视余犹弟,余亦兄视之,对画如对故人。一九五四年五月,郭沫若。"诗画手迹见《何香凝诗画集》。题诗另见郁风《三叔达夫》,载 1979 年 11 月《新文学史料》第五辑。

②难弟难兄,通作"难兄难弟",形容难分高下的人或事物。宋戴复古《访古田刘无竞》:"前说建阳宰,古田今似之。难弟与难兄,能攻更能诗。"殉国,为国牺牲。春兰秋菊,春天的兰花和秋天的菊花,各自在自己开花的季节显示出秀美,比喻各擅其美各有所长。诗句意谓,郁氏兄弟同样为国牺牲,犹如春兰与秋菊各见精神。

③终古,久远、永久。馨香,芳香,特指散布很远的香气。亦喻人之好声誉。诗句意谓,郁氏兄弟天不能死地难埋,千古流芳一片真心。

题文殊院①

四十年后始来游,西天文物萃斯楼。②
只今民族翻身日,亦见宗门庆自由。③

215

【注释】

①此诗写于1955年4月下旬。文殊院,在四川省成都市区北部。主要建筑有天王殿、三大士殿、大雄宝殿、说法堂、藏经楼等五重大殿。藏经楼藏有很多佛教文物和艺术品,有夹纻塑像、缅甸白玉佛、印度梵文贝叶经、宋代绣像、历代名人书画。寺内至今保存唐代玄奘法师头盖骨尤为珍贵。1955年4月下旬,郭沫若率中国代表团到印度新德里参加"亚非国家会议",归国路过成都,在市长李崇林陪同下到文殊院参观,并应约题诗。此件现存成都文殊院,手迹载《中国书画》1979年第1期。

②四十年后,作者自1913离开成都至1955年已有四十余年。西天,我国佛教徒称佛祖所在之处,亦称极乐世界。萃,荟萃,聚集。诗句意谓,四十年后才来游览,这里不少西天佛教文物聚集此楼(指藏经楼)。

③宗门,佛教诸宗的通称,后为禅宗的自称。诗句意谓,如今中华民族彻底翻身的日子,也看到佛教诸宗都在庆祝得到自由。

题昭觉寺①

一别蓉城卅二年,今来昭觉学逃禅。②
丈雪破山人已渺,几行遗墨见薪传。③

【注释】

①此诗写于1955年4月下旬。昭觉寺,在成都市北郊青龙乡,素有川西第一丛林之称。唐代贞观年间原名建元寺,后宣宗敕赐昭觉。北宋高僧圆悟克勤两度住持该寺。当时香火极盛。明末毁于兵火。清初丈雪和尚主持该寺,一度中兴。后"文化大革命"中濒临毁灭。1985年按原貌全面修复。1955年4月下旬,郭沫若由成都市市长李崇林陪同参观文殊院后,再去昭觉寺,亦题七绝一首。诗见《中国书画》1979年第1期。

②蓉城,即芙蓉城,四川省成都市的别称。五代孟蜀后主时,成都城上遍植木芙蓉,因名芙蓉城,简称"蓉城"。卅(xì),四十。逃禅,逃避世事,皈依佛法。杜甫《饮中八仙歌》:"苏晋长斋绣佛前,醉中往往爱逃禅。"诗句意谓,一别成都已有四十二年,今来昭觉寺是学着逃入禅林。

③丈雪与破山系清初两位僧人。丈雪曾任昭觉寺主持,其师破山晚年亦曾驻锡该寺。昭觉寺诗僧辈出,宋代圆悟克勤,清初破山、丈雪,皆以诗词书法名世。郭沫若看到圆悟禅师与破山、丈雪师徒遗墨,联中因言丈雪、破山人已渺茫(远去),几行遗墨可见几位大师笔墨薪火相传。渺,渺茫,远去。薪传,亦作"传薪",谓传火于薪,前薪烧完,火到后薪,火种传续不绝。典出《庄子·养生主》,比喻学问技艺世代相传。

为陈家庄题诗①

杨柳果树排成行,黑格隆冬二里长。②
往年一片荒沙滩,如今变成万柳庄。③

【注释】

①此诗写于 1955 年 7 月。陈家庄,在山东省曲阜市。自 1952 年成立陈家庄农业生产合作社以来,兴修水利,科学种田,植树造林,不仅粮食丰收,畜牧也有发展,使这个昔日贫穷落后的村庄很快改变了面貌。1955 年 7 月,郭沫若视察山东曲阜参观陈家庄农业生产合作社,对于该社上述变化赞叹不已,遂在留言本上写下了此诗。详见汪林《郭沫若的一首佚诗》,载《郭沫若学刊》1989 年第 4 期。

②黑格隆冬,亦作"黑咕隆咚",日常用语,形容黑暗。诗句意谓,村子里杨柳与果树排成行,黑格隆冬足有二里长。

③万柳庄,种植万棵柳树的村庄。诗句意谓,陈家庄农业生产合作社本是一片荒沙滩,如今变成遍布万株杨柳的村庄。

访日杂咏(二十首)

组诗说明:1955 年 12 月,郭沫若应日本学术会议邀请,率中国科学代表团访问日本。12 月 1 日下午到达东京,至 25 日离开日本,前后二十余日,写下不少热情洋溢的诗篇。《箱根即景》等十首,在归国后曾以《访日杂咏》为总题面世(后编入《骆驼集》,1959 年人民文学出版社出版)。尚有《题赠东大图书馆》等二十首,则是后来所发现的佚诗。为纪念郭沫若逝世一周年,由张澄寰、郭庶英、郭平英等同志辑录整理而以《郭沫若佚诗二十首》为总题发表于 1979 年 6 月 13 日《文汇报》。今依《骆驼集》《访日杂咏(十首)》旧例,改题为《访日杂咏》(二十首)。

题赠东大图书馆①

十八年后我重来,福地琅嬛浩如海,文化交流责有在。②

【注释】

①此诗写于 1955 年 12 月 3 日。这一天上午,郭沫若应邀访问东京大学,在该校校长陪同下参观校园,巡回一周最后参观该校综合图书馆,题诗一首相赠。

②十八年,作者于 1937 年 7 月离开日本回国参加抗战,至此正好十八年。福地琅嬛(huán),即琅嬛福地,传说中的神仙洞府。元代尹世珍《琅嬛记》上卷:"因共至一处,大石中忽然有门,引华入数步,则别是天地,宫室嵯峨。引入一室中,陈书满架……华心乐之,欲赁住数十日。其人笑曰:'君痴矣,此可赁地耶?'即命小童送出。华问地名,曰:'琅嬛福地也。'"此指东京大学综合图书馆。诗句意谓,十八年后我重来日本,东京大学综合图书馆书籍浩瀚如海,务请莫忘中日两国文化交流责有所在。

吊岩波茂雄墓①

生前未遂识荆愿,逝后空余挂剑情。②

为祈和平三脱帽,望将冥福裕后昆。③

【注释】

①此诗写于 1955 年 12 月 4 日。岩波茂雄为日本现代著名出版家,岩波书店创办人。由于他对出版事业的贡献,日本政府曾授予文化勋章。12 月 4 日,由内山完造陪同,往镰仓东庆寺凭吊岩波茂雄墓,作七绝一首。

②识荆,李白《与韩荆州书》:"白闻天下谈士相聚而言曰:'生不愿封万户侯,但愿一识韩荆州。'何令人之景慕一至于此耶?"韩荆州,即韩朝宗,时任荆州刺史,后因以"识荆"为初次识面的敬辞。挂剑,典出《史记·吴太伯世家》:"季札之初使,北过徐君。徐君好季札剑,口弗敢言。季札心知之,为使上国未献。还至徐,徐君已死,于是乃解其宝剑,系之徐君冢树而去。从者曰:'徐君已死,尚谁予乎?'季子曰,'不然,始吾心已许之,岂以死背吾心哉?'"后因以"挂剑"为对亡友守信义的典故。诗句意谓,在你生前没有实现和你见面的愿望,而今在你死后则空自留下挂剑相赠的友情。

③冥福,死后之福。后昆,后代子女。《书·仲虺之诰》:"垂裕后昆。"诗句意谓,为祈求和平三次脱帽向你致敬,希望你将冥福保佑后代富裕起来。

无题三首

一①

重洋万顷波,友情隔不断。②
长如日与月,照耀在两间。③

二④

人自爱新诗,我自爱写字。⑤
结下翰墨缘,即此亦佳事。⑥

三⑦

医道乃仁术,仁者必有寿。⑧
我亦曾学医,未仁心自咎。⑨

【注释】

①《无题三首》写于 12 月 5 日。当天下午访问千叶县,出席千叶县主办的欢迎会。随后又出席市川市的欢迎宴会。席间赋五绝一首,歌颂中日两国人民之间的友谊。

②重洋,一重重的海洋,如远涉重洋。诗句意谓,重重海洋之上掀起万顷波涛,但隔不断中日两国人民之间的友情。

③长,两端之间的距离很大,兼指空间和时间,可引申为永远。两间,指天地之间。诗句意谓,长久如天上的太阳和月亮一样,照耀在天地之间。

④当日,访问市川须和田旧居时,有位老人出示一方砚台,说是郭沫若当年在上面刻了字。作者有感于此事而写下这首小诗。

⑤新诗,一般指我国"五四"以来的新体诗歌,但亦可指诗人的新作。杜甫《解闷十二首》之七:"陶冶性灵存底物,新诗改罢自长吟。"诗句意谓,人人自爱新诗,我亦自爱写字。

⑥翰墨,即笔墨,一般指文辞,也指书法和绘画。这里指书法。《宋史·米芾传》:"特妙于翰墨,沉着飞翥,得王献之笔意。"诗句意谓,能与笔墨结下缘分,这也是一件好事。

⑦当日,还访问千叶医科大学,观看了癌的早期诊断和心脏手术,并接受了该校赠送的医学文献。为此赠五绝一首。

⑧仁术,犹言仁道,又指合于仁道的,如称医术为"仁术"。诗句意谓,为医之道乃是一种仁术,但凡仁者必然长寿。

⑨未仁,未能成为仁者,咎,过失,责备。诗句意谓,我也曾学过医,可是没有成为仁者而内心感到自责。郭沫若曾在九州帝国大学医科学习,毕业后因两耳重听与爱好文艺而没有行医。"未仁心自咎",乃自谦之词。

拜鉴真上人像①

弘法渡重洋,目盲心不盲。②
今来拜遗像,一瓣有心香。③

【注释】

①此诗写于 1955 年 12 月 13 日。落款为:"一九五五年十二月十三日游奈良唐招提寺拜鉴真上人遗像。"鉴真(688—763),唐代高僧,本姓淳于,江苏扬州人。十四岁出家,二十二岁受具足戒,寻游两京,遍研三藏。后住扬州大明寺,专宏戒律。唐天宝元年,应日僧荣叡、普照等邀请东渡,几经挫折,双目也因之失明。直至天宝十二载第六次航行始达日本九州。翌年在奈良东大寺建筑戒坛,传授戒法,为日本佛教徒登坛受戒之始。后建唐招提寺传有律宗,为日本律宗的创始人。他还将中国的建筑、医药学等介绍到日本,为中日两国文化交流作出了卓越贡献。上人,对和尚的敬称。

②弘法,弘扬佛法,亦即传播佛教。目盲,鉴真因东渡受挫而双目失明,仍坚持赴日传授戒法,日本人尊之为"盲圣"。诗句意谓,为了弘扬佛法而远渡重洋,虽然眼睛瞎了而心却很明亮。

③遗像,指鉴真干漆夹纻像。这尊遗像是鉴真大师临终前,由其弟子按照他坐禅时的姿势塑造的,至今已有一千二百余年历史,日本一直奉为国宝保存。一瓣有心香,意同"一瓣心香",即用点燃的一炷香来表达心中的虔诚,多表示对师长的崇敬之情。诗句意谓,我怀着一片虔诚的心意,来参拜鉴真上人的遗像。

偶　　感①

千家灯火竞霓虹,一点灵犀万感通。②
所谓伊人在怀抱,有谁不爱孔方兄。③

【注释】

①此诗写于 1955 年 12 月 13 日。当时,郭沫若从奈良东大寺归来,在车中见日本都市夜

景，叹为"资本主义竞争狂乱调也"，遂作七绝《偶感》。

②霓虹，即霓虹灯，广泛用于广告与装饰的照明。灵犀，古代认为犀牛为神兽，犀角有白纹，感应灵敏，因以喻心意相通。李商隐《无题》："身无彩凤双飞翼，心有灵犀一点通。"诗句意谓，街道上千家灯火霓虹竞放，一片狂乱景象，所有的神经都触动起来。

③伊人，意中所指的人。《诗·秦风·蒹葭》："所谓伊人，在水一方。"孔方兄，钱的别称。旧时铜钱中有方孔，因称"孔方兄"，含有取笑和漠视的意思。诗句意谓，所谓意中人就在怀抱里，在这样的环境里有谁不爱金钱？

赠清水多荣①

久别重游似故乡，操山云树郁苍苍。②

卌年往事浑如昨，信见火中出凤凰。③

【注释】

①此诗写于1955年12月14日。落款为："冈山第六高等学校乃余母校。四十年前就读于此，今日重来已隔三十八年矣。冈山市闻在战争中毁于火，但完全恢复。"12月14日，中国访日科学代表团到冈山县访问，下午参观冈山大学。郭沫若在该校师生欢迎会上发表演讲，鉴于冈山大学即为以前的冈山第六高等学校，不禁回忆起四十年前在此读书的情景，遂作七绝一首赠该校校长清水多荣。

②操山，山名，在冈山大学校园附近。云树，山上树高入云。郁苍苍，树木茂盛一片苍翠。诗句意谓，此地久别重游好像回到故乡，操山上高耸入云的树木依然郁郁苍苍。

③卌，四十。浑，简直。信，确实。火中出凤凰，在烈火中出现再生的凤凰。诗句意谓，四十年往事简直像在昨天一样，确实看到了火中再生的凤凰。此指冈山战后很快得到了恢复。

赠田中文男①

后乐园仍在，乌城不可寻。②

愿将丹顶鹤，作对立梅林。③

【注释】

①此诗写于1955年12月14日。落款为："一九五五年冬重游冈山后乐园赋此志感。"田中文男，为冈山第六高等学校同窗会会长。12月14日下午，郭沫若游冈山后乐园，因应老同学、冈山县知事三木行治之清，允赠一对中国丹顶鹤给冈山。为此作五绝一首以纪其事，并书赠冈山六高同窗会会长田中文男。

②后乐园，早在17世纪建成，日本三大名园之一，为冈山著名游览胜地。乌城，冈山旧名乌城，此指早在16世纪所建冈山城的旧址，后因战火焚毁。诗句意谓，后乐园至今仍在，而乌城旧址已不可寻。

③丹顶鹤，亦称"仙鹤"，可供观赏。诗句意谓，愿将一对丹顶鹤，成双作对立于后乐园的梅林之中。

舟游旭川 二首①

其一

川水明于镜,朝来弄小船。②
林岩如识我,隔雾见操山。③

其二

庭园如旧,城郭已非。④
寒鸦栖树,江水依依。⑤

【注释】

①此诗写于 1955 年 12 月 15 日。旭川,为流经冈山的一条河流。作者当年在家信中指出:"冈山市中有小河道,名旭川者,如沙湾之茶溪。"12 月 15 日,郭沫若清早乘船游览旭川,作诗二首。

②川水,即旭川之水。弄,有玩弄、游戏之意。诗句意谓,川水明亮如镜子一样,朝晨来此乘兴划动小船。

③林岩,树林和山岩。诗句意谓,这里的树林和山岩如果认识我,透过眼前云雾可见远处的操山。

④庭园,指郭沫若所住的地方。城郭,内城与外城,此指旭川市,诗句意谓,庭园仍如旧时一样,而旭川城市已发生很大变化。

⑤寒鸦,寒天的乌鸦。依依,轻柔的样子,《诗·小雅·采薇》:"昔我往矣,杨柳依依。"诗句意谓,寒鸦栖息于树上,江水在缓缓流动。

宫岛即景 二首①

一

宫岛窗前立,殷勤对我招。②
此来虽岁暮,再至待花朝。③

一

青松胜红叶,碧草恋樱花。④
一片苍茫意,朝来试绿茶。⑤

【注释】

①这两首诗写于 1955 年 12 月 16 日。宫岛,作者自注:"在广岛附近海中,为日本三大名胜之一。十二月十五日被招待至此,宿此岸'一茶苑',月黑无所见,晨兴突见佳景。"12 月 16 日早晨,眺望宫岛,曾作五绝《宫岛即景》四首。其中二首当时已经发表,辑入《访日杂咏》(十首)。还有二首后录入《郭沫若佚诗二十首》。

②这两句是说,我从住处望去,宫岛就像立在窗前,殷勤地对我招乎。

③花朝,旧俗以农历二月十五日为百花生日,号花朝节,又称花朝。宋吴自牧《梦粱录·二月望》:"仲春十五日为花朝节,浙江风俗,以为春序正中百花争望之时,最堪游赏。"诗句意谓,这次来访虽已年末,下次再来当有待花朝节。

④碧草,绿草。樱花,落叶乔木,春季开花,呈白色或红色,极为美丽,被称为日本国花。诗句意谓,冬日青松胜于秋天红叶,眼前绿草爱慕依恋着樱花。

⑤苍茫,旷远无边的样子。李白《关山月》:"明月出天山,苍茫云海间。"诗句意谓,想到上述情景,心中一片苍茫,还是有朝一日前来品尝此地的绿茶。

访 广 岛 二首①

一

一梦十年游,再生似凤凰。②
海山长不老,人世乐安康。③

二

暖意孕东风,阳春已不远。④
寒梅岭上开,含笑看人间。⑤

【注释】

①这两首诗写于 1955 年 12 月 16 日。郭沫若在广岛向原子弹受害者的慰灵碑献花,并参观了原子弹受害情况的纪念馆。作者感叹美国在广岛投掷原子弹已有十年,喜见岛上如今欣欣向荣,即成五绝二首。

②十年,当时距离美国在广岛投掷原子弹已有十年。"再生"句,意同"凤凰涅槃","涅槃"不是灭亡,而是新生。诗句意谓,十年一梦重游广岛,这里犹如再生的凤凰,已在烈火中新生。

③海山,大海与高山。诗句意谓,高山大海将长生不老,人世间乐于安定康宁。

④孕,孕育。阳春,温暖的春天。诗句意谓,中日两国人民之间的友好交往,浓浓暖意孕育着东风,预示着阳春已为期不远。

⑤寒梅,冬日的梅花。诗句意谓,傲寒怒放的梅花在岭上盛开,而且含着微笑在看人间。

访 福 冈 五首①

一

海上白鸥今不见,月芽初现迹婵娟。②
诗情欲伴松原逝,怕看霓虹夜满天。③

二

铜像多随铜弹去,博多湾水尚清清。④

冬寒雾重殊无那，白首童心感旧情。⑤

三

莫为松原诉坎坷，日莲遗像尚巍峨。⑥
剧怜尘梦深于海，攘攘熙熙所欲何？⑦

四

千代松原不见松，白砂寂寞夕阳红。⑧
莫嗟虫劫深如此，尚有人灾胜过虫。⑨

五

战垒湾头当尚在，海波平稳似莓苔。⑩
干戈折去清樽永，古语空存蒙古来。⑪

【注释】

①这五首诗写于 1955 年 12 月 17 日。福冈，日本九州第二大城市，福冈县首府，在北部博多湾沿岸，港口可泊远洋巨轮，为著名渔港。12 月 17 日，郭沫若重游福冈，对博多湾、千代松原的变化颇多感忧，作五绝五首。

②白鸥，水鸟，头和颈部羽毛白色，背羽和腰羽呈深灰色，其余部分呈白色。常成群飞翔于海边或内陆广阔的水域。月芽，亦作"月牙"，指新月。婵娟，美好貌。苏轼《水调歌头》："但愿人长久，千里共婵娟。"诗句意谓，海上白鸥今已不见，新月初上也很美好。

③松原，即千代松原。霓虹，即霓虹灯，广告装饰之用，常给人以眼花缭乱光怪陆离之感。诗句意谓，我的诗情已随十里松原逝去，怕看夜晚满天霓虹闪烁。

④铜像，作者自注："松原中曾有称名寺，寺内有巨大铜佛一尊，为深松掩映，颇有诗趣。在战争期中，日本军阀为制造兵器，多将国内铜佛等捣毁。称名寺铜佛已遭此厄，寺亦绝迹，不知何故？"诗句意谓，铜像已被拿去制造枪炮弹了，只有博多湾水还是清清的。

⑤无那，犹无奈，无可奈何。诗句意谓，而今冬天寒冷雾气很重实在无可奈何。我虽已年老而童心犹在，始终不能忘却旧情。

⑥日莲，日本佛教日莲宗的开创者。他认为只要唱念经题，修炼功德，自然成就，且能即身成佛。巍峨，高大雄伟貌。诗句意谓，不要为毁灭了的千代松原诉说不平，所幸日莲法师的遗像还巍然挺立。

⑦剧怜，十分怜惜。尘梦，人世间梦幻。攘攘熙熙，亦作熙熙攘攘。《史记·货殖列传》："天下熙熙，皆为利来；天下攘攘，皆为利往。"后以此形容人来人往喧闹纷杂的样子。诗句意谓，十分可怜的是人世间梦幻深于大海，人们熙熙攘攘到底为了什么？

⑧千代松原，作者自注："千代松原在博多湾畔，一名十里松原，古松甚多。余留学福冈时，曾卜居林中。今来，古松已近绝灭，闻战后遭虫害所致。"白砂，即博多湾畔的白砂海滩。诗句意谓，千代松原已不见古松，只余博多湾畔寂寞的白砂和西下的夕阳。

⑨嗟，感叹，叹息。诗句意谓，不要叹息虫劫如此之深，还有人灾胜过虫灾。

⑩战垒，指作战堡垒等军事设施。莓苔，青苔。诗句意谓，博多湾头战斗堡垒当还存在，

这里海波平稳似青苔一般碧绿。

⑪干戈,干和戈为古代常用的两种兵器,可以代指战争。樽,本作"尊",盛酒器。蒙古来,在我国元朝时期,日本担心蒙古人东侵,故民间犹存此语。诗句意谓,将干戈毁去而装满清醇美酒的金杯永在,空存古语"蒙古来",亦即让战争永远不再!

访日杂咏六首①

一②

真间郁郁,江水清清。③
一木一石,都如故人。④

【注释】

①这一组诗写于1955年12月间。当时,郭沫若应日本学术会议邀请,率中国科学代表团访问日本,其间沿途写下不少诗词。已见《访日杂咏》(十首),发表于1955年12月29日《北京日报》,后编入《骆驼集》。另有《郭沫若佚诗二十首》,发表于1979年6月13日《文汇报》。今据刘德有《随郭沫若战后访日》(辽宁人民出版社1988年出版)一书介绍,除上述亦已发表的两组外,尚有六首散佚在外。今依旧例题为《访日杂咏》(六首)。

②此诗写于1955年12月5日。郭沫若访问市川须和田旧居,当晚在市川市的日本餐馆进餐时,不少人拿来"斗方",要求题词。郭沫若曾写道:"十八年后重来此,手栽花木已成荫。"还有:"真间郁郁,江水清清,一木一石,都如故人。"

③真间,即真间山。江水,指江户川之水。诗句意谓,真间山郁郁葱葱,江户川流水清清。

④这两句是说,这里一木一石,都如故人一样。

二①

半日清闲,一席素餐。②
以和为贵,语中有禅。③

【注释】

①此诗写于1955年12月11日。当天中午,郭沫若应邀出席京都府副知事五泽守雄在大德寺安排的午餐会,品尝专为中国客人准备的素菜。用餐后应主人要求,在"斗方"上题诗一首。

②素餐,日本人叫"精进料理",吃起来别有风味。诗句意谓,难得有了半日清闲,吃了一席颇有特色的素餐。

③禅,佛教名词,此指禅机。语含机要秘决,能给人以启示。诗句意谓,我们应守以和为贵的古训,此语明显内含禅机,需要加以参悟。

三①

转瞬人将老,今来如归家。②

饷我荞麦面,饮我三杯茶。③

【注释】

①此诗写于 1955 年 12 月 11 日。当晚,贝冢茂树和桑原武夫两位教授把郭沫若请到京都的一家日本饭馆"鹤家"用餐,并进行了亲切的交谈。这种三人交谈,日本人叫做"鼎谈"。谈话结束后,饭馆女老板拿来"斗方"要求客人挥笔留念,郭沫若欣然命笔,写下了这首五言诗。

②转瞬,转眼之间。诗句意谓,转眼之间已经老了,今来日本如同回家一样,亦即视为第二故乡。

③饷,用酒食等款待。荞麦面,即荞麦面条,日本流行的大众化食物。郭沫若在日本时常去荞麦面铺就餐。诗句意谓,款待我以荞麦面,还让我喝了三杯茶。

<h2 style="text-align:center">四①</h2>

文章千古事,艺术万人心。②
弹指卅年逝,松原无处寻。③

【注释】

①此诗写于 1955 年 12 月 17 日。郭沫若一到福冈,便向日本朋友询问千代松原的情况。日本朋友遗憾地告诉他,如今千代松原的松树因为虫灾已全部毁灭。郭沫若有感于此,写了一首五言绝句。

②"文章"句,杜甫《偶题》:"文章千古事,得失寸心知。"诗句意谓,文章系流传千古之事,艺术可感动万人之心。

③弹指,佛家语,极短的时间。卅年,即三十年。郭沫若在 1923 年毕业于日本九州帝国大学医科,离开福冈已有三十余年。诗句意谓,弹指之间已过去了三十多年,而今博多湾畔的千代松原已无处可寻。

<h2 style="text-align:center">五①</h2>

雾帷纵深锁,山影仍幢幢。②
白砂心不改,惜不见青松。③

【注释】

①此诗写于 1955 年 12 月 18 日。郭沫若在福冈清晨起床,站在宾馆窗前,向远处眺望。根据眼前景象,即兴吟成一绝,亦在惋惜千代松原的毁灭。

②幢幢,摇曳不定的样子。元稹《闻乐天授江州司马》:"残灯无焰影幢幢,此夕闻君谪九江。"诗句意谓,雾像帷幕一样锁住纵深,远处的山影仍在不断摇曳着。

③白砂,指博多湾畔的白砂海滩。诗句意谓,白砂海滩之心未改,只是可惜已不见青松。此指白砂海滩仍在,十里松原已无。

六①

人类来从海，海鱼是兄弟。②

劝君莫畏赤，请看鲷犹红。③

【注释】

①此诗写于1955年12月18日。郭沫若当日在参观下关过程中，应日本朋友的要求，挥笔写下了这首风趣幽默、意味深长的五言绝句。

②从海，从事海洋渔业开发，似由"从政"、"从军"等名词转化而来。诗句意谓，人类从事海洋渔业开发，应将海中的鱼看成是弟兄。

③赤，日本人常把共产党人或进步人士称为"赤"，即"赤色分子"。鲷(diāo)，即鲷鱼，亦称加吉鱼。一经加热，便呈红色。诗句意谓，奉劝诸君不要害怕红色，请看日本人吉庆时喜食的鲷鱼加热后不是比"赤色分子"还要红么！

书赠别府大学生物研究室①

闻道水杉种，青青已发芽。②

蜀山辞故国，别府结新家。③

树木犹如此，人生况有涯。④

再当游地狱，把酒醉流霞。⑤

【注释】

①此诗写于1956年1月，附有跋语："闻别府大学所种中国水杉子已发芽，喜而赋五律一首，书赠别府大学生物研究室。"诗见戈宝权《谈日本建立的四个郭沫若的诗碑》，载《战地》1980年第6期。

②水杉，本是数万年前在地球上繁盛的植物，后来逐渐绝迹，仅在中国四川尚留有活种，科学界称为"化石植物"，极为珍贵。国内外多引种，可供绿化用。日本学者二宫淳一郎得到中国种子后，在别府大学生物研究室培育成功。诗句意谓，听说水杉种子青青已经发芽。

③蜀山，蜀地的山，代指四川。别府，在日本九州大分县中部，依山临海，景色秀丽，是著名的游览疗养胜地。诗句意谓，蜀地水杉辞别故国，在日本别府结成了新家。

④涯，约束。诗句意谓，树木犹能如此，人生况且受到约束么！

⑤地狱，日本别府向以温泉多而著名，且当地人把温泉叫做"地狱"。流霞，神话传说中的仙酒名，亦可泛指美酒。孟浩然《寒梅道士房》："童颜若可住，何惜醉流霞。"诗句意谓，再当争取机会游别府温泉，且手把美酒尽情一醉。

赠友人钱潮①

八年离别，一旦重逢。

欢娱之情，如弟如兄。②

君尚天真，我犹童蒙。

笑声满室，颊涨新红。③

【注释】

①此诗写于 1956 年 2 月。钱潮，字君胥，浙江杭州人。我国著名儿科医学专家，郭沫若在日本九州帝国大学时的同学。1956 年初，郭沫若向周恩来总理推荐钱潮为国务院科委医学组成员。钱潮由上海来北京开会，郭沫若非常高兴，设宴招待，并赠此诗。此事详见倪平《同窗真挚情》，载 1984 年 10 月 27 日《文汇报》。

②八年离别，指郭沫若 1947 年 11 月离开上海乘船赴香港，与钱潮离别已有八年。诗句意谓，经过八年离别，而今一旦重逢，双方欢娱之情，如同弟兄见面一样。

③童蒙，童幼无知，愚蒙。《易·蒙》："匪我求童蒙，童蒙求我。"此系作者高兴而含自谦之词，颊，面颊。诗句意谓，你还天真活泼，我亦童幼无知，相见时欢声笑语满堂，就连面颊都涨得鲜红。

五 一 颂①

百花齐献颂，万紫与千红。②

五一歌声壮，劳工创大同。③

【注释】

①此诗写于 1956 年 5 月。于非闇、陈半丁等四位画家应《中国工人》杂志社之约，为庆祝全国先进生产者代表会议召开，集体创作大型国画百花图。郭沫若在画上题诗。

②献颂，献上颂歌。诗句意谓，百花盛开万紫千红，一齐为五一劳动节献上颂歌。

③劳工，旧称从事体力劳动的工人。我国五四时期曾提出"劳工神圣"的口号。大同，儒家宣传的理想社会，孙中山早年亦曾提出"天下为公，世界大同"的口号。诗句意谓，五一劳动节歌声嘹亮，工人阶级在努力创造世界大同的理想社会。

题启东水利工程①

农田水利，自古所重。

并港建闸，泽被启东。②

引水抗旱，挡潮防洪。

长江下游，荦荦先锋。③

【注释】

①此诗写于 1956 年夏。启东，县名，在江苏省东南端，东临黄海，南滨长江，系由海边沙洲逐步形成的半岛平原。当年水灾等自然灾害严重，新中国成立以后重视兴修水利并很快改变面貌。1956 年夏，郭沫若应约为启东县并港建闸解除灾害取得巨大成功而写了一首诗。详见陆继泉《郭沫若一首未发表的题诗》，载《郭沫若学刊》1995 年第 3 期。

②港，与江河湖泊相通的小河。泽被，恩泽及于。诗句意谓，农田水利建设，自上而下人所重视。而今合并港汊建成水闸，恩泽及于启东。

③荦荦（luò），明显，卓绝。韩愈《代张籍与李浙东书》："惟阁下心事荦荦，与俗辈不同，籍固以藏之胸中矣。"诗句意谓，引水溉灌抵抗旱灾，挡住潮水以防洪涝。这在长江下游一带，堪称卓绝的先锋。

《文汇报》继续出版用陈叔老韵①

建国七年庆，普天万岁声。②
续编文汇报，敢作惊人鸣。③
愚者一筹虑，秀才半纸情。④
集思忠益广，日久自成城。⑤

【注释】

①此诗写于1956年9月。上海《文汇报》作为一份以报道文教、科技为主要内容的综合性报纸，经短期停刊后于1956年10月1日复刊各方为之祝贺。陈叔老，即陈叔通，时任全国人大常委会副委员长、中华全国工商业联合会主任委员。他所写之诗为："国庆欢腾日，飞来第一声。发扬八大会，贯彻百家鸣。取譬群流汇，提高再厉情。从兹文教业，赖此作干城。"郭沫若步陈叔老原韵而作此诗，对《文汇报》继续出版表示祝贺。诗见1956年10月1日《文汇报》。

②这两句是说，正值国庆七周年，普天之下到处都是高呼万岁的声音。

③惊人鸣，即一鸣惊人。《史记·滑稽列传》："此鸟不飞则已，一飞冲天；不鸣则已，一鸣惊人。"比喻平时默默无闻，一下出现惊人之举。诗句意谓，继续编辑出版《文汇报》，并且敢作惊人之鸣越好。

④"愚者"句，化用成语"愚者一得"。《史记·淮阴侯列传》："智者千虑，必有一失；愚者千虑，必有一得。""秀才"句，化用俗语"秀才人情纸半张"，比喻作者赋诗。诗句意谓，愚者有一得之见，秀才作半纸人情。均系作者自谦之词。

⑤"集思"句，语见诸葛亮《与群下教》："夫参署者，集众思，广忠益也。"后以集思广益作为集中众人智慧可以增加教益。诗句意谓，只要集思广益，日久自会众志成城。亦即报纸集中群众智慧，可以产生巨大力量。

贺张元济老先生九十寿辰①

兴国祯祥见，老成与道新。②
百年历甘苦，七载净风尘。③
文化高潮至，和平普海亲。④
百家鸣鼎盛，翘首寿斯人。⑤

【注释】

①此诗写于1956年10月。张元济，字菊生，浙江海盐人。清光绪年间进士，曾任刑部

主事,总理各国衙门章京。甲午战争后参加维新变法活动,戊戌政变后被革职。后致力于文化出版事业,毕生主持商务印书馆,校印多种古籍。新中国成立后参加全国政协会议,当选全国人大代表,曾任上海文史馆馆长。1956年11月1日,为张元济九十寿辰,郭沫若写诗致贺。诗载1956年11月1日《文汇报》。

②祯祥,吉兆。《礼记·中庸》:"国家将兴,必有祯祥。"老成,阅历多而练达世事,如老成持重。诗句意谓,国家兴旺自当出现吉兆,老成持重之人与时俱进走上新的道路。

③七载,1949年至1956年已有七载。风尘,风起尘扬,天地浑浊,因以喻世俗的扰攘。诗句意谓,寿翁近百年来历尽人间甘苦,而新中国成立后七年来已扫尽旧社会遗留下来的污泥浊水。

④普海,似从"普天"转化而来,意同普天之下。诗句意谓,文化建设的高潮已经到来,普天之下都在盼望着和平。

⑤鼎盛,正在兴盛之时。《汉书·贾谊传》:"天子春秋鼎盛,行义未过,德泽有加焉。"应劭注:"鼎,方也。"翘首,抬头仰望。寿,祝寿。斯人,此人,指寿翁张元济。诗句意谓,现在正处百家争鸣的鼎盛时期,我们抬头仰望祝福寿翁。

题《贵阳姚华茫父颖拓》①

叔老重茫父,用意良可射。②
毡拓贵其真,颖拓贵其假。③
假则何足贵? 君不见缋画:④
摄影术虽兴,画笔千金价。⑤
况乃刻石辞,李斯所手写。⑥
真实逾苍籀,典则逼风雅。⑦
秦皇振长策,六合共一驾。⑧
斯实左右之,功不在且下。⑨
尔来二千年,不脱其规划。⑩
俗传好轻薄,至今犹未罢。⑪
对此自低头,莺鹉何足骂。⑫

【注释】

①此诗写于1957年1月。录自《郭沫若学刊》2016年第3期。原诗有落款:"叔通先生命题,一九五七年元月,郭沫若。"姚华,现代著名古文字学家、书画家。陈叔通颇为欣赏他开创的颖拓,曾在1957年初以《贵阳姚华茫父颖拓》付商务印书馆出版之前,先后将姚华颖拓秦泰山残刻廿九字与所编此册出示郭沫若,并求友人题词。郭沫若因此题了这首五言古风,并为该册书写跋语。

②叔老,即陈叔通。茫父,即姚华。射,逐取、追求。诗句意谓,陈叔通如此看重姚华,其用意很可逐取。

③毡拓、颖拓,均为拓本不同样式。拓本,指以湿纸覆在碑帖或金石文物上,用墨打拓其

文字或图形的印刷品。拓本有颖拓(又称笔拓)与毡拓(又称响拓)之别。

④缋画，即绘画。缋通"绘"。语见《考工记·画缋》:"画缋之事，杂五色。"诗句意谓，人言颖拓贵其假，若问何以假为贵？你不见绘画么！

⑤谓摄影技术虽然兴起，而画家之笔依然价值千金。

⑥刻石，指秦泰山刻石。诗句意谓，何况刻石上文字，为秦国丞相李斯所手书。

⑦苍籀(zhòu)，苍即相传首创文字的苍颉；籀即籀文，亦名大篆。风雅，指《诗经》里的《国风》与《大雅》、《小雅》。诗句意谓，李斯手写的石刻辞，真实超过苍颉的籀文，典则逼近《诗经》中的风雅。

⑧秦皇，即秦始皇。六合，指天地四方，亦泛指天下。驾，加车于马，亦可总称帝王车乘。诗句意谓，秦始皇振奋起长策，整个天下则共一帝王车乘，意即秦始皇统一天下。

⑨斯，指秦国丞相李斯。左右，相帮、相助。《史记·萧相国世家》:"高祖为亭长，常左右之。"诗句意谓，李斯实际辅佐秦始皇，其功绩不在秦王之下。"且"为语助词。

⑩尔，通"迩"，近。诗句意谓，近两千年来，还是没有脱离秦皇的规划(政体)。

⑪俗传好轻薄，谓世俗流传对于秦始皇功业轻薄的评价，至今还没有作罢。

⑫鸴(xué)，小鸟。鷃(yàn)，鷃雀。这里实喻见识短浅之人。谓我当年对贬低秦始皇功业应自己低头，而对学识如此短浅之人何足以挨骂呢！此诗高度评价秦皇和李斯的历史功绩。抗战后期，郭沫若《十批判书》对秦皇和李斯的谴责是相当尖锐的。自从抗战胜利后读毛泽东《沁园春·雪》之后，郭沫若对秦皇及李斯的评价发生陡转，这首题诗就是有力的明证。

题画五首①

一

题于非闇画荷花(赠白杨)②

出污泥而不染，吐清芬于寰中。亭亭玉立，香色雍容。③
寅宾旭日，歌颂熏风。④为人民带来幸福，愿世界早进大同。⑤

【注释】

①这一组题画诗写于1957年1月。同时发表于1957年1月31日《北京日报》、《文汇报》。总题为《郭沫若题诗五首——赠与最受欢迎的电影演员》。其中三幅诗画手迹见《郭沫若题画诗存》。

②此诗题在于非闇所画的《荷花图》上，用以赠白杨。于非闇是我国现代著名国画家，擅长花鸟。白杨为我国现代著名电影演员。她所主演的《十字街头》、《一江春水向东流》、《祝福》等影片均曾产生很大影响，1957年被评为最佳电影演员。

③清芬，犹清香，亦喻人之德行高洁。寰中，犹宇内，天下。亭亭玉立，形容花木主干挺拔或美人的身材修长。雍容，形容仪态大方，从容不迫。诗句意谓，荷花出污泥而一尘不染，吐出清香于普天之下。池中荷花亭亭玉立，无论香味和颜色都很雍容大方。

④寅宾,恭敬引导。《书·尧典》:"寅宾出日,平秩东作。"传:"寅,敬;宾,导。"熏风,和风,此指东风。诗句意谓,恭敬迎候初升的太阳,歌颂和暖的春风。

⑤大同,原为我国古代哲人所向往的理想社会,此指世界大同。诗句意谓,为人民带来幸福,愿世界早日实现大同。

二

题齐白石画白菜萝卜(赠张良)①

大白菜,半头红,老农本质是英雄。②
堆肥选种,栉雨沐风。肥根厚叶皆辛苦,艺术三昧在其中。③
愿在战斗里成长,多种精神粮食,永远不倦如老农。④

【注释】

①此诗据《郭沫若题画诗存》,落款为:"《北京日报》读者推选一九五六年最受欢迎之电影演员,张良同志荣膺第二名。一九五七年一月,郭沫若题。"齐白石为我国现代著名书画家,擅长花鸟虫鱼,亦画山水人物。曾任中国美术家协会主席。张良为我国当代著名电影演员,曾主演《钢铁战士》、《董存瑞》等影片,被誉为"战士演员"。

②半头红,即红萝卜。诗句意谓,大白菜、红萝卜,老农本质上是位英雄。这里老农,既指种白菜、萝卜的人,也指从事文艺工作的人。

③栉雨沐风,通作"栉风沐雨",即用风来梳头雨来洗头。一般形容旅途奔波之苦,亦可形容辛劳状态。三昧,奥妙、决窍。唐李肇《国史补》:"长沙僧怀素好草书,自言得草圣三昧。"诗句意谓,老农种菜,堆肥选种,风里来雨里去,蔬菜根肥叶厚皆从辛苦得来,艺术创作的决窍也正在其中。

④精神粮食,指文学艺术。诗句意谓,希望张良能在战斗里成长,多出艺术成果,永远像老农一样不倦地劳作。

三

题陈半丁画秋菊海棠(赠李景波)①

演员如是花,观众是土壤。演员如是鱼,观众是海洋。②
愿在鼓舞中成长,节如秋菊,艺比海棠。③

【注释】

①此诗据《郭沫若题画诗存》,落款为:"《北京日报》推选一九五六年最受欢迎之电影演员,李景波同志荣膺第三名。一九五七年一月,郭沫若题。"陈半丁为现代著名画家,时任北京画院画师、副院长。李景波为著名电影演员,曾在《前程万里》等影片中扮演重要角色。

②这四句深入浅出,采用比喻手法,说明演员与观众的关系。

③节,节操。艺,艺术。诗句意谓,愿李景波能在人们的鼓舞声中不断成长,节如秋菊,艺比海棠。秋菊耐寒,比喻节操的坚定;海棠色艳,比喻艺术的精美。

四

题胡佩衡画漓江道中(赠吴楚帆)①

桂林山水甲天下,阳朔山水甲桂林。②自然是我师,祖国是我心。③

通过电波传四海,现身说法,愿为和平服务,愿为祖国建设高吟。④

【注释】

①胡佩衡为现代著名画家,擅长山水。吴楚帆为香港电影演员,曾主演根据巴金原著改编的《寒夜》、《春》、《秋》,所饰觉新个性鲜明,给观众留下了深刻印象。

②"桂林"二句,这是对于桂林、阳朔两地景物的经典评价,意为桂林山水很美,而阳朔漓江风光更美。

③自然,清代画家石涛主张"师法自然"。诗句意谓,我以自然为师,祖国为心。亦即源自生活,热爱祖国。实为表明自己的创作思想。

④现身说法,原为佛教用语,后用以比喻以亲身经历为证,向人进行讲解或劝诫。诗句意谓,希望吴楚帆作为电影演员能通过电波传向四海,扮演人物现身说法,要为世界和平服务,更为祖国建设高声吟唱。

五

题王雪涛画凤头鸠(赠郭振清)①

凤头鸠,见桑葚,獬立枝头有所思。②

自我陶醉不可耽,高飞四海颂和平,月桂当可寻。③

【注释】

①此诗据《郭沫若题画诗存》,落款为:"《北京日报》读者推选一九五六年最受欢迎之电影演员,郭振清同志荣膺第五名。一九五七年一月,郭沫若题。"王雪涛为当代著名画家,工禽鸟花卉,尤擅小品。郭振清为当代著名电影演员,主演《平原游击队》、《独立大队》等影片,受到观众欢迎。

②凤头鸠,鸟名,其头如凤,故名。桑葚,桑树所结果实,其色红紫,味甜,鸠类爱吃。《诗·卫风·氓》:"于嗟鸠兮,无食桑葚! 于嗟女兮,无与士耽!"据说食桑葚过多会昏醉。獬(xiè),即獬豸,传说中异兽名,见人相斗就用角顶坏人。獬立,形容凤头鸠站在枝头的形态。诗句意谓,凤头鸠看见桑葚,像獬一样站在枝头似乎若有所思。

③耽,耽乐,过乐。月桂,月中桂树。科举时代以月中折桂为登科之典。诗句意谓,自我陶醉不可过乐,应当高飞四海报告和平,即使月中桂树也是可以追寻的。希望受赠者对于电

影艺术能有更高的追求。

观周璕《九歌图》后题①

《屈原九歌》图,画者人不少。

老莲尺木已先凋,突见嵩山此至宝。②

昆来画龙最擅场,兼擅人物与花草。③

史称"结纳非端人",正见此公风骨好。④

谋刺玄烨惜未成,节偕文史争皎皎。⑤

此图已自不寻常,能传三闾之阃奥。⑥

湘君湘夫人,姿态何窈窕;

《礼魂》一曲声幽飑,花雨香风弥八表。⑦

【注释】

①此诗写于 1957 年 3 月。1956 年间,武汉市文化局负责人从一位姚姓实习医生手中征购了一本《清周璕画屈原九歌图册》,此册为江南姚氏旧藏,后托张难先带到北京请郭沫若鉴定。图册的作者周璕,清康熙年间江宁人。根据记载还是一位传奇式的人物,为当时长江南北八侠之一,以拳勇闻名,尤擅峨眉枪法。在绘画方面擅长人物、花卉、龙马,以画墨龙最负盛名。他曾结纳同党,谋刺康熙(一说雍正)未成,后因醉卧旅店被执遇害。郭沫若看到此画后,查阅了周璕有关史料,比较了历代画家所画九歌图,从而题写此诗,对周璕其人其画均给予很高评价。此诗手迹载《武汉文艺》1978 年第 5 期。尚可参阅文怀沙《武昌东湖屈原行吟阁与周璕〈九歌图〉——兼怀张难先和郭沫若两位先生》,载《艺丛》1981 年第 6 期。

②老莲,明末画家陈洪绶,号老莲,浙江诸暨人,善画人物仕女。绘有《水浒叶子》及《九歌》等绣像插图,均由名工木刻,堪称精品。尺木,清初画家萧云从,字尺木,安徽芜湖人。入清不仕,工诗文,善画山水人物。所绘《太平山水图》、《离骚图》曾印行传世。嵩山,周璕的号。诗句意谓,屈原《九歌图》,画者人不少。陈老莲、萧尺木已先凋谢,现在却突然见到周璕这册至宝。

③昆来,周璕的字。擅场,压倒全场,即在某种专长方面超过一般人。诗句意谓,周璕所画墨龙压倒众多名家,他还善画人物与花草。

④非端人,品行不端的人。风骨,指人的品格骨气。《宋书·武帝纪上》:"昨见刘裕,风骨不恒,盖人杰也。"诗句意谓,历史上称他结交品行不端之人,而这正见周璕好的人品骨气。

⑤玄烨(yè),即清朝康熙皇帝。皎皎,形容很白很亮。诗句意谓,可惜谋刺康熙皇帝未能成功,但其民族气节正偕同文史典籍争相放出皎洁的光辉。

⑥三闾,三闾大夫,即屈原。阃(kǔn)奥,本指室内深处,后用以比喻学问、事理的精微深奥的境界。《三国志·魏书·管宁传》:"升堂入室,究其阃奥。"诗句意谓,这幅画已很不寻常,因其能以传达表现屈原原著的精微深奥之处。

⑦湘君、湘夫人,屈原《九歌》中的人物。窈窕(yǎo tiǎo),美好貌,《诗·周南·关雎》:"窈窕淑女,君子好逑。"《礼魂》,为《九歌》最后一章,王夫之认为是"送神之曲"。幽飑,同悠

扬。花雨香风,由佛教"香花供奉"一语化出,指天雨花,风送香。八表,八方以外极远的地方,常与"四方"对称。诗句意谓,画中的湘君湘夫人,姿态何等美好;《礼魂》一曲则声调悠扬,旋即花雨香风弥漫到四面八方。

赠叶恭绰①

淡泊明吾志,清闲翼和躬。②
存心期日损,爱国庆年丰。③
文字论金石,交流拟岱嵩。④
和光出渊默,众乐与人同。⑤

【注释】

①此诗写于 1957 年 3 月。叶恭绰(1881—1968),广州人。早年曾任北京政府交通总长兼交通银行总经理,为交通系骨干之一。后任孙中山大元帅府财政部长、国民党政府国学馆馆长,铁道部部长。新中国成立后,历任中央文史馆副馆长、北京中国画院院长、全国政协常委。有《遐庵汇稿》、《全清词钞》等著述。1957 年 3 月,郭沫若曾以此诗题赠叶恭绰。诗见同年 3 月 26 日《文汇报》。

②淡泊,清心寡欲,不求名利。诸葛亮《戒子书》:"非淡泊无以明志,非宁静无以致远。"翼,辅助。躬,身体,引申为自己。诗句意谓,恬淡寡欲表明我的心志,清闲安逸有助于自身。

③存心,居心。《孟子·离娄下》:"君子之所以异于人者,以其存心,君子以仁存心,以礼存心。"日损,《宋书·天竺迦毗黎国传》:"所谓积渐者,日损之谓也。当先贵其所轻,然后忘记所重,使利欲日去,淳白自身耳。"诗句意谓,把日渐减少个人欲念存于心中,因热爱自己祖国而庆贺年年丰收。

④金石,《吕氏春秋·求人》:"故功绩铭乎金石。"高诱注:"金,钟鼎也;石,丰碑也。"后因称钟鼎碑刻为金石。交游,结交朋友,也指朋友。拟,比拟,类似。岱嵩,即泰山和嵩山。诗句意谓,作者与友人曾共同探讨金石文字,而友谊则像泰山、嵩山那样崇高。

⑤和光,才华内蕴,不露锋芒。《后汉书·王允传》:"士孙端说允曰:'……公与董太师并位俱封而独崇高节,岂和光之道邪?'"参见"和光同尘"。渊默,深沉静默。《庄子·在宥》:"尸居而龙见,渊默而雷声。"诗句意谓,为人处世才华内蕴不露锋芒出自沉静自持,且能与人同享快乐。

莫负青春惜寸光①

相期入室并升堂,莫负青春惜寸光。②
今日百花争怒放,香风不必待桥梁。③

【注释】

①此诗写于 1957 年 3 月。同年 3 月 27 日,郭沫若陪同法国著名电影演员钱拉·菲力普参观北京大学。北大西语系学生吴育堙在路上认出了郭沫若,随即与之交谈,并在自己练习

本上写了一首七言绝句,向郭沫若请教。诗为:"昔日京师大学堂,如今处处闪红光。万千学子齐云集,誓为国家充栋梁。"郭沫若阅后欣然写了和诗。此事详见牛正武《莫负青春惜寸光》,载 1981 年 2 月 15 日《羊城晚报》。

②入室并升堂,此系化用成语"升堂入室"。语见《论语·先进》:"由也升堂矣,未入于室也。"原在比喻学习所达到的境地有程度深浅的差别。后用以称赞在学问或技艺上由浅入深渐入佳境。诗句意谓,作者既期望北大学生学习上能登堂入室,又希望同学们不要辜负青春时光勤奋学习。

③百花争怒放,即百花齐放。北大校园学术空气非常活跃,各种学术观点争相鸣放。香风,典出宋玉《风赋》,代指百花,比喻青年。桥梁,指道理。诗句意谓,不必等待前人指引或是已经开辟出来的道路,而更奋发有为为自己开辟前进的道路。

有怀日本冈山后乐园丹顶鹤①

片纸传来隔海情,鹤雏无恙缅怀轻。②
操山苍翠旭川碧,遥闻和平一致声。③

【注释】

①此诗写于 1957 年 6 月。手迹见《郭沫若学刊》1991 年第 1 期,由上海图书馆肖斌如供稿。诗后附有"有怀日本冈山后乐园丹顶鹤,奉和,渡边知水"字样,末署名"郭沫若"。郭沫若于 1956 年 7 月访日赠冈山县丹顶鹤一对,使后乐园为之增色。次年接到渡边知水来信,获悉"鹤雏无恙",则在回信中和诗一首,借以抒发自己的怀想之情。

②片纸传来,指日本友人渡边的来信。鹤雏,即幼鹤。一般泛指幼鸟为雏。缅怀,遥念、追想。诗句意谓,日本友人片纸传来隔海的情谊,欣闻幼鹤无恙从而减轻了我遥远的思念。

③操山,在冈山大学(原为冈山第六高等学校)附近,旭川为流经冈山的一条河。后乐园地处操山之麓,旭川之水碧绿,远远听到一致要求和平的声音。该诗手迹末句第二字因较难辨认,编者暂定为"闻"字,尚待查考。

题刘旦宅画屈原像①

回风暗淡,洞庭落木,问天天无语。②
愿吐尽心头烈火,焚却宇宙之索莫。③

【注释】

①此诗写于 1957 年秋。落款为:"一九五七年秋题刘旦宅同志所画屈原像。郭沫若。"刘旦宅为上海国画院画家,工人物画。诗画均见《郭沫若题画诗存》。

②回风,旋风。《楚辞·九章·悲回风》:"悲回风之摇蕙兮,心冤结而内伤。"落木,即木落,树木落下叶子。《楚辞·九章·湘夫人》:"袅袅兮秋风,洞庭波兮木叶下。"问天,指屈原《天问》。全篇由一百七十多个问题组成,包括自然现象、神话传说、历史人物等方面,反映出深刻的探索精神。王逸注《楚辞》认为,屈原被放逐后悲愤郁结,看到神庙壁画,遂就壁画内

容设问于壁上。诗句意谓,旋风起处一片暗淡,洞庭湖边树叶纷纷落下,诗人深怀悲愤问天天亦无语。

③宇宙,天地万物的总称。《淮南子·齐俗训》:"往古来今谓之宙,四方上下谓之宇。"一切存在的总体哲学上又叫世界。索莫,消沉,枯寂无生气的样子。诗句意谓,吐尽心头烈火,烧毁宇宙间一切死气沉沉的东西。

答叶恭绰①

跬步由卑登自高,人生乐趣是多劳。②
细流不择方为海,粉米团来可作糕。③
神禤何须冠岌岌,委迤难逐浪淘淘。④
千轩揽尽东篱胜,欲共深明话大曹。⑤

【注释】

①此诗写于1957年10月。同年3月,郭沫若写了七言律诗《赠叶恭绰》,叶恭绰读后曾以一首七律奉答,诗为:"交游浑比岱嵩高,益岳轻尘敢惮劳?知味固应同饮水,标新何碍遂题糕(自注:时方过重阳)。火传漫复愁薪尽,沙积还须仗浪淘。湮阔料非今日事,好将疏凿励吾曹。"郭沫若见友人诗中存在自卑自轻的消极思想,遂步原韵酬答,以对友人进行规劝和鼓励。诗见《郭沫若旧体诗词系年注释》下册。

②跬(kuǐ)步,半步,小步。《大戴礼记·劝学》:"故不积跬步,无以至千里。"卑,位置低下,与高相对。《礼记·中庸》:"譬如登高必自卑。"诗句意谓,在前进的道路上即使迈着小步也能由低处登上高处,人生的乐趣在于多劳,包括劳心与劳力。

③"细流"句,语出《大戴礼记·劝学》:"不积小流,无以成江海。"诗句意谓,细流虽小,汇积起来可以成为江海;米粉虽小,团聚起来可以成糕。意在劝人从大处着眼小处着手。

④神禤(dàn),神仙的祭日,此指神仙。冠,帽子。岌岌,高耸的样子。透迤,曲折前进貌。诗句意谓,何须别人戴着高帽像对待神仙一样对待自己呢?时代犹如大浪滔滔,曲折前进是难以追逐潮流的。

⑤轩,古代一种曲辕的车,为卿大夫及诸侯夫人所乘。千,言其多。东篱,陶渊明《饮酒》:"采菊东篱下,悠然见南山。"后人多以东篱代表菊花或种菊之地,这里作为逃避现实和洁身自好。话大曹,指当时史学界正在讨论曹操的历史功过。郭沫若不仅写了《为曹操翻案》的学术论文,还写了话剧《蔡文姬》为曹操翻案。诗句意谓,千轩揽尽东篱胜景,亦即大家都把陶渊明那种逃避现实的隐逸生活看透了,还是来深入探讨曹操的历史功过吧!

题文君井①

(卜算子)

文君当垆时,相如涤器处。②反抗封建是前驱,佳话传千古。③
会当一凭吊,酌取井中水。④用以烹茶涤尘思,清逸凉无比。⑤

①此词写于1957年10月。卜算子,词牌名。唐骆宾王作诗喜用数字,人称"卜算子",词家遂用为词调名。此词牌双调四十四字,前后阕各四句,二十二字,两仄韵。前后阕字数、句法、平仄、用韵基本一样。文君井,在四川省邛崃县文君公园内有口古井,相传为汉代卓文君当垆、司马相如涤器时所用的水井。1957年10月1日,郭沫若应邛崃文化馆之约为文君井题词。此词载入罗俊林、万志刚《文君井》文中,发表于1979年5月21日《四川日报》。

②文君,即卓文君,西汉临邛人。卓王孙之女,善弹琴。丧夫后寡居,与司马相如相恋,一同逃往成都。不久同返临邛,当垆卖酒,司马相如穿犊鼻裤帮助洗涤酒器。垆,酒店里安放酒瓮的土台子,亦可代指酒店。

③前驱,前导、先锋。《诗·卫风·伯兮》:"伯也执殳,为王前驱。"诗句意谓,卓文君和司马相如是反抗封建礼教的先锋,这一人间佳话自当流传千古。

④会当,应当,含有将然的语气。凭吊,面对遗迹而悼念古人或感慨往事。酌,酌水,取水而饮。典出《晋书·吴隐之传论》。诗句意谓,将来定当凭吊一番,并酌取井中之水而饮。

⑤烹茶,煮茶或沏茶。尘思,犹俗念。诗句意谓,用此井水沏茶以洗涤俗念,自会感到清爽安逸凉快无比。

题乔溪奇遇①四首

圆　扇②

美人手中扇,圆如月三五。③
轻摇望南亩,农夫汗如雨。④

【注释】

①这一组诗写于1957年10月。附有跋语:"一九五七年十月二十八日文泰、文韵二位同志来寓下访,出素纸嘱将四诗写出,未便拂其意。"手迹见川剧剧本《乔老爷奇遇》,四川人民出版社1979年出版。重庆川剧二团在该书后记中指出:"郭沫若同志十分喜爱乔溪这个人物,特为剧中的乔老爷改写了他的诗,更使剧本大为增色。"郭沫若所改之诗,为《乔老爷奇遇》第二场。乔溪在金湖山观音寺内与相府小姐蓝秀英巧遇,丫鬟秋菊出题,乔溪即兴所吟之诗。

②圆扇,为蓝秀英小姐手中所抢之扇。

③月三五,指十五的月亮。诗句意谓,美人手中的扇子,圆如每月十五的月亮。

④南亩,泛指农田,杜牧《阿房宫赋》:"使负栋之柱,多于南亩之农夫。"诗句意谓,小姐轻摇圆扇望着远处的农田,只见农夫挥汗如雨。

蝴　蝶①

偶自高人梦,飞来宰相家。②
只因迷失路,不敢恋繁华。③

①丫鬟忽见蝴蝶飞过,遂以蝴蝶为题。

②高人梦,暗用庄生梦蝶的典故。《庄子·齐物论》:"昔者庄周梦为蝴蝶,栩栩然蝴蝶也;自喻适志与,不知周也;俄然觉,则蘧蘧然周也。"后因以"梦蝶"为梦幻之意。诗句意谓,偶自高人梦中而来,飞到了宰相家。

③这两句是说,只因迷失了道路,不敢久恋繁华之地,因而来到观音寺园中。

观 音 寺①

古寺钟声晚,疏林夕照斜。②

如何香客至,偏不拜菩萨?③

【注释】

①丫鬟秋菊忽闻钟声,遂以观音寺为题。

②疏,稀,不密。诗句意谓,古寺传出傍晚的钟声,夕阳斜照稀疏的园林。

③这两句是说,为什么香客来了,偏不去拜菩萨?此指自己仰慕佳人。

秋 菊①

秋菊有佳色,东篱无俗姿。②

西风萧瑟意,珍重傲霜枝。③

【注释】

①丫鬟以自己名字为题来考乔溪。

②东篱,陶渊明《饮酒》:"采菊东篱下,悠然见南山。"后因以借指菊花或种菊之地。诗句意谓,秋天的菊花有着美好的颜色,东篱之菊没有庸俗的姿态。

③萧瑟,树木被风吹拂发出的声音。傲霜枝,指秋菊。苏轼《赠刘景文》:"荷尽已无擎雨盖,残菊犹有傲霜枝。"后用以比喻坚贞不屈的人。诗句意谓,深秋西风萧瑟已有寒意,秋菊傲霜应被珍重。

为如东水利工程题诗①

面临黄海背长江,南通水闸叠成双。②

此闸新成腔十二,偃吹横笛水龙降。③

【注释】

①此诗写于1958年4月2日。当时,江苏省如东县在海边建成一座十二门的水闸掘苴闸。当地工程处的负责人写信向郭沫若报告喜讯,并请题词。郭沫若欣然应允,特题此诗以赠,后刻于闸上。此事详见孙怡新《千载永不磨》,载1979年6月13日《新华日报》。

②叠成双,谓如东掘苴闸与1953年建成的洋口闸遥遥相对。诗句意谓,新建成掘苴闸

面临黄海背靠长江,在南通地区正好和洋口闸配成一双。

③腔十二,原谓古代音乐中的十二律,此指掘苴闸十二个闸门。偃吹,卧着吹奏。水龙降,降伏水龙,喻消除水灾。诗句意谓,这座水闸有十二个闸门,就像一管具有十二音律的竹笛,只要偃卧着吹奏,水龙就会被降伏。

为展览馆题词①

长春好,人人都是多面手。②
街乡处处办工厂,垃圾废物不再有。③
共产主义新萌芽,直升射出重霄九。④

【注释】

①此诗写于1958年9月2日。这一天上午,郭沫若与吴有训等参观长春市技术文化革命检阅大会的街乡工业馆和农业馆,并为展览馆题词。诗载1958年9月3日《吉林日报》。

②这两句是说,长春好,人人都是具有多方面能力的好手。

③街乡,街道与乡村。诗句意谓,长春的街道与乡村到处办起了工厂,从此垃圾和废物都被利用了。

④重霄九,九重天,指天的极高处。萌芽,草木发芽,亦可借指事物的开端。诗句意谓,这是共产主义新的萌芽,今后势必直升而上以致射出九重天。

悼郑振铎同志①

万里乘风八月槎,惊传瞬息坠天涯。②
同行英杰成雄鬼,一代才华化电花。③
人百其身如可赎,天原无眼漫兴嗟。④
好将全力追前驷,读破遗书富五车。⑤

【注释】

①此诗写于1958年11月。郑振铎(1898—1958),福建长乐人。现代著名作家、文学史家。1920年与茅盾、叶绍钧等发起组织文学研究会。后进商务印书馆编译所,主编《文学周刊》《小说月报》。20世纪30年代,历任北京大学、复旦大学教授,致力于学术研究。新中国成立以后历任文化部副部长等职。1958年10月18日,率领我国文化代表团出国访问途中,因飞机失事不幸遇难。11月2日夜灯下,郭沫若写成七律《悼郑振铎同志》,手迹见《考古学报》1958年第4期。

②槎(chá),用竹木编成的筏。杜甫《秋兴》之二:"听猿实下三声泪,奉使虚随八月槎。"此处借指飞机。八月槎,根据民间传说,有海边居民,见年年八月有浮槎去来,不失期,此人乘槎去,泛至天河牵牛宿,又随槎回海边。诗句意谓,奉使乘机万里飞行,惊传瞬息之间从天边坠落。

③雄鬼,即鬼雄,鬼中的强者。李清照《夏日绝句》:"生当作人杰,死亦为鬼雄。"电花,电

的火花,闪亮后即逝去。诗句意谓,同行的一批杰出人物均已化为鬼雄,一代富有才华的人也已化为电的火花。

④"人百"句,《诗·秦风·黄鸟》:"彼苍者天,歼我良人。如可赎兮,人百其身。"表示对死者的沉痛悼念。漫,枉、徒然。嗟,文言叹词、感叹声。诗句意谓,如果允许旁人代死以赎取生命,愿以百人之身代替。老天原来不长眼睛,竟让其死去,我们只好徒自叹息。

⑤驷,古代一车套四马,因以称四马之车或车之四马。前驷,意同前马,有前驱之意。富五车,即学富五年,读过的书有五车之多,《庄子·天下》:"惠施多方,学富五车。"诗句意谓,我们将全力追随前驱者,熟读你遗留下来的书而成为学富五车知识渊博的人。

老少齐努力①

老郭不算老,诗多好的少。②
老少齐努力,学习毛主席。③

【注释】

①此诗写于1958年12月18日。郭沫若读了当天《人民日报》"孩子的诗"专栏,特别称赞其中的一首:"别看作者小,诗歌可不少。一心超过杜甫诗,快马加鞭赶郭老。"他表示完全同意《人民日报》编者的话,完全相信小作者们"超过我们这一代的诗人"。"他们一定会超过我们,特别是超过我,因此我作了一首来答复那位小作者。"此诗附在《读了"孩子的诗"》文中,发表于1958年12月20日《人民日报》。

②老郭,郭沫若自称。诗句意谓,我还不算老,但是诗歌虽多好的却少。

③这两句是说,我们应当老少一齐努力,共同学习毛主席诗词。

题大明湖历下亭①

杨柳春风,万方极乐。②
芙蕖秋月,一片大明。③

【注释】

①这首联语式的四言诗写于1958年间。大明湖,在山东济南市区北部,由多处泉水汇成。湖面荷花盛开,岸边绿柳成荫,素有"四面荷花三面柳,一城山色半城湖"之称。历下亭在大明湖中的小岛上,背山面湖,风景佳丽。1958年间,郭沫若曾为历下亭题写诗联。后收入曲树程、杨芝明《郭沫若楹联辑注》。

②万方,原指万邦、各方诸侯,后引申为全国各地。杜甫《登楼》:"花近高楼伤客心,万方多难此登临。"极乐,即西天极乐世界。诗句意谓,春风拂煦,杨柳依依,仿佛到处都成了人间极乐世界。

③芙蕖,即荷花。大明,古指日和月,这里指月光。《文选·木华〈海赋〉》:"大明摭辔于金枢之穴。"李善注:"大明,月也。"诗句意谓,一片月光照在湖面荷花之上。这里"大明"一语双关,既点出月为"大明",又有大放光明之意。

题赠中国科大学生[①]三首

一

凡事不怕难，临时不须惧。
不作浮夸家，两脚踏实地。[②]

二

绳可锯木断，水可滴石穿。[③]
苦干兼巧干，坚持持久战。[④]

三

路要两腿走，唱要有节奏。[⑤]
既要专能深，还要红能透。[⑥]

【注释】

①这三首诗写于1959年1月1日。中国科大，即中国科学技术大学。随着我国社会主义建设的需要，为培养高级科学技术人才，在中国科学院院长郭沫若亲自倡导与主持下于1958年9月正式成立。郭沫若兼任首任校长。1959年元旦，他是与学生一起度过的，并在新年庆祝会上当场为同学们赋诗三首，表达作为校长对于同学的期望。录自《郭沫若研究》第6集，题为《集外诗三首》。

②浮夸家，虚浮夸大之人。诗句意谓，希望学生凡事不怕困难，临时不须恐惧，不作浮夸之人，务要脚踏实地。

③"绳可"句，即成语"绳锯木断"，谓绳当锯子，也能把木头锯断。"水可"句，即成语"水滴石穿"，指水一滴一滴不断地下落，能把石头滴穿。二者均在比喻只要坚持不懈去做，力量虽小，也能做成难以办到的事。

④持久战，本为军事术语，指持续较长时间的战争。这里已有转义，谓能长久坚持不懈。诗句意谓，平时应当苦干加巧干，坚持持久作战的方针。

⑤路要两腿走，既指走路要两条腿走，也指当时党中央提出的两条腿走路的方针。诗句意谓，路要两条腿走，唱歌要有节奏。

⑥这两句是说，我们一定要力求又红又专、红透专深，这是对于全体知识分子提出的要求。

因如泰运河在九圩港竣工题贺[①]

如泰运河九圩港，纵横凿贯如东乡。[②]
输引长江入黄海，远看油橹似桅樯。[③]

【注释】

①此诗写于 1959 年 2 月。1958 年间,江苏省如东县开凿连通泰兴的如泰运河,经九圩港把百里以外的长江水引入县境,开通了多条出海水路,形成了脉络相通的水系。当地水利部门又把竣工的消息报告郭沫若。1959 年 2 月,郭沫若题诗祝贺。详见孙怡新《千载永不磨——记郭老为如东水利建设的三首题诗》,载 1979 年 6 月 13 日《新华日报》。

②如泰运河贯穿如东境内,经九圩港与长江相连。诗句意谓,如泰运河与九圩港,纵横开凿贯通如东全县的乡间。

③油橹(lǔ),橹为划船的工具。油橹即以油代橹的机动船。桅樯,桅杆,船上挂帆用的柱杆,可用以代指帆或机船。诗句意谓,把长江的水引进来并通入黄海,这样可以通航,让我们看到机动船像当年的帆船一样。

屯田歌①

屯田好,屯田好,小麦大麦颗粒饱。
年年丰收多热闹,家人父子团圆了!
　　　　　　团圆了!②
兵也耕,民也耕,兵民本是一家人。
四六开成平半分,为国为民享太平。
　　　　　　享太平。③
羊儿肥,猪儿旺,马儿高大牛儿壮。
太平景象好风光,苦尽甘来天正亮。
　　　　　　天正亮。④
县有学,郡有校,少年读书声调高。
天下英雄谁最好,为民造福丞相曹!⑤
　　　　　　丞相曹!

【注释】

①此诗写于 1959 年 2 月。诗见五幕历史喜剧《蔡文姬》初版本,发表于同年 4 月 8 日至 20 日《羊城晚报》。该剧第四幕第二场,描写蔡文姬归国后所见到的情景,到处一片丰收景象。但在同年文物出版社出版单行本时已删去。屯田,自汉以来,政府利用军队或农民垦种土地,征取收成以为军饷,称屯田。有军屯和民屯之别。如汉昭帝始元二年,发将士屯田张掖郡;宣帝神爵元年赵充国屯田边郡,为军屯。东汉建安元年,曹操募民屯田许下,为民屯。曹操在许下屯田,得谷百万斛,后推广到各州郡。《屯田歌》即高度肯定曹操的屯田政策。

②第一节是说,屯田真好,地里小麦大麦颗粒饱满,年年丰收多么热闹,家人父子都能团圆。

③四六开成平半分,按曹操屯田政策规定,如官提供牛与种,收成官得六分,民得四分;自有耕牛,官民对分。诗句意谓,兵也耕,民也耕,军民是一家人。由四六分成到对半分,为

国为民共享太平。

④第三节是说,羊肥猪旺,马高牛壮,一片太平景象大好风光,人民苦尽甘来天正亮。

⑤丞相曹,即曹丞相,当时曹操官居丞相之职。诗句意谓,县郡都有学校,少年读书声调很高。试问天下英雄谁最好,应是为民造福的曹丞相。

贺 圣 朝①

天地再造呵日月重光,

扫荡兼并呵诛锄豪强。②

乌丸内附呵匈奴隶王,

武功赫赫呵文采泱泱。③

万民乐业呵四海安康,

渡越周秦呵遐迈夏商。④

哲人如天呵凤翱龙翔,

天下为公呵重见陶唐。⑤

【注释】

①此诗写于1959年2月。取自五幕历史喜剧《蔡文姬》的初版本。该剧结尾时,作者让蔡文姬写了一首《贺圣朝》。由于作者的创作本意是为曹操翻案,这首诗就成了对曹操的全面结论。同年文物出版社出版单行本时,根据排演过程中导演、演员和有关专家的意见,已作脱胎换骨的改造,诗题亦改为《重睹芳华》。《贺圣朝》作为佚诗,仍有独立存在的价值。

②再造,犹再生。《宋书·王僧达传》:"再造之恩,不可妄属。"日月重光,太阳和月亮又放出光芒,比喻黑暗动荡的时期已过,又出现清明美好的政治局面。兼并,并吞,多指兼并土地或侵占别人的财产。豪强,指依仗权势横行不法的人。诗句意谓,天地获得再生呵日月重放光芒,扫除兼并之风诛除地方豪强。

③乌丸,亦作乌桓,古族名,以游牧狩猎为生。汉初附匈奴,武帝以后附汉。汉魏为置乌桓统尉,因受汉族影响,渐营农业。建安十二年,曹操迁乌桓万余部落于中原,部分留居东北,后渐与各地汉族及其他族人相融合。匈奴,亦称"胡"。秦汉之际定居于大漠南北广大地区。汉初不断侵扰南下,汉朝基本采用防御政策。武帝时转而采取攻势,多次进军漠北,匈奴受到很大打击。宣帝甘露二年呼韩邪单于附汉,次年来朝。赫赫,显耀盛大貌。文采,辞采,才华。泱泱,宏大貌。诗句意谓,乌桓已归附内地,匈奴也隶属于汉王。武功多么显赫呵文采泱泱。

④渡越,越过。遐迈,远远超过。诗句意谓,万民得以乐业呀四海之内安康,超过周朝和秦朝呀远远超过夏代和商代。

⑤哲人,才能识见超过寻常的人。天,指天帝,人们想象中万事万物的主宰者。凤翱龙翔,亦作凤翥龙翔,谓龙飞凤舞,形容势态非凡。天下为公,原指不把国家政权当作世袭财产,后来成为一种人人平等自由的社会政治思想。陶唐,即帝尧,尧初居于陶,后封于唐,故称陶唐。诗句意谓,哲人有如天帝在空中自由飞翔,天下为公呀重见上古帝尧的时代。

重睹芳华^①

妙龄出塞呵泪湿鞍马，

十有二载呵毡幕风沙。^②

巍巍宰辅呵吐哺握发，

金璧赎我呵重睹芳华。^③

抛儿别女呵声咽胡笳，

所幸今日呵遐迩一家。^④

春兰秋菊呵竟放奇葩！

熏风永驻呵吹绿天涯！^⑤

【注释】

①此诗写于 1959 年 5 月。取自五幕历史喜剧《蔡文姬》。此剧于同年 2 月 3 日至 9 日完成初稿，连载于 4 月 8 日至 20 日《羊城晚报》。5 月 1 日修改定稿于北京，修改稿载《收获》1959 年第 3 期，并由文物出版社出版单行本。初稿结尾让蔡文姬唱《贺圣朝》，旨在为曹操翻案，且成对曹操的全面结论。后在排演过程中，剧院导演、演员和有关专家都认为，剧名既是《蔡文姬》，则应以这个人物为主，描述这样多才多艺的女子，经过由乱入治的时代，最后找到了发挥才智的机会和幸福生活的悲欢离合的过程。郭沫若同意上述意见，因忙于出国参加国际会议，则委托剧院删改剧中某些不恰当的词句，并请田汉按原来形式修改结尾的唱词。作者回国后，同意了剧院的修改，并写信表示："寿昌改得好，不仅更富有诗意而且全剧情调更合拍。"后将个别字句作了调整，并将原名《贺圣朝》改为《重睹芳华》。详见欧阳山尊《从〈贺圣朝〉到〈重睹芳华〉》，载 1959 年 5 月 24 日《文汇报》。

②出塞，汉乐府横吹曲名。汉武帝时李延年据西域乐曲改制，内容多写将士的边塞生活。鞍马，备鞍之马。毡(zhān)幕，即毡帐。古代游牧民族所用的毡制帐篷，犹今之蒙古包。诗句意谓，正值妙龄就出了边塞经常眼泪流湿了所骑的鞍马，整整十二年在毡帐与风沙中生活。蔡文姬当年因战乱在逃难途中被胡兵所虏，幸遇匈奴左贤王搭救，从此在塞外生活了十二年。

③巍巍，高大貌。宰辅，辅政的大臣，一般指宰相。这里指曹操。吐哺握发，《史记·鲁周公世家》："周公戒伯禽曰：'我于天下亦不贱矣，然我一沐三握发，一饭三吐哺，起以待士，犹恐失天下之贤人。'"后因以"吐哺握发"形容为延揽人才而操心忙碌。金璧，黄金和美玉。芳华，美好的年华。诗句意谓，多么高大的曹丞相呀整日为求贤而操劳，用黄金和美玉赎我呀让我重新得到美好的年华。

④抛儿别女，蔡文姬在匈奴十二年，已有一子一女。咽(yè)，阻塞，声音因阻塞而低沉。胡笳，古管乐器，汉代流行于塞北和西域一带。汉魏古乐中常用之。蔡文姬作有《胡笳十八拍》。遐迩，远近。如名闻遐迩。诗句意谓，抛儿别女呀吹奏胡笳亦发出呜咽之声，所幸今日呀远近成为一家。

⑤春兰秋菊，春天的兰花与秋天的菊花各自在自己开花的季节显出秀美，比喻各擅其美

各有所长。奇葩,奇异的花。熏风,和风,东南风。驻,停留。天涯,天边,极远的地方。诗句意谓,春兰秋菊呀竞相开放奇异的花朵,和风永远停留人间呀吹绿大地直到天边极远的地方。

题徐悲鸿《八骏图》①

八骏自由驰骋,浑如万马奔腾。②
尾鬣生风弟郁,神态磅礴如蒸。③
自将追风逐电,足堪地裂天崩。④
期待英雄人物,前来控驭超乘。⑤

【注释】

①此诗写于 1959 年 6 月。徐悲鸿为现代著名画家,擅长国画、油画,尤以画马驰名中外。《八骏图》为其画马作品之一。1959 年 6 月 7 日,郭沫若为徐悲鸿遗作《八骏图》题诗。诗的手迹与画均载《湖南群众文艺》1979 年第 10 期。

②驰骋(chěng),纵马疾驰。诗句意谓,八匹骏马自由疾驰,简直如同万马奔腾。

③鬣(liè),马颈上的长毛。弟郁,山势高险曲折。司马相如《子虚赋》:"其山则盘纡弟郁。"磅礴,气势盛大。蒸,液体化为气体上升。此指奔马汗水蒸发热气上升。诗句意谓,马的尾巴与颈上长毛在风中犹如山势险峻起伏,马的神态气势磅礴汗水蒸腾。

④追风逐电,形容马跑得飞快。地裂天崩,即天崩地裂,比喻令人震惊的重大事变。诗句意谓,骏马飞奔自将追风逐电,气势足致地裂天崩。

⑤驭(yù),驾驭马匹。超乘,跳跃上车,喻勇武。《左传·昭公元年》:"子南戎服入,左右射,超乘而出。"诗句意谓,期待出现英雄人物,前来控制驾驭跃上骏马飞奔。

题《毛主席接见亚、非、美三洲来宾》的摄影①

世界大团结,明星何煌煌。②
北辰居其所,地上建天堂。③

【注释】

①此诗写于 1959 年 6 月 2 日。当时,毛泽东主席接见亚洲、非洲、美洲三大洲的来宾,并和他们摄影留念。由中央专职摄影师侯波摄影,郭沫若在摄影上题诗。同年 12 月上海人民美术出版社出版彩色单页。

②明星,指亚、非、美三洲来宾,都是来自各国耀眼的明星。煌煌,光辉明亮貌。《诗·陈风·东门之杨》:"昏以为期,明星煌煌。"诗句意谓,这幅摄影象征世界人民大团结,来自各国的明星显得何其辉煌。

③北辰,即北极星。《论语·为政》:"为政以德,譬如北辰,居其所而众星共(拱)之。"此指毛泽东主席领导中国人民为政以德譬如北辰,受到世界各国人民的景仰,正在地上建设人间的天堂。

题福建省工艺美术展览会①

手下运东风，放出百花红。②
劳心结劳力，精巧夺天工。③

【注释】

①此诗写于 1959 年 9 月 12 日。当天，郭沫若往北京团城参观福建省工艺美术展览会，应主办者要求题赠五言诗一首。后收入《郭沫若闽游诗集》，福建人民出版社 1979 年出版。由编者题为《题福建省工艺美术展览会》之一。

②手下运东风，似由成语"运斤成风"化出，喻人有精湛的技艺。诗句意谓，运起手下的东风，让百花全部开放一片鲜红。

③精巧夺天工，即巧夺天工，精巧的程度超过自然，形容创作技巧高超绝妙。诗句意谓，劳心结合劳力，亦即智力和体力结合，其制作技艺巧夺天工。

祝青年艺术家茁壮成长①

路线光辉照九垓，熏陶艺苑作人才。②
新枝叠见推陈出，洋卉频传接土栽。③
岂只汉家孤树帜，还联万族共含杯。④
嫣红嫩绿芳菲甚，竞向东风次第开。⑤

【注释】

①此诗写于 1959 年 9 月 26 日。载同年 9 月 30 日《中国青年报》。当日，该报特设一个专栏，总的标题为《春风送暖百花开——祝青年艺术家茁壮成长》，分别报道介绍了京剧、昆曲、话剧、电影、相声、舞蹈一批后起之秀。郭沫若也应约写了这首题为《祝青年艺术家茁壮成长》的七言律诗。

②九垓，犹言九州。梁简文帝《南郊颂》："九垓同轨，四海无波。"熏陶、熏染陶冶，比喻作育培养人材，如香之熏物陶之造器。作，创造、造作。诗句意谓，总路线的光辉照耀九州，培养造就我国艺苑有所作为的人才。

③新枝，指文艺新人，洋卉（huì），卉为草的总称，如花卉。此指西方文化。频，频繁，不断。诗句意谓，我国艺苑新人迭现推陈出新，外国文化不断让它们适合在我国土壤里栽培。

④汉家，即汉族。万族，万极言其多，此指各民族。含杯，含着酒杯。诗句意谓，岂止汉族独树一面旗帜，而是还要联合各民族共同含杯。

⑤嫣红嫩绿，由成语"姹紫嫣红"化出，指各色鲜艳的花。芳菲，花草美盛芬芳。次第，一个挨着一个地。诗句意谓，园中各色娇艳的花草美盛芬芳，而今在春风中竞相次第开放。

题《瞿秋白笔名印谱》①

名可屡移头可断，心凝坚铁血凝霜。②

今日东风吹永昼,秋阳皓皓似春阳。③

【注释】

①此诗写于 1959 年间。当时,方去疾、吴朴堂、单孝天三人合作刻了《瞿秋白笔名印谱》,由上海人民美术出版社出版。郭沫若为该书题写七绝一首。详见魏奕雄《郭沫若与瞿秋白》,载《郭沫若学刊》1991 年第 3 期。

②名可屡移,名字可以屡次改变,即为了现实斗争需要,经常采用各种笔名发表文章。诗句意谓,名字可以屡次改变,头可以断,其心凝聚如铁而血凝于霜。"血凝霜"一语双关,秋白亦名霜,含有怀念之意。

③永昼,长长的白昼,即整天。皓皓,光明貌。《孟子·滕文公上》:"江汉以濯之,秋阳以暴之,皓皓不可尚已。"诗句意谓,今天东风整天在吹,秋天太阳其光明似春天太阳一样。

西 江 月①

鹤壁蒸蒸日上,乌金滚滚汪洋。②协同钢铁与棉粮,高举红旗迈往。③
十载山乡巨变,更将跃进加强。④劲头鼓足红满堂,烧尽右倾思想。⑤

【注释】

①此词写于 1959 年 11 月 30 日。西江月,词牌名。作者为歌颂大跃进年代钢、煤、粮、棉获得大丰收而作此词。

②鹤壁,市名,在河南省北部、太行山东麓。矿产有煤、铁、陶土,工业以煤炭为主。乌金,即煤。因煤呈褐色至黑色,具有暗淡的金属光泽,亦称乌金。诗句意谓,鹤壁市经济蒸蒸日上,煤炭生产线上乌金滚滚犹如汪洋。

③协同,同心合力,互相配合。谓煤炭与钢铁、棉花、粮食协同发展,高举红旗迈向新的高峰。

④十载,谓新中国成立后十年我国山区乡村发生巨大变化,更将大跃进思想不断加强。

⑤右倾,指右倾机会主义,即落后保守思想。当时处于大跃进年代,提出"鼓足干劲力争上游,多快好省地建设社会主义"的口号,并曾进行反对右倾机会主义的斗争。联中因言用火烧尽"右倾思想"。

赠朱琳同志①

辨琴传早慧,不朽是胡笳。②
沙漠风沙烈,吹放一奇花。③

【注释】

①此诗写于 1959 年冬。附有跋语:"朱琳同志演《蔡文姬》能传神,书此以赠。"朱琳,江苏省灌云县人。现代著名话剧女演员。1959 年在北京人民艺术剧院主演郭沫若所写历史剧《蔡文姬》,获得广泛好评。郭沫若题诗相赠。诗见《郭沫若遗墨》。

②辨琴,旧时启蒙读物《三字经》:"蔡文姬,能辨琴。"蔡文姬为汉末女诗人,幼时即通音

律,能辨琴音。曾因战乱流落匈奴十二年,后被曹操以金璧赎回。胡笳,原指古代管乐器,此指《胡笳十八拍》,相传为蔡文姬所作。诗句意谓,相传蔡文姬幼年聪慧能辨琴音,她的《胡笳十八拍》堪称不朽之作。

③奇花,喻蔡文姬。诗句意谓,南匈奴沙漠地区风沙多么猛烈,竟然吹放出这样一朵奇异的花,亦即出现这样一个奇异的人物。

<h2 style="text-align:center">题旋转乾坤图①</h2>

旋转乾坤赤帜张,人间地狱变天堂。②
最高功烈归于党,跃进歌声遍八荒。③

【注释】

①此诗写于20世纪50年代后期。据王寿林《郭沫若佚诗五首》有关部分介绍:"这是我在1960年初,在南京一家书画店里购得的一幅《旋转乾坤图》收集来的。当时我喜爱收藏郭老墨迹,后来把图丢掉了。图是谁画的,一点印象也没有。郭老女儿郭平英在主编《郭沫若题画诗存》时,也没有收集刊印,实是遗憾。"(载《郭沫若学刊》2000年第2期)根据诗的内容似应写于20世纪50年代的大跃进时期。

②旋转乾坤,乾为八卦之一,指天;坤为八卦之一,指地。这里以把天地旋转过来,比喻扭转大局,使局面为之一变。赤帜,汉用赤色旗帜,后亦以赤帜喻自成一家。诗句意谓,旋转乾坤赤帜高涨,人间从地狱变成了天堂。此指人们高举革命红旗通过武装斗争,才能扭转乾坤取得翻身解放。

③功烈,功劳和业绩。《左传·襄公十九年》:"铭其功烈,以示子孙。"八荒,八方荒远的地方。贾谊《过秦论》上:"囊括四海之意,并吞八荒之心。"诗句意谓,最高功劳业绩应当归之于中国共产党,大跃进的歌声传遍极远的地方。

<h2 style="text-align:center">普天同庆四首</h2>

(十六字令)①

一

钢,一马当先上战场,奔腾烈,热浪卷红绸!②

二

煤,滚滚乌金出地维,真力猛,烈焰吐明辉!③

三

粮,人民公社威力扬,丰收庆,打倒大灾荒!④

四

棉,五年计划两年完,人六亿,天下不知寒!⑤

①《普天同庆》写于1960年1月24日。词前有序:"在总路线的光辉照耀之下,一九五九年在一九五八年大跃进的基础上又继续大跃进。钢煤粮棉四大指标和其他重要生产品都以两年工夫超额完成了第二个五年计划。爰成《十六字令》四首,以志庆祝。"十六字令,词牌名,又名《苍梧谣》。因全词只有十六个字,故名。单调,四句,平韵。词发表于同年1月28日《人民日报》。

②一马当先,策马走在最前头。形容领先,带头。烈,猛烈。词句意谓,钢铁生产,一马当先上了战场,钢水奔流,滚滚热浪像卷起的红绸起舞。

③乌金,黑色的金子,指煤。地维,谓地的四角。古人认为天圆地方,天有九柱支持,地有四维系绞。《列子·汤问》:"折天柱,绝地维。"词句意谓,煤炭,像滚滚的乌金从地底挖出,燃烧时真力猛,浓烈的火焰吐出明亮的光辉。

④人民公社,1958年在人民公社化运动中由农业合作社联合组成,为我国农村中同基层政权机构相结合的社会主义集体所有制的经济组织。词句意谓,粮食生产,人民公社发挥了巨大威力,庆祝丰收,打倒了大的灾害。

⑤五年计划,指第二个五年计划。词句意谓,棉花,第二个五年计划提出的生产指标两年已经完成,通过我国六亿人民的努力,让天下人不知道有寒冷,过上丰衣足食的生活。

题天津越剧团二首

一①

八千里路赴罗些,巾帼英雄事可夸。②
远绍明妃传妙曲,中原文化到天涯。③

二④

十年一弹指,南花已北移。⑤
还当更努力,硕果满新枝。⑥

【注释】

①这两首诗写于1960年1月。诗有落款:"一九六〇年一月十九日观天津市越剧团演出《文成公主》后题此。"文成公主,唐太宗养宗室女,贞观十五年与吐蕃赞普松赞干布联姻。通过和亲,中原的粮食种子、养蚕、纺织、建筑、造纸等技术传入西藏,藏地的马匹、药材亦源源运入内地,促进了汉藏两族文化的交流和双方之间的关系。至今布达拉宫、扎什伦布寺等处绘有文成公主进藏故事的壁画。

②罗些,即今之拉萨,唐时称罗些,为吐蕃都城。巾帼,古代妇女的头巾和发饰,后作为妇女的代称。诗句意谓,文成公主八千里路远赴拉萨,这位古代妇女英雄的事迹可以让人夸耀。

③绍,继承。明妃,即王昭君,晋元帝时嫁匈奴呼韩邪单于。"昭君和番"的故事广泛流传于民间。诗句意谓,文成公主远继昭君和番的业绩以传播和亲美妙的乐曲,中原文化到了

天边,亦即传入西藏。

④此诗写于 1960 年 5 月。当时,天津市越剧团为庆祝越剧来津十周年暨少年训练队建队一周年致书郭沫若,郭沫若应约题诗。

⑤弹指,比喻时间短暂。佛经说二十念为一瞬,二十瞬为一弹指。南花,喻南方越剧。诗句意谓,十年时间很快过去,南方越剧之花已经北移天津。

⑥硕果,丰硕的果实。新枝,树上新的枝条。此指天津市越剧团少年训练队。诗句意谓,你们还应更加努力,让丰硕的果实挂满新的枝头。

题《梅花图》①

人人皆富贵,处处有梅花。②
旳旳此乐土,泱泱我中华。③

【注释】

①此诗写于 1960 年 2 月。郭沫若为何香凝国画新作《梅花图》题五言绝句一首,表达了人们对于这位热爱新社会的革命老人作品的赞赏。首见王朝闻《革命老人何香凝》一文所引,载《人民画报》1960 年第 5 期。

②富贵,既富且贵,指有钱又有地位。诗句意谓,新社会人人皆已富裕而有地位,处处都有早春盛开的梅花。

③旳(dì),"的"的古字。旳旳,明显貌。《淮南子·说林训》:"旳旳者获,提提者射。"高诱注:"旳旳,明也。为众所见,故获。"泱泱,气魄宏大,如泱泱大国。诗句意谓,为众所见的这块人间乐土,气魄宏大的我们中华民族。

题成都带江草堂①

三洞桥边春水生,带江草堂万花明。②
烹鱼斟满延龄酒,共祝东风万里程。③

【注释】

①此诗写于 1960 年春天。带江草堂,餐馆名,开设在成都老西门外抚琴台村三洞桥畔。抗战期间不少文人雅士常从城中云集于此,欣赏田园风光,一起吟诗作赋。他们借用杜甫"每日江头带醉归"诗意,餐馆名为带江草堂。1960 年春节期间,成都川剧二团成立,郭沫若应邀参加在带江草堂举行的建团宴会,席间写成此诗。诗见《郭沫若旧体诗词系年注释》下册。

②明,光明,眼睛亮。诗句意谓,三洞桥边流动着一江春水,带江草堂周围万花盛开让人眼前为之一亮。

③烹鱼,该餐馆向以制作鱼类菜肴闻名。"共祝"句,欧阳修《浪淘沙》词:"把酒祝东风,且共从容。"诗句意谓,桌上放着烹成的鲜鱼再斟满延年益寿的美酒,共同把酒祝东风并一起踏上万里征程。

雨中游华清池①

雨里云山万仞苍，玉兰花放颂虞唐。②

九龙吐水潆宫阙，一狗跳墙泣霸王。③

公社普天驱硕鼠，春郊遍地舞商羊。④

年年跃进成规律，乐岁丰收人寿康。⑤

【注释】

①此诗写于 1960 年 3 月 23 日。郭沫若作七律《雨中游华清池》，发表于《诗刊》1960 年 4 月号。为《陕西纪行十首》之九。作者题下自注："三用苍字韵。"指此前所写《华清池》、《重游华清池——读董老和诗因再用旧韵奉酬》二首均用苍字韵，本篇为第三次使用。

②云山，指骊山，华清池在骊山山麓。虞唐，即唐尧、虞舜，为传说中我国古代的两位明君。这里喻太平盛世借以歌颂社会主义新时代。诗句意谓，雨中骊山山高万仞一片苍茫，玉兰花盛开似在颂扬具有尧舜一样圣德的社会主义时代。

③九龙，华清宫飞霜殿南有九龙池，水自上池由九个龙口吐入下池。潆（yíng），水回旋貌。宫阙，古时帝王所居宫门叫阙，因称宫殿为宫阙。一狗，暗指蒋介石。1936 年西安事变时，蒋介石从华清宫翻过高墙向骊山逃跑。霸王，即西楚霸王项羽，被围垓下后自刎乌江。诗句意谓，九龙吐水入池后水流潆绕宫阙，一狗跳墙犹如当年的西楚霸王。

④硕鼠，《诗·魏风》篇名，后则以硕鼠喻贪污自肥的官吏。商羊，传说中的鸟名。《孔子家语·辩证》："孔子曰：'此鸟名曰商羊，水祥也。昔童儿有屈其一脚，振讯两眉而跳。且谣曰：天将大雨，商羊鼓舞。'"舞商羊，指天下大雨。诗句意谓，普天之下人民公社在驱逐硕鼠，春天郊外遍地在下大雨。

⑤这两句是说，年年跃进已成规律，乐见岁岁丰收人民健康长寿。

游 乾 陵①三首

其一

岿然没字碑犹在，六十王宾立露天。②

冠冕李唐文物盛，权衡女帝智能全。③

黄巢沟在陵无恙，述德纪残世不传。④

待到幽宫重启日，还期翻案续新篇。⑤

【注释】

①这三首诗写于 1960 年 3 月 23 日。乾陵，作者原注："乾陵在陕西乾县，是唐高宗和武后（武则天）的墓，即古代梁山。陵前有述圣碑、没字碑各一。述圣碑所刻《述德纪》为武后所撰，乃纪述高宗生平。没字碑乃纪念武后之碑，据云武后遗言，己之功过，由后人评定，故不着文字。但今碑上已被后人刻遍。此外有石人、石马、石狮等。陪葬有章怀太子等。"当时，

下编　新中国成立后

郭沫若为了更多地接触武后的业绩，以修改历史剧《武则天》，特地往西安游览唐高宗和武后合葬墓乾陵等古迹。《游乾陵》三首发表于 1960 年《诗刊》4 月号，为《陕西纪行十首》之四至六。后收入中国戏剧出版社 1962 年 10 月出版的《武则天》，为附录三。

②六十王宾，作者原注："六十王宾乃陵前石像，系当时藩国国王或使臣，共六十人。背部刻有国籍和名姓，但字多磨灭。石人头部均缺，殊属十分可惜。"诗句意谓，没字碑岿然屹立犹在原地，六十王宾的石像立于露天之中。

③冠冕，古代官吏、帝王所戴的表示身份的帽子，可比喻体面、首位。女帝，指武则天。武则天于神龙元年被唐中宗上尊号为"则天大圣皇帝"。诗句意谓，李唐王朝集一时文物之盛，则天女帝智能双全善于权衡国家大事。

④黄巢沟，作者原注："黄巢沟在陵之西，闻黄巢拟掘墓，未能达到目的。"述德纪，即述圣碑，碑文述高宗生平，系武后所撰，今已残缺不全。诗句意谓，虽有黄巢沟在而乾陵安然无恙，述德纪碑文残缺未能流传于世。

⑤幽宫，指武则天陵墓。郭沫若表示希望发掘这座陵墓，为研究武则天提供资料。诗句意谓，待到武则天陵墓重新开启之日，还期望能为武则天翻案续写新篇。

其二

巨坟云是旧梁山，山石崔嵬颇耐攀。①
南对乳丘思大业，下临后土望长安。②
千秋公案翻云雨，百顷陵园变土田。③
没字碑头镌字满，谁人能识古坤元。④

【注释】

①巨坟，巨大的坟墓，指乾陵。崔嵬（wéi），高大耸立。诗句意谓，乾陵据说就是古代的梁山，山石高大耸立颇耐攀登。

②乳丘，作者原注："墓南二小丘，上有象阙一对，民间称之为'奶头山'。"后土，土地神，此指祀土地神的祭坛。诗句意谓，南对奶头山而想到则天女帝的大业，下临祀土地神的祭坛而望长安。

③千秋公案，历史上遗留下来的公案。此指历来对武则天的褒贬和不同评价。翻云雨，"翻云覆雨"的省语，意指评价反复。诗句意谓，对于武则天的评价已成千秋公案而且反复不定，这里的百顷陵园已经变为田地。

④镌字满，没字碑初立时无字，自宋、金以来，陆续刻满了款识。坤元，《周易》用语，为乾元的对称。元乃坤德之首，武则天为女帝，故称坤元。诗句意谓，没字碑头而今刻字已满，谁能真正认识这位古代女帝？

其三

陵头无复黑松林，解放以来护惜深。①
埋没石人重见日，聚完碑纪尚飞金。②

狻猊雄浑惊天地，象魏残存亘古今。③

地下宝藏无恙否？盛唐文物好探寻。④

【注释】

①黑松，长绿乔木，高可达三十米。供建筑用材，又为观赏树。诗句意谓，陵墓上再没有黑松林了，但是新中国成立以来对陵墓深为护惜。

②聚完碑纪，谓保护得完好的述圣碑和无字碑。飞金，形容碑纪的富丽堂皇。诗句意谓，被埋没的石人已重见天日，保护完好的碑纪尚显富丽堂皇。

③狻猊(suān ní)，兽名，即狮子。象魏，古代天子、诸侯宫门外的一对高大建筑，亦称为"阙"或"观"。《周礼·天官·大宰》："乃县(悬)治象之法于象魏。"亘古今，从古到今。诗句意谓，墓前石狮气势雄浑足以惊天动地，残存的魏阙从古代一直保存到今天。

④盛唐，唐代分初唐、盛唐、中唐、晚唐四个时期。一般称唐玄宗开元年间至代宗大历年间为"盛唐"。诗句意谓，地下宝藏没有遭到破坏吧？盛唐留下的文物应该好好探寻。

吊章怀太子墓①

春至渭滨我亦来，郊原四处杏花开。②

歧途旧毁灞桥柳，公路新栽国际槐。③

保卫均田思武后，注笺汉史吊章怀。④

乾陵陪葬恩殊渥，母爱深深莫漫猜。⑤

【注释】

①此诗写于1960年3月23日。章怀太子，即李贤，唐高宗第六子，武后所生。上元二年立为皇太子，永隆元年被废为庶人。后迁巴州，自杀，卒年三十二岁。章怀太子墓，为乾陵陪葬墓。此诗作为《陕西纪行十首》之八，发表于《诗刊》1960年4月号。另见历史剧《武则天》附录之三《诗五首》，中国戏剧出版社1962年出版。

②渭滨，渭河之滨。渭河在陕西省中部，至潼关入黄河。西安位于渭河之滨。诗句意谓，春天到了渭河之滨我亦来到西安，郊外原野到处杏花开放。

③灞桥，在西安城东十公里处，横跨灞水，桥旁歧路，多植柳。当年长安送人多在此折柳赠别。旧桥崎岖不平，狭窄不便交通。1957年桥毁重建。国际槐，即槐树，为绿化佳木，经常用作行道树。诗句意谓，当年灞桥折柳的歧路已毁去，今日公路两旁新栽上了国际通行的槐树。

④均田，即均田制，一种计口分田的制度，唐代一般女子不给田，男子给永业田二十亩，口分田八十亩。按规定永业田、口分田均不得买卖。高宗初年，曾一度土地买卖盛行，许多口分田及永业田被富豪兼并。武则天临朝时对此采取了一定的措施。笺注汉史，作者原注："章怀太子李贤有范晔《后汉书》注。"据《旧唐书》本传载，李贤为太子时，曾召集当时学者张大安等人合注范晔《后汉书》。诗句意谓，武则天保卫均田的功绩让人怀念，章怀太子笺注《后汉书》也值得人们凭吊。

⑤渥，浓郁，深厚。漫，枉，随意。诗句意谓，让章怀太子陪葬乾陵的恩情是深厚的，武后母爱深深切莫随意猜疑。历史上对章怀太子之死有着不同说法，郭沫若在《我怎样写〈武则

天〉》一文中对此有所辩证。

游　顺　陵①

仿佛农民事变工，石人骈立麦田中。②
顺陵阅世千三百，武后建言十二宗。③
历代是非淆黑白，一朝得失论雌雄。④
双狮屹立迎风吼，獬豸为邻怒不公。⑤

【注释】

①此诗写于 1960 年 3 月 23 日。作者原注："顺陵乃武则天之母荣国夫人之墓，保存情况不及乾陵，石人石兽已被移动，并似不全。"顺陵在西安西北，咸阳东北十八里陈家村南。此诗作为《陕西纪行十首》之七，发表于《诗刊》1960 年 4 月号。另见历史剧《武则天》附录三《诗五首》，中国戏剧出版社 1962 年出版。

②变工，也叫"换工"，我国农村旧有的一种互助劳动形式。骈列，并列。诗句意谓，仿佛农民在从事互助换工，石人并立在麦田之中。

③阅世，经历时世。建言十二宗，据《新唐书·后妃列传》载，武后"建言"十二宗事：一、劝农桑，薄赋徭；二、给复三辅地；三、息兵，以道德化天下；四、禁浮功；五、省功费、力役；六、广言路；……诗句意谓，顺陵经历时世已一千三百年之久，武后当年有"建言"十二条。

④雌雄，比喻胜负、高下。诗句意谓，历代评论是非往往混淆黑白，且以一朝得失论高下。

⑤双狮，作者原注："陵南有双狮颇雄伟，均为立像而非座像。双狮之南有石兽一对，似马而有翼，额上有独角，或云即所谓獬豸。"獬豸，古代传说中的异兽，能辨曲直，见人相斗就用角触不直者。诗句意谓，双狮屹立迎风怒吼，并与獬豸为邻怒其不公。

赠　白　杨①

廿三年矣洁而精，一夕偶然接玉英。②
画里惊看来丽蒤，诗中翻爱咏崔莺。③
香生芍药春增暖，影传梧桐月更明。④
纵涌波澜教不泛，谷陵相应终有声。⑤

【注释】

①此诗写于 1960 年 4 月 23 日。白杨，原名杨成芳，1920 年生，湖南人。我国现代著名话剧、电影演员。曾任中国电影家协会副主席。1960 年 4 月 21 日，郭沫若应白杨等人宴请，往北京"洁而精"川菜馆。将历史剧《武则天》及有关资料交给白杨，请她看后提出意见。4 月 23 日，郭沫若写信给白杨，感谢邀宴，同时书赠七律一首。信与诗均载 1982 年 2 月《四川大学学报丛刊》十三辑。诗又见于成《郭沫若赠诗白杨》一文，载 1981 年 8 月 9 日《新华日报》。

②玉英，玉之精英，美玉。此指白杨。屈原《九章·涉江》："登昆仑兮食玉英，与天地兮

同寿,与日月兮同光。"诗句意谓,我们在重庆"洁而精"餐馆聚会已过去二十三年了,有天晚上一个偶然机会与你接触。

③来丽惹,为意大利达·芬奇名画《蒙娜丽莎》。崔莺,即元代剧作家王实甫《西厢记》主人翁崔莺莺。这里赞誉白杨演戏神采风韵,是达·芬奇画里的蒙娜丽莎,是《西厢记》里的崔莺莺。

④芍药,多年生草本植物,初夏开花,形似牡丹,可供观赏。梧桐,落叶乔木,多作绿化行道树。诗句意谓,花香生于芍药使春色增加暖意,身影随着梧桐转移月亮更明。

⑤谷陵相应,即陵谷相应。陵,小山;谷,两山之间的狭窄地带。《诗·小雅·十月之交》:"高岸为谷,深谷为陵。"本用以比喻君子处在下位,小人反居上位。诗句意谓,纵然涌起波澜教它不再泛滥,陵谷必须相应终有正直的声音。此指自己通过历史剧为武则天翻案事。

在岱庙望泰山①

秦刻殊非古,泰山不算高。②
只因天下小,致使仲尼骄。③
工部犹堪笑,浮夸徒自豪。④
何尝青未了? 但见赤无毛。⑤

【注释】

①此诗写于 1960 年 5 月 8 日。泰山,在山东省中部,长约二百公里。主峰也叫泰山,在泰安城北,古称"东岳",亦称"岱宗"。岱庙,为泰安城内规模最大的建筑群,仿古代帝王宫殿,用以祭祀泰山神。此诗首见郭沫若于 1962 年 9 月出版的《读〈随园诗话札记〉·泰山》,并对此有所说明:"去年五月我登过一次泰山,在山下游览时,做过这样一首诗:……但到实际登了泰山之后,我又感觉到:我的看法又从消极方面夸大了。""实事求是地看泰山,在齐鲁一带,的确是座名山。"根据这一认识,基本推翻了上述诗句,重新改写后发表于 1960 年 5 月 14 日《大众日报》,后收入《东风集》。两诗前后改动甚大,我们故将前者作为佚诗处理。

②秦刻,即秦刻石。秦始皇统一六国后巡行各地时所立纪功刻石,相传共有七处。这些刻石大都湮没,泰山刻石仅存数字。诗句意谓,秦始皇刻石并非古老,泰山也不算很高。

③仲尼,即孔子,名丘,字仲尼。《孟子·尽心上》:"孔子登东山而小鲁,登泰山而小天下。"仲尼骄,即指孔子"登泰山而小天下"一事。诗句意谓,只因古代天下不大,所以孔子曾"登泰山而小天下",并以此为骄傲。

④工部,即唐代大诗人杜甫,曾任工部员外郎,因称杜工部。杜甫《望岳》:"岱宗夫如何,齐鲁青未了。会当凌绝顶,一览众山小。"诗句意谓,杜甫尤为可笑,诗句纯属浮夸之词徒自引以为豪。作者还曾指出,杜甫并未登过泰山,应属盲目崇拜。

⑤赤无毛,此指泰山看上去光秃秃的很少树木。诗句意谓,从岱庙北望,何尝青未了,而是光秃秃很少看见树木,这是对杜甫赞美之词的否定。这些看法登上泰山以后有所改变。

题《园林植物栽培》

（蝶恋花）①

地上乐园何处有？齐放百花，万紫千红透。②秋实殷殷香满袖，葡萄酿出葡萄酒。③

赤县神州成苑囿。路畔渠边，遍种垂杨柳。④岭外牡丹花似绣，朔方橘柚大如斗。⑤

【注释】

①此词写于1960年9月4日。郭沫若应约为《园林植物栽培》一书题词，载《诗刊》1960年9月号，为《诗词七首》之一。蝶恋花，词牌名，本名《踏雀枝》，又名《凤栖梧》。双调，六十字，仄韵。前后阕各四句，三十字。其中三个七字句，一个九字句，各用四个仄声韵。

②万紫千红，形容百花争艳的春天景色。透，透彻，彻底。词句意谓，何处才有地上乐园？这里正百花齐放万紫千红，一片春天景象。

③殷殷，众多貌。汉桓宽《盐铁论》："殷殷屯屯，人衍而家富。"词句意谓，秋天果实累累，香气沾满衣袖，园中葡萄酿造出葡萄酒。

④赤县神州，中国的别称。战国齐人邹衍创"大九州"学说，谓"中国名曰赤县神州，赤县神州内自有九州。"（见《史记·孟子荀卿列传》）苑囿(yǒu)，花园，原指古代帝王畜养禽兽以供游猎的园林。词句意谓，全中国成了一座园林，道路旁水渠边到处都种植了枝叶下垂的杨柳。

⑤岭外，即岭南。从中原看来，地处五岭之南，故云。朔方，北方。词句意谓，五岭以南的牡丹花像刺绣一样艳丽，北方种出的橘子与柚子其大如斗。北方气候寒冷，本不宜种橘柚。这是出于诗人大胆想象与美好愿望。

读《忠王李秀成自述》①二首

其一

误民当日叹无涯，含笑归阴悔也赊。②
遗恨谆谆防鬼反，英雄碧血洒黄沙。③

其二

八月羁囚奋笔诛，满篇血泪跃玑珠。④
奴才自昔横于主，毁了忠王更毁书。⑤

【注释】

①这两首诗写于1960年9月10日。李秀成(1823—1864)，太平天国首领，广西藤县人，贫农出身。1851年参加太平军，由士兵升至后军主将，曾重创清军江北大营、江南大营。1859年封忠王。1864年天京陷落后被俘，在曾国藩逼迫下《自述》数万言，终为曾国藩杀害。

1960年9月，郭沫若应吕集义的请求，为《忠王李秀成自述校补本》作《序》。文中指出：《忠王李秀成自述》是研究太平天国极为珍贵的史料，可惜原稿已无着落。所幸吕集义曾亲见原稿，并摄下部分照片，现经校补，使原书基本上恢复了本来面目。这是大有意义的，吕氏是做了一件大好事。最后还缀诗两首以志感慨。诗载《诗刊》1960年9月号，为《诗词七首》之六、之七。《序》收《忠王李秀臣自述校补本》，广西人民出版社1961年出版。

②归阴，回到阴间，即言人死。赊，长、远。韩愈《赠译经僧》："万里休言道路赊。"诗句意谓，当日误民之事让人感叹无边，虽然含笑而死依然悔恨长远。

③谆谆，教诲不倦的样子。防鬼反，防止敌人反攻。诗句意谓，让人留下悔恨的是再三告诫防止清军反攻未能兑现，而太平军英雄的鲜血已洒入了黄沙。

④羁囚，羁押，囚禁。玑珠，玉石圆者为珠，不圆为玑。诗句意谓，八月间被囚禁仍对敌人奋笔诛伐，其《自述》中有着满篇血泪，文字亦如跃动的珍珠。

⑤奴才，指曾国藩。相传他曾篡改《李自成自述》，使之变成投降的供状。诗句意谓，曾国藩这个清廷的奴才比起主子还要横暴，他既毁了忠王更毁了这本书。

《养猪印谱》诗序①

猪当为六畜之首，十二辰应该掉个头。②猪为多产作家，试问：何处不如马牛羊，那项不及鸡与狗？专工虽小劣，博涉实多优。③猪之为用大矣哉！浑身都是宝，浑身都是肉。不问蹄毛骨血，不问脏腑皮油，不问脑舌鼻耳，不问胎盘眼球，大用之用般般有。④杂草为粮产万珍，粪溺使五谷丰收。以猪为纲，保土保粮。⑤猪肉一吨可换钢五吨，猪身是座钢铁厂。换取一部拖拉机，只用猪鬃十二箱，猪身是座机械厂。换取化肥十二吨，只用一桶猪肠，猪身是座化肥厂。发展农工业，多多靠在猪身上。⑥一户一猪，一亩一猪。农家户户莫蹄躇，百子千孙寿猪母。自繁自养开猪源，宁乡垛山皆可取。⑦献君一卷书，此乃养猪经，非是区区一印谱。⑧养猪高潮掀上天，要使天上牵牛也牵猪。人民公社基础好，大同世界在前途。⑨猪多肥多，粮多仓多。不亦乐乎，不亦乐乎！⑩

【注释】

①此诗写于1960年10月。附有跋语："一九六〇年十月八日晨，接阅《养猪印谱》稿，信笔书此，以粪其首。"《养猪印谱》为魏绍昌所编，分社论篇、语录篇、良种篇、宝藏篇，荟萃养猪号召，分别刻印章一百颗而拓制成谱。郭沫若为之题签书名，并作《序诗》。后录入1962年9月出版之《读随园诗话札记》第7则《讼堂养猪》中。该文指出："新诗人中有见余者，颇嫌不大庄重，实则我乃以极端重之态度出之。猪之当被重视，即在今日似亦尚待进一步普及。"此事详见魏绍昌《回忆郭老二题》，载《破与立》1978年第6期。

②十二辰，即十二地支，为子丑寅卯辰巳午未申酉戌亥。猪为亥年，放在最后。诗句意谓，猪为六畜（马牛羊鸡犬豕）之首，十二时辰应该掉个头，即将亥年放在最前面。

③专工，亦作专攻，指专门研究。博涉亦作博洽，指知识广博。诗句意谓，猪为多产作

家,哪样不及马牛羊鸡犬,专工稍差一点,博涉实多优点。

④矣,了,表示已然和必然。哉,表示感叹语气。诗句意谓,猪的作用可谓大了,浑身都是宝贝,无论蹄毛骨血、脏腑皮油、脑舌鼻耳、胎盘眼球,大的用处样样皆有。

⑤杂草为粮,即以废物为饲料。诗句意谓,猪以废物为饲料可以产出万珍,它的粪便也可使五谷丰收。如果以猪为纲,可以改良土壤保证粮食生产。

⑥这几句是说,猪身既是一座钢铁厂,又是一座机械厂,还是一座化肥厂。所以发展农业和工业,多多靠在猪的身上。

⑦踌躇,犹豫不决。猪母,即母猪。宁乡、垛山,皆为当时养猪模范乡。诗句意谓,农家户户养猪不要犹豫,但愿猪母百子千孙,自己繁殖自己圈养开辟猪源,宁乡、垛山的经验皆可取。

⑧这几句是说,献给你一本书,这乃是养猪经,并非区区一本印谱。

⑨天上牵牛,即牵牛星,为神话传说中的牛郎。大同世界,儒家宣扬的理想社会。《礼记·礼远》:"大道之行也,天下为公。"诗句意谓,人间养猪的高潮掀上天,要使天上既牵牛也养猪。农村人民公社基础好,大同世界就在前面。

⑩不亦乐乎,不也是很快乐的吗?!《论语·学而》:"有朋自远方来,不亦乐乎?"诗句意谓,养猪多肥料多,粮食多仓库多,不是很快乐的吗?!

题赠东风剧团①四首

其一②

曲闻天上,春满寰中。③
群芳竞秀,一片东风。④

【注释】

①这一组诗分别写于 1960 年至 1963 年间。东风剧团,原是河北省邯郸戏剧学校的豫剧班,连个正式名字也没有。1959 年间赴北京汇报演出取得成功。郭沫若为他们命名"东风剧团",该团演出得到毛泽东、周恩来、董必武等党和国家领导人的鼓励。详见《郭老与东风剧团》,载《人民戏剧》1978 年第 8 期。

②此诗写于 1960 年间。有次,东风剧团为中国科学院演出,郭沫若设宴欢迎。他即席发表热情洋溢的讲话,并朗诵亲笔题赠的这首小诗。

③曲闻天上,语见杜甫《赠花卿》:"此曲只应天上有,人间那得几回闻。"这里指曲调的高雅动听。寰中,意同寰宇,即宇内、天下。诗句意谓,此曲应闻于天上,春意已布满人间。

④群芳,各种花卉。这里借指演员的精彩表演。诗句意谓,各种花卉争相竞秀,人间到处一片春风。

其二①

当年为斥蒋光头,今日翻成反现修。②
看汝魏王遗臭远,如姬虽逝足千秋。③

①此诗写于 1960 年间。当时,郭沫若观看东风剧团演出的《虎符》后,书赠七绝一首。《虎符》为郭沫若于 1942 年 2 月写成的一部历史剧。作者通过信陵君和如姬窃得虎符引兵救赵的故事,塑造了维护正义和团结、反对侵略和投降的两个艺术形象。剧本"是有一些暗射的用意的。因为当时的现实与魏安厘王的'消极抗秦和积极反信陵君',是多少有点相似"。

②蒋光头,即蒋介石。现修,现代修正主义,指当时正在批判苏联赫鲁晓夫推行的现代修正主义路线。诗句意谓,当年写作《虎符》是为了指斥蒋介石执行"消极抗日、积极反共"的妥协投降政策,今天则翻成反对现代修正主义在国际共产主义运动中执行错误路线。

③魏王,即魏安厘王。如姬,魏安厘王宠妃,为报答信陵君为她报了杀父之仇而窃得魏王发兵的虎符,信陵君得以夺取兵权却秦兵救赵国。诗句意谓,看你魏安厘王遗臭万年,而如姬虽死却足以留芳千古。

其三①

太阳光芒万丈,东风骀宕万年。②

鼓足干劲上青天,把九州四海吹遍。③

【注释】

①此诗写于 1960 年 8 月。附有跋语:"河北省邯郸市东风剧团一周年纪念,一九六〇年八月十九日,郭沫若题赠。"此诗题在邵宇国画《太阳光芒万丈》上,诗画一并赠送东风剧团。

②骀宕(dài dàng),同骀荡,舒缓荡漾。多用来形容春天的景色。南齐谢朓《直中书省》:"朋情以郁陶,春物方骀荡。"刘良注:"骀荡,春光色也。"诗句意谓,太阳光芒万丈,春风永远使人舒畅。

③九州,泛指全中国。诗句意谓,鼓足干劲登上青天,把全国各地吹遍。

其四①

艰苦朴素,勤学苦练。

团结友爱,东风永健。②

【注释】

①此诗写于 1963 年 10 月 25 日。当时,郭沫若为东风剧团不断进步而亲笔题词。

②健,健康,康强。诗句意谓,希望东风剧团全体演艺人员,平时艰苦朴素,坚持勤学苦练,注意团结友爱,以求东风剧团永远康强。题词言浅意深,语重心长。

为《边疆文艺》题词①

普及为基础,提高作指针。②

百花齐放蕊,万众一条心。③

①此诗写于 1961 年 1 月下旬。郭沫若出访归国途中,在云南昆明小住数日。当时除写成组诗《昆明杂咏》外,还为《边疆文艺》题词。手迹载《边疆文艺》1961 年 3 月号。

②指针,即指南针,比喻正确的指导。诗句意谓,文艺创作应以广泛普及作为基础,而以不断提高作为指导方针。毛泽东早在 1942 年《在延安文艺座谈会上的讲话》中就提出"在普及的基础上提高,在提高指导下普及"的方针。

③蕊,花蕊。诗句意谓,发展文学艺术需要百花齐放,万众一心。这是我们繁荣社会主义文学艺术的基本方针。

题昆明植物研究所①

奇花异卉,有色有香。

怡神悦目,作衣代粮。②

调和气候,美化风光。

要从地上,建筑天堂。③

【注释】

①此诗写于 1961 年 1 月 22 日。当时,郭沫若访问古巴归国途中,在云南昆明休息了几天,游览了一些名胜古迹。他还参观了昆明植物研究所,并应约题诗留念。

②卉(huì),草的总称。奇花异卉,珍奇少见的花草。怡神悦目,使人精神愉快看了舒服。诗句意谓,植物园内不少珍奇少见的花草,具有不同的颜色和香味,让人看了心情舒畅。还有一些植物,可以制作衣服代替食粮。

③调(tiáo)和,配合得适当。如五味调和。诗句意谓,各种植物可以调和自然气候,不少花卉可以美化自然风光。我们要从自己的土地上,建筑起人间的天堂。

赠李绍珊①

海角逢春节,天涯得好音。②

新诗多隽句,美贝尽奇琛。③

我是诗行者,君真公腹心。④

南疆劳捍卫,红豆满榆林。⑤

【注释】

①此诗写于 1961 年 2 月。诗前小序:"一九六一年二月十四日夜为农历除夕,时在榆林,李绍珊同志以海贝、红豆等惠赠,并媵以新诗,赋此报答。郭沫若。"李绍珊为海军榆林基地俱乐部主任。1961 年 2 月 13 日,郭沫若抵达榆林,驻鹿回头椰庄招待所。第二天即农历除夕,李绍珊借拜年之机,向郭沫若面呈《赠郭老诗三首》,并请教有关创作问题。郭沫若题赠五言诗一首。详见李绍珊《郭老赐我诗一首》,载 1992 年 11 月 14 日《文艺报》。

②海角、天涯,为海南三亚有名景点,这里代指海南。诗句意谓,我来海南正逢春节,在

这里又得到好的音讯。

③隽,原谓鸟肉肥美,引申为滋味深长。琛(chēn),珍宝。《诗·鲁颂·泮水》:"来献其琛。"诗句意谓,你的新诗多佳句,给我的美丽贝壳尽是奇珍异宝。

④行者,佛家语,指出家而未经剃度的人,经中多呼修行人为行者。腹心,犹心腹,比喻左右亲信。《诗·周南·兔罝》:"赳赳武夫,公侯腹心。"诗句意谓,我是诗坛的行者,你真是公家的得力助手,指春节仍坚持工作。

⑤红豆,红豆树,海红豆及相思子等植物的通称。古人常用以象征爱情或相思。诗句意谓,我国南部边疆有劳你们捍卫,红豆树布满了榆林港。

为海军榆林基地官兵题诗①

快艇乘风鼓浪游,登临直上白沙洲。②
榆林眼目东西瑁,祖国干城文武俦。③
万众一心期报国,三言八字赋同仇。④
春光先到旌旗暖,雄镇南疆岁月遒。⑤

【注释】

①此诗写于1961年2月15日。正值农历新年,郭沫若视察海军部队。当他乘鱼雷快艇巡海归来,心情极佳,当即挥毫,为榆林基地官兵书七言律诗一首。详见李绍珊《郭老宝岛有轶篇——为〈郭沫若海南诗文注〉补遗》,载1993年9月29日《贵州日报》。

②登临,登山临水,谓游览山水。诗句意谓,鱼雷快艇乘风鼓浪巡游海上,游览山水直接登上了白沙洲。

③东西瑁,即东瑁洲与西瑁洲。干城,干,盾牌;城,城池。干和城都比喻捍卫者。俦,伴侣、同辈。诗句意谓,东瑁洲、西瑁洲峙立海中,犹如榆林眼目,祖国捍卫者需要文武兼备才行。

④三言八字,即三句话:"坚定正确的政治方向,灵活机动的战略战术,艰苦朴素的工作作风。"八个字:"团结、紧张、严肃、活泼。"同仇,语出《诗·秦风·无衣》:"修我戈矛,与子同仇。"谓同心协力对付敌人。赋,通"敷",铺叙、陈述。诗句意谓,万众一心期望报效国家,三言八字陈述同仇之事。

⑤春光,春天的风光景色,亦指春天。遒,强劲有力,诗句意谓,海南春光先到,旌旗亦有暖意,雄镇南国海疆岁月方显强劲。

题南海研究站①

外来敌况要分明,捍卫东南靠水声。②
开拓海洋为国用,七年之内定超英。③

【注释】

①此诗写于1961年2月19日。当时,郭沫若访问海南岛,在崖县榆林港海军基地访问与休养期间,曾参观三亚南海研究站,并欣然题诗留念。该站围绕南海重点海域,进行海洋

物理学、水声学及海洋学相关的研究工作。

②水声，即水声学。主要研究声波在水下的产生、传播和接收，可以解决水下目标的探索。联中因言，对外来敌人的情况必须分明，捍卫东南海域安全要靠水声学研究确定攻击目标。

③海洋，海洋学是研究海洋的自然现象、性质及变化规律，以及开发利用海洋有关的知识体系。超英，超过英国。当时中央曾提出我国经济上"超英赶美"的政治口号。联中因言开拓海洋经济为国家所用，七年之内定可超过英国。

登西瑁洲①

小豆荚花处处黄，珊瑚树树砌为墙。②
榆林港内东西瑁，睁大眼睛固国防。③

【注释】

①此诗写于 1961 年 2 月。西瑁洲，在海南岛榆林港内，与东瑁洲并峙，统称玳瑁洲。1961 年 2 月，郭沫若登西瑁洲，作七绝一首，载 1961 年 4 月 1 日《人民日报》，为《海南纪行十首》之一。

②珊瑚树，长绿灌木或小乔木，通常栽作庭园绿化树或绿色篱笆。诗句意谓，小豆荚开花处处一片金黄，营房周围的珊瑚树砌成了墙。

③榆林港，在海南岛南端。有内外两港，均为天然良港。睁大眼睛，指东西玳瑁洲并峙海中，犹如双眼圆睁。诗句意谓，榆林港内的东西玳瑁二洲，仿佛睁大眼睛在巩固国防。

将离榆林留题①

昔年曾比鬼门关，今日翻成极乐园。②
游泳倍欣春气暖，飞行顿觉岛天宽。③
盐田万顷莺歌海，铁矿无穷石碌山。④
遍地橡胶林茂密，琼崖名实两相联。⑤

【注释】

①此诗写于 1961 年 2 月 27 日。榆林，即榆林港，为海南三亚市南部天然良港，我国海军南海舰队基地之一。郭沫若于 1961 年 2 月 13 日抵达榆林，住鹿回头椰庄招待所。在此访问休养十余日，临别题诗留念。

②鬼门关，旧时常谓道路僻远、艰险之地为"鬼门关"。唐李德裕《贬崖州》："崖州在何处，生度鬼门关。"诗中因言过去曾将此处比作鬼门关，而今翻了身成为人间极乐园。

③诗句意谓，在榆林港内冬泳倍感欣喜有如春天般气候温暖，空中飞行顿时觉得岛上天空宽广。

④莺歌海，在海南乐东县西南沿海，以产盐著名，有盐田万顷，为我国南方最大的盐场。石碌山，在海南昌江县境内，因其铁矿无穷，石碌成为海南钢铁生产基地。

⑤琼崖，为海南岛的别称。这里遍地橡胶树林茂密，称为琼崖应属名实相联。

题华南热带作物研究所①

橡胶为纲,油棕称王。②

以利民用,以固国防。③

【注释】

①此诗写于 1961 年 3 月 6 日。华南热带作物研究所,是一所从事橡胶等热带作物研究的专业机构。1953 年创建于广州,1958 年迁至海南岛儋县。1961 年 3 月,郭沫若访问海南岛期间,曾参观该研究所,并题诗留念。

②橡胶,主要由橡胶树割皮的胶汁经加工而成,广泛用以制造轮胎、电线及电缆等绝缘部分及其他橡胶制品。纲,原指网上的总绳,引申为事物的主体。该所以研究橡胶为主,带动其他热带植物研究,因言以橡胶为纲。油棕,为直立乔木,果皮与种仁均可榨油。果皮油可作肥皂和蜡烛的原料,种仁油可制人造乳酪。正如郭沫若另一首诗《咏油棕》所言:"一亩能膏万口肠,油棕毕竟是油王。"

③诗句紧承上文,指出提高橡胶与油棕产量,既可用以民生,又可用以巩固国防。

诗 一 章

——献给第二十六届乒乓球锦标赛①

乒乓台上弹穿梭,织就锦标五彩罗。②

百凤翱翔乘海运,群龙天矫戏光波。③

广厅洞辟和平舞,拍板高扬友谊歌。④

万国青年齐磊落,光明葬送战争魔。⑤

【注释】

①此诗写于 1961 年 3 月 27 日。郭沫若为第二十六届世界乒乓球锦标赛题诗,发表于《新体育》1961 年第 7 期。

②弹,弹子,亦作台球,乒乓球的俗称。锦标,授给竞赛中优胜者的奖品,如锦旗、银盾、银杯等。诗句意谓,乒乓台上的小球如穿梭一样,仿佛在用五彩罗缎织就优胜者的锦旗。

③翱翔,鸟回旋飞翔。海运,海水翻动,庄子《逍遥游》:"是鸟也,海运则将徙于南冥。"天(yāo),矫,屈伸貌,亦用来形容伸而有气势。白居易《和微之春日投简阳明洞天》:"船头龙天矫。"诗句意谓,乒乓球像许多凤凰乘着海水翻腾飞翔,又像群龙在光波中戏耍而屈身跃动。

④广厅,指体育馆内比赛场地。洞辟,敞开、洞开、开辟。和平舞,为和平起舞,此指乒乓健儿竞赛时的姿态。拍板,乒乓球拍。诗句意谓,竞赛大厅洞开乒乓健儿为和平起舞,高扬球拍发出友谊的歌声。

⑤磊落,形容仪态俊伟。庾信《周柱国大将军拓跋俭神道碑》:"公状貌丘墟,风神磊落。"诗句意谓,来自各国的青年运动员无不仪态俊伟,大家都想以光明葬送战争的恶魔。

无　题①

丹砂粉碎丹仍在，铁链锻成铁愈铮。②

流水高山心向往，遥遥海外听钟鸣。③

【注释】

①此诗写于 1961 年 4 月。录自《郭沫若生平文献史料考辨》。当时正值日本马克思主义先驱者河上肇逝世十五周年，日本京都大学特别举行纪念会，出版纪念刊。刊物以日文翻译刊登郭沫若的自由体诗《河上祭》。同年 4 月作者又写七绝《无题》作为纪念，手迹藏郭沫若纪念馆。

②丹砂，矿物名，亦称朱砂。道家常用以炼丹。铮，即铮铮，形容金属撞击之声。诗句意谓，作为晶体的朱砂粉碎后丹仍在，铁链锻成后则铁愈铮铮有声。此指逝者生前受到种种迫害仍在坚持斗争。

③流水高山，典出《列子·汤问》中俞伯牙、钟子期互为知音的故事，后因以"高山流水"称知音或知己。诗句意谓，我对这位指引自己走上革命道路的知音心向往之，现已听到海外传来遥远的钟声。

参观"山河新貌"画展题①

真中有画画中真，笔底风云倍有神。②

西北东南游历遍，山河新貌貌如新。③

【注释】

①此诗写于 1961 年 5 月。同年 5 月 2 日至 21 日，中国美术家协会与江苏分会联合主办的"山河新貌——江苏国画家写生作品展"在北京举行。郭沫若应邀参观后欣然为画展题诗。《美术》双月刊 1961 年第 4 期对于此次画展有具体介绍。

②真，真实，此指真实的生活。绘画中写生要求以实物为对象进行描绘，画家常常以此作为搜集素材的重要手段。诗中因言真实的生活中有画而画中亦有真实的生活。倍有神，意在赞扬画家技艺高超，笔底产生风云有如神助一般。

③遍，普遍，到处。诗句意谓，我们参观"山河新貌"画展之后，仿佛画家带领我们东南西北到处游历，从而感受祖国山河新貌真正面貌如新。

自　题　诗①

有笔在手，有话在口。

以手写口，龙蛇乱走。②

心无汉唐，目无钟王。③

老当益壮，兴到如狂。④

①此诗写于 1961 年 7 月。录自《郭沫若书法集》。作者写在一张扇面上,这首四言小诗实为对于自己诗词书法作品的评述。

②龙蛇乱走,意同成语"笔走龙蛇",即笔一挥动就能呈现出龙蛇舞动的神态,比喻笔势矫健生动。李白《草书歌行》:"恍恍如闻神鬼惊,时时及见龙蛇走。"诗句意谓,有笔握在手中,有话留在口中。用手中笔写口中言,文笔纵放挥洒自如有如龙蛇舞动。

③汉唐,汉代和唐代。这里似指汉魏六朝诗赋和唐宋诗词。钟王,指三国魏钟繇和晋代王羲之,均为楷行书法的代表书家,故简称钟王。诗句意谓,作者写作诗词心无汉唐,书法写作目无钟王。意即不受古代诗人和书家的约束。

④老当益壮,年老而志气更加壮盛。兴到如狂,兴致到了如同发狂。诗句意谓,而今自己依然老当益壮,诗书创作兴到如狂,亦即兴之所至狂放不羁。

再题福建省工艺美术展览会①

八十六种,齐放百花。②
春来手下,香遍天涯。③

【注释】

①此诗写于 1961 年 7 月 16 日。当时,福建工艺美术品展览会再次来北京团城展出,郭沫若亲临参观并当场题赠四言诗一首。后收入《郭沫若闽游诗集》,福建人民出版社 1979 年出版。题目为编者所加。

②八十六种,指来京参展的八十六种工艺美术品。诗句意谓,八十六种工艺美术品,堪称百花齐放。

③春来手下,春天来到手下,形容手艺精巧,能以触手生春。诗句意谓,春天来到手下,芳香传遍天涯。

蝴 蝶 泉①

蝴蝶泉头蝴蝶树,蝴蝶飞来千万数。②
首尾相垂如串珠,四月中旬来一度。③
我今来已届中秋,蝴蝶不来空盼顾。④
清茶酹祝蝴蝶魂,阿龙阿花春永驻。⑤

【注释】

①此诗写于 1961 年 9 月 8 日。蝴蝶泉,在云南大理城北二十里,苍山云弄峰麓。泉水从石缝中涌出,水极清冽。每逢立夏前后,千万蝴蝶飞到泉边大树上,彼此首尾相衔,成一条下垂的长带,五光十色,鲜艳夺目。1961 年 9 月 8 日,郭沫若游大理蝴蝶泉。在泉边六角亭品茶时,听看守蝴蝶泉的老人讲述民间流传的白族青年阿龙、阿花抗暴殉情双双投潭化蝶的故事。郭沫若当即应约赋诗一首。后收入《东风集》时已在此基础上扩展成为十九节的长诗。

详见马泽斌《郭沫若在大理》一文,载《郭沫若学刊》1988 年第 3 期。

②头,作词助,如前头、木头。千万数,以千万来计算。诗句意谓,蝴蝶泉边蝴蝶停在树上,飞来的蝴蝶当以千万来计数。

③垂,挂下。诗句意谓,蝴蝶首尾相接下垂如一串串珠子,这种景象在每年四月中旬一年一度。

④届,到(时候)。盼顾,盼望看到。诗句意谓,我今天来已到中秋的时候,因此蝴蝶不来只能空自盼望。

⑤酹(lèi),洒酒于地表示祭奠。苏轼《念奴娇·赤壁怀古》:"一樽还酹江月。"阿龙阿花,即白族民间流传殉情化蝶故事的人物。诗句意谓,我以清茶代酒祭奠祝祷蝴蝶之魂,但愿白族青年阿龙、阿花青春永驻。

湖　笔①

湖笔争传一品王,书来墨迹助堂堂。②
蓼滩碧浪流新韵,空谷幽兰送远香。③
垂统以还二百二,求精当作强中强。④
宏文今日超秦汉,妙手千家写报章。⑤

【注释】

①此诗写于 1961 年 10 月。附有跋语:"一九六一年十月廿六日书贺王一品斋笔庄创立二百二十周年,郭沫若。"手迹载 1961 年 11 月 21 日《文汇报》。湖笔,浙江湖州出产的毛笔。湖州王一品斋笔庄,是我国开设最早的经营湖笔的专业商店。该店创业于清乾隆六年(公元 1741 年),至 1961 年已有二百二十年的历史。郭沫若应约为王一品斋笔庄创业二百二十周年纪念题诗。

②一品王,即王一品,因押韵而倒装。堂堂,形容容貌庄严大方或人很有气魄,如相貌堂堂、堂堂男子。此指写出字来很有气魄。诗句意谓,谈起湖笔人们争传王一品斋笔庄,该店毛笔写来有助于墨迹亮亮堂堂。

③蓼(liǎo),植物名,一般指水蓼,生于水中。幽兰,即兰花。诗句意谓,湖笔书写犹如蓼滩碧浪流出新韵,并散发出空谷幽兰一般的芳香。

④垂统,原指封建帝王把基业传给后代,《孟子·梁惠王下》:"君子创业垂统,为可继也。"此指湖州王一品斋笔庄创办以来。诗句意谓,王一品斋笔庄创业已有二百二十年的历史,一贯精益求精当在这一行业成为强中之强。

⑤宏文,宏大的文章。诗句意谓,湖笔用途广泛,今日写成宏文可超秦汉,千家妙手写出报刊文章。

书赠玉芳同志①

玄奘师弟立山头,灯影联翩猪与猴。②

情尽天开朝日出，山平水阔大城浮。③

已得东土清源界，应惩西天火焰游。④

四十年间天地改，浑如一梦下荆州。⑤

【注释】

①此诗写于1961年秋。录自林琪《郭沫若集外佚诗一首》，载《郭沫若学刊》1994年第3期。张玉芳，1923年生，河南安阳人。抗日战争后期参加革命，曾任北京荣宝斋负责人。郭沫若作为荣宝斋的常客，1961年秋走访，乘兴写成此诗"书赠玉芳同志"。实借纪述《西游记》唐僧师徒取经故事，以庆祝建党四十周年。

②玄奘，唐代高僧，通称三藏法师，民间呼为唐僧。师弟，师父、徒弟的合称。联翩(piān)，鸟飞貌，形容连续不断。诗句意谓，唐僧师徒立于山头，灯影之中连续不断出现猪八戒与孙悟空的形象。此指人们常见有关《西游记》故事的影片。

③似指取经归来，情尽天开出现东方朝日，山平水阔浮现唐代都城。

④东土，古代泛指今陕西以东地区，也用以代指中国。清源，清澈的水源。火焰，即火焰山。诗句意谓，现在已得东土大唐清澈水源的地界，应罚西天取经途中有如火焰山之游出现的妖魔。

⑤四十年，指建党以来出现改天换地的变化。荆州，古地名，简直如同一梦去了荆州。诗句寓意待考。

参观富春江电站①二首

—②

横断溪腰七里泷，半江大坝已凌空。③

阻拦水利磨成电，灌溉山田以利农。④

【注释】

①富春江电站，亦名"七里泷水电站"。浙江省富春江上的大型水电站，位于桐庐县的七里泷。

②此诗写于1961年10月31日。郭沫若当天在浙江桐庐，参观了七里泷和富春江水电站大坝，应十二工程局局长刘绍文要求，提笔写了一首七言绝句。诗见王恭甫《一江流碧玉，两岸点红霜——缅怀郭老游览富春江》，载1979年11月4日《杭州日报》。

③七里泷，亦名七里滩，起于建德梅城镇双塔凌云，止于桐庐严子陵钓台。当时已在七里泷筑一大坝建成水电站。诗句意谓，横腰斩断七里泷，并在半江之上大坝亦已凌空。

④磨，摩擦。山田，高处的田地。诗句意谓，大坝阻拦上游之水以摩擦发电机组产生电力，而且可以灌溉高处田园以有利于农业。

—①

斩断横腰七里泷，半江大坝已凌空。

阻拦水力磨成电,灌溉山田用利农。②

不让新安成独步,要同坛口比雌雄。③

人人都是红旗手,笑彼严光作钓翁。④

【注释】

①第二首写作时间似在 1961 年 11 月。郭沫若在原有七绝基础上加工,变成了七律。诗见《郭沫若同志浙江题咏》,《西湖丛书》第三辑,1979 年 6 月出版。

②这四句注释见前不再重复。

③新安,指新安江水电站。独步,独一无二,超群出众。坛口,即黄坛口水电站。诗句意谓,富春江水电站建成,不让新安江水电站独步江南,还要同黄坛口水电站一决雌雄。

④严光,字子陵,东汉初会稽余姚人,与刘秀同学。刘秀即位后,他改名隐居。后被召到京师洛阳,为谏议大夫。他不肯受辞官归隐。富春江畔严子陵钓台即为他的隐居垂钓处。诗句意谓,而今新社会人人都是红旗手,可笑严光仍作富春江畔的钓翁。

题赠广东省中山图书馆①

蠹鱼成脉望,学海问津梁。②

卷破神如有,人文蔚耿光。③

【注释】

①此诗写于 1961 年 12 月 28 日。据林梓宗《人文蔚耿光——学习郭老的治学精神》一文介绍:"当时郭老是到海南岛休养路经广州的。但是他珍惜时间,利用在穗逗留的短暂机会,还要到图书馆借书、看书。"当时曾题五绝一首,赠广东省中山图书馆,诗载广州《图书馆工作》1978 年第 3 期。

②蠹(dù)鱼,蛀蚀书籍衣服等物的小虫。脉望,传说中蠹鱼所化之物,遇之可以成仙。段成式《酉阳杂俎续集·支诺皋中》:"建中末,书生何讽常买得黄纸古书一卷,读之,卷中得发,卷规四寸,如环无端。何因绝之,断处两头滴水升余,烧之作发气。讽尝言于道者,吁曰:'君固俗骨,遇此不能羽化,命也。'据《仙经》曰:蠹鱼三食神仙字,则化为此物,名曰脉望。"津梁,桥梁。诗句意谓,想从故纸堆中看到蠹鱼化物而成仙是不切实际的,而图书馆在无涯的知识海洋中对读者起着桥梁的作用。

③"卷破"句,化用杜甫诗句:"读书破万卷,下笔如有神。"(《奉赠韦左丞丈二十二韵》)耿光,亮光、光明。诗句意谓,读书卷破如有神助,人类文化则蔚然大放光明。

偶　　成①

蚕吃桑而吐丝,蜂采花而酿蜜。

牛食草而出奶,树吸肥而产漆。②

破其卷而取神,把其精而去粕。③

熔宇宙之万有,凭呕心之创作。④

【注释】

①此诗写于 1961 年 12 月。当时,宁波市文学艺术工作者联合会想做一块单位的牌子,直接写信向郭老索题,并附去像牌子一样大小的两张宣纸。不久收到回信,郭老退回两张宣纸,却寄来一条横幅,上面写着一首六言古诗。落款处写着:"一九六一年冬偶成,书为宁波市文学艺术工作者联合会,请问文艺工作同志以为何如?"他还把"宁波市文学艺术工作者联合会"全衔单独写成一行,分明是作为牌子的题字,只要放大拓印即可。此诗手迹后载 1978 年 8 月 20 日《浙江日报》与 1978 年《浙江文艺》第 8 期。

②这四句均以生动比喻说明深入生活的重要,希望广大文艺工作者要像蚕吃桑、蜂采花、牛食草、树吸肥那样深入到生活中去,然后创作出像丝、蜜、奶、漆那样的好作品。

③破其卷而取神,化用杜甫诗句:"读书破万卷,下笔如有神。"挹、舀、吸取。诗句意谓,认真读书破其卷而取神,并应吸取其精华而去其糟粕。

④熔,通"镕",销镕、炼制。引申为融化改作。刘勰《文心雕龙·辩骚》:"虽取镕经意,亦自铸伟辞。"宇宙之万有,即宇宙万物。呕心,比喻极度劳心苦思,多用于文艺创作或研究。诗句意谓,能融化宇宙万物,凭呕心沥血创作。

读《随园诗话》札记①十二首

谈林黛玉②

其一

随园蔓草费爬梳,误把仙姬作校书。③
醉眼看朱方化碧,此翁毕竟太糊涂。④

其二

诚然风物记繁华,非是秦淮旧酒家。⑤
词客英灵应落泪,心中有妓奈何他?⑥

【注释】

①读《随园诗话》札记,写于 1961 年间。"札记"除序和后记外,由七十七篇短文组成。先由《人民日报》陆续连载,后由作家出版社 1962 年 9 月结集出版。《随园诗话》为清代袁枚(号随园)所著。袁氏提倡性灵说,力求摆脱儒家"诗教"的束缚,采录和肯定了不少不满封建礼教和程朱礼学的诗篇。但就总体而言,书中所称誉的仍以抒发封建士大夫闲情逸致之作为多。此书对于后世颇有影响,郭沫若读后执其不当者加以批评,且部分篇目中附有个人诗作,今加集录诠释。

②《谈林黛玉》发表于 1962 年 2 月 28 日《人民日报》。郭沫若对于《随园诗话》卷二第二二则加以批评。指出我斋咏林黛玉诗的问题,而袁枚却称林黛玉为"校书",是把"红楼"当成了青楼,主观臆断而已。

③蔓草,蔓生的草。爬梳,梳理、整理。校书,旧时妓女的雅称。唐代成都名妓薛涛有才名,王建《寄薛涛校书》:"万里桥边女校书,枇杷花下闭门居。"后因称妓为女校书。诗句意

谓,《随园诗话》蔓生之草颇费梳理,竟然误把红楼仙姬误为青楼妓女。

④朱,朱砂。碧,碧玉。此翁,指《随园诗话》作者袁枚。诗句意谓,醉眼蒙胧之中看到朱砂才会化为碧玉,这位袁翁毕竟太糊涂。

⑤风物,风光景物。秦淮,即南京秦淮河。杜牧《泊秦淮》:"烟笼寒水月笼纱,夜泊秦淮近酒家。"诗句意谓,《红楼梦》诚然记述大观园风物繁华之盛,但并非是南京秦淮河边的旧日酒家。

⑥词客,指《红楼梦》作者曹雪芹。诗句意谓,曹雪芹英灵有知应会落泪,因袁枚心中有妓也奈何他不得。

返老还童①

莫怪五官无一好,近来工具甚新奇。②
眼花尽可凭眼镜,耳聩何妨配耳机?③
义齿顿教人化虎,香精能致鼻生蚁。④
精神生产如丰富,不朽还同天地齐。⑤

【注释】

①《返老还童》发表于 1962 年 3 月 14 日《人民日报》。郭沫若对《随园诗话》卷十一第十四则加以批评。指出顾牧云游览中遇一仙翁的故事纯属虚构,袁枚竟信之不疑。

②五官,指耳、目、口、鼻、身,通常指脸上的器官。诗句意谓,不要怪自己五官无一完好,近来发明的工具甚为新奇。

③聩(kuì),天生耳聋。引申为昏聩,不明事理。诗句意谓,眼睛花了可以依靠眼镜,耳朵聋了何妨配上耳机。

④义齿,即假牙。香精,用几种香料和制成的混合香料,商业上叫做香精。诗句意谓,装上假牙顿时教人化为老虎(可以狼吞虎咽),香精能致使鼻中生蚁(鼻子痒打喷嚏)。

⑤不朽,永不磨灭。诗句意谓,如今精神生产如此丰富,似乎让人不朽可同天地齐寿。

群盲评瞽①

笑人跛瞽笑人聋,不识群盲正指公。②
眼盲心有不盲者,心盲金篦何为功?③

【注释】

①《群盲评瞽》发表于 1962 年 3 月 21 日《人民日报》。郭沫若对《随园诗话》卷十二第七则加以批评。指出刘鸣玉题画诗以残疾人为嘲弄对象,袁枚引入诗话,可见并不忠厚。作者为残疾人鸣不平,答之以诗,题为《群盲评瞽》。

②跛,瘸了一条腿。瞽,瞎眼。盲,瞎子。诗句意谓,笑人瘸腿、眼瞎和耳聋,不识一群瞎子正指着你。

③金篦,金属的篦子,一种比梳子密的梳头用具。诗句意谓,眼睛虽瞎心有不瞎者,如果心瞎即使金篦来刮又有什么用呢?

饕餮和尚①

饕餮和尚胃口大，四十乾坤齐吞下。②
果然奇气冲西天，普天四海都氟化。③

【注释】

①《饕餮和尚》发表于 1962 年 4 月 10 日《人民日报》。郭沫若对《随园诗话·补遗》卷一第十七则加以批评。指出得心大师如此贪馋，犹自解嘲。作者也作一谒，奉赠大师。

②饕餮(tāo tiè)，传说中一种贪食的恶兽，后亦专指贪于饮食的人。乾坤，本指天地，此指鸡蛋。诗句意谓，贪食的和尚胃口真大，四十个鸡蛋齐吞下。

③奇气，鸡蛋含硫量大，多食则放屁奇臭。氟(fú)，一种浅黄绿色气体，能同所有金属、非金属元素起猛烈反应而生成氟化物，并发生燃烧。诗句意谓，果然放出的臭气能冲上西天，让普天之下都产生氟化物。

马粪与秧歌①

与为参领妾，何如走卒妻?②
炕头逾软榻，马粪胜香泥。③
村汉骑知骏，秧歌唱入迷。④
可怜不解事，哀怨报情痴。⑤

【注释】

①《马粪与秧歌》发表于 1962 年 5 月 9 日《人民日报》。郭沫若对《随园诗话·补遗》卷二第五四则提出批评。指出赵飞鸾《怨诗》实为虚荣心重。袁枚不怜其被卖做妾，却怜其发配为妻，识见并不高明。

②参领，清朝官名。走卒，差役。诗句意谓，与其为参领之妾，何如作走卒之妻?

③香泥，似即香饼、石炭，用以点香，一饼之火可终日不灭。诗句意谓，走卒的炕头超过参领的软榻，燃烧马粪胜过香泥。

④骑，靠近。骏，骏马。诗句意谓，靠近村夫方知是匹骏马，秧歌唱到入迷的程度。

⑤情痴，爱情到痴迷的程度。诗句意谓，可怜她不懂事，反以哀怨来报答痴情的丈夫。

猫儿辩冤①

平等何分主与奴? 持家我亦爱吾庐。②
劳而无怨江有汜，冥不堕行伯玉蘧。③
怪汝昼眠恒化蝶，迎余腊祭亦无鱼。④
卖贫还请扪心问:老鼠胡为不啮书?⑤

①《猫儿辩冤》发表于1962年6月10日《人民日报》。郭沫若对《随园诗话·补遗》卷六第十则加以批评。指出武林女士王姮的《咏懒猫》一诗把猫错怪了，袁枚却称其"诗才清丽"。作者代笔为"猫儿辩冤"。

②庐，简陋的房屋，如茅庐。诗句意谓，平等何分主人与奴仆？就其持家我也爱我的庐舍。

③江有汜，《诗·国风》有《江有汜》一诗，毛传以为"媵遇劳而无怨"。伯玉蘧，即蘧伯玉，春秋卫人。孔子在卫，常至其家，称他"不以冥冥堕行"。即不以暗处而堕其行为。诗句意谓，猫儿自谓作为媵妾能遇劳而无怨，并像蘧伯玉那样"冥不堕行"。

④昼眠恒化蝶，指庄周曾梦为蝴蝶，见《庄子·齐物论》。腊祭，指古人腊祭有迎猫用鱼的习俗。诗句意谓，怪你白天睡眠常做梦，迎我腊祭也没有鱼。

⑤胡，何。啮（niè）咬。诗句意谓，你在夸贫还请扪心自问，老鼠为何不来咬书？

状元红之蜜汁①

晨吸状元红上蕊，甘鲜可爱忆儿时。②
蜜囊花底储仙露，此事工蜂已早知。③

【注释】

①《状元红之蜜汁》发表于1962年6月10日《人民日报》。郭沫若对《随园诗话·补遗》卷六第二五则加以批评。指出袁枚在园中种芭蕉常采花"吸其露"，实为状元红开花时之甜液，但此非"甘露"，乃其蜜汁也。

②蕊，花蕊。诗句意谓，忆起儿时早晨常吸状元红上的花蕊之"甘鲜可爱"的甜液。

③工蜂，负责采花的蜜蜂。诗句意谓，花底蜜囊有仙露，此事负责采花的蜜蜂早已知道，意即袁枚不用津津乐道。

黄巢与李自成①

骊冢茂陵俱被掘，鞭尸戮墓几人存？②
黄巢李闯终人杰，汉武秦皇与共尊。③

【注释】

①《黄巢与李自成》发表于1962年6月10日《人民日报》。郭沫若对《随园诗话·补遗》卷六第三四则加以批评。指出袁枚"不信风水之说"可取，而视黄巢、李闯为"逆贼"则属时代认识局限。

②骊冢，指秦始皇陵墓。茂陵，指汉武帝陵墓。诗句意谓，秦始皇、汉武帝陵墓都被挖掘，而鞭尸戮墓者几人尚存于世？

③黄巢与李闯，均为我国古代农民起义领袖。诗句意谓，黄巢与李自成终为人间豪杰，与汉武帝、秦始皇共同被人尊敬。

马夫赴县考①

须知墨本是松煤，黍稷稻粱粪作肥。②
我学圣人甘执御，提鞭秉笔两能为。③

【注释】

①《马夫赴县考》发表于 1962 年 6 月 10 日《人民日报》。郭沫若对《随园诗话·补遗》卷七第七则加以批评。指出嘲笑"马夫赴县考"，知县老爷实太轻薄，而随园才子则更轻薄。作者愿为这位马夫鸣不平。

②松煤，即松烟煤，古代常以松烟煤做墨。黍稷稻粱，均为粮食。诗句意谓，须知墨本是松烟煤，而所有粮食都须粪作肥料。

③执御，亦作执鞭，为人代驾车马。诗句意谓，我学孔圣人，愿为人驾驭车马（当马夫），提鞭与执笔两者都能做。

咏 梧 桐①

花时不争春，叶落不嫌早。②
摧折为瑶琴，犹传音调好。③

【注释】

①《咏梧桐》发表于 1962 年 7 月 1 日《人民日报》。郭沫若对《随园诗话·补遗》卷七第十九则加以批评。袁枚录张椿龄《咏桐》："春去花始开，秋来叶早落。何日作瑶琴，自诉妾命薄？"赞其"咏桐者古未有也"。作者因反其意，作《咏梧桐》一首。

②这两句是说，花开时不去争春，叶落时不嫌过早，一切顺其自然。

③摧折，折断。瑶琴，饰以美玉的琴，泛指精美贵重的乐器。诗句意谓，如果折断去做瑶琴，犹可传出好听的音调。

如皋紫牡丹①

无种而生无此理，题诗人自见深心。②
护花预为防移植，埋石居然止盗侵。③
琼岛飞来成美梦，庄园宴集赖高吟。④
牡丹有意酬知己，料应纷披直到今？⑤

【注释】

①《如皋紫牡丹》发表于 1962 年 7 月 8 日《人民日报》。郭沫若对《随园诗话·补遗》卷八第二九则加以评说。袁枚引《如皋志》云："淳熙中，东孝里庄园有紫牡丹一本，无种而生。有观察见，欲移分一株。掘土尺许，见一石，题曰'此花琼岛飞来种，只许人间老眼看'。遂不敢移。自后乡老诞日，值花开时，必宴于其下。"作者阅后，因得一诗。

②无种而生,没有种子自然生长。诗句意谓,无种而生应无此理,题诗可见种花者护花之深心。

③盗侵,盗窃劫掠。诗句意谓,护花人预先为防有人移植,埋石题诗居然止住盗窃掠夺。

④琼岛,宝岛、仙岛。宴集,饮宴的集会。诗句意谓,因言琼岛飞来成就了自我保护的美梦,庄园饮宴集会树下赖以高声吟唱。

⑤酬,酬谢。纷披,多、盛。诗句意谓,牡丹有意酬谢长期护花的知己,料应枝叶纷披直到今天。

七　律①

赖有晴空霹雳雷,不教白骨聚成堆。②
九天四海澄迷雾,八十一番弭大灾。③
僧受折磨知悔恨,猪期振奋报涓埃。④
金睛火眼无容赦,哪怕妖精亿度来!⑤

【注释】

①此诗写于1962年1月6日。七律,七言律诗的简称。1961年10月25日,郭沫若在北京看了浙江省绍剧团根据《西游记》改编的《孙悟空三打白骨精》演出后,题赠七律一首:"人妖颠倒是非淆,对敌慈悲对友刁。咒念金箍闻万遍,精逃白骨累三遭。千刀当剐唐僧肉,一拔何亏大圣毛。教育及时堪赞赏,猪犹智慧胜愚曹。"同年11月17日,毛泽东作《七律·和郭沫若同志》:"一从大地起风雷,便有精生白骨堆。僧是愚氓犹可训,妖为鬼蜮必成灾。金猴奋起千钧棒,玉宇澄清万里埃。今日欢呼孙大圣,只缘妖雾又重来。"1962年1月6日,郭沫若在广州读毛泽东《七律·和郭沫若同志》后,深感受到了很大的启发,当即用毛泽东原韵和了一首。此诗送给毛泽东看过,毛阅后曾说:"和诗好,不要'千刀当剐唐僧肉'了,对中间派采取了统一战线政策,这就好了。"此事详见郭沫若《玉宇澄清万里埃》,载1964年5月5日《人民日报》。

②霹雳,疾雷声。白骨,死人骨。《西游记》里的白骨精就是白骨堆里化生出来的妖精。诗句意谓,赖有晴空霹雳的疾雷,不教白骨聚成一堆,亦即没有化生妖精的土壤。

③九天,天空。四海,犹言天下,指全国各处。八十一,即"九九八十一",极言其多。弭(mǐ),停止、消除。诗句意谓,普天之下澄清迷雾,八十一番消除大的灾害。

④涓埃,细流与尘埃,比喻细微。诗句意谓,唐僧受到妖精折磨已经知道悔恨,猪八戒也在期望振奋起来能有小小的回报。

⑤金睛火眼,原指孙悟空火眼金睛能识别妖魔鬼怪,后亦用以形容眼光税利能识别真伪。赦(shè),赦免、免罪。诗句意谓,我们只要具有像孙悟空那样的火眼金睛,对于妖精不容赦免,哪怕妖精亿度来犯!

贺中华书局成立五十周年①

五十年间天地改,中华文运更辉煌。②

梯航学海通今古，鼓扇雄风迈宋唐。③

【注释】

①此诗写于1962年1月。中华书局，我国历史较久的出版机构，1912年创办于上海，以出版中小学教科书为主，并印行古籍、各类科学、文艺著作和工具书等。1954年5月，总公司迁往北京。1962年1月，中华书局在北京举行五十周年纪念会。郭沫若题诗致贺，高度评价中华书局五十年来对于我国图书出版事业的重大贡献。此诗录自王寿林《郭沫若佚诗五首》，载《郭沫若学刊》2000年第2期。

②文运，文化盛衰之运会。诗句意谓，我国五十年间已经出现天翻地覆的变化，中华文化的气运显得更加灿烂辉煌。这里"中华文运"，既指整个中华文化，也指中华书局出版事业。

③梯航，梯与船，登山航海的工具。也指登山航海，历经艰险。贺知章《送张说巡边》："荒境尽怀忠，梯航已自通。"学海，学问汇集的地方。鼓扇，宣扬。《南史·梁纪·论》："鼓扇玄风，阐扬儒业。"雄风，强劲之风。宋玉《风赋》："此所谓大王之雄风也。"诗句意谓，航行于学海之上可以通达今古，宣扬学术的雄劲之风超过宋、唐时代的文化。

再访萝冈洞①

萝冈风物桃源似，遍地梅花颂有年。②
公社为家多俊杰，诗翁有笔一神仙。③
传声空谷田园乐，握手夷门翰墨缘。④
羡为人民持木铎，春风日日坐尧天。⑤

【注释】

①此诗写于1962年1月。1月9日，郭沫若在罗培元陪同下再往萝冈洞，专程访问年已八旬的钟踏梅老人。晤谈后一同摄影留念。数日后，收到老人题赠的七律一首："诗翁矍铄洵堪羡，花甲重周十几年。革命飞声推国老，邀游省会胜神仙。关心民瘼平生愿，拍影光荣觉有缘。喜君踏雪寻梅日，小寒时节过三天。"郭即步韵和之。后录入散文《再访萝冈洞》，载1962年3月11日《南方日报》。萝冈洞，在广州市东郊，距市区七十里，周围环山，中为谷地，只有狭口为进出孔道。此处遍植嘉果，以盛产荔枝、青梅著称。有萝峰寺、玉屏石等胜迹。

②有年，大有之年、丰年。诗句意谓，萝冈风物颇似陶渊明笔下的桃花源，遍地梅花称颂丰收年景。

③公社，指当时农村基层组织人民公社。诗翁，称钟踏梅老人。诗句意谓，人们以公社为家故多俊杰之士，钟踏梅老人手中有笔，成了一位活神仙。

④传声空谷，通作空谷传声，谓人在山谷中发出声音立即听到回声。这里比喻二人诗词唱和。夷门，指夷门监者侯嬴。侯嬴，战国时魏人，年七十，任大梁（今河南开封）夷门守门小吏，后被信陵君迎为上客。因钟踏梅老人为公社看门人，故以为喻。诗句意谓，与诗翁唱和充满田园乐趣，与夷门监者握手结下了笔墨缘。

⑤木铎，木舌的铃。《周礼·天官·小宰》："徇以木铎。"郑玄注："木铎，木舌也。文事奋

木铎,武事奋金铎。"此处通木柝,兼指守门人打更的梆子。尧天,以尧天舜日,喻太平盛世。诗句意谓:我很羡慕能为人民手持木铎,每天在春风里坐享太平盛世。

游佛山诗 三首①

题地委招待所②

清洁人称第一流,民间艺术足千秋。③
石湾窑变光增彩,秋色剪工巧绝俦。④
祖庙辉煌雕塑好,农田肥沃稻粱稠。⑤
红旗三面光芒远,四化还须上一楼。⑥

【注释】

①这一组诗写于1962年1月。佛山,即佛山市,在广州珠江三角洲北部,相传唐代在此掘得佛像得名。原为南海属镇,明清时与夏口(汉口)、朱仙、景德并称我国四大镇,以产香云纱与陶瓷器著名。名胜有佛山祖庙。郭沫若当时游佛山写成诗三首,发表于1962年1月14日《南方日报》。

②郭沫若游佛山时曾在地委招待所休息,因以题诗留念。

③民间艺术,亦即民间工艺,各地劳动人民往往就地取材采用手工生产为主的工艺美术品。品种繁多,如竹编、草编、蓝印花布、木雕、泥塑、剪纸等。诗句意谓,佛山地区清洁卫生人称一流,各种民间艺术也是流传千年。

④秋色剪,即秋色和剪纸,当地民间工艺美术。绝俦,犹绝伦,无与伦比。诗句意谓,石湾窑陶器产品变化添光增彩,秋色与剪纸艺术工巧绝伦。

⑤祖庙,即佛山祖庙,始建于北宋元丰年间,明洪武五年重修,是供奉北帝的神庙。因居佛山诸庙之首,因称祖庙,现已辟为公园。诗句意谓,佛山祖庙光辉灿烂雕塑亦好,当地农田肥沃稻粱稠密。

⑥红旗三面,指总路线、大跃进、人民公社三面红旗。四化,指实现农业、工业、国防和科学技术四个现代化。诗句意谓,三面红旗光芒远照,四化建设还须更上一层楼。

游祖庙公园后访佛山民间艺术研究社留题①

凭将秋色千张纸,夺取乾坤万象春。②
神以人灵神已废,而今百姓尽为神。③

【注释】

①佛山民间艺术研究社,在佛山祖庙旁边,1955年建立。生产工艺品主要有秋色、灯式、剪纸、墨鱼骨雕刻等。

②秋色,是利用废纸屑、木头、泥胶等制作而成的各种造型、雕塑、粘砌的工艺品,起源于明朝永乐年间,已有五百多年历史。乾坤,指天地。诗句意谓,凭将手工秋色与千张剪纸,就能夺取人间万象春天,亦即如同春天万物呈现在我们面前。

③这两句赞美劳动人民,神以人灵而神已废,而今百姓尽为神仙。

参观石湾窑①

陶瓷争独创,何用仿元均?②
艺与道俱进,品随岁更新。③
求精培国粹,服务为人民。④
天地凭开拓,钻研要认真。⑤

【注释】

①石湾窑,明代著名瓷窑之一,窑址在今佛山市石湾镇。这里向以陶瓷工业著名,有"南国陶都"之称。郭沫若参观石湾窑址与工场后,欣然题诗留念。

②仿元均,模仿均窑的传统,均通常作"钧",指钧窑,窑址在河南省禹县。诗句意谓,石湾窑陶瓷艺术尊重独创,何用仿照宋代原来的均窑?

③道,思想道德。诗句意谓,生产技艺与思想道德同时进步,产品随着岁月不断更新。

④国粹(cuì),旧时指我国文化中的精华。诗句意谓,精益求精是为了培养国家的精粹(精品),热心服务是为了人民。

⑤凭,依靠。诗句意谓,艺术的天地依靠你们开拓,钻研业务定要认真。

游天涯海角 二首①

—②

海日曾相识,重逢已隔年。③
字蒙刀作笔,诗累石为笺。④
红豆春前熟,青山天际燃。⑤
临风思往事,犹有打渔船。⑥

【注释】

①这两首诗写于 1962 年 1 月。作者与去年 2 月所作一首合为《游天涯海角》三首,录入散文《天涯海角》,发表于 1962 年 2 月 20 日《羊城晚报》。其中去年一首已作为《海南纪行》八首之六《游天涯海角》收入《东风集》,这里不再作为佚诗收录。

②此诗写于 1962 年 1 月 11 日。作者重访天涯海角,得诗一首。天涯海角,在海南岛榆林,海畔危石磊磊。其中之一题"天涯"二字,又一题"海角"二字。稍隔处有高大危石,上题"南天一柱"乃清末人所书。郭沫若《游天涯海角》诗手迹刻在一巨石上,上面还有他手书的"天涯海角游览区"七个大字。

③海日,海面上空的太阳。诗句意谓,海上太阳似曾相识,来此重游已经隔了一年。

④刀作笔,以刀作笔,将诗刻于石上。意为去年游天涯海角所书景区名称与题诗手迹均已刻于石。累,连累。笺,精美的纸张,供题诗写信等用。此指累石为笺。诗句意谓,我写的

字承蒙以刀作笔,诗也带累以石为笺,亦即刻于石上。

⑤红豆,红豆树,乔木,产于亚热带地区。种子呈红色,古代文学作品中常用以象征相思。诗句意谓,海南红豆春季就已成熟,远处青山仿佛在天际燃烧,此指青山上的红豆红得如火燃烧一般。

⑥临风,面对海风。思往事,想起去年帮助渔民曳网一事。诗句意谓,面对海风想到以往的事情,眼前犹有海上的打渔船。

二①

> 去年助曳网,今年来何迟?②
> 访古字方显,得鱼人正归。③
> 点头相向笑,举手不通辞。④
> 有目甜愈蜜,惠予以此诗。⑤

【注释】

①此诗写于1962年1月16日。当日,郭沫若三往天涯海角目验《崖州志》有关记载。又遇渔民,笑谈去年帮助拉网的事,以"此乃绝好诗料,因复成诗一首"。

②曳(yè),引、拖、拉。诗句意谓,去年帮助渔民拉网,今年何以迟迟才来?

③访古字方显,读《崖州志》方知"天涯"二字乃雍正十一年州守程哲所书。此次就崖上验果然。"雍正十一年"五字在"天"字之右,"程哲"二字在"崖"字之左,旧谓苏东坡所书,殊非其实。诗句意谓,此次寻访古迹字方显出,渔民得鱼后正欲归去。

④辞,文词、言词。诗句意谓,有的渔民向我含笑点头,我亦举手答之。

⑤惠,赐。诗句意谓,忆及去年帮助拉网的事,渔民眼中有着甜蜜的笑意,因而惠我以这首小诗绝好的诗料。

为《羊城晚报》副刊《花地》题词

五羊跃进,金城凌空。

百花齐放,遍地东风。

【注释】

①此诗写于1962年1月。当时,郭沫若在广州访问期间,曾为《羊城晚报》副刊《花地》题词。手迹载1962年2月4日《羊城晚报》。

②五羊,即五羊城,广州市的别称。相传古有五仙人,骑五色羊,羊口衔着六茎稻穗至此,其后州厅梁上绘画五仙人和五羊像。金城,言城之坚,如金铸成。此指广州。《韩非子·用人》:"不谨萧墙之患,而固金城于远境。"诗句意谓,五羊正在跃进,金城凌空飞翔。

③这两句是说,而今百花齐放,遍地都是东风。意在切副刊"花地"。

题《五朵红云》①

五指山上五云红,五角红星在抱中。②

众手擎天红五指，翻天覆地破牢笼。③

【注释】

①此诗写于 1962 年春。《五朵红云》，舞剧，内容描写黎族人民谋求解放的斗争生活。主人公名叫柯英，原系黎家妇女，在斗争中逐步成长为红军战士。当时，郭沫若在海南岛观看舞剧《五朵红云》，并为剧团题诗留念，手迹载《舞蹈》1978 年第 6 期。

②五指山，在海南岛东南部，因形如五指，故名。抱，胸怀。《宋书·范晔传》孔熙先《狱中上书》："然区区丹抱，不负夙心。"诗句意谓，五指山上五云红成一片，五角红星在胸怀之中。

③擎天，向上托住苍天。诗句意谓，众人伸手托住苍天，五指山上一片通红，通过斗争天翻地覆破除牢笼。

题品石轩①

莫道人品石，当教石品人。②
有石号七贤，有石号花神。③
花神散花花满林，顿使绿竹添新韵。④
石犹有品人岂无？友石拜石德不孤。⑤
此轩新名轩石品，石在品人能慢乎？⑥

【注释】

①此诗写于 1962 年 2 月。诗前有序："品石轩依新式读法当为'轩石品'。一九六二年春游览后题此，非戏言也。"品石轩，当为雅集休闲场所，在广东何处不详。诗发表于 1962 年 2 月 24 日《羊城晚报》。

②品石，品评石头。诗句意谓，不要说人品石头，而是石来品人。此指品石轩按照新式读法应为"轩石品"，这样就不是人来品之所，而是轩石评人，故作者谓"非戏言也"。

③这两句是说，轩内石头名号繁多，有石号称七贤，有石号称花神。

④新韵，新的风采神韵。诗句意谓，花神散出鲜花则花满林，顿使绿竹增添新的风韵。

⑤德不孤，语出《论语·里仁》："德不孤，必有邻。"诗句意谓，石犹有品人岂能无？因此结交石头、拜访石头的事情是不会孤独的。

⑥慢，简慢，怠慢。诗句意谓，此轩新名轩石品（意在突出石品人），石头正在品人我们岂能怠慢？

七律二首①

其一

群贤如海去还来，老者安之少者怀。②
歌舞传神千载盛，园林入画百花开。③

多门游艺交名手,众馆珍陈富教材。④

摘下天星城不夜,人民宫殿胜蓬莱。⑤

【注释】

①这两首诗写于 1962 年 2 月。作者自序:"一九六二年春,广州文化公园将届十周年,园中管理同志嘱为诗纪之,为题七律二首。"诗载 1962 年 2 月 24 日《羊城晚报》。

②群贤,指来文化公园的大批游客。诗句意谓,游客如海去了还来,老年人感到安适,青年人则恋恋不舍。

③"歌舞"二句,诗句描写文化公园的盛况,传神的歌舞表演反映着千载盛事,园林美丽如画百花盛开。

④名手,指著名艺人。诗句意谓,多种游艺部门交由著名艺人参与演出,各个展馆所陈列的珍品都是富有意义的教材。

⑤摘下天星,摘下天上星星,此指电灯。蓬莱,传说中的海上神山蓬莱仙岛。诗句意谓,夜晚灯光闪烁犹如摘下天上星星公园成了不夜城,人民宫殿胜过传说中的蓬莱仙岛。

其二

歌舞楼台逐岁新,万民同乐四时新。①

园林花卉阴阳燮,体育文娱劳逸均。②

列馆骈开增智慧,周年轮展益精神。③

上游直上探星宿,十载重交戒旦辰。④

【注释】

①逐岁新,即逐年新,一年比一年新。诗句意谓,文化公园的歌舞楼台逐年更新,万民得以同乐,一年四季都有新意。

②花卉(huì),花草。卉为草的总称。阴阳燮(xiè),语出《书·周官》:"兹惟三公,论道经邦,燮理阴阳。"燮理,协和、调理。本指宰相辅政。比喻阴阳调和。劳逸均,即劳逸结合。诗句意谓,园林花草调理得当,体育文娱活动让人劳逸结合。

③骈开,并列开放。诗句意谓,园内各个展览馆同时开放,可以增长人们的智慧,一年年轮番展出有益于精神文明。

④戒旦晨,黎明时催人从睡梦中醒来称为"戒旦"。《晋书·赵至传》:"鸡鸣戒旦,则飘尔晨征。"亦指黎明。何逊《与沈助教同宿溢口夜别》:"我为浔阳客,戒旦乃西游。"诗句意谓,人们力争上游直上青天更探星宿。十载重交(二十年),亦即再交十年依然戒旦晨征。

题《周慕莲舞台艺术》①

前有青莲,后有慕莲;

一为诗仙,一为剧仙。②

纵横九域,上下千年;

春风风人,桃李满川。③

【注释】

①此诗写于 1962 年春。周慕莲(1900—1961),女,四川成都人,著名川剧表演艺术家。生前担任重庆川剧院院长、中国文联委员、戏剧家协会常务理事。1962 年春,重庆市戏曲工作委员会为纪念这位川剧表演艺术家编成《周慕莲舞台艺术》一书。郭沫若应约为该书题诗一首。手迹见同年 12 月重庆出版社出版的《周慕莲舞台艺术》。

②青莲,即唐代大诗人李白,字太白,号青莲居士。诗句意谓,我们四川前有李青莲,后有周慕莲;一为古代诗仙,一为现代剧仙。这里歌颂周慕莲为现代剧坛仙人。

③九域,即九州,泛指全中国。春风风人,和煦春风吹拂着人们,比喻及时给人以良好的教育。汉刘向《说苑·贵德》:"管仲上车曰:'嗟兹乎,我穷必矣! 吾不能以春风风人,吾不能以夏雨雨人,吾穷必矣!'"桃李,桃树和李树,喻门生弟子。诗句意谓,这位剧仙名声之大,可以纵横全中国,上下几千年;而其舞台艺术能给人以良好的教育,门生弟子已布满四川。

题广州泮溪酒家二首①

一

盘中粒粒皆辛苦,槛外亭亭入画图。②
齐国易牙当稽颡,《随园食谱》待爬梳。③
隔窗堆就南天雪,入齿回旋北地酥。④
声味色香都具备,得来真个费工夫。⑤

二①

南北东西四海人,声香色味一园春。⑦
如何能辨咸酸客,只解诙谐不认真。⑧

【注释】

①此诗写于 1962 年 2 月 17 日。诗有落款:"一九六二年二月十七日罗培元同志邀来欣赏,书此以留念。"广州泮溪酒家,坐落于广州城西,相邻风光绮旎的荔枝湾公园,是我国最大的园林式酒店。罗培元时任中共广州市委统战部部长,曾在此设宴招待郭沫若夫妇。

②盘中粒粒皆辛苦,由唐代诗人李绅《悯农诗》"谁知盘中餐,粒粒皆辛苦"诗句化出。槛外,栏杆外,此指酒家栏杆外亭台皆入画图,因称园林式酒家。

③易牙,春秋时齐桓公近臣,长于烹饪调味。稽颡(qǐ sǎng),即叩首,古时一种跪拜礼。《随园食谱》,书名,亦作《随园食单》,清袁枚撰,详细记述中国元明年间流行的 326 种菜肴、饭点、名酒,被视为烹调"圣本"。爬梳,梳理、整理。诗句意谓,泮溪酒家烹调水平之高让齐国易牙跪拜,即使《随园食谱》也有待加工梳理。

④酥,松脆的食品。诗句意谓,隔窗堆就南天的飞雪,入口回旋着北地松脆的酥饼。

⑤谓酒家菜肴声色香味全都具备,得来真个要费一番工夫。

⑥诗有落款:"一九六二年二月十七日,食后应知稼穑之艰难。"

⑦四海,指天下。《汉书·高祖纪》:"君子以四海为家。"诗句意谓,这里聚集来自东南西北四海为家的人,酒家声色香味俱全,有着一园春色。

⑧诙谐,谈话富于风趣。诗句意谓,如何辨别我们这些不知咸酸味道的客人,只解诙谐风趣而并不认真之人。

西樵白云洞 六首①

咏"白玉堂"②

玉兰花正放,满树吐芬芳。③
挺立云泉馆,尊称白玉堂。④
湖光增皎洁,山影倍青苍。⑤
客至逢时会,春先二月长。⑥

【注释】

①这一组诗写于1962年2月下旬。郭沫若于2月22日、23日用了两个半天,往广东南海游览西樵白云洞,即兴写诗六首。诗均录入散文《西樵白云洞》,载1962年3月9日《羊城晚报》。

②白玉堂,在云泉仙馆通往旅行社宿舍的花径中有株玉兰树,高出西边食堂屋檐,开着一树白花,璀璨夺目。当地人名之为"白玉堂",作者写诗咏之。

③芬芳,香、香气,亦喻人的品德美好。诗句意谓,这株玉兰树花正开放,满树都吐出芬芳的气息。

④云泉馆,即云泉仙馆,亦称吕洞宾庙。诗句意谓,这株玉兰树挺立在云泉仙馆旁,人们尊称之为"白玉堂"。

⑤皎洁,明亮洁白。青苍,青色。诗句意谓,湖光更增玉兰花明艳洁白,山影让玉兰树枝叶倍显青苍。

⑥时会,犹言时运,四时的运行。长(zhǎng),生长,增长。诗句意谓,客人到来正逢时运,春天先来二月即以生长。此指这株白玉兰花期特别长,要比北京早两个月开花。

题试剑石①

奇崖谁试剑?崩坠出天然。②
吕祖何能为,惰夫即是仙。③
女娲亦附会,神话徒空传。④
开辟天和地,人民始有权。⑤

【注释】

①试剑石,吕洞宾庙(即云泉仙馆)附近有一处大岩石,是从高处坠下来的,已跌成两段。此石名为试剑石,相传是吕洞宾炼剑,把石劈成两段。作者出于白云洞中对吕洞宾渲染过多

的反感,做了一首反诗。

②崩坠,崩塌坠落。诗句意谓,在这奇崖之上谁来试剑,倒塌坠落本属自然现象。

③吕祖,即吕洞宾,号称纯阳子,俗传八仙之一,通称吕祖。惰夫,即怠惰的人。诗句意谓,吕洞宾有何能为,那么怠惰的人就是神仙。

④女娲(wā),即女娲氏,神话中人类的始祖。传说她曾用泥土造人,并炼成五彩石补天。附会,牵强附会,当地亦有传说这块试剑石是女娲补天之遗。诗句意谓,传说这块试剑石是女娲补天之遗属牵强附会,神话岂能徒然空传。

⑤开辟天和地,即开天辟地。诗句意谓,如果谈到开天劈地,人民才有发言权。

咏白云洞

危石凌空立,飞泉山上来。

珠帘垂五丈,玉磬响千槌。

径曲清流转,洞幽静室开。

崖分天一线,诗境足徘徊。⑤

【注释】

①白云洞,在南海西樵七十二峰中白云峰的西麓,这里山径曲折,奇崖峭壁。白云洞本身非洞,四面山崖环峙,如在井中,瀑布则从山头流下。作者认为这里还是值得歌咏的。

②危石,高耸的岩石。诗句意谓,这里奇崖危石凌空耸立,飞瀑流泉山上下来。

③珠帘,珍珠缀成或饰有珍珠的帘子。玉磬(qìng),用玉石雕成的古代乐器,悬挂架上,击之而鸣。诗句意谓,瀑布从山头飞流直下似珠帘一般高有五丈,所发出的声音如敲击玉磬千槌。

④清流,白云洞中有"曲水流觞",水虽曲而流颇急。诗句意谓,白云洞中山径曲折而清流蜿蜒,洞中幽深而静室时开。

⑤徘徊,来回地行走。诗句意谓,悬崖分开之处只留青天一线,这样诗的境界足以让我徘徊其间。

题龙涎瀑①

天湖山上水,落下化龙涎。②

胜境人无识,清泉自浩然。③

远亲千顷稻,近接九重天。④

不厌出山浊,飞奔起急湍。⑤

【注释】

①龙涎瀑,白云洞山顶上有天湖,由天湖而下,不远处有一小瀑布。尚无人题字,作者拟名为"龙涎瀑",并题诗一首。

②天湖,位于山顶之上。作者第二天登上山顶,发现天湖实由人工造成,面积有一百二

下编 新中国成立后

十亩。龙涎,龙流下的口水。诗句意谓,天湖山上的水,落下化为龙涎。

③胜境,优胜之境,优美的地方。浩然,众多的样子,这里有叹息之意。诗句意谓,这样的美景竟无人认识,清泉只能空自浩叹。

④亲,亲近。九重天,即天,传说天有九重。诗句意谓。天湖之水飞流直下化为清泉可以灌溉千顷良田,向上则可接近九重天。

⑤湍,水势急,急流的水。诗句意谓,天湖并不厌恶出山变为浊水,随着瀑布流下飞奔而成急流之水。

题云外瀑①

云外飞泉响,离天三尺高。②
我来上千仞,水落下重霄。③
峻险无人问,登临足自豪。④
白云脚下涌,含笑望归樵。⑤

【注释】

①云外瀑,位于龙涎瀑之下、白云瀑之上。作者坐在千仞悬崖壁上,发现还有一处瀑布,因为尚无名字,建议取名"云外瀑",并题诗一首。

②这两句是说,听到云外飞泉声响,这里离天只有三尺高。

③千仞,指千仞壁。山顶而下有一奇峰,有小径可攀登。一块大岩石摩崖石刻"壁立千仞"。作者立在千仞壁上眺望周围景物可称奇绝。重霄,犹言九霄,指高空。诗句意谓,我来登上了千仞绝壁,水落下去依然是高空。

④登临,登山临水,谓游览山水。诗句意谓,这么峻险之处尚无人过问,我今登临足以引为自豪。

⑤归樵,下山的樵夫。诗句意谓,白云在脚下涌动,我含笑望着下山的樵夫。

咏郁李蔷薇①

破瓦残砖满地堆,养云庐内暂徘徊。②
题诗壁上人何在?郁李蔷薇自在开。③

【注释】

①郁李蔷薇,作者下山路过养云庐,这里已经破败不堪。只是东阶侧有郁李一株,台阶上有盆栽蔷薇,且均开着红花。作者深为感慨,题诗一首。

②养云庐,这是一座残弃建筑,不知何人所造? 何时被毁? 诗句意谓,这里破瓦残砖遍地都是,我在养云庐内短暂徘徊。

③题诗壁上,养云庐西侧壁上嵌着石刻题诗一首,字迹不甚清楚。郁李,落叶小灌木,春季开花,花淡红色,可供观赏。诗句意谓,题诗仍在壁上不知人去何处,院中郁李与蔷薇空自开着红色的花朵。

铭　砚^①

团栾古镜，仿佛吉金；^②
墨池龙舞，飞上天心。^③

【注释】

①此诗写于 1962 年 3 月。下款文曰："罗培元同志在广州为觅得李任公旧砚以赠，匣以护之，因为之铭。"1962 年 3 月，郭沫若在罗培元家见一大圆墨砚，知为李济深遗物，爱不释手。罗慨然相赠。郭沫若说这砚可以作为他和李任公友谊的纪念物，当镶上木盒保护好，随即写上铭文。此事详见罗培元《登高行远，我受其导——从郭沫若同志游学之杂记》，载《郭沫若百年诞辰纪念文集》，社会科学文献出版社 1994 年出版。

②团栾，圆貌。南朝宋谢灵运《登永嘉绿嶂山》："澹潋结寒姿，团栾润霜质。"吉金，犹言善金，古指适于铸造鼎彝器的金属。《子璋钟铭》："择其吉金，自作龢钟。"后因以为钟鼎彝器的统称。诗句意谓，这一大圆墨砚犹如圆形古镜，仿佛吉金铸成。

③墨池，为古代书法家洗笔砚的池。如浙江绍兴有墨池，相传为晋王羲之的洗砚池。后亦泛指学书写字的地方。龙舞，龙飞凤舞的缩写，形容书法笔势飘逸多姿，多指草书。天心，正对着头顶的天空。诗句意谓，笔在墨池洗后龙飞凤舞，可以直接飞到天上。

题为西泠印社六十周年^①

风雅扶轮六十年，西泠韵溢西湖天。^②
千秋鸟迹泣群鬼，万树梅花结善缘。^③
自古神州原尚赤，于今铁笔更宜坚。^④
银钩深刻扬光烈，好使东风万古传。^⑤

【注释】

①此诗写于 1962 年 3 月。诗有跋语："一九六二年三月三十日在荣宝斋北轩题为西泠印社六十周年，郭沫若。"西泠(líng)印社，我国最早研究金石篆刻的学术团体。初创于清光绪三十年(公元 1904 年)，创始人是丁仁、王褆、叶舟、吴隐。1913 年间，杭州、上海一带的金石学篆刻家有六十余人加入这个团体，集会公推吴昌硕为会长。多年来在学术研究、艺术创作、出版发行金石书画图籍等方面做出重要贡献。浙江省有关部门决定在 1963 年 10 月举行西泠印社六十周年庆祝活动。郭沫若亦欣然为这一庆祝活动题诗。此诗后发表于《西泠印丛》1979 年第 1 期。另见 1979 年出版的《西湖丛书》第三辑《郭沫若同志浙江题咏》。

②扶轮，扶轮社，亦名"扶轮国际"，为一国际性社团。1905 年 2 月由美国律师哈里斯在芝加哥发起，建立第一个扶轮社。因在社员的办公处轮流集会，故名。此处取集会之义。诗句意谓，西泠印社风雅传社已有六十年，西泠流风余韵荡漾在西湖的天空。

③鸟迹，篆书的一种变体，亦名鸟虫书。因其象虫鸟之形，故名。春秋战国时即有此字体，大都铸刻在兵器或钟镈上。今人亦用以治印章。泣群鬼，相传仓颉造字惊天动地，天雨

粟,鬼夜哭。诗句意谓,以千年来鸟迹文字治印能让群鬼夜泣,与西湖孤山万树梅花结下善缘。

④尚赤,崇尚红色,中国古称赤县神州,故云。铁笔,刻印刀的别称,镌刻印章文字用刀代笔,故名。诗句意谓,自古以来我国原本崇尚赤色,而今铁笔更宜坚固。

⑤银钩,形容书法的妩媚。欧阳询《用笔论》:"刚则铁画,媚若银钩。"诗句意谓,优美的篆刻书法艺术要发扬固有的光采,好使这一艺术在新社会的东风吹拂下万古留传下去。

题赠范政①

一曲洪波越海山,旅行小友忆新安。②
东风吹送人忘老,远望长春为破颜。③

【注释】

①此诗写于1962年4月。范政(1925—1968),吉林延吉人。1937年参加少年抗日救亡组织——新安旅行团,到全国各地演出,宣传抗日救亡。1938年加入中国共产党,曾任该团编委会主任,主编《儿童生活》和《儿童画报》。1945年回到东北,1956年任中共长春市委宣传部长、作协长春分会副主席。曾创作不少小说和剧本。1962年4月9日,范政来北京看望郭沫若,郭当即题赠七绝一首。手迹载1979年9月2日《吉林日报》。

②洪波,即《洪波曲》,抗日救亡歌曲。新安,即新安旅行团,青少年文艺工作团体。1935年由江苏淮安新安小学十五名贫苦儿童组成,后逐渐扩大并在国民党统治区进行抗日宣传活动,历经十九个省。1941年"皖南事变"后进入苏北抗日根据地。1955年与上海歌剧院合并。诗句意谓,当年唱着洪波曲走遍全国各地,今天还让人想起新安旅行团的小朋友。

③破颜,改愁颜为笑容,卢纶《落第后归终南别业》:"落羽羞言命,逢人强破颜。"此处颇有寓意。范政一度被错划为右派,下放到长春汽车制造厂,仍坚持话剧创作。诗句意谓,春日和风吹送人也会忘记衰老,远望东北长春为之破颜含笑。

内蒙古自治区成立十五周年纪念①

人民佳节逢五一,自治区成十五年。②
三面红旗昭远域,一盘棋局建新天。③
坚持群众从来去,歌颂东风奏管弦。④
求是精神长贯彻,流泉点滴石能穿。⑤

【注释】

①此诗写于1962年4月。郭沫若为纪念内蒙古自治区成立十五周年而作,发表于《草原》月刊1962年第5期。

②五一,即五一国际劳动节。这一人民佳节又逢内蒙古自治区成立十五周年。

③三面红旗,指总路线、大跃进、人民公社。远域,很远的地区。诗句意谓,三面红旗昭示边远地区,整个国家为一盘棋局建设新的天地。

④管弦，管乐器和弦乐器，也泛指音乐。诗句意谓，坚持从群众中来到群众中去，而今歌颂东风劲吹齐奏管弦。

⑤求是精神，即一切从实际出发实事求是的精神。"流泉"句，从成语"水滴石穿"化出，谓泉水不断下滴，能把石头滴穿。比喻只要持之以恒，集微小之力也能成就难成之事。

书赠傅锦华①

桃李三秀才，都是大书呆。

遇见刘三姐，顿教口不开。②

【注释】

①此诗写于1962年5月1日。诗有落款："傅锦华同志演刘三姐轰动一时，书此以赠。"傅锦华，广西彩调剧团演员，为《刘三姐》主演。刘三姐，为广西彩调剧剧目，取材于广西民间传说。此剧表现古代柳州民间歌手刘三姐与当地财主莫海仁斗争的故事。后歌剧与影片《刘三姐》均据彩调剧改编、拍摄。

②此诗根据《刘三姐》剧中最精彩的一场"对歌"写成，生动风趣、耐人回味。刘三姐以山歌讽刺了当地财主莫海仁盘剥农民为富不仁。莫海仁怀恨在心，请来陶、李、罗三位秀才与刘三姐对歌。三位秀才自恃才高，刘三姐胸有成竹，机智应对。陶、李、罗三位秀才实际都是脱离实际的书呆子，所以在对歌过程中大出洋相、节节败退。诗中因言"遇见刘三姐，顿教口不开"。刘三姐则以山歌讽之曰："姓陶不见桃结果，姓李不见李花开，姓罗不见锣鼓响，三个蠢才哪里来？"终于取得了这场赛歌的胜利。

赠焦菊隐①

代谢新陈易，谁为万世师。②

工农兵服务，真善美兼圻。③

形象春秋在，弦歌老少宜。④

喜闻还乐见，努力辅明时。⑤

【注释】

①此诗写于1962年5月。录自《郭沫若书法集》。诗有跋语："菊隐同志，一九六二年五月，郭沫若。"焦菊隐（1905—1975），现代著名导演艺术家、戏剧理论家。新中国成立后任北京人民艺术剧院常务副院长、总导演兼艺术委员会主任。曾导演郭沫若历史剧《蔡文姬》、《武则天》。1962年5月，郭沫若遂以此诗题赠焦菊隐。

②代谢新陈，通作"新陈代谢"，本指生物体经常不断用新物质代替旧物质的过程，后用以比喻新事物不断滋生发展并代替旧事物。易，交换、改变。万世师，即万世师表，指在道德学问上永远值得学习的榜样。旧称孔子、孟子为万世师表。诗句意谓，社会新陈代谢不断变化，谁为万世师表？

③真善美，真实、善良、美好，这是为人美好的品德。兼圻（qí），清代总督多管辖两省或

三省,如两江、两广等,称兼圻。圻,地区。诗句意谓,为工农兵服务,真善美三者兼而有之。

④春秋,岁月、四季。弦歌,犹弦诵,也指礼乐教化。语见《论语·阳货》:"子之武城,闻弦歌之声。"诗句意谓,剧中艺术形象与岁月长在,具有教育意义的弦歌之声对于社会可谓老少皆宜。

⑤喜闻还乐见,喜欢听,乐意看,指很受欢迎。明时,指政治清明的时代。诗句意谓,广大人民群众喜闻还乐见,我们应努力辅助社会主义政治清明的时代。

题香宋山水小幅①

江畔危崖高过树,天边霞彩晕微红。②
似怜绿化无人问,不见莺飞三月中。③

【注释】

①此诗写于 1962 年初夏。录自《郭沫若书法集》。诗有跋语:"题香宋山水小幅诗一首,画有雅趣。一九六二年初夏为一亢同志拂暑,郭沫若。"当时,作者为徐一亢在扇面上题香宋山水小幅诗一首。香宋其人事迹不详。似为四川近现代诗人书家赵熙,号香宋,晚号香宋老人。

②危崖,高峻的山崖。霞彩,即彩霞。晕,光影色泽模糊的部分,如日晕、霞晕。诗句意谓,高峻的山崖高过眼前的树木,天边的彩霞光影模糊出现微红的色泽。

③怜,可怜、哀怜。绿化,指种植绿色植物,以改善自然环境和改善人民生活的措施。诗句意谓,似乎哀怜绿化工作无人过问,阳春三月却不见黄莺飞来。本应莺飞燕舞的季节都不见莺,因此似怜绿化无人过问。作者似在借题发挥,对于当时过度砍伐山林提出婉转的批评。

竺可桢同志入党纪念①

(西江月)

雪里送来炭火,炭红浑如熔钢。②老当亦壮高山仰,独立更生榜样。③
四海东风骀荡,红旗三面辉煌。④后来自古要居上,能不发奋图强?⑤

【注释】

①此词写于 1962 年 6 月 4 日。西江月,词牌名。竺可桢(1890—1974),浙江绍兴人。我国气象、地理学家。曾任浙江大学校长、中国科学院副院长。1962 年加入中国共产党,郭沫若写词致贺。

②雪里送来炭火,意同成语"雪中送炭",比喻在别人困难或急需的时候给予帮助。谓雪里送来炭火,炉中炭红简直如同炼钢一样。

③老当亦壮,年纪老了,志气应当更壮。高山仰,即高山仰止,像高山一样的人,就会有人敬仰。词句意谓,竺可桢老当益壮让人高山仰止,可以作为独立自主、自力更生的榜样。

④骀荡,舒缓荡漾,用以形容自然景色。红旗三面,指总路线、大跃进、人民公社三面红

旗。词句意谓,四海之内东风舒缓飘荡,三面红旗何其辉煌!

⑤发奋图强,下定决心努力谋求强盛。词句意谓,自古以来都要后来居上,年轻人能不发奋图强?

金轮运不穷①

蜜桃人所种,人定胜天工。②
月照九霄碧,风移四海红。③
春华明旦旦,秋实乐融融。④
万古生机在,金轮运不穷。⑤

【注释】

①诗写于1962年6月。取自郭沫若历史剧《武则天》定稿本。第四幕结尾武则天对上官婉儿说:"今天我一直在酝酿一首诗,我念给你听。"此系作者借剧中人物武则天之口念出,实际是一首五言律诗。就其诗的内容与用语,明显具有现代色彩,应属作者为古人代言。原诗无题,以末句代之。

②蜜桃,桃子的一种,因其果肉多汁,味道很甜。诗句意谓,蜜桃人所种植,人力定胜天工。

③九霄,九天云霄,天空极高之处。碧,青绿色。四海,意同天下。红,呈现红色,变红。诗句意谓,月照高空一碧如洗,风移天下呈现红色。

④春华,华通"花",春天的花。旦旦,日日。《孟子·告子上》:"旦旦而伐之,可以为美乎?"融融,和乐貌。《左传·隐公元年》:"公入而赋:'大隧之中,其乐也融融。'"诗句意谓,春天开花日日明丽,秋天结实乐也融融。

⑤万古,千年万代。如万古长存。生机,生存的机能,生命的活力。金轮,佛家语,谓世界最下层为风轮,其上为水轮,最上为金轮,金轮即地轮,指大地。武则天尊号即为"金轮圣神皇帝"。诗句意谓,万古生机长在,金轮运转不穷。

为红线女题扇面①

一日清闲结雅游,百年余梦觅红楼。②
楼前尚有湘妃竹,扇上钱塘天外流。③

【注释】

①此诗写于1962年6月。红线女为著名的粤剧表演艺术家。有关诗的"本事",可参阅《周汝昌与康生会面的前前后后》一文所引康生1962年7月3日致周汝昌信:"最近郭沫若、陈叔通、张奚若、李富春、李先念、杨尚昆诸公及陈毅元帅都去看了恭王府,大家都很有兴趣。据张奚老说,过去梁思成教授及林徽音女士(已故)对恭王府之建筑曾作过研究。游园时粤剧名演员红线女持一团扇(上画钱塘江大桥)请郭老题,郭老题诗一首曰:一日清闲结雅游,百年余梦觅红楼。楼前尚有湘妃竹,扇上钱塘天外流。"(载2013年8月21日《中华读书报》)

②雅游,风雅的交游。此指上引九位友人难得一日清闲结伴雅游。红楼,红色的楼,泛指华丽的楼房,多为贵族妇女所居。这里一语双关是指恭王府建筑像《红楼梦》中的大观园一样。诗中因言《红楼梦》虽已成为百年研究者仍有余梦寻找红楼之所在。

③湘妃竹,即斑竹,亦称泪竹。因秆皮具有紫褐色或淡褐色的斑点,似泪痕一般,栽培供观赏。作者眼前可见恭王府红楼前尚有湘妃竹,红线女所呈团扇上的钱塘江仿佛在天外奔流。

题《湖颖谱》①

银钩铁画,刚出于柔。②
何况刀笔,纸是石头。③
阴阳辟阖,岳崎风流。④
以赞湖颖,洵足千秋。⑤

【注释】

①此诗写于 1962 年夏。当时,湖州王一品斋笔庄为了配合党和国家领导人朱德、董必武、陈毅与社会各界知名人士郭沫若、何香凝、茅盾、叶圣陶、老舍、沈尹默等的题诗,特邀请北京、上海、南京、杭州等地的篆刻家为王一品斋治印。后集成一部印谱,取名《湖颖谱》。郭沫若应约为《湖颖谱》题了一首四言诗。诗载 1962 年 9 月 20 日《光明日报》,手迹见《战地》1979 年第 6 期。

②银钩铁画,通作"铁画银钩"。画、钩为汉字的笔画,形容书法曲折多姿与刚劲婉媚。欧阳询《用笔论》:"刚则铁画,媚若银钩。"诗句意谓,书法艺术要求既刚劲又柔媚,且能刚劲出于柔美。

③刀笔,刀与笔都是书写工具。古代记事,最早是用刀刻于龟甲或竹木简;有笔以后,用笔书写在简帛上,故刀笔合称。诗句意谓,何况篆刻家们以刀代笔,其纸就是石头,即在石上镌刻。

④辟阖(hé),即开合。岳崎,如高山般耸立。诗句意谓,名家书法能以阴阳开阖,有如岳崎风流。

⑤湖颖,即湖笔。颖为笔尖一段整齐而透明的锋颖,业内人称之为"黑子"。洵,诚然、实在。诗句意谓,今以赞颂湖笔,实在足以传之千古。

题扬州史可法纪念馆①

国存与存亡与亡,巍峨庙貌甚堂堂。②
梅花岭上遗香在,铁煩何时返故邦?③

【注释】

①此诗写于 1962 年 7 月。史可法纪念馆,亦称史公祠,在江苏扬州城北梅花岭。史公祠建于清康熙三十七年,祠旁有史公衣冠墓。史可法为明末抗清名将。他在南京拥立福王,出任兵部尚书。1645 年率军固守扬州,抗拒清兵,最后英勇牺牲。1962 年 7 月 15 日,为纪

念史可法诞辰 360 周年,郭沫若应约写了这首七言绝句。手迹现存扬州史可法纪念馆。另见王寿林《梅花岭下遗香在》,载《郭沫若学刊》1997年第 3 期。

②巍峨,高大雄伟的样子。庙貌,《诗·周颂·清庙序》,郑玄注:"庙之言貌也,死者精神不可得而见,但以生时之居,立宫室像貌为之耳。"因称庙宇及神像为庙貌。堂堂,高大宽敞的样子。诗句意谓,史可法生前下定国存与存国亡与亡的决心,而今史公祠庙貌巍峨显得雄伟壮观。

③遗香,指流传下来的美名。铁熕(gōng),即铁炮。史可法为了抵抗清军,亲自监造了守城的铁炮。铁炮原陈列于史公祠堂后的炮亭里,日本侵华入扬州时,将此重要文物盗走。故邦,即故国,祖国。诗句意谓,梅花岭上遗香犹在,亦即史可法虽死犹生美名永存,而被日本侵略者盗走的重要文物铁熕何时才能返回祖国?

题为黄山风景摄影展览①

天工向人挑战,人工比天巧算。
把你好处携来,胜似画图好看。②
我未到过黄山,今来影上大观。
仿佛身在云海,胸中涌起波澜。③

【注释】

①此诗写于 1962 年 9 月。作者题下自注:"一九六二年九月二十五日,余观黄山风景摄影展览后题此。"题诗手迹见《中国摄影》1982 年第 6 期。黄山,在安徽省的南部,跨歙、黟、太平、休宁四县。风景秀丽,多奇松、怪石、云海、温泉,为著名游览胜地。

②画图,即画出的图像,如油画、水墨画。诗句意谓,天工在向人挑战,人工却比老天巧于算计。今天把你的好处(此指黄山风景摄影)带来,比起好看胜似国画油画。

③大观,壮观,丰富多彩的景象。范仲淹《岳阳楼记》:"此则岳阳楼之大观也。"诗句意谓,我还没有到过黄山,今来黄山风景摄影展览上领略丰富多彩的景象,仿佛自己身在云海之中,胸中也涌起了波澜。

为庆祝国庆而作①

三面红旗更灿然,灾荒免胄在军前。②
陇头积粟堆成阜,幽二飞机打下天。③
战败地球须再厉,戳穿纸虎勿多言。④
胆如饴蜜薪如毯,三面红旗更灿然。⑤

【注释】

①此诗写于 1962 年 9 月 27 日。郭沫若为庆祝国庆十三周年而作。诗发表于同年 10 月 1 日《人民日报》。同年 11 月,郭沫若参观福建师范学院,亦曾以此诗书赠该院。见《郭沫若闽游诗集》。

②三面红旗,20 世纪 50 年代提出的总路线、大跃进和人民公社。免胄(zhòu),脱帽。胄为古代战士作战时戴的头盔(帽子)。《左传·僖公三十三年》:"左右免胄而下。"诗句意谓,三面红旗更加鲜明,灾荒都在军前低头(脱帽)。

③陇,通"垄",田埂。粟,古代也作禾、稷、谷,粮食的通称。阜,土山。幽二,通作 U-2,美国高空侦察飞机。诗句意谓,田头粮食堆成小山,U-2 飞机从天上打下来。

④再厉,即再接再厉,谓一次又一次的努力毫不松懈。纸虎,即纸老虎。毛泽东当年曾言:"帝国主义和一切反动派都是纸老虎。"诗句意谓,将地球战败仍须再接再厉,戳穿帝国主义这只纸老虎不用多言,亦即理所当然。

⑤胆如饴蜜薪如毯,由成语"卧薪尝胆"化出。尝胆虽苦,却如蜜糖;卧薪(柴草)亦苦,却如毛毯。此指刻苦自励奋发图强。灿然,意同灿烂。光彩耀眼。诗句意谓,尝胆如蜜卧薪如毯,只要我们刻苦自励,三面红旗当更光辉灿烂。

挽欧阳予倩①

秋风黄花,一窗秋雨。②
春雨杨柳,万户春风。③

【注释】

①此诗写于 1962 年 9 月。录自《古今名人挽联》,广西民族出版社 1998 年出版。欧阳予倩(1889—1962),湖南浏阳人。1907 年在日本参加春柳社。回国后组织新剧同志社,倡导话剧运动。后又担任电影编导多年。抗日战争前后,从事戏剧和电影创作,写了不少颇有影响的剧本。新中国成立后任中国文联副主席、中国戏剧家协会副主席、中央戏剧学院院长。1962 年 9 月因病逝世,郭沫若撰送挽辞致哀。

②黄花,即菊花。诗句意谓,秋风中遍地黄花,窗外是漫天风雨。这里秋风、秋雨既点出举行悼念活动的时间,亦在表明人们哀伤不已的感情。

③"春雨"二句,这里似在追忆逝者当年投身于戏剧运动。春雨绵绵杨柳依依,既是景物描写,亦寓逝者早年组织的春柳社。逝者一生创作不少剧本,把人间春风吹进千家万户。

题皇泽寺①

政启开元,治宏贞观。②
芳流剑阁,光被利州。③

【注释】

①此诗写于 1962 年秋。皇泽寺,在四川省广元县,始建于南北朝,原名乌奴寺,亦称川主庙。后因唐代女皇武则天出生于广元而改名皇泽寺。寺内大佛楼、五佛亭、则天殿等建筑耸立在悬崖峭壁间,错落有致,气势巍峨。1962 年秋,郭沫若应约为皇泽寺题了一首联语式的四言诗。见《郭沫若楹联辑注》。

②开元,唐玄宗李隆基的年号。贞观,唐太宗李世民的年号。诗句意谓,武则天在位期

间,基本上延续并宏扬了唐太宗的"贞观之治",使社会经济基础得到进一步发展,从而开启了唐玄宗"开元盛世"的局面。

③剑阁,在今四川省剑阁县东北大小剑山之间。三国时诸葛亮在此凿剑山、开栈道。向为川陕交通要道。利州,唐代辖境即今之广元市。诗句意谓,则天女皇流芳剑阁一带,光辉覆盖整个利州。

题钱瘦铁《鲁迅故乡揽胜》图①

山水清幽,文章峻峭。②
人杰地灵,各极其妙。③
一代宗师,千秋景铄。④
美不胜收,入山阴道。⑤

【注释】

①此诗写于1962年秋。钱瘦铁(1897—1967),名厓,江苏无锡人。上海国画院画师,是我国现代在书法、金石与绘画上卓有成就的艺术家。1957年3月写生制作《鲁迅故乡揽胜》图,实为一幅古城绍兴的全景图。1962年秋,郭沫若看到友人这幅绘画长卷后,极为赞赏并作题诗。此诗手迹载1963年4月3日《北京晚报》。钱瘦铁后将此画捐赠北京鲁迅纪念馆。

②清幽,清秀幽美。峻峭,险峻高绝。《抱朴子·行品》:"士有行已高简,风格峻峭。"诗句意谓,鲁迅故乡其地山水清幽,其人文章峻峭。

③人杰地灵,人有英杰,地有灵气,常指灵秀之地产生杰出人物。诗句意谓,绍兴古城人有英杰,地有灵气,可谓各自将其妙处达到极致。

④宗师,旧称受人尊崇奉为师表的人。景铄(shuò),意同景曜,光彩、光焰。班固《答宾戏》:"历世莫视,不知其将含景曜。吐英精,旷千载而流光也。"诗句意谓,鲁迅堪称一代宗师,千秋光彩照人。

⑤山阴,今浙江绍兴。山阴道,指绍兴城西南郊外一带,以风景幽美著称。《世说新语·言语》:"王子敬云:'从山阴道上行,山川自相映发,使人应接不暇。'"诗句意谓,进入山阴道上,让人感到美景太多,一时看不过来。

与茅盾合书①

剪纸斗彩,秋色迷人。(茅盾)②
作字题诗,春风满座。(郭沫若)③

【注释】

①这首联语式的四言诗成于1962年间。1962年秋,茅盾来到广东省佛山市民间艺术研究社,参观社内陈列的剪纸、斗彩、秋色等民间工艺品,并对壁上一幅郭沫若题诗颇为赞赏。临别时,研究社同志请他题词,茅盾欣然命笔,但只写了上联,并在落款处留下大片空白。他对大家说:"这自有妙用。"不久,郭沫若再次来此参观,见到茅盾半副对联,自然心领神会。

他让主人备好笔墨，略假思索，便在空白处续了下联。见《郭沫若楹联辑注》。

②剪纸，中国民间装饰艺术的一种，各地民间都有不同风格的剪纸作品。斗彩，瓷器釉彩名，也叫"彩"，主要有两种：一种以釉下的青花和釉上的五彩拼成彩画，这种技术创始于明成化年间。另一种以青花、釉黑红和豆青拼成彩画，称为"釉下斗彩"，始于清康熙年间。秋色，是利用废纸屑、木头、泥胶等制作而成的各种造型、雕塑、粘砌的工艺品，起源于明朝永乐年间，已有五百多年历史。诗句意谓，这里陈列的剪纸、斗彩与秋色等工艺品，与外界秋天景色一样迷人。

③春风，比喻教益、教诲。春风满座，从成语"如坐春风"化出。宋朱熹《伊洛渊源录》："朱公掞见明道于汝州，逾月而归。语人曰：'光庭如在春风中坐了一个月。'"比喻和品德高尚而学识渊博的人结交并受其熏陶。诗句意谓，茅盾这种作字题诗的做法，犹如良师对在座的人均有教益。

题《李时珍》纪念邮票①

采药不辞辛苦，登山不怕猛虎。②
志在治病救人，牺牲在所不顾。③
人能利用自然，人能改造自然。④
人间化为乐土，首在掌握必然。⑤

【注释】

①此诗写于1962年10月1日。郭沫若当日写信回复南京药学院学生黄怀庆，告诫他课余集邮"不要太多太滥，不要荒废了自己的专业"。同时应其要求，在寄来的邮票上签名，并为《李时珍》纪念邮票题六言诗一首，鼓励他和同学们对药学专业的热爱。信和题诗均见黄怀庆《郭老与集邮爱好者》一文所引，载《集邮》1980年第2期。

②辞，推辞、辞谢。诗句意谓，李时珍当年采药不辞辛苦，登山不怕山中有虎。

③在所不顾，完全不顾。诗句意谓，立志在于治病救人，就是自己牺牲也完全不顾。

④这两句是说，人能利用自然界，也能改造自然界。

⑤乐土，语出《诗·魏风·硕鼠》，指安乐的地方。必然，指客观事物的规律。诗句意谓，要把人间化为乐土，首先在于掌握客观事物的内在本质和发展规律。

西 江 月①

往来东方前线，慰劳海陆英雄。②高歌漫舞啸东风，战斗精神酣纵。③

身在舟山群岛，心驰北极天空。④齐声高唱《东方红》，领袖万年遥颂。⑤

【注释】

①此词写于1962年10月。作者题下自注："一九六二年十月访问舟山群岛，成《西江月》

一阕,书为舟嵊要塞文工团。"西江月,唐教坊曲名,后用为词牌。10月23日,郭沫若在观看了海防文工团为他们夫妇的专场演出后,为海防文工团(即舟嵊要塞文工团)题词一首。见叶文艺《战斗精神酣纵》一文所引,载1979年出版的《西湖丛书》第三辑《郭沫若同志浙江题咏》。

②往来,本指去,这里作为偏义复词。诗句意谓,往来东方前线,慰问海军、陆军的英雄们。

③啸,噘口发声。凡发声悠长者多曰啸,岳飞《满江红》:"仰天长啸,壮怀激烈。"酣纵,犹言昂扬饱满。诗句意谓,演员们高歌曼舞长啸于东风之中,其战斗精神昂扬饱满。

④北极,即北极星。杜甫《登楼》:"北极朝廷终不改,西山盗寇莫相侵。"杜甫以北极比喻当时的朝廷,这里借指北京和党中央。诗句意谓,战士们身在舟山群岛,心已驰向北方天空。

⑤东方红,革命歌曲,表达广大人民对中国共产党和毛泽东主席的爱戴。遥颂,向远方祝颂。诗句意谓,大家齐唱《东方红》,遥遥祝颂领袖万岁。

东　湖①

箬賛东湖,凿自人工。②
壁立千尺,路隘难通。③
大舟入洞,坐井观空。④
勿谓湖小,天在其中。⑤

【注释】

①此诗写于1962年10月。东湖,在绍兴城东七里。它与杭州西湖、嘉兴南湖合称浙江三大名湖。汉代为石料场,至隋代杨素在此采石建绍兴城垣,又经后世不断开凿,形成人工湖。清代筑堤数百丈,堤外为河,堤内为湖,因在城东,故名东湖。1962年10月28日,郭沫若游览绍兴东湖,登上游船,绕湖一周,然后驶入仙桃洞和陶公洞。游罢归来,吟成此诗。诗见1979年出版的《西湖丛书》第三辑《郭沫若同志浙江题咏》。

②箬賛(fén),山名,在东湖南岸。相传秦始皇南巡,在此停车喂马。箬賛山原是一座青石山,自隋代开始开凿山石,以建造"越城",凿出许多岩洞,逐渐形成人工湖,即今东湖。诗句意谓,箬賛山下东湖,来自人工凿成。

③壁立,耸立如壁,形容山岩石壁的陡峭。诗句意谓,东湖靠山为悬崖峭壁高达千尺,水路狭窄曲折难以通船。

④大舟入洞,作者游陶公洞所乘乌蓬船本属小舟,因洞口狭小,故目为"大舟"。诗句意谓,乌蓬船驶入洞中,遥望崖壁上空犹如坐井观天。

⑤这两句是说,不要说陶公洞狭小,天亦在其中,实为天影映入清澈的湖水。

游沈园①

（钗头凤）

宫墙柳,今乌有,沈园蜕变怀诗叟。②秋风袅,晨光好。满畦蔬菜,
一池萍藻。草,草,草。③

沈家后,人情厚,《陆游》一册蒙相授。④来归宁,为亲病。病情何
似?医疗有庆。幸,幸,幸。⑤

【注释】

①此词写于 1962 年 10 月。手迹附有跋语:"一九六二年十月二十九日晨兴,在绍兴游
览沈园,遇一中年妇人,自言沈氏后人,以《陆游》一册惠赠。感此,因仿陆游《钗头凤》词,以
纪其事。顷奉绍兴文物管理委员会来函索书,录以供纪念室陈列。一九六三年六月一日,郭
沫若。"沈园,在绍兴城内木莲桥洋河弄。原为沈氏旧业,南宋当地名园。诗人陆游初娶表妹
唐婉,为母所迫离异。绍兴二十五年,二人在沈园相遇,时唐已改嫁,陆已再娶。陆游一时感
慨万端,在园壁题《钗头凤》词一首。钗头凤,本名《撷芳词》。陆游因无名氏《撷芳词》有"可
怜孤似钗头凤"句,改题《钗头凤》。双调六十字,前后阕各十句,七仄韵,末尾各用三个迭字。
郭词后录入《访沈园》一文,载 1962 年 12 月 9 日《解放日报》。

②沈园蜕变,原沈园遗址大部分已成稻田,亭台楼阁清朝时就已不见,这里因言蜕变。
诗叟,指陆游。词句意谓,陆游《钗头凤》词中的"宫墙柳",今已化为乌有,面对沈园今昔变化
更怀念陆游这位诗叟。

③袅(niǎo),形容微风吹拂。《楚辞·九歌·湘夫人》:"袅袅兮秋风,洞庭波兮木叶下。"
畦(qí),田地里分成的小区。一池萍藻,沈园内有一葫芦形小池,池中长满萍藻。词句意谓,
秋风袅袅,晨光亦好。园内满畦蔬菜,一池浮萍青藻。

④沈家后,即自言沈家后代的中年妇女。人情厚,当年"世情薄",而今"人情厚",说明时
代变了。《陆游》一册,指当时中华书局出版的齐治平所著《陆游》。词句意谓,这位沈家后
代,可谓人情深厚,初次见面即承蒙以《陆游》一册相授与。

⑤归宁,已婚妇女回娘家探视父母,叫归宁。何似,怎样。词句意谓,这位中年妇女回娘
家,是为探望生病的亲人,因问她的母亲病情如何,回答经过治疗已有好转,真可庆幸。

题张介民《试马》①

平生爱壮士,驰骋在疆场。②
鱼跃鸢飞意,塞云千里黄。③

【注释】

①此诗写于 1962 年 10 月 29 日。这一天,郭沫若由绍兴到杭州,出席浙江省军区领导人
为之举行的欢迎宴会。东道主特邀请潘天寿、成仿吾、傅抱石夫妇一同入席。餐后摄影留
念,并题诗作画。郭沫若当场为青年画家张介民所作《试马》题五绝一首。落款为:"一九六
二年秋张介民同志作此嘱题。郭沫若。"诗与画均见《郭沫若题画诗存》。

②驰骋(chěng),策马奔驰。诗句意谓,(画中的马)平生爱壮士,奔驰在战场。

③鱼跃,语出《诗·大雅·旱麓》:"鸢飞戾天,鱼跃于渊。"谓鹰在天空高飞,鱼在水中跳
跃。比喻万物各得其所自得其乐。塞云,边塞上的风云。千里黄,当指战马奔驰黄沙飞扬。
诗句意谓,(画中的马)有鸢飞鱼跃之意,战马奔驰千里,塞上风云变黄。

题赠福州脱胎漆器厂①

漆自西蜀来，胎自福州脱。

精巧叹加工，玲珑生万物。②

或细等毫芒，或巨逾丘壑。

举之一羽轻，视之九鼎兀。③

繁花着手春，硕果随意悦。

天下谅无双，人间疑独绝。④

勿以地为牢，精进不可辍。

日新又日新，时空两超越。⑤

【注释】

①此诗写于1962年11月上旬。郭沫若在福州期间，参观了福州脱胎漆器厂，并为该厂题诗。诗载1962年12月16日《福建日报》，总题为《咏福建二十二首》。另见《郭沫若闽游诗集》。脱胎漆器，我国民间著名工艺品之一，主要产于福建福州。制法是在模型（分木胎、泥胎两种）上用夏布或绸料以漆裱上，连上数道漆灰料，然后脱去内胎，再加上填灰、上漆、打磨、装饰等十九道工序，成为丰富多采的各种漆器。品种有瓶、盆、盒、文具、围屏等，轻巧美观，色泽光亮。

②西蜀，指四川。福州，福建省省会，在闽江下游。诗句意谓，漆从四川来，胎自福州脱，让人叹其加工精巧，能生玲珑万物，亦即加工制造出玲珑精巧的万物。

③毫芒，犹毫末，比喻极其细微。丘壑，山丘沟壑。九鼎，古代象征国家政权的传国之宝。兀，高耸突出貌。诗句意谓，这些脱胎漆器，或者细微等同毫末，或者巨大超过丘谷，拿起来轻如一根羽毛，看着它像九鼎一样突兀。

④繁花，多而盛开的鲜花。诗句意谓，（脱胎工艺）让繁花着手成春，硕果随意取悦，这样的技艺谅为天下无双，疑是人间独绝。

⑤地为牢，画地为牢。司马迁《报任少卿书》："故有画地为牢，势不可入。"比喻保守。辍，废辍，停止。日新，《大学》："汤之盘铭曰：苟日新，日日新，又日新。"比喻不断进步。诗句意谓，希望你们切勿画地为牢，故步自封，追求精进不可停止，应当日新月异，在时间和空间两方面都能超越。

题东圳水库①

北濑飞泉今化龙，木兰横跨起长虹。②

九华凿破壶公劈，天马羁衔风际通。③

名继四陂成伟业，泽流半岛颂丰功。④

荻芦南水东连海，万顷田园灌溉中。⑤

①此诗写于 1962 年 11 月。东圳水库,在福建莆田市,邻近木兰陂,为当时省内第一大水库。拦河坝高五十五米,全长三百六十米,水库面积十八平方公里,蓄水量二亿八千万立方米,可灌溉良田三十三万亩。1962 年 11 月 12 日,郭沫若参观东圳水库并题七律一首。后收入《郭沫若闽游诗集》。

②北濑,在莆田城西北十华里,有珍珠飞瀑。木兰,指木兰陂,为宋代水利建设,堵截木兰溪水,使分东西二道,灌溉南北洋田。诗句意谓,北濑瀑布的飞泉今已化为长龙,木兰溪陂上跨起一座长虹(指大坝)。

③九华、壶公,均为山名,在莆田市境内。九华又名陈岩,天马、风际,乃九华山之二峰,东圳水库横亘于两峰之间。羁衔,马勒,衔为含在马嘴中以备抽勒的铁条。这里含有控制之意。诗句意谓,凿破九华山,劈开壶公山,让天马加勒与风际相通,亦即让天马、风际两峰相通。

④四陂,木兰陂、延寿陂、南安陂、古平陂,均在莆田县境内。诗句意谓,东圳水库之名继木兰等四陂之后成为伟业,德泽流于半岛颂扬丰功伟绩。

⑤荻芦南水,即南荻芦溪。《读史舆地纪要》:荻芦溪"源出仙游县游洋溪,流入境合诸溪涧之水,分二流:一自汉沧溪合延寿溪,一自龙港会迎仙港入海,曰南荻芦溪。"诗句意谓,南荻芦溪之水东连大海,这一流域万顷田园都在灌溉之中。

参观郑成功纪念馆①

故垒想雄风,海天一望中。②
漳州军饷在,二字署成功。③

【注释】

①此诗写于 1962 年 11 月。作者自序:"一九六二年十一月十六日余观厦门郑成功纪念馆后题此。"郑成功纪念馆,在厦门鼓浪屿日光岩北麓。建于 1962 年 2 月复台三百周年纪念日,主要展出郑成功操练水师、驱除荷兰殖民者、收复台澎的图片和实物。1962 年 11 月 16 日上午,参观郑成功纪念馆,喜见郑成功大元银币,引起研究的兴趣,初步断定上面的花押是"成功"二字的合书。参观结束后,应该馆工作人员要求,题赠五绝一首。见《郭沫若闽游诗集》。

②故垒,指日光岩上的郑成功水操台。这一遗址正面刻有"闽海雄风"四字。诗句意谓,今在故垒(水操台遗址)想到郑成功当日的雄风,大海与青天均在一望之中。

③漳州,在福建省南部,九龙江下游。明末郑成功曾在此筹集军饷。军饷,本义指军粮,这里指军费,即"郑成功大元"银币。诗句意谓,漳州筹集的军饷仍在,银币上署有"成功"二字。需要指出的是,郭沫若喜见"郑成功大元"银币,开始断定上面花押是"成功"二字的合书,诗中故称"二字署成功"。后听取详细介绍,才认出为"朱成功"三字合书。郑成功受到南明隆武帝赏识,赐姓朱,所以自称"朱成功",人称"国姓爷"。

题郑成功纪念馆①

开辟荆榛,千秋功业。②

驱除荷虏,一代英雄。③

【注释】

①此诗写于 1962 年 11 月 17 日。郭沫若继昨日之后又参观郑成功纪念馆,继续研究"郑成功大元"。并为纪念馆书写馆匾和对联。这首联语式小诗手迹见《郭沫若闽游诗集》。

②荆榛(zhēn),荆棘和榛莽。这是两种野生的灌木,古人常用以比喻纷乱的局势或困难的处境。诗句意谓,郑成功当年披荆斩棘,排除万难,建立了千秋不朽的功业。

③荷虏,荷兰殖民者。1661 年,郑成功率军二万余,战船数百艘,由厦门出发,经过八个月的战斗,终于迫使荷兰总督投降,台湾终于回到祖国怀抱。诗句意谓,郑成功一举驱除荷兰殖民者,不愧为一代民族英雄。

题赠某炮艇①

敌舰沱江被击沉,光荣九一夜更深。②

海洋枕席天帷幕,祖国干城党国心。③

经武整军评四好,耐劳忍苦冠群林。④

他年解放台澎日,哪怕宏涛高万寻。⑤

【注释】

①此诗写于 1962 年 11 月 23 日。当日,郭沫若乘炮艇访问厦门前线,作七律《访问厦门前线》二首和《题赠某炮艇》。前者已编入《郭沫若全集》,后者只收《郭沫若闽游诗集》。此诗赞扬我英勇海军保卫神圣海疆、痛击来犯敌舰的功绩。

②沱江,敌舰名。1958 年 9 月 1 日深夜,敌舰"沱江号"被我军击沉。诗句意谓,敌舰"沱江号"被我炮艇击沉,九月一日夜静更深取得这一胜利。

③干城,干为盾牌,城为城堡,二者都比喻守卫者。《诗·周南·兔置》:"赳赳武夫,公侯干城。"诗句意谓,我海军战士以海洋为枕席,以蓝天作帷幕,耿耿忠心,守卫祖国。

④经武整军,语见《晋书·文帝纪》:"潜谋独断,整军经武。"指整顿实力,治理军备。这里指作战训练。冠群林,意为超群出众。诗句意谓,部队作战训练过程中评定四好,战士们忍苦耐劳显得超群出众。

⑤台澎,即台湾本岛与澎湖列岛。寻,古制八尺。万寻即万丈。诗句意谓,他年解放台澎之日,哪怕台湾海峡的万丈宏涛。

登云顶岩访问前线部队①

人来云顶索题诗,振笔连书领袖词。②

大小金门天落叶,浅深坑道地连枝。③

山头炮垒声威壮,海畔田园蔬菜肥。④

战士荷戈还顾曲,高吟令我乐忘归。⑤

【注释】

①此诗写于1962年11月23日。当日下午,郭沫若来到云顶岩哨所,为战士们录写毛泽东诗词一首。回到招待所,又作七律《登云顶岩访问前线部队》。后编入《郭沫若闽游诗集》。

②云顶,即云顶岩,在厦门岛上。诗句意谓,客人来到云顶,战士索要题诗,我连忙振笔书写毛主席诗词。

③金门,在福建省东南海上,由金门岛为主的大小岛屿组成。诗句意谓,大金门岛和小金门岛像天上落下的两片树叶,深深浅浅的坑道在地下像树枝一样伸展开来。

④炮垒,即炮台,为军事要塞构筑的炮阵地。诗句意谓,云顶岩山头炮阵地声威雄壮,海边田园所种的蔬菜正肥。

⑤荷戈,即扛枪。顾曲,典出《三国志·吴志·周瑜传》:"瑜少精意于音乐,虽三爵之后,其有阙误,瑜必知之,知之必顾。故时人谣曰:'曲有误,周郎顾。'"后指欣赏音乐,戏曲为"顾曲"。诗句意谓,战士们扛着枪还在欣赏音乐,他们的高声吟唱令我其乐忘归。

题赠厦门大学①

(西江月)

冠冕东南学府,课堂邻近战场。②移山填海不寻常,劳动英雄榜样。③

缔造艰于鼎革,还须奋发图强。④红旗招展气轩昂,攀到更高峰上。⑤

【注释】

①此词写于1962年11月23日。西江月,词牌名。郭沫若继昨日访问厦门大学之后,再访厦门大学,与文史方面的教师座谈有关"郑成功大元"的问题,还应邀参加特地为他举行的欢迎晚会。此次访问曾作《西江月》词一首,鼓励该校师生"还须奋发图强","攀到更高峰上"。词见《郭沫若闽游诗集》。厦门大学,1921年由爱国华侨陈嘉庚创办。1937年改为国立。新中国成立后经院系调整,成为文理科综合性大学。

②冠冕,比喻首位、第一。《三国志·蜀志·庞统传》:"(司马)徽甚异之,称统为南州之冠冕。"词句意谓,厦门大学堪称东南首位高等学府,学校课堂亦邻近战场。

③移山填海,此指在学校附近海边构筑防御工事。词句意谓,广大师生敢于移山填海真不寻常,堪称劳动英雄榜样。

④鼎革,语出《易·杂卦》:"革,去故也,鼎,取新也。"后因鼎革指改朝换代或重大变革。缔造,创造、建设。词句意谓,建设新社会比推翻旧政权更艰难,还须人们奋发图强。

⑤气轩昂,即气宇轩昂,精神饱满、气度不凡的样子。词句意谓,而今红旗招展气宇轩

昂,祝愿你们攀到更高峰上。

游南普陀①

我自舟山来,普陀又普陀。②

天然林壑好,深憾题名多。③

半月沉江底,千峰入眼窝。④

三杯通大道,五老意如何?⑤

【注释】

①此诗写于1962年11月。题下有序:"一九六二年十一月二十四日游南普陀寺,三杯后题此。"南普陀,厦门著名古寺,在五老峰下厦门大学前面。始建于唐代,初名普照寺。清康熙年间改为今名。郭沫若游南普陀题诗一首,后载《郭沫若闽游诗集》。

②这两句是说,我自舟山来,上月二十五日访浙江普陀山,而今又访厦门南普陀。浙江有普陀山,厦门有南普陀寺,故称"普陀又普陀"。

③林壑,山林与沟壑,指景物幽深之境。欧阳修《醉翁亭记》:"环滁皆山也,其西南诸峰,林壑尤美。"题名,本为题记姓名,此指随意涂写。诗句意谓,此处天然山林沟壑虽好,让人遗憾的是游客随意题写太多。

④半月沉江,是南普陀寺素席上的一道名菜。原料香菇面筋,先在碗上用面筋堆成半月形,再用香菇组成另一个半月形。面筋是白色的,香菇是黑色的。形状很像半轮月亮沉在江底。经郭老题名"半月沉江",已成中外宾客争相品尝的名菜。诗句意谓,半月沉于江底,而千峰进入眼窝。

⑤"三杯"句,化用李白《月下独酌》诗句:"三杯通大道,一斗合自然。"五老,席间有道名菜,称"五老点头",因南普陀寺背后五老峰而得名,此处语义双关。诗句意谓,三杯可通大道,五老意下如何?

题赠布袋剧团①

(西江月)

创造偶人世界,指头灵活十分。飞禽走兽有表情,何况旦生丑净。②

解放以来出国,而今欧美知名。奖章金质有定评,精上再求精进。③

【注释】

①此词写于1962年11月。西江月,词牌名。作者自注:"一九六二年初冬在鼓浪屿看龙溪专区木偶剧团演出。"布袋剧团,木偶剧分为布袋木偶、提线木偶、杖头木偶、铁线木偶四类。龙溪专区的剧团属布袋木偶。布袋木偶,也叫"手托傀儡",木偶形体较小,头部连在布

袋上,外加戏装。艺人以手伸入布袋,操纵木偶动作。词已收入《郭沫若闽游诗集》。

②偶人,用土木制成的人像,此指木偶。且生丑净,为我国传统戏曲中的角色行当。且演女性人物,生演男性人物,丑即小丑,净即花脸。词句意谓,布袋剧团创造出一个木偶人世界,艺人们的指头十分灵活,天上的飞禽与地上的走兽都有表情,何况且、生、丑、净各类角色。

③这四句是说,龙溪布袋剧团新中国成立以来多次出国表演,而今已在欧美国家知名,且已获得金质奖章有了定评,他们正在精上再求精进。

重游三都澳①

解放之前曾此来,满街鸦片吐阴霾。②
森森夜景妖魔窟,郁郁情怀块垒杯。③
三十五年同瞬息,数千余户化烟埃。④
红旗今日迎风展,炮艇青山绕一回。⑤

【注释】

①此诗写于1962年12月初。三都澳,在福建省宁德县东部三沙湾内三都岛西南岸,为福建省重要渔港。当时,郭沫若由厦门回北京,途经三都澳。因1927年南昌起义后曾经到过此地,故云"重游"。诗后收入《郭沫若闽游诗集》。

②阴霾,浑浊,大风杂尘土而下。诗句意谓,我在新中国成立以前曾经来过此地,当时满街鸦片烟馆吐出阴暗浑浊的气体。

③块垒,亦作"垒块",比喻积郁在胸中的不平之气。《世说新语·任诞》:"阮籍胸中垒块,故须酒浇之。"诗句意谓,夜间阴森森的像妖魔的巢穴,我则满怀抑郁不平,需用酒来解愁。

④化烟埃,指原有街道已被日寇炸毁化为尘土。诗句意谓,三十五年如同转眼之间,而当年三都澳数千余户曾遭日机轰炸化为烟埃。

⑤青山,系岛名,在三都澳东面海上。诗句意谓,红旗迎风招展,我乘炮艇围绕青山转了一回。

在三都澳水警区①二首

其一

良港三都举世无,水深湾阔似天湖。②
岛山环拱忘冬夏,潮汐翻腾有减除。
建设已然清障碍,经营还要费工夫。③
护航卫国兼朝夕,保卫和平在海隅。④

其二

良港三都澳,神州殆寡俦。⑤

大潮流浩浩,快艇风飕飕。
时速廿余浬,青山绕一周。⑥
英雄成集体,列屿尽低头。⑦

【注释】

①这两首诗写于 1962 年 12 月初。郭沫若访问三都澳水警区,作诗二首,后收入《郭沫若闽游诗集》。

②天湖,天然的湖泊。诗句意谓,优良港口三都澳可谓举世无双,这里水深湾阔真像天然湖泊。

③环拱,四面环绕拱卫。减除,谓海潮涨落。诗句意谓,岛上群山环绕让人忘记冬天和夏天,港湾内潮汐翻腾有涨有落,建设海岛已然扫清了障碍,但是如何经营还要花费一番工夫。

④兼朝夕,兼有朝夕,不分日夜。海隅,海的角落,即海边。诗句意谓,我水警战士护航卫国不分日夜,为了保卫和平在海防前线上。

⑤殆,大概、恐怕。俦,伴侣、同辈。殆寡俦,大概很少可与相比。诗句意谓,良港三都澳,在中国恐怕很少有可与之相比的。

⑥浩浩,水盛大貌。浬,"海里"的旧称。青山,岛名,在三都澳东面海上。诗句意谓,大潮浩浩流动,快艇凉风飕飕,时速快达到廿余海里,围绕青山航行一周。

⑦这两句是说,面对水警区战士这英雄的集体,周围的岛屿全都低头表示敬意。

乘炮艇由三都澳赴黄歧①

朝阳耀太空,炮艇鼓东风。
海浪兼天涌,军旗映日红。②
见闻皆伟迹,接触尽英雄。
严命一朝下,东征立大功。③

【注释】

①此诗写于 1962 年 12 月初。黄歧,岛名,在福建省东南部海面上。当时,郭沫若乘炮艇由三都澳赴黄歧,继续访问海防前线。曾作五绝一首,后收入《郭沫若闽游诗集》。

②兼天涌,犹连天涌,形容海的壮阔。杜甫《秋兴》其一:"江间波浪兼天涌,塞上风云接地阴。"诗句意谓,朝阳照耀在太空,炮艇鼓起了东风,海上浪涛连天涌,军旗与红日交相辉映。

③伟迹,宏伟的遗迹。严命,紧急的命令。诗句意谓,沿途见闻皆属伟迹,接触尽是英雄。紧急的命令一朝下达,将在东征中建立大功。

题集美归来堂①

鳌园博物大观,百闻不如一见。②
鹭江集美中学,万人共仰千秋。③

①此诗写于1962年初冬。落款为："题为集美归来堂，一九六二年初冬，郭沫若。"厦门集美镇是爱国华侨陈嘉庚的故乡。这里有他历年创办的各级各类学校以及图书馆、科学馆、体育馆等文化设施，人称"集美学村"。归来堂是陈嘉庚1958年计划兴建的，既含自身海外归来之意，亦在启示海外侨胞不忘家乡祖国，归来有居住之处。后因陈嘉庚病逝，计划没有实施。周恩来总理得悉此事，指示有关部门动工兴建，不久落成。1962年初冬，郭沫若为集美归来堂题写这一联语式的六言诗，手迹见《郭沫若闽游诗集》。

②鳌园，在集美镇浔江之畔，其地原为鳌王宫旧址。陈嘉庚为纪念集美解放于新中国成立初期建成此园。园内建有毛泽东手书的"集美解放纪念碑"，高达二十八米。碑座四周栏杆镌有当代名人对联题词。入门长廊两厢壁上有中外古今重要人物塑像。诗句意谓，鳌园仿佛成为一座内容丰富、蔚为大观的博物馆，真是百闻不如一见，让人大饱眼福。

③鹭江，指厦门。集美中学，为陈嘉庚创办的学校之一。这里用以代表他对故乡文化的贡献。诗句意谓，厦门集美学村，万众瞩目，世世代代永远共仰先生。

<h2 style="text-align:center">题蒲松龄故居①</h2>

写鬼写妖，高人一等。②

刺贪刺虐，入骨三分。③

【注释】

①此诗写于1962年初冬。蒲松龄为清代著名文学家，世称"聊斋先生"。多次科举不中，在家教书、写作。小说《聊斋志异》通过谈狐谈鬼，批判社会现实。故居在山东淄博蒲家庄，内有蒲松龄书房"聊斋"及其生前遗物。壁上悬挂蒲氏生前画像，郭沫若所书联语悬于画像两旁。这首联语式四言诗见《郭沫若楹联辑注》。

②这两句是说，《聊斋志异》主要特点在于描写狐鬼花妖，表现手法明显有其高人一等之处。亦即借助狐鬼花妖，讽喻社会现实。

③入骨三分，意同"入木三分"，相传晋代王羲之写祝版（祭祀时写祝词的木板），工人事后削去，发现笔痕入木三分。诗句意谓，小说揭露封建统治阶级的贪婪与残酷，可谓入骨三分。

<h2 style="text-align:center">题齐白石《九鸡图》赠张孝骞①</h2>

天上碧桃红烂漫，群雏欢喜乐春风。②

医为仁术增人寿，济世同期进大同。③

【注释】

①此诗写于1962年冬。录自郭平英《〈郭沫若题画诗存·缀语〉之余》，载2011年6月8日《文艺报》。《九鸡图》为齐白石20世纪50年代的作品。1962年协和医院内科同志从荣宝斋购得此图为张孝骞主任贺寿，并请郭沫若在画上题诗。郭老附有题跋："教授为中国科学院学部委员、协和医院内科主任兼中国医科大学副校长，从事医学工作已四十年，今年满六

十五岁。北京协和医院内科全体同志献此画为寿,嘱为题识,谨成诗一首博粲。一九六二年冬日,郭沫若。"

②群雏,指九只小鸡。齐白石《九鸡图》画的上部一枝碧桃斜垂,花枝上有点点桃红。花枝下,九只小雏鸡有远有近,在春风中其乐融融。诗句生动概括了画中景物。

③仁术。犹言仁道。《孟子·梁惠王上》:"无伤也,是乃仁术也。"又指合于仁道的,如称医术为"仁术"。大同,儒家宣扬的理想社会。《礼记·礼运》:"大道之行也,天下为公。"孙中山曾有题词:"天下为公,世界大同。"诗句意谓,医为仁术可增人寿,悬壶济世的目的在于共同期望进入实现大同理想的社会。诗句点出为医务工作者祝寿的题旨。

慰问国防战士①

英雄肝胆卫和平,血肉长城子弟兵。②
天下从无正义敌,域中叠听凯歌声。③
东风骀宕旌旗舞,北阙巍峨领袖明。④
山岳同欢瀛海笑,亚非拉美共峥嵘。⑤

【注释】

①此诗写于 1962 年 12 月底。诗前有序:"一九六三年新年将届,成七律一首,奉赠全体国防战士,以致慰问。"手迹载《解放军画报》1978 年第 8 期。

②肝胆,比喻真诚的心意。诗句意谓,我国防军英雄们肝胆相照保卫和平,人民子弟兵愿以血肉筑成新的长城。

③域中,宇内、国内。叠,通"迭",更迭、屡次。诗句意谓,天下没有正义的敌人,宇内屡次听到胜利凯歌的声音。

④骀宕,同"骀荡",舒缓荡漾使人舒畅,多来形容春天的景物。北阙,古代宫殿北面的门楼,为臣子等候朝见或上书之处。后通称帝王宫禁为北阙,也作朝廷的代称。诗句意谓,春风使人舒畅旌旗飘扬,而今宫阙巍峨领袖英明。

⑤山岳,高大的山。瀛海,大海。王充《论衡·谈天》:"九州之外,更有瀛海。"峥嵘,不平凡,不寻常,如峥嵘岁月。诗句意谓,高山同欢大海在笑,亚洲、非洲、拉丁美洲都显得极不寻常。

题内联升布鞋①

凭谁踏破天险,目标攀登高峰。②
志向务求克己,事成不以为功。③
新知虽勤摩挲,旧伴每付消融。④
化作纸浆造纸,升华变幻无穷。⑤

【注释】

①此诗写于 1962 年间。郭沫若平时喜欢穿千层底布鞋,还曾特意为内联升布鞋写了一

首六言诗。诗见张志春《郭沫若与服饰文化初探》,载《郭沫若学刊》2009 年第 2 期。

②谁,什么。诗句意谓,凭什么去踏破天险,目标是在攀登高峰。此系以布鞋口吻发问。

③这两句是说,就其志向务求克制自己,即便事成也不以为功。此言布鞋甘愿默默奉献。

④新知,新交的朋友。旧伴,旧日的伙伴。摩挲,抚摸。消融,消通"销"。即销熔。诗句意谓,新的朋友虽然勤于抚摸(喜欢),旧的伙伴往往付之销熔。

⑤升华,本指固态物质直接化为气体,比喻事物的提高和精炼。诗句意谓,(旧的布鞋)可以化作纸浆造纸,经过升华以后可以变幻无穷。

赠侯宝林①

鼾声如雷霆,喷气式飞机。②
宝林一席话,通夜满天飞。③

【注释】

①此诗写于 1963 年 1 月。侯宝林,著名相声表演艺术家。1963 年春节,郭沫若往美术馆参加春节联欢晚会。会上观看侯宝林演出的相声小段,挖苦有人打鼾竟如喷气式飞机一般震耳。晚会结束后郭沫若对侯宝林说:"你的相声说得好,鼾声如雷,我就是一个。"后即应其要求书赠五言诗一首,手迹见《郭沫若遗墨》。

②鼾(hān)声,睡觉时打呼噜的声音。雷霆,急雷。喷气式飞机,以空气喷气发动机作为动力的飞机,适于高速飞行。诗句意谓,打呼噜的声音如同雷霆一样,又像喷气式飞机一样震耳欲聋。

③一席话,指晚会演出的相声小段。诗句意谓,侯宝林的一段相声,通夜还在联欢晚会上满天飞。

雪中步过昆明湖①

(满江红)

初雪霏霏,凭标示,今年瑞兆。②人咸庆,丰收在望,昭苏有道。③万里同云天地泰,八纮一宇山河笑。④昆明湖冰上玉鲛绡,邀人蹈。⑤

童心在,人未老,遥指向,龙王庙。⑥让儿曹,脚着冰刀飞跃。⑦我辈从容稳步履,人多惊讶来扶导。⑧最难忘一盏泡红茶,老翁赵。⑨

【注释】

①此词写于 1963 年 1 月 28 日。这一天郭沫若全家往颐和园,其时瑞雪霏霏,昆明湖上冰已敷上一层银色绒毯。子女们决意溜冰,他和于立群亦从冰上步至龙王庙,并在万寿山饭店办事处休息。即兴创作《雪中步过昆明湖》调寄《满江红》词一首,原载《文献》第 14 辑(1982 年 12 月)。

②霏霏,形容雨雪之密。《诗·小雅·采薇》:"今我来思,雨雪霏霏。"瑞兆,吉祥的兆头。词句意谓,新年第一场雪下得很大,凭此标示着今年吉祥的兆头。

③咸,都,皆。昭苏,恢复生机。《礼记·乐记》:"蛰虫昭苏。"道,通"导",先导。词句意谓,人都欢庆,丰收在望,大地恢复生机有了先导。

④泰,平安。同云,下雪前均匀遍布的阴云。《诗·小雅·信南山》:"上天同云,雨雪雰雰。"八纮,大地的极限,犹言八极。词句意谓,万里同云天地安泰,八极一宇山河欢笑。

⑤鲛绡,传说中鲛人们所织的绢,后亦泛指薄纱。词句意谓,昆明湖上如蒙上一层玉色的薄纱,像是在邀请人们来舞蹈。

⑥龙王庙,颐和园里的一个景点。词句意谓,我们童心犹在,人还未老,遥遥指向对岸的龙王庙。

⑦儿曹,孩子们。冰刀,用优质钢制成嵌在冰鞋钢管上的刀形器具。词句意谓,让孩子们脚着冰刀在湖面冰上飞跃。

⑧步履,犹步行。词句意谓,我们从容移步慢行,周围的人多感惊讶来搀扶引导。

⑨老翁赵,即已上年纪的老赵,为万寿山饭店办事处的工作人员。词句意谓,让人最难忘的是老赵给我们一盏刚泡好的红茶。

贺中岛健藏六十寿辰①

中流砥柱,岛国精英。②
健康日进,藏识深宏。③

【注释】

①此诗写于1963年2月。中岛健藏(1903—1979),日本东京都人。长期担任日中文化交流协会会长,一生致力于日中友好事业。曾十五次来华访问。1963年2月21日,郭沫若与廖承志等人致电中岛健藏祝贺他六十寿辰。同时还题赠四言古诗一首,诗载1963年2月22日《光明日报》。

②中流砥柱,砥柱山屹立于黄河中流,比喻能担当重任支撑危局的人。诗句意谓,寿翁犹如黄河中流的砥柱,日本岛国的精英。

③藏识,收藏(储藏)的知识。深宏,深邃(深湛)广博(宏大)。诗句意谓,愿你健康日有所进(越来越好),你所具有(储藏)的知识可谓博大精深。这是一首藏头诗,将寿翁姓名中岛健藏四字嵌入诗中。

赠小松益喜同志①

百花齐放要推陈,桃李年年岁岁新。②
不异芬芳遗远者,还留硕果为人民。③

【注释】

①此诗写于1963年春。小松益喜,日本现代画家。当时随团来华访问,郭沫若曾以此诗书赠。落款中有"小松益喜同志"字样,既称"同志",当为日本共产党成员或左翼艺术工作者。

②推陈,即推陈出新,排除陈旧事物的糟粕,取其精华,以创造新事物。桃李,桃树和李树。诗句意谓,百花齐放还要推陈出新,桃花、李花年年岁岁都在更新。

③芬芳,香气,亦指香花。遗(wèi),赠予、致送。远者,远方的客人。此指日本友人小松益喜。硕果,大的果实,亦称难得的东西为硕果。诗句意谓,不惜将芳香的桃李之花,赠送给远方的客人,还要留下丰硕果实为人民。

题《桂林山水诗选》①

山水甲天下,诗歌颂桂林。②
一编佳兴满,千岭碧云深。③
红豆思南国,春禽寄北音。④
东风今正好,鼓舞万人心。⑤

【注释】

①此诗写于 1963 年春。录自《郭沫若书法集》。诗有落款:"右诗一律《题桂林山水诗选》,一九六三年春,郭沫若。"桂林,位于广西东北部,市区风景秀丽,有"桂林山水甲天下"之称。1963 年春,桂林有关部门编选《桂林山水诗选》,郭沫若应约题诗。

②谓桂林山水甲天下,人们用诗歌歌颂桂林。

③一编,指《桂林山水诗选》。佳兴,美好的兴致。诗句意谓,手捧一编让人充满美好的兴致,可见桂林千座山岭深处的青天白云。

④红豆,相思木所结子,常用以比喻爱情或相思。王维《相思》:"红豆生南国,春来发几枝。劝君多采撷,此物最相思。"禽,鸟类的通称。诗句意谓,因见红豆而思南国,飞向南方的春禽可寄北方的音讯。

⑤东风,春风。《礼·月令》:"(孟春三月)东风解冻,蛰虫始振。"诗句意谓,东风劲吹今日正好,可以鼓舞万人之心。

纪念鉴真上人①

(满江红)

咄咄奇哉,开元有扬州和尚。②盲目后,东瀛航海,奈良驻杖。③五度乘桴拼九死,十年讲席谈三量。④招提寺,犹有大铜钟,声宏亮。⑤

晁衡来,鉴真往。唐文化,交流畅。⑥恨今朝,有美帝从中阻障。⑦千二百年堪纪念,樱花时节殊豪放。⑧要同心,协力保和平,驱狂妄。⑨

【注释】

①此词写于 1963 年 3 月。满江红,词牌名。郭沫若于同年 3 月 15 日致信日本巨赞法师:"关于鉴真上人,我又写了一首《满江红》,录奉。"鉴真(688—763),为我国唐代高僧,应邀

东渡后,成日本律宗创始者。上人,佛教称具备德智善行的人,后来作为对僧人的敬称。1963 年 3 月,日本宗教界发起纪念鉴真和尚圆寂一千两百周年,约请郭沫若题词。郭沫若继写一首七言绝句之后,又写了一首《满江红》词。

②咄咄,叹词,表示惊叹。开元,唐玄宗年号。扬州和尚,鉴真为扬州人,曾住扬州大明寺,专宏戒律,因称扬州和尚。诗句意谓,咄咄称奇啊,唐代开元年间有位扬州和尚。

③东瀛,东海,后亦称日本为"东瀛"。奈良,日本古老名城,公元 8 世纪曾为首都。驻杖,意同"驻锡",僧人出行,以锡杖自随,因称僧人住止为驻锡。词句意谓,鉴真眼睛瞎了之后,仍航行东海,到达日本,驻杖奈良。

④桴,小筏子。《论语·公冶长》:"道不行,乘桴浮于海。"讲席,亦作"讲座",学者讲学或高僧讲经的座位。三量,量是知识,或知识的方法。三量是古因明的三种知识方式,即现量、比量和圣教量。现量是以感觉为基础的知识,比量是以推理为基础的知识,圣教量则诉诸权威,即依经典而来的知识。词句意谓,鉴真曾五次东渡拼却九死一生,到达日本以后讲经十年谈论古因明的三种知识。

⑤招提寺,鉴真于公元 759 年在奈良造唐招提寺。词句意谓,鉴真所造唐招提寺,犹有一口大铜钟,声音宏量。

⑥晁衡,即阿倍仲麻吕,日本奈良时期遣唐学生,曾在唐朝做官,殁于中国。词句意谓,晁衡来唐求学,鉴真往日宏法,唐代文化,交流通畅。

⑦今朝(zhāo),今日。谓可恨今日,有美帝国主义从中阻挠障碍。

⑧樱花,落叶乔木,花白色或粉红色,可供观赏,为日本国花。词句意谓,鉴真逝世一千二百周年值得纪念,樱花盛开的时节殊为豪放。

⑨狂妄,毫无根据的极端自高自大,此指日本军国主义势力。词句意谓,中日两国人民要同心协力保卫和平,驱除那些企图发动战争的狂妄之徒。

书为福州大学①

(西江月)

踏上红专道路,攀登科学高峰。②春华秋实乐融融,桃李满园播种。③

促进国家四化,务将毛选精通。④人人最好学雷锋,公而忘私英勇。⑤

【注释】

①此诗写于 1963 年春。当时,郭沫若应福州大学要求,题赠《西江月》词一首。后收入《郭沫若闽游诗集》。

②这两句是说,希望福州大学师生踏上又红又专道路,攀登科学高峰。

③春华秋实,比喻文采和操行。《颜氏家训·勉学》:"夫学者,犹种树也。春玩其华,秋登其实。讲论文章,春华也;修身利行,秋实也。"桃李,比喻栽培的后辈或所教的学生。词句意谓,春华秋实其乐融融,满园桃李需要播种。

④四化,指实现农业、工业、国防和科学技术四个现代化。词句意谓,促进国家实现四个现代化,务将认真学习精通《毛泽东选集》放在首位。

⑤这两句是说,人人最好都学雷锋,做到公而忘私多么英勇。

题李白纪念馆①

酌酒花间,磨针石上。②
倚剑天外,挂弓扶桑。③

【注释】

①此诗写于1963年春。李白纪念馆,在四川省江油市。内有太白堂、太白书屋、陈列室、珍藏室等建筑,其形式按照唐代古典风格,颇为宏丽壮观。1963年春,郭沫若应约题写了这首联语式的四言诗。见《郭沫若楹联辑注》。

②酌酒花间,李白《月下独酌》:"花间一壶酒,独酌无相亲。"磨针石上,相传李白少时读书,未成弃去,道逢老姆磨杵,白问其故,曰:"作针。"白感其言,遂卒业。后演绎成民间俗语:"只要功夫深,铁杵磨成针。"诗句意谓,李白诗思敏捷,人称斗酒百篇,其实并非由于嗜酒,而是少年时代勤奋好学的结果。

③"倚剑"二句,语出晋代阮籍《咏怀》:"弯弓挂扶桑,长剑倚天外。"扶桑,古神木名,高数千丈,传说日出其下。诗句意谓,倚长剑于天外,挂弯弓于扶桑。这是何等胸怀,何等气势!

题赠福州工艺品展览会①二首

一

八闽是我故乡,去岁我曾去来。②
工艺允称精绝,一年一度花开。③

二

团城又是一年春,闽艺展陈色色新。④
连岁东风吹不断,百花齐放竞推陈。⑤

【注释】

①这两首诗写于1963年春。当时,福州工艺品展览会在北京团城展出,郭沫若亲临参观,并先后题诗相赠。后收入《郭沫若闽游诗集》。

②八闽,福建省的别称。福建古为闽地,宋时始分为八个府,元分为八路,故名。郭沫若祖籍福建,因称"故乡"。诗句意谓,福建是我故乡,去年我曾来此访问。

③允,诚然,信然。诗句意谓,福建工艺品手工技艺堪称精绝,一年一度花开,指每年举办一次工艺品展览会。

④团城,在北京北海公园南门,是一座五米高的圆形城台,面积约四千五百平方米。台上建有殿亭、廊苑。团城上的主要建筑承光殿,形式独特,建造精致,殿里外梁枋都用大点金

旋子彩画辉煌华丽。福建省与福州市工艺品展览会多次在此展出。诗句意谓,北京团城又是一年的春天,福州工艺品在此展览陈列色色新奇。

⑤推陈,即推陈出新。诗句意谓,连年春风吹不断(此指福建工艺品年年在此展出),百花齐放竞相推陈出新。

书为南湖烟雨楼①

一别南湖四十年,溢纤春雨忆如烟。②

他时重上嘉禾道,首自登临革命船。③

【注释】

①此诗写于 1963 年春。附有跋语:"四十年前曾游鸳鸯湖,时切思慕,书为南湖烟雨楼补壁。一九六三年春,郭沫若。"烟雨楼,在浙江嘉兴南湖湖心岛上,楼为二重飞檐,外观壮丽。环绕主楼建有御碑亭、宝梅亭和凝碧阁,后面有假山耸峙,四季花木葱笼,风景幽美。楼中陈列名人碑刻、字画颇多。1963 年春,郭沫若应南湖革命纪念馆邀请,为烟雨楼题写七绝一首。手迹见 1979 年出版的《西湖丛书》第三辑《郭沫若同志浙江题咏》。另见《东海》1979年 9 月号,与董必武、叶圣陶等人的诗总题为《南湖诗词集锦》。

②溢,过分、过度,如溢美之词。纤,细小。诗句意谓,我一别南湖已有四十年,想起当年看到的过于纤细的春雨如同烟雾一般。这里一语双关,既切烟雨楼名,又含往事如烟。

③嘉禾,旧时浙江嘉兴府的别称。相传三国吴时有嘉禾生于此,宋时以嘉禾为秀州(嘉兴府的前身)的郡额,故名。革命船,亦称红船,即根据中国共产党第一次代表大会用过的游船仿制的革命纪念船。诗句意谓,他日自当重新走上嘉兴的道路,并首先登上革命纪念船。

读鸳鸯湖棹歌①

闻有飞鸿岁岁来,于今当复满春台。②

鸳湖四百棹歌外,国际歌声入九陔。③

【注释】

①此诗写于 1963 年春。作者自注:"1963 年春,读鸳鸯湖棹歌,书奉南湖书画社。"鸳鸯湖,即南湖,在浙江嘉兴市东南。《名胜志》言:"东西两湖相接如鸳鸯",或云"湖多鸳鸯",故取"鸳鸯"为名。棹歌,船工行船时所唱之歌。汉武帝《秋风辞》:"箫鼓鸣兮发棹歌,欢乐极兮哀情多。"1963 年春,郭沫若应嘉兴南湖书画社要求题赠此诗。后作为《南湖诗词集锦》中的一首,发表于《东海》1979 年第 7 期。

②飞鸿,天上高飞的鸿雁。春台,美好的游览处。语出《老子》:"众人熙熙,如享太牢,如登春台。"这里指鸳鸯湖。诗句意谓,听说有北方的鸿雁年年飞来,于今当布满整个南湖。

③四百棹歌,清代文学家朱彝尊为浙江秀水(嘉兴)人,曾作《鸳湖棹歌》一百首,颇为著名。"四百棹歌"当兼指他人续作。九陔,指九重天。国际歌,全世界无产阶级的革命歌曲。1888 年 6 月法国工人狄盖特根据巴黎公社诗人鲍狄埃所作诗篇谱成。诗句意谓,鸳鸯湖四

百棹歌之外，国际歌声传入九重天。此指中共第一次代表大会曾在嘉兴南湖召开。

为鉴真和尚圆寂一千二百周年纪念题词①

鉴真盲目航东海，一片精诚照太清。②
舍己为人传道艺，唐风洋溢奈良城。③

【注释】

①此诗写于 1963 年 3 月。鉴真为我国唐代高僧，日本律宗的创始者。唐天宝年间东渡日本，为中日两国文化交流作出卓越贡献。1963 年 3 月，日本宗教界发起纪念鉴真和尚圆寂一千两百周年，约请郭沫若题词。郭沫若即题写这首七言绝句，诗载《现代佛学》1963 年第 5 期。

②鉴真盲目，鉴真于天宝元年至十二年，经过五次东渡失败且双目俱盲之后，终于到达日本。太清，太空。古人认为天系清而轻的气所构成，故称为太清。诗句意谓，鉴真双目失明之后，依然坚持东渡航行于东海之上，一片至诚光照太空。

③道，思想、学说，此指佛学。艺，技艺。奈良，日本古老名城，公元 8 世纪曾为首都，建筑仿造中国唐都长安。诗句意谓，鉴真不顾自身安危舍己为人东渡日本传布佛学和技艺，当时我国唐朝之风充满了日本奈良古城。

广西师范学院建校十周年题词①

经师易遇人师难，做到人师要红专。②如何红？人人最好学雷锋。
如何专？实事求是加三敢。③
十年树木百年人，速度今日需改进。④如何改？一天等于二十载。
如何进？不断革命阶段性。⑤
人类前途无限好，鼓荡东风风力饱。⑥如何好？学习革命有师表。
如何饱？永教西风被压倒。⑦

【注释】

①此诗写于 1963 年 3 月。广西师范学院，1953 年建立于桂林。1963 年 3 月，为纪念建校十周年，特约请郭沫若题词。诗见 1963 年 12 月 24 日《光明日报》。

②经师，原指汉代以经学教授学徒的学官，后亦泛指传授经学的学者。袁宏《后汉纪·灵帝纪上》："盖闻经师易遇，人师难遭。故欲以素丝之质，附近朱蓝耳。"人师，才识卓越可作人们表率的人。诗句意谓，经师易遇人师难寻，做到人师要求又红又专。

③雷锋，1963 年 3 月 5 日，毛泽东亲笔题词："向雷锋同志学习。"三敢，即敢想、敢说、敢干。诗句意谓，如何才能红呢？人人最好学雷锋。如何才能专呢？实事求是加上三敢。

④十年树木百年人，语出《管子·权修》："一年之计，莫如树谷；十年之计，莫如树木；百年之计，莫如树人。"谓培养人才是长远的事业。诗句意谓，十年树木、百年树人，速度未免太慢，今朝需要改进。

⑤这几句是说，如何改呢？要争取一天等于二十年。如何进呢？不断革命要有阶段性，

亦即按阶段抓与完成。

⑥鼓荡，鼓动，激荡。诗句意谓，人类前途无限美好，东风鼓荡风力饱满。

⑦师表，表率，学习的榜样。西风被压倒，《红楼梦》中王熙凤曾说："不是东风压倒西风，就是西风压倒东风。"后已成为具有政治含义的语言。诗句意谓，如何才能好呢？在革命队伍中学习要能作为表率的人。如何才能"风力饱"？永教西风被东风压倒。

题东方人画鱼①

得鱼者供鱼肉，食鱼者吃鱼肉，

观鱼者分鱼乐，画鱼者给鱼乐。②

离却深渊得永生，克服钩网刀和毒，③

毛锥超越造化力，蠹鱼蠹鱼尔勿蚀。④

【注释】

①此诗写于1963年3月。落款为："东方人同志画鱼索题。一九六三年春，郭沫若。"此画右上有秦仲文题记："东方人同志擅长画鱼，此作泼墨数笔，意态如生，自是精品。欣赏之余赘记于此以志墨缘也。一九六三年三月秦仲文。"诗与画均见《郭沫若题画诗存》。

②这四句是说，得鱼的人提供鱼肉，食鱼的人吃到鱼肉，观鱼的人分享鱼乐，画鱼的人给鱼快乐。

③深渊，很深的水，深潭。钩网刀和毒，指捕鱼的各种工具和方法。诗句意谓，鱼儿离开了深潭可以得到永生，可以克服（避免）鱼钩、鱼网、刀叉和毒药的捕捞伤害。

④毛锥，即毛锥子。毛笔的别称。《新五代史·史弘肇传》："弘肇曰：'安朝廷，定祸乱，直须长枪大剑，若毛锥子安足用哉？'三司使王章曰：'无毛锥子，军赋何从集乎？'毛锥子盖言笔也，弘肇默然。"蠹（dù）鱼，虫名，常蛀蚀衣服和书籍，体小，有银白色细鳞，形似鱼，故名。诗句意谓，画家手中的笔超越了创造化育的能力，蠹鱼蠹鱼你不要去蛀蚀画幅。

题傅抱石、邵宇画《熏风送暖》①

熏风送暖谢青阳，万象葱茏溢耿光。②

一对领巾红似火，柳荫深处听莺簧。③

【注释】

①此诗写于1963年4月。落款为："一九六三年四月廿八日夜在文联联欢晚会上傅抱石画柳，邵宇画人，郭沫若题诗。"这是属于集体创作，两位画家绘画，郭沫若题诗。诗画合璧，相得益彰。诗画均见《郭沫若题画诗存》。

②熏风，和风，东南风。青阳，指春天。《尔雅·释天》："春为青阳。"注："气清而温阳。"万象，宇宙间的一切事物和现象。葱茏，青翠茂盛貌。溢，满而外流。耿光，光明，光辉。诗句意谓，而今和风送暖我们感谢春天，人间万象更新草木青翠茂盛溢出了光辉。

③领巾，即红领巾，指少年先锋队队员。莺簧，莺声，谓其鸣声婉转如簧。诗句意谓，一

对少先队员的领巾红得像火一样,在柳荫深处静听黄莺的鸣声。

看话剧《费加罗的婚姻》有感①

青年演员费加罗,革命精神之赞歌。②
封建特权教打倒,新婚初夜绝风波。③
人民自古多机智,阶级从来不协和。④
堪笑有人呼对表,畏降纸虎拜弥陀。⑤

【注释】

①此诗写于 1963 年春。录自《郭沫若书法集》。诗有跋语:"看中国青年剧院演出《费加罗的婚姻》有感,一九六三年春节前四日书此,郭沫若。"手迹现藏郭沫若纪念馆。费加罗的婚姻,为法国喜剧作家博马舍的代表作。剧本通过费加罗与苏珊娜的爱情故事,表现了法国第三等级的顽强战斗精神,战胜了封建特权代表俄阿勒玛华维伯爵。

②费加罗,为《费加罗的婚姻》剧中的主人公。诗句意谓,由青年演员主演的剧中人物费加罗,实为体现革命精神的赞歌。

③新婚初夜,此指初夜权,即封建主强制与农权的新娘同宿第一夜的特权。中世纪的欧洲如苏格兰、法、德等国家的封建统治阶级公开用法律规定贵族或领主享有这种特权。这是封建主对农权,特别是对妇女实行的残酷迫害。诗句意谓,封建特权教打倒,主人公设法杜绝了初夜的风波。此指费加罗、苏珊娜与伯爵夫人联手,挫败了伯爵新婚之夜掀起的风波。

④谓人民群众自古以来就多智慧,不同阶级之间从来没有协和的余地。

⑤表,表明、表彰。纸虎,此指封建贵族。弥陀,阿弥陀佛的简称。此指封建思想。诗句意谓,堪笑有人在呼到底表示什么,实际是在投降封建制度崇拜封建特权。诗中"对表"一语含义待考。

满 江 红①

我爱红苕,小时候,曾充粮食。②明代末,经由吕宋,输入中国。三七〇年一转瞬,十多亿担总产额。③一季收,可抵半年粮,超黍稷。④

原产地,南美北。输入者,华侨力。⑤陈振龙,本是福建原籍。挟入藤篮试密航,归来闽海勤耕植。⑥此功勋,当得比神农,人谁识?⑦

【注释】

①此词写于 1963 年 5 月 18 日。郭沫若为纪念番薯传入中国三百七十周年,特作《满江红》词一首。词见《纪念番薯传入中国三百七十周年》一文,载 1963 年 6 月 25 日《光明日报》。

②红苕(tiáo),四川人称番薯为红苕。词句意谓,我爱番薯,小时候,曾用它来充作粮食。

③吕宋,古国名,即今菲律宾群岛中的吕宋岛。宋元以来,中国商船曾到此贸易,明代称之为吕宋。转瞬,一转眼,极言时间的短暂。词句意谓,明代末年番薯经由吕宋输入中国,转眼间已过了三百七十年,现在每年总产额都有十多亿担。

④黍稷，《诗·小雅·楚茨》："自昔何为？我蓺黍稷。我黍与与，我稷翼翼。"黍稷均为粮食作物。词句意谓，番薯一季可抵半年粮，甚至超过黍稷。

⑤南美北，指拉丁美洲。词句意谓，番薯的原产地在拉丁美洲热带地区。输入中国者，依靠华侨之力。

⑥密航，秘密航行。闽海，福建沿海。词句意谓，华侨陈振龙，原籍福建长乐。他冒着很大风险，将番薯挟入藤篮航海七日秘密输入我国，后在闽海地区辛勤种植。

⑦神农，即神农氏，传说中农业和医药的发明者。词句意谓，陈振龙输入番薯的功勋，当与神农相比，可是有谁认识到呢？

为影片《李双双》演员张瑞芳题词①

天衣无缝气轩昂，集体精神赖发扬。②
三亿神州新姐妹，人人竞学李双双。③

【注释】

①此诗写于1963年5月4日。《李双双》是一部根据李准小说改编由张瑞芳主演的影片。该片运用轻喜剧的形式，成功塑造了新时代劳动妇女李双双的形象。著名电影演员张瑞芳因扮演李双双而获得第二届"百花奖"最佳女演员奖。郭沫若题赠七绝一首。手迹载《大众电影》1963年5、6期合刊。

②天衣无缝，典出《太平广纪》卷六八，谓天仙之衣无缝。后用以喻诗文自然浑成，或事物周密完美。气轩昂，即气宇轩昂，形容精神饱满气度不凡。诗句意谓，《李双双》主角扮演者表演天衣无缝气宇轩昂，社会主义集体精神有赖这样的人物发扬。

③神州，我国古称赤县神州，因以作为中国的美称。三亿，据当时统计我国六亿人口，妇女约占一半，因称三亿。诗句意谓，我国三亿新社会的姐妹，人人竞相学习影片中的李双双。

为影片《槐树庄》导演王苹题词①

公社前途甚汪洋，人人争看槐树庄。②
光荣自应归于党，成绩咸推导演王。③

【注释】

①此诗写于1963年5月4日。《槐树庄》是一部反映农村生活题材的影片，由当代著名女导演王苹执导。王苹喜获第二届"百花奖"最佳导演奖。郭沫若题赠七绝一首。手迹载《大众电影》1963年5、6期合刊。

②汪洋，水宽广无际貌。常形容人的气度或文章的气势。诗句意谓，人民公社的前途无比宽广，人人争看电影《槐树庄》。

③咸，全，皆。王羲之《兰亭集序》："群贤毕至，少长咸集。"导演王，即导演王苹。诗句意谓，电影《槐树庄》取得成功，光荣自应归于中国共产党，而其成绩应当全推电影导演王苹。

挽沈衡山先生^①二首

一、和陈叔老韵^②

历史觥觥转铁轮,儿童遍地系红巾。^③

马列宏规欣发展,唐虞盛世识原因。^④

雄心救国双瞑目,斗志终身倍有神。^⑤

我信先生长不朽,八千岁后尚为春。^⑥

【注释】

①这两首诗写于 1963 年 6 月。6 月 11 日,全国人大常委会副委员长、政协全国委员会副主席、中国民主同盟主席沈钧儒(衡山)先生逝世,终年九十岁。郭沫若当日下午即与周恩来、董必武等前往瞻仰遗容和向遗体告别。次日写成挽诗二首,发表于 1963 年 6 月 13 日《人民日报》。

②陈叔老,即陈叔通。作者按陈叔通所写挽诗原韵奉和。

③觥觥,壮健貌。诗句意谓,人类历史刚直地转动着时代的铁轮,而今遍地都是系着红领巾的儿童。

④宏规,宏大的规划。唐虞,唐尧和虞舜,我国传说中古代圣明的君主。诗句意谓,马列主义的宏伟规划欣幸有所发展,而今所以出现唐尧虞舜那样的盛世要认识其原因。

⑤双瞑目,即双目可瞑,可以闭上眼睛离世。诗句意谓,逝者一生雄心救国可以瞑目,终身斗志昂扬倍有精神。

⑥"八千"句,典出《庄子·逍遥游》:"上古有大椿者,以八千岁为春,以八千岁为秋。"后因以椿龄为祝寿之辞。诗句意谓,我相信先生长不朽,八千岁后尚为春天,意即永垂不朽。

二、和董老韵^①

硕德耆年世不多,一生高唱进行歌。^②

大山三座烟尘散,上寿九旬气象和。^③

爱石传神堪景仰,临池有味耐观摩。^④

责增后觉追先觉,公尔忘私无靡陀。^⑤

【注释】

①董老,即董必武。作者依董必武挽诗原韵奉和。

②硕德,大德、盛德。耆(qí),古称六十岁为耆,指老人。诗句意谓,具有盛德的老人世上并不多,何况一生都在高唱革命进行的歌曲。

③大山三座,即旧中国压在人民头上的帝国主义、封建主义和官僚资本主义三座大山。上寿,高寿,一般九十以上可称上寿。气象,景象,光景。诗句意谓,三座大山已像烟尘一样飞散,上寿九旬之人一片和谐景象。

④爱石,逝者生前喜欢收藏奇石。临池,相传东汉张芝学书甚勤,"凡家中衣帛,必书而

后练之,临池学书,池水尽墨。"见晋卫恒《四体书势》,后人称学习书法为临池,本此。诗句意谓,沈老生前酷爱传神奇石,值得我们景仰,而其书法有味颇耐人们观摩。

⑤先觉,对事理的认识比一般人为早的人。《孟子·万章上》:"天之生此民也,使先知觉后知,使先觉觉后觉也。"靡(mí),披靡、倒下。陀,坡陀,倾斜貌。诗句意谓,对于我们这些后觉的人增加了追赶先觉的责任,力求公而忘私,不要披靡倾斜,亦即一生正直。

树珍嫂夫人七十大庆①

古视为稀今不稀,大仁必寿至期颐。②
梁鸿磊落垂光烈,孟母辛勤树典仪。③
当日铁蹄驱海外,今朝赤帜遍天涯。④
薰风万代生南国,菊酒浮觞献俚舞。⑤

【注释】

①此诗写于 1963 年 6 月。树珍嫂夫人,即漆树芬的夫人凌树珍。郭沫若祝贺树珍嫂夫人七十大庆,书赠七律一首。手迹见《郭沫若遗墨》。

②古视为稀,杜甫《曲江》:"酒债寻常行处有,人生七十古来稀。"大仁,为人宽厚,讲究仁义。期颐,《礼记·曲礼上》:"百年曰期颐。"郑玄注:"期,犹要也,颐,养也。"后因称百岁为期颐。诗句意谓,古人视人生七十古来稀今已不稀,为人宽厚仁义必然长寿可以活到百岁。

③梁鸿,东汉初人,家贫博学,颇有气节。曾为人佣工春米。每归,孟光为具食,举案齐眉,以示敬爱。光烈,大业、伟绩,汉王符《潜夫论·赞学》:"凡欲显勋绩,扬光烈者,莫良于学矣。"典仪,意为典范、模范。诗句意谓,梁鸿光明磊落留下伟绩,孟母辛勤树立了典范。

④当日铁蹄,指日本帝国主义侵略。诗句意谓,可以告慰漆氏友人的是,当日帝国主义者已经驱逐海外,今天红旗插遍天涯。

⑤薰风,即熏风,东南风、和风。《吕氏春秋·有始》:"东南曰薰风。"俚舞,民间通俗的歌舞。浮觞,旧时行酒令罚酒之称,引申为饮满。觞为古时盛酒器。诗句意谓,和风万世生于南方,菊酒满饮并献上通俗的歌舞。

书为苏州湖笔社①

湖上生花笔,姑苏发一枝。②
民威代天畏,腐朽出新奇。③
破壁群龙舞,临池五凤飞。④
欲将天作纸,写出长征词。⑤

【注释】

①此诗写于 1963 年 7 月。诗有落款:"一九六三年七月十一日书为苏州湖笔社,郭沫若。"当时,苏州湖笔社老工人虞宏海出差到北京。他代表全社工人的心意,将一支精致的湖笔托有关同志送给郭沫若,表示希望能求得郭老的墨宝。郭沫若为此题了一首五言律诗。

详见陈福康《湖上生花笔》一文,载 1980 年 6 月 22 日《解放日报》。

②湖上,即湖州。生花笔,典出五代王仁裕《开元天宝遗事·梦笔头生花》:"李太白少时,梦所用之笔头上生花,后天才瞻逸,名闻天下。"姑苏,即苏州。发一枝,指湖笔早在清朝道光年间就已传入苏州,很快就在全国形成湖笔生产另一中心。诗句意谓,湖州生产的生花妙笔,已在苏州发一新枝。

③天畏,儒家认为人应该敬畏的三件事之一。《论语·季氏》:"君子有三畏:畏天命、畏大人、畏圣人之言。"腐朽,指以羊毛等经过一百多道工序制成新奇的文房四宝。诗句意谓,制笔工人敢于以民威代替天畏,且能以精湛的技艺化腐朽为新奇。

④破壁,晋王浮《神异记》:"张僧繇尝于金陵安乐寺画四龙而不点睛,云:'点之则飞去矣。'人以为妄,固请点之。须臾,雷电破壁,见二龙飞去。未点睛者如故。"临池,典出东汉张芝学书故事,后人称学习书法为临池。五凤飞,称同时有才名的五人。宋太平兴国八年,宋白、贾黄中、李至、吕蒙正、苏易简五人同时官翰林,扈蒙赠诗称"五凤齐飞入翰林"。见张岱《夜航船》。诗句意谓,湖笔点睛则群龙破壁飞舞,学习书法则五凤齐飞。

⑤长征词,指毛泽东七律《长征》。诗句意谓,我欲将天作为纸张,写出有名的长征词。

题南京工艺美术展览①

凯歌吹自石头城,北海波光照眼明。②
坐看百花齐放蕊,满园硕果意欣荣。③

【注释】

①此诗写于 1963 年 7 月 14 日。当时,南京工艺美术展览在北京北海公园展出,郭沫若应邀参观后亲笔题诗。手迹存南京工艺美术服务部。诗见王寿林《诗人郭沫若在江苏》,载《郭沫若学刊》1993 年第 3 期。

②石头城,古城名,简称石城。故址在今江苏省南京市清凉山,因以作为南京的代称。北海,指北京北海公园。诗句意谓,胜利凯歌从南京石头城传来,北京北海公园波光粼粼照人眼明。

③蕊,花蕊。此指百花盛开。诗句意谓,我们坐看百花盛开,满园硕果累累充满生机欣欣向荣。

无　　题①

急风知劲草,大雪礼苍松。②
四野鹈鸡叫,一声天下红。③

【注释】

①此诗写于 1963 年夏。录自《郭沫若书法集》。诗有落款:"一九六三年夏日,郭沫若。"手迹由北京中国画院收藏。

②急风知劲草,亦作"疾风知劲草",在猛烈的大风中,可看出什么样的草是强劲的。比

喻节操坚定,经得起考验。苍松,青松。诗句意谓,急风过后可知劲草,大雪过后礼赞青松。因岁寒而知松柏之后凋,故应礼赞青松。

③鹍(kūn)鸡,亦作"鹍鸡"。张衡《西京赋》:"翔鹍仰而不逮。"李善注:"《穆天子传》曰:鹍鸡飞八百里。郭璞曰:'鹍即鹍鸡,鹍与鹍同。'"四野,四周广阔的原野。诗句意谓,广阔的原野上鹍鸡叫,一声天下红,即鹍鸡啼鸣太阳升起。

看周霖同志画展题赠①

石鼓声闻到凤城,龙潭风物活生生。②
山泉引自源头处,天外飞来有鹡鸰。③

【注释】

①此诗写于 1963 年 9 月 16 日。当时,云南省纳西族画家周霖个人画展在中国美术馆举行。郭沫若参观画展并给予很高评价,亲笔题赠七绝一首。诗发表于《边疆文艺》1963 年 11 月号。

②石鼓,镇名,在云南省丽江纳西族自治县中部。因有石碑圆而厚,如鼓形,故名。相传诸葛亮"五月渡泸",忽必烈"革囊渡江"均在此。声闻,《诗·小雅·鹤鸣》:"鹤鸣于九皋,声闻于天。"谓影响所及。凤城,旧时京都的别称。相传秦穆公之女弄玉,吹箫引凤,凤凰降于京城,故曰丹凤城。后因称京都为凤城。龙潭,即黑龙潭,在丽江纳西族自治县象山脚下,潭深水碧,玉龙雪峰倒映其间。诗句意谓,周霖画展把云南纳西地区生活情景带到了北京,让龙潭风光景物活生生呈现在大家眼前。

③源头,朱熹《观书有感》:"问渠那得清如许,为有源头活水来。"此指周霖画境源于生活。鹡鸰,亦作脊令,鸟名,常在水边觅食。《诗·小雅·常棣》:"脊令在原,兄弟急难。"后遂以喻兄弟。此指画家周霖。诗句意谓,周霖绘画山泉引自源头,亦即有着深厚的生活基础,而今有如鹡鸰忽从天外飞来(来京展出)。

国庆献词①

(满江红)

十四春秋,新中国,蒸蒸日上。高举起,红旗三面,光芒万丈。②自力更生形势好,迎头赶上精神壮。不多时,将使旧乾坤,换新样。③

尊劳动,轻受享,勤增产,先质量。反现修,一刻不容松放。④六亿舜尧齐努力,五洲马列同方向。⑤把狂澜,既倒挽回之,凯歌唱。⑥

【注释】

①此词写于 1963 年 9 月底。郭沫若为庆祝中华人民共和国成立十四周年而作《满江红》词一首,发表于同年 10 月 1 日《光明日报》。

②春秋,春季和秋季,常用来表示整个一年,也指人的年岁。蒸蒸日上,一天天地向上发展,形容发展很快。红旗三面,指总路线、大跃进、人民公社三面红旗。词句意谓,新中国度

过了十四个春秋,正在迅速发展,人们高举三面红旗,呈现万丈光芒。

③自力更生,不依靠外力,靠自己的力量把事情办起来。乾坤,原为八卦符号,这里象征天地。词句意谓,依靠自力更生国家形势很好,迎头赶上精神健壮,不要多少时间,将让旧的天地换成新的模样。

④现修,指现代修正主义,国际共产主义运动中打着马克思主义旗号的一种资产阶级思潮。词句意谓,尊重劳动,看轻享受,勤劳增产,先抓质量。在国内外反对现代修正主义,一刻也不容放松。

⑤六亿舜尧,由毛泽东诗词"六亿神州尽舜尧"一语化出,此指六亿中国人民。词句意谓,六亿中国人民共同努力,让五大洲革命人民一起沿着马列主义同一方向前进。

⑥"把狂澜"二句,意同"力挽狂澜",比喻以巨大的力量挽救扭转险恶的局势。韩愈《进学解》:"障百川而东之,挽狂澜于既倒。"词句意谓,把既倒狂澜奋力挽回,让胜利凯歌高唱。

书赠黎光①

柏子白如花,柏叶红于火。②
乾坤谁点染,劳力创山河。③

【注释】

①此诗写于1963年秋。黎光,其生平事迹及与郭沫若交往情况待查。郭沫若书赠此诗时,一时疏忽,漏一"染"字,作者以小字注明:"点下夺'染'字。"此诗后录入《郭沫若旧体诗词系年注释》下册。

②柏(jiù),即乌柏树,落叶乔木,夏日开花。种子外面包着一层白色脂肪叫柏脂,可制蜡烛和肥皂。种子黑色,可以榨油。为我国特产植物的一种。诗句意谓,乌柏树子如花一样白,而其树叶比火还红。

③乾坤,《周易》中的两个卦名,此处引申为天地。点染,画家点笔染翰称点染。颜之推《颜氏家训·杂艺》:"武烈太子偏能写真,座上宾客随意点染,即成数人,以问童孺,皆知姓名矣。"诗句意谓,天地谁来点染,劳动创造山河,亦即劳动创造了美丽的山河。

咏 西 湖①

湖上青山叠翠,水中明月增辉。②
四季如春欲醉,万方宾至如归。③

【注释】

①此诗写于1963年秋。录自《郭沫若书法集》。原诗附有跋语:"一九六三年秋书旧作咏西湖四语为鹭丹同志,郭沫若。"鹭丹,即丛鹭丹,新中国成立以前长期从事党的地下工作。新中国成立以后时任浙江省公安厅副厅长,经常负责保卫中央领导同志来杭的安全。1963年秋,郭沫若曾书旧作西湖四语题赠丛鹭丹。"咏西湖四语"实为一首旧体六言诗。至于"旧作"究竟写于何时,尚有待查考。

②叠翠,层层青绿的颜色。翠原指青绿的玉,亦指青绿色。诗句意谓,西湖周边青山层峦叠翠,就连水中青山倒影亦因天上明月而增添光辉。

③万方,万表多数,方是邦的意思,古人称国族为方,万方指全国各地。宾至如归,典出《左传·襄公三十一年》,谓宾客来到这里如同回到自己家里一样。诗句意谓,杭州西湖景色宜人,一年四季如同醉了一样,各地宾客来到这里如同回到家里一样。

由新安江水电站回杭州途中①

金黄铺满地,晚稻兆丰收。②

微雨埃尘净,钱江碧玉流。③

【注释】

①此诗写于 1963 年秋。录自《郭沫若书法集》。诗有跋语:"一九六三年秋由新安江水电站回杭州途中作,剑光同志属,同年十一月廿六日,郭沫若。"新安江水电站,位于浙江省钱塘江上游新安江上,1957 年动工,1960 年建成,为我国自行设计、自制设备、自己安装的第一座大型水力发电站。1963 年秋,作者由新安江水电站回杭途中有感而作此诗。

②晚稻,南方水稻多种两季,即早稻和晚稻。晚稻,指在秋季霜降节后成熟之稻。作者十一月初参观新安江水电站,当时正值晚稻成熟季节,回杭途中可见晚稻一片金黄铺满田地,这将预示着晚稻喜获丰收。

③埃尘,即尘埃。碧玉,青绿玉石。诗句意谓,天下小雨正好可将路上的尘埃洗净,钱塘江水如同流动的碧玉一样。

题 桂 湖①

桂蕊飘香,美哉乐土。②

湖光增色,换了人间。③

【注释】

①此诗写于 1963 年 10 月。桂湖,在四川省成都市新都区,占地六十余亩,全湖种植荷花。明代著名文学家杨慎(升庵)故居在此。他沿湖种植桂树,因名桂湖。新中国成立后已辟为公园,夏日荷花满池,秋来桂花飘香。1963 年 10 月 2 日,时值中秋佳节,郭沫若在桂湖题写这一联语式四言诗。后收入《郭沫若楹联辑注》。

②蕊,花蕊。哉,表示感叹语气。乐土,安乐美好的地方。诗句意谓,正值桂子飘香的季节,这里真美,堪称人间乐土。

③换了人间,毛泽东《浪淘沙·北戴河》:"萧瑟秋风今又是,换了人间。"指社会发生了根本变化。诗句意谓,今日桂子飘香,当使湖光增色,与杨升庵植桂时代相比,真是换了人间。

题日本蕨座歌舞团①

大和歌舞入幽燕,人自蓬莱胜似仙。②

驱鬼插秧一条线,同甘共苦十三年。③

谁言月亮花旗好,敢信风骚本族妍。④

群怨兴观观止矣,埙篪协奏造春天。⑤

【注释】

①1963年10月5日晚,郭沫若观看日本蕨座歌舞团表演并为该团题诗。诗见新华社记者余志恒《同甘共苦十三年——记日本蕨座民族歌舞团》一文,载1963年10月31日《人民日报》。

②大和,大和民族,日本人多属大和民族,可代指日本。幽燕,地区名,今河北北部及辽宁一带。唐以前属幽州,战国时属燕国,因称幽燕。这里代指北京。蓬莱,古代传说中的三神山之一。这里代指日本岛国。诗句意谓,日本歌舞进入北京,人自蓬莱仙岛胜似神仙。

③驱鬼,驱除鬼怪,此指反对美国侵略。十三年,日本蕨座歌舞团成立已十三年。诗句意谓,驱鬼(反帝)与插秧(劳动)成了一条线,该团自成立以来同甘共苦十三年。

④花旗,旧称美国国旗为花旗,称美国为花旗国。风骚,《诗经》和《楚辞》的并称。《诗经》中的《国风》和《楚辞》中的《离骚》都是古代重要作品,对后代文学很有影响,故常以"风骚"并举,亦可泛指诗文。清赵翼《论诗》:"江山代有才人出,各领风骚数百年。"妍,美好。诗句意谓,谁说月亮一定是美国的好,敢信文艺创作还是本民族美好。

⑤群怨兴观,通作"兴观群怨",为儒家诗教的组成部分。语出《论语·阳货》:"小子何莫学夫诗,《诗》,可以兴,可以观,可以群,可以怨,迩之事父,远之事君。"观止,言所见事物尽善尽美无以复加。埙篪(xūn chí),埙和篪皆乐器名。埙,土制;篪,竹制。这两种乐器合奏起来声音和谐。《诗·小雅·何人斯》:"伯氏吹埙,仲氏吹篪。"后遂连用以喻兄弟亲睦。诗句意谓,按照兴观群怨的标准衡量可以说是叹为观止矣,如同埙与篪协同演奏造就美好的春天。

题为武汉大学建校五十周年①

桃李春风五十年,珞珈山下大江边。②

一桥飞架通南北,三镇高歌锡管弦。③

反帝反修期共勉,劳心劳力贵相联。④

攀登决不畏艰险,高举红旗插九天。⑤

【注释】

①1963年11月上旬,郭沫若陪同尼泊尔议长塔帕夫妇参观武汉大学,适逢该校五十周年校庆,即题赠七律一首,手迹见1978年8月27日《长江日报》。

②桃李春风,喻该校培养人才。诗句意谓,春风中桃李满园已有五十年的历史,学校位于珞珈山下长江边。

③一桥飞架,指武汉长江大桥。三镇,即武汉三镇,武昌、汉口、汉阳。锡,赐给,与。管弦,管乐与弦乐,总指音乐。诗句意谓,一桥飞架长江之上贯通南北,武汉三镇人们配上音乐高歌。

④反帝反修,即反对帝国主义,反对现代修正主义。劳心劳力,指脑力劳动与体力劳动。

诗句意谓,投入反帝反修斗争相期共勉,脑力劳动与体力劳动贵在相联,亦即互相结合。

⑤九天,天空,极言其高。李白《望庐山瀑布》:"飞流直下三千尺,疑是银河落九天。"诗句意谓,攀登科学高峰不畏惧艰险,高举革命红旗插上天空。

新运会凯歌①

(满江红)

喜讯传来,新运会,辉煌胜利。羞杀了,布伦戴奇,花旗奴隶。②世界和平有保障,人民团结增友谊。鸵鸟们,埋首在沙中,光放屁。③

雅加达,凯歌起:"海之内,皆兄弟,鼓东风,一扫乌烟瘴气。"④成百健儿好身手,超群成绩新国际。申金丹,千里马飞腾,出头地。⑤

【注释】

①此词写于1963年11月。11月11日至22日第一届新兴力量运动会在雅加达举行,来自四大洲四十八个国家和地区的二千二百多名体育健儿参加了比赛,创造了优异的成绩。郭沫若作《满江红·新运会凯歌》,以祝贺第一届新兴力量运动会取得辉煌胜利。词的手迹发表于1963年11月29日《体育报》。

②作者原注:"布伦戴奇,国际奥林匹克委员会负责人,美帝国主义分子。"花旗,旧称美国国旗为花旗,这里代指美国。词句意谓,喜讯传来,新运会取得了辉煌胜利。这可羞杀了国际奥委会主席布伦戴奇,因为他已堕落成为美帝国主义的奴隶。

③鸵鸟,产于非洲沙漠地区。鸵鸟被追急时,就把头缩进沙里,以为自己什么也不看,就会平安无事。人们常指不敢正视现实为"鸵鸟政策"。词句意谓,世界和平有了保障,人民团结增进友谊。那些现代社会的"鸵鸟们",却埋头在沙中,光会撅着屁股放屁。

④雅加达,印度尼西亚首都,东南亚最大城市。词句意谓,在印尼首都雅加达凯歌声起:"四海之内皆兄弟,要鼓起东风一扫乌烟瘴气。"

⑤作者原注:"申金丹,朝鲜女子选手,在田径竞赛中,打破了两项世界纪录。"词句意谓,成百运动健儿显出了好身手,超越群体刷新国际成绩。尤其是朝鲜女子选手申金丹,像千里马一样飞腾,真是出人头地。

题李宇超"第十只鸡"赠谷牧①

高歌不能休,一唱一回头。②

喜看梁稻熟,四海庆丰收。③

【注释】

①此诗写于1963年12月。落款为:"一九六三年十二月廿六日夜,沫若题。"现代著名画家李宇超在画右有一附记:"谷牧同志:写完信后戏成此稿,附奉以阅。自上周忽想画鸡,此为第十只。过年时当以更好者寄奉也。宇超又及。"谷牧,山东荣成人。新中国成立后曾任中共上海市委副书记、国务院副总理兼国家建委主任、国家计委副主任等职。诗画均见

《郭沫若题画诗存》。

②休,休息,停止。诗句意谓,雄鸡放声高歌不能停止,而且一唱一回头。这里根据画面描摹雄鸡的神态。

③粱,古与粟同物异名,即谷子、小米。四海,古以中国有海环绕,犹言天下,指全国各处。诗句意谓,喜看粱稻均已成熟,四海之内都在庆祝丰收。

题泥人张彩塑展览①

用泥造人首女娲,明山泥人锦上花。②

昨日造人只一家,而今桃李满天下。③

【注释】

①此诗写于 1963 年冬。彩塑,亦称"泥塑",中国民间传统的一种工艺品。是在黏土里渗入少许棉花纤维,捣匀后,捏制成各种人物的泥坯。经阴干,先上粉底,再施彩绘。中国著名的彩塑如甘肃敦煌莫高窟的菩萨、山西太原晋祠的宫女、江苏无锡的"惠山泥人"及天津的"泥人张",各具风格。1963 年冬,郭沫若参观在北京举行的天津传统工艺"泥人张"彩塑展览,曾赋七绝一首,见《明山泥人锦上花》一文所引,载 1980 年 1 月 10 日《市场》。

②女娲(wā),即女娲氏,神话传说中人类的始祖。相传她用黄土造人并炼五色石补天。锦上花,即锦上添花,比喻美上加美。宋黄庭坚《了了庵颂》:"又要涪翁作颂,且图锦上添花。"诗句意谓,用泥造人首见于上古的女娲氏,而今明山泥人可以说是锦上添花。

③桃李满天下,这里以桃树和李树比喻可以培植的优秀人才,意谓一个到处都有学生或者由他推荐出来做官的人。诗句意谓,过去造人只此一家,而今已经桃李满天下,亦即泥塑艺术遍及各地。

题如东丁店水闸①

建闸丁店河,劳工五千多。②

受益四公社,海水不扬波。③

劳动真英杰,千载永不磨。④

【注释】

①此诗写于 1963 年间。当时,江苏省如东县开挖了丁店河并建成水闸。当地水利部门又致书郭沫若,因题此诗以赠,后刻于水闸。诗见孙怡新《千载永不磨——记郭老为如东水利建设的三首诗》,载 1979 年 6 月 13 日《新华日报》。

②这两句是说,在丁店河建水闸,出动劳工五千多。

③四公社,指当时如东县所属大同、兵房、花丰、南坎四个人民公社。诗句意谓,建成水闸以后,当地四个公社受益,海水至此不再扬波,亦即解除了海潮威胁,确保粮食丰收。

④英杰,英雄豪杰。永不磨,永不磨灭。诗句意谓,劳动中涌现出真正的英雄豪杰,这样的壮举千年永不磨灭。

闻《河上肇著作集》将出版①

东风吹送玉笙来，传道寒梅二度开。②
鲠骨久经凌雪虐，遗香犹自透尘怀。③
满园桃李襛三径，遍地春雷动九垓。④
纵有焚坑教荡扫，天难晦蚀地难埋。⑤

【注释】

①此诗写于1964年1月。河上肇（1879—1946），日本社会主义经济学家，京都帝国大学教授。1932年加入日本共产党，编辑《赤旗》。1933年被捕入狱，狱中五年，坚贞不屈。还曾创办《日本经济杂志》、《社会问题研究》。著有《经济思想史论》、《马克思主义学基础理论》等。郭沫若于1924年翻译了河上肇早期著作《社会组织与社会革命》，对其思想转变起了很大作用。1964年1月，听说《河上肇著作集》将出版，立即赋诗寄给日本朋友。详见王锦厚、伍加伦《郭沫若旧体诗词赏析》。

②玉笙，玉制的笙，为管乐器，发声悠扬悦耳。寒梅，冬日梅花，傲寒怒放。诗句意谓，春风吹拂送来玉笙悠扬悦耳的声音。听说寒梅已二度开放，亦即得知河上肇著作再次出版的消息。

③鲠骨，亦作骨鲠，本谓鱼骨，亦喻刚直、刚劲。《史记·刺客列传》："方今吴外困于楚，而内空无骨鲠之臣，是无如我何！"遗香，留下的香气。尘怀，世人的胸怀。诗句意谓，河上肇为人刚正不阿，能以久经风雪凌虐（反动统治者的迫害），而其所遗留下的著作依然透入人们的胸怀，亦即深刻地影响后人。

④满园桃李，指河上肇的学生及受影响的人。襛（nóng），茂密，众多的样子。《诗·召南·何彼襛矣》："何彼襛矣，唐棣之华。"三径，旧指归隐后所住的家园。九垓，犹言九州，泛指全世界。诗句意谓，河上肇门生弟子众多可谓桃李满园，虽在家中潜心著述拜访之人依然众多，而今遍地革命春雷振动九州。

⑤焚坑，即焚书坑儒，原指秦始皇焚烧典籍坑杀儒生，这里指反动派对革命理论的查禁与对革命者的迫害。天难晦蚀地难埋，犹言无法改变。诗句意谓，即使像秦始皇那样焚书坑儒加以扫荡，亦无法改变人们反抗的意志，无法阻挠革命的潮流。

满江红 三首①

向解放军学习②

革命功臣，谁当数，凌烟第一？③无疑问，武装部队，咸推巨擘。④头上三山凭荡扫，人间百垢教湔涤。⑤是阿谁，亲手铸成之？毛主席！⑥

三句话，标原则；八个字，具威力。好作风，奠定了新中国。⑦战士人人争五好，寰球处处称无敌。六亿人，都向解放军，勤学习！⑧

【注释】

①这三首词写于1964年2月。原题《满江红四首》包括《向解放军学习》、《下乡去》、《比学赶帮》、《颂石油自给》，载1964年2月13日《人民日报》。其中《下乡去》已收入《郭沫若全集》，这里不再收录，故改题《满江红三首》。

②1964年2月1日，《人民日报》发表题为《全国都要学习解放军》的社论。郭沫若亦作《满江红·向解放军学习》。此词为《满江红四首》之一。

③凌烟，即凌烟阁，封建王朝为表彰功臣而建立的高阁，绘有功臣图像。唐太宗贞观十七年、代宗广德元年都有绘画功臣凌烟阁的事。词句意谓，而今革命功臣，谁当数首位而排在凌烟阁的第一。

④巨擘(bò)，大拇指，旧时比喻杰出的人物。词句意谓，毫无疑问，我人民武装部队，人人都树起大拇指，亦即应推第一。

⑤三山，即三座大山，指帝国主义、封建主义、官僚资本主义。湔(jiān)涤，洗涤。词句意谓，头上三座大山靠他荡扫，人间各种污垢靠他洗涤。

⑥阿谁，犹言谁，何人。词句意谓，是谁亲自铸成这支人民军队？是毛主席！

⑦三句话，即"坚定正确的政治方向，灵活机动的战略战术，艰苦朴素的工作作风"。八个字，即"团结、紧张、严肃、活泼"。词句意谓，三句话标明原则，八个字具有威力。正是这种好作风，得以奠定了新中国。

⑧寰球，即环球，全世界。词句意谓，战士人人都在争创五好，这样的军队世界无敌。全中国六亿人都应当向解放军好好学习。

比学赶帮①

见贤思齐，全中国，图强发奋。②况工业，位居主导，岂容迟顿！③尝胆卧薪似蜜，程门立雪道唯问！④争上游，精以求更精，稳而狠！⑤

比先进，学先进，赶先进，帮后进。⑥用千方百计，进攻头阵。努力追求现代化，顷心卷起风雷迅。⑦正当仁，决不让于师，地天震。⑧

【注释】

①此词为《满江红四首》之三。"比学赶帮"为20世纪60年代颇为流行的政治口号，意在激励人们互相学习共同前进。

②见贤思齐，看到贤德之人，就想向他看齐。《论语·里仁》："见贤思齐焉，见不贤而内自省也。"图强发奋，通作"发奋图强"，即下定决心，奋力谋求强盛。词句意谓，全中国人民都在向先进看齐而且发奋图强。

③位居主导，当时经济建设的方针是，以农业为基础，以工业为主导。迟顿，迟缓停顿。词句意谓，何况工业主导地位，岂能容忍迟缓停顿？

④尝胆卧薪，通作"卧薪尝胆"，典出《史记·越王勾践世家》，用以形容刻苦自励，志图恢复。程门立雪，杨时为了求教，冒着大雪在程颐门前站着。形容尊敬老师虔诚求教。见宋代程颢、程颐《二程全书·外十二》。道，原指法则、规律，此指有道之人。词句意谓，即使睡在柴草上尝着苦胆也甜同蜜糖一样，我们要尊师重道而且唯道是问。

⑤狠，坚决，努力，如狠抓业务。词句意谓，我们要力争上游，精益求精，做到办事稳而且狠。

⑥这几句正是比学赶帮的具体内容。

⑦现代化，即实现农业、工业、国防和科学技术四个现代化。词句意谓，要用千方百计，敢于进攻去打头阵。努力追求四个现代化，倾心尽力卷起迅猛的革命风雷。

⑧当仁，语出《论语·卫灵公》："子曰：'当仁不让于师。'"朱熹注："当仁，以仁为己任也，虽师亦无所逊。言当勇往而必为也。"词句意谓，我们要将应当做的事积极主动去做，甚至做得比老师还好，让天地为之震惊。

颂石油自给①

一滴煤油，一珠血，人都知道。②旧时代，因循苟且，叩头乞讨。命运全凭天摆布，咽喉一任人掐倒，③玉门关，锁钥也因人，堪愤恼！④

破迷信，碎镣铐；主奖励，抓领导。仅三年，地底潜龙飞跃。⑤众志成城四第一，铁人如海全五好。⑥颂今朝，解放地球军，强哉矫！⑦

【注释】

①此词为《满江红四首》之四。1964年随着东北大庆油田的成功开发，我国石油工业已能自给。毛泽东发出"工业学大庆"的号召。郭沫若亦以《满江红》词加以歌颂。

②珠，像珠子的圆滴或圆粒。如露珠、眼珠。词句意谓，人人都知道，一滴煤油像一滴血那样精贵。

③因循苟且，沿袭旧的一套，敷衍了事，不求革新。掐，用拇指和另一指头使劲捏或截断。词句意谓，我国旧社会，只求维持现状得过且过，宁可向人叩头乞讨。自己的命运全凭老天摆布，咽喉一直任凭外人掐倒。

④玉门关，汉武帝时因西域输入玉石取道于此而得名，故址在今敦煌西北小方盘城。这里兼指西北玉门油矿。锁钥，锁的钥匙，比喻边防要地。因人，依赖别人。词句意谓，玉门关这样的边防要地也依赖别人，真让人愤怒与气恼。

⑤潜龙，语出《易·乾·文言》，后常用以比喻有大德而未为世所用的人。词句意谓，而今破除迷信，砸碎镣铐，力主奖励，狠抓领导。大庆石油会战只用三年时间，就让地底潜龙飞跃上天。

⑥众志成城，大家同心协力就像城墙一样牢固。铁人，指大庆"铁人"王进喜，为全国劳动模范。四第一与全五好，均为当时大庆石油会战总结出来的先进经验与政治口号。词句意谓，大家同心协力争四个第一，大庆铁人王进喜式的石油工人如海一样全都创五好。

⑦哉，表感叹语气。矫，强貌，《礼记·中庸》："君子和而不流，强哉矫。"词句意谓，颂扬今天敢于解放地球的石油大军，真是强大而矫健！

赞彭加木同志并以奉赠①

（满江红）

大学之年，科研界，雷锋出现。彭加木，沉疴在体，顽强无限。②驰驰骋边疆多壮志,敢教戈壁良田遍。铁道兵,铺路满山川,为人便。③

病魔退,英雄显;乐工作,忘疲倦。老大哥,永永令人钦赞。④活虎生龙专爱国,忠心赤胆常酣战,望大家,都向彭看齐,比帮赶。⑤

【注释】

①此词写于1964年2月。彭加木(1925—1981),我国生物学家,中共优秀党员,科技工作者的楷模。1981年在新疆罗布泊洼地进行科学考察时不幸遇难殉职。上海市人民政府授予革命烈士的光荣称号。1964年2月,郭沫若书赠带病坚持工作的彭加木《满江红》词一首,手迹载同年4月6日《解放日报》。

②雷锋,中国人民解放军战士,1962年8月因公殉职。次年3月,毛泽东亲笔题词:"向雷锋同志学习。"从此成为全国群众性学习活动。沉疴,久治不愈的病。指彭加木1957年以来患纵膈膻瘤恶性肿瘤。词句意谓,而今大学之年,我国科研界雷锋出现。彭加木身患恶性肿瘤,依然顽强战斗。

③驰骋,策马奔驰。词句意谓,彭加木驰骋在边疆进行科学考察,要使戈壁滩沙漠变成良田。铁道兵将铁路铺满山川,目的是为人民方便。

④这几句是说,彭加木战胜病魔,显现英雄本色。平时热爱工作忘我劳动,这位老大哥永远令人钦敬赞佩。

⑤活虎生龙,即生龙活虎,像很有生气的蛟龙和富有活力的猛虎,喻人活泼有朝气。酣战,久战不息。杜甫《丹青引》:"褒公鄂公毛发动,英姿飒爽来酣战。"词句意谓,彭加木热爱祖国生气勃勃,赤胆忠心为革命事业久战不息。现在大家都在向彭加木看齐,互相比赛帮助,力求赶上先进人物。

题傅抱石画《初春》①

青青杨柳引丝长,春风犹带芰荷香。②
万里晴空无片滓,满湖艇子积肥忙。③

【注释】

①此诗写于1964年春天。当时,郭沫若在现代著名画家傅抱石所画《初春》上题七绝一首,并将此画赠予中国人民大学中文系主任何洛。诗的手迹见《郭沫若遗墨》。

②芰荷,出水的荷,指荷叶与荷花。屈原《离骚》:"制芰荷以为衣兮,集芙蓉以为裳。"诗句意谓,初春季节杨柳青青引出无数长长的丝条,春风吹拂犹带荷花的香味。

③片,半、零星的。滓(zǐ),向下沉淀的杂质,引申为污浊、污秽。片滓,半点污秽。艇子,轻快的小船。诗句意谓,春天万里晴空毫无片滓(没有一点黑云),满湖的小船在忙于挖泥积肥。

赠严阵同志①

当年李白曾来此,为谢白鹏访胡晖。②
惜哉未作黄山谣,待我补作复何辞。③

①此诗写于 1964 年 5 月。严阵,当代著名诗人,时任《安徽文学》主编。同年 5 月 21 日至 23 日,郭沫若曾游黄山,严阵、陈登科、郭小川等人适在黄山,陪同游览。郭沫若曾以此诗书赠严阵。

②谢,问。《汉书·李公传》:"立政曰:'少卿良苦!霍子孟、上官少叔谢女。'"颜师古注:"谢,以辞相问也。"白鹇,亦称银雉、白雉,常栖高山竹林间,为国家二级保护动物。诗句意谓,当年唐代诗人李白曾来黄山,为问白鹇之事而访胡晖。李白曾作《赠黄山胡公求白鹇》。

③哉,表感叹语气。复何辞,又何以推辞。诗句意谓,可惜啊,李白当年未作黄山的歌谣,而今待我补作又何以推辞。果然郭沫若下山后不久,即作乐府诗体《黄山歌》,发表于同年 6 月 14 日《人民日报》。

夏初饮高桥银峰①

芙蓉国里产新茶,九嶷香风阜万家。②
肯让湖州夸紫笋,愿同双井斗红纱。③
脑如冰雪心如火,舌不饫饤眼不花。④
协力免教天下醉,三闾无用独醒嗟。⑤

①此诗写于 1964 年夏初。高桥银峰,1959 年湖南茶叶研究所创制湖南名茶新产品"高桥银峰",向国庆十周年献礼。同时,给中国科学院院长郭沫若赠送了样品,当即收到郭老的回信与鼓励。1964 年再次汇报此茶生产情况,并以新茶请他饮评。郭沫若当即题写此诗。手迹载 1978 年 7 月 4 日《湖南日报》。

②芙蓉国,借指湖南。晚唐诗人谭用之《秋宿香江遇雨》诗有"秋风万里芙蓉国"之句,当时湖南一带多木芙蓉,故有此称。九嶷,九嶷山,又名苍梧山,在湖南宁远县南,相传虞舜死后葬此。阜,(物产)丰富,如成语物阜民安。诗句意谓,湖南生产出了新茶,仿佛九嶷香风吹过能使万家富裕起来。

③湖州,在浙江省北部,太湖之南。紫笋,亦作"紫筍",茶名。唐时,湖州顾渚所产最著名,地方入贡,清明日朝廷分赐臣僚。白居易《题周皓大夫新亭子二十二韵》:"茶香飘紫筍,脍缕落红鳞。"《国史补》:"茶之名品益众:湖州有顾渚紫笋,常州有义兴紫笋。"双井,井名,在洪州分宁县(今江西修水县)所产茶亦名双井。宋初茶以两浙所产日注为第一,自景祐以后,双井渐盛,出于日注之上。苏轼《和钱安道寄惠建茶》:"粃糠团凤友小龙,奴隶日注臣双井。"红纱,红绸。宋欧阳修《双井茶》:"白毛夹以红碧纱。"意指双井茶名贵,要用红纱包裹。诗句意谓,湖南的高桥银峰茶可与古代湖州的紫笋茶、江西修水的双井茶媲美,岂肯让人夸湖州紫笋,愿同红纱包裹的双井比斗。

④饫饤,亦作"饤饫",堆叠于盘中的供陈设的蔬菜。宋黄庭坚《次韵无咎阁子常携琴入村》:"岁丰寒士亦把酒,满眼饤饫梨枣多。"亦指厌食。诗句意谓,饮用高桥银峰之后,让脑如冰雪心如火热,舌不厌食眼睛不花。

⑤三闾,即楚国三闾大夫屈原。独醒,屈原《渔父》:"众人皆醉我独醒。"诗句意谓,协力免教天下人喝醉,三闾大夫亦不用嗟叹自己独醒,亦即茶能使人清醒。

漫　　题①

我来采石矶,徐登太白楼。②
吾蜀李青莲,举杯犹在手。③
遥对江心洲,似思大曲酒。④
赠君三百斗,成诗三万首。⑤
红旗遍地红,光辉弥宇宙。⑥

【注释】

①此诗写于 1964 年 5 月 5 日。附有跋语:"一九六四年五月五日,漫题。"原诗无题,今取跋语中"漫题"二字为题。当时,郭沫若游采石矶太白楼。即兴写成此诗。详见张振国《采石矶忆郭老》一文,载 1979 年 6 月 17 日《安徽日报》。

②采石矶,原名牛渚矶,在安徽省马鞍山市西南七里长江东岸,与南京燕子矶、岳阳城陵矶合称"长江三矶"。有青莲祠、太白楼、联璧台等古迹。新中国成立后已辟为采石矶公园。太白楼又称谪仙楼,在青莲祠内。诗句意谓,我今来到采石矶,徐徐登上太白楼。

③李青莲,李白五岁随父迁居绵州昌隆(今四川江油)青莲乡,自号青莲居士,后人称他为李青莲。郭沫若也是四川人,因称"吾蜀"。诗句意谓,我们蜀地的李青莲,所举酒杯仍在手中。此指太白楼上有李白"举杯邀明月"黄杨木雕塑像。

④江心洲,在采石矶边长江中。诗句意谓,诗人手中举杯遥对江心的沙洲,好像心里想到了大曲酒。

⑤斗,古代酒器。杜甫《饮中八仙歌》:"李白斗酒诗百篇,长安市上酒家眠。"诗句意谓,我今赠你三百斗酒,愿你成诗三万首。

⑥这两句是说,红旗插遍大地,光辉充满宇宙。

题卢坤峰画双鹫①

岩岩双鹫,郁郁深松。②
蠢尔狐鼠,直等微虫。③
铁喙出钩,怒目瞳瞳。④
振翮待飞,朝霞正红。⑤
翱翔八极,鼓荡东风。⑥

【注释】

①此诗写于 1964 年 5 月。落款为:"一九六四年五月七日晨,郭沫若题。"此画下有李宇超附记:"卢坤峰乃青年画家,将毕业于浙江美院,作此赠余。以其笔墨尚可,今转赠立群同志清赏。"诗画均见《郭沫若题画诗存》。

②岩岩,高峻貌。《诗·鲁颂·閟宫》:"泰山岩岩,鲁邦所瞻。"鹫,鹫鸟,即雕。《广雅·释鸟》:"鹫,雕也。"为大型猛禽,如秃鹫、兀鹫。郁郁,繁盛貌。诗句意谓,多么高大的一双大雕,立于繁茂的深山松树之上。这里根据画面描摹双鹫形态。

③狐鼠,为"城狐社鼠"的省语。南朝梁沈约《奏弹王源》:"虽埋轮之志,无缺权右,而狐鼠微物,亦蠹大猷。"诗句意谓,你们这些愚蠢的狐鼠,简直等同于小虫一样。

④喙(huì),鸟兽的嘴。瞳瞳(tóng),瞪着眼睛直视的样子。怒目,怒视貌。诗句意谓,铁嘴伸出如钩,怒目而视瞪着眼睛。

⑤翮(hé),鸟的羽茎,中空透明,亦借指鸟的翅膀,如振翮高飞。诗句意谓,双鹫正在振翅待飞,天边朝霞正一片火红。

⑥翱(áo)翔,鸟回旋飞翔。《淮南子·览冥训》:"翱翔四海之外。"高诱注:"翼一上一下曰翱,不摇曰翔。"比喻自由自在地遨游。八极,最边远的地方。诗句意谓,双鹫遨游于边远的地方,翅膀鼓荡起阵阵东风。

题千丈岩①

岩身四十丈,瀑布生晴虹。②
风光翠欲滴,鸟语水声中。③

【注释】

①此诗写于1964年5月。5月10日,郭沫若游罢奉化雪窦寺,又往观天明山南溪温泉。在此逗留期间曾为陪同他的小范题诗一首。诗见袁哲飞《郭老在温泉》,载《西湖丛书》第三辑《郭沫若同志浙江题咏》。

②瀑布,指天明山千丈岩上高高的"银蛇瀑"。晴虹,晴天出的彩虹。银蛇瀑飞流直下,激起千层浪花,在阳光照射下闪耀着刺眼的光芒。诗句意谓,岩身有四十丈高,瀑布飞流直下,溅起的水花在阳光照射下,晴天亦出现雨后的彩虹。

③翠欲滴,郭沫若在南溪温泉有关人员陪同下,在天明山幽谷山径间漫步,沿途风光绮丽,绿树成荫,苍翠欲滴。诗句意谓,沿途风光苍翠欲滴,温泉水声中一片鸟语花香。

为天台县国清寺作①

塔古钟声寂,山高月上迟。②
隋梅私自笑,寻梦复何痴。③

【注释】

①此诗写于1964年5月12日。天台县,在浙江省东部,灵江支流始丰溪上游。国清寺,在天台县城北七里天台山南麓,为我国佛教天台宗和日本佛教天台宗的发源地。它与江苏南京栖霞寺、山东长清灵岩寺、湖北江陵玉泉寺合称为天下寺院"四绝"。隋开皇十八年高僧智顗所建。智顗在此修禅时有谶语"寺若成,国必清",因名国清寺。现存建筑为清雍正十二年重修。1964年5月12日,郭沫若访天台国清寺,为该寺题五绝一首。详见1979年3月18

日《浙江日报》。

②塔古,国清寺寺前有一古塔,系隋代建筑物,高59.3米,六面九级,四周砖壁,上有浮雕佛像。古塔另有七座小塔,称"七佛塔"。山高,指国清寺四周八桂、灵禽、祥云、灵芝、映霞五峰耸峙。诗句意谓,隋塔古老钟声已沉寂,天台山高月亮也迟迟升起。

③隋梅,国清寺大雄宝殿左侧有梅亭,亭前小天井中有老梅一株,相传是国清寺第一任住持章安大师亲手所植。因植于隋代,所以称隋梅。私自笑,谓当时一些老人相信迷信,到寺中伽兰殿(现梅园)里过夜以求梦问卜。诗句意谓,隋梅在私自暗笑,这些老人在此寻梦何以如此痴迷。

题雁荡灵岩雄鹰峰①

灵岩有奇石,入夜化为鹰。②
势欲凌空去,苍茫万里征。③

【注释】

①此诗写于1964年5月。雁荡,即雁荡山,在浙江省东南部。分南北两个山组:南雁荡山在平阳县西,北雁荡山在乐清县东北。旧传山顶有荡,秋雁归来多宿此,简称雁荡山。著名胜迹有灵峰、灵岩、大龙湫、雁湖等。为著名游览胜地。灵岩,雁荡风景中心点之一,上自灵岩寺,寺在群山环抱之中,雄鹰峰,即天柱峰。1964年5月13日,郭沫若游览灵岩景区,对天柱峰尤为赞赏,特意题诗一首。见1979年6月17日《浙江日报》。

②奇石,即天柱峰,浑圆陡峭如柱。到了夜晚在另一位置从下往上侧望,则变幻为雄鹰峰,让人惊叹不已。诗句意谓,灵岩有座天柱峰,入夜则化为雄鹰。

③万里征,万里征程。诗句意谓,这只雄鹰势欲凌空飞去,暮色苍茫之中向往万里长空自由飞翔。

赞雄鹰峰①

雄鹰踞奇峰,清晨化为石。②
待到黄昏后,雄鹰看又活。③

【注释】

①此诗写于1964年5月13日。雄鹰峰,即灵岩寺前天柱峰。郭沫若《赞雄鹰峰》当与《题雁荡灵岩雄鹰峰》写于同时,只是时间稍后。此诗手迹见《西湖丛书》第三辑《郭沫若同志浙江题咏》。

②踞,蹲或坐。如虎踞龙盘。诗句意谓,一只雄鹰盘踞在奇峰之上,到了清晨则化为石头。

③这两句是说,等到黄昏之后,再看雄鹰又活了起来。实即白天看是岩石(天柱峰),晚上看似雄鹰(雄鹰峰)。

游 雁 宕①

奇峰传百二,大小有龙湫。②

我爱中折瀑,珠帘掩翠楼。③

新松待千尺,水量当更遒。④

煌煌烈士墓,风光第一流。⑤

【注释】

①此诗写于 1964 年 5 月。落款为:"一九六四年五月十四日游雁宕,题为雁荡山管理委员会。郭沫若。"此诗手迹见《西湖丛书》第三辑《郭沫若同志浙江题咏》。雁宕(dàng),即雁荡,这里宕与"荡"通。

②百二,相传雁荡山有一百〇二峰。《广雁荡山志》引《乐清县志》云:"(雁荡山)峰之得名者,一百有二",并列出一百〇二峰的名称。龙湫,雁荡山有大龙湫和小龙湫两瀑布。大龙湫称"天下第一瀑"。据《广雁荡山志》载:"大龙湫自石壁绝顶下泻,高五千尺,一名大瀑布。""小龙湫在东谷,从岩端中飞流直下,高三千尺,一名小瀑布。"诗句意谓,相传雁荡山有一百零二奇峰,还有大龙湫和小龙湫瀑布。

③中折瀑,雁荡山有"三折瀑"。《广雁荡山志》载,折瀑在铁城障东一里,三折而下。上折瀑藏在白云深处,下折瀑轰鸣不息,唯中折瀑从半环形岩倾泻而下,凌空飞舞,最为壮观。珠帘,形容瀑布。诗句意谓,我最喜爱中折瀑,那瀑布如珠帘,遮掩翠楼一般的山峰。

④新松待千尺,化用杜甫"新松恨不高千尺"的诗句。遒(qiú),强健,有力。诗句意谓,等到新栽的松树长高,能起水土保持作用,瀑布水量也就更足了。

⑤煌煌,辉煌。烈士墓,1953 年在雁荡山麓建革命烈士墓,墓的后山就是"三折瀑"。诗句意谓,辉煌的革命烈士墓,以其名山大好风光应属全国第一流。

题雁荡合掌峰①

星辰慷慨落绵绵,合掌峰顶一线天。②

欲济苍生化霖雨,谁甘学佛学神仙?③

【注释】

①此诗写于 1964 年 5 月 15 日。合掌峰,雁荡山的主峰,有灵峰与倚天峰相合如掌,故名。有观音洞,在合掌峰的掌缝处。在峰腰中间,倚岩建有晋代风格的九层楼房,洞开半壁,景由天成。从掌根入,由山门石级而上,到第一层平台,由此仰望天空,两峰相合,仅留一线天。郭沫若游雁荡山合掌峰后题写此诗。手迹见《西湖丛书》第三辑《郭沫若同志浙江题咏》。

②"星辰"句,观音洞洞顶有水凌空下降,状如珠帘,此水汇合成池,即有名的洗心池。诗句意谓,观音洞山顶有水凌空下泻,很像天上星辰慷慨下落绵绵不绝,而合掌峰顶只见一线青天。

③苍生,指老百姓。《晋书·谢安传》:"安石不肯出,将如苍生何?"霖雨,连绵的大雨。

《书·说命上》："若济巨川,用汝作舟楫;若岁大旱,用汝作霖雨。"这里以霖雨喻济世之臣。诗句意谓,愿为拯救天下苍生而化作霖雨,谁又甘心去学佛学神仙呢?

游温州江心屿①

江心本二屿,人力合一之。
问谁为此者,蜀僧清了师。②
清了宋时人,西来自峨眉。
此功不可没,当祀信国祠。③
千年樟树倒,榕树生其枝。
榕樟今合抱,二树成连理。④
东塔高九层,中空生华盖。
榕亦生其巅,仿佛如冠戴。⑤
西塔高七层,上有鹭鸶巢。
鹭鸶峙其巅,仿佛人所雕。⑥
二塔不同时,东唐西北宋。
并列如双桅,孤屿浑欲动。⑦
浩浩瓯江水,在昔本澄鲜。
水土使之分,新松待十年。
二纵合为一,一必分为二。⑧
高机与三春,斗争同胜利。
打破旧牢笼,创造新天地。⑨
瓯绸本无花,添花在锦上。
上织并蒂莲,下织双鸳鸯。⑩
利剪剪裁之,制就新衣裳。
衣被天下人,百花颂齐放。⑪

【注释】

①此诗写于 1964 年 5 月。附有跋语:"一九六四年五月十五日到温州参观。当日午后游江心屿,次日晚观瓯剧《高机与吴三春》,剧情中亦有江心屿场面,情节颇为动人,枕上成此长句。一九六四年五月十七日,郭沫若。"温州,在浙江省东南沿海,瓯江下游南岸。江心屿,又称"孤屿",在温州市瓯江中,岛上有江心寺,唐咸通时建。金宋交战时,宋高宗由临安南奔,驻此。宋末文天祥曾到此进行抗元活动。江心屿古时分为两个沙洲,中间横着一条川流。相传南宋绍兴七年,四川峨眉山清了和尚来此填塞了中川,把孤屿连成一片,并建大殿于其上。郭沫若游览江心屿与观看瓯剧后,写成一首五言古诗,题赠温州市文管会。手迹见《西湖丛书》第三辑《郭沫若同志浙江题咏》。

②蜀僧清了师,即四川僧人清了大师。诗句意谓,江心屿本为东西两个沙洲,后由人力

合在一起。问谁做了这件事情,即四川僧人清了大师。

③信国祠,即文信国公祠,祀南宋信国公文天祥。南宋末年,元兵陷南宋国都临安后,抗元名臣陆秀夫、张世杰在温州会合继续抗元,后文天祥也来到温州,而陆、张已护二王转移。文遂哭于江心寺高宗南奔时的"御座"。文天祥就义后,江心屿上立信国公祠以为纪念。诗句意谓,清了大师为宋代人,来自四川的峨眉山。他的功劳不可埋没,当在信国祠内一并祭祀。

④连理,不同根的草木,其枝、干连在一起,旧时看作吉祥的征兆。诗句意谓,千年古樟倒下之后,榕树生其枝上。今日榕樟合抱,二树结为连理。这里是写江心屿上千年古树"樟抱榕"的奇特现象。

⑤华盖,帝王或高官所用的伞盖。诗句意谓,东塔高有九层,中空生出华盖(言其塔顶犹如古代帝王用的伞盖),有株榕树也长在塔顶之上,好像戴了帽子一样。

⑥鹭鹚,又称白鹭。水鸟名,羽毛洁白,脚高颈长而喙强,栖息水边。诗句意谓,西塔高有七层,上有鹭鹚鸟巢。鹭鹚峙立塔顶,仿佛人所雕出一样。

⑦二塔,东塔建于唐咸通十年,西塔建于北宋开宝二年。诗句意谓,二塔并非同时建造,东塔建于唐代而西塔建于北宋。二塔并列如同船上双桅,孤屿简直想要动起来一样。

⑧瓯江,浙江第二大河,经温州市入东海。澄鲜,清澈。诗句意谓,瓯江之水浩浩奔流,过去本来是很清澈的,水土使之分离,而想水土保持植树造林还得等待十年。纵然合二而一,仍必一分为二。

⑨高机与三春,系根据当地流传的民间故事改编而成的瓯剧,写织绸名匠与善画姑娘的恋爱喜剧。情节曲折,动人心弦。诗句意谓,高机与吴三春,通过共同斗争取得了胜利,终于打破封建牢笼,创造新的天地。

⑩瓯绸,温州所织丝绸。这里纺织业发达,尤以刺绣闻名。并蒂莲,亦作并头莲。陈淏子《花镜》:"(并头莲)红白俱有,一干两花。"因用以比喻夫妻和好。双鸳鸯,鸳鸯偶居不离,后因以比喻夫妇。诗句意谓,瓯绸本来无花,后来添花在织锦之上,上织并头莲,下织双鸳鸯。这样锦上添花则美上加美。

⑪利剪,锋利的剪刀。衣被,犹言给人温暖,比喻加惠于人。诗句意谓,用利剪剪裁瓯绸,制成新的衣裳,让它给天下人以温暖,大家共颂人间百花齐放。

题青田石雕厂①

青田有奇石,寿山足比肩。②
匪独青如玉,五彩竞相宣。③
百花颂东风,百果庆丰年。
鸢飞百兽舞,百木森岩巅。④
人物尽风流,英雄与婵娟。
开天还辟地,雁荡生云烟。⑤
忽见打鱼船,凤尾银鳞连。
忽见插秧者,青苗满稻田。⑥

忽然破沧溟,长鲸吸百川。

忽然成大堤,天池映九天。⑦

下有潜水艇,上有飞行船。

飞上广寒宫,嫦娥舞蹁跹。⑧

斧凿夺神鬼,人巧胜天然。⑨

建国亦犹此,鼓劲着先鞭。⑩

【注释】

①此诗写于 1964 年 5 月。附有跋语:"一九六四年五月十七日,道次青田,参观石雕工厂,信笔题此,以志观感。青田石雕厂补壁。郭沫若。"青田,在浙江省东南部,瓯江中游,手工艺品以"青田石雕"著名。青田县南的方山产石,世称青田石。青田石有白、灰、褐、绿、黄等色,质莹萃而略呈透明,是雕刻的好石料。1964 年 5 月 17 日上午,郭沫若参观青田石雕厂,题赠此诗。手迹见《西湖》1979 年第 10 期。

②寿山,福建省福州市郊寿山,产寿山石,是以叶脂石为主的一种石料,色彩丰富,尤以"四黄"为刻印章的上品。比肩,并肩,引申为地位相等。诗句意谓,青田有奇石,足可与福州寿山石并肩比美。

③匪,通"非"。五彩,本作"采",谓青、黄、赤、白、黑五色。古以此五色为正色。相宜,相杂。《宋书·谢灵运传论》:"夫五色相宜,八音协畅,由乎玄黄律吕,各适物宜。"诗句意谓,青田石非独青得像玉,而且各种颜色竞相交织。

④鸢(yuān),亦称老鹰。诗句意谓,百花颂扬春风,百果庆祝丰年,天上鸟飞地上百兽起舞,百树森森立于山岩之顶。

⑤婵娟,美好貌,此指美女。诗句意谓,石雕人物尽显风流,都是英雄和美女。石雕景物开天辟地,雁荡亦生云烟。

⑥凤尾,即凤尾鱼,亦称凤鲚,鱼鳞呈银白色。诗句意谓,忽然看到打鱼船,凤尾鱼银白鱼鳞连成一片。忽然看到插秧者,青青禾苗插满稻田。

⑦沧溟,沧海。长鲸,即鲸鱼,其身巨长,故称。天池,指海。《庄子·逍遥游》:"南冥者,天池也。"诗句意谓,忽然划破大海,鲸鱼吸纳百川之水。忽然成为大堤,海水映照九天。

⑧飞行船,即宇宙飞船。广寒宫,即月宫。蹁跹,形容轻快地跳舞。诗句意谓,下有潜水艇,上有宇宙飞船,飞上月宫之后,嫦娥翩翩起舞。

⑨斧凿,用斧凿刻石。神鬼,谓神工鬼斧,形容技艺精巧。诗句意谓,青田石雕艺人技艺高超,其作品胜过天然景物。

⑩着先鞭,表示先一着或占先着。诗句意谓,建设国家也是如此,定要鼓足干劲争先着鞭。

题石门瀑布①

横过石门渡,刘基尚有祠。②

垂天飞瀑布,凉意喜催诗。③

①此诗写于 1964 年 5 月。石门瀑布,青田县城西三十五公里瓯江南岸石门山,有天然洞府,即石门洞。洞内有飞瀑。据《明一统志》载,石门山"两峰壁立,相对如门,中有洞。西南高谷有瀑布,自上潭直泻至天壁三十余丈,自天壁飞流至下潭四十余丈。首亭曰喷雪,上有轩辕丘"。1964 年 5 月 17 日,郭沫若游青田石门洞,对洞内垂天瀑布赞赏不已。即兴成诗一首,后书赠青田县委,手迹载《西湖》1979 年第 2 期。

②石门渡,在大溪上,南渡至对岸,峰回路转,进入石门。刘基(1311—1375),字伯温,浙江青田人。元末进士,曾任浙东行省都事,因反对"招抚"方国珍而被革职。后依附朱元璋,为筹划军事参与机要,成了明朝的开国功臣,封诚意伯。石门洞东有刘基祠。诗句意谓,乘船横过石门渡,即可见到位于石门洞东的刘基祠。

③飞瀑,即石门瀑布。当时,郭沫若在洞中仰望瀑布,看到石壁有"飞瀑"二字。石门飞瀑水量充足,让人产生寒意。诗句意谓,石门飞瀑垂天而下,让人颇感凉爽不禁能催发诗兴。

游冰壶洞①

银河倒泻入冰壶,道是龙宫信是诬。②
满壁珠玑飞作雨,一天星斗化为无。③
瞬看新月轮轮饱,长有惊雷阵阵呼。④
压倒双龙何足异,嵚崎此景域中孤。⑤

【注释】

①此诗写于 1964 年 5 月。冰壶洞,在浙江金华北山。山有三洞:一曰朝真,居山巅;二曰冰壶,居中;三曰双龙,最下。冰壶洞形似壶,洞中有瀑布,泻下洞底,成为伏流。《金华县志》引方凤《洞天行记》称,冰壶洞"视深处万暗穴,但闻水声潺潺,束炬下,如入井然,滑且险,约三十丈,至水帘,自高岩喷出,下有巨石盛之,不知水之所往。水帘出处,前有悬石如钟,又如飞凤"。1964 年 5 月 18 日,郭沫若游双龙洞、冰壶洞,后题七律一首。现刻石放在冰壶洞前的赤松亭中,诗载 1965 年 3 月 19 日《羊城晚报》。

②银河倒泻,指冰壶洞内的瀑布。龙宫,我国古代传说水底有龙王,他所住的地方称龙宫。诗句意谓,洞中瀑布犹如银河倒泻进入冰壶,如果说是龙宫诚然欠妥。

③珠玑,珠子。诗句意谓,飞溅的瀑布化成了阵阵珍珠似的细雨,满天的星斗此刻也看不见了。

④瞬,一瞬间。诗句意谓,洞内的电灯有如天上新月高悬夜空,飞瀑发出的响声犹如阵阵惊雷。

⑤双龙,即双龙洞,金华北山的奇景。以洞壁有石钟乳宛如双龙,故名。有内外两洞,外洞宽敞宏伟,内洞须卧小船逆水而入,比外洞更为深广。嵚崎,本义为高峻不平,这里用以形容奇特的景物。诗句意谓,冰壶洞压倒双龙洞何足惊异,因为这里奇特的景物实在是国内少有的。

重登烟雨楼①

又披烟雨上楼台,革命风雷气象开。②

菱角无根随水活，一船换却旧三才。③

【注释】

①此诗写于 1964 年 5 月。烟雨楼，在嘉兴南湖湖心岛上，可俯瞰全湖，风景秀丽。新中国成立后已辟为南湖革命纪念馆。1964 年 5 月 19 日上午，郭沫若冒雨来到南湖革命纪念馆，登上革命纪念船，看了纪念馆的书画展览，后书赠七绝一首。此诗手迹载《东海》1979 年7 月号。

②"又披"句，指雨中登楼，兼指所登烟雨楼，且四十年后重登。诗句意谓，今日又在烟雨濛濛之中，登上楼台，南湖的革命风雷已使中国气象一新。

③菱角，南湖盛产菱角。一船，1921 年 7 月，中国共产党第一次代表大会后期由上海移至嘉兴南湖一艘船上继续举行。1959 年建南湖革命纪念馆，展出仿制的革命纪念船。三才，亦作"三材"，古指天地人。《易·系辞下》："有天道焉，有人道焉，有地道焉，兼三材而两之。"诗句意谓，湖中菱角无根只能随水生活，而这艘革命船，诞生了中国共产党，领导革命取得胜利，天地人都换了面貌。

即兴咏史诗 四首①

其一②

当年亚父出居巢，七十老翁气未消。③
对友只能图暗杀，看来奇计未为高。④

【注释】

①这四首诗写于 1964 年 5 月 26 日。当日，郭沫若由芜湖赴合肥途中，在巢县临湖宾馆作短暂休息。巢县古称居巢，历史古迹颇多。范增家乡就在这里。城南十五公里处有散兵镇、楚歌岭，传为当年项羽败逃至此。乌江亦在巢湖地区的和县。郭沫若在临湖宾馆，追溯巢县古代历史，凭栏远眺巢湖风光，因而触发诗兴，挥毫写成咏史四首。手迹仍存巢湖宾馆。诗见李廉《郭沫若在巢湖的四首诗》，载《艺谭》1983 年第 2 期。

②《即兴咏史诗四首》均取材于巢湖的历史人物和与之相关的传说。第一首以鸿门宴为题材，批判范增只会搞"暗杀阴谋"，表明不同意司马迁《史记》中关于范增"年七十，好奇计"的赞语。

③亚父，指范增，秦末居巢人，年已七十，辅项羽霸诸侯，项羽尊之为亚父。诗句意谓，当年范增离开了家乡居巢，已为七十老翁而锐气未消，仍欲辅佐项羽成就霸业。

④暗杀，范增多次劝说项羽杀掉刘邦，尤其是在鸿门宴上，项羽均未听从。奇计，司马迁《史记》称赞范增"年七十，好奇计"。诗句意谓，对待同时反秦的朋友只能图谋暗杀，看来范增奇计未必高明。

其二①

暗杀阴谋未遂图，居然一怒返巢湖。②
未到彭城疽发背，空余孤冢在湖濡。③

①第二首,刘邦荥阳战败,陈平用离间计,项羽疏远范增,范增愤然离去。在回巢湖途中,因背疮发作死去。

②图,谋划、企图。诗句意谓,屡次企图暗杀刘邦的阴谋没有成功,项羽中了刘邦了反间计,范增居然一怒返回巢湖。

③彭城,古县名,治所在今徐州市。疽,痈疽。《史记·项羽本纪》:"(范增)行未至彭城,疽发背而死。"孤冢,孤寂的坟墓。濡,即濡须,古水名,源出今巢县西巢湖,经无为东南流入长江。诗句意谓,范增还未到彭城就在路上因背上痈疽发作而死,空自余下一座孤坟在巢湖濡须之畔。

其三①

马上何能治天下,项王根本不读书。②

咸阳一炬书烧尽,秦政坑焚未此愚。③

【注释】

①第三首,批判项羽实行残暴政策,指出其灭亡的原因。项羽进入咸阳,和刘邦"约法三章"相反,而是一烧二杀,因此大失民心。四年楚汉相争,终在巢湖地区的乌江自刎而死。

②项王,即项羽。诗句意谓,只靠武力何能治理天下,项羽从来不读书,亦即不懂失民心者失天下的道理。

③咸阳,古都邑名,在今陕西咸阳市东北二十里,秦孝公自栎阳迁都于此。秦始皇统一六国后迁天下十二万户富豪于此,并大造宫殿。秦亡被项羽焚烧。秦政,即秦始皇嬴政。诗句意谓,项羽攻入咸阳一把火炬烧尽当地的宫殿图书,秦始皇焚书坑儒也没有这样愚蠢。

其四①

今日楚歌声未休,鼓舞人民战地球。②

遥看巢湖金浪里,爱她姑姥发如油。③

【注释】

①第四首,由楚歌岭当年的"四面楚歌"笔锋一转,歌颂巢湖社会主义的今天。

②楚歌,楚人之歌。由项羽当年兵败垓下四面楚歌,转到今天新时代的楚歌。诗句意谓,今日楚歌之声没有休止,正在鼓舞人民向地球开战。

③姑姥,巢湖湖中有山名姑姥山,传为湖姥之神所居。对面为小孤山,为其女儿化身。诗句意谓,遥看巢湖金色的波浪里,爱她湖中的姑姥山、小孤山一片葱茏如发上油。

题吴砚耕画菊①

菊丛饶有阶级性,敢与严霜做斗争。②

花不飘零根不死,东篱岁岁苗新生。③

①此诗写于 1964 年 6 月。吴砚耕为江苏扬州著名女画家,向以画菊闻名。郭沫若当时曾为吴砚耕画菊题诗。手迹见《吴观耕画集》,江苏美术出版社出版。另见王寿林《郭沫若在江苏》一文,载《郭沫若学刊》1993 年第 3 期。

②菊丛,即丛生的菊花,或一丛丛菊花。饶,富裕、丰富。诗句意谓,丛生的菊花富有人的阶级性,敢与严霜做斗争。

③根不死,菊花为多年生草本植物,枯萎之后其根不死,次年又会爆出新芽。东篱,晋代诗人陶渊明《饮酒二十首》之五:"采菊东篱下,悠然见南山。"后因以"东篱"借指菊花或种菊之处。诗句意谓,丛生的菊花花不飘散零落而且根也不死,菊花之根年年新生苗壮成长。

题云冈石窟①

天教微雨为清尘,来看云冈万佛身。②
佛法虚无何足道,人民万古显精神。③

【注释】

①此诗写于 1964 年 7 月。落款为:"一九六四年七月六日游云冈石窟后题此。郭沫若。"云冈石窟,在山西省大同市西武周山麓,东西绵延约一公里。主要洞窟均完成于北魏迁都洛阳之前。现存洞窟五十三个。石雕造像五万一千余尊,最大的高达十七米。为全国重点文物保护单位之一。当年郭沫若曾游云冈石窟,并即兴题诗。详见王寿林《郭沫若佚诗五首》,载《郭沫若学刊》2000 年第 2 期。

②清尘,清,敬词;尘,车后扬起的尘埃。《汉书·司马相如传下》:"犯属车之清尘。"颜师古注:"尘,谓行起尘也。言清者,尊贵之意也。"后用为对人之敬词。诗句意谓,天降微雨为我清尘,让我来看云冈万佛之身,即万尊石佛的塑像。

③佛法,佛教名词,指释迦牟尼所宣讲的道理。虚无,虚空,虚无缥缈。诗句意谓,世间所宣扬的佛法虚无缥缈何足称道,唯有人民方能万古显现其创造精神。此指云冈石窟艺术为我国古代劳动人民创造精神的体现。

题史可法纪念馆①

骑鹤楼头,难忘十日。②
梅花岭畔,共仰千秋。③

【注释】

①此诗写于 1964 年秋。史可法纪念馆,在江苏省扬州市广储门外梅花岭畔,有史可法的祠堂和衣冠墓。1964 年,重修史公祠,朱德题写"史可法纪念馆"横额,郭沫若题写这一四言诗式的联语。见《郭沫若楹联辑注》。

②骑鹤楼,据《扬州府志》,骑鹤楼在扬州府城东北大街。相传从前有四人各言其志:一人愿为扬州刺史,一人愿骑鹤成仙,最后一人则愿兼而有之,曰:"腰缠十万贯,骑鹤下扬州。"

后人乃在其地建楼以纪其事。这里用以指扬州。难忘十日,史可法当年固守扬州壮烈殉国后,清军下令血洗扬州。屠城十日,被杀者约八十万人。诗句因言难忘当年"扬州十日"。

③梅花岭,在扬州广储门外。相传史可法曾在此泣血誓师,并留下遗言:"我死当葬梅花岭上。"家人遵从遗愿取其衣冠葬于此地。诗句意谓,我们面对梅花岭畔的史公祠墓,自当千秋共仰。

画为书祖①

画为书祖,书乃画余。②
先画后书,部得其居。③
花束澧补,草拟唐初。④
芳芬秀布,王者奚如。⑤
鼓瑟鼓琴,悠扬其音。⑥
鱼出于深,鸟飞自林。⑦
琅玕作伴,琼浆泛澜。⑧
一拳缱绻,两仪斡旋。⑨

【注释】

①此诗写于1964年9月。录自《郭沫若题画诗存》,山西教育出版社1997年出版。诗有落款:"沫若撰辞,立群题字。一九六四年九月七日。"《画为书祖》实为《郭沫若题画诗存》一书的"引首",有助于我们理解题画诗中诗、书、画三者的关系。

②祖,初,开始。《庄子·山木》:"浮游乎万物之祖。"诗句意谓,就题画诗而言,绘画为书法之祖(先),而书法乃绘画之余(后)。

③部,门类。部得其居,由"部居"一词化出,即按部归类之意。诗句意谓,先画后书,不同门类各得其居。

④花束澧补,似为"花来澧浦"之误。屈原《九歌·湘夫人》:"沅有芷兮澧有兰,思公子兮不敢言。"此言湖南澧水之滨盛产兰花。草拟唐初,此句颇为难解。唐,草名,蒙唐,即菟丝子。《诗·鄘风·桑中》:"爰采唐矣。"为一年生缠绕寄生草本植物。《玉台新咏·古诗之三》:"与君为新婚,菟丝附女萝。"诗句意谓,兰花来自澧水之滨,草则拟作初生之唐。

⑤秀,草木之花。汉武帝《秋风辞》:"兰有秀兮菊有芳,携佳人兮不能忘。"布,陈列、散布。芳芬,即芬芳,香气。王者,即帝王。奚如,奚为疑问词,意即如何,为何。诗句意谓,花香遍布,王者何如,亦即有如帝王一般享受。

⑥瑟与琴,均为我国古代乐器名。鼓瑟鼓琴,即弹奏琴瑟。《诗·小雅·鼓钟》:"鼓钟钦钦,鼓瑟鼓琴。"悠扬,形容乐声曼长而和谐。诗句意谓,弹奏琴瑟,其音悠扬。

⑦深,水深,与"浅"相对。《诗·邶风·谷风》:"就其深矣,方之舟之。"诗句意谓,鱼出于深水之中,而鸟自林中飞来。

⑧琅玕,指竹。宋苏过《从范信中觅竹》:"十亩琅玕寒照坐,一溪罗带恰通船。"琼浆,指美酒。泛澜,泛起波澜。诗句意谓,以绿竹作伴,美酒泛起波澜。

⑨拳，屈指向内而紧握的手，此指握笔。缱绻（qiǎn quǎn），牢结不离散，犹言缠绵。两仪，指天地或阴阳。斡（wò）旋，扭转、挽回。范成大《两木》："大钧播群物，斡旋不作难。"引申为调解争端。诗句意谓，一手握笔牢结不散，尚需阴阳两仪加以斡旋，即紧握又运笔自如。

猴儿戏巧乎？

狲猻散带过破葫芦①

猴儿戏巧乎？只博得全场倒彩。戏未演完滚下台，一个倒栽葱摔破了天灵盖。②像一窝兔子堕胎，像一篮鸡蛋打坏。像一缸粪便倒尘埃，像一头泥牛入沧海。③真个是西风落叶下长安，树倒狲猻散裙带，看后台又怎样安排。④呜呼哀哉！⑤

正跪倒阿马阿猪，正哭坏女夫妹夫，正停敲大锣大鼓，正罢舞子徒孙徒，轰隆一声，新蘑菇飞上天去。⑥行船却遇大台风，屋漏又逢倾盆雨。惊呆了约翰牛，骇坏了洋记驴。⑦眼看着四海翻腾云水怒，核霸图成了个破葫芦。哀哉呜呼！⑧

【注释】

①此曲写于 1964 年 10 月 23 日。当时，郭沫若欣闻赫鲁晓夫下台和我国第一颗原子弹爆炸，作散曲《狲猻散带过破葫芦》，辛辣地讽刺苏共领导集团和帝国主义，表示了对打破美苏"核霸图"的喜悦。散曲载 1978 年 6 月 23 日《光明日报》。同年收入《东风第一枝》时编者作了说明："题为编者所加，取全曲首句，其音恰与'赫鲁晓夫'相近。"散曲，曲的一种体式。和诗词一样，用于抒情、写景、叙事，无宾白科介（说白及动作指示），便于清唱，有别于剧曲。包括散套、小令两种。散套通常用同一宫调的若干曲子组成，长短不论，一韵到底。小令通常以一支曲子为独立单位，但可以重复。各首用韵可以互异，有别于散套。又有以两支或三支曲调为一个单位的"带过曲"，也属于小令的一体，元明两代盛行。郭沫若所写应属"带过曲"，由狲猻散与破葫芦两支曲调组成。

②天灵盖，指人的头顶部分的骨头。这里是说，猴儿戏演得好吗？只博得全场喝倒彩。戏还没有演完就滚下台，一个倒栽葱摔破了天灵盖。此指赫鲁晓夫下台，跌得头破血流。

③泥牛入沧海，即成语泥牛入海，典出《景德传灯录》卷八《龙山和尚》："师云：'我见两个泥牛斗入海，直至如今无消息。'"后以比喻一去不复返杳无消息。这里用了四个"像"，明讽赫鲁晓夫倒台的惨状。

④西风落叶下长安，唐贾岛《忆江上吴处士》："秋风生渭水，落叶满长安。"写长安的凄凉景象。裙带，旧时比喻利用妻女姐妹等裙带关系而做官或办事的人。这里是说，真个是西风落叶一片凄凉景象，而今树倒狲猻散裙带关系也无用，倒要看后台下一步怎么安排。

⑤呜呼哀哉，旧时祭文中常用的感叹句。现在借指死了或完蛋了（含诙谐意）。

⑥阿马阿猪、女夫妹夫、子徒孙徒，随着赫鲁晓夫下台，这些下属、亲信、徒子徒孙也都哭倒一片。新蘑菇云飞上天去，指我国第一颗原子弹爆炸。

⑦约翰牛，暗指美帝国主义。骇，同骇，惊骇。《庄子·外物》："圣人之所以骇天下。"洋

记驴,指听从赫鲁晓夫一起反华的一些国家。这里是说,真是行船遇到了台风,屋漏又逢上了大雨,惊呆了美帝国主义,吓坏了苏共领导集团的伙伴们。

⑧"眼看"三句,形容全世界人民的革命斗争风起云涌。核霸图,此指美国、苏联称霸垄断核武器的图谋,而今这一核霸图成了破葫芦。真是呜呼哀哉!

和老舍诗①

门头村里社为家,四季青青岂浪夸。②
争取青边三点水,赢得锦上又添花。③
欢腾西域冲天弹,红透香山映日霞。④
反帝防修战前哨,万邦翘首望中华。⑤

【注释】

①此诗写于1964年10月24日。老舍(1899—1966),原名舒庆春,字舍予,北京人。现代著名作家。曾任中国文联副主席、中国作协副主席。1964年4月23日,老舍在北京郊区体验生活期间,曾在写给郭沫若信中附上一诗:"古稀革命老诗家,后进文章拙亦夸。相约长风冲雪浪,休怜细雨湿黄花。高年笑饮三升酒,晓日迎开万里霞。一怒定教白骨碎,乾坤正气在中华。"郭沫若得诗后,于24日和了一首,25日就回信附去了。二人唱和手迹见《郭沫若老舍赠答诗》,载《新文学史料》1978年第1期。编者对此作了详细说明。

②门头村,在北京海淀区,为近郊农村,老舍住在一户贫农家里。四季青,指北京郊区四季青人民公社。诗句意谓,老舍在门头村里以社为家,这里四季青青岂是随意夸夸。

③青边三点水,青边加上三点水为"清"字。诗句意谓,争取青边加上三点水,赢得当地农村锦上又添花。当时农村进行社会主义教育运动,亦称"四清运动"。诗中因言"争取青边三点水",亦即达到"清"的要求。

④冲天弹,此指当时我国第一颗原子弹爆炸。西域,汉以后对玉门关以西地区的总称。此指我国西部地区。香山,北京西郊香山,为京郊游览胜地。诗句意谓,人们欢呼我国第一颗原子弹爆炸,以致红透北京香山映照天上的彩霞。

⑤反帝防修,指反对帝国主义和防止修正主义。万邦,万国,世界各国。诗句意谓,我们要反帝防修并战斗在前哨阵地,而今世界各国都在仰头望着中国,亦即关注中国反帝反修斗争。

盘中粒粒皆辛苦①

盘中粒粒皆辛苦,席上般般出火炉。②
食罢当思来不易,劲头鼓足莫踌躇。③

【注释】

①此诗写于1964年间。北京前门有家川味菜馆,名为力力食堂。郭沫若常来此吃担担面和川味泡菜。力力食堂从招牌到四壁字画,多出自郭沫若夫妇手笔。其中有首七言诗是书为顾客的。手迹见《郭沫若遗墨》。

②"盘中"句,语见李绅《悯农》:"谁知盘中餐,粒粒皆辛苦。"诗句由此化出。诗句意谓,盘中米饭粒粒皆由农民辛苦种出,席上般般菜肴出自厨师身边的火炉。

③踌躇(chóu chú),犹豫不决,止步不前。诗句意谓,大家吃了以后当思来之不易,理应鼓足干劲,切莫犹豫止步不前。

延安颂①

（满 江 红）

回顾延安,陶冶出英雄儿女。②窑洞内,指挥若定,扫除尘土。③三座大山头上去,百年魔怪火中舞。④听雄鸡,一唱遍天涯,东方曙。⑤

巨人辈,污泥塑。反动派,纸老虎。⑥我人民领袖,乃文乃武。⑦革命发扬真马列,运筹建立真民主。⑧有工农,万国济同舟,共风雨。⑨

【注释】

①此词写作时间不详,约写于20世纪60年代前期。满江红,词牌名。词有落款:"满江红一阕,书为林林同志。郭沫若。"林林,现代诗人,作家,时任中国人民对外友好协会副会长。郭沫若与其交往多年,遂书此词相赠。

②陶冶,烧制陶器和冶炼金属,比喻给人的思想、性格以有益的影响。诗句意谓,回顾延安培育出多少英雄儿女。

③指挥若定,指挥调度从容镇定。诗句意谓,我党领导人在延安窑洞内指挥若定,扫除人间犹如尘土一样污浊的事物。

④三座大山,指帝国主义、封建主义和官僚资本主义。百年魔怪,指近百年来帝国主义列强和国内反动势力。诗句意谓,三座大山从头上搬去,百年魔怪在人民革命烈火中乱舞(挣扎)。

⑤东方曙,东方晓,天刚亮。诗句意谓,听雄鸡报晓之声遍布天涯,东方已出现曙光。喻中国人民已得到翻身解放。

⑥辈,类,流。纸老虎,毛泽东曾言帝国主义和一切反动派都是纸老虎。诗句意谓,中外历史上所谓巨人之类,都是污泥塑造,帝国主义和一切反动派都是纸老虎。

⑦乃,助词,无义。《书·大禹谟》:"乃圣乃神,乃武乃文。"谓我人民领袖能文能武。

⑧诗句意谓,人民领袖领导中国革命发扬真正的马克思列宁主义,运筹帷幄建立真正民主的国家。

⑨万国,世界各国。谓有工农大众与世界各国人民同舟共济,一起经历革命风雨。

题兰竹图二首①

一

一血即一雪,爱兰兼爱竹。②

寒流滚滚来，香清而节直。③

二

一笑复一粲，好画真耐看。④
稳坐钓鱼台，永为人民战。⑤

【注释】

①这两首诗写于 1965 年 1 月。诗有落款："一九六五年元月二十一日，春节前十一日，题于什刹海西畔。"兰竹图，20 世纪 60 年代，中共中央机关工作人员贾一血曾参加中共中央"反修"文件起草小组，与康生、郭沫若多有往来。康生曾为贾一血画兰竹图。兰花图上书有"一血一笑"四字，落款为"三洗老人"。竹叶图上书有"一雪一粲"四字，落款为"钓鱼台人"。二者皆系康生化名。郭沫若当时应贾一血要求，题五言诗二首于兰竹图画卷之后。

②一血，即贾一血，又名一雪。此人既爱兰花，又兼爱竹。

③寒流，既指严冬来自北方的寒流，亦喻苏联现代修正主义思潮。诗句意谓，当北方寒流滚滚而来之时，兰花清香如故竹节依然挺直。这里以兰、竹喻中国共产党人。

④粲，露齿而笑，如以博一粲。好画，指兰花图与竹叶图画上有"一血一笑"、"一雪一粲"字样，而其画面寓意亦颇为耐看。

⑤钓鱼台，语义双关。既指可供钓鱼之处，亦指北京钓鱼台国宾馆。当时中共中央"反修"文件起草小组在北京钓鱼台国宾馆办公与写作，诗中因言"稳坐钓鱼台，永为人民战"。这里的"战"指写作反对现代修正主义的理论文章。

题赠四川少数民族观摩演出团①

推倒三山，当家作主。②
奋发图强，同甘共苦。③
如弟如兄，载歌载舞。④
领袖万年，中华乐土。⑤

【注释】

①此诗写于 1965 年 2 月。录自《郭沫若书法集》。诗有跋语："四川少数民族代表团参加观摩演出，题赠以为纪念。一九六五年正月六日，郭沫若。"

②三山，三座大山，即帝国主义、封建主义、官僚资本主义。诗句意谓，推翻三座大山，人民当家作主。

③奋发图强，振奋精神，努力工作，以谋求强盛。同甘共苦，一同尝甘苦之味。比喻有福同享，有难同当。常偏指共患难。

④载歌载舞，边唱歌边跳舞，形容尽情欢乐。诗句意谓，如同弟兄一样，一起边歌边舞。

⑤领袖万年，意即伟大领袖毛主席万岁。诗句意谓，希望领袖万年，建成中华乐土。

七　律①

喜临秦汉学舣操，拂素敢夸著作曹。②

主席诗词卅七首，新天日月九重高。③

俯视唐宗怜宋祖，奴看周颂隶荆骚。④

一联一律钦趋步，大海屠鲸邓子豪。⑤

【注释】

①此诗写于1965年2月。1964年8月，邓拓来北戴河住地看望郭沫若。于立群当即用大字赠邓拓亲拟的联语："乘风破浪，冒雪报春。"邓拓随即赠七律一首，诗为："风动峨眉左卷操，更将翰墨耀朋曹。门临沧海诗心壮，目极云天笔调高。几叶渔舟堪入画，一林蝉唱伴吟骚。往来多少幽燕客，不敌立群意气豪。"1965年2月23日，邓拓将去年八月间于立群为他书写的大字横联裱装成长轴，拿来与郭沫若共赏。郭沫若在长轴上补题七律一首，兼代立群步韵奉和邓拓谢赠她的七律。详见郭平英《〈郭沫若遗墨〉中的佚作及其他》，载《四川大学学报丛刊》十三辑（1982年5月）。

②觚（gū），古代用来书写的木简。觚操，即操觚，拿起木简，指写文章。陆机《文赋》："或操觚以率尔，或含毫而邈然。"拂素，素为白色的生绢，古代可供写字。拂素指写字著文。著作曹，搞著作的人。诗句意谓，喜欢临摹秦篆汉隶只学习练笔而已，动动笔岂敢在搞著作的人面前夸耀。

③九重，指天。《汉书·礼乐志》："九重开，灵之游。"颜师古注："天有九重。"诗句意谓，毛主席诗词三十七首，气魄之大敢教日月换新天，且与天比高。

④唐宗，指唐太宗。宋祖，指宋太祖。周颂，《诗经》中《颂》的一部分，三十一篇，多为周初的作品。荆骚，楚国的骚体，亦称楚辞体。诗句意谓，毛主席其人其诗水平之高，可以俯视唐太宗可怜宋太祖，并将周代的颂与楚国的骚体当作奴隶看待。

⑤一联一律，指于立群的联语与邓拓的七律。趋步，即亦步亦趋，紧跟着人家走。屠鲸，宰杀鲸鱼。邓子，对邓拓的敬称。诗句意谓，一联一律均因钦佩毛主席诗词而亦步亦趋，能在大海屠鲸邓子堪称英豪。

题夆叔为季妃作盥器①

夆叔当是周卿士，为妻季妃作盥器。②
器形分明鉴与匜，铭文作盘不足异。③
自来盘匜本相将，盘今不知落何方。④
无盘有鉴却可异，何以解之殊茫茫。⑤
器上犬文甚生动，铭文秀整韵可诵。⑥
厄厄熙熙期偕老，万年眉寿永宝用。⑦
人生须臾谁不老，古语联绵空自好。⑧
匜中盛水盥者谁？鉴中不复见窈窕。⑨
忽闻纸上似有声，乃是匜与鉴争鸣。⑩
鉴云万年乃我汝，匜云非我亦非卿。⑪

劳动精神长不朽，使我与汝得永生。[12]

惜者铸工不可详，徒使夆叔留其名。[13]

鉴云留名何足道，夆叔僭妄殊可笑。[14]

请匠作器己书名，何异自供为大盗。[15]

匜云自古皆如此，劳心者贵劳力鄙。[16]

鄙者宇宙之真宰，贵者万年遗臭耳。[17]

纸上争鸣顿寂然，新阳杲杲照东轩。[18]

宇宙真宰今异昔，一样万古空云烟。[19]

【注释】

①此诗写于 1965 年 2 月。落款为："一九六五年二月二十六日夜题此长句，立群同志其存之。郭沫若。"为有助于了解诗的内容，特将盥器原有铭文与郭沫若所作说明加以抄录。盥器铭文："佳王正月初吉丁亥夆叔作季妃盥盘其眉寿万年永保其身龟龟熙熙寿考无期永保用之。"郭沫若所作说明："一般彝器匜与盘每相将，匜即盛于盘内。此器铭文为盘，但器形却为匜与鉴，以铭文尺寸为度，匜与鉴均不能容盖。盘形未拓，入则是盘、匜、鉴三者相将矣。匜身与鉴身均有犬纹，可知二者决非妄配。器不知藏于何所，不得其盘而见之，殊为憾事。铭文中无縢字，殆夆叔为其妻季妃所作，有龟龟熙熙、寿考无期之语，可见其伉俪之笃。二保均从玉作，当是宝字别构。上偊字为保，下偊则为宝，铭文《三代吉金文存》卷十七及《小较经阁金文拓本》卷九均已著录，前者收二铭，均作盘，而文字结构小异；后者仅收一铭，与本铭同。一九六五年二月二十五日得于海王村。郭沫若。"详见《郭沫若题画诗存》。

②夆(páng)，姓。卿士，官名，商周时期王朝的执政官。盥(guàn)器，洗手器具。诗句意谓，夆叔当是周朝的执政官，为妻子季妃作洗手器具。

③鉴，古代器名，青铜制，似似大盆，用以盛水或冰。匜(yí)，古代盥洗舀水的器具，形状像瓢。盘，古代沐浴器，青铜制，盛行于商周。铭文，古代为文刻于器物之上，称述生平功德，使传扬于后世。诗句意谓，铜器形状分明是鉴与匜，铭文作为盘也不足奇怪。

④相将，相共，相随。诗句意谓，自来盘与匜本相随在一起，而今不知盘落何方。

⑤茫茫，模糊不清。诗句意谓，无盘有鉴却让人惊异，何以解释此事实在让人模糊不清。

⑥犬文，似指犬形花纹。诗句意谓，盥器上犬形花纹很为生动，铭文清秀整齐且押韵可以诵读。

⑦龟龟，同"逦逦"，连续延伸貌。熙熙，和乐貌。《老子》："众人熙熙，如享太牢，如登春台。"眉寿，长寿。《诗·豳风·七月》："为此春酒，以介眉寿。"诗句意谓，连续不断延伸和乐之声，希望白头偕老，万年长寿永远宝用。

⑧须臾，片刻。联绵，犹连绵，接连不断。诗句意谓，人生短暂谁能不老，吉祥语言接连不断空自说好。

⑨窈窕，美好貌。《诗·周南·关雎》："窈窕淑女，君子好逑。"诗句意谓，匜中盛水洗手的人是谁？铜鉴中不复再见窈窕美女。

⑩纸上，指拓本上。诗句意谓，忽然听到拓本上似乎有声音，乃是匜与鉴在争鸣。

⑪云，说。汝，你。卿，这里是古代对朋友的爱称。诗句意谓，铜鉴说流传万年就是我和

你,匼说不是我也不是你。

⑫长,永远。诗句意谓,劳动精神永远不朽,使我与你得以永生。

⑬铸工,铸造盨器的工匠。详,细说,知悉。诗句意谓,可惜的是铸工不可知悉,徒然让筚叔留下了名字。

⑭道,说,称道。僭妄,超越本分未免虚妄。诗句意谓,铜鉴说能以留名何足称道,只是筚叔超越本分未免虚妄很是可笑。

⑮匠,工匠,即铸工。诗句意谓,请了工匠作盨器而自己写上名字,岂不是自己供出成为大盗。

⑯劳心、劳力,《左传·襄公九年》:"君子劳心,小人劳力。"《孟子·滕文公上》:"劳心者治人,劳力者治于人。"诗句意谓,匼说自古以来皆是如此,劳心者为贵而劳力者被人轻视。

⑰鄙者,卑贱者。真宰,犹造物。假想中宇宙的主宰者。万年遗臭。即遗臭万年,谓身后臭名永远洗不清。耳,表语气,用同"矣"。诗句意谓,卑贱者都是宇宙真正的主宰,而高贵者遗臭万年罢了。

⑱寂然,安静下来。杲杲(gǎo),形容太阳的明亮。《诗·卫风·伯兮》:"其雨其雨,杲杲出日。"新阳,初出的太阳。东轩,东边有窗的长廊或小室。诗句意谓,纸上争鸣顿时安静下来,初升的太阳照亮东厢的长廊。

⑲今异昔,今天不同于往昔,亦即劳动人民成了真正的主宰。云烟,云气和烟雾。常指极高的地方。王昌龄《万岁楼》:"谁堪登望云烟里,向晚茫茫发旅愁。"诗句意谓,宇宙真正的主宰今已不同于过去。让人想到过去,一样感到有如万古云烟。

书赠战友文工团话剧团①

舍己同天作斗争,不教洪水恣横行。②
红心代代忠于党,神州人人学志成。③

【注释】

①此诗写于1965年3月。落款为:"一九六五年三月廿二日看北京部队战友文工团话剧团演出《代代红》后书赠。"代代红,为当时战友文工团在北京上演的五幕话剧。此剧赞颂中国人民解放军战士张志成,安于平凡的养猪工作,并在华北山区一次抗洪抢险斗争中,为保护人民生命财产而英勇牺牲。

②舍己,舍弃自己的生命。恣,放纵,听任,任凭。诗句意谓,敢于舍己为人同老天作英勇斗争,不教洪水恣意横行。

③神州,中国的别称。志成,即张志成,为五幕话剧《代代红》中的主要人物。诗句意谓,抗洪英雄的一颗红心世世代代忠于共产党,我国人人都学张志成。

观话剧《女飞行员》后题词①

长空万里任雄飞,正是女儿立志时。②
思想红旗高举起,缚鹏决不让须眉。③

①此诗写于 1965 年 3 月 5 日。当时,郭沫若抱病观看中国人民解放军空军政治部文工团演出的话剧《女飞行员》,并邀请主要演员至家中畅谈对该剧的主要意见。谈话后题赠七绝一首。手迹载 1978 年 6 月 20 日《解放军报》。

②雄飞,比喻奋发有为。《后汉书·赵典传》:"大丈夫当雄飞,安能雌伏?"诗句意谓,长空万里可任意奋飞,正是中华女儿立志之时。

③缚鹏,即缚住鲲鹏。鹏为古代传说中由大鱼变成的大鸟。(见《庄子·逍遥游》)这里喻强大的敌人。缚鹏,喻与强敌作战或战胜敌人。毛泽东《蝶恋花·从汀州向长沙》:"六月天兵征腐恶,万丈长缨要把鲲鹏缚。"须眉,古代男子以须眉稠秀为美,因以"须眉"为男子的代称。诗句意谓,女飞行员把思想红旗高高举起,空中打击敌人决不让于男子。

严寒驱尽①

严寒驱尽群花放,黑夜奔逃旭日明。②
代谢新陈无止境,不平铲去见升平。③

【注释】

①此诗写于 1965 年夏。录自《郭沫若书法集》。诗有落款:"一九六五年夏,郭沫若。"原诗无题,暂以首句四字为题。

②驱,驱逐、驱除。旭日,初升的太阳。诗句意谓,严寒驱尽群花开放,黑夜奔逃旭日明亮。

③代谢新陈,即新陈代谢,指生物体不断以新物质替换旧物质的过程。比喻新的事物不断滋生发展,更替不断衰亡的旧事物。诗句意谓,社会新陈代谢永无止境,割去人间不平才见天下升平景象。

赠周铁衡先生①

纵有寒流天外来,任教冰雪积成堆。②
东风自孕胸怀里,瞬见山花遍地开。③

【注释】

①此诗写于 1965 年初夏。周铁衡为辽宁省著名画家和医生。郭沫若早在流亡日本期间与其相识,此后一直时相过从。1965 年初夏,周铁衡来北京,郭沫若邀他家中作客,并应友人之请,书写这幅中堂相赠。诗见史实《东风自孕胸怀里——悼念郭沫若同志》,载《鸭绿江》1978 年第 7 期。

②寒流,本为气象学名词。这里喻国际上当时出现的一股由现代修正主义者掀起的反华逆流。诗句意谓,纵有一股寒流从天外而来,任教冰雪结成堆。

③瞬,一眨眼的工夫。诗句意谓,因有东风孕育在胸怀里,瞬间即见山花遍地开放。此诗明显由毛泽东《冬云》:"高天滚滚寒流急,大地微微暖气吹"诗意化成。

看《江姐》①

江姐传天下,华蓥分外雄。②
胡兰惊再世,一曼吐长虹。③
碧血梅花颂,红旗烈士风。④
凭教渣滓洞,万古玉玲珑。⑤

【注释】

①此诗写于 1965 年 5 月初,郭沫若当时观看了空军政治部文工团演出的歌剧《江姐》,并于第二天接见该剧编剧、导演和主要演员,从创作谈到演出,从人物性格谈到四川风土人情。称赞他们演得好,有教育意义。当场题赠五律一首。诗载 1965 年 5 月 6 日《光明日报》,为《诗六首》之一。

②江姐,为歌剧《江姐》中的主人公,她根据党的指示前往川北根据地展开武装斗争,后因叛徒出卖被捕入狱壮烈牺牲。华蓥,即华蓥川北革命根据地。诗句意谓,江姐这一英雄人物名传天下,华蓥山显得分外的雄壮。

③胡兰,即刘胡兰,山西文水人,积极领导当地群众土地改革和支援前线。1947 年 1 月被山西军阀阎锡山军队杀害。毛泽东为这位女英雄题词:"生的伟大,死的光荣。"一曼,即赵一曼,四川宜宾人。1931 年"九一八"事变后,在东北地区坚持抗日斗争。1937 年 7 月 5 日被日寇杀害。为了纪念这位抗日女英雄四川宜宾建"赵一曼纪念馆"。诗句意谓,江姐英勇斗争的事迹,让人惊异于刘胡兰再世,像赵一曼一样气吐长虹,谓气势极旺。

④碧血,典出《庄子·外物》,后常用以称颂为国死难的人。诗句意谓,江姐英勇牺牲人们齐唱《红梅赞》,在红旗下瞻仰烈士的风采。

⑤渣滓洞,即重庆渣滓洞集中营,为国民党反动派关押和屠杀共产党人和革命人士的地方。1949 年 11 月重庆解放前夕在此集中屠杀革命志士二百余人。玉玲珑,花的别名,可指牡丹、梅花、水仙等。诗句意谓,凭教渣滓洞迫害革命志士,江姐真不愧是万古一枝女儿花。

看《战洪图》①

暴雨苍穹破,狂涛万顷连。②
徇私人落伍,抢险众争先。③
保得天津市,夺回公社田。④
英雄真遍地,主席在身边。⑤

【注释】

①此诗写于 1965 年 5 月。《战洪图》为一部来源于真实故事的抗洪大型话剧。当时河北话剧院曾在北京、天津等地演出。郭沫若看了此剧以后,题五言律诗一首,以歌颂保卫天津的抗洪英雄们。诗载 1965 年 5 月 6 日《光明日报》,为《诗六首》之二。

②苍穹(qióng),苍天。杜甫《冬狩行》:"杀声落日回苍穹。"诗句意谓,暴雨仿佛刺破了

苍天,巨大的波涛将万顷土地连成一片。

③诗句意谓,善于徇私舞弊的人已经落伍,敢于抢险救灾的人纷纷争先。

④公社,指人民公社。诗句意谓,终于战胜洪水,保住了天津市,夺回了人民公社的良田。

⑤主席,指毛泽东主席。诗句意谓,抗洪英雄真个遍地皆是,仿佛伟大领袖毛主席就在他们身边。

题于碧树画卷①五首

莲②

出水芙蕖尘不染,三枝表现去来今,③欲得花常好,须如莲子有苦心。④

【注释】

①这一组诗写于 1965 年 6 月。于碧树,即于立群,为"于秘书"的谐音。1965 年 6 月,郭沫若夫妇在广州白云山庄。于立群用齐白石的笔法,画了五幅彩墨画。郭沫若当即为画卷配上了打油诗,诗画相配,妙趣横生。诗画均已送给罗培元留作纪念。见《郭沫若题画诗存》。

②这是画卷第一幅。莲,莲子,莲蓬。后多与荷混用。古乐府《江南》:"江南可采莲,莲叶何田田。"

③芙蕖,即荷花。诗句意谓,开出水面的荷花一尘不染。画面上三枝仿佛表现出过去、未来和今天。

④莲子,荷的成熟种子,供食用。莲子中央绿色的芯,有苦味,可入药。诗句意谓,要想花常开得好,须如莲子一样有片苦心。

牵牛花①

牵牛花,清早开,浑如昙花一现,朝颜顿改。②画在画图中,能教春永在。③

【注释】

①这是画卷第二幅。牵牛花,一年生草本植物,秋季开花,可供观赏。

②昙花一现,昙花开花短时即谢,比喻事物一出现很快消失。诗句意谓,牵牛花,清早开放,简直如同昙花一样,朝颜顿时改变。

③春,青春,生机。诗句意谓,牵牛开花短时即谢,如果画在画图之中,就能教它青春永在。

葫芦①

大葫芦,是酒壶,壶中之酒何酒乎?②茅台三杯入我肚,我将振笔作大书。赛过羲之王,超越东坡苏。③哈哈哈,请君莫道我狂夫。④

【注释】

①这是画卷第三幅。葫芦,一年生草本植物,夏秋开花,果实因品种不同而形状多样,有作药用或食用的,有作盛器水瓢或作玩具的。

②乎,表疑问或反诘的语气。诗句意谓,大葫芦,是酒壶,壶中的酒是什么酒啊?

③羲之王,即晋代大书法家王羲之。东坡苏,即宋代诗人、书法家苏东坡。诗句意谓,茅台三杯入我肚中,我将挥动笔杆来作大书,水平赛过王羲之,超越苏东坡。

④狂夫,狂妄无知的人。诗句意谓,哈哈哈,请你不要笑我是狂妄无知的人。

红椒白菜①

红海椒,大白菜,对此令人口胃开,口水三丈长,有如王家大娘裹脚带。②买来油炸臭豆腐,香味遍九垓。③

【注释】

①这是画卷第四幅。画面上是红海椒与大白菜。

②红海椒,即红辣椒。诗句意谓,红辣椒大白菜,让人对此胃口大开,流下口水足有三丈长,真像王家大娘的裹脚带。

③九垓,犹言九州,谓中央与八极之地。诗句意谓,买来油炸臭豆腐,香味遍布整个九州。

大枯树上头长一小株红花①

此乃画乎抑是诗,活像老大娘,头插花一枝,②春风无私意,不问妍与媸。③

【注释】

①这是画卷第五幅。一棵大枯树上头居然长出一小株红花。

②乃,是、就是。抑,抑或、还是。诗句意谓,这是画还是诗? 活像老大娘头上插上花一枝。

③妍与媸(chī),美好与丑陋。诗句意谓,对于枯树与红花,春风没有任何私心,不问美与丑,全都给予应有的生机。

题关山月画红棉①

挥将大笔若屠龙,点染熏风万朵红。②
捷报频从关外至,令人翘首拜英雄。③

【注释】

①此诗写于1965年夏。当时,郭沫若夫妇来广州,省委书记赵紫阳在白云山庄设宴招

待,著名画家关山月作陪。郭沫若风趣地说:"过去不忍求你为我作画,这次不能再坐失良机了!"并声称要以木棉为题材互相合作。关山月即席画了一幅红棉,郭沫若在画上题了诗。见关山月《怀念郭老》,载《郭沫若研究》第6集。

②屠龙,《庄子·列御寇》:"朱评漫学屠龙于支离益,单千金之家,三年技成,而无所用其巧。"后因称高超的技艺曰屠龙之技。点染,画家点笔染翰称点染。诗句意谓,挥起大笔如屠龙一般技艺高超,点染春风中万朵盛开的红花。

③关外,即玉门关外。捷报,指我国西部地区成功地进行了第二次核试验。拜英雄,一语双关,既指玉门关外捷报频传的英雄,也指当地的英雄花。诗句意谓,关外捷报频频传来,令人仰起头来向英雄们致敬礼。

在 海 丰①

开创兴农运,我来拜海城。②

一家皆革命,四子尽牺牲。③

赤县风云改,新天日月明。④

百龄彭老母,海内共知名。⑤

【注释】

①此诗写于1965年6月。诗前自序:"一九二六年在广州与彭湃同志相识,翌年'八一'革命后,同由南昌进军汕头,尔来三十八年矣。今来海丰,拜谒彭老太太,为诗以纪之。"海丰,即海丰县,在广东省东部沿海,依山面海,与陆丰为邻,为有名的海陆丰农民运动根据地。1965年6月16日,郭沫若在海丰拜望彭湃烈士的母亲,并写五律一首,详见1965年7月3日《广州日报》,为《诗五首》之一。

②兴农运,兴起农民运动。早在20世纪20年代初期,彭湃就在海丰、陆丰领导农民运动。1927年间连续三次举行武装起义,解放了海丰、陆丰县城,并成立了海陆丰工农民主政府。海城,即海城镇,海丰县的县城。诗句意谓,这里曾经开创兴起了农民革命运动,今日我来拜访海城。

③这两句是说,彭老太太一家皆革命,她的四个儿子都为革命牺牲。彭湃作为中国共产党早期农民运动领导人,1928年中央六大被选为中共政治局委员。1929年任中央农委书记,同年8月在上海被捕并被杀害于龙华。

④赤县,指中国。诗句意谓,中国革命取得了胜利,已将日月换了新天。

⑤彭老母,即彭湃母亲,当时已有九十二岁,"百龄"举其约数,含有祝颂之意。诗句意谓,已近百岁的彭老太太,在国内已很知名。

题普宁革命纪念馆①

三十八年如转瞬,流沙胜地我重来。②

当时烽炬传千里,从此风雷遍九陔。③

正道沧桑凭掌握，新天日月费安排。④

而今美帝疯狂甚，纸虎管教化作灰。⑤

【注释】

①此诗写于1965年6月17日。普宁，在广东省东部，为著名侨乡。当时郭沫若来到普宁，旧地重游，感慨良多，为该县革命纪念馆题诗一首。诗载1965年7月3日《广州日报》，为《诗五首》之三。

②三十八年，郭沫若曾于1927年随"八一"南昌起义部队经过此处，至今相隔已三十八年。流沙，即流沙镇，当时为普宁县级机关所在地。诗句意谓，三十八年如同转眼之间，我又重新来到了流沙革命圣地。

③烽炬，即火炬。九陔，亦作"九垓"，犹言九州。诗句意谓，当时革命火炬传至千里，从此革命风雷遍及全国。

④正道沧桑，活用毛泽东"人间正道是沧桑"的诗句，谓人间巨大变化是社会发展的必然规律。诗句意谓，人间正道沧桑变化全凭人类自己掌握，而让日月换新天却颇费安排。

⑤纸虎，当年毛泽东曾指出："帝国主义和一切反动派都是纸老虎。"诗句意谓，而今美帝国主义疯得很，我们管教这只纸老虎化作尘埃。

雨中游岩石①

岩石诚多石，汕头一望中。②

遥思鼓浪屿，想见桃花红。③

海色分为二，洋风一扫空。④

王冠当铲却，驱虎有英雄。⑤

【注释】

①此诗写于1965年6月17日。岩（què）石，在广东汕头南部的海面上，境内以大小岩石为中心，由43个山峰组成。有奇峰怪石，茂林修竹，为风景独特的旅游胜地。当时，郭沫若雨中游览岩石，并作五律一首。诗载1965年7月3日《广州日报》，为《诗五首》之四。

②岩石诚多石，岩石游览区海边遍布千姿百态的大小石头。汉刘熙《释名》亦言："山大多石曰岩。"汕头，即汕头市。在广东省东部，韩江三角洲南端，位于南海之滨，为粤东、闽西南门户。诗句意谓，岩石诚然多石，并与汕头隔海相望。

③鼓浪屿，在福建省厦门市，风景秀丽，有"海上花园"之称。诗句意谓，我在遥遥思念厦门鼓浪屿，想见桃花盛开绯红一片的景象。

④海色分为二，在岩石八景之一的"海角石林"，可以看到东海和南海的分界线"海水分两色"的奇景。诗句意谓，这里海水分为二色，洋风至此也被一扫而空。

⑤王冠，指被英国侵占的香港，曾被誉为英国女王王冠上的宝石。铲，即铲除、消灭。诗句意谓，帝国主义应当铲除，驱除虎豹自有解放军英雄。

外砂桥上①

外砂桥上日凌空,浩浩韩江水势雄。②

多少男儿横渡去,雁行前进意从容。③

【注释】

①此诗写于1965年6月。诗有小序:"一九六五年六月十八日去澄海县,路过外砂大桥,民兵正在作横渡韩江演习,书所见。"诗载1965年7月3日《广州日报》。为《诗五首》之二。

②韩江,在广东省东部,北源汀江出福建省长汀县上坪,南源梅江出广东省紫金县白山嶂,在大埔县三河汇合称韩江,南流到汕头市附近入南海,长约410公里,外砂桥在韩江上。诗句意谓,外砂桥上太阳凌空高照,韩江之水浩浩荡荡气势雄壮。

③雁行(háng),飞雁的行列,谓并行而有次序。诗句意谓,多少男子汉在横渡韩江,他们并行前进意态从容。此系描写民兵横渡韩江的情景。

在 潮 安①

弹指光阴卅八年,潮安每在梦中旋。②

楼台倒映涵虚碧,旗帜高扬似火燃。③

一夕汤坑书附羽,千秋英烈血喷烟。④

今来重到金山望,日月更新别有天。⑤

【注释】

①此诗写于1965年6月20日。潮安,又称潮州,在广东省东部。当时,郭沫若在潮安,游西湖涵碧楼,为潮安县革命历史陈列馆题七律一首。诗载1965年7月3日《广州日报》,为《诗五首》之五。手迹见《解放军画报》1979年第8期。

②弹指,一弹指的省略语,比喻时间短暂,佛经说二十念为一瞬,二十瞬为一弹指。卅八年,1927年"八一"南昌起义后,郭沫若随起义军向广东转移,到过潮安,距作此诗正好三十八年。诗句意谓,转眼之间三十八年光阴过去了,广东潮安每每还在自己梦中盘旋。

③涵虚碧,此指涵碧楼。楼在潮州西湖公园内,因楼台倒映在碧波之中而得名。1927年南昌起义部队南下到达潮州,周恩来、贺龙、叶挺、彭湃、郭沫若等曾驻此楼指挥战斗。诗句意谓,涵碧楼倒映在西湖碧波里,当年像火一样燃烧的革命旗帜曾在这里高高飘扬。

④汤坑,地名,今为广东丰顺县治所在地。当年南昌起义军向广东进发途中,在瑞金、会昌连战皆捷,但在广东汤坑战败伤亡惨重。书附羽,即羽书,古时军队中的文书,上插羽毛表示紧急。诗句意谓,一天晚上部队在汤坑接到紧急命令,和敌人作战,不少同志英勇牺牲,千秋英烈血洒战场喷出火花。

⑤金山,一名金城山,在潮安县北,为一游览胜地。诗句意谓,今日重新来到这里的金山看望,已经日月更新,显得别有天地,亦即出现一片新的景象。

为全国第二届运动会鼓吹①

单如狮子集如龙，东亚病夫一扫空。②

猛创神州新异绩，勇攀世界最高峰。③

健儿身手争分秒，祖国光荣耀九重。④

一旦金瓯受威胁，驱除顽寇作先锋。⑤

【注释】

①此诗写于 1965 年 8 月。落款处有"为第二届全国运动会预祝鼓吹，一九六五年八月二十三日"。手迹载 1965 年 9 月的《体育报》。

②东亚病夫，旧时代外国称中国人为东亚病夫。诗句意谓，运动员们单个如雄狮集体如巨龙，昔日东亚病夫的称号一扫而空。

③神州，中国的美称。诗句意谓，猛力创造中国体育新异的成绩，勇攀世界体育的最高峰。

④九重，即九重天。诗句意谓，运动健儿大显身手，争分夺秒，祖国光荣照耀天空。

⑤金瓯，比喻疆土完固。《南史·朱异传》："我国家犹若金瓯，无一伤缺。"也指国土。诗句意谓，一旦我国国土受到威胁，驱除顽敌应作先锋。

重到晋祠①

康公左手书奇字，照眼红墙绕晋祠。②

周柏低头迎旧识，铁人举手索新诗。③

欲流荇菜情难已，惊见睡莲花未衰。④

悬瓮山头松失翠，顿憎旱魃费鞭笞。⑤

【注释】

①此诗写于 1965 年 11 月。作者自序："1965 年 11 月 19 日，曾往山西参观农村社教工作。归途于 12 月 7 日参观大寨。先后成诗十八首，辑为《大寨行》。"组诗发表于 1966 年 1 月 1 日《光明日报》。需要指出的是，其中《在太原参观大寨展览》等九首已收入《郭沫若全集》文学编第五卷。另有《访太原牛乳场》等八首亦作为附录入集。唯有《重到晋祠》遗漏，现作集外佚诗处理。

②康公，指极左思潮代表人物康生。此人擅长书法，工篆书，喜以"康生左手"而自诩。郭沫若在编《沫若诗词选》，出于小心谨慎，故将此诗删掉。晋祠，在太原西南二十五千米处悬瓮山麓，为纪念周成王同母弟唐叔虞而建，也称唐叔虞祠。建于北魏以前，今存多宋以后建筑。有近百座殿堂与楼阁亭台，是太原游览胜地。诗句意谓，康公左手能书奇字，围绕晋祠一周都是照眼红墙。

③周柏，在圣母殿左侧有一棵古柏，相传此柏植于周朝。至今虽已倾斜，仍枝叶繁茂苍劲挺拔。铁人，晋祠中部有金人台，此台四隅各立一尊铁铸武士像，四尊铁人，高两米余，为

北宋年间铸造。诗句意谓，作者重游晋祠，周柏仿佛低头在迎旧相识，金人台上铁人也在举手向我索要新诗。

④流，寻求、摘取。荇草，一种水生植物。《诗·周南·关雎》："参差荇菜，左右流之。"睡莲，多年生水生草本，叶浮于水面，秋季开花。午后开花，晚上闭合。诗句意谓，欲采荇菜而又情难自已，惊见池中睡莲花尚未衰。这里是从圣母殿前鱼沼中的荇菜想到后妃之德，借以咏叹圣母邑姜。

⑤悬瓮山，位于太原市西南，晋祠即在悬瓮山麓，旱魃（bá），古代传说能造成旱灾的怪物。《诗·大雅·云汉》："旱魃为虐，如惔如焚。"鞭笞（chī），用鞭子抽打。诗句意谓，悬瓮山头松树都失去了绿色，顿让人憎恨造成旱灾的怪物，它应受到鞭打。

题傅抱石遗作《千山云起》①

千山云起郁葱葱，大块文章锦绣胸。②
翻倒沧溟遗斧凿，抗衡造化决雌雄。③
兴来斗酒奚辞醉，踏遍神州苦用功。④
谁道骑鲸人已去，长看铁臂舞东风。⑤

【注释】

①此诗写于 1965 年 11 月。诗前有序："抱石突于四十日前去世。但逝者仅遗蜕耳，铁臂固长在东风中挥舞也。"落款为："一九六五年十一月七日，郭沫若。"千山云起，为傅抱石1964 年新作。此画以一种诗意而恢宏的山水形象赞美与歌颂新中国。1965 年 11 月 7 日，郭沫若题傅抱石遗作《千山云起》，以表悼念友人之意。

②郁葱葱，即郁郁葱葱，形容草木茂盛苍翠，亦用以比喻繁荣旺盛。大块，大自然。语见李白《春夜宴从弟桃李园序》："况阳春召我以烟景，大块假我以文章。"锦绣，精美鲜艳的丝织品，如锦绣山河。诗句意谓，千山云起之处林木郁郁葱葱，作者锦绣罗于胸中，可以织造大自然美丽的文章。

③沧溟，大海。翻倒沧溟，意同"翻江倒海"，谓大海翻滚，比喻声势、力量巨大。遗斧凿，留下斧凿。这里化用唐人韩愈《调张籍》诗中"徒观斧凿痕，不嗢治水航"的典故，谓李白、杜甫的诗文，虽如夏禹疏凿江峡，有迹可寻，但浑成之巧，则今不可得而观。后因此比喻艺术作品达到天然浑成境界，无斧凿痕。诗中谓逝者"遗斧凿"，即已达到天然浑成的境界，因此可与自然造化抗衡以一决雌雄（一比高下）。

④斗酒，一斗酒。斗为古代盛酒器。相传李白"斗酒百篇"。奚，疑问词，如何，为何。神州，中国的别称。诗句意谓，兴来饮上一斗酒何以辞醉，尚须踏遍神州大地辛苦用功，亦即描绘千山万水。

⑤骑鲸，语出扬雄《羽猎赋》："乘巨鳞，骑京（鲸）鱼。"后用以指隐遁或死亡。骑鲸人，指逝者傅抱石。铁臂舞东风，形象描绘友人在东风中挥舞铁臂从事绘画创作。诗句意谓，谁说逝者（骑鲸人）已去，我们常看他在东风中挥舞铁臂运笔作画。

参观泥塑群像"收租院"①

收租院里二次来，恨满心脾怒满怀。②
观众如潮门外涌，五洲震荡激风雷。③

【注释】

①此诗写于1965年12月26日。泥塑群像"收租院"，由四川美术学院雕塑系师生集体创作。1965年6—10月间赶制完成后，陈列于四川省大邑县刘文采地主庄园。国庆期间展出引起强烈反响。北京、天津艺术家们随即加以复制，用了两个月时间，于12月24日在北京中国美术馆展出，同样产生很大影响。郭沫若参观后写诗志感。

②二次来，作者在展出开始三日内两次来到中国美术馆参观泥塑群像"收租院"。心脾，谓人的心脏，喻指内心。作者观后内心充满仇恨而且怒火满怀。

③五洲，指欧、美、亚、非、澳五大洲，实即全世界。诗句意谓，展馆内外观众如潮水一般涌动，世界五大洲为之震荡必将激起革命的风暴雷霆。

为运城解放十八周年而作①

攻克运城，学会攻坚。
党之威力，直瞰太原。②
解放晋民，创造新天。
志士光烈，永垂万年。③

【注释】

①此诗写于1965年12月。运城，在山西省西南部，为晋南重镇，有其重要的战略地位。1947年12月，解放军三次围攻运城，近千名战士牺牲，终于攻克。1965年12月，郭沫若在山西参观农村社教工作，曾为运城解放十八周年而作四言诗一首。见王寿林《运城解放碑，屹立烈士园——读郭沫若佚诗一首》，载《郭沫若学刊》1996年第2期。

②攻坚，即攻坚战，对敌人坚固设防的城镇或坚固阵地的进攻。瞰(kàn)，俯视，向下看。诗句意谓，我们通过攻克晋南重镇运城，解放军学会了打攻坚战。我党军事威力，直接俯视太原。

③晋，山西的别称。光烈，光辉的业绩。烈，功业。诗句意谓，解放山西人民，创造新的天地。革命志士的光辉业绩，将万年永远流传下去。

题邵宇画海棠①

海棠果子大丰收，颗颗连珠烈火流。②
好似银河变钢水，令人红到心里头。③

【注释】

①此诗写于 1966 年元旦。落款为："一九六六年元旦,郭沫若题。"画的左下方有作者附记:"一九五八年种树现在结果。邵宇。"海棠,落叶小乔木。花白色或粉红色。果实球形,黄色或红色,其味酸甜。诗与画均见《郭沫若题画诗存》。

②连珠,连接成串的珠子,如妙语连珠。诗句意谓,海棠果子取得大丰收,一颗颗连接成串的珠子像烈火在流动。

③银河,又名天河,即在晴朗的夜晚在空中看到的那条云状的光带。用天文望远镜观测可以看到银河是由很多恒星所组成。诗句意谓,好像银河变成了钢水,让人一直红到了心里头。这是作者面对成串红色的海棠果而展开的艺术想象。

赠化学物理研究所全体同志①

（水调歌头）

活用《矛盾论》,高举大红旗。学走群众路线,头脑武装之。②三八作风是范,专为人民服务,只少着军衣。③内外三结合,大胆破洋迷。④

出成果,驱虎豹,御熊罴。赶超任务,重担争挑乐莫支。⑤攻破尖端堡垒,满足国民经济,接力把山移。⑥永蓄愚公志,长诵《冬云》诗。⑦

【注释】

①此词写于 1966 年 2 月 21 日。当时,作者正在大连视察,因参观化学物理研究所而应该所同志要求题词留念。当日还接于立群电报,告以北京喜降大雪,遂赋《水调歌头·北京大雪》。次日参观大连港,又作《水调歌头·访大连》。作者以《水调歌头三首》为总题,发表于同年 2 月 24 日《旅大日报》。后编《沫若诗词选》时,只收其中二首,此词没有编入。水调歌头,词牌名。相传隋炀帝开汴河时制水调歌,唐人演为大曲。后用大曲歌头,倚为新声,故名。此词牌双调九十五字。前阕四十八字,九句,四韵。后阕四十七字,十句,四韵。有全用平韵和间用仄韵的两体。

②矛盾论,即毛泽东哲学著作《矛盾论》。之,他、它,通指行为的对象。词句意谓,活学活用《矛盾论》,高举革命大红旗,学会走群众路线,并用它来武装自己的头脑。

③三八作风,解放军执行三大纪律八项注意形成的作风。词句意谓,执行三八作风是典范,专心为人民服务,只是没有穿军装而已。

④三结合,指阶级斗争、生产斗争、科学试验三个方面的结合。词句意谓,我们只要从内外执行三个方面结合,就能大胆破除对洋人的迷信。

⑤驱虎豹、御熊罴,毛泽东当时所写《冬云》诗:"独有英雄驱虎豹,更无豪杰怕熊罴。"二者喻反对帝国主义和现代修正主义的斗争。赶超任务,指当时提出的政治口号,力争在若干年内赶上英国超过美国。词句意谓,我们要出科研成果,坚持反帝反修,特别是为赶英超美的任务,更应争挑重担乐不可支。

⑥这里是说,科研单位要敢于攻破尖端科学技术的堡垒,满足国民经济发展要求,群策群力发扬愚公移山的精神。

⑦《冬云》诗,指毛泽东写于 1962 年 12 月的七律《冬云》。词句意谓,我们要永远积蓄愚公移山的志向,长诵毛泽东名篇《冬云》诗。

题李宇超于立群画断头莲①

英雄不怕死,甘作断头莲。②
胸中裹宇宙,血染半天边。③

【注释】

①此诗题于 1966 年 2 月。落款为:"一九六六年立春后三日,题宇超同志所绘断头莲。鼎堂。"此画左下有邵宇补记:"一九六六年立春于荫塘家,宇超画荷花,立群画荷叶,郭老欣然题诗记以为念。"诗画均见《郭沫若题画诗存》。

②莲,荷花结实,其实为莲。亦称莲蓬、莲房。断头莲,即莲蓬亦已断头。诗句意谓,英雄不怕死,甘愿作断头莲,依然开着鲜艳的荷花。

③宇宙,天下万物的总称。哲学上称为世界。诗句意谓,莲虽断头胸中却包裹着整个世界,并以鲜血染红了半边天。这里既是就画展开的艺术想象,似又暗用《三国演义》中张飞生擒严颜,严颜宁死不屈,甘作"断头将军"的典故。

题李宇超画鸭①

不有献身志,徒然费稻粱。②
高飞何足羡,地上创天堂。③

【注释】

①此诗写于 1966 年 2 月。落款为:"一九六六年二月十二日夜宇超画赠立群。沫若题。"画的右侧有作者题记:"宇超戏作。"诗与画均见《郭沫若题画诗存》。

②献身志,即为人类提供蛋、肉等营养丰富的食品。徒然,白白地,不起作用。稻粱,稻与粱均为粮食作物。诗句意谓,家鸭不是因为有献身的志向,岂不是白白地浪费粮食。

③天堂,与地狱相对,比喻幸福美好的生活环境。诗句意谓,能以高飞何足羡慕,地上同样可以创造天堂。此系作者描摹鸭儿在芦苇丛中自得其乐的生活。

题于立群画①

(西江月)

白石老人虽逝,长须虾子犹存。②成双作对持赠君,多少价钱勿问。③
但需花生一把,还添美酒盈樽。④痛饮三杯打出门,打得虎熊打滚。⑤

【注释】

①此词写于 1966 年 3 月。西江月,词牌名。落款为:"一九六六年三月十日夜,立群在荣宝斋楼上画了两对齐式虾子。戏题西江月一首以供同笑。石沱。"郭沫若用"石沱"为笔名在夫人于立群画上题词。

②长须虾子,于立群仿齐白石笔法画了两对长须虾子。诗中因言"白石老人虽逝,长须虾子犹存"。

③持赠君,作者戏言你将长须虾子成双作对拿来送我,还说勿问多少钱。

④樽,酒杯。有了虾子以后,还需花生一把,添上美酒满杯。

⑤虎熊,均有特定寓意。毛泽东七律《冬云》:"独有英雄驱虎豹,更无豪杰怕熊黑。"作者化用上述诗意,以虎与熊喻指帝国主义和现代修正主义。词句意谓,作者痛饮三杯之后打出门去,投入反帝反修斗争,打得美洲虎与北极熊满地打滚。

游剑门关①

剑门天失险,如砥坦途通。②
秦道栈无迹,汉砖土欲融。③
群峰齿尽黑,万砾色皆红。④
主席思潮壮,人民天下雄。⑤

【注释】

①此诗写于 1966 年 4 月。录自《郭沫若书法集》。诗有跋语:"一九六六年四月廿日来游剑门关,地方领导同志嘱题诗,因成一律,郭沫若。"剑门关,在四川省剑阁县北二十五千米的剑门山。关隘宽约二十米,长约五百米,两崖石壁如削,形势极为险要。相传三国时诸葛亮为蜀相,在此凿崖建关,派兵把守。古关楼惜于 1963 年修川陕公路时被拆毁,后建古朴亭阁一座。作者当时曾游剑门关,写诗志感。

②砥(dǐ),磨刀石。此指平坦。诗句意谓,剑门已失去天然的险势,川陕公路开通后成了平坦的道路。

③秦道栈,即秦代栈道。栈道,在险绝之处傍山架木而成的道路。《战国策·秦三》:"栈道千里,通于蜀汉。"汉砖土,即汉代土砖。诗句意谓,秦代栈道已无踪迹,而汉代土砖也要消融。

④齿,排列如齿形的东西。砾,砾石的简称,指小石。《韩诗外传》三:"夫太山不让砾石,江海不辞细流,所以成其大也。"诗句意谓,群峰排列如齿尽黑,万般砾石其色皆红。

⑤主席,指毛泽东主席。诗句意谓,毛泽东思想潮流波澜壮阔,广大人民亦在天下称雄。

题力力食堂①二首

其一②

不劳而食人人耻,场圃辛勤学种瓜。③
换来粱粟麦黍稷,变就油盐酱醋茶。④

其二⑤

一轮红日出东方,齐吹军号声琅琅。⑥

驱除暮气迎朝气,覆地翻天倒海洋。⑦

【注释】

①这两首诗写于1966年4月13日。郭沫若、于立群为力力食堂(北京前门一家川味馆)作书画合璧两幅。题诗手迹已录入《郭沫若遗墨》。

②第一幅于立群画的葫芦与南瓜,郭沫若在上面题诗。

③场圃,犹园场。孟浩然《过故人庄》:"开轩面场圃,把酒话桑麻。"诗句意谓,不劳而食人人都会感到可耻,不如到园场里辛勤劳动去学种瓜。

④梁粟麦黍稷,各种常见的粮食作物。油盐酱醋茶,各种日常生活用品。诗句意谓,可以用瓜来换各种必需的粮食,变就日常需要的油盐酱醋茶。

⑤第二幅于立群画的是牵牛花,郭沫若在画上题诗。

⑥琅琅,清朗响亮的声音,如书声琅琅。齐吹军号,牵牛花秋季开花,花漏斗状,可供观赏。作者从牵牛花呈漏斗状形如军号而产生联想。诗句意谓,一轮红日从东方升起,原野上的牵牛花如军号一起吹奏发出响亮的声音。

⑦覆地翻天,通作"天翻地覆",比喻产生巨大的变化。诗句意谓,军号声使人间得以驱除暮气迎来朝气,让人们精神面貌产生巨大的变化,激励人们去轰轰烈烈干一番事业。

读《欧阳海之歌》①

(水调歌头)

灿烂英雄像,辉煌时代光。伟大熔炉威力,好铁炼成钢。②阶级感情充沛,主席思想澎湃,滚滚似长江。③一气呵成后,锤炼百千方。④

三过硬,三结合,几星霜。⑤屠熊刳虎,激荡风雷震八荒。⑥实践延安讲话,体现建军纲领,笔杆变真枪。亿万欧阳海,工农待颂扬。⑦

【注释】

①此词写于1966年4月。水调歌头,词牌名。《欧阳海之歌》,为金敬迈所创作的一部长篇小说,解放军文艺出版社1965年出版。小说再现了解放军战士欧阳海战斗的一生及其成长过程。郭沫若非常喜爱这部小说,遂撰文填词发表自己读后的感想。先附入同年《文艺报》第4期《毛泽东时代的英雄史诗——就〈欧阳海之歌〉答〈文艺报〉记者问》文中。手迹载1966年5月17日《解放军报》。

②熔炉,本指熔炼金属的炉子,亦喻锻炼人的思想的环境。词句意谓,作者为我们塑造了灿烂的英雄形象,放出辉煌的时代光芒。伟大革命熔炉的威力,将好铁炼成了钢。此指欧阳海是在解放军这座革命熔炉中战斗成长。

③澎湃,波涛冲击声。如奔腾澎湃。词句意谓,这位解放军英雄阶级感情充沛,毛泽东思想澎湃,滚滚似长江之水奔流向前。

④一气呵成,形容诗文的气势旺盛首尾贯通。词句意谓,《欧阳海之歌》创作一气呵成之后,又千方百计锤炼加工。

⑤三过硬,即思想、生活、技术三过硬。三结合,领导、群众与作者三结合。几星霜,星辰运转,一年循环一次;霜则每年至秋始降,因用以指年岁。这部小说虽然一气呵成,也费了好几年工夫积累素材。

⑥屠熊剖(kū)虎,杀熊剖虎。八荒,八方荒远之地。贾谊《过秦论上》:"囊括四海之志,并吞八荒之心。"词句意谓,杀熊剖虎,革命风雷激荡震动八荒。

⑦延安讲话,指毛泽东《在延安文艺座谈会上的讲话》。词句意谓,实践毛泽东延安讲话精神,体现解放军的建军纲领,手中的笔杆变成了真枪。

⑧这里是说,现实中涌现亿万欧阳海式人物,工农群众等待我们去颂扬。

题皇泽寺①

广元皇泽寺,石窟溯隋唐。②
媲美同伊阙,鬼斧似云冈。③
三省四通地,千秋一女皇。④
铁轨连西北,车轮日夜忙。⑤

【注释】

①此诗写于1966年4月20日。皇泽寺,在四川省广元县城郊,旧名川主庙,因武则天出生于广元,后改名皇泽寺。为全国重点文物保护单位。当时,郭沫若在广元由县委领导陪同参观皇泽寺,后应广元县委要求题诗留念。此事详见陈凤翔《郭沫若在武则天故里》,载《沙湾文史》第5期。

②石窟,皇泽寺后有石窟及摩崖三十四处,造像千余尊,均为南北朝、隋唐等不同时期的产物。诗句意谓,广元皇泽寺,寺后石窟的历史可以追溯到隋唐时代。

③伊阙,即伊阙石窟,又名龙门石窟,在河南省洛阳市。云冈,即云冈石窟,在山西省大同市。均为我国著名石窟。媲(pì)美,比美,谓其美相若。鬼斧,即鬼斧神工,形容技艺的精巧,似非人工之能为。诗句意谓,这里石窟可与洛阳伊阙比美,而且技艺精巧颇似大同云冈。

④女皇,指武则天。诗句意谓,广元地处四川北部,邻接陕西、甘肃,交通四通八达,这里千年来还出现了一位则天女皇。

⑤这里是说,宝成铁路经过广元,铁轨将四川与西北连接起来,而且车轮在日夜奔忙。

为中共会理县委题词①

(水调歌头)

晨自泸山发,飞驰峡道中,忽见霸王鞭者,耸立一丛丛。②车辆穿梭织锦,尘毂轻扬上树,公路宛如龙。③仿佛琼州岛,赤日照当空。④

蕉叶茂,桉树密,挺深棕。旬沙关上,漫饮清茶沐凯风。⑤欲往攀枝花去,只为迟来一月,不见木棉红。⑥别有奇花放,钢都基建雄。⑦

【注释】

①此词写于1966年4月25日。当时,郭沫若、于立群夫妇到达四川成都以后,接受中共西南局和四川省委负责人的建议,先在成都周围考察蜀中地区的经济建设,再回乐山探望阔别多年的故乡亲人。4月22日,在大邑县参观刘文采地主庄园,写成《水调歌头·访大邑收租院》。4月23日,作《水调歌头·西南建设》,热情赞美西南地区经济建设所取得的成就。这两首词均已录入《沫若诗词选》。4月25日,由西昌抵会理,途中写成《水调歌头》一首,应会理县委要求,书赠以作纪念。手迹见《四川文艺》1978年第10期。

②峡道,高山峡谷中的道路。霸王鞭,当地常见的亚热带植物。词句意谓,早晨从邛海的泸州出发,飞驰在通往甸沙关的峡道中,忽然看到一种叫霸王鞭的植物,一丛丛耸立在峡谷之中。

③尘毂,车轮中心的圆木,周围与车辐的一端相接,中有圆孔,用以插轴。也用为车轮的代称。词句意谓,当时各地支援三线建设,车辆如同穿梭织锦一样,车轮卷起的尘土飞扬到树上,公路蜿蜒曲折如长龙一般。

④琼州岛,唐贞观五年分崖州置州,辖境相当今海南岛海口市及琼山、定安、澄迈、临高、琼海等县。明初改为琼州府。辖境扩大至整个海南岛。词句意谓,沿途景物仿佛海南宝岛一样,赤日当空高照。

⑤甸沙关,在德昌与会理的交界处。词句意谓,蕉叶繁茂,桉树浓密,深棕挺立。我们在甸沙关上,漫饮清茶沐浴凯风。

⑥攀枝花,即渡口市。这是一个新兴的工业城市。攀枝花钢铁公司已成为我国十大钢厂之一。为我国西南钢都大型联合企业。词句意谓,要往攀枝花去,因为迟来了一个月,不见火红的木棉花。

⑦别有奇花放,作者向往不久钢花比木棉还要艳丽,这才是一枝胜于木棉的"奇花"。钢都基建雄,这座西南钢都建设已初显雄姿。

渡　口二首①

（水调歌头）

其一

火热斗争地,青春献国家。多少英雄儿女,培植大红花。②来自五湖四海,奠定三通一住,振奋乐无涯。③誓夺煤和铁,虎口拔银牙。④

镇渡口,扛宝鼎,挖金沙。战天斗地,两论三篇日月槎。⑤昨日荒江空谷,今夕万家灯电,伸手把云拿。⑥三五完成后,钢产甲中华。⑦

【注释】

①这两首词写于1966年4月28日。渡口,为川滇交通要道,金沙江渡口,因名"渡口",又名攀枝花。这是一个新兴的工业城市,号称西南钢都。作者在渡口参观访问期间,作词二

首书赠当地有关部门。后发表于当地文艺刊物《攀枝花》1979年第1期。

②大红花,指木棉花、英雄花。当地人又称木棉为攀枝花。词句意谓,在这火热斗争的地方,人们把自己的青春献给国家。这里有多少英雄儿女,在辛勤培植大红花,亦即建设攀枝花。

③三通一住,指通水、通电、通路和住房。词句意谓,这里的建设者们来自五湖四海,正在奠定三通一住的基本建设,人们心情振奋其乐无边。

④虎口拔银牙,即在老虎嘴里拔牙齿,比喻冒着极大危险深入险地去除掉有害的人或物。词句意谓,誓夺煤和铁,敢从老虎口中拔银牙。

⑤两论,指毛泽东的《矛盾论》《实践论》。三篇,指毛泽东的《为人民服务》《纪念白求恩》《愚公移山》。槎(chá),竹木筏。晋张华《博物志》三:"年年八月,有浮槎来去不失期。"日月槎,岁月的小船按时来去。词句意谓,镇守渡口市,扛起宝鼎山,挖取金沙江中的金沙。人们在战天斗地,毛主席的两论、三篇则按时阅读而不失期。

⑥把云拿,即拿云,能上干云霄,比喻志气远大本领高强。词句意谓,昨日还是荒江空谷,今已万家灯火,人们伸手就要拿云。

⑦三五,第三个五年计划。词句意谓,第三个五年计划之后,钢的产量将在全国处于首要地位。

其二

骇死美洲虎,恨僵北极熊。^①万事此间齐备,而且有东风。铁岭煤山对立,电力水泥并齐,统一斗争中。^②云浪金沙暖,飞翔东方龙。^③

闹革命,任自力,靠三棚。垒墙干打,已教水电路三通。^④主席思想挂帅,物质精神互变,满望新愚公。^⑤钢水奔流日,映天盖地红。^⑥

【注释】

①骇(hài),原指马受惊,亦指人受惊。美洲虎,指美帝国主义。北极熊,指苏联霸权主义。词句意谓,让美洲虎吓得要死,让北极熊恨得发僵。

②铁岭煤山,铁矿石成岭与煤堆积如山。词句意谓,这里万事齐备,而且有东风。铁岭与煤山相对而立,电力与水泥并齐,一切都在生产斗争中取得统一。

③云浪金沙暖,似取毛泽东《长征》"金沙水拍云崖暖"诗意,此指像波浪起伏的彩云使金沙江亦产生了暖意。飞翔东方龙,像东方巨龙在空中飞翔。

④自力,即自力更生,依靠自己的力量。三棚,指临时搭建的生产生活设施。垒墙干打,即干打垒,筑土墙的一种方式,以土、石灰、砂为材料,按一定比例拌匀,在夹墙板内进行夯筑,常因地制宜,建造简易房屋。词句意谓,如今闹革命,凭自己力量,靠三棚起家。建造简易房屋,已经实现水电路三通。

⑤物质精神互变,毛泽东当年提出的哲学命题,即物质变精神,精神变物质,可以互相转化。新愚公,即新时代敢于移山的愚公。词句意谓,毛泽东思想挂帅,掌握物质与精神互变的规律,新时代的愚公满怀希望。

⑥这里是说,等到攀钢钢水奔流之日,将铺天盖地一片火红。

水调歌头^①

力马河边过，工厂在路旁。镍产中华有数，仅亚于永昌。^②钢铁金银共处，更有含硫少许，用炼合金钢。^③工友殷勤问，主席可康强？^④

精神旺，体力健，工作忙，万机一日，伟大红旗照八荒。^⑤宵旰关心建设，抗美反修援越，掌握斗争纲。^⑥领导全区宇，五洲共颂扬。^⑦

【注释】

①此词写于1966年4月28日。水调歌头，词牌名。当时，郭沫若从攀枝花返回成都途中，在力马河冶炼厂休息时，与工人亲切交谈，工人要求题诗。郭老答应到矿部再写。到了矿部，与薄一波、吕东(冶金部长)一同听取汇报，知道力马河是我国最早建设的镍矿，产量仅次于永昌镍矿。听完汇报，题诗纪念。详见樊文抒《郭老歌吟满会川》，载《沫水》1982年第4期。

②工厂，即力马河冶炼厂。词句意谓，我们从力马河经过，冶炼厂就在公路旁。这里镍矿产量在全国也是有数的，仅次于甘肃的永昌镍矿。

③硫，亦称硫黄，这种化学元素能和大多数金属化合。词句意谓，这里镍矿与钢铁金银共处，更含少许硫黄，可以用来炼合金钢。

④康强，健康强壮。词句意谓，工友们殷勤发问，毛主席身体可康强？

⑤万机一日，即日理万机，一天要处理上万件事务，常指领导政务繁忙。八荒，八方荒远之地。词句意谓，作者回答工人，毛主席精神旺盛，体力强健，工作繁忙，需要日理万机，高举伟大红旗照耀四面八方。

⑥宵旰(gàn)，"宵衣旰食"的略语，谓天不亮就穿衣起床，天黑了才吃饭，形容勤于政务。抗美反修援越，指抗击美帝、反对苏修、援助越南。词句意谓，对于国内则宵衣旰食并关心国家建设；对于国际则反对现代修正主义，坚持抗美援越，掌握以阶级斗争为纲。

⑦区宇，区域，疆域。此指全中国，词句意谓，领导全中国，五大洲人民共同颂扬。

游南郊公园^①

(西江月)

暂栖武侯祠畔，黄花白蝶满园。当年军阀闹频繁，而今换了人间。^②

昨天才过五一，游人万万千千。赤巾系领多少年，期成红色接班。^③

【注释】

①此词写于1966年5月2日。落款为："一九六六年五月二日来游南郊公园，成西江月一首，郭沫若。"此词手迹原件存成都武侯祠文物保管所。另见《郭沫若书法集》。

②栖，指居住、停留，如栖身之所。词句意谓，暂时栖身于武侯祠畔，这里黄花白蝶满园。当年军阀频繁掠夺与战争，而今换了人间。

③赤巾系领，系上红领巾。词句意谓，昨天才过五一国际劳动节，游人成千上万，其中不少是系上红领巾的少先队员，期望他们成为社会主义革命和建设的红色接班人。

水调歌头[①]

海字生纠葛，穿凿费深心。[②]爰有初中年少，道我为佥壬。诬我前曾叛党，更复流氓成性，罪恶十分深。[③]领导关心甚，大隐入园林。[④]

初五日，零时顷，饬令严。限期交待，如敢顽抗罪更添。[⑤]堪笑白云苍狗，闹市之中出虎，朱色看成蓝。[⑥]革命热情也，我亦受之甘。[⑦]

【注释】

①此词写于1966年初夏。当时“文革”风暴亦已席卷全国。社会上竟有人谣传郭沫若为《欧阳海之歌》所题书名中，“海”字隐有“反毛泽东”的字样。一些不明真相的红卫兵小将则限令郭沫若“交代罪行”。周恩来总理为避免发生更大意外，马上安排郭沫若转移住地。为此，郭沫若颇为感慨地写了一首《水调歌头》，并说：“《欧阳海之歌》书名为余所写，海字结构本一笔写就，有人穿凿分析，以为写有‘反毛泽东’四字，真是异想天开。”转引自卜庆华《郭沫若研究新论》，首都师范大学出版社1995年出版。

②穿凿，犹言牵强附会。词句意谓，因为“海”字产生了纠葛，居然有人说是包含了“反毛泽东”的字样，真是牵强附会花费了很深的心机。

③爰，乃、于是。佥壬，即憸壬，巧言谄媚、行为卑鄙的人。语见《新唐书·后妃传序》：“左右附之，憸壬基之。”词句意谓，于是有批初中少年(指红卫兵小将)，说我是巧言献媚行为卑鄙的人。还有人诬蔑我以前曾经叛党，更加流氓成性，罪恶十分深重。

④大隐，晋王索踞《反招隐诗》：“小隐隐林薮，大隐隐朝市。”指身居朝市而过隐者生活的人。词句意谓，党中央领导很关心，让我转移住地，暂时隐居而入园林之中。

⑤顷，刚才、顷刻。饬(chì)令，上级命令下级，多用于旧时公文。词句意谓，初五零时刚过，发出严厉命令，要我限期交代问题，如果敢于顽抗更添新的罪行。

⑥白云苍狗，语见杜甫《可叹》：“天上浮云如白衣，斯须改变如苍狗。”常用以比喻世事变幻无常。闹市之中有虎，意同“市虎”或“三人成虎”。《国策·魏策二》：“夫市之无虎明矣，然而三人言而成虎。”谓有三人谎报市上有虎，听者就会信以为真。词句意谓，可笑的是白云改变如苍狗，闹市之中居然有虎，把红色看成蓝色。

⑦甘，甘心、情愿。词句意谓，这些无知少年出于革命热情，我虽遭冲击亦甘心接受。

上海百万人大游行庆祝“文化大革命”[①]

(水调歌头)

大鼓云霄震，火炬雨中红。千万人群潮涌，上海为之空。[②]昨日天安门外，主席亲临检阅，今夕一般同。[③]若问何为者？领袖在心中！[④]

颂公报，歌决定，庆成功。寰球共仰，八届新开十一中。[⑤]改造上层建筑,扫荡蛇神牛鬼,一切害人虫。⑥深入新阶段,革命卷雄风。⑦

【注释】

①此词写于1966年8月19日。当天下午,郭沫若和曹荻秋、魏文伯等人冒雨出席上海百万群众庆祝"文化大革命"的集会,并在会上讲话。同日作《水调歌头》词一首。收《沫若诗词选》,未入《郭沫若全集》。

②云霄,高空。上海为之空,谓上海人都走上街头,几乎所有人家都空了。词句意谓,大鼓震云霄,火炬红遍雨中,千万人群像潮水一样涌动,上海人家为之一空。

③主席亲临检阅,指1966年8月18日,毛泽东首次在天安门检阅红卫兵队伍,从此兴起了红卫兵运动。词句意谓,昨天北京天安门外,毛泽东主席亲临检阅,就其空前盛况今夕一般相同。

④这里是说,若问何以如此? 因为领袖在大家心中。

⑤寰球,同环球,指整个地球。八届新开十一中,同年8月1日至12日,中共八届十一中全会在北京召开。会议除通过《中国共产党八届十一中全会公报》外,还通过了《关于无产阶级文化大革命的决定》。词句意谓,人们称颂"公报",歌颂"决定",庆祝成功。这次新开的八届十一中全会,得到全球人民共仰。

⑥上层建筑,是建立在经济基础上政治、法律、道德、哲学、艺术、宗教等观点,以及和这些观点相适应的政治、法律等制度。蛇神牛鬼,通作"牛鬼蛇神"。杜牧《李贺集序》:"鲸呿鳌掷,牛鬼蛇神,不足为其虚荒诞幻也。"原意比喻李贺诗的虚幻荒诞,后多用来比喻形形色色的坏人。词句意谓,必须改造上层建筑,扫荡牛鬼蛇神,消除一切害人虫。

⑦新阶段,指无产阶级"文化大革命"的新阶段。词句意谓,随着社会主义革命的深入,进入无产阶级"文化大革命"新阶段,革命人民卷起雄劲之风。

读毛主席的第一张大字报
《炮打司令部》①

(水调歌头)

一总分为二,司令部成双。右者必须炮打,哪怕是铜墙!②首要分清敌友,不许鱼龙混杂,长箭射天狼。③恶紫夺朱者,风雨起苍黄。④

触灵魂,革思想,换武装。光芒万丈,纲领煌煌十六章。⑤一斗二批三改,四海五湖小将,皓皓映朝阳。⑥捍卫毛主席,捍卫党中央。⑦

【注释】

①此词写于1966年9月5日。同年8月5日,毛泽东在党的八届十一届中全会期间,写了《炮打司令部——我的第一张大字报》。8月7日作为全会文件发给到会者。这张大字报明确指出中共中央有所谓"资产阶级司令部",并且不指名地把矛头指向"以刘少奇为首的资产阶级司令部"。9月5日,郭沫若以此为题作《水调歌头》一首,收《沫若诗词选》,未入《郭沫若全集》。

②一总分为二，毛泽东曾说过："一分为二，这是个普遍的现象，这就是辩证法。"词句意谓，事物总是一分为二，党中央也有两个司令部，"右派"领导层必须炮打，哪怕是铜墙铁壁。

③鱼龙混杂，比喻坏人和好人混在一起。射天狼，典出屈原《九歌·东君》："青云衣兮白霓裳，举长矢兮射天狼。"注："天狼，星名，比喻贪残。"词句意谓，我们更先要分清敌友，不许坏人与好人混在一起，要用长箭去射天狼（残贪者）。

④恶紫夺朱，讨厌用紫色代替红色，比喻邪恶超过正义，或者异端冒充真理。苍黄，与仓皇同，变化急剧。词句意谓，对于异端冒充真理者，要用革命风雨去猛烈冲击。

⑤煌煌十六章，指党的八届十一中全会通过的《关于无产阶级文化大革命的决定》（即十六条）。词句意谓，我们要触及灵魂，革新思想，改换武装。"十六条"作为"文化大革命"的纲领光芒万丈。

⑥一斗二批三改，指"文革"的任务是："斗垮走资本主义道路的当权派，批判资产阶级的反动学术权威，批判资产阶级和一切剥削阶级的意识形态，改革教育、改革文艺、改革一切不适应社会主义经济基础的上层建筑。"以后简称为"斗批改"。皓皓，洁白、光明。词句意谓，我们的任务一斗二批三改，来自五湖四海的小将，犹如明星皓皓被朝阳映照。

⑦这里是说，全党全国人民都在捍卫毛主席，捍卫党中央。

"文革"①

（水调歌头）

"文革"高潮到，不断触灵魂。触及灵魂深处，横扫几家村。②保卫政权巩固，一切污泥浊水，荡涤不留痕。③长剑倚天外，高举劈昆仑。④

铲封建，灭资本，读雄文。大鸣大放，大字报加大辩论。⑤大破之中大立，破尽千年陈腐，私字去其根。⑥一唱东方晓，红日照乾坤。⑦

【注释】

①此词写于 1966 年 9 月 9 日。"文革"，全称为无产阶级"文化大革命"。同年 8 月 8 日，在党的八届十一中全会上，通过了《关于无产阶级文化大革命的决定》，正式确认了"文革"的"左倾"指导方针，成为指导"文革"的纲领性文件，并被林彪、江青反革命集团所利用，给党、国家和人民带来严重的灾难。郭沫若出于对毛泽东的崇拜，而作《水调歌头·文革》。收《沫若诗词选》，未入《郭沫若全集》。

②几家村，当时曾错误地批判邓拓、吴晗、廖沫沙三家村反党集团。词句意谓，"文化大革命"高潮亦已到来，我们要不断触及灵魂。因为这是触及人们灵魂深处的革命，这就需要横扫一切"几家村"

③荡涤，冲洗、清除。词句意谓，要保卫和巩固红色政权，要将一切污泥浊水，冲洗得不留一点痕迹。

④长剑倚天外，语出宋玉《大言赋》："长剑耿耿倚天外。"形容宝剑极长耸在天上。词句意谓，抽出倚在天外的长剑，高高举起劈开昆仑山。

⑤"大鸣"二句，大鸣、大放、大字报、大辩论，早在 1957 年反右派斗争时提出，"文革"中

被广泛运用。词句意谓,铲除封建主义、消灭资本主义,读毛泽东著作,运用"四大"武器,投入"文革"运动。

⑥私字去其根,当时将"斗私批修"作为"文化大革命"的根本方针。词句意谓,要在大破之中大立,破尽千年以来陈腐的东西,要将私字连根去除。

⑦"一唱"句,化用毛泽东诗句"一唱雄鸡天下白"。词句意谓,雄鸡一唱东方破晓,一轮红日照亮乾坤。

国　　庆①

(水调歌头)

十七年庆典,"文革"正高潮。②此日天安门外,浩荡凯歌豪。口号声声浪卷,标语条条日照,天海红旗飘。滚滚人涛涌,大地共呼号。③

万万岁,万万岁,颂圣尧。④五洲四海,黑白红黄心一条。吐故纳新不断,今庆归于一统,星火把原燎。⑤改造寰区宇,七亿信心高。⑥

【注释】

①此词写于1966年10月1日。当日上午,参加毛泽东在天安门广场检阅一百五十万游行队伍的活动。郭沫若为庆祝新中国成立十七周年而作此词。收《沫若诗词选》,未入《郭沫若全集》。

②庆典,庆祝典礼。词句意谓,今日举行新中国成立十七年庆祝活动,正处于"文化大革命"的高潮之中。

③呼号,人群在极度兴奋中奔走呼号。词句意谓,今天天安门外,游行队伍浩浩荡荡凯歌豪壮。口号声声如海浪翻卷,条条标语在阳光下照耀,蓝天如海红旗飘飘。滚滚人流如海涛汹涌,大地亦与人群共同呼号。

④圣尧,指古代圣君唐尧,亦指人民大众。词句意谓,人们高呼万万岁,歌颂当代的圣尧。

⑤黑白红黄,指世界各种皮肤颜色的民族。吐故纳新,语见《庄子·刻意》:"吹呴呼吸,吐故纳新。"原为我国古代的一种养生方法,亦可比喻扬弃旧的吸收新的。词句意谓,五洲四海(普天之下)各色人种一条心,大家不断弃旧图新,今庆国家归于一统,革命星星之火已成燎原之势。

⑥寰区宇,寰区、寰宇,均指天下。词句意谓,改造整个天下,七亿中国人民信心很高。

长征红卫队①

(水调歌头)

徒步两千里,到达北京城。来自大连海岸,壮志学长征。②红色宝书在手,实践宣传播种,沿路取真经。先把学生做,后再做先生。

见红日,见新月,见救星。天安门上,万道光芒射八纮。③纵有吠尧
桀犬,吠影吠声相续,何损一毫分?火海既能闯,刀山也要登。④

【注释】

①此词写于 1966 年 10 月 12 日。词前原有小序:"大连海运学院同志十五名,组成'长征红卫队',以八月二十五日由大连徒步出发,跋涉一月,到达北京。国庆节日,受到主席接见。"长征红卫队,全称应为长征红卫兵宣传队。郭沫若欣闻此事,喜而赋词表示赞赏。收《沫若诗词选》,未入《郭沫若全集》。

②徒步,步行。真经,原指道教经籍,后亦泛指可作典范的书籍。词句意谓,长征红卫队全体成员步行两千里,到达北京城。他们来自五湖四海,有着雄心壮志,要学老一辈长征。红色宝书(指毛主席语录)拿在手中,沿途实践、宣传、传播革命种子,一边求取真经。

③八纮(hóng),语出《淮南子·原道训》:"纮宇宙而章三光。"又:"而知八纮九野之形埒。"高诱注:"八纮,天之八维也。"四方和四隅合称八维,实即四面八方。词句意谓,沿途见到天上红日、新月,到了北京又见人民大救星毛泽东。天安门上万道光芒射向四面八方。

④吠尧桀犬,通作桀犬吠尧。桀是夏代暴君,尧是远古时代的圣君。桀的狗向着尧乱叫,比喻臣子各为其主。吠影吠声,亦作吠形吠声,比喻不察真伪随声附和。汉王符《潜夫论·贤难》:"谚云:'一犬吠形,百犬吠声。'世之疾此,固久矣哉。"词句意谓,纵有夏桀之犬出来咬人,又有众犬随声附和,何损我们一毫一分?何况我们火海敢闯,刀山敢登。

大 民 主①

(水调歌头)

首创大民主,举国串联来。②众水朝宗大海,浩浩起风雷。八道红
流滚滚,万岁声涛澎湃,涤荡长安街。③地上太阳喜,天上太阳陪。④

大检阅,大锻炼,大旋回!⑤精神导弹,鼓动群生破旧胎。发展马恩
理论,扩大列斯光烈,粉碎帝修围。⑥宇宙春回了,烂漫百花开。⑦

【注释】

①此词写于 1966 年 11 月 28 日。原有小序:"毛主席第八次接见红卫兵,计自八月十八日以来,已接见一千一百多万人。"此词收《沫若诗词选》,未入《郭沫若全集》。大民主,原指大鸣、大放、大字报、大辩论,1957 年"反右派"斗争时提出。"文革"期间自下而上发动群众的手段被广泛运用并引向极端。造反派可以随意召开批斗会,随意罢官撤职,随意关"牛棚"、戴高帽、游街示众。少数人为所欲为,打砸抢抄,这是对人民权利的肆意侵犯,践踏法制,破坏民主,制造分裂,造成整个社会动乱。

②串联,指红卫兵小将可以在全国大串联,名义上发动群众,实质煽风点火。词句意谓,"文革"首创大民主,让红卫兵小将全国到处串联。

③朝宗,原指诸侯朝见天子,借指百川入海。《书·禹贡》:"江汉朝宗于海。"谓百川归海,犹诸侯朝见天子。八道红流,指毛泽东在天安门广场八次接见红卫兵,形成八道红流。

词句意谓,各地红卫兵聚集北京,浩浩荡荡顿起革命风雷,八次接见形成八道红流滚滚向前,高呼万岁之声如浪涛澎湃,荡涤整个长安大街。

④地上太阳,指毛泽东主席。词句意谓,地上红太阳非常欣喜,天上红太阳也在作陪。

⑤旋回,即回旋、盘旋、转动。词句意谓,这是对于造反派队伍大的检阅,大的锻炼,也是一次大的回旋,即转动革命车轮前进。

⑥破旧胎,即斗私批修,脱胎换骨。群生,众生。光烈,光辉的业绩。词句意谓,毛泽东思想犹如精神炸弹,鼓动众生脱胎换骨。发展马克思、恩格斯的理论,扩大列宁、斯大林的革命实践成果,粉碎了帝国主义、现代修正主义的围攻。

⑦这里是说,从此春回宇宙,百花烂漫开放。

新 核 爆①

（水调歌头）

核爆年三度,热烈大欢呼。万国人民同庆,翘首望红都。②反帝英雄鼓舞,世界和平有助,歌颂满寰区。③伟力来何处,四卷太阳书。④

天可坠,地可毁,海可枯,主席思想,瞬息之间不可无。⑤战犯分明丧魄,工贼暗中破胆,相抱泣天隅。⑥冰雹驱除尽,万类庆昭苏。⑦

【注释】

①此词写于1966年12月29日。同年12月8日,我国在西部地区成功进行了新的核爆炸试验。郭沫若作《水调歌头》为新核爆试验成功而欢呼。收《沫若诗词选》,未入《郭沫若全集》。

②年三度,1966年间我国进行了三次核爆炸试验。红都,红色首都,指北京。词句意谓,我国一年内三度进行核爆炸试验取得成功,大家无不大声热烈欢呼。世界各国人民共同庆祝,都在抬起头来仰望北京。

③寰区,犹言天下。词句意谓,反帝英雄受到鼓舞,世界和平有所帮助,歌颂之声充满天下。

④太阳书,指《毛泽东选集》。词句意谓,伟大力量来自何处?来自四卷红色宝书。

⑤瞬息,一转眼一呼吸之间,谓时间极短。词句意谓,天可以坠落,地可以销毁,海可以枯竭,而毛泽东思想再短时间也不可无。

⑥战犯,战争罪犯,原指犯有战争罪行的人。后作补充,凡首先使用原子武器的政府也应该当作战犯对待。此指某些垄断核武器而又妄图发动战争的核大国。工贼,"文革"期间林彪、江青一伙对刘少奇的诬蔑。天隅,天的角落、天边。词句意谓,帝国主义、霸权主义战犯分明失魂落魄,革命队伍中的工贼暗中吓破了胆,都在天边相抱而泣。

⑦冰雹,空中降下来的冰块,多在春夏之交午后伴同雷阵雨出现,给农作物带来很大危害。万类,万物。昭苏,恢复生机。词句意谓,将冰雹等自然灾害驱除干净,让万物欢庆恢复生机。

纪念《在延安文艺座谈会上的讲话》发表二十五周年①

赤县东风廿五年,红旗插上九重天。②

请看艺苑群花放,赶超全面望科研。③

【注释】

①此诗写于1967年5月。当时,郭沫若曾参加中国科学院组织的纪念毛泽东《在延安文艺座谈会上的讲话》发表二十五周年的纪念活动,会上即席赋诗。诗见王继权等《郭沫若年谱》(下)。

②赤县,即赤县神州,指中国。九重天,即天,古人认为天有九重。诗句意谓,东风吹拂中国大地二十五年,革命红旗插上了天。这里以"东风"喻毛泽东《讲话》。

③艺苑,犹艺林,亦指文学艺术界。诗句意谓,请看文学艺术园地群花开放,要全面实现赶英超美的任务还得寄希望于科研,亦即希望中国科学院全体人员奋起直追开创科学研究工作新局面。

科大大联合①

(满江红)

皓月当空,校园内,秋高气爽。②大联合,弟兄携手,肺肝相向。团结精神坚似铁,抛除派性人不让。③锣鼓声,彻夜震遥空,神向往。④

斗批改,莫轻放!帝修反,甚狂妄。⑤把内忧外患,和根扫荡!西望延安情万种,东方红日寿无量。⑥立新功,志壮又心雄,忠于党!⑦

【注释】

①此词写于1967年9月21日。大联合,指造反派组织之间的联合,亦称"革命大联合",被认为是成立革命委员会和领导斗批改的前提条件。当时,郭沫若作《满江红》词,庆贺中国科学技术大学实现革命大联合。收《沫若诗词选》,未入《郭沫若全集》。

②皓月,明月,明亮的月光。词句意谓,明月当空,科大校园内,秋高气爽。

③肺肝,肺与肝,比喻内心。《礼记·大学》:"人之视己,如见其肺肝然。"词句意谓,实现革命大联合,弟兄们携起手来,内心相向。团结精神其坚如铁,抛除派性不让于他人。

④这里是说,锣鼓声,彻夜震响遥远的天空,让人心神向往。

⑤斗批改,即一斗二批三改造。词句意谓,"文化大革命"斗批改的任务,切莫轻易放下,帝国主义、现代修正主义和各国反动派仍很狂妄。

⑥无量,无法计算,谓数量极多。词句意谓,我们要把内忧外患连根一起扫荡。西望延安遂生万种情愫,东方红太阳其寿无量。

⑦这里是说,我们要立新功,既有壮志又有雄心,永远忠于党。

科技大学成立革命委员会①

（沁园春）

军训有方，凯歌迭奏，鼓荡东风。喜冰雪潜逃，苍山如海，云霞蒸蔚，红雨翻空。②万丈长缨，倚天宝剑，缚就长鲲斩大鹏。③怀三七，遇周年纪念，喜讯重重。④

十年校庆欣逢，把抗大作风莫放松，要服务工农，一心一德，赶超国际，有始有终。⑤解放人群，牺牲自我，永远忠于毛泽东。培党性，把红旗高举，树立新功！⑥

【注释】

①此词写于1968年3月3日。沁园春，词牌名。东汉窦宪夺取沁水公主园林，后人作诗以咏此事，此调因此得名。此词牌双调一百一十四字。前阕十三句，四平韵，五十六字。后阕十二句或十三句，五或六平韵，五十八字。"革命委员会"，我国"文化大革命"中的临时权力机构。地方各级革命委员会，即地方各级人民政府。当时，两报一刊社论《革命委员会好》曾经指出，革委会是"文革"中的一个创造，建立革委会是"文革"形势大好的一个重要标志。1968年3月3日，中国科学技术大学成立革命委员，郭沫若作《沁园春》词表示祝贺。收《沫若诗词选》，未入《郭沫若全集》。

②军训，军事训练。迭，更迭，轮流。云霞蒸蔚，通作"云蒸霞蔚"，形容绚烂美丽丰富多彩。词句意谓，学校支左解放军军训有方，胜利凯歌轮番吹奏，鼓荡起阵阵东风。更喜人间冰雪亦已偷偷逃走，眼前苍山如海，天上云霞灿烂，红雨空中翻腾，一片喜人景象。

③长缨，长绳。长鲲与大鹏，古代神话传说中的大鱼和大鸟。典出《庄子·逍遥游》。毛泽东《蝶恋花·从汀州向长沙》："万丈长缨要把鲲鹏缚。"词句意谓，手中有了万丈长缨与倚天宝剑，就能缚住长鲲与大鹏，亦即制伏任何强大的对手。

④三七，此指具有纪念意义的日子，具体内容待查。词句意谓，人们怀念三月七日，正遇周年纪念，喜讯一重又一重。

⑤十年校庆，科技大学成立于1958年，而今正好十年。抗大，即延安抗日军政大学。词句意谓，今年欣逢学校十年校庆，把学习当年抗大作风切莫放松。要为工农大众服务，必须一心一德，赶超国际先进水平，也要有始有终。

⑥这里是说，我们要有为解放人群而牺牲自我的思想，永远忠于毛泽东。培养自己具有无产阶级党性，把革命红旗高高举起，树立新功。

向工人阶级致敬①

（满江红）

谁最聪明？当然是，工人阶级。②凭双手，开天拓地，创基立业。紧握铁锤抓革命,破除镣铐消剥削。③无私心,舍己而为公,如门合。④

　　先锋队,原动力;促生产,出知识。⑤把五七指示,认真实习。工农兵学成一体,社会主义不变色。⑥永忠于,心中红太阳,毛主席!⑦

【注释】

　　①此词写于 1968 年 9 月 28 日。当日,郭沫若作词《满江红·向工人阶级致敬》。收《沫若诗词选》,未入《郭沫若全集》。

　　②这里是说,世界上谁最聪明? 当然是工人阶级。

　　③开天拓地,由成语"开天辟地"转化而来。创基立业,意同成语"开基立业"。词句意谓,工人阶级凭自己的双手,开拓新的天地,创立国家基业。他们紧握手中铁锤抓好革命,破除镣铐,消灭剥削。

　　④门合,青海省军区某部副教导员。1967 年 5 月 9 日,在执行支左任务中,安置土火箭时炸药爆炸,为保护在场二十七人安全,猛扑炸药而光荣牺牲。词句意谓,工人阶级无私心,舍己为公,像解放军好干部门合那样。

　　⑤这里是说,工人阶级是无产阶级革命的先锋队和革命的原动力,他们还在促生产过程中出知识。

　　⑥五七指示,1966 年 5 月 7 日,毛泽东在审阅林彪转送的中国人民解放军总后勤部《关于进一步搞好部队农副业生产的报告》后给林彪的信。这封信通称为"五七指示"。后各行各业均将依照这一指示所采取的模式,称为走"五七道路"。词句意谓,按照"五七指示"提出的要求,要认真学习,从此工农兵学成为一体,保证社会主义永不变色。

　　⑦这里是说,我们要像工人阶级那样,永远忠于心中的红太阳毛主席。

迎接一九六九年①

（沁园春）

　　全面凯歌,文革三年,建国廿年。②幸工农领导,生机勃勃,帝修勾结,气息奄奄。③铲除私根,肃清败类,革命武装护政权。开"九大",教人民七亿,再造新天。④

　　天安门外旗翻,看马恩列斯齐开颜。⑤喜中华锦绣,山花烂漫,东风骀荡,杨柳蹁跹。黑白红黄,亚非欧美,星火燎原四海翻。⑥仰红日,在太空高照,光箭万千。⑦

【注释】

　　①此词写于 1968 年 12 月 28 日。当时,郭沫若为迎接一九六九年作《沁园春》词。收《沫若诗词选》,未入《郭沫若全集》。

　　②这里是说,全面响起胜利凯歌,"文化大革命"已进行三年,新中国成立已有二十年。

　　③气息奄奄,指呼吸微弱的样子。词句意谓,幸有工农领导,我国生机勃勃;帝国主义、现代修正主义互相勾结,已经奄奄一息。我们要铲除私有根源,清除人间败类,以革命武装

维护红色政权。

④新天,新世界、新天地。词句意谓,召开党的第九次全国代表大会,教七亿中国人民,再造社会主义新天地。

⑤这里是说,天安门外红旗翻卷,看马克思、恩格斯、列宁、斯大林都喜笑颜开。

⑥烂漫,色彩鲜明而美丽。骀荡,使人舒畅,多用来形容春天的景物。蹁跹,形容旋转舞动。词句意谓,喜我中华大地锦绣,山花烂漫,春风和畅,杨柳亦随风起舞。黑白红黄各色人种、亚洲、非洲、欧洲、美洲,星星之火亦已燎原,引起四海为之翻腾,亦即人民革命风起云涌波澜壮阔。

⑦光箭,阳光之箭、光束如箭。词句意谓,仰望天上红日,正在天空高照,犹如千万支光箭射向大地。

满江红 三首①

庆祝"九大"开幕

雄伟庄严,像沧海,波涛汹涌。②太阳出,光芒四射,欢呼雷动。万寿无疆声浪滚,三年文革凯歌纵。③开幕词,句句如洪钟,千钧重。④

大工贼,黄粱梦;帝修反,休放纵!⑤听谆谆教导,天衣无缝。改地换天争胜利,除熊驱虎英雄颂。⑥庆神州,一片东方红,献忠勇!⑦

【注释】

①这三首词写于1969年4月。同年4月1日至24日,中国共产党第九次全国代表大会在北京举行。郭沫若出席会议并当选为九大中央委员。他在会议期间,先后写成以《庆祝"九大"开幕》、《歌颂"九大"路线》、《庆祝"九大"闭幕》为题的《满江红》词三首。收《沫若诗词选》,未入《郭沫若全集》。

②沧海,大海。因海呈青苍色,故称"沧海"。词句意谓,大会会场雄伟庄严,像大海一样波涛汹涌。这里既指人民大会堂万人大会场的独特设计,亦指大会会议的气氛。当年周恩来总理与有关部门专家讨论万人大会场设计方案时,提出"水天一色"的设计思想,因此人在会场就会产生作者所描绘的感觉。

③太阳,喻毛泽东。当时人们习惯上称毛泽东为"红太阳"。万寿无疆,永远活在世上,祝人长寿之词。纵,发、放。词句意谓,毛泽东犹如太阳出现在会场,光芒四射,人们欢呼雷动。祝万寿无疆之声如浪涛滚滚,三年"文化大革命"凯歌飞扬。

④千钧,古代以三十斤为一钧,千钧极言其重。词句意谓,毛泽东九大开幕词,句句声如洪钟,仿佛有千钧重。

⑤大工贼,当时诬指刘少奇。黄粱梦,典出唐沈既济《枕中记》,喻人荣华富贵成泡影,欲望完全破灭。词句意谓,大工贼想要夺权,犹如黄粱一梦;帝国主义、现代修正主义和各国反动派休想放纵。

⑥谆谆,教诲不倦。除熊,指清除现代修正主义。驱虎,指驱逐美帝国主义。词句意谓,听毛主席谆谆教导,讲话可谓天衣无缝。争取改地换天斗争的胜利,颂扬除熊驱虎的英雄。

⑦神州,中国的美称。词句意谓,欢庆神州大地,一片东方红日,人们纷纷献出自己的忠诚勇敢。

歌颂"九大"路线

"九大"高潮,新路线,康庄大道!①专政下,坚持革命,加强领导。赤县神州红万代,无产阶级长不老!②七亿人,朝气如星云,团结好!③

纸老虎,戳穿了;"乌龟壳",粉碎掉。④喜纳新吐故,心雄力饱! 万朵葵花头上仰,一轮红日心中照。⑤新凯歌,来自新战场,珍宝岛!⑥

【注释】

①新路线,指"九大"把社会主义历史阶段始终存在阶级和阶级斗争,作为党在整个社会主义历史阶段的基本路线。康庄大道,宽阔无边四通八达的道路,比喻光明的前途。词句意谓,"九大"掀起"文化大革命"的高潮,确定了新的路线,我党走上了康庄大道。

②专政下,坚持革命,即无产阶级专政下继续革命。赤县神州,古代称我国为赤县神州。词句意谓,无产阶级专政条件下,坚持社会主义革命,中国大地万代保持红色,无产阶级永远不老。

③星云,指恒星巨大集团,银河系和所有河外星系,均称星云。词句意谓,我国七亿人民充满朝气,如同天上星云(星系)一样,团结得很好。

④纸老虎,毛泽东当年曾言:帝国主义和一切反动派都是"纸老虎"。乌龟壳,指所谓资产阶级反动堡垒。词句意谓,帝国主义称霸野心被戳穿了,资产阶级反动堡垒被打掉了。

⑤吐故纳新,比喻扬弃旧的吸收新的。词句意谓,喜看党内吐故纳新,心雄力饱。与会代表犹如万朵葵花头向上仰,因为一轮红日照在心中。

⑥珍宝岛,在黑龙江省虎林市境内,乌苏里江主航道我国一侧,自古为我国领土。1969年3月,苏联当局挑起中苏边界事件,武装侵占我国领土珍宝岛,我边防军英勇反击,捍卫祖国的神圣领土。词句意谓,新的胜利凯歌,来自珍宝岛新的战场。

庆祝"九大"闭幕

《国际歌》中,庆"九大",辉煌闭幕。①呼万岁,千声霹雳,万声台飚。天地立心妖雾扫,帝修落魄瘟神惧。②喜工农,牢掌专政权,真民主。③

团结会,及时雨;有希望,开新宇。④同环球凉热,还须争取。备战备荒抓革命,戒骄戒躁服民务。⑤更高攀,天样大红旗,排空舞!⑥

【注释】

①这里是说,在《国际歌》声中,我们庆祝"九大"取得辉煌成就胜利闭幕。

②霹雳,疾雷声。台飚,台风与飚风。天地立心,语出北宋哲学家张载《四句教》:"为天地立心,为生民立命,为往圣继绝学,为万世开太平。"瘟神,旧时传说中散布瘟疫的恶神。词句意谓,天地之间确立中心而扫除妖雾,帝国主义、现代修正主义失魂落魄让瘟神恐惧。

③这里是说,让人欣喜的是工农牢牢掌握专政大权,发扬真正的民主。

④新宇,新的宇宙,新的天地。词句意谓,这是一次团结的大会,真像及时雨一样,希望从此开辟新的天地。

⑤同环球凉热,化用毛泽东《念奴娇·昆仑》词句:"太平世界,环球同此凉热。"谓全世界人民凉热与共。备战备荒,谓提前做好准备,以应付可能发生的战争或灾荒。戒骄戒躁,警惕产生骄傲和急躁的情绪。词句意谓,要达到"太平世界,环球同此凉热",还须争取。我们备战备荒抓好革命队伍,全心全意为人民服务,更警惕产生骄傲和急躁的情绪。

⑥排空,凌空,升空而行。白居易《长恨歌》:"排空驭气奔如电,升天入地求之遍。"词句意谓,更高高举起天样大红旗,凌空飞舞!

纪念首都工人、解放军毛泽东思想宣传队
进驻清华大学一周年 二首①

一

工人阶级最无私,磊落光明众所师。②
大力推行再教育,同心打倒刘少奇。③
爬行迷信滔天罪,入厂下乡动地诗。④
大小山头齐俯首,一年全国一盘棋。⑤

二

上层建筑斗批改,欢庆工人领导之。⑥
学院难题迎刃释,弦歌高奏入云飞。⑦
长缨万丈鲲鹏缚,绿浪千重稻菽肥。⑧
七亿神州迎日出,行看宇宙尽朝晖。⑨

【注释】

①这两首诗写于1969年7月。1968年7月27日,毛泽东决定派出由8341部队与首都工人组成的宣传队三万余人,进驻当时派性斗争激烈的清华大学等高等学校,以整顿秩序制止武斗。次日凌晨,在人民大会堂召见首都五大学生领袖,进行训诫。从此工宣队开始长期入驻全国大中小学校,红卫兵退出"文革"的历史舞台。1969年7月,为纪念首都工人、解放军毛泽东思想宣传队进驻清华大学一周年,郭沫若赋诗二首。

②磊落光明,通作"光明磊落",形容心怀坦白、公正无私。此指工人阶级最为无私,光明磊落堪为众所师法。

③再教育,"文革"中对知识分子(包括知识青年)实行思想改造的方针,要求他们接受无产阶级再教育。"打倒刘少奇"为"文革"时期提出的错误口号。

④爬行迷信,"文革"期间将引进国外先进技术和发展对外贸易,诬称之为崇洋迷外与推行爬行主义。"滔天罪"即滔天罪行。"入厂"句,谓知识分子下乡下厂谱写惊天动地的诗篇。

⑤大小山头,指教育系统各类学校由于派性形成的大小山头齐向工人阶级俯首,一年之

内纳入全国各条线的一盘棋局。

⑥斗批改，"文革"中对其任务的简称。十六条规定"文革"的任务是"斗垮走资本主义道路的当权派，批判资产阶级的反动学术权威，批判资产阶级和一切剥削阶级的意识形态，改革教育、改革文艺、改革一切不适应经济基础的上层建筑"。亦俗称之为"一斗二批三改造"。之，代词，即欢庆工人阶级领导上层建筑斗批改。

⑦迎刃释，即迎刃而解，迅速得到解决。弦歌，以琴瑟伴奏而歌。后亦以弦歌与诵读称学校教学。诗句意谓，学院各派之间武斗的难题迎刃而解，弦歌之声高奏飞入云霄。

⑧万丈长缨，万丈长的绳子，喻强大的军事力量。典出《汉书·终军传》："南越与汉和亲，乃遣军使南越说其王……军自请，愿受长缨，必羁南越王而致之阙下。"鲲鹏，神话传说中由大鱼变成的大鸟。毛泽东词中有句："万丈长缨要把鲲鹏缚。"菽(shū)，豆类的总称。稻菽，用以泛指一切农作物。千重(chóng)，千层。毛泽东诗中有句："喜看稻菽千重浪。"

⑨神州，中国的别称。行，去、离开。朝晖，早晨的阳光。诗句意谓，我国七亿人民在迎日出，去看宇宙间洒满了早晨的阳光。

西江月二首
——献给地震预报战线上的同志们①

一

漫道地球已死，时而覆岳翻天。能教沧海变桑田，陵谷一朝转换。②

知患贵能防患，患来免致茫然。战书敢向地球宣："不准突然捣乱！"③

二

地震敢于预报，誓将准确加添。工农兵学共争先，斩断爬行路线！④

北阙太阳所在，首都首要安全，欢呼国庆廿周年，"九大"精神实践。⑤

【注释】

①这两首词写于1969年9月9日。当时，郭沫若为地震预报战线上的同志们作《西江月》词二首，意在突出地震预报的重要性。收《沫若诗词选》，未入《郭沫若全集》。

②漫道，不要说。覆岳翻天，把高山和天都翻过来，形容力量巨大。沧海变桑田，典出晋葛洪《神仙传·王远》："麻姑自说云：'接待以来，已见沧海三为桑田。'"后用以比喻世事变化巨大。陵谷，陵为小山、土堆，谷为两山之间的峡谷。陵谷转换，比喻世事发生巨大变化。词句意谓，不要说地球已死，时而还有把高山与天翻转过来的力量，能教沧海变为桑田，山陵与深谷一朝转换。

③患，灾祸。茫然，完全不知道的样子。词句意谓，知道有灾祸贵在能够及早预防，免得

灾祸来了茫然不知。敢于向地球下达战书并且宣告："不准突然捣乱！"

④爬行，执行爬行哲学的路线，亦即畏首畏尾，不敢跨步前进。词句意谓，地震敢于提前预报，誓将不断添加准确程度，工人、农民、士兵、知识分子共同争先，彻底斩断爬行路线。

⑤北阙，古代宫殿北面的门楼，为臣子等候朝见或上书之处，后统称宫殿为北阙，亦用为朝廷的别称。这里借指中南海。实践，此指地震敢于预报实为实现"九大"精神的产物。词句意谓，中南海为太阳所在，首都北京首先要安全。我们欢呼国庆二十周年，更应实践"九大"精神。

西 江 月二首

祝贺计算数学所新制电子计算机性能超过英国①

一

不作爬行动物，赶超世界水平。②算机今又报超英，氢弹闻之高兴。③
革命又抓生产，精神物质相生。④最高指示铸灵魂，真是立竿见影。⑤

二

争取国家四化，完成任务光荣。⑥反修反帝反蛇神，大破私心要紧。⑦
抽出倚天宝剑，山头一概铲平。⑧神州七亿一条心，推动寰球革命。⑨

【注释】

①这两首词写于 1967 年 9 月 22 日。西江月，词牌名。计算数学所，即中国科学院下属的计算数学研究所。他们新研制的电子计算机性能超过了英国，中国科学院院长郭沫若写词表示祝贺。

②爬行动物，亦称"爬虫"，为脊椎动物的一种，如蛇、蜥蜴等。此指落后、保守的爬行主义哲学。作者因言不作爬行动物，要赶上和超过世界先进水平。

③氢弹，核子武器的一种，威力比原子弹大得多。我国第一颗氢弹于 1967 年 6 月 17 日爆炸试验成功。词句意谓，今又报告电子计算机性能超过英国，刚刚试验成功的氢弹闻之高兴。

④"革命"二句，抓革命促生产与精神变物质，均为"文革"初期提出的政治口号。

⑤立竿见影，拿根竹杆竖在太阳光下，马上就现出竹竿的影子。比喻见效极快。词句意谓，毛主席的最高指示铸造人的灵魂，真是见效极快。

⑥四化，指实现农业、工业、国防和科学技术四个现代化。

⑦蛇神，亦作"牛鬼蛇神"，用来比喻形形色色的坏人。词句意谓，反对现代修正主义、反对帝国主义、反对一切牛鬼蛇神，大破私心杂念要紧。

⑧倚天宝剑，想象中倚在天边的长剑。语出宋玉《大言赋》："方地为车，圆天为盖，长剑耿耿倚天外。"词句意谓，抽出倚天长剑，将各条战线、各个部门的山头一概铲平。

⑨神州，指中国。寰（huán）球，整个地球，全世界。词句意谓，中国七亿人民一条心，推动整个世界革命。

悼坂田昌一先生①

科学与和平,创造日日新。②
微观小宇宙,力转大车轮。③

【注释】

①此诗写于 1970 年秋。坂田昌一,为日本著名的理论物理学家,郭沫若 1955 年冬访日时结识的老朋友,他的研究成果曾引起中国物理学界的高度关注。1964 年夏天的北京科学讨论会期间,坂田昌一率领庞大的日本科学家代表团参会,郭沫若院长热情接待。1970 年 10 月 16 日不幸因病逝世,郭沫若撰送悼诗致哀。逝者夫人坂田信子已将这首悼诗手迹镌刻在坂田昌一墓碑之上。

②诗中的"科学"、"和平"、"创造"、"日新",概括了坂田教授终身为之奋斗的目标,也是所有从事科学研究工作者应该共同承担的使命。

③微观,物理学中与"宏观"相对的名词。宇宙,一般指天地,也指空间与时间。车轮,此指时代的车轮。作者采用文学的语言,诠释了坂田教授在理论物理科学研究中所遵循的辩证法则,诠释微观与宏观、空间与时间的对立统一。

西 江 月①

地球依旧运转,庐山不见炸平。②"杞国无事忧天倾",李白有诗认定。③

感戴太阳威力,照将宇宙光明。④扫除白骨老妖精,推动寰球革命!⑤

【注释】

①此词写于 1970 年 9 月初。同年 8 月 23 日至 9 月 6 日,中共九届二中全会在江西庐山召开。林彪、陈伯达搞突然袭击,鼓吹"天才论",提出要"设国家主席",妄图夺取最高权力。他们的阴谋被毛泽东及时识破并被粉碎。9 月初,郭沫若有感于这场斗争而作《西江月》词。收《沫若诗词选》,未入《郭沫若全集》。

②这里是说,地球依旧在正常运转,庐山也不见炸平。毛泽东当时在《我的一点意见》中批评陈伯达"采取突然袭击,煽风点火,唯恐天下不乱,大有炸平庐山、地球停止转动之势"。词句由此化出。

③"杞国"句,典出《列子·天瑞》:"杞国有人,忧天地崩坠,身亡所寄,废寝食者。"后因称不必要的或无根据的忧虑为"杞人忧天"。李白《梁甫吟》:"白日不照吾精诚,杞国无事忧天倾。"词句意谓,昔日有人"杞人忧天",李白早就有诗认定。

④感戴,感恩戴德。太阳,红太阳。词义双关,既指天上太阳,亦指人间太阳的毛泽东。词句意谓,我们要感戴红太阳的威力,将全宇宙照得一片光明。

⑤白骨老妖精,指林彪、陈伯达。词句意谓,终于扫除了老谋善变的白骨精,推动全球革命。

题徐悲鸿画册^①

一骑独追风,翘首东方红。^②

翻江还倒海,万马竞腾空。^③

【注释】

①此诗写于 1970 年 12 月。同年 12 月 10 日,廖静文来访郭沫若夫妇,去时留下徐悲鸿画册,要求给画册题字。画册中只有徐悲鸿所画奔马一匹,余均素纸。已故友人只画一马而具有万马奔腾之势,更能让人驰骋幻想。郭沫若目睹眼前遗作,忆二十五年前往事,能不感慨系之,遂于 12 月 11 日晨为画册题词。手迹见《郭沫若遗墨》。

②追风,既是骏马名,秦始皇有马名追风;也用以形容马跑得很快。诗句意谓,画面上一骑追风,向着东方太阳升起的地方昂首奔驰。

③翻江还倒海,即成语翻江倒海,比喻声势力量巨大。诗句意谓,此马一骑追风具有翻江倒海的气势,带动万马亦竞相腾空飞奔,从而形成一马当先万马奔腾的景象。

悼松村谦三先生^①

渤澥汪洋,一苇可航。^②

敦睦邦交,劝功农桑。^③

后继有人,壮志必偿。^④

先生之风,山高水长。^⑤

【注释】

①此诗写于 1971 年 8 月。松村谦三,日本著名政治家,中国人民的朋友。曾为恢复中日两国邦交、发展两国人民之间的友谊作出过贡献。松村谦三于 1971 年 8 月 21 日在东京逝世。8 月 21 日郭沫若与廖承志致电表示沉痛哀悼。另作悼诗一首,后被刻在松村谦三墓旁纪念碑上。诗见田瑞岩《壮志必偿》一文所引,载 1978 年 9 月 1 日《人民日报》。

②渤澥(xiè),渤海。一苇,用一捆芦苇当筏,后用作小船的代称。《诗·卫风·河广》:"谁谓河广,一苇杭(航)之。"诗句意谓,渤海宽广无边,一条小船可以渡过。

③敦睦,亲善和睦。劝功,谓鼓励建功立业。农桑,农耕与蚕桑,解决吃饭穿衣问题。诗句意谓,敦睦两国邦交,鼓励发展农业。

④偿,满足。如得偿所愿。诗句意谓,松村谦三的事业后继有人,他的壮志必将如愿以偿。

⑤山高水长,形容品格高洁流传久远。范仲淹《桐庐郡严先生祠堂记》:"云山苍苍,江水泱泱,先生之风,山高水长。"诗句意谓,先生的人品风范有如山一样高耸,又像水一样长流。

游刘家峡水电站①

（满江红）

　　成绩辉煌，叹人力，真正伟大。回忆处，新安鸭绿，都成次亚。②自力更生遵教导，施工设计凭华夏。③使黄河驯服成电流，兆千瓦。④

　　绿水库，高大坝；龙门吊，千钧闸。看奔腾泄水，何殊万马。⑤一艇飞驰过洮口，千岩壁立疑巫峡。⑥想将来高峡出平湖，更惊讶。⑦

【注释】

　　①此词写于 1971 年 9 月 18 日。刘家峡水电站，位于黄河上游，在甘肃省永靖市境内。以发电为主，兼有防洪、灌溉、防凌、养殖等效益的大型水利枢纽工程。1964 年开工，1969 年第一台机组发电，1974 年年底电站全部完成。电站主坝高 147 米，水库面积 130 平方公里，每年发电 57 亿度。为我国大型水力发电站之一。1971 年 9 月 18 日，郭沫若陪同柬埔寨王国宾努首相游览刘家峡水电站，作《满江红》词一首。词见《甘肃文艺》1978 年第 8 期。

　　②新安，即新安江水电站，在浙江省建德县境内。鸭绿，即鸭绿江上水丰发电站。词句意谓，刘家峡水电站建设成绩辉煌，人力伟大，新安江水电站、鸭绿江水丰发电站与之相比都成次亚，即均在其下。

　　③华夏，中国，我国古称华夏。词句意谓，刘家峡水电站遵循自力更生的教导，所有设计和施工全凭自己的力量。

　　④兆，数目，一百万。词句意谓，使黄河驯服水力变成电流，高达百万千瓦。

　　⑤龙门吊，巨型吊车。千钧闸，形容大闸。词句意谓，绿色水库，高耸大坝，巨型吊车，千钧闸门，看奔腾洪水跟千军万马有什么两样。

　　⑥洮(táo)口，洮水汇入黄河的入口处，在甘肃省临洮县附近，因称洮口。词句意谓，我们乘快艇驰过洮口，这里千岩壁立疑似进入长江巫峡一样。

　　⑦高峡出平湖，在高山峡谷上出现平湖，指电站水库。词句意谓，想将来高山峡谷出现平湖，当更使人惊讶。

题赠专机工作人员①

　　波斯建国二千五百年，我自首都来和田。

　　病发未能去纪念，养病和田整四天。②

　　机组同志身手好，飞机操纵安如山。

　　四天之前运我来，四天之后又运还。③

　　完成任务上上等，我独无为空自惭。

　　矢以机组同志为样板，永尚实践去空言。④

①此诗写于1971年10月。录自《郭沫若的晚年岁月》。当年10月11日,郭沫若作为我国特使,乘专机赴伊朗参加波斯建国二千五百年纪念活动。周恩来总理亲自到机场送行,并安排他在新疆休息三天再去伊朗。毕竟年事已高且外事活动繁忙,到达新疆和田后即发烧不退。只好改派我国驻伊朗大使担任特使,并于10月15日让郭沫若乘专机离开和田返回北京。此诗即在返京途中为机组人员题写。

②波斯,古国名,即今之伊朗。古称波斯帝国,为兴起于伊朗高原本部的奴隶制国家,公元前550年建国。1971年为波斯建国二千五百周年。和田,县名,在新疆维吾尔自治区塔里木盆地西南部,特产和田玉,为新疆最大的缫丝工业中心。诗句意谓,波斯建国二千五百周年,我自北京来到和田。因为发病未能参与纪念,在和田养病整整四天。

③这里表扬专机机组同志,并说明此次往返的经过。

④自惭,自己感到惭愧。矢,通"誓",《诗·邶风·柏舟》:"之死矢靡它。"样板,比喻学习的榜样。谓誓以机组同志为学习的榜样,永远崇尚实践去除空谈。

赠日本齿轮座剧团①

大力回天轮齿轮,造新宇宙驻阳春。②
波涛万顷争如镜,塑造英雄仰庶民。③

【注释】

①此诗写于1972年4月30日。齿轮座剧团成立于1952年4月,原由日本共产党山口县领导。1966年9月,中共与日共关系破裂后,山口县成立了以福田正义为首的日本共产党(左派),齿轮座剧团也随即脱离日共。1971、1972年,齿轮座剧团两次在中国上演了以日本造船业工人的生活和斗争为题材的话剧《波涛》等剧目。1972年4月,齿轮座剧团成立20周年,郭沫若应约题诗以作纪念。

②回天,形容力量大,能够扭转很难挽回的局面。轮,转。《吕氏春秋·大乐》:"天地车轮。"注:"轮,转。"齿轮,一语双关,既指机器上的零件齿轮,亦指齿轮座剧团。驻,止住,停留。阳春,指温暖的春天,亦喻清明盛世。诗句意谓大力回天可以转动齿轮,创造新的天地留住温暖的春天。

③顷,原指计量土地面积的单位,一顷等于一百亩。庶民,系书面语言,即人民、百姓。诗句意谓,太平洋上万顷波涛争如明镜一样,塑造英雄还得仰仗(依靠)人民。

题何香凝画梅①

突破寒流与岁新,梅花万朵见精神。②
香如洋海枝如铁,亘古长留一片真。③

【注释】

①此诗写于1972年9月。落款为:"题何香凝副委员长画梅,用董必武代主席韵。一九

七二年九月廿三日，郭沫若。"同年 9 月 1 日，全国人大常委会副委员长、民革中央主席何香凝逝世。郭沫若迫于当时政治形势，没有直接著文悼念，而是采用一种特殊的方式表达对于亡友的怀念之情。9 月 23 日，在翻阅何香凝画册时，看到当年董必武为何香凝所画墨梅的题诗。董老诗为："花寒不落墨常新，劲挺疏枝最有神。端的双清楼上作，化身如愿暗香真。"如今时隔一纪，展读亡友遗墨，既为何香凝的精湛画技与崇高人格，亦为董必武意深韵美的题诗所感动，遂依董老原韵和了一首，详见冯锡刚《郭沫若与董必武的诗交》，载《郭沫若学刊》1993 年第 4 期。

②与岁新，指蜡梅傲寒怒放与岁俱新。诗句意谓，梅花突破寒流与岁俱新，万朵梅花盛开更见精神。

③亘（gèn）古，终古，从古代到现在。真，本真、正。《汉书·河间献王德传》："从民得善书，必为好写与之，留其真。"注："真，正也。留其正本。"诗句意谓，梅花盛开之时香如海洋枝如坚铁，终古长留一片本真。

贺大西良庆大法师寿辰①

光明生大白，正大朵长寿。②
益一即期颐，重阳正九九。③
阳刚协阴柔，天地并长久。④
尚德愿无疆，常发狮子吼。⑤

【注释】

①此诗写于 1972 年间。日本大西良庆大法师将于 1973 年秋过九十九岁生日。根据日本民间风俗，九十九岁称为"白寿"，应当加以庆贺。日本有关宗教团体提前一年着手组织。郭沫若欣然应约，为其题诗致贺。诗见松本大圆《郭沫若与鉴真和尚》一文所引，载日本雄本社版《郭沫若选集》六卷附录《读者指导书》。

②大白，本来分辨不清或不为人了解的事情，完全明了。朵，本指花朵，亦可用作敬辞。如"朵云"是对别人书信的敬称。光明生大白，形容心怀坦白正派无私。诗句意谓，法师光明正大，自能大彻大悟健康长寿。

③期颐，《礼记·曲礼上》："百年曰期颐。"后因称百岁为期颐。益，增长、加多。诗句意谓，法师明年增加一岁就百岁，今年重阳佳节正好九十九岁。

④阳刚协阴柔，阳刚与阴柔互相协调配合，使其刚柔相济。诗句意谓，法师精研法理，能以刚柔相济，自能天长地久。

⑤尚德，崇尚德行。无疆，无限，没有穷尽。《诗·豳风·七月》："万寿无疆。"狮子吼，谓佛家说法音声震动世界，如狮子作吼群兽慑伏，故云狮子吼。《传灯录》："释迦佛生时，一手指天，一手指地，作狮子吼云：'天上天下，唯我独尊。'"诗句意谓，崇尚德行之人愿其寿命无疆，希望法师常作"狮子吼"，以弘扬佛法传经布道。

祝中日复交①

（菩萨蛮）

沧波浩渺鹏程万，长虹飞架云天半。②中日复邦交，形成一座桥。③
松柏天难老，时代期和好。④拱卫太平洋，睦邻及万方。⑤

【注释】

①此词写于 1972 年秋。祝中日复交,1972 年 9 月 29 日中华人民共和国政府和日本国政府联合声明在北京签字,宣告结束中日两国之间的"不正常状态",建立外交关系,实现中日邦交正常化。菩萨蛮,词牌名。1972 年 10 月 20 日,作者与藤山爱一郎会面,其后赋此书赠,并为藤山爱一郎题扇面,录毛泽东词《采桑子·重阳》;由夫人于立群绘制秋菊扇面,赠藤山爱一郎夫人。手迹载《中国嘉德 2010 年春季拍卖会,中国近代书画(二)》。

②浩渺,广阔无边貌,如烟波浩渺。鹏程万,即鹏程万里。鹏为传说中的大鸟,飞行路程万里之遥,比喻前程远大。长虹,虹霓,其形长亘于天,故名。亦可形容拱形的长桥。词句意谓,沧海烟波浩渺鹏程万里,只见一条长虹飞架云天之半。

③谓中日恢复邦交,形成一座友谊的桥梁。实即以上飞天长虹化成。

④天,天然,天赋,自然。诗句意谓,松柏天然难老,时代期望和好。

⑤拱卫,环绕在周围保卫着。睦邻,跟邻居或相邻的国家和睦相处。万方,原指各方诸侯,引申为各地区。诗句意谓,中日两国环绕在周围保卫着太平洋,睦邻友好政策及于各方。

庆祝中日恢复邦交①

（西江月）

岁月两千玉帛，春秋八十干戈。②一朝齐唱睦邻歌，篱畔菊花
万朵。③
世代和平共处，横空划出天河！④要教四海不扬波，子子孙孙
毋惰。⑤

【注释】

①此词写于 1972 年 11 月 15 日。当日,郭沫若会见日中友协(正统)中央本部常任理事足立梅市为团长的日中友协(正统)各界友好访华团,书赠《庆祝中日恢复邦交》一词。西江月,词牌名。

②玉帛,古时国与国间交际时用于礼物的玉器和丝织品。春秋,春季和秋季,常用以表示整个一年。干戈,泛指武器,比喻战争。八十干戈,指从 1894 年中日甲午之战到 1972 年

中日恢复邦交时近八十年。诗句意谓,昔日两千岁月和平相处,而今八十年间战争不断。

③篱畔,篱笆旁边。诗句意谓,一朝齐唱睦邻友好的歌声,各地篱笆旁边的菊花万朵盛开。

④天河,即银河。诗句意谓,世世代代和平共处,横过空中划出一条银河。

⑤毋,不要。隋,懒隋、懈怠。诗句意谓,要教四海不再扬波,子子孙孙不要懈怠,亦即共同防止战争。

赠日本松山芭蕾舞团①

英雄树上花如火,女子能擎半壁天。②

争取人群同解放,前驱慷慨着先鞭。③

【注释】

①此诗写于 1973 年 2 月。附有跋语:"松山芭蕾舞团将于 1973 年春在东京演出《红色娘子军》,题此奉赠以为纪念。郭沫若。"该团团长清水正夫当时带领部分演员前来中国学习、排练。2 月 10 日,在北京天桥剧场与中国歌舞团演员同台演出《红色娘子军》。郭沫若应邀观看演出,并为演出成功表示祝贺,特向日本友人赠诗一首。首见新华社记者《友谊花开又一枝》,载 1973 年 2 月 18 日《人民日报》。

②能擎半壁天,能够向上托起半边天。诗句意谓,红色娘子军战士们犹如英雄树上的花一片火红,并在斗争中发挥了"半壁天"的作用。

③前驱,前导、先锋。着先鞭,典出《晋书·刘琨传》,意谓先着鞭或占先一着。诗句意谓,当年红色娘子军为了争取广大人民群众的翻身解放,她们慷慨前驱占先一着,为广大劳动妇女作出了榜样。

贺吉村孙三郎米寿①

期颐米寿成连理,预兆人生二百年。②

骀宕东风澄玉宇,百花齐放建桃都。③

【注释】

①此诗写于 1973 年 2 月。吉村孙三郎为日本现代著名人士,长期为日中友好效力。1973 年 2 月,吉村孙三郎 88 岁生日,郭沫若为日本友人贺寿而作此诗。米寿,按日本习俗,"米"字拆开为"八十八",故称 88 岁为米寿。

②期颐,语出《礼记·曲礼上》:"百年曰期颐。"孙希旦集解:"方氏悫曰:'人生以百年为期,故百年以期名之。'"后因称百岁为"期颐"。连理,异根草木,枝干连生,旧以为吉祥。人生二百年,毛泽东早年留有诗句:"自信人生二百年,会当水击三千里。"这里用以祝贺友人百岁与米寿成为连理,预示你的人生可以活到二百岁。

③骀宕(dài dàng),亦作"骀荡"。舒缓荡漾,谢朓《直中书省》:"朋情以郁陶,春物方骀荡。"刘良注:"骀荡,春光色也。"玉宇,明净的天空。桃都,神话中的大树名。《艺文类聚》九

下编　新中国成立后

一引《玄中记》:"东南有桃都山,上有大树,名曰桃都,枝相去三千里。"这里似代指日本。诗句意谓,春风舒缓荡漾玉宇澄清,可以百花齐放建设人间桃都。

赠有山兼孝①

櫻花时节海棠开,好友随春一道来。②
园内牡丹犹有待,含情留客莫忙回。③

【注释】

①此诗写于 1973 年 4 月。附有跋语:"有山兼孝先生下访,即事题求哂正,并以为纪念,惜笔墨劣耳。一九七三年四月十七日,郭沫若。"有山兼孝为日本著名物理学家,曾多次访问中国。郭沫若与其有着颇为深厚的友谊。此次有山兼孝来访,郭沫若热情接待,题赠七绝一首。手迹载《书法》1973 年第 3 期。

②这里是说,正当日本櫻花盛开的时节,北京的海棠也已开放,好友随着春天一起来到我家。诗句意在点明时间。

③牡丹犹有待,牡丹尚有待开花,亦即含苞待放。诗句意谓,我家园内牡丹正含苞待放,似在含情脉脉挽留客人不要忙于回去。诗句意在热情留客。

题出土文物展①

越王勾践破吴剑,专赖民工字错金。②
银缕玉衣今又是,千秋不朽匠人心。③

【注释】

①此诗写于 1973 年 4 月。附有跋语:"中国出土文物展览,计出品二百三十六件,其中有越王勾践自作用剑及东汉银缕玉衣。剑铭'自作',实赖民工;衣被王躯,裁成匠手。创造历史者,并非英雄帝王,乃是人民工匠。一九七三年四月十一日。"手迹见《文物》1973 年第 6 期。

②勾践,春秋末年越国国君,曾被吴国打败。他卧薪尝胆,发愤图强,十年生聚,十年教训,终于转弱为强,灭亡吴国。字错金,在剑上镶嵌金字,指剑铭上"自作用剑"等字样。诗句意谓,越王勾践攻破吴国的宝剑,还是专门有赖民工在剑上镶嵌金字。

③银缕玉衣,由若干块玉片用银丝编织而成。玉衣是汉代皇帝和贵族死后的殓服。由于等级不同,有金缕、银缕、铜缕之分。诗句意谓,银缕玉衣今又出现,能以千年不朽,可见我国古代匠人所费的心血。

题照公塔①

邵元撰写照公塔,仿佛唐僧留印年。②
花落花开沤起灭,何缘哀痛着陈言。③

①此诗写于 1973 年 4 月。附有跋语:"昨见息庵禅师碑,乃邵元所撰,法然所书。今见少林寺照公和尚塔铭,乃邵元撰并书。首座日僧,仿佛三藏法师游学五印度时也。'沤起沤灭,花落花开',颇有禅味,特惜陈言未能去尽,哀痛犹芥于怀耳。一九七三年四月十七日。"此诗手迹载《文物》1973 年第 7 期,后收入《郭沫若全集》考古编第十卷,题为《题显教圆通大禅师照公和尚塔》。

②唐僧,即玄奘,唐代著名高僧,俗称唐僧。诗句意谓,照公和尚塔铭乃邵元所书,仿佛我国唐代高僧留学印度之年。此指日僧邵元留学中国与当年唐僧留学印度一样,都是为了求取真经。

③沤(ōu),水泡。佛教用以比喻生命之空幻。《楞严经·指掌疏》六:"空生大觉中,如海一沤发。"陈言,陈旧的言辞,诗句意谓,照公塔铭中关于"沤起沤灭,花落花开"的说法,何以语极哀痛而陈言却没有去尽。

赠坂田信子①

一生充实有光辉,满门桃李正繁枝。②
孟光不愧梁鸿志,天下英才教育之。③

【注释】

①此诗写于 1973 年 4 月 17 日。诗前有序:"坂田信子女史乃故友坂田昌一教授之夫人,决献身于幼儿教育事业,嘱题,赋赠。"坂田信子于 1973 年 4 月 8 日应中国科学院邀请,与有山兼孝夫妇同行来华访问。15 日,作者在家中会见并宴请后,赋此并书赠。本篇初见《郭沫若研究》第 9 辑(1991 年),手迹载《转变中的近代中国·郭沫若》,文物出版社 1992 年 11 月。

②桃李,桃树和李树,常用以比喻所栽培的后辈或所教的学生,如桃李满天下。此言友人一生充实而有光辉,满门桃李正繁花满枝。意在赞颂友人从事幼儿教育事业正取得丰硕的成果。

③作者原注:"梁鸿,纪元一世纪时隐士。所作《五噫歌》,富有阶级意识。东汉章帝想逮捕他,他隐藏起来了。其妻孟光,与鸿志同道合,以耕织为业。"《五噫歌》:"陟彼北芒兮,噫!顾览帝京兮,噫!宫室崔嵬兮,噫!人人劬劳兮,噫!辽辽未央兮,噫!"此言东汉隐士梁鸿有事过洛阳,见宫室侈丽,作《五噫之歌》,对统治者有所讽刺。后隐姓埋名逃亡各地,与其妻孟光志同道合。英才,优秀的人才。语见《孟子·尽心上》:"得天下英才而教育之。"诗中以孟光喻坂田信子,希望她继梁鸿之志,教育天下英才。

宜 种 树①

园中宜种树,最好是梧桐。②
叶落日常在,冬来不觉冬。③

【注释】

①此诗写于 1973 年 4 月 17 日。诗前有序："坂田信子夫人嘱书李贺《莫种树》,今反其意成《宜种树》一首以应。"1973 年 4 月,坂田信子应中国科学院邀请来华访问,郭沫若家中设宴款待。坂田信子求书李贺《莫种树》一诗,郭沫若反其意成《宜种树》一首。李贺《莫种树》:"园中莫种树,种树四时愁。独睡南床月,今秋似去秋。"郭沫若《宜种树》一诗当时由于立群以隶书录赠坂田信子。初见《郭沫若研究》第 9 辑(1991 年)。

②梧桐,亦名"青桐",落叶乔木,可为绿化行道树,亦宜庭院种植。李贺提出"园中莫种树",作者反其意因言"园中宜种树",而且"最好是梧桐"。

③叶落,梧桐为落叶乔木,冬天虽叶落而树身茁壮常在,让人不觉是冬天。且梧桐为吉祥树,《诗·大雅·卷阿》:"凤凰鸣矣,于彼高冈。梧桐生矣,于彼朝阳。"相传凤凰非梧桐不栖,因此实为园中宜种佳木。

为亚子先生寿补白①

高山长水无疆寿,词伯诗豪万古垂。②
浩浩南风传四海,森森古木一盘棋。③

【注释】

①此诗写于 1973 年 5 月。落款为:"一九七三年初夏应无忌兄之命补白,郭沫若。"当时,柳亚子之子柳无忌从美国回来探亲,正值柳亚子 88 岁冥寿。其妹柳无非以家藏何香凝等人 1954 年为柳亚子祝寿所绘山水画展示。柳无忌则携此画拜访郭沫若。郭沫若看到故友之子十分欣慰,凝视绘有二人对弈的祝寿图更是感慨系之。于是欣然挥笔,在图右下方题七绝一首。1992 年为纪念郭沫若百年诞辰,柳无忌在诠释当年柳郭唱和的文字中,首次披露郭老这首不同寻常的题诗。1997 年,郭老的女儿郭平英主编《郭沫若题画诗存》,首次刊布这幅记载两公友谊的图画。

②高山长水,通作山高水长,喻人崇高品格或其声名永久流传。词伯,称誉擅长文辞的人。诗豪,杰出的诗人。诗句意谓,先生之风山高水长其寿无疆,现代词伯诗豪之名万古留传。

③浩浩,原在形容水势盛大,亦可引申为广大。《诗·小雅·雨无正》:"浩浩昊天,不骏其德。"森森,形容林木茂盛繁密,如古柏森森。诗句意谓,南风浩浩传遍四海,古木森森一盘棋局。诗句就画面展开,二人在和风吹拂的古树下对弈。

题长沙楚墓帛画①

（西江月）

仿佛三间再世,企翘孤鹤相从,②陆离长剑握拳中,切云之冠高耸。③

上罩天球华盖,下乘湖面苍龙,④鲤鱼前导意从容,瞬上九重飞动。⑤

【注释】

①此词写于 1973 年 6 月。附有跋语："一九四二年九月,长沙城南子弹库楚墓被盗掘,出土帛书一幅,后为帝国主义者掠去。一九七三年五月,湖南省博物馆对此墓进行再发掘与清理,发现一椁二棺,尸骸完整,初步定为男性。残留重要文物中,有帛画一幅,最足珍贵。帛画中画一男子,侧身向左而立,危冠长袍,手拥长剑,立于龙舟上。龙尾企立一鹤,龙首直下,水中有鲤鱼一匹,画之上端有华盖。龙鱼均向右,鹤独向左,龙舟向左前进,故画中垂穗均因风飘向右方,冶秋同志以照片及摹本见示,因成《西江月》一首以纪所见。一九七三年六月二日夜。"手迹载《文物》1973 年第 7 期,后据此收入《郭沫若全集·考古编》第十卷。

②三闾,即楚国三闾大夫屈原。企翘,企足翘首,踮起脚后跟抬起头。词句意谓,画中之人仿佛楚国三闾大夫屈原再世,昂首踮足且一鹤相随。

③陆离,长貌。切云,高冠名。《楚辞·九章·涉江》:"带长铗之陆离兮,冠切云之崔嵬。"王逸注:"戴崔嵬之冠,其高切云也。"词句意谓,一柄长剑握在手中,头上高冠耸立。

④天球,玉名。《书·顾命》:"大玉、夷玉、天球、河图,在东序。"疏:"天球,雍州所贡之玉,色如天者。"华盖,帝王的车盖。词句意谓,上面罩着天球宝玉装饰的车盖,下面乘着湖面上的一条青龙。

⑤九重,即九重天。词句意谓,鲤鱼在前面开路意态从容,好像一瞬间就要飞上九重天似的。

《屈原》在日本第五次演出①

遂贺扶桑诸弟兄,三板橘颂又成功。②
萧艾铲除香草芳,依天长剑划长虹。③

【注释】

①此诗写于 1973 年间。《屈原》为郭沫若抗日战争期间在重庆所作五幕史剧。日本著名歌舞伎和话剧演员河源崎十郎,从 1952 年起曾在日本多次上演郭沫若历史剧《屈原》,并获得成功。1973 年,《屈原》在日本第五次演出,郭沫若赋诗一首并委托我驻日大使李连庆送给河源崎十郎。河源喜不自胜,立即译成日文,用幻灯片打在演出大幕上,引得观众掌声雷动。详见李连庆《河源崎十郎与〈屈原〉》,载 1980 年 10 月 8 日《人民日报》。

②遂,荐。《礼·月令》:"遂贤良,举长火。"扶桑,我国对日本的旧称。《南史·东夷传》:"扶桑在大汉国东二万余里。"按地在东海之外,相当于日本的方向,故相沿以为日本的代称。三板,即拍板,用紫檀木四片,以弦合三片为一束,执一片拍之。三板橘颂,为剧中人屈原朗诵的精彩片段。诗句意谓,举荐庆贺诸位日本弟兄,再用拍板朗诵橘颂又获成功。

③萧艾,萧与艾均为恶草。依天长剑,通作"倚天长剑",语出宋玉《大言赋》,为想象中靠在天边的长剑。长虹,虹霓,其形长亘于天,故名。诗句意谓,铲除萧艾之类恶草而使香草发出芳香,高举依天长剑划出一道美丽的彩虹。

《北京周报》日文版创刊十周年[①]

（浣溪沙）

八一佳期庆十年，译通消息记遥天，一周一度喜蝉联。[②]
东海信如衣带水，黄河直通江户川，飞虹早日架天边。[③]

【注释】

①此词写于 1973 年 7 月。《北京周报》日文版，1963 年 8 月 1 日创刊，作为新闻周刊之一，是我国对外传播的重要窗口。郭沫若为庆贺《北京周报》日文版创刊十周年而作此词。浣溪沙，词牌名。本篇最初以手迹形式发表于 1973 年 7 月 31 日《北京周报》日文版。

②八一佳期，指《北京周报》于 1963 年 8 月 1 日创刊，因称"八一佳期"。蝉联，连续，多指连任某个职务或继续保持某个称号。词句意谓，周报八一佳期喜庆十年，经过翻译沟通消息记述远方天下大事，一周一度喜能连续。

③东海，我国三大边缘海之一。北起长江口北岸，南以广东南澳岛到台湾南端一线与南海为界，东到流球群岛。衣带水，即一衣带水，典出《南史·陈本纪》，原指长江狭窄如一条衣带，后喻虽有江河水域相间，但不足为阻。江户川，日本河流。飞虹，飞天长虹，喻中日友谊的桥梁。词句意谓，东海信如一衣带水，中国黄河直通日本的江户川，早日能有条飞天长虹（友谊之桥）在天边架起。

为唐九翁陶展作[①]

（西江月）

土是有生之母，陶为人所化装。[②]陶人与土配成双，天地阴阳酝酿。[③]

水火土金协调，宫商角徵交响。[④]汇成陶海叹汪洋，真是森罗万象。[⑤]

【注释】

①此词写于 1973 年 10 月 24 日。唐九翁，即日本陶艺家、陶瓷史研究家加藤唐九郎。因已年逾古稀，因称唐九翁。当时他曾举办陶艺作品展，郭沫若应约题词。西江月，词牌名。本篇初见《郭沫若研究》第 9 辑（1991 年）；作者手迹载《转变中的现代中国·郭沫若》，文物出版社 1992 年 11 月版。

②土是有生之母，土地可以化生万物，因称土是生命之母。化装，原指装扮，此指加工与制作。

③陶人，语出《周礼·考工记》，制作陶艺的工匠。酝酿，酒的酿成，需经一定的时日，因以比喻事情逐渐达到成熟的准备过程。词句意谓，制作陶艺之人与土配成一对，能表现天地阴阳逐渐达到成熟。

④谓金、木、水、火、土（五行）得以协调，宫、商、角、徵、羽（五音）产生交响。

⑤陶海，陶艺的海洋。森罗万象，指宇宙间各种事物展现出的万千气象。词句意谓，汇成陶艺大海，让人惊叹一片汪洋，真是展现出宇宙间各种事物万千气象。

纪念上海与横滨结成友好城市①

（菩萨蛮）

深深情谊二千载，茫茫溟渤一衣带。②姊妹两相亲，上海与横滨。③
互教还相诚，努力不容懈。④携手反霸权，万年万万年。⑤

【注释】

①此词写于1973年12月。郭沫若于同年12月6日会见横滨市市长飞鸟田一雄为团长的横滨市友好代表团时，书赠此词以纪念上海与横滨结为友好城市。菩萨蛮，词牌名。

②溟渤，溟海与渤海，泛指大海。一衣带，即一衣带水，像一条衣带宽的水，形容两地隔海相望，仅一水之隔往来无阻。词句意谓，中日两国深深情谊两千载，虽隔茫茫大海却属一衣带水的邻邦。

③横滨，日本最大海港、第三大城市与工业中心，在东京湾西岸。上海与横滨结为友好城市，应如姐妹一样两相亲爱。

④诚，告诫、告诉。词句意谓，除了互教还要互相告诚，发展两国友谊需要努力，不容懈怠。

⑤霸权，霸权主义，此指美、苏两霸。词句意谓，我们一定要携手反对霸权主义，直至万年万万年。

《人民画报》日文版创刊二十周年①

联合声明第七章，不容争霸太平洋。②
绘声绘影传真相，画虎画龙守主张。③
友谊继承千万代，邦交敦睦永无疆。④
廿年风雨今非昔，东海可教一苇航。⑤

【注释】

①此诗写于1974年1月。郭沫若为我国有关部门主办的《人民画报》日文版创刊二十周年题诗一首，寄语画报编者既要办得生动活泼，又要坚持革命原则，真正为促进中日两国人民之间的友谊努力工作。此诗首见《郭沫若故居再度开馆》文中，载1989年4月15日《文艺报》。

②联合声明,1972年9月,中日两国发表联合声明,宣布结束两国之间长期存在的不正常状态,正式恢复邦交。其中第七章特别强调双方应共同维护世界和平,尤其是太平洋地区的和平,坚持反对霸权主义的斗争。诗句意谓,中日联合声明的第七章,特别强调双方不容任何国家争霸太平洋。

③绘声绘影,形容叙述描写生动逼真。画虎画龙,似在化用"画龙点睛"、"画虎类犬"等成语而另出新意。诗句意谓,画报文字应生动逼真传达事件的真相,画报图画既要生动形象又要坚守正确主张。

④敦睦,亲密和睦。诗句意谓,中日两国人民之间的友谊要千秋万代继承下去,两国邦交亲密和睦永无止境。

⑤一苇航,语出《诗·卫风·河广》:"谁谓河广,一苇杭(航)之。"用一捆芦苇作为小船就可以通行,比喻距离很近不难渡过。诗句意谓,经历二十年风风雨雨,今天已不同于过去,东海虽广可教一苇航之,亦即中日恢复邦交为画报工作创造了有利条件。

春 雷①

春雷动地布昭苏,沧海群龙竞吐珠。②
肯定秦皇功百代,判宣孔二有余辜。③
十批大错明如火,柳论高瞻灿若朱。④
愿与工农齐步伐,涤除污浊绘新图。⑤

【注释】

①此诗写于1974年2月。当时正处于"批林批孔"高潮期间。郭沫若写诗实为对毛泽东批评他的《十批判书》的答复与表态。1973年夏秋之季,毛泽东曾写过两首批评郭沫若具有尊孔反秦思想的诗。一为五言:"郭老从柳退,不及柳宗元。名曰共产党,崇拜孔二先。"一为七律《读〈封建论〉赠郭老》:"劝君少骂秦始皇,焚坑事业待商量。祖龙魂死业犹在,孔学名高实秕糠。百代多行秦政制,十批不是好文章。熟读唐人封建论,莫从子厚返文王。"诗中明确指出《十批判书》崇尚"孔学"与"骂秦始皇"的错误。江青一伙以为时机已到,窜到北大、清华组织理论班子、整理材料,准备公开批判郭沫若。此事被毛泽东制止,因为他虽不赞成郭的学术观点,却无意从政治上加以批判。江青一伙并未就此罢休,仍在北京一次批林批孔集会上点名批评,会后还到郭老家中纠缠不休,以致郭老被折磨得生病住院。直到1974年2月7日,郭沫若迫于当时政治形势,觉得有必要表明自己的态度,遂抱病写成七律一首呈毛泽东。详见冯锡刚《诗人郭沫若在"文革"后期》,载《传记文学》1992年第3期。

②昭苏,恢复生机,苏醒。《礼记·乐记》:"蛰虫昭苏。"诗句意谓,春雷震动大地宣告万物复苏的消息,沧海群龙竞相吐出珍贵之珠。

③秦皇,即秦始皇。孔二,即孔子,亦称孔老二。诗句意谓,肯定秦始皇的功劳流传百代,宣判孔老二罪有余辜。

④十批,指郭沫若的《十批判书》,柳论,即柳宗元的《封建论》。高瞻,即高瞻远瞩,形容目光远大。诗句意谓,《十批判书》大错特错明若观火,柳宗元的《封建论》高瞻远瞩灿若朱砂。

⑤涤除,洗涤清除。诗句意谓,我愿认识错误与工农走同样的道路,洗涤清除自身的污浊以绘出新的画图。

祝贺西安与奈良结成友好城市

（菩萨蛮）①

深深情谊二千载,茫茫溟渤一衣带。友好毋相忘,西安与奈良。②
互教还相诚,努力不容懈。携手反霸权,万年万万年。③

【注释】

①此词写于1974年2月7日。当日,郭沫若会见由健田忠三郎市长率领的奈良市友好代表团,同他们进行了友好的谈话,还曾亲笔题词祝贺西安与奈良结为友好城市。此词首见李菁《日本古都奈良散记》,载1977年10月3日《人民日报》。菩萨蛮,词牌名。

②本篇以作者1973年12月所作《菩萨蛮·纪念上海与横滨结成友好城市》为基础改写,除第三、第四句外,其余词句与前相同。毋(wú),通"无"。禁止之词,不要。西安,即中国古都长安。奈良,日本古老名城,公元8世纪曾为首都,名平城京,京城建筑仿照中国唐都长安。第三、四句意谓,中日友好不要相忘,中国西安与日本奈良已经结为友好城市。

③词句解释详见《菩萨蛮·纪念上海与横滨结成友好城市》。

题息庵碑①

息庵碑是邵元文,求法来唐不让仁。②
愿作典型千万代,相师相学倍相亲。③

【注释】

①此诗写于1974年4月。附有跋语:"'河南省画像石,碑刻拓片展览',出品共一百五十二件。就中元至正元年息庵禅师碑,乃日本僧人邵元禅师所撰,真可谓'当仁不让'矣。如此佳话,愿广为流传,以为中日两国互相学习之样板。一九七三年四月十一日。"此诗手迹载《文物》1973年第6期,后据此编入《郭沫若全集》考古编第十卷,题为《题息庵禅师道行之碑》。

②不让仁,即当仁不让。语出《论语·卫灵公》:"当仁不让于师。"谓应该做的好事就勇敢去做而不推让。诗句意谓,息庵禅师碑文乃日本僧人邵元禅师所撰,此人来唐求法而能当仁不让。

③典型,具有代表性的人物事件。诗句意谓,愿以此作为典型千万代流传下去,中日两国人民永远相互师法,相互学习,而且倍加亲善。

赠日本狮子座剧团①

（西江月）

不战不和被动，畏难畏敌偷安。②古今反霸反强权，毕竟几人具眼。③

却喜信陵公子，窃符救赵名传。④如姬一臂助擎天，显示人民肝胆。⑤

【注释】

①此词写于 1974 年 10 月。当时，日本狮子座剧团要公演《虎符》，请求郭沫若题词以资鼓励，郭沫若遂作《西江月》词相赠。因当时对秦始皇统一中国问题有所争论，有关同志认为要谨慎些，劝他暂不寄出。此事详见林林《这是党喇叭的精神——忆郭沫若同志》，载 1979 年 2 月《新文学史料》第 2 辑。

②这里是说，不战不和必然处于被动，畏难畏敌只能苟且偷安。此指魏安厘王对于秦军伐赵持观望态度。

③具眼，具有鉴别事物的眼光识力。词句意谓，古往今来反对称霸反对强权，毕竟能有几人才具有这样的眼光识力。

④信陵公子，即信陵君魏公子无忌。魏安厘王二十年，秦军围困赵都邯郸，魏却按兵不动。信陵公子仰仗如姬之助，设法窃得兵符，击杀将军晋鄙夺得兵权，终于救赵胜秦，历史剧《虎符》即根据窃符救赵故事写成。词句意谓，却能令人惊喜的是信陵公子，终于窃符救赵名传天下。

⑤如姬，魏安厘王的宠妃，为人深明大义，帮助信陵君窃得调兵的虎符，得以解赵之危。词句意谓，如姬勇于助一臂之力却能以擎天，亦即起到扭转危局的作用。这正显示出人民肝胆相照的高尚品德。

赠日本冈山大学①

陟彼操山松径斜，思乡曾自望天涯。②
如今四海为家日，转忆冈山胜似家。③

【注释】

①此诗写于 1975 年夏天。当时，日本冈山大学（原名冈山第六高等学校）正在筹备庆祝建校七十五周年。郭沫若作为该校第十六届学生（1915 年秋入学，在校学习三年），特地写了一首七言绝句寄赠。诗的手迹曾刊冈山大学出版的《六棱回想》纪念画册卷首。另见戈宝权《谈日本建立的四个郭沫若的诗碑》，载《战地》增刊 1980 年第 6 期。

②陟(zhì)，升，登。《诗·周南·卷耳》："陟彼高冈，我马玄黄。"操山在冈山大学校园附近，郭沫若当年课余常去登山。诗句意谓，当年登临操山走在松林间斜路上，曾因思念故乡而遥望天边极远的地方。

③四海为家，天下到处可以为家。诗句意谓，如今已习惯于四海为家的日子，转而思念冈

山胜似自己的家。亦即进入人生晚年，反而"转忆冈山"，更增对于"第二故乡"的怀念之情。

再和吉川幸次郎^①

月有清辉柏有芳，天安门外浩洋洋。^②
人民八亿新尧舜，风雅联翩启汉唐。^③
五七言诗传海域，二千年史续鸿章。^④
茅台美酒看君酌，病体难陪恋夕阳。^⑤

【注释】

①此诗写于 1975 年 8 月 13 日。吉川幸次郎，为日本国立京都大学名誉教授、日中文化交流协会顾问、中国文学和历史研究专家。著述宏富，人称日本"汉学泰斗"。据新华社报道，以及吉川幸次郎《悼念郭沫若》一文，作者于 1975 年 3 月 27 日会见并宴请吉川信次郎和他率领的日本学术文化代表团时，曾题写《遣唐使者又来唐》相赠，并赋七律一首，唱和吉川幸次郎，诗文待查。本篇是作者唱和吉川幸次郎七律的第二首。

②清辉，亦作"清晖"，清亮的光辉。浩，即浩浩，水盛大貌。洋洋，亦盛大貌。此指天安门广场集会人群浩浩荡荡。诗句意谓，月有清亮光辉，柏树散发芳香，天安门外人群集会浩浩荡荡。

③尧舜，唐尧和虞舜，远古部落联盟的首领，古史相传为圣明之君。风雅，指《诗经》中的《国风》和《大雅》、《小雅》。联翩（piān），鸟飞貌，形容连续不断，前后相接。诗句意谓，人民八亿成为新的尧舜，风雅连续不断开启汉唐盛世的诗文。

④五七言诗，指我国汉唐时代的古风和格律诗。海域，大海疆域，中日两国隔海相望。鸿章，亦作鸿文，多指巨著、大作。诗句意谓，汉唐时代的五七言诗传遍海域，中日两国两千年交往的历史续写宏伟的篇章。

⑤茅台美酒，贵州省怀仁县茅台镇，以盛产浓香馥郁的茅台酒闻名于世。酌，斟酒、饮酒。夕阳，傍晚的太阳，亦喻晚年。诗句意谓，茅台美酒看你自斟自饮，我则病体难以奉陪恋惜自己人生的晚年。

祝贺日中友协成立二十五周年^①

月过中秋分外圆，长空万里舞婵娟。^②
太平洋上波涛壮，共济同舟廿五年。^③

【注释】

①此诗写于 1975 年秋。当时，郭沫若为祝贺日中友好协会成立二十五周年，特题赠七绝一首并写成条幅，托启程访日的中日友协代表团转交，用以表达自己作为中日友协名誉会长对于日本人民的深厚感情。此诗转引自吉林师范大学编译《日本朋友悼念郭沫若》一书，1978 年 12 月出版。

②婵娟，形态美好，也指美女。诗句意谓，月过中秋，分外的圆；长空万里，嫦娥起舞。

③共济同舟，即同舟共济。典出《孔子·九地》，后用以比喻同心协力战胜困难。诗句意谓，太平洋地区各国人民反对霸权主义、反对殖民主义的斗争波澜壮阔，中日两国人民廿五年来同舟共济为保卫世界和平而共同奋斗。

挽 康 生①

第五卫星同上天，光昭九有和大千。②
多才多艺多能事，反帝反修反霸权。③
生为人民谋福利，永扬赤帜壮山川。④
神州八亿遵遗范，革命忠贞万代传。⑤

【注释】

①此诗写于1975年12月。康生（1898—1975），山东诸城人。生前曾任中共中央政治局常委、中央副主席。"文化大革命"期间，任中共"文革"小组顾问，与林彪、江青勾结，直接参与篡党夺权阴谋活动。1975年病逝于北京。1980年10月，中共中央向全党公布了他的罪行，决定开除其党籍。1977年春，有位收藏者以康生当年所书"为人民"隶体条幅求题。郭沫若为之书跋，内有："'为人民'三字乃康老所书，据谷牧同志估计，殆书于1948年前后。时康老任山东分局书记兼山东省长，日理军政万机，很少写字，此件却得保存，甚为难得。……余挽康老诗中有'为人民'三字，今缀录于后。"可见这首挽诗首见于"为人民"隶书条幅上。

②第五卫星，指我国第五颗人造地球卫星，于1975年12月16日发射成功。这一天康生病故，诗中因言与第五颗卫星同时上天。九有，即九州，泛指全中国。大千，佛教语，大千世界的省称，指广大无边的世界。作者认为，逝者亦系天上星宿，其星光当与第五卫星一起昭示（显扬）于中国和世界。

③多才多艺，逝者生前于书法、国画、文物鉴赏诸方面均有很深造诣，堪称多才多艺。且于从政治国亦多能事，在反对帝国主义、反对现代修正主义、反对霸权主义斗争中发挥了很大的作用。

④赤帜，红旗。诗句意谓，逝者生为人民谋取福利，永远高扬革命红旗，让祖国山川更加壮丽。

⑤神州，中国的别称。遗范，遗留下来的风范。诗句意谓，八亿人民遵循逝者遗留下来的风范，对于革命忠贞不二之心万代流传。作者之所以如此吹捧康生，既因康生参与林彪、江青反革命集团罪行尚未公布，同时也反映作者处于特定历史时期趋时附势的积习与思想认识上的局限！

日中文化交流协会成立二十周年纪念①

交流文化着先鞭，廿载绸缪功不朽。②
群策同呼反伯权，相携共进万斯年。③

【注释】

①此诗写于 1976 年 1 月 3 日。日中文化交流协会,于 1956 年 2 月正式成立,多年来为推动日、中友好和文化交流做了大量工作。1976 年 1 月,郭沫若为庆祝日中文化交流协会成立二十周年而作此诗。

②先鞭,占先一着。典出《晋书·刘琨传》:"与范阳祖逖为友,闻逖被用,与亲故书曰:'吾枕戈待旦,老枭逆虏;常恐祖生先吾着鞭。'"绸缪(chóu móu),即未雨绸缪,比喻事先做好防备工作。诗句意谓,交流日中两国文化占先一着,二十年来未雨绸缪之功不可磨灭。

③伯,通"霸"。《荀子·成相》:"穆公任之,强配五伯六卿施。"五伯,同"五霸"。万斯年亦作亿万斯年,极言年代的久长。语出《诗·大雅·下武》:"于万斯年,受天之祐。"诗句意谓,大家群策群力同呼反对霸权,互相携手合作共进亿万斯年。

书赠张蕙芬大夫①

两年战病魔,指战辄君多。②
挥戈返落日,报国当如何。③

【注释】

①此诗写于 1976 年 5 月。录自王廷芳《谈笑凯歌还》,载《郭沫若学刊》2002 年第 3 期。诗有落款:"一九七六年五月八日书赠张主任大夫蕙芬同志,郭沫若。"

②两年战病魔,指 1974 年 1 月 25 日晚在首都体育馆一万八千人的大会上江青指名让郭沫若站起来加以羞辱,让他十分恼火。2 月 10 日就患了大叶肺炎,高烧不退,十分危险。后经大力抢救才转危为安,但健康却每况愈下。"辄",独,特,总是。诗句意谓,两年来我与病魔战斗,指挥作战有赖张君颇多。

③挥戈返落日,典出《淮南子·览冥训》:"鲁阳公与韩构难,战酣,日暮,援戈而挥之,日为之反三舍。"后多形容力挽危局。此指 1976 年春天,张蕙芬医师给他用了一种新药,病情明显有所好转。诗句意谓,感谢医师具有挥戈返日的回天之力,我当用以一心报国如何?

书赠蒋景文大夫①

寄园二月兰,采撷助加餐。②
惠我多巴片,谈笑凯歌还。③

【注释】

①此诗写于 1976 年 5 月。录自王廷芳《谈笑凯歌还》,载《郭沫若学刊》2002 年第 3 期。诗有落款:"一九七六年五月八日书赠蒋景文大夫同志,郭沫若。"

②二月兰,亦名春兰,因农历二月前后开紫色花,因称二月兰,可作园林绿化作物。采撷(xié),采摘。加餐,多进饮食。诗句意谓,采自寄园的二月兰,花有清香可助我增进饮食。

③多巴片,即当时的进口药物左旋多巴片。1976 年春天,郭沫若因周恩来总理逝世悲痛万分,病情进一步恶化。经过会诊,决定采用蒋景文大夫所在的脑系科的意见,用进口的左

旋多巴片治疗。服用后虽有严重药物反应,病情却有了明显好转。郭沫若特别高兴,产生"谈笑凯歌还"的感觉,就给蒋景文医师题了这首诗。

粉碎"四人帮"①

(水调歌头)

　　大快人心事,揪出"四人帮"。②政治流氓文痞,狗头军师张,还有精生白骨,自比则天武后,铁帚扫而光。③篡党夺权者,一枕梦黄粱。④

　　野心大,阴谋毒,诡计狂。⑤真是罪该万死,迫害红太阳!⑥接班人是俊杰,遗志继承果断,功绩何辉煌!拥护华主席,拥护党中央。⑦

【注释】

　　①此词写于 1976 年 10 月 21 日。四人帮,指江青、张春桥、姚文元、王洪文四人结成的反革命帮派。同年 10 月 6 日,中共中央政治局执行党和人民的意志,毅然采取果断措施,一举粉碎了江青反革命集团,结束了"文革"这场灾难。郭沫若在听到中央有关部门正式传达后喜而赋此。发表于同年 11 月 1 日《解放军报》。收《沫若诗词选》,未入《郭沫若全集》。

　　②这里是说,真是大快人心的事情,一举揪出了祸国殃民的"四人帮"。

　　③精生白骨,即白骨精,古代小说《西游记》中的妖魔。则天武后,即武则天,唐高宗皇后,参与朝政,号曰"天后"。后又自称圣神皇帝,改国号为周。词句意谓,政治流氓王洪文,文化痞子姚文元,狗头军师张春桥,还有自比则天武后的白骨精江青,都被革命的铁帚一扫而光。

　　④梦黄粱,即黄粱美梦。唐沈既济《枕中记》记载:卢生在邯郸旅店遇道士吕翁,自叹穷困潦倒。吕翁从囊中取出青瓷枕,让卢生枕着睡觉。这时店主人正在做饭。卢生进入梦乡,在梦中享尽荣华富贵。一觉醒来,旅店的小米饭还没熟。后以比喻荣华终成泡影,欲望完全破灭。词句意谓,凡是想篡夺党和国家权力的人,只能是一枕黄粱美梦而已。

　　⑤这里是说,"四人帮"反革命集团,野心真大,阴谋狠毒,诡计猖狂。

　　⑥红太阳,指毛泽东。词句意谓,真是罪该万死,迫害伟大领袖毛泽东。

　　⑦俊杰,才智出众的人。《孟子·公孙丑上》:"尊贤使能,俊杰在位。"词句意谓,党和国家领导的接班人是一位才智出众的人,继承毛主席遗志非常果断,革命功绩何其辉煌!我们拥护华国锋主席,拥护新的党中央。

木兰花①

　　当年革命潮澎湃,大集群英纷异彩。②指挥万众唱新词,更信舵师航大海。③

　　奋图照眼思忠爱,自有精神昭万代。④歌声日夜绕山河,太阳不落丹心在。⑤

【注释】

①此词写于 1976 年秋冬之间。录自王芝琛《郭沫若题写诗词与一个久违的故事》，载 2003 年 2 月 13 日《南方周末》。词有题序："题周总理指挥红卫兵高唱大海航行靠舵手图，调寄木兰花。"木兰花，词牌名，亦名玉楼春。原唐教坊曲名，后用为词牌。双调五十六字，七言八句，仄韵。1976 年 10 月粉碎"四人帮"后，现代著名新闻工作者、政论作家王芸生向郭沫若"索求墨宝"，因得此词。

②澎湃，波涛冲击声，如奔腾澎湃。异彩，异乎寻常的光彩。词句意谓，当年革命潮流奔腾澎湃，大集各界群英异彩纷呈。

③新词，指《大海航行靠舵手》歌词。舵，航行用以控制方向的装置。舵师，犹舵手，掌舵的人，喻领导者。词句意谓，周总理指挥万众歌唱新词，人们更信大海航行需要舵手。

④奋图，指扬起周总理指挥红卫兵高唱《大海航行靠舵手》图。词句意谓，奋图照眼更思忠心爱戴，自有革命精神昭示万代。

⑤太阳，即红太阳，喻毛泽东主席。词句意谓，革命歌声日夜环绕祖国山河，太阳不落人们丹心永在。

农业学大寨①

（望海潮）

四凶粉碎，春回大地，凯歌声入云端。②天样红旗，迎风招展，虎头山上蹁跹。③谈笑拓田园，使昆仑俯首，渤海生烟。④大寨之花，神州各县，遍地燃。⑤

农业衣食攸关，轻工业原料，多赖支援。⑥积累资金，繁荣经济，重工基础牢坚。⑦基础愈牢坚，主导愈开展，无限螺旋。⑧正幸东风力饱，快马再加鞭。⑨

【注释】

①此词写于 1977 年 2 月。望海潮，词牌名。首见于柳永《乐意集》，咏钱塘（杭州）胜景。此词牌双调一百零七字。前阕十二句，五平韵，五十三字。后阕十一句，六平韵，五十四字。农业学大寨，当年山西省昔阳县大寨公社大寨大队是全国农业战线的一面旗帜。他们把荒山秃岭瘠土薄田，建成"大寨式"的高产农田，使当地农民富裕起来。20 世纪 60 年代，毛泽东发出"农业学大寨"的号召。1977 年 2 月 6 日，郭沫若作《望海潮·农业学大寨》，载同年 4 月 13 日《人民日报》，收《沫若诗词选》，未入《郭沫若全集》。

②四凶，指王洪文、张春桥、江青、姚文元反党集团。词句意谓，粉碎"四人帮"反党集团以后，春回大地，胜利凯歌之声响入云端。

③虎头山，原为荒山秃岭，大寨人加以充分开发，成为一片片可种粮食作物的梯田。蹁跹，轻扬飘逸的样子，常用以形容轻快旋转的舞姿。词句意谓，天样红旗迎风招展，大寨人在虎头山上翩翩起舞。

④昆仑，即昆仑山。渤海，为我国北方的内海。烟，烟云，烟景。词句意谓，大寨人谈笑

之间拓展田园,能使昆仑山俯首,使渤海生出云烟缭绕的美景。

⑤神州,对我国的美称。燃,比喻红色如火烧。梁元帝《宫殿名》:"林间花欲燃。"词句意谓,大寨之花在全国各县,已经如火如荼地开放。

⑥攸,所。如生命攸关。词句意谓,农业与衣食攸关,轻工业原料也多靠它支援。

⑦这里是说,积累生产资金,繁荣社会经济,重工业亦需基础牢固。

⑧螺旋,此指螺旋式前进与上升。词句意谓,以农业为基础越牢固,以工业为主导就越开展,从而形成无限螺旋的上升局面。

⑨这里是说,正幸东风风力饱满,我们要快马加鞭加速前进。

工业学大庆①

(水调歌头)

工业学大庆,须学大庆人。大庆"铁人"成阵,人中之精英。②雪地冰天会战,壮志雄心大干,铁中之铮铮。③钻透岩千仞,油海喷长鲸。④

抓革命,促生产,凭"两论"。使精神变物质,物质变精神。⑤大力抓纲治国,鼓舞群雄创业,领袖真英明!⑥促进现代化,干劲满乾坤。⑦

【注释】

①此词写于1977年2月。工业学大庆,我国东北地区大庆油田,当年是我国工业战线的一面旗帜。大庆人只用三年时间,就建成一个现代化的石油企业。20世纪60年代,毛泽东发出"工业学大庆"的号召。1977年2月26日,郭沫若为庆祝全国学大庆会议召开,作《水调歌头·工业学大庆》。此词载《诗刊》1977年第5期。收《沫若诗词选》,未入《郭沫若全集》。

②铁人,指大庆石油工人王进喜,为全国劳动模范,被群众誉为"铁人"。精英,犹精华。词句意谓,工业学大庆,须学大庆人。大庆人中像王进喜式的"铁人"成阵,他们都是人中之精华。

③会战,指大庆石油大会战。铁中之铮铮,铮铮为金属撞击发出的声音,用以比喻相当杰出的人物。词句意谓,在冰天雪地之中参加石油会战,充满雄心壮志大干一场,真是铁中铮铮之杰出人物。

④仞,古代长度单位,周制八尺为一仞。词句意谓,今日钻井钻透千仞岩石,将来油海会像海中鲸鱼喷水那样喷出石油。

⑤两论,指毛泽东所著《矛盾论》与《实践论》。词句意谓,抓好革命,促进生产,全凭学习《实践论》、《矛盾论》,这样就能使精神与物质互相转化。

⑥抓纲治国,这是粉碎"四人帮"后华国锋主政时期提出的政治口号。词句意谓,大力贯彻抓纲治国的方针,鼓舞各地群雄创业,我们的领袖真英明。

⑦乾坤,原为周易中两个卦名,可引申为天地、世界。词句意谓,促进四个现代化,让具有干劲的人充满世间。

捧读《毛泽东选集》第五卷①

（沁园春）

四匪成帮，疯魔乱舞，小丑跳梁。②恨垄断论坛，是非颠倒，生吞历史，比附荒唐；③妄想夺权，阴谋叛乱，竟欲登天摘太阳。④粉碎了，把多年流毒，彻底扫光。⑤

宝书传遍四方，第五卷雄文放光芒。⑥是斗争经验，辩证思想，辉煌实践，精锐武装。⑦努力钻研，加强建设，毛泽东旗帜高扬。⑧齐奋勉，学英明领袖，治国抓纲。⑨

【注释】

①此词写于1977年3月19日。《毛泽东选集》第五卷，根据中共中央决定于1977年3月正式出版。收入毛泽东1949年9月到1957年的主要著作。郭沫若作《沁园春》词表示庆贺，发表于同年4月18日《人民日报》。后收入《东风第一枝》，四川人民出版社1979年出版。

②四匪，指王洪文、张春桥、江青、姚文元。小丑跳梁，跳梁、蹦蹦跳跳，喻作乱。谓微不足道的坏人疯狂作乱。词句意谓，四个匪类结成一帮，仿佛疯子魔鬼乱舞，实则小丑跳梁而已。

③论坛，对公众发表议论的地方，指报刊、电台、座谈会等。生吞，即生吞活剥，比喻生硬地抄袭、模仿人家的言论、经验、方法，而不联系实际。比附，拿不能相比的东西来附会。词句意谓，恨这一伙人垄断思想言论阵地，他们在社会生活中颠倒是非，对于历史生吞活剥，而且经常牵强附会极为荒唐。

④摘太阳，此指意欲谋害毛泽东主席。词句意谓，他们妄图夺取党和国家领导权，阴谋发动叛乱，竟然妄想登天去摘红太阳。

⑤流毒，流传的毒害。词句意谓，粉碎了"四人帮"，把多年流传的毒素彻底扫光。

⑥宝书，指《毛泽东选集》第五卷。雄文，有才气、魄力的文章。词句意谓，这一卷宝书必将传遍四方，第五卷雄文永放光芒。

⑦这里是说，《毛泽东选集》第五卷是斗争的经验，辩证的思想，辉煌的革命实践，精锐的思想武装。

⑧这里是说，我们要努力学习钻研，加强思想建设，让毛泽东思想的旗帜高高飘扬。

⑨奋勉，振作努力。英明领袖，指当时主持党中央工作的华国锋主席。治国抓纲，即抓纲治国，属于特定时期的政治口号。词句意谓，大家一齐振作努力，学习英明领袖，治国必须抓纲，亦即抓阶级斗争这个纲。

悼阿英同志①

你是"臭老九"，我是"臭老九"。
两个"臭老九"，天长又地久。②

【注释】

①此诗写于 1977 年 6 月 28 日，阿英(1900—1977)，原名钱杏邨，安徽芜湖人。1926 年加入中国共产党。1928 年发起组织太阳社。后参与中国左翼作家联盟领导工作。此后历任中共中央华东局文委书记、天津市文化局局长等职。其一生著述宏富，为我国著名戏剧家、文学史家。1977 年 6 月因病逝世。郭沫若抱病参加追悼会，并在归途中吟成此诗。收入《东风第一枝》。

②"臭老九"，这是"文化大革命"期间对知识分子的诬称。即把知识分子排在地、富、反、坏、右、叛徒、特务、走资派之后，因排列次序为第九，故称。天长又地久，本指天地存在的时间久远，后多用来形容时间悠久，多指感情永远不变。诗句意谓，你我都是"臭老九"，两个"臭老九"，天长又地久。这里既指二人友谊，亦喻一生事业。

八一怀朱总①

赣水风雷井冈火，先忧后乐岁寒松。②
彬彬文质闲骚雅，岳岳元戎驭六龙。③
服务为民公仆责，同仇敌忾万夫雄。④
反封反殖反双霸，赤帜高擎贯始终。⑤

【注释】

①此诗写于 1977 年 7 月。朱德(1886—1976)，生前任中国人民解放军总司令、中央军委副主席、中共中央副主席、人大常委会委员长。1977 年 7 月 6 日，朱德逝世一周年，郭沫若深情怀念，写成七律《八一怀朱总》，发表于同年 7 月 31 日《人民日报》，收《东风第一枝》。

②赣水风雷，指 1927 年"八一"南昌起义。井冈火，指当年井冈山的斗争。先忧后乐，范仲淹《岳阳楼记》："先天下之忧而忧，后天下之乐而乐。"岁寒松，语出《论语·子罕》："岁寒，然后知松柏之后凋也。"诗句意谓，朱总当年直接参与并领导了南昌起义和井冈山的斗争，堪称深知先忧后乐，能耐岁寒的青松。

③彬彬文质，即文质彬彬，形容人既有文采又很质朴，后多指文人品学兼优温文儒雅。闲，通"娴"，熟练，如娴于辞令。骚雅，指《离骚》和《诗经》中的《小雅》《大雅》。亦可指诗文之才。元戎，主将。岳岳，挺立貌。驭(yù)，驾驭，驾御。六龙，古代传说指驾日车的"六龙"。《易·乾》："时乘六龙以御天。"诗句意谓，朱总文武全才，既能文质彬彬娴于诗文，又是岳岳元戎在驾驭战争。

④公仆，为公众服务的人。同仇敌忾(kài)，共同怀着无比仇恨和愤怒，戮力同心抵抗敌人。万夫，万人。诗句意谓，朱总的服务为民尽到了公仆的责任，对付人民所恨的敌人则是万人之中的英雄。

⑤赤帜，赤色的旗帜，即红旗。诗句意谓，反对封建主义、殖民主义，反对美苏两霸，高举革命红旗贯穿始终。

赠东风剧团①

五年阔别重携手，且喜蔷薇花正红。②

四害驱除天下乐,双双对对颂东风。③

【注释】

①此诗写于1977年7月9日。同年6月底,郭沫若让东风剧团把豫剧《朝阳沟》、《李双双》带到北京演出。东风剧团在京演出期间,受到人大常委会副委员长邓颖超的亲切接见,郭沫若还亲笔题诗相赠。诗见《东风第一枝》。

②五年阔别,指1972年以来已有五年没有看到东风剧团的演出。诗句意谓,经过五年分别之后现在重新携手,且喜园中蔷薇花正在盛开一片火红。这里既点明题诗的季节,亦喻当时的社会形势。

③四害,指"四人帮"反党集团。诗句意谓,"四人帮"反革命集团被驱除,天下人都很欢乐,人们双双对对在颂扬东风。这里"东风"一语双关,既与政治形势有关,亦喻东风剧团。

歌颂十届三中全会①

（满江红）

治国抓纲,符民意,英明决策。②长鼓荡,东风习习,红旗猎猎。③一瞬四人帮粉碎,普天国际歌洋溢。起贤才,八亿一条心,同建国。④

云水怒,风雷激;反双霸,齐努力;把第三世界,联为铁壁。⑤完成四个现代化,实现三年大治业。⑥再坚持,二十个春秋,宏图奕。⑦

【注释】

①此词写于1977年7月。十届三中全会,同年7月16日至21日,中国共产党十届三中全会在北京召开。7月20日,郭沫若作《满江红》词,歌颂党的十届三中全会。载同年7月27日《人民日报》,收入《东风第一枝》。

②治国抓纲,即华国锋主政时期提出的"抓纲治国"的政治口号。词句意谓,抓纲治国的建国方略,符合民众的意愿,堪称英明决策。

③习习,微风和煦貌。《诗·邶风·谷风》:"习习谷风。"猎猎,旌旗在风中飘动的声音。词句意谓,长久地鼓舞激荡,东风习习拂煦,红旗猎猎飘扬。

④一瞬,一转眼,极短时间。词句意谓,转眼之间四人帮已被粉碎,普天之下洋溢着国际歌的声音,而今正起用具有贤能的人才,八亿人一条心,共同建设国家。

⑤双霸,指苏美两霸,即推行霸权主义的国家。第三世界,1974年毛泽东根据当时世界基本矛盾提出划分三个世界的基本理论,即美国、苏联两个超级大国为第一世界,亚非拉美及其他地区的被压迫民族和国家为第三世界,处于这两者之间的发达国家为第二世界。中国属于第三世界国家。词句意谓,整个世界革命队伍云水震怒势不可挡,革命如风暴雷霆激荡迅猛异常,革命人民反对美苏两霸,大家一齐努力,把第三世界联合成为铜墙铁壁。

⑥四个现代化,即实现农业、工业、国防和科学技术四个现代化。词句意谓,我们要努力奋斗,完成四个现代化,实现三年大治业的目标。

⑦奕,奕奕,光采闪闪貌。词句意谓,再坚持二十年,我国社会主义的宏图大业将发出耀

人的光彩。

歌颂十届三中全会^①（五律）

三生有大幸，盛会古无俦。^②
粉碎四人帮，抓纲一网收。^③
莫嫌臭老九，粪土万户侯。^④
承先还启后，人物尽风流。^⑤

【注释】

①此诗写于 1977 年 7 月 27 日。郭沫若作五言律诗《歌颂十届三中全会》，诗收入《东风第一枝》。

②三生有大幸，三生指前生、今生、来生。三生有幸，形容非常难得的好机会或好境遇。俦（chóu），伴侣、同辈。诗句意谓，真是三生有幸，而且这样的盛会可以说是自古以来尚无同类。

③抓纲，抓阶级斗争为纲。诗句意谓，而今一举粉碎"四人帮"反党集团，因为抓住阶级斗争为纲才一网全收。

④"臭老九"，为"文化大革命"期间对知识分子的诬称。粪土，污浊的泥土。万户侯，汉代制度，列侯食邑，大者万户，小者五六百户。万户侯，食邑万户的侯。诗句意谓，莫嫌今日臭老九，可以粪土当年万户侯，亦即视万户侯与粪土一样。

⑤承先还启后，承接前面的，引出后面的。多用于事业、学问方面。风流，英俊的，杰出的。苏轼《念奴娇·赤壁怀古》："大江东去，浪淘尽，千古风流人物。"诗句意谓，承前还能启后，尽是风流人物。

祝《望乡诗》演出成功^①

望乡诗好庆成功，李白晁衡是弟兄。^②
力挽狂澜金石颂，千秋万岁播东风。^③

【注释】

①此诗写于 1977 年 10 月 2 日。本篇为话剧《望乡诗》1977 年 10 月在日本首演成功而作。诗有小序："河源崎十郎先生演出《望乡诗》获得大成功，草成一绝奉贺。"郭沫若时在病中，这首七绝托当时访华的藤山爱一郎带给了河源崎十郎。诗收入《东风第一枝》，题为编者所加。

②李白，我国唐代大诗人。晁衡，唐时日本派来中国的留学生，原名阿倍仲麻吕，后改汉名晁衡。他在中国生活了近四十年，曾任中国秘书监，因工于诗文，与李白、王维均有深厚友情。李白曾作《哭晁衡诗》以示对于亡友的哀悼之情。诗句意谓，根据晁衡生平事迹编写的《望乡诗》内容很好并应庆贺演出取得成功，李白与晁衡本来就是弟兄。

③力挽狂澜，全力使猛烈的波浪顺水而流，比喻以巨大的力量挽救与扭转危险的局势。

金石,金指钟鼎之属,石指碑碣之属,古代颂功纪事寓诚多铭于金石。千秋万岁,千年万年,形容岁月长久。诗句意谓,我们理应歌颂力挽狂澜之人并铭于金石,千秋万世传播东风。

赠茅诚司先生[①]

惠我荞麦面,回思五五年,[②]
深情心已醉,美味助加餐。[③]

【注释】

①此诗写1977年10月6日。茅诚司,日本著名科学家,曾任日本学术会议会长。1977年10月,茅诚司访问中国。听说郭沫若身体不好,特地从日本带来荞麦面条和特制的汤汁,当时未能见到病中的郭沫若。郭沫若获悉此事后写成五言绝句并委托王廷芳送上。诗已收入《东风第一枝》。

②荞麦面,即荞麦面条,日本流行的大众化食物。诗句意谓,赐我以荞麦面条,让我回想到1955年。(1955年12月,郭沫若曾率中国科学代表团访日,日本学术会议会长茅诚司热情接待,曾邀郭沫若吃荞麦面条,此事给作者留下深刻印象。)

③这里是说,郭沫若时在病中,感到日本友人馈赠荞麦面的深情已使自己心醉,这种美味食品可以助我加餐。

祝共青团中国科学院
第五次代表大会开幕[①]

(清平乐)

神州赤县,长颂东风健。满目青年多俊彦,努力科研实践。[②]
科研攀上高峰,促进国防工农。四项化成现代,廿年争取成功。[③]

【注释】

①此词写于1977年11月16日。清平乐,词牌名。双调四十六字。前阕四句,四仄韵,二十二字,句式参差。为四、五、七、六字句。后阕四句,三平韵,二十四字,均为六字句。当时,中国科学院召开共青团第五次代表大会,郭沫若作为老院长写词表示祝贺。词见《东风第一枝》。

②神州赤县,战国时邹衍称我国为赤县神州。(见《史记·孟子荀卿列传》)后世以赤县神州为中国的别称。俊彦,才智过人之士。词句意谓,整个中国长颂东风劲吹,满眼青年多才智过人之士,正在努力进行科学研究的实践。

③四项化成现代,即实现农业、工业、国防和科学技术四个现代化。诗句意谓,科学研究攀上高峰,促进国防和工农,努力实现四个现代化,争取二十年内获得成功。

题关良同志画鲁智深①

神佛都是假，
谁能相信它！
打破山门后，
提杖走天涯。②
见佛我就打，
见神我就骂。
骂倒十万八千神和佛，
打成一片稀泥巴。③
看来禅杖用处大，
可以促进现代化，
开遍大寨花。④

【注释】

①此诗写于 1977 年 12 月 1 日。关良在《深切的怀念》（载《美术》1978 年第 4 期）一文中说："粉碎'四人帮'后，我才又和他通讯，并寄给他一幅《鲁智深醉打山门》的画，请他题词。去年十二月一日，他在重病中，为我写下他最后的一首诗。"这幅《醉打山门》根据《水浒传》中花和尚鲁智深故事相关内容绘制，郭沫若就画意做了进一步的发挥。诗画均载 1978 年 1 月 29 日《人民日报》，诗已收入《东风第一枝》。

②山门，佛寺的大门。因佛寺多在山间，故称。诗句意谓，神佛都是假的，谁能去相信它！打破寺院山门后，提着禅杖闯荡天涯。

③这里是说，鲁智深本不相信神佛，又在酒醉之后，所以见佛就打，见神就骂，终于骂倒一大片，还把它们打成一片稀泥巴。

④这里是说，还是禅杖用处大，把神佛打成泥巴之后可以肥田利农，因而促进农村现代化，到处开遍大寨之花。

纪念毛主席诞辰①

形象思维第一流，文章经纬冠千秋。②
素笺画出新天地，赤县翻成极乐洲。③
四匹跳梁潜社鼠，九旬承教认孔丘。④
群英继起完遗志，永为生民祛隐忧。⑤

【注释】

①此诗写于 1977 年 12 月 26 日。当日，郭沫若参加中宣部邀请的社会科学、文化艺术、新闻出版界党内外人士座谈会，在会上吟诵了七律《纪念毛主席诞辰》。当晚，在纪念毛主席

诞辰文艺晚会上,郭沫若又请人代读了这首诗。诗载同年 12 月 29 日《人民日报》,收《东风第一枝》。

②形象思维,又称"艺术思维"。文学艺术创作者从观察生活汲取创作材料到塑造艺术形象这整个创作过程中所进行的主要思维活动和思维方式。形象思维受创作者世界观的指导和支配,并受其对社会生活熟悉理解程度的制约,丰富的艺术修养和创作经验对正确运用形象思维也具有积极的作用。经纬,规划、治理。《左传·昭公二十九年》:"夫晋国将守唐叔之所受法度,以经纬其民。"诗句意谓,毛主席著作,尤其是诗词运用形象思维是第一流的,文章规划治理可以为千秋之冠。

③素笺,白色小幅而华贵的纸张。极乐洲,意同佛教名词极乐世界。诗句意谓,运用素笺画出新的天地,把中国翻转成为极乐世界。

④跳梁,强横。社鼠,社庙里的老鼠,比喻有所依恃的小人。孔丘,即孔子。诗句意谓,四匹强横而潜在社庙中的老鼠,我已年近九十尚承教诲而认识了孔丘的问题。

⑤群英,众多英才。生民,人、人民。祛(qū),除去。隐忧,同"殷忧",深忧。诗句意谓,成群英才继承毛泽东主席的遗志,永为人民解除隐忧。

橘生南国①

橘生南国,布满江潭。②
秉德无私,与天地参。③

【注释】

①此诗写于 1977 年 12 月。落款为"曹大澂同志嘱题,一九七七年十二月九日,于立群。"当时,曹大澂带来程十发所绘《橘颂图》,要求郭沫若题词。郭因病重无法执笔,遂在拟稿之后由于立群代写。诗见《东风第一枝》,题为编者所加。

②橘,橘子树,常绿乔木,果实圆形稍扁,果肉多汁味甜。江潭,语见《楚辞·渔父》:"屈原既放,游于江潭,行吟泽畔。"这里"江潭"指湖南沅江江边。诗句意谓,橘子树生于南方,布满沅江江边。

③"秉德"二句,语出屈原《橘颂》:"秉德无私,参天地兮。"秉德,抱德。参,合。诗句意谓,橘有无私的品德,故可匹配天地。

纪念周总理八十诞辰①

光明磊落,大公无私。②
忠于革命,忠于导师。③
经纬万端,各得其宜。④
丰功伟绩,万古长垂。⑤

【注释】

①此诗写于 1978 年 2 月。周总理,即周恩来(1898—1976),生前曾任中共中央副主席、

国务院总理、全国政协主席。1978年2月,郭沫若为纪念周恩来总理八十诞辰,作四言诗一首。诗载同年3月4日《人民日报》,收《东风第一枝》。

②光明磊落,形容光明正大,胸怀坦荡。大公无私,秉公办事毫无私心。诗句意谓,周恩来一生具有光明磊落、大公无私的高贵品质。

③这里是说,周恩来一生忠于中国人民的解放事业,忠于无产阶级的革命导师。

④经纬万端,经为织物的纵线,纬为织物的横线,端为头,这里比喻头绪很多。各得其宜,表示各方面都得到适当的安排。诗句意谓,周总理生前日理万机头绪纷繁,但都能做到各得其宜合理安排。

⑤万古,千年万代。长垂,永远流传。诗句意谓,周总理一生建立了伟大的功勋与业绩,必将千年万代永远流传。

贺五届人大、五届政协胜利召开①

(水调歌头)

红日照天下,春满北京城。来自五湖四海,一片凯歌声。②颁布重修宪法,通过辉煌报告,步武如雷霆。③四化承师训,四害化灰尘。④

高举旗,齐步伐,再长征。九亿大鹏展翅,飞散满天云!⑤英明领袖英明,协力抓纲治国,遍地是东风。⑥二十三年后,煮酒论群英。⑦

【注释】

①此词写于1978年2、3月间。郭沫若由于重病在身,未能参加五届人大和五届政协会议,却一直惦记着会议的进程。他在医院仍用颤抖的手捧读大会文件,还忍着自身病痛,写出了他的颂歌。此词发表于1978年6月21日《解放军报》、《人民日报》,收入《东风第一枝》。

②这几句在写两会盛况,红日高照,春满北京,代表们来自五湖四海,会场上传来一片胜利凯歌之声。

③重修宪法,指重新修订后的《中华人民共和国宪法》。1978年3月5日,五届人大第一次会议通过颁布了新的宪法。步武,跟前人的足迹走,比喻追随效法。诗句意谓,五届人大通过与颁布了新的宪法,通过了政府工作报告,人们前进的脚步如迅雷一般。

④师训,指毛泽东、周恩来等老一辈革命家的遗训。诗句意谓,四化大业谨承师训,"四人帮"反党集团已化为灰尘。

⑤再长征,即新长征,再次投入社会主义革命和建设的万里征程。大鹏,典出《庄子·逍遥游》,为传说中大鱼变成的大鸟。诗句意谓,高举革命大旗,整齐前进步伐,再次踏上新的万里征程。九亿人民像大鹏那样飞散满天云。

⑥这里是说,英明领袖(指华国锋)果然英明,大家同心协力抓纲治国,遍地都是东风。

⑦二十三年后,指进入21世纪。煮酒论群英,化用《三国演义》中青梅煮酒论英雄与群英会的故事。诗句意谓,二十三年后进入新的世纪,自当青梅煮酒再论群英。

看舞剧《小刀会》剧照口占①

双剑插背,两眼如神。

精神抖擞,快要杀人。②

【注释】

①此诗写于 1978 年 3 月。舞剧《小刀会》是上海歌舞剧院于 1959 年上演的第一部大型民族舞剧。全剧展现了上海小刀会起义的历史风貌。次年赴京演出,毛泽东、周恩来观后盛赞其反帝反封建精神。1977 年上海恢复公演。1978 年 3 月,郭沫若时在病中,只能欣赏舞剧《小刀会》剧照,即兴吟成一首四言小诗。详见《东风第一枝》,题为编者所加。

②抖擞(sǒu),振作,发奋。龚自珍《己亥杂诗》:"我愿天公重抖擞,不拘一格降人才。"诗句意谓,小刀会的勇士们,双剑插在背上,两眼炯炯有神。大家精神抖擞,准备走上战场去杀敌人。

题屈子祠①

集芙蓉以为裳,又树蕙之百亩。②

帅云霓而来御,将往观乎四荒。③

【注释】

①此诗写于 1978 年春。录自《郭沫若楹联辑注》。屈子祠,在湖南省汨罗县,坐落于汨罗江边的玉笥山上,是为纪念我国古代伟大的爱国诗人屈原而建的。1978 年春,屈子祠复修,当地有关部门约请郭沫若题词。当时,郭沫若正在病中,仍卧榻构思,集屈原《离骚》诗句而成一联语式的六言诗。因卧病书写不便,遂由夫人于立群代笔。夫撰妻书,自成一格。现仍高悬屈子祠正厅,供人瞻仰。

②集自屈原《离骚》前半部分。原诗为:"制芰荷以为衣兮,集芙蓉以为裳。""余既滋兰之九畹兮,又树蕙之百亩。"芙蓉,指荷花。裳,下衣。树蕙,种植蕙草,比喻培育人才。诗句意谓,采集荷花以为衣裳,又去种植百亩蕙草。此指诗人为实现自己的理想而洁身自好,进而广泛培育各种人才。

③集自屈原《离骚》后半部分。原诗为:"飘风屯其相离兮,帅云霓而来御。""忽反顾以游目兮,将往观乎四荒。"帅,率领。霓,虹的一种。《尔雅·释天》邢昺注:"虹双出,色彩深者为雄,雄称虹;暗者为雌,雌曰霓。"御,同"迎",迎接。四荒,四方荒远之地。诗句意谓,率云霞虹霓而来迎接,我仍将往观乎四方荒远之地。诗人驾着凤鸟飞腾时,虽有云霓迎接,仍将观乎四荒,依然不能忘情现实。

附录:论文选刊

论郭沫若诗词创作

丁茂远

我国现代诗坛泰斗郭沫若，早在"五四"时期就以诗集《女神》开一代诗风，为开创我国现代新诗与推进新诗运动作出了巨大贡献。后在我国革命各个历史时期新诗创作从未中断。与此同时，还在从少年时代到逝世前长达 70 余年的岁月中，创作了数以千计的旧体诗词，同样丰富了我国现代文学的宝库，亦属郭沫若整个文学创作的组成部分。多年以来，人们对郭沫若创作的研究，往往侧重于新诗与历史剧，而旧体诗词却成了较为薄弱的环节。为此，我们拟就郭沫若一生诗词创作中几个比较重要的问题，结合文艺、学术界存在的分歧，谈些自己的看法，以求教于有关专家和广大读者。

郭沫若一生究竟创作了多少旧体诗词？似乎至今尚未有人做过较为准确的统计。我们所见几篇论述郭沫若诗词的文章，均对这一基本情况有所忽略或语焉不详。笔者多年一直搜集整理郭沫若诗词，发现大致包括三个组成部分：一是作者亦已编入自己历年出版的各种诗集，较为集中者有《潮汐集》、《蝴蝶集》、《新华颂》、《长春集》、《东风集》、《沫若诗词选》，其他诗集则偶见零星篇什。这些后来均已收入新版《郭沫若全集》[1]，合计 1090 余首。二是近年出版的《郭沫若旧体诗词系年注释》[2]，全书上下两册，堪称收录郭沫若旧体诗词较为完备的本子。此书所收除已见新版《郭沫若全集》外，另行增补集外佚诗 320 余首。三是笔者多年从新中国成立前后报刊与有关资料中搜集《郭沫若全集》与《郭沫若旧体诗词系年注释》未收录的散佚诗词 310 余首。那么，根据三者合计，郭沫若一生创作的旧体诗词当在 1720 首以上。这个数量还是相当可观的。鲁迅早在 30 年代就说过："我以为一切好诗，到唐已被做完，此后倘非能翻出如来掌心之齐天大圣，大可不必动手。然而言行不能一致，有时也诌几句，自省殊亦可

---

① 《郭沫若全集》文学编 1 至 5 卷，人民文学出版社 1982—1984 年间陆续出版。

② 王继权等：《郭沫若旧体诗词系年注释》，黑龙江人民出版社 1982 年版。

笑。"①此语并非耸人听闻。唐代为我国古代诗歌发展的高峰，宋元转向词曲，明清盛行小说，诗坛日趋衰落。我国现代诗坛在新诗运动蓬勃发展的同时，旧体诗词并未退出历史舞台，却在某些领域大放异彩。毛泽东、董必武、陈毅、叶剑英等老一辈革命家，郭沫若、鲁迅、茅盾、郁达夫、田汉等老一辈作家，柳亚子、赵朴初等爱国主义人士，均属现代"能翻出如来掌心之齐天大圣"，各自创作了一批可与我国古代诗人媲美的诗词，为我中华这个"诗词大国"再次呈现让人为之炫目的光华。

郭沫若作为我国现代新诗的倡导者和奠基人，何以后来在创作新诗的同时，依然热衷于旧体诗词呢？这就要求联系我国现代诗坛的实际状况。正如郭沫若本人所说："旧体诗词，我看有些形式会有长远的生命力的。如五绝、七绝、五律、七律和某些词曲，是经过多少年代陶冶出来的民族形式。这些形式和民间歌谣比较接近。如果真能做到'既有浓郁的诗意，语言又生动易懂'，我看人民是喜闻乐见的。"②这个说法的确有一定的道理。旧体诗词这种具有民族特点的传统艺术形式，并未随着历史时代的推移而完全失去自身的生命力，其中某些部分依然深受人们的欢迎。郭沫若这段话里只是疏忽了一点，即与艺术形式有关的思想内容问题。茅盾在《柳亚子诗选·序》中则对此有所补充："大家以为柳亚子提倡白话诗，而自己所写仍是旧体诗词，不免自相矛盾，其实不然。柳亚子此时的旧体诗词已有新的革命内容，所谓旧瓶装新酒，更见芳冽。"③这就不仅对于现代诗人既提倡白话诗又写作旧体诗词这一"自相矛盾"的现象作了辩证的说明，而且从"旧瓶装新酒"，亦即采用我国传统的艺术形式表现全新的革命内容，阐明现代旧体诗词自身存在的价值。我国 30 年代文艺界在有关大众化问题的讨论中，就曾有人主张不妨采用我国民族、民间的传统艺术形式，如诗词、歌谣、说唱、戏曲等人民大众喜闻乐见的样式，表现反帝反封建的思想内容，为广大人民群众服务。人们还将这种做法形象地称之为"旧瓶装新酒"。几十年来的实践证明，这在我国文艺民族化、群众化的道路上，不失为一种切实可行的措施。董必武曾在诗中写道："旧瓶装新酒，装试已成功。酒富新醇味，瓶存旧古风。"④这里尽管是在表达对于湖北宜昌京剧团演出《茶山七仙女》的观感，同样适合于评价旧体诗词，自应要求在思想内容方面既富"新醇味"，而在艺术形式方面又存"旧古风"。这一艺术见解实为我们阅读与欣赏旧体诗词提供一把可靠的钥匙。

---

① 鲁迅：《给杨霁云的信》，《鲁迅书信集》，人民文学出版社 1976 年版。
② 郭沫若：《关于诗歌的民族化群众化问题》，《诗刊》1963 年 7 月号。
③ 茅盾：《柳亚子诗选·序》，1980 年 11 月 18 日《羊城晚报》。
④ 见《董必武诗选》，人民文学出版社 1977 年版。

关于郭沫若诗词的思想与艺术成就，人们可以从很多方面展开论述。笔者只想主要集中在两个问题，亦即思想与时俱进与形式上各体兼备稍加阐述。郭沫若谈到柳亚子时指出："他是一位诗人，但不同于寻常的诗人，而是一位能够不断革命的诗人。"①还在《郁达夫诗词抄》序中说过："我一口气把它们读完了，大都是经心之作，可作为自传，亦可作为诗史。"②这两段话，既在评述友人诗作，亦属夫子自道，可以说明诗人自己诗词创作的特点。郭沫若无疑是位不同寻常的诗人，且应称为"不断革命"的诗人。他的诗词虽然并非都是经心之作，但就整体而言，仍可作为"自传"，亦可视为"诗史"。我们从其一生创作的千余首诗词中，不难看出诗中有"我"——诗人自己的生活和战斗历程，进而看到诗中有"史"——能反映特定时代和社会的风貌。

郭沫若早在少年时代就曾"舞文弄墨"，写过不少即兴抒怀的旧诗。他在乐山读书期间写了一首《夜泊嘉州作》，诗为：

> 乘风剪浪下嘉州，暮鼓声声出雉楼。
> 隐约云痕峨岭暗，浮沉天影沫江流。
> 两三渔火疑星落，千百帆樯戴月收。
> 借此扁舟宜载酒，明朝当作凌云游。

这首七言律诗写于 1907 年秋，出自一名小学刚刚毕业的少年之手。这里既可看出作者擅长写作旧诗的功力，亦能显示这位学子的胸怀。作者夜泊嘉州，面对峨岭、沫江、渔火、落帆，更激发起追慕古代诗人苏东坡载酒赋诗的情怀。辛亥革命前后，郭沫若在成都府中学堂读书，积极投入当地辛亥革命与反正前后的保路运动，成了特定时代的"弄潮儿"。这一时期诗作留下了参与反帝反封建斗争的脚印。诗中既为辛亥革命胜利而欢欣鼓舞，通过《咏牡丹》、《咏绣球》表达推翻清朝统治、结束封建帝制的兴奋心情，同时又对辛亥革命之后政权依然落入封建军阀手中表示痛心。他在《感时八首》之七中写道：

> 兔走乌飞又一年，武昌旧事已如烟。
> 眈眈群虎犹环视，炅炅醒狮尚倒悬。
> 承认问题穿望眼，破除均势在眉燃。
> 不见朔方今日事，俄人竟乃着先鞭。

诗人慨叹辛亥革命已如烟云，而现实状况是"群虎环视"、"醒狮倒悬"，整个国家濒临被列强瓜分的边缘。沙俄已在北方抢先对我下手，诗人能不"频来感触兴

---

① 郭沫若：《柳亚子诗词选·序》，人民文学出版社 1981 年版。
② 郭沫若：《郁达夫诗词抄·序》，浙江人民出版社 1981 年版。

衰事，极目中原泪似麻"，进而考虑"伤心国事飘摇甚，中流砥柱仗阿谁"？诗人正因此而怀着"富国强兵"的理想，不顾母亲"休作异邦游"的嘱咐，走出夔门，东渡日本，寻求救国救民的真理。

日本可以说是郭沫若的第二故乡。他在那里曾经度过 20 年的艰难岁月，包括 1914 至 1923 年间的"留学十年"和 1928 年至 1937 年间的"流亡十年"。前者正值我国"五四"新文化运动期间，郭沫若在日本勤奋学习的同时，写下了不少充满爱国主义激情的诗篇。"五四"之前多为旧体，"五四"之后转向新诗。这一时期旧诗大多歌咏自然与爱情，少数感时述怀，无不表现了爱国主义的主题。请看写于 1914 年夏的一首小诗《房州北条》之二：

> 飞来何处峰？海上布艨艟。
>
> 地形同渤海，心事系辽东。

诗人在房州北条海边游泳，看到许多日本军舰集体待命，随即引起深思。这就充分表现诗人对即将爆发战争危机的预感以及对于祖国命运前途的忧虑。写于次年 5 月的《七律》，更是一篇反帝爱国的宣言：

> 哀的美顿书已西，冲冠有怒与天齐。
>
> 问谁牧马侵长塞，我欲屠蛟上大堤。
>
> 此日九天成醉梦，当头一棒破痴迷。
>
> 男儿投笔寻常事，归作沙场一片泥。

诗中对于日本帝国主义逼签《二十一条》表示无比愤怒，并对北洋军阀政府醉生梦死的态度给予无情鞭挞，进而表达了自己投笔从戎血染沙场的报国壮志。一个青年爱国者的形象跃然纸上。

大革命失败后，郭沫若因遭国民党反动政府通缉，按照我党组织安排，东渡日本进行学术研究。这位在北伐战争中曾任国民革命军总政治部副主任与南昌暴动中做过起义军政治部主任的"戎马书生"，在旅居日本期间同样受到日本军政当局的迫害。郭沫若只有隐居乡间潜心著述。这一时期所写近 30 首诗词同样记载了作者流亡生活的艰难处境与渴望返回祖国的战斗情怀。请看《题〈金文丛考〉》：

> 大夫去楚，香草美人。
>
> 公子囚秦，说难孤愤。
>
> 我遘其厄，愧无其文。
>
> 爰将金玉，自励坚贞。

此诗题于《金文丛考》扉页。作者巧妙运用历史人物屈原、韩非的典故，曲折反映自身亡命海外从事著述的艰难处境，进而表明心志，愿以研究金石之学激励自己保持坚贞风格。诗中"愧无其文"实属自谦，他的《中国古代社会研究》、《甲骨文研究》、《两周金文辞大系》等皇皇巨著，为我国古代社会和古代文字研究作出多么卓越的贡献。这一时期诗词，除反映亡命生活艰难处境外，还时时流露游子思归的爱国主义情怀，有首五律可作说明：

> 信美非吾土，奋飞病未能。
>
> 关山随梦渺，儿女逐年增。
>
> 五内皆冰炭，四方有谷陵。
>
> 何当挈鸡犬，共得一升腾。

此诗极其真实地反映了作者亡命日本期间的心境，对于"吾土"的深沉思念和意欲"奋飞"的强烈愿望表现得淋漓尽致，也正由此构成了这一时期诗词的爱国主义基调。

抗日战争、解放战争为我国新民主主义革命深入发展的重要时期，前者赶走日本帝国主义，后者推翻蒋家王朝，我党领导中国人民终于取得反帝反封建斗争的彻底胜利。郭沫若这一时期从《归国杂吟》到《北上纪行》所作 500 余首诗词，既记录了诗人自己的生活与战斗历程，也从一个特定角度反映了我国反帝反封建的时代风貌。我们只要从某些诗题，如《抗日书怀四首》、《为〈救亡日报〉复刊作》、《题慰劳前线书》、《闻新四军事件书愤二首》、《咏杨靖宇将军》等，不难看出这一时期诗作的思想倾向，歌咏抗日救国与民主建国已成极其鲜明的中心主题。我们还应指出的是，郭沫若这一时期从事的文化活动，已经完全纳入中国共产党领导的新民主主义的轨道，并在文化战线上自觉发扬"党喇叭精神"[1]，充当革命人民的喉舌和党的代言人。郭沫若早在 1927 年就参加了南昌起义，并在随军南下途中经周恩来、李一氓介绍加入中国共产党。大革命失败后经中央决定隐蔽待命，赴日本从事学术研究，以期将来成为我国文化战线的领袖人物。抗战时期回国作为特别党员，只是因为工作需要，仍以无党派人士的面目进行公开的抗日民主活动。我党中央还根据周恩来建议，决定向全党各级组织传达，以郭沫若为鲁迅继承者，从而奠定他在文化界的领袖地位[2]。正是由于这种自身无产阶级文化战士的素质与我国文化战线客观形势的需要，郭沫若在整个抗日战争和解放战争期间，一直团结在周恩来周围，为推动抗日民族统一战线与完成中国人民的解放事业而做了大量工作。他在这一时期所创作

---

① 林林：《这是党喇叭精神》，《新文学史料》1979 年第 2 辑。

② 吴奚如：《郭沫若同志和党的关系》，《新文学史料》1980 年第 2 期。

的大量诗词,无论是直接投入现实政治斗争的感时述怀之作,还是纪述个人行踪、题写书画与赠答唱和之作,无不考虑到自己的身份地位而在当时的反帝反封建斗争中起到一定的作用。即使普通的应酬唱和之作也不例外。请看《双十一》:

> 顿觉蜗庐海样宽,松苍柏翠傲冬寒。
> 诗铭南社珠盘在,澜挽横流砥柱看。
> 秉炬人归从北地,投簪我欲溺儒冠。
> 光明今昔天官府,舞罢秧歌醉拍栏。

此诗原有小序:"柳亚子先生从桂林来渝,1944 年 11 月 11 日在我寓天官府四号,设席洗尘。席中周恩来同志由延安飞至,赶来参加。衡老作诗以纪其事,因而和之。"这里不难看出诗人与周恩来、柳亚子、沈钧儒等之间亲密无间的战斗情谊。还有两首《沁园春·和毛主席韵》同样值得注意。毛泽东《沁园春·雪》于 1945 年冬在重庆《新民报晚刊》发表,很快在国民党统治区产生颇为强烈的反响,一时和作与评论迭出。郭沫若和词既揭露国民党御用文人蓄意围剿咏雪词的阴谋,又对美帝国主义支持蒋介石发动内战加以声讨,实际是以诗词唱和的形式直接投入现实政治斗争。

新中国成立以后,郭沫若作为我国文化界的代表人物,担任不少重要领导职务。特别是在 1958 年正式公开党员身份之后,更加自觉地以自己的诗文创作为无产阶级政治与社会主义事业服务。这些诗词,或直接投入国际反对帝国主义和现代修正主义的斗争,或热情歌颂社会主义革命与建设所取得的成就,或以写景赞美祖国的壮丽河山,或借应酬赠答抒发自己的战斗情怀。这一切基本上仍沿着抗日战争、解放战争时期愿作"党的喇叭"、投入政治斗争的路子,并在某些方面有所发展以至走向另一极端。文艺、学术界历来对此均有不同议论。我们认为应作具体分析。郭沫若作为一名无产阶级文化战士,始终牢记自己既是诗人、作家又是共产党员,因而自愿充当"党的喇叭",宣传革命思想本属无可厚非。问题在于,我党领导中国革命本身有个艰难曲折的发展过程。抗日战争时期制定了建立抗日民族统一战线的正确方针,解放战争时期提出了争取和平民主与全国解放的战斗口号,从而极大地鼓舞全国人民投入反帝反封建的斗争。新中国成立以后,特别是进入全国建设社会主义的历史阶段,党的工作在指导方针上有过严重的失误,反右派、大跃进、城乡"四清"直至"文化大革命","左倾"思潮日益泛滥。这时诗人继续充当"党的喇叭",势必成为宣扬错误思潮的工具。加上某些对于革命领袖褒扬失当之作,因此受到人们非议亦在情理之中。这一情况本文将在后面另作论述。我们今天如就整体而言,这种与时俱进、不断革命的精神,还是应当肯定的,正如当年鲁迅声称"遵奉前驱者的将令"而写过大量战斗的杂文一样。郭沫若后来虽曾因此而步入误区,毕竟属于局部现象,我们千万不要为泼脏水而将盆中的孩子一起倒掉。当年周恩来曾对郭沫若做出十分公允的评价,指出其性格特点:"第一是丰富的革命热情。""第二是深邃的研究精神。""第三是勇敢的战斗生活。郭先生是富于战斗性的,不仅在北伐、抗战两个伟大的时代……便在二十五年的文化生活中,郭先生也常常以斗士的姿态出现的。正因为这样,他才能成为今日革命文化的班头。"[①]这一段话很好地概括了这位无产阶级文化战士留给后人极其宝贵的文化传统。同样正如《悼词》中所说:"他的笔,始终和革命紧密相连;他的心,和党与人民息息相通。"[②]我们首先应当从这样的角度考察郭沫若一生的诗词创作,充分肯定其积极主导的方面,同时亦无须为贤者讳,实事求是地指出诗词创作中的问题。如果舍本逐末是很难做出公允结论的。

郭沫若诗词在艺术形式上可以说是做到了各体兼备、异彩纷呈的地步。诗人旧学功底甚深,能够熟练地驾驭旧体诗词的各种艺术形式,即使与同时代诸多长于此道的诗家相比,亦属"行家里手"。张茜在《陈毅诗词选集·序言》中曾经指出:"陈毅同志灵活地运用白话诗和三言、四言、五言、六言、七言、杂言、古诗、格律诗、长短句等形式来抒情写意,歌颂革命事业,在诗词领域中,以他的创作实践,探出了一条古为今用、推陈出新的途径。我以为这是陈毅同志诗词在艺术上的特色。"[③]陈毅作为一位长于横槊赋诗的"将军诗人",实属多才多艺,既写白话新诗,又写旧体诗词,为我国现代诗坛做出了一定的贡献。我们如将上述评论语移至郭沫若身上,同样也是十分恰切的。

所谓"旧诗",实与"新诗"相对而言,本身在其发展过程中有过各种各样的诗体形式。除格律较为整齐的绝句、律诗、长调、小令外,还有古风、歌谣、散曲、楹联等。郭沫若诗词创作大多均为律诗、绝句与词,属于古风、歌谣、对联体式者亦复不少。我国民间歌谣源远流长,从《诗经》中的十五国风,到现代流行的民歌,均为群众喜闻乐见的艺术形式。郭沫若一向重视向民歌学习,因而写了不少近于民间歌谣的小诗。如《采栗谣》、《陕北谣》、《遍地皆诗写不赢》等。楹联属于广义旧诗的范畴,亦在民间广泛流传。郭沫若同样深谙此道,从收入《少年诗稿》的《对联二十二副》,到编入《东风第一枝》的《为电视台拟春联一副》,70年间撰写了数以百计的楹联,留下了不少传诵一时的趣闻佳话。至于散曲与祭文已经正式发表的,则有《猴儿戏巧乎》、《祭父文》、《祭李闻》等,虽为数不多,却聊备一格。郭沫若诗词绝大部分为抒情篇章,绝句、律诗,词中小令自不待言,

---

① 周恩来:《我要说的话》,1941 年 11 月 16 日重庆《新华日报》。
② 邓小平:《在郭沫若追悼会上的悼词》,1978 年 6 月 19 日《人民日报》。
③ 张茜:《陈毅诗词选集·序言》,人民文学出版社 1977 年版。

即使是词中长调、诗中排律,篇幅亦在百字左右。这里需要指出的是,在旧体诗词中也有少数别具一格的长诗,如写于新中国成立以前的《猫哭老鼠》《司派狂》,写于新中国成立以后的《斥美国战争狂人》《再斥艾森豪威尔》《蜀道奇》《黄山颂》《国庆颂》《跨上火箭篇》等。这些长诗篇幅均在百行左右,除个别为纪游山水诗外,大多为政治抒情诗与政治讽刺诗。其中写于1959年的《国庆颂》长达300余行。诗人还采用旧体形式写过几首包含一定人物故事的叙事长诗,如《暴虎辞》《在昔有豫让》《儋耳行》等,生动叙述了历史人物李禹、豫让、苏东坡的具有传奇色彩的生活故事。《暴虎辞》取材于《汉书·李广传》。全诗分为七节,具体叙述李禹"暴虎"的过程,故事曲折,情节生动。几个人物形象,如汉武帝的荒淫残暴,中贵人的进谗陷害,李禹的侠肝义胆,无不跃然纸上。

同样值得我们注意的是,郭沫若诗词不仅各体兼备,而且非常重视因歌择调。正如茅盾所说:"诗人特点之一,是他唱的什么歌(这里主要指内容),不能不有相应的、和谐一致的什么调(这里主要指形式)。我请以词为例,李后主的词都是小令,这和他的内容是吻合的。如果要辛将军那样的上下古今、金戈铁马的内容迁就《虞美人》《浪淘沙》那样的词调,就将一无是处。"[1]这是对于诗歌创作的经验之谈。我国传统诗词大体恪守这一原则,亦即根据内容需要,选择艺术形式。郭沫若作为我国传统诗词写作的行家里手,更加精于此道,总是根据特定对象情境与特定内容要求,选择旧体诗词中的某种体式,务求抒情写意兴会淋漓。至于表达方式,通俗明朗还是隐约含蓄,典雅端庄还是庄谐并举,热情颂扬还是幽默讽刺,亦由自身内容与抒情需要而定。即以写于抗日战争期间的一批律诗而论,如《登尔雅台怀人》《用原韵却酬柳亚子》《钓鱼城怀古》等,无不情真意挚,格律严整。还有一些诗篇,因出于战斗需要或有难言之隐,显得隐晦曲折,不易看懂。请看写于1937年7月的《归国杂吟》之一:

> 廿四传花信,有鸟志乔迁。
> 缓急劳斟酌,安全费斡旋。
> 托身期泰岱,翘首望尧天。
> 此意轻鹰鹯,群雏剧可怜。

这首五言律诗于离日返国前夕写给横滨友人。诗句全用隐语,意谓决定廿四日由日本乘船返国,此行缓急安危全仗友人费心安排。我愿以死报效祖国,期待胜利早日到来。这种近于隐语式的诗实属特定历史条件下的产物。还有不少迫于形势不得不隐约含蓄。今以七律《感怀》为例:

---

① 玄珠:《关于田间的诗》,1956年7月1日《人民日报》。

蓼莪篇废憾何涯，公尔由来未顾家。

仅得斯须承菽水，深怜万姓化虫沙。

中宵舞剑人无几，到处张弧鬼一车。

庙祭他年当有告，王师终已定中华。

此诗写于 1942 年 8 月 1 日，为感时述怀之作。诗人感叹自己长期公而忘家，今虽稍有机会侍奉父母，可怜亿万军民死于战祸。如今奋发图强者能有几人，却到处有人张设陷阱罗网。将来祭祀时节当有所告慰，正义的军队必将安定中华。诗中曲折地表达了纪念"八一"南昌起义和争取抗战早日胜利的感情。

我们就郭沫若一生诗词创作总体而言，其思想与艺术成就应予充分肯定，且不愧为我国现代诗坛"能翻出如来掌心之齐天大圣"。至于历年以来何以引起人们议论纷纷褒贬不一？看来事出有因。俗话说：寸有所长，尺有所短。人们对处于现代诗坛泰斗地位的诗人提出更为严格的要求也是应该的，何况他在诗词创作中确实存在某些较为明显的缺陷。这些似乎集中在常为学界所诟病的内容上趋时媚上与创作上芜杂不精。我们拟就此加以具体考察与分析。

我国学术界多年以来对于郭沫若诗词创作中的趋时媚上（或曰趋时附势）常常提出颇为尖锐的批评。我们认为此说确有一定的道理，因其能以抓住思想倾向与存在的问题，但某些同志在阐述与发挥过程中又有矫枉过正之处。这种趋时媚上的倾向，本身有个产生与发展的过程。他在青少年时代，直至流亡日本十年与整个抗日战争期间，诗词创作虽有某种"趋时"倾向，却正体现了一个真正的爱国者、革命者发自内心的声音。"五四"时期那种要求民主与科学的狂飙突进的时代精神，抗日战争前后那种到处奔走呼号、挽救民族危亡的反帝爱国精神，这些均给广大读者以极大的鼓舞。问题在于随着自身政治地位和客观处境的变化，趋时媚上的倾向越来越明显地表现出来。抗日战争时期亦已成为继鲁迅之后"我国文化战线上又一面光辉的旗帜"的既定地位以及与周恩来、董必武、毛泽东等我党领导人的经常接触与书信交往，郭沫若出于对我党中央及其领导人的崇敬与抗日反蒋斗争的需要，在某些诗文中已经突显趋时媚上的端倪。到了新中国成立以后历任种种要职，政治地位更高，这种错误倾向日益明显。我们不妨结合"三和鲁迅诗"加以说明。

郭沫若"三和鲁迅诗"已成我国现代文苑引人注目的佳话。鲁迅于 30 年代初为了悼念"左联"五烈士而在白色恐怖笼罩的上海写了一首以"惯于长夜过春时"开篇的七言律诗。郭沫若颇为喜爱此诗，盛赞其"大有唐人风韵，哀切动人，堪称绝唱"。1937 年 7 月抗日战争爆发后，郭沫若毅然抛妻别子，从日本只身返国，投入神圣的抗日民族解放战争。他在归国途中曾用鲁迅原韵，写诗抒发自己的怀抱：

又当投笔请缨时，别妇抛雏断藕丝。

去国十年余泪血，登舟三宿见旌旗。

欣将残骨埋诸夏，哭吐精诚赋此诗。

四万万人齐蹈厉，同心同德一戎衣。

此诗可谓作者再次投笔请缨、重新踏上革命征途的真实写照，以致诗人视为自己生命史上的"一个里程碑"。时隔十年（1947 年 11 月），郭沫若离开上海取道香港转赴解放区，临行前夕曾作《再用鲁迅韵书怀》：

成仁有志此其时，效死犹欣鬓未丝。

五十六年余鲠骨，八千里路赴云旗。

讴歌土地翻身日，创造工农革命诗。

北极不移先导在，长风浩荡送征衣。

诗中抒发了急于奔赴前线参加斗争的豪情壮志，热情歌颂解放区土改运动的伟大胜利，进而表达了对于中国共产党及其领袖无限崇敬的心情。又过十年（1957 年 7 月），为纪念抗日战争胜利 20 周年，写了两首联系当时斗争实际的七言律诗，题为《纪念"七七"——用鲁迅韵》：

其一

二十年前国难时，中华命脉细如丝。

盟刑白马挥黄钺，誓缚苍龙树赤旗。

大业全凭三法宝，长征不朽七言诗。

卢沟桥上将圆月，照耀农民衣锦衣。

其二

右派猖狂蠢动时，温情那许一丝丝！

已将率土成公物，竟有妖魔倒大旗。

毒草必须成粪壤，争鸣方好咏新诗。

勿忘二十年前事，起舞中宵共振衣。

这三次和诗均相隔十年，且处我国抗日战争、解放战争与社会主义革命出现转折的重要时刻，其思想意义不可等闲视之。本文出于论题需要，无意进行全面评价，只是指出此诗趋时媚上的倾向明显有所发展。如果说 40 年代《再用鲁迅韵书怀》诗中"北极不移先导在"，已有这种创作倾向的征兆，那么写于 50 年代的《纪念"七七"》则已成为趋时附势的典型。诗中"长征不朽七言诗"已属可有可无的谀词，而开篇"右派猖狂蠢动时，温情那许一丝丝"，更是激励和动员人们投入反对资产阶级右派的斗争。1957年春夏之交,我党先后发起整风运动和反右斗争。郭沫若开始多次发表文章、讲话,阐明"双百"方针意义,向党提出批评建议。随着看到党的干部传阅的毛泽东《事情正在起变化》一文与听到中共中央《组织力量反击右派分子猖狂进攻》的党内指示,立即转变态度,积极投入反右斗争。既在各种类型会议上表态发言,又在报上发表批判文章。这两首在《人民日报》上发表的七言律诗亦属实际行动之一。诗中竟将这场斗争与抗日战争加以类比,无疑会在反右扩大化中起到推波助澜的作用。

这种趋时媚上的倾向,在新中国成立以来的历次政治运动中均有一定事实上的表现,到了"文化大革命"初期可以说是进入登峰造极的阶段。我们仅就1966年5月至1970年9月所写已经编入《沫若诗词选》的29首诗词,可以看出大多正面涉及与歌颂这场"史无前例"的"文化大革命",以致其中的17首出于可以理解的原因未能收入近年出版的《郭沫若全集》。今举两首略加说明。1966年8月,郭沫若陪同外宾访问上海期间,曾冒雨参加群众集会,并写了《水调歌头·上海百万人大游行庆祝文化大革命》。此词虽属趋时应景之作,但在"四人帮"一伙盘踞的上海,对于"文化大革命"如此轻率地加以鼓吹,这是很不应该的。同年9月,再次调寄《水调歌头》,写了《读毛主席的第一张大字报〈炮打司令部〉》。词为:

> 一总分为二,司令部成双。右者必须炮打,哪怕是铜墙! 首要分为敌友,不许鱼龙混杂,长箭射天狼。恶紫夺朱者,风雨起苍黄。
> 触灵魂,革思想,换武装。光芒万丈,纲领煌煌十六章。一斗二批三改,四海五湖小将,皓皓映朝阳。捍卫毛主席,捍卫党中央。

当时中国共产党八届十一中全会在北京召开,会上通过了《关于无产阶级文化大革命的决定》(即十六条),毛泽东还在会间写了一份《炮打司令部》的大字报。郭沫若写词志感,表示完全拥护毛泽东的第一张大字报,充分肯定这场"文化大革命"。此外,如《水调歌头·文革》、《水调歌头·大民主》、《满江红·科技大学成立革命委员会》等,均从正面肯定和歌颂"文化大革命"。

何以出现上述情况,看来亦非偶然。既有特定历史时期的社会原因,也有自身思想意识方面的问题。这场"由领导者错误发动,被反革命集团利用,给党、国家和各族人民带来严重灾难的内乱"[①],犹如巨大政治风暴席卷我国大地。江青、林彪一伙"挟天子以令诸侯",把罪恶的黑手伸向各条战线。郭沫若因其自身特殊地位,受到毛泽东、周恩来的保护,尚可参加部分国务活动。他深知这

---

① 中国共产党中央委员会:《关于建国以来党的若干历史问题的决议》,人民出版社1981年版。

场政治风暴势将席卷整个思想文化战线,广大知识分子在劫难逃。自己与其被动地成为革命大批判的靶子,还不如早点表态,争取成为专家学者斗私批修、自觉改造的"榜样"。诗人正是基于对毛泽东个人的一贯崇敬与自我保护所需,连续写了不少肯定"文化大革命"的诗词。这种让人为之遗憾的败笔,实属特殊历史条件下的产物。直到"文革"后期"批林批孔"年代,江青一伙不仅在会上公开点名,还到诗人家中大兴问罪之师,逼迫写作"骂秦始皇那个宰相的文章"。他才完全看清了江青一伙篡党夺权的反动本质。这一切与其说是诗人的罪过,不如说是诗人的不幸。

近年,当代诗人公刘在美国威斯康星大学中国留学生招待会上,当回答问题谈到对郭沫若如何评价时指出:郭沫若对新诗运动有划时代的贡献,同时作为学者,他在历史研究与文字学方面也有一定的成就。但郭沫若的《李白与杜甫》问题,"文革"及"文革"以前的种种趋时媚上表现问题,还有什么骨灰撒往山西大寨的遗嘱问题,也是客观存在,没有任何人能为之辩解的。一定要我评价,我只能说四个字:"晚节不终。"①究竟是晚节不终,还是白圭之玷,这是需要认真加以考虑的。公刘谈话中提出的三个问题确属"客观存在",无须"为之辩解",是否可以由此得出"晚节不终"的结论呢?看来不能。郭沫若作为一名无产阶级文化战士,一生跟随时代前进,甘做"党的喇叭",本属无可厚非。问题在于如果时代本身产生曲折,我党及其领导人路线、方针、政策上出现失误,依然一味追随,势将步入误区而起消极作用。不少趋时附势的诗词本身就是有力的证明。这些仍属创作指导思想的失误与个人某些不良意识的产物。他的学术专著《李白与杜甫》亦属如此。因其"文革"期间出版,明显留下时代印记。书中存在"扬李抑杜"的偏颇,本属学术见解上的问题,但联系当时学界盛传毛泽东对古代诗歌喜欢"三李"(李白、李贺、李商隐),故而作者有所追随,这种趋时媚上的学风显然不足为训。郭沫若临终曾经嘱咐妻儿:"我死后,不保留骨灰。把骨灰撒到大寨肥田。"②他对毛泽东发出"农业学大寨"的号召是拥护的,至于大寨经验本身存在的某些局限与后来江青一伙窜到大寨搞过阴谋活动,诗人却因自身处境知之甚少。看来属于思想认识上的局限,并非什么政治问题。何况遗言中明确指出,把骨灰撒到大寨是为了"肥田"!如果求之过深,反而失之偏颇。我们认为,郭沫若晚年就总体而言可谓大节无亏,至于十年浩劫期间说过一些错话,做过一些错事,仍属思想认识方面的问题。白圭之玷,可以批评;晚节不终,言过其实。我们对于现代社会处于非常时期的某些人物事件应当作出公正客观的评价。

---

① 公刘:《访美谈话录》,1989 年 4 月 22 日《海南日报》。

② 于立群:《化悲痛为力量》,1978 年 7 月 4 日《人民日报》。

我国学术界对于郭沫若诗词,除了指出其存在趋时媚上思想倾向之外,创作过程上的芜杂不精也是人们议论较多的话题。郭沫若一生所创作的诗词,就其思想艺术水准,确属瑕瑜互见参差不齐。作为一名无产阶级文化战士与才华洋溢的诗人,几十年来为我们留下了不少堪称艺术精品因而脍炙人口的诗篇。同时还应承认相当部分质量平平,大多属于应酬赠答、写景纪游与配合政治形势的应景之作。还有少数明显受到特定时期错误思潮影响,或应单位个人之请率尔成篇,以至留下一些败笔。这就形成了两头小中间大的整体格局。能够作为精品与败笔加以评述的均属少数,大多仍为一般水平的作品。郭沫若本人对此亦属了然于心而又直言不讳。他曾多次对于自己诗作做出实事求是的批评。1958 年 12 月,郭沫若看到《人民日报》开设的"孩子的诗"专栏中有一首诗:"别看作者小,诗歌可不少。一心超过杜甫诗,快马加鞭赶郭老。"于是诚恳答复小作者:"老郭不算老,诗多好的少;老少齐努力,学习毛主席!"[①]可见这位诗坛元老虚怀若谷且有自知之明。他在 60 年代致友人书信中,也曾多次谈到"对于自己的作品是很少满意的",而且写了 60 多年,也还是"诗多好的少"。

我们在阅读郭沫若诗词过程中发现,他的不少失败之作大多集中于两个时期,即 50 年代"大跃进"高潮期间和"文化大革命"前后。郭沫若在"大跃进"年代所写歌颂"大跃进"的作品不下百余首,其中尤以组诗《遍地皆诗写不赢》可作代表。1958 年 5、6 月间,诗人随全国文联参观团来到张家口地区,半个月内写诗 30 余首。因其明显受到当时"左"倾思潮影响,且在写法上有意向"新民歌"学习,思想艺术均少可取之处,请看《花园乡颂》:

> 花园乡是花果乡,花园乡是诗歌乡。
> 万株果树种满园,万首诗歌写满墙。
>
> 葵花杆子成塔尺,空酒瓶制水平仪。
> 仅仅学习个把月,满乡都是技术师。
>
> 五个电力扬水站,一季工夫抵四年。
> 男女老少齐出力,花园乡变小江南。
>
> 加紧赶,努力钻,赶上"七一"把礼献。
> 技术革命已开端,超过英国并不难。

---

① 郭沫若:《读了"孩子的诗"》,1958 年 12 月 20 日《人民日报》。

这样平实如话的诗,既无形象意境,亦无韵律节奏,只是分行散文而已。人们很难分清它是什么体式,反而成了十足的"四不像"。与此类似的还有《水洞与冰洞》,现引其中两节:

> 冰洞就是死右派,头脑是个花岗石。
> 水洞就是促进派,清泉下山流万里。
>
> 是做左派或右派,分彼分此促进退。
> 留住冰洞成对立,大有教育之意味。

此诗到底是近于民歌的古体,还是白话分行的新诗,同样让人难于辨析。且在诗的寓意方面更是突发奇想,竟将冰洞比作"死右派",成了毛泽东所说"带着花岗岩头脑去见上帝的人"。诗中还有什么左派、右派、促进、促退,意在由此发挥"教育之意味"。看了这样的诗,使人不禁联想到晚清黄遵宪倡导的"诗界革命"与"五四"时期胡适尝试的"白话诗"。同样是以日常口语与新名词入手,只是目的不在宣传维新改良,而是政治革命。诗中已将当年种种欧化名词换成今日政治术语,这样的艺术实践究竟有什么意义呢?当时还有《咒麻雀》、《四害余生四海逃》、《声声快》、《十六字令·红透专深》等,均属这类味同嚼蜡的"跃进诗"。

这种从思想到艺术上芜杂不精的创作现象,发展至"文化大革命"初期可以说是到了让人吃惊的地步。请看写于1966年春的《水调歌头·赠化学物理研究所全体同志》:

> 活用《矛盾论》,高举大红旗。学走群众路线,头脑武装之。三八作风是范,专为人民服务,只少着军衣。内外三结合,大胆破洋迷。
> 出成果,驱虎豹,御熊罴。赶超任务,重担争挑乐莫支。攻破尖端堡垒,满足国民经济,接力把山移。永蓄愚公志,长诵《冬云》诗。

这样的词完全为了配合当时政治形势,充斥各种政治术语,很少艺术创造与技巧可言。作者虽按《水调歌头》填词,平仄韵律勉强凑合而政治术语连篇,实为诗词创作大忌。"文革"初期,作者还以《水调歌头》、《满江红》、《沁园春》等词调,连续填写近40首词。有关这一方面问题,前面已有涉及,这里不再重复。

郭沫若之所以会写出这样芜杂不精的诗词,完全因为趋时附势、率尔成篇的缘故。诗人并非不懂诗歌作为抒情艺术,应有真情实感,切忌无病呻吟。他在60年代初曾经指出:"但旧体诗词的毛病,是每每没有诗意,而只是依靠形式。最好的办法是没有诗意不要勉强作诗。"①此语确属诗词创作经验之谈,可惜未能身体力行,以致不幸而由自己言中。他在某些特定情况下,每每没有诗意,仍需奉命或应景写作,因而流于旧诗写作通病——依靠形式,勉强作诗。这种芜杂不精的现象,既有诗人主观方面的原因,同时也因客观环境使然。郭沫若在新中国成立以后历任全国文联主席、中国科学院院长、保卫世界和平委员会主席、全国政协副主席、全国人大常委会副委员长等重要职务,需以大量时间投入国家事务与国际交往方面的活动,还要挤出精力从事学术研究与史剧创作,哪有多少时间酝酿推敲诗词作品。社会各界又将他视为诗坛元老与即兴诗人,无论遇有什么重大活动,或在各地参观访问,总要他写诗题词,而诗人往往有求必应。这样应召而又即兴写出的诗,哪能成为精品!早在"文革"之前,笔者有位在《人民日报》工作的友人曾经谈起:不少记者知道郭沫若是个忙人,每逢重大活动,总是设法坐到或走到他的身边,要求写诗志感,而他往往会间稍假思索即兴成篇,于是事后即在报上看到诗人热情表态的诗篇。如果一旦离开会场再去找他就很难。诗人已将旧体诗词(后来加上一个歌谣体)作为一种套路、一种模式,遇到各种场合有人提出要求,只要将有关内容填进就行。加上诗人出于某种需要而自作多情或急于表达的诗,也许正是产生平庸之作与少数败笔的原因。如果真能做到"没有诗意不要勉强作诗",也许就不会出现上述情况。

本文采用近于"论片"式的文字,就郭沫若诗词创作的实际数量、何以倡导新诗而又写作旧体、与时俱进与各体兼备、趋时媚上与芜杂不精等问题发表了自己的看法。意在从总体上把握郭沫若诗词创作的成败得失,力求做出较为辩证的阐释,以期理清某些较为复杂的创作现象。这种探讨方式对于评述某些老一辈作家的诗文创作也许还有一定的借鉴意义。

(原载《学术论丛》1997 年第 5 期)

---

① 郭沫若:《关于诗歌的民族化群众化问题》,《诗刊》1963 年 7 月号。

羡君风格独嶕峣

——读郭沫若流亡日本十年的诗词

丁茂远

　　郭沫若一生与日本结下了不解之缘。他在东瀛先后度过了两个"十年",亦即 1914 年初至 1923 年之间的"留学十年"与 1928 年 2 月至 1937 年 7 月之间的"流亡十年"。加上夫人安娜(佐藤富子)又是"天孙人种",几个孩子也在日本受过教育,因之郭沫若将日本称之为"第二故乡"是名副其实的。

　　既然前后两个"十年",有着"留学"与"流亡"之别,自然性质迥异,境遇不同。后者已非留学异邦风华正茂的学子,而成亡命海外蛰居乡间的一介寒士。大革命失败后因遭国民党反动政府通缉,亦已无法在国内存身,只有根据我党组织安排,东渡日本从事文学创作与学术研究。郭沫若旅居日本期间,同样受到日本军政当局的迫害。他们对于这位北伐期间授予中将军衔、曾任国民革命军总政治部副主任和南昌暴动中担任起义军政治部主任的"戎马书生"是很不放心的。平时一切活动均处于日本刑士(便衣警察)和宪兵的监视控制之下。即使蛰居乡间,时时仍有刑士、宪兵的骚扰,过着极不自由的生活。郭沫若不仅政治上遭受迫害,经济上亦很艰窘,只能依靠笔耕所得的一点稿费,维持一家六口的生活。对于这段亡命生涯,郭沫若当年编入《海涛集》、《归去来》中某些回忆散文与近年学术界出版的几本郭沫若评传,均有颇为具体的纪述。我们不想一般介绍郭沫若这一时期生活与思想发展历程,而是选择一个特定的角度,即从这一时期的诗词创作中加以考察。

　　旧体诗词是一种虽已过时而在现实生活中仍受人们欢迎的传统艺术形式,往往能以高度凝练含蓄而又富于韵律的语言,纪述现实生活中的某些事件,抒发作者的内心感情。正如茅盾在他晚年所写的《回忆录》中所说:"旧体诗有一优点,最能寄寓作者的真我感情。""现在看来,那里写的旧体诗词要比我在桂林写的其他文章更显露了自己的情感。"①我们由此想到，茅盾当年写于桂林的一些旧体诗词要比"其他文章更显露了自己的情感"，那么，郭沫若写于流亡日本期间的一些旧诗，是否也存在着同样情况呢？这些诗词大体均属个人感时述怀或为题赠周围友人而作，一般流传范围很小，因而要比那些公开发表的散文、小说更少顾忌，从而"寄寓作者的真我感情"。尽管这一时期郭沫若只给我们留下为数不多的二十余首诗词，②仍可从中看出某些"时代的眉目"和作者自身的生活历程。

郭沫若流亡日本十年的诗词，其内容大体由两个方面构成：一是反映亡命生活的艰难处境与自身坚贞不渝的品格，二是渴望早日返回祖国直接投入抗日救亡的现实斗争。正是由这两个相辅相成的生活与思想侧面构成这一时期诗词爱国抗日的主旋律。

当年北伐、南征中过惯戎马生涯一度叱咤风云的革命者，现在成了流亡海外蛰居乡间的亡命客。在日本刑士与宪兵的双重监视之下，几乎失去人身的自由，只好重新回到书斋埋头著述。这是一种颇为痛苦的选择，好在对于这种生活还是能够适应的。郭沫若在大革命失败后决定与蒋介石分道扬镳时，就曾打算此后"永远做文学家"。他在给成仿吾写信时署名 R·L（革命与文学的缩写），一度主张"应从革命回到文学的时代"③。成仿吾曾为此感到不安，还诚恳地批评友人对革命有着悲观情绪。现在流亡日本蛰居乡间，只能从战场回到书斋，开始另一种形式的战斗。当然，这种生活是寂寞而艰苦的，需要具有极其渊博的学识修养与韧性战斗精神。这种人生处境与心境在《题〈金文丛考〉》一诗中有所反映：

> 大夫去楚，香草美人。
>
> 公子囚秦，说难孤愤。
>
> 我遭其厄，愧无其文。
>
> 爱将金玉，自励坚贞。

此诗写于 1932 年 5 月。作者当时潜心于研究我国古代社会与古代文字，既为针对现实"向搞旧学问的人挑战"，特别是向标榜"整理国故"不可一世的胡适等人挑战，又冒着被朋友们指责为"玩物丧志"陷入"沉溺的危险"，特在即将影印出版的《金文丛考》一书扉页上用古文字题写了这首四言小诗。作者为了说明

---

① 茅盾：《回忆录·桂林春秋》，《新文学史料》1985 年第 4 期。

② 包括近年新版《郭沫若全集》文学编收入的八首与笔者多年从有关文章、史料中搜集的十五首集外散佚诗词。有关情况已另写成《郭沫若流亡日本十年佚诗集释》，正交有关刊物发表。

③ 成仿吾的回忆，转引自宋彬玉《郭沫若与成仿吾》，四川大学《郭沫若研究专刊》第 4 集。

自身艰难处境,用了两个历史人物的典故。楚国三闾大夫屈原遭谗被逐,离开楚都,长期流浪于沅湘流域。所作《离骚》、《九章》等常用美人香草以喻志士贤人,曲折表达个人的政治理想。战国末期韩非,主张变法图强,未被韩王采用。所著《说难》、《孤愤》等十余万言,引起秦王重视,应邀出使秦国。后遭李斯等人陷害,自杀于秦狱中。诗中巧妙运用这样两个典故,意在以古喻今、夫子自道,借以反映自身亡命海外潜心著述的艰难处境。作者进而从对历史人物的缅怀转向现实,直接表明个人心志:我亦遭到危难,却惭愧自己写不出屈原、韩非那样的诗文,只有通过研究金石之学,借以激励自己保持坚贞不渝的品格。诗中"愧无其文"实为自谦,他的《中国古代社会研究》、《甲骨文字研究》、《两周金文辞大系》、《金文丛考》等皇皇巨著对于我国史学、考古、文字学的研究作出了多么卓越的贡献;而"自励坚贞"倒是实情,作者正是在这种特殊的环境里,借金石之学磨炼自己对祖国的忠贞。他正通过对于中国古代社会、古代文字的研究,直接参加关于中国社会性质的论战,探索我国革命方向和道路的重大问题。因为作者深知"对于未来社会的待望逼迫着我们不能不生出清算过往社会的要求","认清楚过往的来程也正好决定我们未来的去向"。①

郭沫若旅居日本期间弃武业文埋首著述,很快就找到了自己的主攻方向:运用马克思主义的观点和方法研究我国古代社会发展的历史进程。于是先从我国古代典籍《诗经》、《书经》、《易经》入手,写成多篇论文,有意识地清除长期附在这些典籍上的陈腐气息与神秘色彩,让人看到我国古代社会生活状况与精神生产的模型,从而证明殷周时代我国社会已由原始公社进入奴隶制时代。这一研究成果有力地驳斥了陈独秀等人主张中国是原始社会直接进入封建社会,亦即马克思主义关于人类社会发展规律不符合中国国情的谬论。郭沫若并未满足于已经取得的成绩,进而对诗、书、易这些典籍已在世上流传千年,不断受到后人染指后自身的可靠性产生了某些怀疑,决心寻找那些未被后人加工、足以代表古代的第一手资料。这就是历年从地下发掘所得的殷周时代的甲骨文与青铜器铭文,直接从古代文物中去观察古代社会的真实情状,真正还历史以本来面目。他在考释甲骨、青铜铭文与深入研究历史过程中,不断有所发现,有所突破,为我国古文献学、古文字学研究开辟了新的领域。就在1931年间《甲骨文字研究》、《殷周青铜器铭文研究》相继出版之后,鲁迅收到赠书亦曾"说他有伟大的发现,路子对了,值得大家师法"②。柳亚子则立即写诗称赞:"太原公子自无双,戎马经年气未降。甲骨青铜余事耳,惊看造诣敌罗王。"③

① 郭沫若:《中国古代社会研究·自序》,上海联合书店1930年版。
② 转引自侯外庐:《深切悼念郭沫若同志》,《历史研究》1978年第7期。
③ 柳亚子:《新文坛杂咏》之二,见《柳亚子诗词选》,人民文学出版社1981年版。

古代社会与古代文字研究的成果虽令人鼓舞,但亡命生涯中出现的种种困扰依然存在。这在 30 年代写成的一首五言律诗中反映得颇为充分。原诗无题:

> 相对一尊酒,难浇万斛愁。
> 乍惊清貌损,顿感泪痕幽。
> 万世谁青眼,吾生憾白头。
> 人归江上路,冰雪满汀洲。①

诗后落款为:"五年前旧作书奉杏邨兄,郭沫若时廿六年十一月侨寓上海。"此诗当写于 1932 年 11 月之前,为感时述怀之作。作者当时既遭日本反动政府迫害,经济又很拮据。1929 年上海创造社出版部被查封之后,连每月资助他的一百元生活费也已断绝。为了养活六口之家,不得不在进行学术研究的同时,抓紧写作能以速成且易发表的散文、小说。他陆续写成《我的童年》、《初出夔门》等传记散文与《孔夫子吃饭》、《孟夫子出妻》等历史小说,还翻译了马克思《政治经济学批判》、歌德《真实与诗艺》等理论著作与美国作家辛克莱的小说。如此辛勤笔耕,依然生活艰难。"相对一尊酒,难浇万斛愁。"作者何以"牢愁如海"?中间两联作出回答。诗中自述流亡生活的艰难和人生际遇的感慨。乍然惊异地发现家中可供食用之物越来越少,顿觉眼中泪痕幽然涌现。举世谁能对我真正理解与赏识呢?可惜自己头发也已花白。这些正是产生"万斛愁"的缘由。尾联别开生面,采用景语作结。作者当时住在江户川畔一所农舍,诗句既有写实成分,又寓有深意。归途一片冰雪,仍需艰难行进。

在这一时期流亡诗词中,反映处境艰难心情抑郁者比比皆是。或借"断线风筝"以喻自己人生际遇,"横空欲纵又遭擒,挂角高翎月影沉"(《断线风筝》);或就眼前景物直抒个人胸臆,"柔管闲临古树赋,牢愁如海亦连天"(《偶成》)。风筝欲纵遭擒,牢愁如海连天,极写流亡生活之艰难。需要指出的是,作者虽处"穷愁"之中而并未"潦倒",经常不顾日本刑士与宪兵的骚扰,依然争取机会参与国内以及日本文艺、学术界的活动。他参与发起中国左翼作家联盟并直接指导东京左联支部的活动,经常向国内有关报刊、出版社提供文章与书稿,关心文艺、学术界的重大论争。他还不时接待国内来访的友人,并与日本文艺、学术界的朋友保持密切的联系。这在诗词创作中均有直接与间接的反映。《挽鲁迅先生》、《赠达夫》、《题傅抱石〈渊明沽酒图〉》、《赠陈铭德邓季惺夫妇》、《赠风子》、《赠田中庆太郎》、《赠增田涉》、《题小原荣次郎》、《兰华谱》等均为与国内及日本

---

① 手迹见《郭沫若遗墨》,河北人民出版社 1980 年版。

友人交往过程中的产物。今录《七绝二首》：

其一

海上争传火凤声，樱花树下啭春莺。

归时为向人邦道，旧日鲂鱼尾尚赪。

其二

老去无诗苦百思，窗前空负碧桃枝。

编将隐恨成桑户，坐见春风入棘篱。①

1937 年春，凤子应留东剧人协会邀请赴日本东京演出曹禺《日出》。当时曾与留日学生吴汶一起去市川乡下拜访郭沫若，并转交行前阿英托带的一封报告国内情况的密信。郭沫若热情接待，坚留她们吃饭，临别各赠七绝一首。其一，既有对来访年轻女演员的赞美之辞，又有个人发自内心的真诚自白，希望她回到上海转告国内友人，自己仍在为国忧劳继续战斗。《诗·周南·汝坟》有句："鲂鱼尾赪，王室如毁。"毛传释义："赪，赤也，鱼劳则尾赤。"后以"鲂鱼赪尾"指忧劳。其二，作者在拆阅来信兴奋之余，想到自身处境，顿生无穷感慨。苦于老去无诗，空负窗前碧桃，自己满怀隐恨而成蛰居海外的隐逸之士。"桑户"即桑扈。屈原《九章·涉江》："桑扈裸行。"王逸注："桑扈，隐士也。"作者于感时述怀之中明显透露出急欲摆脱海外隐逸生活而直接投入国内的抗日爱国斗争。流亡海外，蛰居乡间，过着貌似古代隐士的生活；鲂鱼尾赪，为国忧劳，依然保持革命战士的本色。他在《赠田中庆太郎》诗中写道："南公君勿假，摩诘我非真。"诗句寓庄于谐，颇能启人深思。唐代著名诗人王维字摩诘，官至尚书右丞，长期过着亦官亦隐的生活。安史之乱以后，"长斋奉佛"归隐山林。作者声称自己在现实生活中并非像王维那样归隐山林的诗人，意在告诉人们自己仍在特殊的环境里从事特殊的战斗。这一时期他曾采用"王假维"作为笔名就是诗句最好的诠释。

我们认为，郭沫若对于这段旅居日本时期的亡命生活内心感受也是很复杂的，既有属于主导方面的"牢愁如海"的苦闷，也有某些过去未曾有过的乐在其中的愉悦。自己住处周围真间山下江户川畔幽美的自然风光，多年戎马生涯之后合家团聚得以稍尽作为丈夫与父亲的责任，加上回到书斋之后专心学术研究与文学创作且已取得不少丰硕成果，尽管自家周围仍有日本刑士、宪兵的骚扰，总算勉强过上了"安居乐业"的生活。这些在《海涛集》、《归去来》中均有一定的纪述。难怪在 1928 年出国前夕就曾说过："有笔的时候提笔，有枪的时候提

---

① 凤子：《雨中千叶——访郭老故居》，1981 年 8 月 16 日《光明日报》。

枪——这是最有趣味的生活。"①既然也曾乐在其中,何以仍会"牢愁如海"? 也许正是事物相反相成的两个方面,眼前与长远、感情与理智时相矛盾的典型反映。作为一个革命者,祖国正遭日本帝国主义侵略处于危急存亡的关头,岂能为了一己之欢——儿女间私情与笔耕的乐趣而置抗日救亡于不顾,应当投笔从戎、直接"提枪"走上抗日前线。想到自己竟被逐出国门,又在日本过着流亡生活,虽有爱国之心,却又报国无门,如此进退两难,能不"牢愁如海"? 我们只要结合作者当时的两难处境,不难理解诗中所含的"隐恨"与"牢愁"。

郭沫若流亡日本十年的诗词,除反映亡命生涯的艰难处境与内心牢愁隐恨之外,无不充满爱国主义激情,因而直接或间接表达作者海外游子羁旅思归的强烈愿望。拳拳爱国之心,投笔从戎之志,时在诗人念中而又现于字里行间。这种感情刻骨铭心,与日俱增。请看一首五言律诗:

> 信美非吾土,奋飞病未能。
>
> 关山随梦渺,儿女逐年增。
>
> 五内皆冰炭,四方有谷陵。
>
> 何当挈鸡犬,共得一升腾。

此诗究竟"作于抗战前两三年",还是题诗"四年前流寓日本时所作",暂且不去讨论。诗中所抒发的客居异国思念故里的感情实在感人至深。王粲《登楼赋》:"虽信美而非吾土兮,曾何足以少留!"首联化用王粲诗句,表明自己所寄居的地方虽然很美,却非我的祖国,想要振翅高飞而又无法实现。中间两联状写现实生活的处境。我所长久思念的故国已随梦境显得渺茫,而膝下的儿女却一年比一年增多。我的内心犹如冰炭共存极其矛盾痛苦,而时局在发生着急遽的变化。尾联运用《神仙传·刘安篇》中汉淮南王刘安修炼成仙,就连鸡犬吃了剩下的丹药也得以升天的典故,希望自己也能带着全家一起飞升,永远离开这痛苦的现实。此诗极其真实地反映了作者旅居日本期间的心境。对于"吾土"的深沉思念和意欲"奋飞"的强烈愿望表现得淋漓尽致。也正由此构成了这一时期流亡诗词的爱国主义基调。

正是基于这种对祖国深沉眷念之情,所以十分关心国家民族安危,密切注视日本帝国主义侵略我国的态势。作者"人在曹营心在汉",始终与投身抗日救国的亿万军民紧密联系在一起。1933 年春,日寇继攻占山海关之后大举进攻长城各要口,妄图一举攻下华北。3 月 11 日,我驻喜峰口二十九军官兵奋起反击,迅将来犯之敌逐出口外。胜利捷报传遍全国,各界人士大为振奋。郭沫若虽身

---

① 郭沫若:《文艺论集续集·英雄树》,上海光华书局 1931 年版。

在异邦,亦为之欢欣鼓舞,写下了振奋人心的诗篇:

濡水南来千里长,卢龙东走塞云黄。

毫端怪底风云满,望断鸿图写故乡。①

诗中濡水与卢龙古塞均在喜峰口附近。诗句意谓濡水南来长达千里,古代华北平原通向东北边陲的交通要冲——卢龙塞道由西向东,由于日寇进攻长城一线战云密布烽烟四起。作者此时仿佛亲临卢龙山下、濡水之滨,目睹长城战火硝烟,无怪笔底风云满纸。只是自己依然亡命海外不能直接投身抗日前线,对于祖国的一片深情,只有付与西去的"鸿图"(雁群)带给故乡的人民。诗句言简意赅,语短情长,一片爱国激情溢于字里行间。

"信美非吾土,奋飞病未能。"既然意欲"奋飞"思归"吾土"的愿望无法实现,何时才能结束流亡日本的生活? 郭沫若曾一度产生"飞到南洋去"的打算,写于1933年夏天的《无题》五首之五作了明确的表示:

热意无几时,须臾即抛弃。

等待秋风来,飞到南洋去。②

据菊地三郎介绍:日本《沫若文库》中有一本《塞外诗集》,内容反映30年代初期"散居在关内外的日本人,作为战争的一分子,对自己的反省、怀疑、焦躁、不安和自嘲的情绪"。郭沫若阅后曾在这本诗集的卷末写了五首五言诗。他在对于自己未能直接投身抗日救亡进行自责以后,进而表明下一步的设想。自己虽有不少热切愿却又想不出好的办法,只好随时放弃,不如等待秋天飞到南洋去吧!这里充分反映了作者渴望投入祖国抗日救亡斗争的决心。当时仍遭国民党政府通缉,直接回国投身抗战尚无可能,因此设想不如到华侨相当集中的南洋去,可以向爱国侨胞进行抗日宣传。这一愿望当时并未实现。作为一种设想,在《抗战回忆录》(自传)中仍有反映。抗战初期只身返国之后,辗转于上海、香港、广州等地,"我那时一直打算到南洋去,向侨胞募捐来办报纸"。"广州既然是这副样子,那么到南洋去试一试如何?"直到赴武汉前夕,仍在长沙对田汉说:"我不想参加政治部,打算到南洋去募集资金。"③后因周恩来劝说才接受政治部第三厅厅长的任务。"飞到南洋去",作为特定时期的一种间接投入祖国抗日救亡斗争的设想,仍需引起我们应有的重视和正确的理解。

"山重水复疑无路,柳暗花明又一村。"郭沫若长期思念回国抗日的愿望终

① 叶簌:《祖国情深,风云满纸——关于郭老的一首佚诗》,《抗战文艺研究》1984年第3期。

② 菊地三郎:《郭沫若先生流亡十年拾零》,《郭沫若研究》第2辑,文化艺术出版社1986年版。

③ 郭沫若:《抗战回忆录》,1948年8月25日至12月4日香港《华商报》连载。

于有了转机。1936年11月中旬,在福建省政府供职的郁达夫,以出国购买印刷机为名顺道游历日本。二人阔别已有十年,此次得以欢聚并在一起畅谈。郁达夫透露了国民党有关当局正在酝酿取消通缉令的消息,希望友人早日返国。郭沫若深感由衷喜悦,根据当时中日两国交锋的形势,暗暗下定了返国的决心。这在《赠达夫》与《赠增田涉》诗中均有明显的反映。当时,郭沫若应邀参加东京改造社所主办的为编译《鲁迅全集》兼为郁达夫洗尘而设的宴会。席间应郁达夫要求,写了一首七言绝句:

> 十年前事今犹昨,携手相期赴首阳。
>
> 此夕重逢如梦寐,那堪国破又家亡。

此诗从回忆往事入手,想到当年二人共同创办《创造季刊》遇到困难时,曾一起在上海四马路上喝得酩酊大醉。归途中二人自比为"孤竹君之二子",像伯夷、叔齐上首阳山一样准备挨饿。诗句情真意切,并由忆旧转向话今。此夕重逢如在梦中,我们而今又怎能忍受得下国破家亡之痛!慷慨悲歌,撼人心弦。诗句言有尽而意无穷,似在告诉友人,岂能坐视祖国国土沦丧,誓将返国重上战场。

当时日本不少文艺团体、个人纷纷设宴欢迎来访的郁达夫。在有次宴会上,郭沫若因多次代郁达夫干杯而喝得大醉之后,还应增田涉要求,写了一首七言绝句。尽管字迹歪歪扭扭,却属"酒后真言",含意颇为深刻。原诗如下:

> 银河倒泻自天来,入木秋声叶半摧。
>
> 独对寒山转苍翠,渊深默默走惊雷。①

就诗意本身而言,实为即景抒情之作。银河倒泻,雨自天来,秋声入木,落叶纷飞,一派秋风萧瑟、秋雨袭人的深秋景色。诗句至此即由眼前景色的描摹,转而抒发个人内心的感情。"渊深默默"语见《庄子·在宥》:"尸居而龙见,渊默而雷声。"这里是说作者独对寒山只见山林深处依然树木葱茏一片苍翠,且于深沉静默之中可以听到远处隐隐的雷声。此诗可与《赠达夫》并读,结句"渊深默默走惊雷"是对"那堪国破又家亡"的呼应与深化,这由远而近的雷声不正是祖国抗日救亡运动风起云涌的征兆么!诗人是有预感的,正像当年处于黎明前最黑暗年代的鲁迅先生一样,"心事浩茫连广宇,于无声处听惊雷"。

1937年7月,抗日战争爆发了。全民投入抗战,枪声就是命令。郭沫若再也按捺不住自己激动的心情,决心冲破重重困难返回祖国。其时随着国共合作的抗日民族统一战线的建立,国民党政府亦已撤销了对郭沫若的通缉令。终于

---

① 吕之明:《郭沫若在日本》,四川大学《郭沫若研究专刊》第4集。

在周围朋友的帮助下，采用秘密行动，避开日本刑士与宪兵的监视，抛妻别子，只身返国，投入神圣的抗日民族解放战争。请看《归国杂吟》组诗之二：

> 又当投笔请缨时，别妇抛雏断藕丝。
>
> 去国十年余泪血，登舟三宿见旌旗。
>
> 欣将残骨埋诸夏，哭吐精诚赋此诗。
>
> 四万万人齐蹈厉，同心同德一戎衣。

此诗写于由日本回国途中，正式标志十年海外流亡生活的结束。作者步鲁迅七律《无题》[①]原韵，写成这首悲壮感人的诗篇。作者继北伐、南征之后再次投笔请缨，迫不得已而将妻儿依然留在日本。去国十年空余一腔血泪，登舟三宿已见抗日旌旗。一片赤子之心，跃然纸上；抛却骨肉之情，感人至深。诗中进而表述了"沫若为赴国难而来，当为祖国而牺牲"的决心，希望全国人民团结起来，奋发抗战，同心同德，打败日本帝国主义。作者当年称赞鲁迅原诗"大有唐人风韵，哀切动人，可称绝唱"。我们认为，郭沫若和诗同样慷慨激昂、声情悲壮，亦属不可多得的佳作。如此珠联璧合，实为文苑佳话。

郭沫若写于流亡日本期间的诗词，多属从事学术研究与散文、小说创作之余的即兴之作。或感时述怀，得以一吐胸中块垒；或应酬唱和，为友人索书而作。看似率尔成篇，实为有感而发。郭沫若作为一名无产阶级文化战士，胸中自有浓郁的革命激情，同时旧学功底深厚，善于驾驭旧体诗词的艺术形式，平时偶有所感发而为诗，均能达到一定思想艺术水准。这一时期曾为日本友人小原荣次郎写过一首《题兰》，看来最能体现作者其人、其诗的特色。诗为：

> 菉葹盈室艾盈腰，谁为金漳谱寂寥。
>
> 九畹既滋百亩树，美君风格独嶕峣。[②]

小原荣次郎为东京京华堂主人，长期经营兰花，举办兰花展览，出版兰花杂志。他曾翻译中国兰花典籍，并自撰《兰华谱》。郭沫若应约题诗。诗中化用屈原《离骚》中某些诗句，借以赞颂友人在极其险恶的社会环境里，依然能为处于寂寞之中的兰花作谱，充分显示其高尚的思想品格。我们如果将这首赞颂友人的诗移作表现诗人自己，是否也同样适合呢？作者亦已流亡海外，身受中日反动政府的双重迫害，即使在这样险恶的环境里，依然保持像兰花一样幽居深谷、花香如故的品格。"椒焚桂折佳人老，独托幽岩展素心。"（鲁迅：《送 O·E 君携兰

---

① 鲁迅《无题》："惯于长夜过春时，挈妇将雏鬓有丝。梦里依稀慈母泪，城头变幻大王旗。忍看朋辈成新鬼，怒向刀丛觅小诗。吟罢低眉无写处，月光如水照缁衣。"

② 王继权等：《郭沫若旧体诗词系年注释》，黑龙江人民出版社 1982 年版。

归国》)郭沫若身受国民党反动政府通缉,不得已而流亡海外,依然"独托幽岩"(蛰居乡间),展示"素心"(埋首著述),保持坚贞纯洁的高尚情怀。我们能不由衷地加以赞颂:"羡君风格独嶕峣!"而这也正是对郭沫若流亡日本十年其人其诗的应有评价。

我们读了郭沫若这一时期写作的诗词之后,深感遗憾的是流亡日本十年,何以只有二十余首诗词?这与一生所写千首以上诗词似乎不成比例。不用说与抗战时期、新中国成立后十七年相比,就是与少年时代、日本留学十年,甚至"文化大革命"十年相比,也都少了一些。我们认为这一时期定有不少诗词散佚在外。即以我们现在所看到的二十余首诗词而言,正式入集的只有八首,就连近年出版、堪称较为完备的本子《郭沫若旧体诗词系年注释》,也只增加了一首,可见搜集整理集外佚诗之不易。我们多年以来大量翻阅有关回忆文章与研究资料,才又找到十五首。笔者囿于自身见闻,虽找到了双倍于已经入集的佚诗,定然还有不少尚待进一步搜集。部分题赠日本与我国友人的诗作已经公诸报端,是否还有仍为友人与其家属珍藏或已湮没不闻?更多感时述怀之作,往往随书随弃,少数后经回忆题赠友人,如《濡水南来千里长》、《相对一尊酒》等,才引起人们注意。当年作者只身返国,所有书稿均未带回,是否仍有不少诗稿存于日本"沫若文库"或散落民间?这些均有待于进一步搜集。我们写作此文的目的亦在抛砖引玉,希望引起有关专家与读者的重视。

(原载《郭沫若学刊》1996 年第 2 期)

论郭沫若"文革"期间诗词创作

——兼议对其晚年的评价

丁茂远

郭沫若早在"五四"时期就以诗集《女神》开一代诗风,此后一直被人们尊之为我国现代诗坛泰斗,那是当之无愧的。他不仅为我国现代新诗的发展做出了巨大的贡献,即以旧体诗词创作而言,亦属现代诗坛"能够翻出如来掌心之齐天大圣"①。在古为今用、推陈出新方面取得了十分可喜的成果。新版《郭沫若全集》文学编1至5卷已经编入的一千余首旧体诗词就是有力的明证。

综观郭沫若一生各个历史时期,从少年时代到留学日本十年、流亡日本十年、抗日战争、解放战争、新中国成立后十七年、"文革"十年,直至粉碎"四人帮"以后的新时期,他所创作的诗词就其思想内容大都能有较为一致的评价。其中唯有如何看待与评价"文革"期间的诗词让人感到棘手。不少研究郭沫若生平与诗歌创作的论文、专著,对此亦常望而却步,或语焉不详。笔者由此想起了一件让人难以忘怀的往事。80年代初期,曾有幸参与新版《郭沫若全集》文学编诗歌部分的编选注释工作。郭沫若著作编辑出版委员会当时在京召集全体工作人员反复讨论,大家深感"文革"期间的某些诗词很难处理。为此不得不多次向有关部门领导与专家征求意见,确定那些肯定与歌颂"文化大革命"的诗词是否入集,最后各方较为一致的意见仍是以回避为宜。基于这一原因,《沫若诗词选》中不少正面反映"文化大革命"的诗词没有编入"全集"。这里虽有某些不得已的苦衷,但"全集"不全,总是让人感到遗憾的事情。

"文革"期间,郭沫若究竟写了多少诗词?今据我们所知,1977年9月人民文学出版社出版的《沫若诗词选》,收入这一时期创作的诗词计有47首,其中30首亦已编入新版《郭沫若全集》,尚有17首因正面涉及"文革"内容没有入集。它们是:《水调歌头·上海百万人大游行庆祝文化大革命》、《水调歌头·读毛主

---

① 鲁迅:《致杨霁云》,《鲁迅书信集》下卷,人民文学出版社1976年版。

席的第一张大字报〈炮打司令部〉》、《水调歌头·文革》、《水调歌头·国庆》、《水调歌头·长征红卫队》、《水调歌头·大民主》、《水调歌头·新核爆》、《满江红·科大大联合》、《沁园春·科技大学成立革命委员会》、《满江红·向工人阶级致敬》、《沁园春·迎接一九六九年》、《满江红·庆祝"九大"开幕》、《满江红·歌颂"九大"路线》、《满江红·庆祝"九大"闭幕》、《西江月·献给地震战线上的同志们》、《西江月》("地球依旧运转")。另据我们大量查阅有关报刊与研究资料,发现这一时期尚有集外散佚诗词23首,这样经初步统计,郭沫若在"文革"期间大约写了70余首诗词。

我们在阅读、研究郭沫若"文革"期间诗词创作过程中,看到其中大多仍为纪游、述怀与应酬之作,思想内容与艺术水平虽属瑕瑜互见,但真正涉及"文革"内容而且问题明显者确系《郭沫若全集》未收的那些诗词。这是郭沫若一生诗词创作中为数不多却又较为集中于一段时间的令人为之遗憾的"败笔"! 今举几首略加说明。

1966年8月19日下午,郭沫若在陪同巴基斯坦议会代表团访问上海期间,曾与曹荻秋、魏文伯等人冒雨出席上海百万群众"庆祝文化大革命"的集会,并在会上即席讲话。当天晚上写了《水调歌头·上海百万人大游行庆祝文化大革命》。原词录引如下:

> 大鼓云霄震,火炬雨中红。千万人群潮涌,上海为之空。昨日天安门外,主席亲临检阅,今夕一般同。若问何为者? 领袖在心中!
>
> 颂公报,歌决定,庆成功。寰球共仰,八届新开十一中。改造上层建筑,扫荡蛇神牛鬼,一切害人虫。深入新阶段,革命展雄风。

此词具体记述了上海百万人大游行庆祝文化大革命的盛况,还将这一事件与前一天毛泽东在北京天安门接见百万红卫兵加以类比,并与当时结束不久的中国共产党八届十一中全会通过的全会公报和《关于无产阶级文化大革命的决定》(即十六条)联系起来,视为社会主义革命亦已"深入新阶段"的标志。这样的诗虽属趋时应景之作,但在"四人帮"一伙盘踞的上海,对于"文化大革命"如此轻率地加以鼓吹,这是很不应该的。

同年9月5日,再次调寄《水调歌头》,写了《读毛主席的第一张大字报〈炮打司令部〉》,词为:

> 一总分为二,司令部成双。右者必须炮打,哪怕是铜墙! 首要分清敌友,不许鱼龙混杂,长箭射天狼。恶紫夺朱者,风雨起苍黄。
>
> 触灵魂,革思想,换武装。光芒万丈,纲领煌煌十六章。一斗二批三改,四海五湖小将,皓皓映朝阳。捍卫毛主席,捍卫党中央。

此词因何而写？同年 8 月上旬，中国共产党八届十一中全会在北京举行。毛泽东在会议期间写了一份《炮打司令部》的大字报，后在党内广泛流传。郭沫若遂在此后不久写了《读毛主席的第一张大字报〈炮打司令部〉》。上联表示完全拥护毛泽东的第一张大字报，认为必须采取革命行动炮打资产阶级司令部。下联继续肯定无产阶级"文化大革命"，自愿"触灵魂，革思想"，投入"一斗二批三改"，因其根本目的在于"捍卫毛主席，捍卫党中央"。这场巨大的政治风暴弄得诗人晕头转向，而惯性使然，急于表态，才会写出这种趋时附势让人费解的诗词。

除这两首以外，还有一些诗词直接涉及赞颂"文革"的内容。如"文革高潮到，不断触灵魂"。"大鸣大放，大字报加大辩论。"（《水调歌头·文革》）"首创大民主，举国串联来。众水朝宗大海，浩浩起风雷。"（《水调歌头·大民主》）"工农兵学成一体，社会主义不变色。永忠于，心中红太阳，毛主席！"（《满江红·向工人阶级致敬》）"大工贼，黄粱梦；帝修反，休放纵！""万寿无疆声浪滚，三年文革凯歌纵。"（《满江红·庆祝"九大"开幕》）这些诗词大体均以"文革"时期流行的政治术语与充满现代迷信色彩的颂词构成。

何以出现上述情况？看来亦非偶然。既有特定历史时代的社会原因，也有自身思想意识方面的主观原因。这场"由领导者错误发动，被反革命集团利用，给党、国家和各族人民带来严重灾难的内乱"①，犹如可怕的红色风暴席卷中华大地。江青、林彪一伙"挟天子以令诸侯"，把罪恶的黑手伸向各条战线。文艺学术领域首当其冲。作为思想文化战线主要领导人的周扬、茅盾、郭沫若等无不受到不同程度的冲击，因而出现不同的人生遭遇，采取不同的应变措施。或身陷囹圄，受到残酷迫害，成为反党反社会主义文艺黑线代表人物；或已打入另册，处于"靠边"状态，只有以沉默表示反抗。郭沫若因其自身的特殊地位，"文革"初期一直受到毛泽东、周恩来的保护，尚可参加部分国务活动。他深知这场风暴势将席卷整个思想文化战线，广大革命知识分子在劫难逃。他在恐惧、迷惘、伤神之余，想到与其被革命浪涛席卷而去，被动地成为革命大批判的靶子，还不如早点自我表态，争取主动，为处于逆境之中的知名作家、学者做个斗私批修、自觉改造的"榜样"。此举目的十分清楚：一则跟上形势立足自保，二则也为周围岌岌可危的知识分子提供一点随机应变的措施。他曾主动要求"辞去有关科学院的一切职务"；并检查自己作为全国文联主席，对"文艺界上的一些歪风邪气，我不能说没有责任"；还在公开场合，多次表示应该把自己过去的著作全部烧掉，愿在革命烈火中求得新生。这些均在国内外产生很大的反响。他还出于对毛泽东个人的崇拜和自身斗争策略的需要，决心"紧跟毛主席伟大战略部

---

① 中国共产党中央委员会：《关于建国以来党的若干历史问题的决议》，人民出版社 1981 年版。

署"，充分肯定"无产阶级文化大革命"，以致写了《读毛主席的第一张大字报〈炮打司令部〉》、《上海百万人大游行庆祝文化大革命》等趋时附势的诗词。即使在自己两个儿子分别在部队和高校被迫害致死的情况下，仍抑制内心极度痛苦，一边用毛笔工工整整抄写儿子留下的日记，以寄托自己的哀思；一边仍需不断执笔解答各地《毛主席诗词》注释中所提出的问题。这一切，我们对于一名无产阶级文化战士且为继鲁迅之后"我国文化战线又一面光辉的旗帜"，理应提出更高的要求，面对这种虽出于自卫而又属于趋时附势的言行进行严肃的评判；与此同时，如果设身处地，在那样史无前例、黑云压城的年代，面对一位"只有招架之功，已失还手之力"的老人提出更多要求，恐亦不太现实。这是中国知识分子的整体命运与特定时代所酿悲剧形成的，郭沫若似亦难以超越。与其说是诗人的罪过，不如说是诗人的不幸。他既不理解这场史无前例的"文化大革命"，可又不得不紧跟"毛主席的革命路线"，于是陷入这种进退失据、两难选择的尴尬处境。

这种趋时附势的消极倾向，郭沫若在新中国成立以后，特别是思想文化战线历次批判运动中几乎都有相似的情况。批判影片《武训传》为新中国成立以后第一次大规模的文艺批判运动，郭沫若对武训其人其事本存自己的看法，因而在 1950 年 8 月曾为《武训画传》题写书名，并附题词："在吮吸别人的血以养肥自己的旧社会里面，武训的出现是个奇迹。他以贫苦出身，知道教育的重要，靠着乞讨，敛金兴学，舍己为人，是很难得的。但那样也解决不了问题，作为奇迹珍视是可以的，新民主主义的社会里面，不会再有这样的奇迹出现了。"[1]这个题词应当说是颇为辩证地论述了历史人物武训"行乞兴学"的得失，但在次年批判影片《武训传》运动中，特别是知道毛泽东亲自为《人民日报》写了有关社论之后，为表白自己，还是写了《联系着武训批判的自我检讨》。他主动表示经过对电影《武训传》的批判，认识到"武训的落后，反动、甚至反革命了"，自己"没有经过慎重的考虑随便替人题词题字，这种不负责任的小资产阶级老毛病，我已下定决心加以痛改"。[2] 后在《人民日报》又发表《读〈武训历史调查记〉》，对江青化名李进插手炮制的这篇调查记给予很高的评价。在 1957 年夏季反右派斗争中也是这样。郭沫若开始积极投入整风运动，多次发表讲话，阐明"双百方针"的重大意义，指出："由于政策执行上有了偏差，发生了教条主义与公式主义的倾向，影响了科学和文艺的发展。因此，我认为有必要由党来阐明正确的方针政策，一以克服偏差，二以解除顾虑，这样来促进科学和文艺的发展。"[3]还在中国科学院举行的第三次人民内部矛盾问题座谈会上明确表示，今后要改变科学

---

[1]　转引自王继权，童炜钢编：《郭沫若年谱》下册，江苏人民出版社 1983 年版。

[2]　郭沫若：《联系着武训批判的自我检讨》，1951 年 6 月 7 日《人民日报》。

[3]　郭沫若：《关于发展学术与文艺的问题》，1956 年 12 月 19 日《人民日报》。

院高高在上的领导作风,要从四面八方来拆"墙"。随着看到党内干部传阅的毛泽东《事情正在起变化》一文与听到中共中央《组织力量反击右派分子猖狂进攻》的党内指示,郭沫若立即转变态度,响应号召,积极投入反右派斗争。他既在各种类型座谈会上表态发言,又陆续发表《彻底反击右派——答〈文艺报〉记者问》等文章。特别是在《纪念七七——用鲁迅韵》诗中写道:"右派猖狂蠢动时,温情哪许一丝丝!"郭沫若在新中国成立以后思想文化战线历次批判运动中几乎不断重复上述的经历,因而成了能够随着时代前进的"识时务者",自觉发扬"党喇叭"精神的模范,以致被人誉为社会主义时代的"歌德"。既然历次政治运动中都尝到了趋时附势的甜头,因而"文化大革命"初期依然如法炮制。这次开始虽收到了一点效果,但最终却意外地失灵了。特别是在"文革"后期"批林批孔"的年代,江青一伙不仅在会上点名批判,胡说郭沫若"对待秦始皇,对待孔子那种态度,和林彪一样",还到郭的家中大兴问罪之师,逼着他写"骂秦始皇的那个宰相"的文章,借以攻击周恩来总理,以致郭沫若被纠缠迫害得病重住院。至此,他才完全看清江青一伙篡党夺权的本质,但出于对毛泽东个人的崇拜,依然对整个"文化大革命"缺乏应有的认识。直到1976年5月经过相当长一段时间生病住院与保持沉默之后,还写了《水调歌头·庆祝无产阶级文化大革命十周年》。[1] 词为:

> 四海《通知》遍,文革卷风云。阶级斗争纲举,打倒刘和林。十载春风化雨,喜见山花烂熳,莺梭织锦勤。苗苗新苗壮,天下凯歌声。
>
> 走资派,奋螳臂,邓小平,妄图倒退,奈"翻案不得人心"。"三项为纲"批透,复辟罪行怒讨,动地走雷霆。主席挥巨手,团结大进军。

诗中不仅赞颂1966年"五一六通知"卷起"文革"风云,以致"十载春风化雨,喜见山花烂漫",还联系当时"批邓,反击右倾翻案风"加以发挥。这样的严重失误,比起"文革"初期的某些诗词,就让人更加感到遗憾了。

应当指出的是,郭沫若"文革"期间所写的诗词,并非均与"文革"题材直接有关,其中绝大多数仍为传统题材,亦即纪游、述怀与应酬之作。这一期间所作十余首反映中日两国人民之间友谊的作品特别引人注目。可以《沁园春·祝中日恢复邦交》为例:

> 赤县扶桑,一衣带水,一苇可航。昔鉴真盲目,浮槎东海,晁衡负笈,埋骨盛唐。情比肺肝,形同唇齿,文化交流有耿光。堪回想,两千年友谊,不等寻常。

---

[1] 郭沫若:《水调歌头·庆祝无产阶级文化大革命十周年》,《诗刊》1976年第6期。

岂容战犯猖狂，八十载风雷激大洋。喜雾霁云开，渠成水到，秋高气爽，菊茂花香；公报飞传，邦交恢复，一片欢声起四方。从今后，望言行信果，和睦万邦。

此词作于 1972 年秋。郭沫若早年曾在日本度过十年留学与十年流亡的岁月，因视日本为自己的"第二故乡"。欣逢中日邦交恢复，诗人怎能不尽情歌唱。词的上片忆旧，回顾和称颂了中日两国人民之间源远流长的友谊。诗人巧妙地选择"鉴真盲目，浮桴东海，晁衡负笈，埋骨盛唐"这两个有代表性的人物事件，借以表现中日两国人民之间两千年来的深厚情谊。词的下片面向现实，诗人满怀豪情祝贺中日邦交恢复，并愿今后永远和睦相处。诗人不卑不亢，既喜"公报飞传"，又望"言行信果"，均能给人留下深刻印象。此外题赠日本有关单位和个人的，还有日中文化交流协会、冈山大学、松山芭蕾舞剧团、狮子座剧团、松村谦三、有山兼孝等。这些诗篇无不记载着中日两国人民之间的深厚情谊。

"文革"期间，郭沫若作为全国人大常委会副委员长，仍然参加不少国务活动，特别是接待外宾方面的工作。这既是他这位"接客先生"的职责所在，也是为了减轻处于病中的周恩来总理的压力。十年间，或访问考察，或陪伴外宾，走过全国不少地方，同样留下不少纪游诗词。今录其中一首《访天池》：

里加游览忆当年，此地风光胜似前。
歌舞水边迎贵客，云笺天上待诗篇。
一池浓墨盛砚底，万木长毫挺笔端。
更喜今晨双狍子，盛筵助兴酒如泉。

1971 年 9 月，诗人陪同柬埔寨贵宾访问我国西北地区，游览新疆天山博格达湖，写下这首脍炙人口的纪游诗篇。全诗即景生情，情景交融。开篇即以眼前天池风光与当年游览黑海之滨的里加湖加以比较，自然得出"此地风光胜似前"的结论。这就更加衬托出这颗"天山明珠"与传说中"王母瑶池"之美。中间两联，没有正面描写天池奇山秀水，而是虚实结合，想象奇特，极写歌舞、赋诗场面。结尾则以盛筵表达中、柬两国人民之间的深情厚谊。此诗感情浓郁，意境幽美，可见诗人豪兴不减当年。

这一时期还有不少感事述怀之作，用以记述某些重大事件或赞颂当时英雄人物。这些诗词因与特定时代关系密切，容易出现一些当时流行的术语，留下某种时代的印记。其中也有不可多得的佳作，如七言律诗《悼念周总理》。

革命前驱辅弼才，巨星隐曜五洲哀。
奔腾泪浪滔滔涌，吊唁人涛滚滚来。

盛德在民长不没，丰功垂世久弥恢。

忠诚与日同辉耀，天不能死地难埋。

这是一首用血泪凝成的诗篇。1976 年 1 月，郭沫若仍病重住院，惊悉周恩来逝世噩耗使他悲痛欲绝继而强撑极其虚弱的病体，坚持向总理遗体告别，还用颤抖的手写下这首深情悼念的诗篇。诗人将周总理一生的丰功伟绩与人民群众的深切怀念熔铸在一起，将浓郁的抒情与热烈的颂赞交织在一起，实为悼念诗词中的上乘之作。

我们认为，阅读与评论郭沫若"文革"期间的诗词还应注意两点：一是需要从整体上把握他在这一时期的诗词创作，亦即除写过近二十首明显带有错误倾向、正面赞颂"文革"的诗词之外，多数仍为感事、述怀、纪游、应酬之作，虽属思想与艺术水准参差不齐，此中仍然不乏优秀篇什。二是较为公正客观地对待那些正面肯定"文革"的诗词，这是特定历史时期的产物。诗人从主观上应负一定的责任，但要实事求是，加以回避或过于苛求，均难作出令人信服的评价。

我们在具体回顾与评述了郭沫若"文革"期间的诗词以后，有必要进而探讨一个与此有关的问题，亦即如何评价郭沫若的人生晚年？ 当代著名诗人公刘于1988 年 11 月在美国威斯康星大学中国留学生的招待会上，当回答问题谈到对郭沫若作何评价时指出：郭沫若对新诗运动有划时代的贡献，同时作为学者，他在历史研究和文字学方面，也有一定的成就。但郭沫若的《李白与杜甫》问题，"文革"以及"文革"以前的种种趋时媚上表现问题，还有什么把骨灰撒往山西大寨的遗嘱问题，也是客观存在，没有任何人能为之辩解的。一定要我评价，我只能说四个字："晚节不终"。[①]

究竟属于晚节不终，还是白圭之玷？ 这正是我们与上述见解的分歧所在。公刘谈话中提出的三个问题确系"客观存在"，无须"为之辩解"，问题在于是否可以由此得出"晚节不终"的结论。看来还不能。因为"晚节"指人晚年政治节操，并非一般为人表现、思想修养、道德品质方面的局部问题。而是涉及整体评价，以至作出严肃的政治结论。郭沫若作为一名中国共产党党员、无产阶级文化战士，如果晚年并未犯有什么严重的政治错误，没有背叛革命人民和社会主义的根本利益，怎么能下"晚节不终"的政治结论呢？

如前所述，郭沫若在"文革"期间确实写过一些正面涉及"文革"题材，以致赞颂"文革"的诗词。究其原因是在诗人出于对毛泽东主席的个人崇拜和自身斗争策略的某种需要。这样紧跟政治形势、充当"党的喇叭"，既属响应毛主席、党中央的号召，又想以此争取主动保住自身。我们认为，在当时的情况下产生

---

① 公刘：《访美谈话录》，1989 年 4 月 22 日《海南日报》。

《郭沫若全集》集外散佚诗词考释

这样的创作心态是可以理解的。这是诗人晚年创作中的失误,也是特定历史时代的产物。联系新中国成立以来的历次政治运动中,他也曾产生过暂时的迷惘和困惑,然而总是坚信这一切都是对的,只是自己思想跟不上时代的步伐和领袖的思想。他诚心诚意地改造自己,逐渐把对毛泽东个人的敬仰和对共产主义事业的献身混同起来,甚至把领袖的言论不加区别地当成真理的化身。跟随时代不断前进、自愿充当"党的喇叭"的精神,仍应作出具体分析。既属诗人难能可贵之处,能够保证诗人创作坚持为人民、为社会主义服务的方向;又是诗人产生失误的原因,常常因此而步入创作的误区。跟随时代不断前进未尝不可,问题在于时代本身是否沿着正确方向前进,如果时代本身产生某些曲折和失误,而又一味追随,也会因此步入歧途。甘愿充当"党的喇叭"也是如此,它需要我党及其领导人本身执行正确的路线、方针、政策,如果一旦发生偏差和失误,就会产生严重后果。我们的文艺创作若为错误路线、方针、政策鼓吹,那就只能起到推波助澜的消极作用。郭沫若新中国成立以来的诗文创作,包括"文革"期间的诗词,正好从正反两个方面说明这一问题。那些趋时附势的作品,正是出于创作指导思想上的失误和个人某些不良意识的产物。

至于"把骨灰撒往山西大寨的遗嘱",同样需要具体分析。郭沫若在临终弥留之际确实叮嘱妻儿:"要相信党。要相信真正的党。"并说:"我死后,不要保留骨灰。把我的骨灰撒到大寨肥田。"[1]何以要将骨灰撒到大寨?说明诗人对于大寨存有一定的感情。山西省昔阳县大寨大队原处贫困山区,广大贫苦农民发扬自力更生、艰苦奋斗的精神,终于将穷山沟改造成为社会主义新农村。毛泽东于1964年向全国人民发出"农业学大寨"的号召。郭沫若则响应党中央的号召,"文革"前后均曾写诗赞颂大寨精神。他在1965年12月访问山西时写过《大寨行》,对于大寨"狼窝变良田,凶岁夺丰收"给予很高的评价。1977年2月,还写了《望海潮·农业学大寨》,表达自己"四凶粉碎,春回大地"之后"大寨之花,神州各县,遍地燃"的喜悦心情。这些都反映了诗人对于大寨有着颇为深厚的感情。至于大寨经验本身存在的某些局限与后来江青一伙窜到大寨搞过阴谋活动,这些因为诗人自身艰难处境与健康方面的原因是知之甚少的。看来属于诗人思想认识上的局限,并非属于什么政治问题。何况遗言中明确指出"把骨灰撒到大寨",目的是为了"肥田"。我们大可不必求之过深,否则反而过犹不及了。

《李白与杜甫》为郭沫若一生最后一本学术专著。因其在1971年间由人民文学出版社出版,明显打上特定时代的印记。就其对于我国两位古代诗人的学术评价而言,确实存在"扬李抑杜"的倾向。作者用了不少篇幅,论述"杜甫的阶

---

[1] 于立群:《化悲痛为力量》,《人民日报》1978年7月4日。

级意识"、"杜甫的门阀观念"、"杜甫的功名欲望"、"杜甫的地主生活"、"杜甫的宗教信仰"(均为原书标题)等,这样苛求古人,未免失之偏颇。书中对于李白出生、家世的考证与创作的分析,虽有不少可取之处,但总体评价依然誉扬失当。这种"扬李抑杜"的错误倾向,既有学术思想上所存在的偏颇之处,也有个人思想意识方面的问题。郭沫若一生对于学术研究好作"翻案文章",因而对于我国传统诗论中"抑李扬杜"的偏向是颇为不满的;加上诗人自身浪漫主义气质,因而推崇李白也是可以理解的。问题在于作者当时是否受到趋时附势不良风气的影响? 这是人们引起争议的焦点。鉴于诗人当时相当微妙的艰难处境和已被扭曲的心态,加上学界盛传毛泽东于古诗文中喜欢"三李"(李白、李贺、李商隐),故而执笔为文时有所迎合。这样的推测亦在情理之中。但就总体而言,仍属学术见解与思想认识上的问题。

茅盾晚年在《八十自述》诗中写道:"沉思忽展颜,我自有准则。大节贵不亏,小德许出入。"①作者记述母亲早年在教子过程中所遇到的矛盾和沉思之后确立的准则。这里应当指出,"大节贵不亏,小德许出入",既是这位伟大作家母亲的遗训,亦可作为我们臧否历史人物、评定是非功过的标准。人非圣贤,孰能无过? 问题在于大节应当无亏,小德许有出入。我们如果采用这个标准来衡量郭沫若的一生,包括晚年所处"文化大革命"的时代,他从未动摇过对于中国共产党的一贯信仰与在中国实现社会主义的坚定信念。即使处于"文革"年代,由于"领导者的错误发动",一度出于个人崇拜,有过盲从和失误,写过一些颂扬"文革"的诗文,说过一些趋时附势的错话,但与林彪、江青反革命集团毫无任何牵连,而是一直受到不同程度的政治迫害。我们若从整体而言,郭沫若的"大节"是无亏的。至于在十年浩劫期间有过某些失误,诸如颂扬"文革"的诗文、《李白与杜甫》的偏颇、"把骨灰撒到大寨"的遗嘱,均属思想认识上的问题,大体仍属"小德"的范畴。此系白圭之玷,让人深感缺憾。正如公刘本人在上述讲话中所说:"另一条是中国知识分子的整体命运和历史负担,在他,当然更加难以超越。所以,又不应该让郭沫若一个人承担全部责任。"这才是从实际出发的公允之论。既然属于犯有中国知识分子整体命运难以超越的可以理解的失误,何以要下"晚节不终"的政治结论呢? 我们以为正确的态度应当是,既不要为尊者、贤者讳,千方百计为某些历史人物的错误言行辩护,也不要夸大其词,向某些历史人物脸上抹黑。应当力求对于现代社会某些重要人物、事件作出较为公正客观的评价。

(原载《理论与创作》1997 年第 2 期)

---

① 茅盾:《八十自述》,1981 年 3 月 30 日《人民日报》。

参考文献

[1]丁茂远.论郭沫若"文革"期间诗词创作——兼议对其晚年的评价.理论与创作,1997,2.

[2]丁茂远.羡君风格独噍峣——读郭沫若流亡日本十年的诗词.郭沫若学刊,1996,2.

[3]龚济民,方仁念.郭沫若年谱.天津:天津人民出版社,1982.

[4]郭沫若.东风第一枝.成都:四川人民出版社,1978.

[5]郭沫若.郭沫若全集.文学编:第1～5卷,北京:人民文学出版社,1982—1984.

[6]郭沫若.郭沫若少年诗稿.成都:四川人民出版社,1979.

[7]郭沫若.郭沫若遗墨.石家庄:河北美术出版社,1985.

[8]郭沫若.樱花书简:1913—1923.成都:四川人民出版社,1981.

[9]郭平英,等.郭沫若佚诗二十首.文汇报,1979-06-13.

[10]郭平英.郭沫若题画诗存.太原:山西教育出版社,1997.

[11]林林.郭沫若诗词鉴赏.石家庄:河北人民出版社,1994.

[12]王继权,姚国华,徐培均.郭沫若旧体诗词系年注释.哈尔滨:黑龙江人民出版社,1982.

[13]王锦厚,伍加伦.郭沫若旧体诗词赏析.成都:巴蜀书社,1988.

[14]张澄寰,等.沫若佚诗廿五首.光明日报,1979-06-10.

[15]郭沫若著.沫若诗词选.人民文学出版社,1977.

[16]蔡震著.郭沫若生平文献史料考辨.社会科学文献出版社,2014.

[17]郭沫若著.郭沫若致文求堂书简.文物出版社,1997.

[18]郭沫若书法集.四川辞书出版社,1999.

[19]冯锡刚.郭沫若集外佚诗三十二首辑注.郭沫若学刊,2015(4).

[20]郭沫若著.敝帚集与游学家书.中国社会科学出版社,2012.

索　引

重印后记

《〈郭沫若全集〉集外散佚诗词考释》一书，自 2014 年 8 月面世以来，多承学界有关专家与不少读者的抬爱。《郭沫若学刊》主编王锦厚教授、中国社会科学院郭沫若纪念馆李斌博士、上海理工大学冯锡刚教授均曾著文，或给予鼓励与鞭策，或指出不足与瑕疵，无不使我获益匪浅。南开大学张学正教授等专家学者亦纷纷来函，给予肯定与支持。更加让我感动的是，浙江大学董氏基金管理委员会给我颁发了"董氏文史哲研究奖励基金著作奖"；中国社会科学年鉴《郭沫若研究年鉴 2014》亦给予介绍与好评。

此次因系重印而非全面修订再版，所以只是做了两方面的工作：一是全书文字上的勘误与局部的增删。书中《书赠黄自明》等五篇，经有关专家指出已入《郭沫若全集》，则理应删去。另有《迎潮》等四篇，因原文或考释有误，已重新改写。二是吸收近年郭沫若研究新的成果，又补充了 103 首散佚诗词并加以考释。这里特别需要感谢《郭沫若生平文献史料考辨》一书著者蔡震先生与《郭沫若集外佚诗三十二首辑注》著者冯锡刚先生。此次重印得到浙江大学人文学院与浙江大学出版社的大力支持，责任编辑胡畔女士亦为此做了大量的工作，我当表示由衷的谢意。

此书因编著者年事已高，受到自身学识与精力所限，定然还存在不少问题，仍需相关专家与广大读者教正。朱自清留有名言："但得夕阳无限好，何须惆怅近黄昏。"笔者仍愿为郭沫若研究，特别在诗词研究领域，做出自己力所能及的一点贡献。

丁茂远

2016 年 12 月于浙江大学人文学院

图书在版编目(CIP) 数据

《郭沫若全集》集外散佚诗词考释 / 丁茂远编著.
—杭州:浙江大学出版社,2014.8(2017.4 重印)
ISBN 978-7-308-13283-1

Ⅰ.①郭… Ⅱ.①丁… Ⅲ.①郭沫若(1892~1978)
—诗词研究 Ⅳ.①I207.22

中国版本图书馆 CIP 数据核字(2014)第 109571 号

《郭沫若全集》集外散佚诗词考释

丁茂远　编著

责任编辑	胡　畔(llpp_lp@163.com)	
封面设计	续设计	
出版发行	浙江大学出版社	
	(杭州市天目山路 148 号　邮政编码 310007)	
	(网址:http://www.zjupress.com)	
排　版	杭州中大图文设计有限公司	
印　刷	虎彩印艺股份有限公司	
开　本	710mm×1000mm　1/16	
印　张	29.5	
字　数	650 千	
版印次	2014 年 8 月第 1 版　2017 年 4 月第 2 次印刷	
书　号	ISBN 978-7-308-13283-1	
定　价	68.00 元	
